EL TESORO MÁGICO DE YIN TZI TÁA

El Tesoro Mágico de Yin Tzi Táa
Gabriel de Alas
Registro Nacional de la Propiedad Intelectual
Comunidad Valenciana, España
ISBN **978-1-4092-9759-8**

www.lulu.com

EL TESORO MÁGICO III

EL TESOLO MÁGICO DE YIN TZI TAA

CAPÍTULO I
LA MAGNA GEODA

Habíamos rescatado a nuestra Maestra Espiritual e íbamos con ella rumbo a Harotán-Zura. Iskaún estaba recuperando poco a poco sus facultades normales, es decir de *Homo primordialis*, según la clasificación antropológica no oficial.

Nuestro grupo, compuesto de cincuenta y una mujeres y cincuenta y cuatro varones, más Lotosano, el Dracofeno que nos había ayudado a rescatarla, iba siguiendo a Iskaún por el Camino de Zura. En la vacuoide Harotán-Zura permanecían los Dracofenos ancianos, a modo de asilo o residencia para los que no servían en su comunidad. Nos habíamos aprovechado de las raciones militares de los Narigones, así como de cuantos uniformes y armas pudimos requisarles, a fin de pasar desapercibidos entre ellos, si se diera el caso. Por otra parte, nuestras pobres ropas ya no eran más que andrajos, destruidas principalmente en la Malla de Rucanostep, donde dejamos también algo de piel, en su cortante laberinto de burbujas cristalizadas.

Aún faltaba un día entero de marcha para llegar a Harotán-Zura, y Lotosano, en los tres días previos, había aprendido a modular palabras en castellano, que era el idioma que hablaba la mayoría de nuestro grupo, sin perjuicio de que cada uno hablaba las lenguas de su tribu o país y las demás aprendidas.

Iskaún no quería ser quien diera las órdenes. Prefería que Tuutí siguiese como jefe de la expedición, que tendría por finalidad recorrer algunas vacuoides, llevar a Lotosano a buen destino y buscar luego un camino para volver a Iraotapar. Andrés, que había sido herido en el rescate por un telépata que se había hecho invisible, había sido llevado hasta allí por Iskaún, pero ya estaba recuperándose y quería comenzar a andar por sus propios medios. Ello nos dejaba más tranquilos, porque habíamos logrado la "operación rescate" sin bajas en nuestro equipo, y temíamos que Andrés no pudiera recuperarse. No le faltaron las bromas, al ser el "privilegiado" del grupo, que había permanecido tantos días en brazos de Iskaún.

Chauli, el más joven entre nosotros, se ocupó muy pacientemente de enseñar nuestro idioma a Lotosano. Era digno de reconocimiento aquel Dracofeno, que había aprendido a usar su lengua bífida y larga, para hablar como lo hacía el odioso Lotorroto. Pero este Dracofeno mostraba hasta en los menores gestos, una diferencia abismal con los de su raza que habíamos conocido.

En un punto de la galería, nos encontramos con una barrera azul. Iskaún conocía como ningún otro Primordial, muchas de las miles de vacuoides que se encuentran en la corteza terrestre, así como los caminos entre ellas y los sectores aislados con la barrera azul, pero hacía cerca de tres años que estaba desinformada sobre los últimos acontecimientos, desde que fue capturada por los Narigones.

No sabía cómo superar la barrera azul y le pareció buen momento para relajarse y salir en cuerpo mágico, a fin de informar a sus pares que había sido liberada y solicitar ayuda para poder continuar nuestro viaje. Retrocedimos unos kilómetros, hasta un sitio donde no había peligro de permanencia por movimientos de agua, y formamos en medio de una gran sala, un círculo a su alrededor. Debíamos concentrarnos sólo en la Paz y la Tranquilidad, sin ninguna clase de pensamientos agregados. Iskaún proyectó un "Tulpa", es decir una imagen mental, que a diferencia de la holografía, no es hecha por aparatos, sino usando la propia mente. (Se escribe siempre con mayúsculas, por cuestiones esotéricas largas de explicar).

El Tulpa era un ramo de rosas rojas, amarillas y blancas de extraordinaria belleza. Quienes no lograban concentrarse en la paz y la tranquilidad, podían mirar el ramo de flores y contemplar su belleza, entreteniéndose en intentar sentir su perfume -del cual carecía completamente- a fin de no entorpecer con su mente la actividad mágica de Iskaún. Tres hombres fueron designados por Tuutí para permanecer, quinientos metros más atrás, a modo de centinelas. No había riesgo aparente, pero la paz y la tranquilidad se dan mucho mejor cuando alguien está atento y vela por nosotros.

La medida fue cumplida por Kkala, Ajllu y León, mientras los demás hacíamos nuestra relajada concentración mental alrededor de Iskaún, que parecía estar en un profundo sueño. Hubiera sido imposible efectuar esta práctica antes, puesto que nuestras emociones, como las de Iskaún, estaban excitadas con la alegría del reencuentro, el éxito de la misión y los peligros superados, que habían exigido al máximo nuestros nervios.

Algo más de hora y media duró la práctica de Iskaún, pero no pudo hacerlo saliendo con el cuerpo mágico como tan a menudo lo hacía con nosotros y con miles de niños en todo el mundo. En vez que eso, debió contentarse con una comunicación telepática con los Guardianes del Fütrun, el centro desde el cual se establecen las barreras azules, en la Gran Pirámide de la Iepum, que yo había conocido hacía casi treinta años. Al terminar nos interrumpió la concentración, dándonos las gracias en nombre de todos los Primordiales, por el servicio que prestábamos a la Humanidad y por haberla rescatado a ella.

- En las ocho ciudades principales de la Terrae Interiora -nos dijo- se harán grandes celebraciones en honor a vosotros. La noticia de que un Dracofeno ha ayudado y pertenece ahora a nuestro bando, ha sido recibida con gran alegría.

- ¿Y dónde permanecerá Lotosano?. -preguntó Tuutí.

- Seguramente con los Telemitas o los Oriónidas, que lo recibirían muy bien. Los Oriónidas tienen características más similares a los Dracofenos, pero hay entre ellos algunas reglas un poco excluyentes. Ya resolveremos eso más adelante.

- Las ocho ciudades... -dije- ¡Qué pena no poder estar presente en las celebraciones. Avalon, Agartha, Aris, Giburia, Vidiana, Ur, Wotania, y... No recuerdo cuál otra...

- ¡Estás recordando! -dijo Iskaún.

- Si... No sé cómo, pero aparecen en mi memoria los nombres y algunas imágenes.. -respondí mientras Viky me estampaba un beso en la mejilla.

- ¿Te acuerdas de la otra? -dijo Iskaún y agregó: - ¡Nadie se lo diga!. Que será bueno que recuerde por sí mismo.

- La verdad es que yo no recuerdo los nombres de las ciudades... -comentó Viky, y se unieron varios más a ese comentario.

- No, me cuesta recordar... Pero ya lo haré.

Un rato después, cuando acabamos de almorzar, Tuutí mandó a llamar a Kkala, León y Ajllu, pero en ese momento, los tres venían corriendo por la galería.

- ¡Tenemos problemas...! -gritaba Ajllu- Son demasiados...

No alcanzamos a oírle más, porque un aullido feroz superaba el volumen de su voz.

- ¡A las armas! -gritó Tuutí- ¡El primer pelotón, cuerpo a tierra, el segundo rodilla en tierra y el tercero de pie!.

En tres o cuatro segundos, mientras los tres perseguidos entraban al medio del grupo, una docena de hombres se formaba boca abajo, en el piso, listos a repeler el ataque de las bestias. No les habíamos visto durante nuestra caminata de tres días, pero los centinelas habían escuchado algún lejano ruido durante los tres tiempos de sueño, e Iskaún estaba también algo preocupada, aunque no nos lo dijo antes.

- Nos han seguido. -comenté.

- Si, -dijo Ajllu- pero ha pasado algo grave en Seitju-Do, porque no son sólo los pocos escapados cuando cortamos el agua, sino que son manadas enteras, incluyendo a algunos de los gigantes. No nos han alcanzado porque están comiéndose entre ellos. Cuando uno cae, se demoran un poco.

- Y también se han demorado -dijo Kkala- porque los animales más grandes han de haber obstruido algunos sitios, despejándolo luego los que se los comieran.

- ¡Por aquí! -dijo Iskaún cuando la barrera azul desapareció. En segundos, nos replegábamos a toda prisa mientras aparecía a unos pocos metros un Allosaurio. Los múltiples disparos de las armas taipecanas consiguieron derribarle, y una jauría infernal se echaba sobre el caído.

Iskaún se quedó en un recodo de la galería, entre un grupo de estalagmitas, y cuando habíamos pasado todos hacia el fondo de una nueva sala, nos dijo que podíamos quedarnos tranquilos. Telepáticamente había dado aviso de que podían instalar la barrera azul nuevamente y ya no había peligro. Nos hallábamos en la duda de seguir o descansar allí mismo, pero escuchábamos un rumor de aguas y preferimos seguir adelante, pues cerca de los grandes ríos subterráneos suelen hallarse sitios espaciosos, con playas arenosas que cuando están secas, permiten descansar mejor que sobre la piedra dura.

Según Lotosano, era conveniente seguir, y así lo hicimos por algo más de una hora. Atravesamos un sector de laberintos en los que la cuerda volvió a ser necesaria, porque habían galerías a modo de pozos, producidas por antiguas corrientes de agua, y no era difícil que alguien cayera en un descuido.

La galería principal se confundía muchas veces con otras más anchas. Llegamos hasta el río, cuyo fragor no nos permitiría dormir. Una cascada cercana, dentro de una gran sala, producía también una nube que apenas nos dejaba ver. No fue necesario vadear el río, sino que el camino continuaba por la orilla del mismo, hasta un hueco chato, de varios metros de ancho pero que nos obligaba a pasar agachados, entre estalactitas y estalagmitas un tanto peligrosas. Lotosano, muy conocedor del camino, se adelantó y se dejó deslizar por una especie de tobogán natural. El piso muy inclinado y lleno de musgos fosforescentes, fue recorrido en sus veinte o más metros de modo muy divertido, ya que todos seguimos a Lotosano cuando le vimos finalizar su deslizamiento en un fondo arenoso.

- Aquí la arena está seca- dijo Viky- y podríamos dormir...

- ¡Ni pensarlo! -dije- Esto está más abajo del nivel del río. Una crecida y estas arenas tan secas quedan a muchos metros bajo el agua. Además... ¡Siente!.

- ¡Si, una corriente de aire!... -dijo mientras todos los demás atendían al raro fenómeno de una brisa de más de diez kilómetros por hora, muy rara en esas profundidades.

- Esta corriente de aire -dije- es lo que mantiene seca la arena. Y eso significa que estamos en una zona con alguna actividad importante, donde los cambios de las corrientes de agua y otros fluidos pueden sucederse con rapidez. Aquí no podríamos dormir tranquilos.

Seguimos andando una hora más, y finalmente encontramos un lugar muy bueno, precioso en cuanto a minerales, sin riesgo de inundarse y con buena temperatura. Estábamos en un espacio amplio, que se prestaba -más aún sin el riesgo de ser comidos por los bichos- para hacer el último sueño antes de llegar a Harotán-Zura. Las paredes no mostraban un sólo sitio donde no hubiera dibujos formados por cristales de sales, vetas de lapislázuli y minerales de cobre, con unos salpicones de fluorita y dendritas verdes, parecía un jardín mineral elaborado con gusto artístico, más que una obra natural.

Si algo suele resultar molesto o gracioso, dependiendo de las circunstancias y el humor de cada uno, es tener al lado a alguien que ronca. Pero tener a diez o doce personas que lo hacen, es el colmo de lo insufrible. Sin embargo -pensaba yo- el cansancio acumulado me hará dormir como todas las veces anteriores en que mis compañeros ponían esas notas musicales. Estaba errado en el cálculo. Me senté y encendí la lámpara. Iskaún, también sentada, era la única que permanecía despierta, y con un movimiento de sus hombros, quiso decir "¿Qué le vamos a hacer?".

Telepáticamente me dijo que ella también era propensa a no dormir si no había completo silencio. Sin embargo, mientras conversamos un rato, el sueño se apoderó de mí de tal manera, que apenas alcancé a apoyar la cabeza en mi mochila y me dormí. Unos minutos más tarde, me estremeció el ruido de un tractor o algo parecido. Me incorporé confundido y un poco asustado, pero resultó ser Iskaún, la causa del ruido. ¡Roncaba "como los dioses"!. Tuve que alejarme bastante del grupo, para finalmente dormir un poco.

Cuando desperté, algunas mujeres habían preparado todo para desayunar. Incluso con café caliente, utilizando pastillas de urotropina para hacer fuego y unas veinte pequeñas marmitas incluidas en las raciones militares, que a modo de tazas, fuimos usando por turno. Nuestras provistas selváticas aumentadas por los alimentos taipecanes no estaban mal, pero ahora teníamos una provisión mucho más amplia. En cuanto terminamos, iniciamos la última jornada, que se vio jalonada con un par de accidentes de poca importancia. El paisaje en este último tramo fue bastante más bonito que casi todo lo visto anteriormente, desde que salimos de Iraotapar -varias semanas atrás- con excepción de la vacuoide de los Taipecanes, cuya belleza intentaré describir oportunamente.

En algunos descansos, Miski, Iskaún y Lotosano habían trabajado juntos para producir un soporífero mineral, a fin de disponer de una substancia capaz de dormir a los Dracofenos sin matarles. Se horrorizaba Lotosano de pensar en los efectos que tendrían sobre los de su raza los polvos venenosos que nuestro grupo había preparado anteriormente. Si hubiésemos tenido ocasión de enfrentarnos con Dracofenos, les hubiésemos producido la forma más dolorosa de muerte que puede haber para ellos. Nos agradecía no haber usado eso contra ellos durante el rescate de Iskaún. Ciertamente, habíamos tenido cuidado en no usar esos polvos porque lo único que sabíamos era que les resultaban mortales.

Una de las cosas más interesantes en cuanto a minerales fue entrar en una geoda de amatistas, pocos kilómetros antes de llegar a Harotán-Zura. La más grande geoda que vieron mis ojos; similar a los huevos de ágata entre los cuales nos refugiamos de una rara tormenta subterránea, descrita en el Libro anterior. Esta fue perforada de modo artificial, a fin de facilitar el acceso a la zona, seguramente por los Taipecanes que habitaron antes esa región. La caverna natural principal continuaba hacia abajo, pero nosotros entramos en un túnel cuadrado, de tres metros de alto por otro tanto de ancho, excavado en una muralla de ágata de unos quince metros de espesor.

El interior de la geoda -una enorme sala- tendría más de un centenar de metros de diámetro máximo, con una altura quizá superior al diámetro. El piso, que naturalmente sería una selva de cristales como los muros, estaba rellenado en parte con otros minerales y luego pulido, presentando entonces una variedad de manchas de craceolita, lignita, lapislázuli, malaquitas y calcibronita marmórea, haciendo juego con los propios de la geoda, o sea amatista pura con algunas manchas de ágata. Las paredes formadas por cristales en su totalidad, presentaban algunos prismas de más de dos metros de ancho por siete u ocho de largo.

Imagine el Lector que pudiera convertirse en una pequeña hormiguita, y se introduce en una de esas geodas tan bonitas que venden en las tiendas de minerales. Pues se quedará corto en cuanto a las proporciones, ya que en las tiendas sólo pueden vender cosas que quepan en sus escaparates.

La belleza de esos muros color violeta en todos sus tonos, con algunas partes de lila claro, rayando en el rosado, no es posible de describirse. Me quedé un buen rato intentando deducir los procesos de formación de semejante geoda, pero no me alcanzaba la capacidad deductiva en relación al cálculo numérico, para explicarme semejante gigantismo mineral. Lamenté tener que abandonar el sitio al que bauticé la Magna Geoda, para seguir viaje, a través de un túnel similar al de la entrada, que se extendía luego en la roca básica de la zona por medio kilómetro.

CAPÍTULO II

LA VACUOIDE DE HAROTÁN ZURA

Desembocamos en una nueva galería natural, pero a la que se le habían hecho algunos acondicionamientos, con una canaleta central parecida a la que ya habíamos visto antes de llegar a la vacuoide de los Jupiterianos, ruinas de vehículos y socavones con geodas de diverso tamaño. Desde allí, sólo faltaba algo más de un kilómetro para llegar a Harotán-Zura, que recorrimos con algunas precauciones. Las mujeres provistas de las sales tóxicas para los Dracofenos, formaron adelante, pero antes que ellas, entraría Lotosano. Para diferenciarle de sus conraciales que podrían aparecer en cualquier momento, le di una camisa amarilla de media manga, que le quedó bien de talla pero extremadamente ridícula, contrastando con las mangas largas de su uniforme azul. A él no pareció causarle esa sensación, especialmente cuando le ponía a salvo de que le confundiésemos.

La entrada a la vacuoide no estaba custodiada, lo que no dejó de extrañarnos. No se trataba de las vegetadas y luminosas vacuoides, como estábamos acostumbrándonos a ver, sino de una especie de laberinto de estalagmitas y estalactitas gigantescas, que fueron invadiendo una antigua vacuoide petrolífera. Aún se hallaban manchones de petróleo seco en algunos muros de la entrada, la mayor parte del piso y se sentía el olor residual de este mineral.

- Y pensar -comenté- que nos enseñaban cuando pequeños, que el petróleo se formaba por la fosilización de grandes bosques...

- Eso ya no me lo enseñaron a mí. -dijo Chauli- En Siberia hicieron perforaciones de diecisiete kilómetros de profundidad y encontraron petróleo en grandes cantidades. Los geólogos finalmente han aceptado que no pudo formarse por fósiles. Aunque no tienen idea de cómo se produjo.

- Ya es un avance en la enseñanza, -dije- porque se formó por combinaciones de actínidos como el uranio y el plomo, afectado a las grandes vacuoides carboníferas en presencia de agua y otros minerales.

-Silencio, por favor... -pidió Tuutí- Es extraño que no veamos nada por aquí. ¿Qué tamaño puede tener esta vacuoide?.

- Unos veintitrés kilómetros de diámetro. -respondió Iskaún que acababa de preguntárselo telepáticamente a Lotosano- Pero la ciudadela se encuentra cerca del otro extremo.

Esta vacuoide, seca ya por diversos procesos naturales, no había sido invadida masivamente por el agua, sino que infinidad de filtraciones habían formado aquella maravilla de bosque de estalagmitas, cuyo diámetro en la base rondaba los cinco metros en promedio. El techo, a juzgar por estas columnas antiquísimas, según la regla de que las estalagmitas tienen un promedio de diámetro veinte veces inferior a la altura, estaría a unos doscientos o más metros, teniendo en cuenta también las estalactitas, es decir la parte superior de la "dentadura", que no alcanzábamos a ver, y que formaban ahora la columna desde la mitad hacia arriba. En realidad, una escasa altura en comparación con las demás vacuoides, pero dentro de lo normal en cuanto a vetas petrolíferas de ese tamaño.

El piso, que había sido limpiado por antiguas máquinas, tenía estrías por las que en algunos sitios corrían pequeños regueros de petróleo. Nuestras zapatillas estaban pringadas con este mineral y hacían un "clash-clash" al caminar. Un sonido leve y de tono bajo nos envolvía a medida que avanzábamos, superando el ruido de nuestro andar; al parecer, alguna máquina trabajaba no muy lejos.

Las estalagmitas fueron respetadas, -incluso las más pequeñas-de modo que aquel lugar era un enorme "bosque mineral" que daba a los Dracofenos el sustento necesario de sales en su estado más apreciado, como para nosotros puede serlo una huerta ecológica. Si bien Lotosano nos comentaba todo lo que sabía, mediante la función telepática de Iskaún, esporádicamente ensayaba algunas frases, lo que era digno de elogio por nuestra parte, teniendo en cuenta que hacía cuatro días que se hallaba en aprendizaje. Y no sólo era cuestión de aprender palabras, sino a usar una lengua y todo su aparato gutural tan diferente al nuestro.

Es como si nosotros debiésemos aprender un idioma de silbidos o de cacareos.

- Lotosano quede aprrrenderr... Nadigones no queden ensenar... -decía Lotosano en sus ensayos. No parecía olvidar las palabras correctas, sino que era cuestión de aprender a modular coordinadamente lengua y garganta.

- Hay que tener cuidado ahora... -decía Iskaún- Pueden haber guardias, aunque sólo tengan aquí a los Dracofenos más ancianos.

- ¿Qué plan propones? -preguntó Tuutí.

- Que hagamos un alto e intentaré nuevamente salir con el cuerpo mágico. -respondió nuestra Amada Iskaún, aunque ello no era en su condición de reciente recuperada, algo tan fácil como una comunicación telepática.

El intento no resultó. Iskaún se veía preocupada y era tan comprensible como si nosotros no pudiésemos caminar. La mayor parte de su vida la había pasado en cuerpo mágico, llevando y trayendo niños hacia la Terrae Interiora.

- Iskaún... -le dije- Te comprendo, pero no te preocupes. Demasiado bien te encuentras, luego de haber sufrido las peores torturas que pueden darse en el Universo. Date tiempo. No te dejes vencer por el sentimiento de frustración. A todos nos cuesta recuperarnos cuando caemos, pero tarde o temprano, salimos adelante. No estés ansiosa...

Se agachó para darme un beso en la frente y me dijo:

- Agradezco tu sugerencia, porque estaba cayendo en un estado de ansiedad y necesitaba que alguien me lo hiciera ver. Sí, seguro que me recuperaré, pero ahora sólo puedo agradecer todo lo que han hecho por mí.

- No es ni la milésima parte -le respondí- de lo que tú has hecho por nosotros y por todos los mortales que han querido Trascender. ¿Recuerdas cuando me salvaste de las astillas de plata, junto con Thorodilbar, cuando el túnel se hizo inestable? ¿Y recuerdas cuando me salvaste de las Sombras del Avitkamaram en el...?

No pude decir más porque no recordaba más que un hecho, sin acordarme del resto de una situación que se dio en uno de los viajes...

- ¿Te acuerdas de aquello? -preguntó sorprendida.

- No... Es que me acuerdo de que te metiste donde nunca habían entrado los Primordiales... Pero no... Quisiera acordarme todo pero no puedo...

- Hicimos con Thorodilbar un trabajo de hipnosis sobre ti, para que olvidaras aquellas vivencias tan horribles... ¿Cómo es posible que te acuerdes?.

- Sí que lo han hecho bien... Sólo recuerdo que me salvaste de algo peor que la muerte... Pero lo acabo de recordar ahora. ¿Me ayudarás a recordar más?.

- No estés ansioso por ello... -dijo riéndose- No te dejes vencer por el sentimiento de frustración. A todos nos cuesta recuperarnos cuando caemos, pero tarde o temprano salimos adelante. No estés ansioso...

Lancé una carcajada que se unió a la suya, al escucharle decir lo mismo que había dicho yo momentos antes. Ella debía recuperar su capacidad para salir con el cuerpo mágico. Yo debía, antes de poder salir nuevamente con él, recuperar mi memoria de la niñez. Y antes que nada, aprender a destruir los sentimientos de ansiedad y frustración, que nos suelen llevar a hacer las cosas antes de tiempo.

León, Kichua, Kkala y Cirilo se habían adelantado un poco para explorar el lugar, y ya regresaban. Sus cerbatanas estaban cargadas con los dardos que había preparado Miski y las habían tenido que usar al encontrarse con dos Dracofenos armados, con uniformes de Narigones. Kkala traía a uno en su hombro y León traía al otro. Iskaún les recibió y colocó su mano derecha sobre la cabeza de uno de los dormidos.

- Aparte de haber formado un ejército mixto, aquí ha pasado algo extraño... -decía Iskaún- Han enviado una tropa para preparar la destrucción de este sitio.

Lotosano se estremeció con virulencia, como por un escalofrío. No hablaba aún más que algunas frases, pero al parecer entendía casi todo lo que se hablaba en castellano. Iskaún puso la mano sobre el otro Dracofeno y seguía obteniendo información de sus mentes.

- No consigo averiguar -dijo finalmente- cuándo lo harán, pero están preparando una destrucción de toda la zona, a fin de neutralizar en algunas partes la barrera azul y abrir una brecha en... Shan-Gri-Lá... ¡Pero no puede ser!... Este Dracofeno ha escuchado algunas cosas respecto a una resonancia de polos opuestos. Parece que intentarán crear un frente de combate en esta región, para mientras tanto atacar Shan-Gri-Lá II, al otro lado del mundo...

- Las cosas se complican... -comenté- Y según parece, tendremos que olvidarnos de volver a nuestras tareas normales por un buen tiempo.

- Vuestra misión -respondió Iskaún- ha sido cumplida en todo éxito. Me han rescatado y eso es algo impagable. Ahora lo que ocurre es algo demasiado grave como para involucrarles...

- ¡Nada de eso! -le interrumpió Tuutí- Estamos para lo que haga falta.

- Y no me quedaré fuera del asunto... -dije tan tranquilo y tajante que me sorprendí a mí mismo.

Varias voces se oyeron solicitando, pidiendo y hasta exigiendo que no se nos dejara fuera de combate, a lo que Iskaún respondió:

-Que levante una mano quien deba regresar a la superficie por motivos familiares o la razón que sea, sin necesidad de dar explicaciones de ninguna clase... - Y ninguna mano se alzó.

- Vale. Ahora levante la mano quien esté dispuesto a todo, incluso a morir en combate, si se hace necesario e inevitable un enfrentamiento con los Narigones...

El grupo parecía un silencioso campo de espigas que crecieron en una fracción de segundo. Entre las manos levantadas, se hallaba la de Lotosano, quien nos sorprendió diciendo:

- Dispuesto. Incluso contda Drrracofenos. Haberrr otrrrros como yo. Lotosano sabe... Lotosano sabe...

No pude contenerme y acercándome a él le abracé con todas mis fuerzas del Alma. También me rodeó con sus brazos y ambos sentimos nuestros corazones latiendo juntos. Pero si ninguno de los dos pudo contener las lágrimas, al menos no fuimos los únicos. Hasta Iskaún lloraba emocionada.

- También... -decía entre sollozos Iskaún- Lotosano tiene un corazón de niño. No sólo me han rescatado a mí, sino también a un Dracofeno, que ha dejado de ser esclavo de los Narigones para ser un Guerrero en favor de la armonía del mundo.

Ahora había que trazar un plan, de acuerdo a la información que teníamos. Iskaún siguió escaneando la mente de los Dracofenos dormidos, para extraer algún dato más, y consiguió saber que las máquinas que estaban produciendo aquel molesto sonido que nos envolvía, tenían la finalidad de generar una forma especial en la estructura pétrea de la región. No sabían los Dracofenos para qué, pero cuando Iskaún hizo una especie de proyección mental con el dibujo de la forma que se intentaba construir, se me pusieron los pelos de punta.

- ¡Esa es una forma alquímica ! -dije- Hace un par de años estuve estudiando eso... Se usa para concentrar determinados tipos de energía, normalmente para curar, pero si se usaran para hacer tangibles otras cosas...

- Acláranos, -dijo Tuutí- que no entendemos ni jota...

- Como sabéis todos, las formas físicas, incluso a veces sólo un dibujo, tiene efectos magnéticos...

- Como las pirámides -dijo Viky.

- Si, pero esto es más complejo... -continué- Las pirámides trabajan también en cualquier plano vibracional... Pero... No sé, es muy pronto para decirlo.

- Por favor, -dijo Iskaún- que yo he captado tu pensamiento, pero termina de expresar la idea para todos.

- De acuerdo... Pero es muy fuerte esta cuestión. Si cuando se hace ese dibujo y se ponen unos imanes se logra curar enfermedades, densificar tumores para poder operarlos sin peligro y otras cosas por el estilo...

- ¡Pero eso sólo lo saben los chamanes como el Gran Cupanga! -dijo Cirilo.

- También, -dije- lo deben saber los Narigones. Y no usarán esos conocimientos de modo precisamente curativo... Me temo que puedan hacer algo completamente opuesto a lo que se hace con las pirámides. Es una pena, puesto que pirámides y formas alquímicas harían un conjunto de trabajo maravilloso para corregir la mayor parte de los problemas del mundo...

- Excepto la intencionalidad humana. -agregó Tuutí.

- Tienes razón. Eso no es "moldeable". Si se moldean las intenciones humanas, entonces no habría Libertad. Sin embargo, esos conocimientos se usan para hacer que las multitudes no piensen, o piensen lo que unos pocos manden a pensar...

- ¡Terrible! -dijo Lotosano- ¡Eso... Eso haciendo con Drrrracofenos... Por eso....!

- Te entendemos, Lotosano. -le dijo Iskaún- Los Dracofenos tenían un movimiento revolucionario que quería lo mejor para vuestra raza. Pero los Narigones metieron narices y lograron una alianza con los peores, poniéndolos como gobernantes.

- O sea... -intervine- Lo mismo que han hecho con nuestra humanidad en muchos países...

- Ahora -dijo Tuutí- debemos analizar qué es lo que podemos hacer. Nuestra presencia aquí ha de ser sospechada ya por los Narigones, puesto que hace algo más de dos días han de haber logrado entrar al sector de Seitju-Do y no les será difícil deducir que hemos venido a Harotán-Zura. Dan por seguro que la Malla de Rucanostep es impenetrable, y tienen controlado el laberinto hacia la otra punta del camino.

- Y antes de que lograran entrar, Lotorroto y los soldados han de haberse liberado, puesto que han parado las máquinas del agua para que nos persiguieran los animales de la vacuoide.

- Si, pero eso no explica cómo lograron entrar los saurios más grandes, que no caben por el conducto del lago. Deben haber recibido órdenes de destruir la vacuoide o algo por el estilo.

- El caso es que estarán alertados de nuestro arribo a este sitio. -dijo Viky.

- Y no sería raro que nos esperen sorpresas desagradables antes de lo esperado. -dije pensando en Lotosano, que posiblemente encontraría a sus ancianos familiares muertos, o no los encontraría como él esperaba.

Iskaún no había conseguido extraer de la mente de los Dracofenos la información de los lugares exactos de las nuevas galerías ni las dimensiones de éstas, sino sólo el plano de la forma. En cualquier caso, debíamos intentar acercarnos a la ciudadela Harotán, donde hallaríamos a los ancianos Dracofenos. Pero esto no podíamos hacerlo masivamente, sino que había que formar un grupo reducido de inspección.

- ¿Cuánto es lo que puedes pasar desapercibido entre los Dracofenos? -pregunté a Lotosano, quien no supo responderme por no comprender bien la pregunta.

- Te lo digo de otra manera... ¿Podrías entrar en Harotán y averiguar algo?.

- No... Muy difícil.... Drrrracofenos saben; conocen Lotosano. Yo traidor para muchos...

- ¿No es posible hacer algo... Para que no te conozcan?

Se quedó un minuto pensando en la posibilidad que le planteaba y finalmente empezó a mover la cabeza negativamente. Iskaún aclaró que para los Dracofenos, el movimiento hacia los lados es afirmativo, mientras que hacia arriba y abajo es negativo. Justo lo contrario que para nosotros. Pero no era cuestión de cambiarle hasta el idioma gestual, que con su nuevo nombre y un nuevo idioma verbal que aprendía, ya era suficiente.

Mantuvo una charla mental con Iskaún y ella le hacía alternativamente movimientos afirmativos y negativos con la cabeza. Se reía porque hasta para los Primordiales el idioma gestual es casi idéntico al nuestro, y tan aferrado en el subconsciente, que invertirlo le resultaba difícil.

- Cambiar el sentido de los gestos -dije a Viky- es como decir "Tres tigres tragan tanto trigo en tres tinajas tetriformes".

Viky señaló con la mano y gesto sorprendido, cosa que debí reproducir como todo el grupo. Vimos a Lotosano que frente a las manos de Iskaún parecía que se transformaba. Su cuerpo se encorvaba, los ojos se le hacían más opacos, casi grises, salían unas barbas de su cara y las antenas se reducían. Los dedos espatulados se alargaban más de lo que ya eran, mientras sus pómulos se contraían. En vez de azul, su piel se hacía verdosa y toda arrugada, con manchas grises. Nunca había visto un Dracofeno muy anciano, pero no había duda de que Lotosano era todo un esperpento de ancianidad, al menos en apariencia. Se miró las manos y movió la cabeza de lado a lado, o sea en forma afirmativa para un Dracofeno.

- Las funciones mentales de los Dracofenos -explicó Iskaún- se pierden más que para la mayoría de los humanos a cierta edad, así que ni sus padres le reconocerán y para los jóvenes pasará más desapercibido aún.

-Lotosano... -dijo el Dracofeno mirándose las manos- Ahora... ¡Lotoviejo!.

Su rara risa se mezcló con la nuestra. Estaba claro que Iskaún había logrado transformar su apariencia física, pero en ningún modo habíase resentido en sus facultades mentales.

- He hecho sobre él -explicó Iskaún- un Tulpa, una falsa imagen. Durará como mínimo dos días, antes de empezar a desvanecerse.

Ajllu, Rodolfo y yo, que conservábamos completos uniformes de soldados Narigones, incluidas las armas de estos, acompañaríamos a Lotosano por donde él nos indicara, puesto que conocía muy bien aquella vacuoide. Si fuese preciso, haríamos como que le llevábamos allí desde la vacuoide dracofena más cercana, Murcantrobe, que estaría a sólo diez días de marcha, o diez horas en transportes mecánicos. Lotosano explicó mentalmente a Iskaún la forma de Harotán-Zura, aunque ella la había visitado alguna vez, y luego ella misma nos hizo un dibujo en mi cuaderno de campo.

- ¡Un perfil de rostro humano! -observé.

- Eso significa Harotán en el idioma Taipecán -dijo Iskaún.

Habría unos quince kilómetros que recorrer entre aquellas columnas, para llegar hasta la ciudadela, pero a menos de dos kilómetros había un destacamento, cuyos guardias capturaron nuestros compañeros.

Pronto sería notada su ausencia, y era importante tener un plan para esto, pues no tardarían en formarse pelotones de búsqueda y establecerse una alerta general.

- Creo que lo mejor será devolverlos a su sitio. -dije a Tuutí.

Luego de meditarlo unos segundos, aprobó mi idea afirmando con la cabeza.

- Tienes razón. -dijo- Si los retenemos tendremos que comenzar una captura sistemática de enemigos, que buenos resultados nos ha dado antes, pero hacemos eso o infiltramos a Lotosano en Harotán para averiguar más cosas. No podemos llevar adelante ambos planes.

- Sí que resultan incompatibles... -agregó Cirilo. Me parece que ya que tenemos a este "viejo" preparado, adelante con el plan "infiltración". De acuerdo a lo que suceda, seguimos con la búsqueda y captura sistemática. Pero no creo que nos resulte tan sencillo, teniendo en cuenta que ya deben estar informados de nuestra posible presencia.

- Entonces, vamos... -dijo Iskaún- Estos soldados, si los dejan en el mismo sitio donde los capturaron, no recordarán nada. Creerán haberse echado una siestecita.

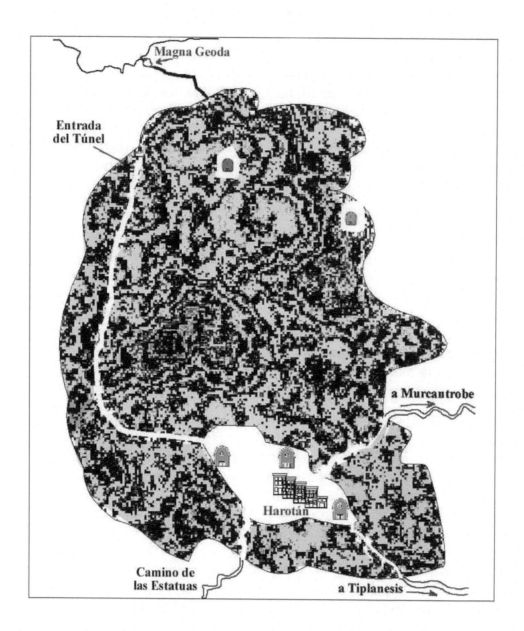

Magna Geoda

Entrada
del Túnel

a Murcantrobe

Harotán

Camino de
las Estatuas

a Tiplanesis

Colocó sus manos en la frente de los Dracofenos, y momentos
después partían dos grupos. Kkala, León, Cirilo y Kichua llevaban a los
soldados para dejarlos en sus puestos. Iskaún los despertaría
telepáticamente en cuanto los cuatro regresaran. Rodolfo, Ajllu, Lotosano
y yo partimos hacia el sector izquierdo, que formaba la nariz de aquella
rara vacuoide, a fin de aparecer en la ciudadela de Harotán por el camino
habitual que hacían los Dracofenos desde Murcantrobe. Aunque nos

parecía orientarnos bien, lo mejor sería seguir toda la muralla contensora de la vacuoide, incluyendo la prominencia que formaba la frente y nariz del perfil, aunque esto representara dar un rodeo muy grande, cubriendo una distancia de casi el doble que si fuésemos en línea recta.

Además, alargar el recorrido siguiendo la muralla tenía sus ventajas. Nuestras provisiones alcanzarían para una semana si se administraban bien, cosa que nuestro compañero Yujra hacía con toda eficiencia. El agua no faltaba, aunque teníamos que extraerla con paciencia de pequeñas filtraciones que chorreaban en algunas columnas. Pero además de no correr el riesgo de extraviarnos ni perder el rumbo en aquel bosque de columnas estalagmíticas, podríamos enterarnos de cualquier actividad que se hiciera en una superficie mayor, así como permitir que se prolongase el tiempo sin novedades de nuestra presencia. Ello relajaría un poco la guardia, en caso de que -como era lo más probable- los destacamentos hubieran sido alertados de nuestra posible llegada a la vacuoide.

Comprobé que mi brújula me servía allí, como en pocos sitios de las entrañas terrestres, seguramente por la escasez de materiales férricos. El Norte estaba apuntando casi directamente hacia la entrada de Murcantrobe, a la izquierda de la ciudadela de Harotán, según me indicaba Lotosano en el mapa. Emprendimos la marcha inmediatamente después de afeitarnos, ya que nuestras barbas y bigotes eran un detalle que no calzaba con el aspecto militar.

Lotosano caminaba con tal rapidez que podía delatar el hecho de que su vejez era sólo aparente. Se lo dije y me comprendió perfectamente.

- En Harotán, yo viejo. Poco... lento... viejo... De acuerrrdo. -me dijo.

En algo más de dos horas llegamos hasta un puesto militar. Ya estábamos acostumbrados en aquellos días, a usar al mínimo nuestras lámparas, y prácticamente íbamos a oscuras, con la linterna de Ajllu al mínimo. La luz residual de aquellas instalaciones nos permitieron apagar incluso esa, y Lotosano tomó la delantera, haciéndonos señas en cada tramo, para que le siguiésemos en cuanto no habían obstáculos. Algo que nos incomodaba al extremo, que además representaba un riesgo, era el ruido inevitable al andar, aunque lo hacíamos en puntas de pies. Aquel betún del piso no era resbaloso, sino más bien un pegamento molesto.

Rodolfo traía consigo un rollo de cuerda no muy gruesa, que usábamos para reforzar mochilas y otros bártulos. Nos detuvimos mientras Lotosano espiaba la zona e intentamos hacer una cubierta para el calzado, atando trozos de la cuerda para que la superficie de contacto fuese menor. No estuvo mala la idea, puesto que hacíamos menos ruido, aunque debimos mejorar las ataduras luego de unos cuantos metros de caminata.

En cierto momento, Lotosano nos hizo señas de precaución, y nos acercamos muy lentamente a su lado. Un grupo de soldados, a unos cuarenta metros, permanecían en formación. La tropa se componía de Dracofenos y Narigones en la misma formación. Se trataba de un refuerzo de guardia. Hablaban en inglés y comprendimos que se estaba increpando severamente a dos soldados Dracofenos por haberse quedado dormidos en sus puestos. Había sido un acierto devolverlos a su lugar de captura. No obstante, las novedades que deducíamos de lo que un jefe decía a la tropa, no eran muy buenas.

Comprendimos que se les recomendaba extremar precauciones porque ciertos "terroristas" se habían infiltrado en sus instalaciones y era de esperar que de un momento a otro aparecieran en Harotán. También se les prohibía ir hacia el extremo de la mina de amatistas, así como atender a cualquier ruido extraño, ante la posibilidad de que animales muy feroces pudieran llegar a la vacuoide. Evidentemente, sabían de la suelta de animales a propósito para que nos persiguiesen, pero también desconocían la existencia de la barrera azul colocada hacía poco tiempo por los Primordiales, que atravesamos entre Seitju-Do y Harotán y era para nuestro grupo una ventaja importante no tener exploradores merodeando por ese sector.

El inconveniente lo teníamos nosotros, que deberíamos internarnos en la vacuoide para dar un rodeo y no vérnoslas con esa tropa, que Lotosano consiguió ver al completo, contabilizando unos doscientos soldados. Seguimos a nuestro Dracofeno, que retrocedió algunos centenares de metros y para dar un rodeo bastante largo al destacamento. Marchamos hacia el Este durante unos diez minutos y luego volvimos hacia el Norte. El ruido de algunas máquinas se esparcía por el ambiente de tal manera, que resultaba imposible ubicar su origen, aunque nos indicaban aproximadamente la distancia. Estaríamos a unos quinientos metros del destacamento.

Seguíamos a Lotosano muy de cerca cuando nos sorprendieron los pasos de un grupo de soldados que marchaban hacia el Este. Uno de ellos ordenó un alto y absoluto silencio. Quizá no nos habían visto porque Rodolfo apagó la linterna que llevaba al mínimo, pero habían escuchado seguramente mis últimos pasos. Las cuerdecillas se habían llenado de betún y un "clash" que no era de sus botas, fue advertido por algún oído atento.

Alguien ordenó cargar "balas en bocas" y formar en círculo. Permanecimos en tal inmovilidad que apenas si respirábamos. Rodolfo no pudo evitar un pequeño ruido al caer de su hombro el rollo de cuerda y el desastre estaba en puerta. Los soldados ubicaron el sitio aproximado del ruido y se replegaron buscando ponerse a cubierto tras las columnas. No les veíamos, pero los haces de sus linternas delataban sus posiciones, y los ruidos del andar indicaron que serían al menos una docena.

Con el estado de tensión que teníamos, sólo nos faltaba un punto para que se nos erizaran hasta los bigotes recién afeitados, y ese punto lo puso un alarido espantoso, muy similar al de un Allosaurio, allí mismo, a escasos metros. La reacción de los soldados fue una huida tan precipitada que consiguió tapar completamente los ruidos de nuestros movimientos. Ninguno de nosotros sabía para dónde huir; miramos en torno pero las linternas de los soldados ya no daban ni siquiera un reflejo y encender las nuestras podía ser fatal.

Todo quedó en silencio, hasta que oímos las balbuceantes palabras de Lotosano...

- Yo... Bestia... Yo ruido...

No podíamos menos que agradecerle aquella imitación extraordinaria, pero para decírselo tuvimos que esperar que se nos descongelara la sangre.

-Al menos ahora, -decía Rodolfo- tendrán mucha precaución y no se alejarán de sus puestos centrales.

Pero se equivocaba. Apresuramos la marcha y pocos minutos después sentíamos a nuestra retaguardia el movimiento de un grupo de gente. Siguieron en dirección Este, pero nosotros ya habíamos atravesado su línea de paso, que seguramente unía con otro sector de maquinarias.

Volvimos hacia el Oeste, a fin de reencontrar el muro de la vacuoide, y cuando llevábamos unas cinco horas desde que dejamos a nuestro grupo, llegamos a un sector que sería la entrada al camino de Murcantrobe. Estaba repleto de soldados, pero allí podríamos pasar inadvertidos, aunque no era lo mejor. Lotosano nos guió fuera de la zona metiéndonos en pleno bosque de columnas, pasando por algunos sitios donde el terreno era escabroso, accidentado por grietas, un par de arroyos, pozos de minerales sulfurosos burbujeantes que daban la sensación de un paisaje infernal. Pero conocedor de la región, nos llevó directamente hacia la ciudadela. Comenzó a caminar más despacio en cuanto nos aproximamos a las primeras luces, que eran muy tenues y se hallaban colgadas del techo de la vacuoide. El sector urbano comprendía unos mil habitáculos similares a iglús esquimales, de color gris claro la mayoría en la periferia y más colorido hacia el interior de la población. Estaban colocados los edificios en grupos de cuatro, cinco o seis, separados por calles de unos diez metros de ancho. Muy pocas columnas de estalagmitas se habían dejado allí y otras construcciones, en el extremo de la ciudad, eran de forma cuadrangular y de varios pisos.

Algunas de las casas semiesféricas -casi todas de más de treinta metros de diámetro, o sea de unos quince de alto, presentaban coloridos con algún criterio estético, y casi todas se diferenciaban en los colores de las puertas y ventanas, que eran redondas o cuadrangulares. Muchas de esas casas se componían de dos o tres cuerpos de menor tamaño.

Algunos soldados, aparentemente fuera de servicio, caminaban por las calles, al igual que los Dracofenos, de los cuales la casi totalidad eran ancianos. Unos pocos de estos últimos, iban acompañados por otros más jóvenes. Si bien había sentido más de una vez la tristeza de los asilos de ancianos, donde un montón de vidas han perdido toda la ilusión, toda la magia, el entusiasmo y hasta el cariño de los hijos y demás familiares, allí esta sensación me ahogaba y los rostros de mis compañeros no mostraban otros sentimientos diferentes de los míos.

Recordé los momentos hermosos que solía pasar con los ancianos en algunas residencias donde se me contrataba para cantar. Pero son muy pocos los hogares donde sus propietarios se ocupan de que aquellas personas que han vivido sirviendo toda su vida, encuentren alegría, diversión y cariño en sus últimos días.

Lotosano nos condujo por una calle del lado derecho del pueblo, mientras nos indicaba llevar nuestras armas al hombro, en vez que "a la cazadora". Su andar se hizo más lento y no nos resultaba nada tranquilizador el hecho de que nos miraran con cierta curiosidad algunos Dracofenos, que daban muestras de desconocernos. Dos soldados armados, un Terrestre y un Dracofeno salieron de una de las casas y también nos miraron con cierta curiosidad. Continuamos caminando, haciéndonos los distraídos, pero cuando habíamos andado veinte pasos, doblando por una calle hacia la izquierda, los soldados se volvieron y se nos acercaban a paso rápido.

Un anciano Dracofeno apareció delante nuestro e hizo un gesto de saludo a Lotosano y éste le respondió, estableciéndose una charla en su raro idioma. Lotosano abrazó al hombre y esta situación hizo que los soldados permanecieran a unos cinco pasos sin intervenir. Los Dracofenos conversaron un poco, con gestos muy amigables, se saludaron antes de despedirse y esto dio un toque de normalidad que disuadió a los soldados en su curiosidad. Dieron media vuelta y se fueron conversando, mientras nosotros seguíamos andando. Lotosano miró hacia todas partes disimuladamente y continuó la marcha. No nos detuvimos hasta que llegamos a una casa cuyas puertas y ventanas estaban pintadas con colores muy vivos.

- Aquí... Padres... -dijo Lotosano.

- ¿Te parece buena idea que les visites?... -pregunté- No te reconocerán...

- ¿Reconoce...? -dijo intentando entender- ¡Sí!, mamadre conoce. Yo viejo... Mamadre conoce igual... Padres bueno. Lotosano bueno...

Nos indicó hacer como él, que se quitó los zapatos y le imitamos, dejando el calzado en una pequeña cámara al lado de la puerta.

Entramos a la casa, a una sala circular a modo de recibidor, de unos 15 metros cuadrados, con cinco cómodos sillones que parecían de plástico y una veintena de botellitas de colores en el suelo, en el centro, sobre una tabla lustrosa y redonda, sin patas. El piso era gris moteado y las paredes pintadas de rosa, con chorreos que imitaban los de las estalagmitas. Al fondo de la estancia una rampa daba acceso a la parte superior y a cada costado había una puerta.

Al entrar, Lotosano hizo unos fuertes chasquidos con los dedos y se oyeron sonidos guturales en el idioma Dracofeno. Nuestro compañero respondió y en unos segundos estaban frente a nosotros dos ancianos. No parecían haber reconocido a su hijo, así que Lotosano se puso medio amarillo, como nosotros nos hubiéramos puesto colorados. Nos presentó y los ancianos dieron muestras de desagrado por nuestra presencia.

Lotosano mantuvo una conversación que se prolongó más de diez minutos y la mujer hacía una serie de gestos extraños. No entendíamos ni jota de lo que hablaban, pero era de suponer que no aceptaban que aquel "viejo" como ellos fuese su hijo. El hombre dijo algo a Lotosano y éste nos sonrió.

- No creer... Yo hijo...

Luego dijo algo más a sus padres y la conversación voló por sabe Dios qué asuntos, hasta que al fin parecieron aceptar que no se trataba de una impostoría. Lotosano terminó de demostrarles lo que les decía dando saltos por toda la habitación, con una agilidad que no podría ser si su vejez fuese real. Luego los abrazó mientras hablaban y finalmente comenzaron a aparecer lágrimas en los ojos de los tres. No pude dejar de conmoverme, al igual que Rodolfo y Ajllu, ante una escena que nos abría otros conceptos sobre los Dracofenos.

Quizá, después de todo, no serían tan terribles como nos los habíamos imaginado. No cabía duda que entre ellos había corazones buenos y nobles, tanto como otros crueles y desalmados, como ocurre con todos los pueblos mortales. Unos van hacia la Luz por el Amor, la Inteligencia y la Voluntad, otros van hacia la sombra, alimentando odios, miedos y vicios. A veces la definición de un pueblo está en un porcentaje minoritario, que obtiene poder para someter a los demás a sus bajas vibraciones, pasiones y delirios.

Los Dracofenos bebieron de algunas de las botellitas mientras conversaban. Lotosano nos miraba de vez en cuando, con algunos gestos de preocupación. Tras una hora y media en que guardamos silencio y no entendimos nada, pudimos apreciar algunas cosas del idioma gestual de los Dracofenos. Antes de reírse, hacían un movimiento circular con la cabeza, antes de ponerse serios chasqueaban la lengua contra sus rostros y antes de hablar chasqueaban dos veces los dedos.

Cuando Lotosano se puso de pie, lo imitamos y después que se despidió de sus padres, la mujer me retuvo de un brazo y me hizo señas de que esperara. Se fue ascendiendo por la rampa mientras Lotosano intentaba una explicación.

- Padres... Entender. Ellos buenos... Tener dibajo.

- ¿Dibajo? -pregunté.

- Si, dibajo... -respondió Lotosano haciendo señas de escribir en el aire.

- ¡Ah!, un dibujo..

- Si... Eso. Dibujo... -dijo Lotosano.

- ¿Se tratará de un plano? -preguntó Rodolfo.

Permanecimos unos minutos en silencio hasta que la mujer volvió a la sala portando un pequeño rollo que me entregó mientras decía algo a su hijo. Nos despedimos con una inclinación de cabeza que supieron interpretar perfectamente y respondieron de la misma manera.

Ya en la calle recuperamos nuestro calzado y Lotosano nos llevó directamente hacia el centro de la ciudadela. En el camino nos decía lo que podía, con las pocas palabras aprendidas en cuatro días, merced a la extraordinaria paciencia didáctica de Chauli.

- Problemas... Mucho problemas. Y... ¿Bueno?... También noticia buena... Padres saber mucho. Viejos, pero... -con un dedo en la cabeza nos indicaba que sus progenitores no habían perdido facultades mentales.

- ¿Puedes decirnos algo más?. -preguntó Ajllu.

- No. Muy... difícil. Iskaún fácil. Mental, telapa... telapa...

- Si, con telepatía. -completé la frase.

- Eso. Telepatía mejor. -dijo él.

Llegamos a una casa donde los chasquidos de dedos los hizo desde afuera mientras decía algo. Un Dracofeno joven abrió la puerta y nos hizo pasar sin mediar más palabras. Nos íbamos a quitar el calzado cuando Lotosano nos indicó que no lo hiciéramos. El joven nos condujo rápidamente a un pasillo en rampa, como en la casa anterior, pero en el muro, apenas subimos unos metros, se abrió un puerta muy bien disimulada entre unos dibujos con muchas líneas rectas. Continuamos por una rampa descendente y entramos a una escalera de cincuenta y tres escalones, que terminó en una galería natural.

- Creo saber lo que pasa... -dije mientras andábamos casi a tientas. Los Dracofenos caminaban muy de prisa, mientras que Ajllu encendió su linterna taipecana al mínimo, que llevábamos ocultas en el bolsillo mayor de los pantalones. Yo miré el rollo que me entregó la madre de Lotosano y era exactamente la forma alquímica que ya conocíamos, pero con todos los detalles, cotas y medidas generales, así como los perfiles geológicos de la vacuoide con relación a esa obra del subsuelo.

Mis compañeros no hicieron comentarios y luego de andar cerca de un par de kilómetros el Dracofeno joven se despidió de Lotosano y nos hizo una inclinación de cabeza que respondimos. Estiré mi mano y tomé la del joven, que se sintió algo sorprendido. Le miré a los ojos y le dije "Amigo". Intentó repetir la palabra pero no le salió.

- Si. -dijo Lotosano- Amigos... - y luego dijo algo más en su idioma.

El joven puso su otra mano en mi hombro y pude sentir que había comprendido mi expresión. Mis compañeros no parecían entender lo que sucedía, hasta que estuvimos en marcha nuevamente, luego de que el joven emprendiera el camino de regreso, en sentido contrario.

- Hay revolución dracofena en puerta... -dije, y con el "¡Ah!" de mis compañeros fue lo último que hablamos hasta que tres horas después llegamos a una bifurcación de la galería. Tomamos el rumbo derecho y por una pequeña boca que Lotosano abrió, corriendo una losa muy bien disimulada, emergimos de la galería, en algún lugar de la vacuoide Harotán-Zura.

Lotosano cerró la loza con nuestra ayuda y anduvimos con precaución durante algo más de cuarenta minutos, en dirección SudOeste, hasta reunirnos con nuestro grupo. En unos momentos, Iskaún, contactando telepáticamente con Lotosano, confirmó mi presunción. Los Dracofenos habían sido engañados varias veces por los Narigones. No eran más que esclavos bien tratados, pero también había algunas sospechas sobre alguna cosa que podía ser perjudicial para los ancianos Dracofenos, puesto que en ningún momento hablaron de llevarlos a otro sitio.

Las máquinas estaban trabajando todo el tiempo desde hacía algunas semanas, formando unas galerías de las que no se explicaba nada a los Dracofenos, aunque el gobierno de estos, encabezado por Thafara, apodado "El Sonriente", parecía muy complaciente con los Narigones. Ya habían habido -según se enteró Lotosano en las charlas con sus padres y el amigo que nos condujo a la salida- algunos conatos de sublevación en Tiplanesis, -la vacuoide Capital de los Dracofenos- y Murcantrobe -la más poblada- pero habían sido aplastados por la guardia de Thafara y los destacamentos de los Narigones.

Sin embargo, no podíamos confiar en muchos Dracofenos, puesto que la mayor parte del pueblo de los "lamesales" apoyaba a su brutal gobernante o se mantenía neutral a las medidas que éste aplicara. La dotación entre Narigones y Dracofenos se calculaba en dos mil hombres allí en Harotán-Zura, más unos doscientos en los trabajos, que se efectuaban bajo su suelo.

Nos sentamos en doble semicírculo en un sitio bastante grande y libre de betún, a fin de armar un plan, aunque en principio se trataba de saber qué haríamos en adelante. Era importante, prioritariamente, detener la construcción de esa forma alquímica, -perdonará el Lector que no la revele y comprenderá los porqués-. Si la obra se llevaba a término, seguramente los ancianos Dracofenos serían destruidos como todo ese lugar.

No era difícil deducir que la destrucción de Harotán-Zura podía causar una serie de desastres que abrieran brechas donde la barrera azul de los Primordiales tardaría en ser colocada. Pero también sabíamos que uno de los soldados capturados había escuchado o visto algo sobre atacar Shan-Gri-Lá II.

- Podríamos dividirnos en dos grupos. -dijo Tuutí- Así un grupo avisaría...

- No hace falta. -dijo Iskaún- En mi reciente contacto telepático he avisado a Urosirarsiegeherithkaunrithissiegthorodil.

Me produjo un tiritón emocional escuchar aquel nombre tan querido y respetado, del Zeus de los Primordiales, al que finalmente me había resignado a recordar como Uros, para simplificar. Mientras nosotros hacíamos aquella furtiva entrada en Harotán, Iskaún había dado la voz de alarma. Pero igual era posible que nos tuviéramos que hacer un viaje hacia el otro lado del mundo, para situarnos a unos doscientos kilómetros de profundidad bajo suelo chino.

- Por ahora -continuó Iskaún- el objetivo es paralizar estas obras diabólicas y cerrar a los Narigones los accesos a Harotán-Zura. No será fácil expulsarlos sin provocarles bajas, y bien saben ustedes que yo apenas si puedo intervenir...

Ciertamente, los Primordiales tienen determinadas prohibiciones muy graves en cuanto a combatir contra los mortales. Pueden hacerlo de modo indirecto, ayudando a los mortales que se alían con ellos, que conservan corazón de niño y están dispuestos a todo sacrificio. Pero los Primordiales sólo pueden combatir directamente cuando hay peligro inminente y directo para sus vidas, lo que muy raramente puede ocurrir.

- No te preocupes, Iskaún -dijo Cirilo- porque con tu ayuda lo haremos. Si libramos la vacuoide de los Jupiterianos de esa plaga, también lo haremos aquí... Aunque con los ancianos Dracofenos allí, habrá que tener más precaución para no precipitar un desastre.

- Veamos -dije- qué vías de escapes tendríamos. De los tres caminos que parten de esta vacuoide cerca de la ciudadela, uno conduce a Murcantrobe, otro a Tiplanesis... ¿Y el tercero?.

- Eso es todo un misterio. -respondió Iskaún- Va hacia la vacuoide de las Estatuas, llamada Nonorkai, en la que ni los Primordiales nos hemos atrevido a entrar.

- ¿Y qué se sabe de ese sitio? -inquirió Tuutí.

- Es una vacuoide que puede ser algo mayor que ésta y está a... Bueno, caminando, quizá a cinco o seis días de marcha. Tal vez un poco más. Conocemos su forma externa y los caminos que llevan a ella; pero nunca ha salido nadie de allí. No ha podido ser explorada ni en cuerpo mágico. No han sufrido ataques de ninguna especie las vacuoides vecinas, pero hasta algunos Primordiales han entrado y nunca más salieron.

- Eso sí que es el colmo de misterioso. -dijo Viky.

- ¿Hay más sitios así, sin explorar? -preguntó Chauli.

- Sí, claro. -respondió Iskaún- Hay varios lugares que desconocemos incluso los Primordiales. En una zona debe haber seres de otras especies, una de las vacuoides más grandes del planeta. Está completamente vegetada con hermosos bosque, pero no sabemos quién ni cuándo la iluminó. Sólo hemos conocido una entrada, desde la que se ve parte del interior, pero algo invisible nos rechaza, peor que la barrera azul. Tampoco hemos visto a nadie desde la entrada ni hemos podido entrar con cuerpo mágico.

- Quizá -dije- sea donde se oculta Ogruimed el Maligno...

- No podríamos descartarlo totalmente, pero no lo creo. -siguió Iskaún- Pero ahora concentrémonos en nuestro propósito inmediato. Es necesario crear una situación en la que los Narigones se sientan inseguros y neutralizados. Yo soy una Maestra para niños mortales, pero vosotros, que sois los Guerreros, tenéis la palabra.

- Vamos con la lluvia de ideas, a ver cuál puede resultar. -dijo Tuutí.

- Yo tengo una ya mismo -dije- pero no le termino de dar forma. Antes quiero preguntar a Lotosano a dónde conduce esa galería por la que llegamos desde Harotán. Hemos salido por una desviación, pero seguramente...

- Malo... -dijo Lotosano- Camino malo. Final en mar. Mar... Violento...

- Se trata -dijo Iskaún comprendiendo mentalmente lo que quería decir Lotosano- de un camino largo y peligroso, que finaliza en un mar muy violento. Seguramente por estar en contacto con vacuoides magmáticas. No se sabe si tiene salida, pero no hay tiempo de explorar.

- Entonces, -continué exponiendo mi idea- veamos qué podemos sacar de la vacuoide de las Estatuas. Es de suponer que los Narigones ya saben algo al respecto.

- Si... Saben todos... -dijo Lotosano- Pero nadie ir, nadie venir...

- Eso está muy bueno. ¿Hay algún camino de desvío entre Harotán y Nonorkai, la vacuoide de las Estatuas?.

- No. Camino... Uno sólo...

- Bien, eso está mejor entonces. ¿Hay alguna puerta o algo que impida el acceso a ese camino?.

- No. -respondió Lotosano- No necesario... Nadie ir, nadie venir...

- Perfecto. La idea tiene tres vertientes: -seguí diciendo- La primera sería que de alguna manera llevemos a los soldados a ese camino y los acorralemos allí. No sería difícil provocar un derrumbe que los deje encerrados.

- Lo difícil -decía Tuutí- sería encontrar el modo de llevarlos a ese camino. No podemos hacerlo funcionando de cebo, haciéndonos perseguir, porque no podríamos salir por ningún lado. Además no sería todo el ejército quien haría una persecución o una exploración...

- Veamos las otras vertientes de la idea. -continué- Se trataría de hacer salir algo de ese camino. Algo que les produzca espanto. No se me ocurre qué puede ser, pero si consiguiésemos hacer que aparezcan desde allí... ¡O que les desaparezcan cosas!...

- Eso es más fácil. -dijo Miski- Podríamos hacer capturas sistemáticas y meterlos en el camino de las Estatuas. Puedo hacer dormir a los Narigones durante dos o tres días, y a los Dracofenos no sé, pero al menos unas cuantas horas.

-Sería una tarea muy peligrosa y llevaría mucho tiempo... -dijo Tuutí.

- Pero también -dijo Kkala- podríamos cortarles los insumos, que seguramente vienen por los caminos de Murcantrobe y Tiplanesis...

- Eso tampoco podemos hacerlo. -dijo Tuutí- Pondríamos en peligro la subsistencia de los ancianos.

- Entonces sigamos con mi idea. -propuse- Si logramos hacer algo que les meta miedo...

No pude continuar porque unos leves resplandores aparecían entre las columnas.

- Nadie se mueva... -dijo Tuutí en voz baja mientras apagábamos nuestras linternas.

Quedamos expectantes y escuchábamos los pasos de una buena cantidad de hombres que se dirigían hacia el túnel por donde habíamos venido nosotros. Me até rápidamente las cuerdecillas en los pies para evitar los ruidos del betún y me dispuse a seguir a lo que seguramente sería un grupo de exploración. Creo que nadie de mi grupo se percató de mi ausencia, al menos hasta que estuve algo alejado. Encendí mi lámpara al mínimo un instante para ver la brújula, a fin de poder regresar al punto de partida y reencontrarme con mi grupo. La boca del túnel estaba cerca, así que a unos cientos de metros los soldados se detuvieron y pude acercarme para ver y oír.

Prácticamente no había palabras entre ellos, salvo unas pocas indicaciones de formación. Serían unos cincuenta soldados, casi todos Dracofenos, dirigidos por unos pocos Narigones. Llevaban algunos, unas cajas cuadrangulares con asas de cuerda. Reconocí inmediatamente ese tipo de cajas. ¡Explosivos!. Se internaron por el túnel y decidí reunirme inmediatamente con mis compañeros, cosa que hice en pocos minutos.

- ¡Marcel! -dijo Viky- ¡Creí que te habías ido...!.

- Eso hice. Les he seguido. Son unos cincuenta, van a poner explosivos en el túnel del camino por el que llegamos. Seguramente están temerosos respecto a los saurios y quieren tomar precauciones.

- Rápido, vamos hacia allá. -ordenó Tuutí- Hay que evitar que destruyan el camino. Podríamos necesitarlo nosotros u otros.

- Y no sería mala idea hacer algo para acorralarlos allí, sin dejarles escapatoria... -dije mientras caminábamos a toda prisa.

- Me parece buena idea, -dijo Cirilo- pero habría que pensar un modo...

- Lotosano hizo una imitación de los aullidos de los monstruos. Puede volver a hacerlo, obligando a los hombres a internarse más y darnos tiempo a hacer algo...

En unos minutos nos hallábamos en la boca del camino. Lotosano, acostumbrado a ver en la casi total oscuridad, iba adelante. Caminamos cerca de kilómetro y medio, llegando hasta la entrada de la sala de las enormes amatistas sin tener noticias del grupo de soldados. Lotosano, que se había adelantado bastante, volvía corriendo y se detuvo frente a Iskaún.

- Están poniendo los explosivos -decía ella- unas decenas de metros más allá de la sala. Seguramente extenderán un cable hasta aquí o más hacia la vacuoide.

- Tenemos que decidirnos ahora... -dije.

- De acuerdo. -dijo Tuutí- Veamos que puede hacer Lotosano...

El Dracofeno repitió el aullido de Allosaurio, que aún sabiendo su origen nos causaba alguna impresión, aparte de aturdirnos. Entró a la sala de las amatistas y lo hizo por segunda vez, volviendo rápidamente a nuestro lado.

- Eso los demorará un poco... -dijo Iskaún-

- ¿No se podría poner una barrera azul? -pregunté.

- No es tan rápido ni fácil instalarla, aunque una vez puesta se pueda activar o desactivar...

- Pero tenemos que hacer algo para que no puedan regresar. -respondí- Si logramos detenerles aquí mi idea sobre el otro túnel podría verse ayudada...

- Creo que tengo una solución... -dijo Iskaún- Espérenme aquí.

Se fue hasta el otro extremo de la sala y volvió diez minutos después.

- Ya está hecho. -dijo con voz cansada- He fabricado un Tulpa, imitando la pared del túnel, así que no encontrarán la entrada. Además le he puesto sensación táctil y eso me ha dejado extenuada. Continuarán por la galería natural y se perderán en el laberinto que hay hacia abajo. Espero que no les resulte fatal. ¿Conoces qué hay hacia el otro lado, Lotosano?.

- Bien, -continuó Iskaún- diciéndonos la respuesta mental de Lotosano- no habrá inconvenientes. La galería es bastante confusa un poco más abajo y no sabrán volver. Los soldados Dracofenos no son de Harotán y sería raro que alguno conociera bien esta zona. El laberinto lleva, por cualquiera de sus galerías, a la vacuoide de Kumnantia, que está abandonada pero iluminada, vegetada y con agua. No hay modo de salir de ella si no es por este mismo camino o por los ríos subterráneos.

- ¡Excelente! -dije- Cincuenta soldados menos. Eso les preocupará bastante y no creo que se atrevan a buscarlos.

- Silencio... -dijo Iskaún en voz baja- que el Tulpa que he hecho no es un impedimento acústico. Y como ven, sólo lo he hecho en modo polarizado. Desde aquí se ve hacia allá, pero desde allá no se ve más que dura roca. Habrá que sacarlos de allí en algún momento. -dijo Iskaún- Pero será dentro de un tiempo. Por ahora podrán subsistir sin peligro.

Volvimos hacia Harotán-Zura, pero no entramos a la vacuoide, sino que nos quedamos en una parte algo más ancha del túnel. Tres centinelas guardarían esa entrada, apostados unas decenas de metros más adentro, entre las columnas.

- Ahora se sumará a mi "propuesta terrorista" la pérdida de estos soldados. -decía yo entusiasmado- Habría que repetir un par de estas acciones y estoy seguro que abandonarían, al menos temporalmente, esas obras.

- No hables de "terroristas", -dijo Rodolfo- que es la palabra preferida de los Narigones para justificar cualquier invasión. Pero se me ocurre algo. Aunque creo que sería abusar de la capacidad de Iskaún para hacer tulpas...

- Por ahora, -dijo ella- no puedo más. Necesito dormir unas veinte horas para recuperarme.

- Pues ya mismo deberías hacerlo. -le dije bromeando- Sea lo que sea que hagamos, te precisamos en buen estado... No es cuestión de que te rescatemos para luego matarte trabajando.

- Creo que la sala de las amatistas será un buen dormitorio. -dijo ella mientras se marchaba. Hasta su forma de andar revelaba que estaba agotada.

- Eso de hacer Tulpas... -comenté al grupo- Es un gasto de energía tremenda, incluso para los Primordiales.

- ¿Sabes algo de eso? -preguntó Chauli con curiosidad.

- Si. Dos veces hice Tulpas. La primera fue una imagen de mi mismo, para poder ausentarme de un puesto de cuidador en un vivero forestal y floral en el que trabajé una temporada. Resultó muy bueno, pero estuve una semana con una fatiga extrema. Luego intenté revertir el proceso, o sea reabsorberlo, para que volviese a mi cuerpo como energía mía que era... Casi muero en el intento.

- ¿Y el segundo? -preguntó Cirilo.

- Lo hice unos meses más tarde. Un perro enorme, de aspecto muy feroz. Estaba hecho para evitar que alguien entrara a aquel vivero durante las noches, porque muchas veces entraban a robar flores gente desaprensiva que hacía destrozos. Causó más de un susto, incluso a mis compañeros de trabajo, que como es lógico nunca se enteraron qué fue "aquello". Durante el primer día, siguió visible a pesar de salir el sol, cuando yo lo había hecho sólo para dejarse ver de noche. Lo que más asustaba a la gente era que ladraba pero no emitía sonido alguno. Conseguí llamarlo a un lugar escondido e imponerle ciertas reglas. Dejé ese trabajo unos meses después, pero no pude deshacerlo. Hasta ahora mismo -o al menos hasta hace un año, que recibí una carta de un amigo- nadie se atreve a entrar de noche a aquel predio. Desaparece con los primeros rayos de sol.

- ¿Y quién te enseñó a hacer eso?.

- No lo recuerdo muy bien. Un día, trabajando en aquel sitio tan lleno de flores, árboles, algunos perros y un caballo al que habían bautizado Pomeranio, -que por cierto, caballo y perros se hicieron muy amigos de mi Tulpa- me encontraba meditando bajo una tila en flor. Me quedé entredormido y empecé a soñar o a recordar algo... No sé bien qué, pero un chico de unos diez o doce años me decía cómo hacer un Tulpa. Ni siquiera conocía la palabra, así que me puse aquel mismo día a buscar en una biblioteca la palabra y encontré, justo cuando la bibliotecaria me decía que tenía que cerrar, un libro tibetano traducido al italiano. Conseguí convencer a la mujer para que me dejara llevarme el libro, aunque no me conocía, con la promesa de volver al día siguiente. Allí explicaba algo más, pero no mucho.

- ¿Y devolviste el libro? -preguntó Viky.

- Nunca falto a mi palabra, querida mía, mientras que no hayan fuerzas mucho mayores que mi voluntad. La bibliotecaria me sacó unas fotocopias de las partes interesantes y mirando el tema me llevó a ver otros libros. Encontré uno que se llama "La Revelación de Shan-Gri-Lá", y creí que era una novela... Hasta que entramos en la vacuoide de los Taipecanes. Allí comprendí que el autor, cuyo nombre no recuerdo, la ha conocido. O al menos un lugar parecido.

- Quizá -dijo Cirilo- Conoció la Shan-Gri-Lá II y no la vacuoide actual de los Taipecanes.

- Si, es posible. Describe cosas tan... ¡Ay, qué bellezas!... Tan bellas como la de los Taipecanes, que me gustaría poder recorrer ahora mismo, sin el agobio que sentía antes de poder rescatar a Iskaún.

- Seguramente -intervino Tuutí- la volveremos a ver. Pero ahora necesitamos, antes de quedarnos dormidos todos, tener una idea de lo que haremos aquí.

- Tienes razón, Hermano mío. -le dije- Perdona que nos hayamos ido tan lejos en tiempo y lugar. Si no están muy cansados, expongo por fin cuál es mi idea respecto a la vacuoide de las Estatuas y cómo usar ese asunto para nuestro objetivo.

- ¡Adelante! -dijeron varias voces.

- Supongamos que podemos cerrar los caminos de Murcantrobe y Tiplanesis temporalmente. No sería difícil, aunque tuviésemos que robar algunos explosivos a los soldados. Ello les crearía una situación algo desesperante. No tardarían en buscar salir de Harotán-Zura. Los revolucionarios Dracofenos tendrían algo de campo de acción, aunque no se cómo. Pero ya hemos visto que no todos los ancianos están tan cortos de mente como parece y hay muchos jóvenes cuidándoles. Podemos aumentar el pánico haciendo correr algún rumor entre ellos, o sea usando las mismas estrategias que usan los Narigones con los pueblos de la superficie externa, para hacerles creer algo que no sea verdad.

- ¿Como qué? -preguntó Kkala.

- Como que de la vacuoide de las Estatuas están saliendo monstruos, llevándose gente y cosas por el estilo. -dijo Rodolfo.

- Eso, -le dije- has captado mi idea.

- No será fácil, pero afinemos el plan. -dijo Tuutí- Al menos contamos ya con cincuenta desaparecidos.

-Cincuenta más... -balbuceaba Lotosano- Yo puedo... Yo puedo... El camino abajo.

Nos hacía señas a Rodolfo, Ajllu y yo, que junto con él...

- Si, -dije al comprenderle- el camino por el que volvimos desde Harotán. ¡Cierto!. Si conseguimos hacer entrar otro pelotón bien nutrido por allí, les encerraríamos como a estos otros. Habría que tapar la entrada desde la casa del Dracofeno por la que ingresamos, y la salida que está a unos minutos de aquí.

- Esos la tendrían mucho peor -dijo Ajllu- porque el camino, además de peligroso, termina en una mar revuelta...

- Pero no creo que se internen en el mar... -agregué.

- No será difícil...   Hacerles entrar una dotación bien nutrida... -decía Tuutí entre bostezos- Pero ahora, por favor, necesitamos dormir.

Se relevaron los centinelas con los que tenían menos sueño, entre los que me encontraba, y se asignaron los demás turnos. Algunas mujeres protestaron porque se las dejaba al margen de la obligación de las guardias, pero Tuutí, no tuvo inconveniente en dejar que ellas velaran por nosotros, así que se pusieron tantos varones como mujeres en los turnos, dejándome fuera de los turnos de aquella velada.

Iba a dormirme, pero me pareció que los ronquidos -como en otras ocasiones- no me lo permitirían. Así que me disponía a dormir cerca de la boca, fuera del túnel. Entonces me asaltó una idea no muy grata. Si Iskaún, a la que ya había oído roncar como el peor de los roncadores mortales, dormía en la sala de las amatistas, bien podría ocurrir que los soldados traspasaran el Tulpa creado por nuestra Maestra, que no era anti-acústico, guiados justamente por sus ronquidos.

En vez de dormirme, emprendí la caminata -o mejor dicho la maratón- de un kilómetro hasta aquel lugar. Al llegar encontré a Iskaún dormida sin asomo de ronquidos. Como la temperatura allí no estaba nada mal, me acomodé cerca de ella y me entregué al sueño. Si llegase a roncar, me despertaría antes que los soldados oyeran algo, en el supuesto caso que aún anduviesen por esa zona tras el Tulpa de piedra, que no era visible desde la sala.

Aún no me había dormido cuando escuché pasos y vi aparecer las luces de las linternas de los soldados. Apagué la lámpara y toqué suavemente a Iskaún, que me dijo telepáticamente que me quedara tranquilo. Tomó mi lámpara y la encendió. Los soldados pasaron sin ver nada. Iban alertas, con sus fusiles a la cazadora, pero ni pizca de haber visto la luz de mi linterna. Iskaún me hizo señas de silencio y los soldados desfilaron perdiéndose camino hacia abajo, es decir, por la caverna natural.

-Ahora - me dijo minutos después- podemos dormir con toda tranquilidad.

- Hubiera jurado -le dije cuando me despertó- que habías dicho que necesitabas veinte horas para reponerte.

- Y han pasado algo más. -me respondió sonriente.

- No puede ser... -dije mirando el reloj- ¡Vein... ! Esto es increíble... Han pasado veintidós horas...

- Parece que tú también necesitabas descansar un poco... Vamos con el grupo, que deben estar desayunando. También necesito comer algo de vez en cuando.

- Espero -dije- que nos hayan dejado ese "algo".

Pero apenas empezábamos a caminar hacia la vacuoide, nuestro compañero Víctor Ankalli, el más rápido corredor del grupo, entraba a vertiginosa carrera en la sala, anunciándonos que venía una partida de soldados. Nos apresuramos para escondernos en el primer socavón de amatistas, más allá del túnel cuadrangular de la pared de la Magna Geoda. Mientras tanto, veíamos un confuso movimiento de resplandores, producidos por nuestros compañeros que iban ocupando todo lugar adecuado para esconderse entre los socavones y las ruinas de maquinarias. En un minuto, las luces fueron apagándose y se hizo absoluto silencio, el cual fue roto poco después, por las voces de dos hombres. Uno de ellos, más que hablar parecía discutir, a la vez que daba gritos llamando a alguien. Seguramente llamaba al jefe del grupo extraviado tras el Tulpa de piedra.

Iskaún y yo estábamos a unos diez metros de la galería, tras unos trozos de grandes geodas, pero echado cuerpo a tierra pude observar por un huequecillo entre éstas, que pasaban al menos unos cuarenta hombres, marchando en doble fila. Algunos alumbraron sus reflectores hacia el interior de los socavones y yo rogaba que ninguno de mis compañeros hiciera algún ruido o movimiento que delatara nuestra existencia. De haberse producido un encuentro, no habríamos podido reducirlos sin producirles bajas, con excepción de los que pudieran ser alcanzados por los dardos de las cerbatanas. Por lo demás, habríamos tenido que dispararles sin miramientos. Pero por fortuna, pasaron todos hacia la Magna Geoda.

Aún había luz residual de las potentes lámparas de los soldados, que según parecía, eran todos Narigones. Los Dracofenos no soportarían tanta luz. Apenas terminaron de pasar, Iskaún se incorporó y me dijo que no me moviera. Llevó sus manos a la cabeza en actitud de concentrarse y... ¡Desapareció!. O sea que se hizo invisible. Estaba recuperando paulatinamente sus poderes de Primordial.

A pesar de la indicación de Iskaún, me arrastré hasta la entrada del socavón, y me quedé observando hacia la Magna Geoda. Los soldados se hallaban dentro y seguían hacia la caverna natural, alumbrando todo a su paso. Casi sobre mi cabeza, me sorprendió algo que volaba. Era Lotosano, que pasaba como suspendido en el aire, pero comprendí que era Iskaún quien lo llevaba, y lo depositó a unos metros más adelante, a cubierto de la vista de los soldados, tras un repliegue de la roca donde comenzaba el túnel cuadrangular de la Magna Geoda.

- ¡Desobediente!. -dijo en voz baja nuestra querida e invisible Iskaún al pasar cerca de mí.

No me di por aludido y me acerqué pegándome a la pared, hasta Lotosano. Ya casi no podía ver porque más de la mitad de los soldados habían entrado a la galería natural, más allá de la Magna Geoda, atravesando el Tulpa. Saqué los pequeños y potentes prismáticos del bolsillo y pude seguir los acontecimientos. Algunos soldados parecieron sentirse confusos, porque habiendo entrado, al mirar hacia atrás sólo veían un muro y oían los pasos de sus compañeros. Algunas voces algo desesperadas, intentaban en vano comprender lo que ocurría, y la última decena de hombres estuvieron a punto de detener su marcha, al notar algo extraño entre la tropa que iba adelante.

-¡Ahora! -murmuró Iskaún, e inmediatamente Lotosano lanzó su aullido de Allosaurio.

Como empujados por un huracán, los soldados se agolparon en la galería natural sin siquiera mirar hacia atrás. Cuando lo hicieron, estaban todos más desubicados que chupete en la oreja.

- Atento... Cuando veas al monstruo... -susurró Iskaún desde la invisibilidad y Lotosano afirmó con la cabeza (moviéndola negativamente).

Nuestra diosa, cuya vibración se sentía cercana, desapareció completamente, pero unos leves sonidos de rápidos pasos se oían en dirección hacia la Magna Geoda. Los soldados seguían en estado de confusión, intentando encontrar el sitio por donde habían pasado. Aunque el Tulpa tenía efecto táctil, si hubieran golpeado o empujado con alguna fuerza habrían comprobado que se trataba de una rara ilusión. Pero mientras los hombres discutían y uno llamaba la atención a los otros por haber irrumpido con cierta violencia en el grupo, empujando a los otros, algo les espantó. Aunque estaban a más de ciento cincuenta metros, del otro lado de la Magna Geoda, les vi disparar hacia el lado izquierdo de la galería. Los soldados corrieron hacia la derecha, desapareciendo de mi vista y un enorme Allosaurio apareció por la izquierda. Lotosano permanecía en silencio.

- Ahora, Lotosano... -le dije- No temas, que es un Tulpa...

Volvió a imitar el aullido que me dejó sordo unos cuantos segundos, y el monstruo se perdió galería abajo, aunque seguían sonando disparos. Iskaún volvió a hacerse visible y nos llamaba desde el túnel. Atravesamos a toda carrera la Magna Geoda y llegamos casi a la galería, donde Lotosano repitió el feroz aullido. Tuve intensión de asomarme, al igual que el Dracofeno, pero Iskaún no lo permitió. Los soldados ya no disparaban sus armas. Ni se veían sus luces. Sonreíamos a Iskaún y ella nos devolvió la sonrisa con un gesto de sacudirse las manos, como diciendo "ya está".

- ¿Durará mucho ese Tulpa? -le pregunté.

- No lo sé exactamente. Pero estará a unos quinientos metros más abajo durante algunas semanas...

-Da gusto verte comer... -dije a Iskaún, que lo hacía con tanta delicadeza como la más refinada de las damas inglesas, esas señoras capaces de comer un huevo crudo con cuchillo y tenedor, o como esos franceses cultos, capaces de pelar con los cubiertos una jugosa chirimoya taipecana, de pulpa más líquida y sabrosa que las de la superficie. Su arte, a falta de cubiertos, consistía en comérsela sin ensuciarse las manos ni dejar que chorreara su jugo, quitando la piel con tal maestría como si nunca en su larguíiiiiiisima vida hubiese tenido otra actividad que esa. La cortaba en gajos con el filo de la uña y las abría luego con delicadas posturas de los dedos, como quien fabrica una corona de papel de azúcar.

Mientras observaba esto, las negras semillas, algo más pequeñas y duras que las de las chirimoyas peruanas, empezaron a saltar de su boca al apretarlas con los labios o los dientes, como balazos que se estrellaban en la pared del otro lado de la galería. Roto el encanto de la finura, ésta dejó el lugar a tales carcajadas, que Tuutí debió llamarnos la atención para moderar las risas y hacer un poco de silencio.

Si bien otros cuarenta soldados habían sido puestos fuera de combate y estarían reuniéndose con los cincuenta primeros, a varios kilómetros por la galería descendente hacia Kumnantia, no era cuestión de relajar la guardia.

- Hace tres horas -comenté a mis compañeros- que el último grupo ha sido engañado por el aturdidor "Dracofenosaurio" y los Tulpas de Iskaún, pero no sabemos qué nivel de entrenamiento tendrán los soldados Narigones, ni qué posible conocimiento sobre ilusiones creadas.

- Muy cierto. Así que por favor, Amigos... Un poco de cordura. -decía Tuutí- No sabemos si una nueva partida ha sido enviada, alertadas la guarniciones de Harotán por la radio de los -para ellos- extraños sucesos.

- Es que aquí -respondí- en las entrañas de la tierra, la radio es prácticamente inútil, y más aún toda cosa que funcione con baterías.

- ¿Es que acaso los Narigones no tienen modo de comunicarse? -preguntó Cirilo.

- Pueden... -dije- Pero las baterías no son como las de las linternas taipecanas. Las de los Narigones se descargan con suma rapidez sin que nadie explique el porqué. Aunque esto es bien sencillo, si se conoce algo de geomagnetismo. El problema de la radio lo tienen con el tipo de ondas que emplean. Sólo las radios de frecuencia ultralarga podrían serpentear entre tanta caverna...

- ¿Y no tendrán, acaso -preguntó Ajllu- posibilidades de hacer radios con esa capacidad?.

- Si me permiten... -intervino Rodolfo.

- Somos todo oídos... -dijo Viky.

- Pues eso... Es que somos todo oídos, -siguió Rodolfo- pero dentro de un espectro de vibraciones muy limitado. Hace tres o cuatro años los Narigones crearon un sistema de captación de "armonios", que permite escuchar infra-frecuencias. Pueden escuchar, y de hecho lo hacen, desde los satélites que están a cien kilómetros de altitud, las conversaciones de dos personas que se encontrasen a doscientos o más metros de profundidad en una mina. Pero eso es "tecnología ultra-reservada". Si hicieran aparatos pequeños con esta capacidad para dársela a sus soldados, se producirían "fugas de información", que pondrían en peligro su monopolio tecnológico.

- Es -comenté- una pescadilla que se muerde la cola. Ellos mismos crean un sistema en que sus egoísmos, secretos y precauciones, les dejan en desventaja...

- Así es. -continuó Rodolfo- Los Narigones no tienen las cualidades que tiene Iskaún, ni los oídos de los dracofenos, aunque pueden reemplazarlas en alguna medida con tecnología. Pero esa tecnología, puesta al servicio de unos pocos "dueños de la civilización" a modo de monopolio, es como un montón de muletas que no permite a las personas caminar con sus propias piernas...

- Incluso -dije- a los mismos que las fabrican...

- ¡Qué bueno sería -dijo Viky- que esa tecnología estuviera al alcance de todos!. No seríamos como Iskaún, pero al menos...

- ¿Al menos...? -pregunté tras unos segundos de silencio.

- No. -siguió Viky- No serviría para nada. Nos haríamos cada vez más dependientes de ella.

- ¡Completamente de acuerdo! -intervino Cirilo.

- Si, no os serviría de mucho, -dijo entonces Iskaún- pero por ahora, como toda muleta, puede servir a quien la necesite para andar... Lo importante es buscar superarse. Si el hombre mortal, a pesar de sus problemas y malas condiciones genéticas recordara su niñez, se entrenara en desarrollar su telepatía, hiciera más ejercicios de memoria y tuviera más disciplina, en vez que tantos vicios, odios y miedos...

- No llegaríamos ni a la centésima parte de tus poderes... -interrumpí.

- ¡Te equivocas! -me respondió amable pero rotundamente- Te sorprenderías a ti mismo si aplicaras las Tres Claves Mágicas en perfecto equilibrio...

- ¡Cierto! -respondí- Pero claro... Una cosa es decirlo y otra hacerlo... Amor, Inteligencia y Voluntad...

- Eso es. -concluyó nuestra Amada Primordial.

Tuutí, una vez terminadas nuestras conversaciones, ordenó el relevo de la guardia, que con acertadas actitudes habían previsto el arribo del segundo grupo de soldados. Me quise alistar en la función pero el jefe me mandó a sentarme.

- Eres necesario en esta conversación. -me dijo- Tu idea sobre el camino a la vacuoide de las Estatuas, finalmente ha dado resultado aquí mismo. ¿No iba tu planteo en algo parecido a lo que ocurrió aquí, con el resultado de noventa enemigos fuera de combate y sin lesionados?.

- Bueno... -dije- Sin ser lesionados... En lo físico, je, je, je...

- No te preocupes, -agregó Kkala- que seguramente encontrarán abundante agua para lavar sus ropas...

- Basta de chanzas, por favor. -se impuso con seriedad Tuutí- Pasemos a revisar el plan, que hasta ahora se ha llevado a cabo sin que lo tuviésemos claro, gracias a que cada uno ha obrado con acierto en lo suyo. Especialmente Iskaún, que ha hecho la mayor parte del prodigio...

- ¡Nada de eso! -respondió la aludida- Yo sólo había captado las ideas Marcel y las he aplicado aquí, dadas las circunstancias.

- ¿Acaso no habrías hecho lo mismo si hubieras estado sola? -preguntó Viky.

- No. Los Primordiales tenemos otra psicología. No sabemos engañar. Yo lo estoy aprendiendo con ustedes. La mentira es algo terriblemente peligroso y ningún Primordial puede usarla para nada. Incluso cuando se hace alguna broma entre nosotros, -que por supuesto las hay- no hay engaño ni por un instante. ¿Recuerdas Marcel cuando en la Gran Pirámide de Iepum intentaste engañar a Giburuarrriththorisarnot respecto a tu nombre y ciertamente lo lograste por algunos segundos?.

- ¡Si, lo recuerdo!. Ese fue uno de los viajes inolvidables. Luego vi que estabais preocupados porque el sol interior tenía algunos problemas...

- Si. Eso es. Pero había algo más que no te dije... En realidad, la preocupación mayor que teníamos, aunque Giburuarrriththorisarnot se mostró risueño, era que habías intentado mentir telepáticamente... Y lo habías logrado.

- ¡Ah! -exclamé con tristeza- Pero yo... ¿Y Giburuarrriththorisarnot no mintió al reírse?.

- No te preocupes... Tampoco necesitas excusarte. No era tristeza por tí. Sinceramente que Gibururarriththorisarnot se rió de tu broma, pero inmediatamente comprendimos que los mortales podían llegar a engañarnos por medios telepáticos si se entrenaban adecuadamente, ya fuesen telépatas o no.

- ¡Y mira si lo han hecho contigo! -dije conteniendo las lágrimas, recordando lo sufrido por nuestra Amada Maestra.

- Tranquilo, querido hijo de mi Alma... -decía Iskaún- Todo en esta vida es aprendizaje. Incluso para los Primordiales. Con Amor, Inteligencia y Voluntad, todo se arregla.

Me abrazó con una ternura tan indescriptible, que nuestras recientes risas, convertidas luego en profunda tristeza y ahora en lágrimas de profundísima ternura y el más espiritual de los Amores, formaban un lío de sentimientos que no cabía en nuestros corazones.

Viky y Tuutí me abrazaron también, y a él Cirilo, y Kkala, Liana, Leticia y Chauli, e inmediatamente todos los demás, nos fuimos abrazando en una cadena de purísima fraternidad, de la que ni siquiera quedaron fuera León, Adriana y Vanina, que estaban montando guardia a cientos de metros, entre las columnas de la vacuoide. ¡Qué momentos aquellos!. ¡Qué unión, qué lazos de auténtica Familia nos apretaban unos con otros, que hasta los que estaban a cierta distancia protegiéndonos como centinelas, se sentían presentes y les sentíamos nosotros!. Lotosano, un Dracofeno, antes enemigo circunstancial, ahora Amigo, colega, camarada y compañero, lloraba igual que nosotros, vibrando en la misma frecuencia del Amor Universal. Abrazado a Iskaún y a Ajllu, le miré y recordé al instante aquellas palabras que siempre mi elemental inteligencia hacía repicar en la mente, enseñadas por uno de los más grandes Maestros de la Humanidad: "Por sus obras los conoceréis".

Lotosano, un ser nacido en la Tierra pero con ancestros originados en otro planeta, no sólo de otra raza, sino de otra sangre, de otros arquetipos, de otra cultura y con una biología completamente diferente, estaba allí para darnos una importante lección. Percibió mi mirada y comprendió mis pensamientos y sentimientos. Le hice con la cabeza un movimiento afirmativo, pero recordando su idioma gestual lo hice hacia los lados... ¡Qué felicidad tenía al sentirse reconocido, respetado y amado, integrando en una Familia del Alma que sólo le juzgaba por el Amor del que participaba!. Su piel azul no era para nosotros más que un disfraz, uno de los circunstanciales ropajes con los que se viste el Alma, según donde le toque en suerte nacer. Iskaún, percibiendo todos los pensamientos y sentimientos nuestros, aventuró un ejercicio didáctico diciendo telepáticamente:

- Cierto es que las razas son un disfraz. Pero muy importante porque con ella expresa cada uno sus valores. Si se mezclan mal, hay verdadera confusión en el Alma de los hijos, y más aún entre los nietos, que podéis ser vosotros mismos mientras seáis mortales... Sed puros por dentro y por fuera respetando a todos los Seres del Universo, al fin y al cabo, Hermanos en el Alma...

Iskaún siguió explicándonos algunos conceptos más, con un Amor que sólo una Madre del Alma puede enseñar a cualquier criatura. No puedo decir cuánto tiempo transcurrió en ese abrazo magnífico, pero hubiera sido mucho más si no lo hubiera interrumpido un fogonazo de luz proveniente de la vacuoide. Los tres centinelas venían a nuestro encuentro pero no precisamente a participar del abrazo material. Khispi llegaba hasta nosotros y nos decía apresuradamente que algo estaba ocurriendo en el subsuelo entre las columnas, muy cerca de su puesto de guardia.

Tuutí, Rodolfo y yo fuimos al sector, guiados por Lotosano, que me tomó de una mano, así como yo a Tuutí y él a Rodolfo, a fin de evitar usar las luces. Guiado por el sonido, mezcla de motor y crujido de rocas resquebrajadas, llegamos a unos trescientos metros de la boca, hacia el interior de la vacuoide. Algunas columnas estalagmíticas estaban por caer, y a pocos metros nuestro una de ellas se derrumbó produciendo un gran estruendo. Una potente luz se encendió en el extremo de una especie de torre que afloraba a unos ochenta metros e iluminó todo el espacio. Cientos de toneladas de mineral acumulado durante milenios, se hacía añicos como un cristal, saltando pedazos en todas las direcciones.

Me quedé anonadado mirando cómo la enorme masa de metal asomaba desde abajo, removiendo el piso y las columnas. Si Lotosano no me hubiera tironeado con todas sus fuerzas, lanzándome al amparo de una especie de torta estalagmítica, a la vez que se refugiaba él, un trozo de varias toneladas de la parte estalactítica de la columna, nos hubiera aplastado y sus pedazos nos habrían arrastrado consigo.

El resto mayor de la mole se desplomó justo donde yo me encontraba y se partió en mil pedazos, que se deslizaron por la zona estrellándose con la base de otras columnas, algunas de las cuales quedaron en situación comprometida y otras menores comenzaron también a derrumbarse. Aquello era un infernal efecto dominó, y parecía que se extendería por un amplio sector. Nos replegamos hacia el túnel, mientras seguían cayendo las columnas.

No pudimos quedarnos allí en la entrada, sino que tuvimos que volver hasta los socavones de las amatistas, porque aparecieron cuatro pequeñas tanquetas de guerra, dotadas de potentes reflectores. Estrechas, como para transitar por las galerías y con varias bocas de fuego, incluyendo un pequeño obús que calculé en cien milímetros. No serían balas de obús lo que lanzaría, ya que el largo de manguito no pasaría de un metro y medio, pero seguramente serían misiles teledirigidos.

A los estruendos de los derrumbes se sumaba el ruido de los motores de la maquinaria y de los vehículos, aunque estos sonidos eran constantemente ahogados por los fragorosos choques de las piedras que caían. Cuando estábamos ya a cubierto entre las geodas, en el mismo socavón que había ocupado antes, pegado al túnel de ingreso a la Magna Geoda, reunidos Tuutí, Cirilo, Ajllu, Kkala, Rodolfo, Lotosano, Viky, Leticia, Iskaún y yo, dispuestos a conferenciar y resolver qué medidas adoptar, una de las tanquetas llegaba por la galería.

Sus luces inundaron el sector, pero afortunadamente sus tripulantes no detectaron ningún movimiento en los socavones y se internaron en la Magna Geoda. Iskaún, sentada a mi lado en posición de loto, se llevó las manos a las sienes tras hacer un gesto de silencio. Un minuto después nos dijo:

- Han detectado la pérdida de los hombres... Pero no saben cómo ni por qué... No han recibido contacto...

- Está claro. -dije- Estableciendo un sistema de estafetas, alguien debió quedarse en la vacuoide, cerca de la entrada, y ese debía esperar noticias de uno que regresara en un tiempo determinado. Al no volver, éste comunicaría por radio la falta de noticias, que se consideraría como situación de alarma.

- Pero en la vacuoide... -preguntó Cirilo- ¿Tendrían una centuria formando una cadena cada equis metros?.

- No hace falta, -respondió Rodolfo- pues en la vacuoide, a pesar de las columnas, las radios funcionan perfectamente. Sólo fallan aquí, en las galerías.

- Entonces -dedujo Tuutí- es posible que algún soldado haya detectado nuestros movimientos.

- Pero no ha de tener nada que ver la enorme máquina que entró perforando el piso, con ese otro asunto de los soldados desaparecidos.

- No. -dijo Ajllu- Eso debe ser parte del plan de obras. Pero igual han enviado una tanqueta a averiguar el paradero de los soldados. Veamos qué hacemos con ella...

- Aquí en el plano que me dio la madre de Lotosano hay una marca... Esta aparición de la maquinaria es la primera de tres torres que deben instalar para poner en funcionamiento la forma alquímica. Es gigantesca y hará grandes desastres... Pero no si podemos evitarlo...

Mientras concluíamos esta breve charla, el vehículo se hallaba dando vueltas dentro de la Magna Geoda, sin definirse por entrar a la galería natural ni volver.

- Si entran a la galería, correrán la misma suerte que los soldados... -dijo Tuutí.

- ¡Pero está el Allosaurio tulpa un poco más abajo...! -dije preocupado- Si lo tirotean mucho, comprobarán que no es más que una ilusión.

- No se preocupen por eso. -dijo Iskaún- Puedo hacerlo ir hacia el interior, siguiendo a los otros soldados. Estos estarán ya muy lejos y la tanqueta les seguirá.

Iskaún se concentró unos segundos nuevamente para ordenar a su criatura seguir por la galería hacia abajo, mientras la tanqueta ingresó por fin en el túnel que va a la galería. Una vez allí, giró hacia la izquierda, perdiéndose de nuestra vista. Me mantuve, igual que Tuutí y Lotosano, asomado a la galería y el ruido del motor cesó por completo. Unos minutos después, justo cuando íbamos a reanudar nuestra conversación y presentar ideas de operación, dos hombres se veían ya intentando hallar el sitio por el que habían entrado. Les veíamos extender los brazos, mirar hacia todas partes, discutir... Era evidente que sabían dónde estaba el sitio de ingreso, pero no podían ver más que una pared.

Un rato después vimos a la tanqueta atravesar la zona del túnel rumbo hacia la derecha, es decir, galería abajo, tal como los soldados. Hasta aquí, habíamos tenido suerte, porque a los noventa soldados se sumaba una tanqueta extraviada. Iskaún permanecía concentrada y no nos atrevimos a hablar hasta que se relajó y nos miró tranquilamente.

- He detenido allí al Allosaurio, lo he hecho invisible y lo será por media hora. Suficiente para quedar a espaldas de la tanqueta. Si intentan volver hacia aquí, se lo encontrarán. Esperemos que pierdan completamente la ubicación de la sala de las amatistas.

- ¡De la Magna Geoda!- dije a Iskaún- Ese es el nombre que tiene ahora, y bien le calza.

- Bien, -respondió- un lindo nombre. Pero sería bueno tomar alguna decisión sobre lo que haremos ahora.

- Completamente de acuerdo. -dijo Tuutí- ¿Alguna idea?.

- Creo -dije- que tendríamos que hacer perder a los soldados en otro sitio. Si abusamos de este sector, pueden descubrirnos. Y estaría muy bien preocuparles con problemas en otros puntos de la vacuoide.

- Además -agregó Rodolfo- hemos de considerar la posibilidad de que los derrumbes que están haciendo dejen sellada la entrada...

- Eso no es difícil que ocurra -dijo Tuutí- así que propongo internarnos entre las columnas, si es que podemos atravesar el sitio de la entrada. Hay por lo menos tres tanquetas más, aparte del desastre y la máquina grande. Reunámonos todos y luego... En marcha.

- Esperen... -dije mientras comenzábamos a reunirnos todos en uno de los socavones más grandes- Un momento de reflexión, por favor. Necesitamos saber qué haremos si nos tenemos que enfrentar a los vehículos. Están muy bien armados, serán blindadas y no creo que resulten los dardos...

- Yo creo que sí. -dijo Cirilo tan contundente y tranquilo que no dejó de sorprendernos.

- ¿Qué dices?- preguntó Viky con escepticismo.

- Pues eso mismo. Los dardos pueden contra esos cacharros. Al menos contra el cañón mayor.

- Es un lanzamisiles. -aseguré- No puede ser un obús con tan poco tamaño de vehículo y tan corto caño.

- Tanto mejor. -respondió Cirilo- El proyectil no tendrá ni la potencia de salida ni el peso de una bala de cañón. Peor para ellos... ¡Kichua, conmigo!.

- ¡Presente! -gritó el aludido saliendo de uno de los socavones que estaban más hacia la vacuoide, y presentándose ante Cirilo.

- Kichua... -le dijo el segundo jefe- ¿Te animas a meter un dardo en la boca de uno de esos cañones de las tanquetas?.

- ¿A qué distancia, jefe?.

- No lo se... Dime tú qué distancia calculas como blanco seguro.

- Seguro, pero lo que se dice seguro, cincuenta metros si está con un poco de movimiento. Veinte metros aunque vaya más rápido que un hombre corriendo. Cien metros si está totalmente quieta.

- ¡Cien metros! -dije sorprendido.

- Si... -dijo Kichua- Es que... Perdonen, pero no tiene más de diez centímetros de abertura y hay poca luz...

- No te disculpes -le aclaró Cirilo- que si nos asombramos es por el margen de acierto y por tu seguridad... Si estás tan seguro con la cerbatana, tuyo será el trabajo de apuntar exclusivamente al cañón principal.

- Faltaría -añadí- que dijeras que puedes meter un dardo en la boca de las ametralladoras.

- Podría, pero... -empezaba a decir Kichua inocentemente.

- ¡Olvídalo! -le dije- Es una broma. Aunque pudieras, las metrallas son por lo menos de ocho milímetros de calibre, y sus balas han de pesar cerca de quince gramos, con una velocidad de mil metros por segundo. Hay que pensar en un modo...

- ¿No sería efectivo -intervino Miski- simplemente usar los rayos de nuestras armas?.

- No rayos... -dijo Lotosano- No resultado... Blindado fuerte... No hierro. Mucho fuerte...

- Creo que ya lo tengo. -dijo Héctor- Puedo neutralizar todas las metrallas de las tanquetas.

-Entonces te haces cargo, -le respondió Tuutí- pero nos cuentas el plan.

- De acuerdo. Necesitaría la ayuda de alguien tan ágil como yo. Me parece que...

- ¡Presente! -dijo Chauli poniéndose al lado de Héctor.

- No había pensado en tú. -dijo Héctor- Dije "alguien tan ágil como yo", no "más ágil que yo". Pero ya que estamos... Tú eres peor que los monos y tu función será la más peligrosa. Tendrás que hacer de cebo, orientando las tanquetas hacia tú. Cuando se giren buscándote, Intianahuy, Ajllu y yo...

- ¡Presente! -dijeron Ajllu y su joven esposa.

- ...Tendremos -siguió Héctor- la misión de saltar sobre las tanquetas, meter en los caños de las metrallas una agujas de amatistas que debemos cortar ya mismo y envolverlas con paños empapados en agua fría.

- Un poco temerario tu plan... -dijo Viky.

- Pero es lo más efectivo que se me ocurre. Una estaca de amatista, que puede ser reemplazada por amatistas molidas casi a polvo, si tuviéramos más tiempo, harán que el caño se recaliente más de lo normal. Un par de disparos y luego aplicamos el paño de agua. Las diferencias térmicas harán que los caños se doblen, que se abran o que revienten.

- Polvo de amatista es lo que sobra. -agregué- En ese socavón hay un pequeño montículo de fina arena de amatista, pero eso funcionará según el tipo de acero de que estén hechas las metrallas. Las posibilidades no son muy buenas. No creo que estén tan mal hechos como los FAL belgas...

- En todo caso, la idea va por ahí... -dijo Tuutí- Veamos si la pulimos un poco. ¡A pensar todo el mundo!.

-Introducirles explosivos o... -dije- ¿Acaso no tenemos explosivos?.

- ¡Dónde!- exclamó Viky.

- En la galería. -respondí- Los soldados pretendían volar la entrada a este sector, por la galería hacia la izquierda ¿Recuerdan que llevaba el primer grupo unas cajas con asas de cuerda?... Pues eran minas.

Un pelotón de veinte personas corrimos hacia la galería, mientras Iskaún se quedaba en la Magna Geoda para indicarnos donde estaba el Tulpa y poder atravesarlo de regreso. En total habían más cajas que las que podíamos usar, pero las llevamos todas y las escondimos en el más profundo de los socavones, lo que implicaba evitar que las recuperasen los soldados, en caso de que regresaran a pesar del Allosaurio. Las cajas, en ese caso, habrían servido de punto de referencia y ubicación. Nosotros las usaríamos de otro modo.

Luego de ajustar algunas alternativas ante las diversas posibilidades, el plan quedó definitivamente aceptado. Miski y Rodolfo revisaron las minas, que eran unas cajas cilíndricas del tamaño de un plato y de algo más de cinco centímetros de espesor y desarmaron una.

- Estamos de suerte. -decía Rodolfo jugando con una materia que parecía plastilina- Este explosivo funciona con cualquier chispa. Sólo necesita doscientos grados o fricción muy violenta...

Entre Rodolfo, Miski y Palliri, se las ingeniaron para desarmar en unos minutos varias minas y hacer con cuidado unos chorizos del tamaño de un bolígrafo, pero más finos. Rodolfo los iba cubriendo con polvo de amatistas, para asegurar mayor fricción y producción de chispas en los caños de las metrallas. Así, las agujas explosivas también quedaban más rígidas. Luego se depositaron en los estuches para dardos, y los tres más ágiles del grupo, después de Chauli, seguían a éste, que obraría como cebo.

Al acercarnos a la entrada de la vacuoide, los cuatro arriesgados dejaron todo su equipaje en manos de algunas de las mujeres, quedando con el único equipaje del carcaj. Chauli fue provisto de las cuatro antorchas de breos que conservábamos y dos mecheros. La idea era encender las antorchas para hacer dirigir las tanquetas según los sitios que considerara convenientes, sin exponer demasiado su vida a las balas.

El desastre en la zona era tremendo. La entrada, providencialmente no había quedado obstruida, pero una columna de unos tres metros de ancho estaba tapándonos la vista. El techo de la vacuoide estaba iluminado por la potente luz de la gran máquina que habíamos visto aflorar. Mientras Cirilo ordenaba los pelotones en formaciones estratégicas, cuidando los flancos de la entrada cubriéndose tras la columna, Tuutí y yo seguimos a los cuatro temerarios hasta el extremo izquierdo de la enorme mole.

Allí, subiendo a un montón de escombros de estalagmitas y estalactitas, el panorama se nos mostró en toda su magnitud. La mayor parte de la región, hasta donde alcanzaba la vista, era un campo de columnas derrumbadas, con el desorden que se puede imaginar el Lector. Sin embargo, parecían haber calculado muy bien que en un radio de cien metros alrededor de la gran máquina, quedaría un espacio limpio, suficiente para construir una base de obras. Veíamos la parte superior de la gran máquina y parte de ese campo, pero no podíamos desde allí, ver si habían más instalaciones. Tampoco veíamos las tanquetas, que seguramente no habrían salido del radio protegido por los cálculos de derrumbe. Seguimos avanzando, uniéndose a nuestro grupo Kkala, Plinia y Rodolfo. Tuvimos que hacer un recorrido de casi dos kilómetros entre las moles, que ya formaban un laberinto, para llegar hasta la periferia del campo de obras.

Ahí estaban las tres tanquetas, dispuestas simétricamente al lado de la gran máquina, y un par de pequeñas lanzaderas de misiles. Seguramente no serían de gran poder, pero suficientes como para defender la gran máquina contra cualquier bicho, fuerza armada o lo que intentase acercarse a ella. A nuestra izquierda, un grupo mixto de cien soldados estaba formado y recibiendo instrucciones. A la derecha, del otro lado de la gran máquina, un grupo -también mixto- de Narigones y Dracofenos con gafas oscuras, construía unas barracas, mientras que otras máquinas trabajaban del lado opuesto al nuestro, al parecer moviendo moles derrumbadas para dejar un camino libre. No nos sería posible enfrentarnos a tanta gente. Retrocedimos buscando un sitio para conferenciar sin que nos pudieran oír los enemigos.

- Creo que habría que presentar batalla ahora mismo. -decía Kkala.

- No. Aún no. -dijo Tuutí- Son casi tantos como nosotros, pero aún con todo el grupo, tendríamos mucha diferencia en contra con esas tanquetas. Las cerbatanas tendrían problema de organización, ya que hay tantos Dracofenos como Narigones y no podemos usar los mismos dardos para todos.

- Aparte hay que considerar -intervino Rodolfo- que no tenemos ni idea de cuánta gente está trabajando debajo de la gran máquina. Y esa tropa no es precisamente obrera. Han de haber abajo, además de obreros, soldados como estos.

- No, atacar sería un error. -dije- Seguramente estarán preparándose para averiguar qué pasa con los otros. He visto uno con un pequeño carrito. Debe ser un rastreador múltiple del que tenemos que cuidarnos desde ahora mismo.

- ¿Qué es eso? -preguntó Chauli.

- Un equipo de captación por radar, sonar, infrarrojos, hiperacústicos con los que podrían estar escuchándonos ahora mismo... -decía yo cruzando los dedos.

Volvimos rápidamente a la entrada de la vacuoide, a reencontrarnos con el grupo. Quedaron sobre la gran columna que nos ocultaba, tres centinelas, y uno más avanzado, sobre el montículo de escombros que nos había servido como primer atalaya. La situación era demasiado compleja y no nos convenía en modo alguno una batalla.

- Menos aún puede convenirnos iniciarla nosotros, -dijo Tuutí- que por todo lo ya experimentado antes y después del rescate de Iskaún, la estrategia de la prudencia y el aprovechamiento de las circunstancias, sin atacar nosotros en la mayor parte de los enfrentamientos, nos ha conducido al éxito hasta ahora.

- Como hemos dicho antes, -intervine- sería bueno distraerles por otro sitio. Respecto a esta zona están bastante alertas.

- Ya ven cómo han dispuesto las tanquetas. -dijo Rodolfo- No conseguiremos sacarlas de allí, puesto que protegerán la maquinaria con absoluta prioridad.

- Sigo -dije- con la idea de continuar causándoles problemas desde el camino de la Estatuas. No sé por qué, pero me "tinca" esa idea. Quizá sea una obsesión.

- Tengo otra, aunque no sé si sea conveniente... -dijo Ajllu y continuó inquirido por nuestras miradas- Se trata de la galería que lleva a Harotán por un lado y al Mar Violento por otro...

- No podemos hacer nada con ello. -dije- Sería en cualquier caso, revelar un camino que ellos no conocen. Y que está, por suerte, fuera del plano de la obra de los Narigones. Para colmo, termina en la casa del Dracofeno que nos condujo... No, eso no conviene más que para ir nosotros hasta Harotán.

- Cierto. -dijo Lotosano- Camino... Directo. No columnas, no soldados...

- Propongo -dijo Iskaún- seguir la idea de Marcel. No consigo sondear su subconsciente como para extraer qué idea tiene por ahí, pero puede que se trate de una intuición que, no habiendo impedimento para seguirla...

- Sólo un impedimento. -agregué- Tenemos que salir por la casa de un Dracofeno que nos apoya. Sería muy comprometido para él que alguien vea salir más de un centenar de personas de su casa... Y en Harotán no se apagan las luces nunca. Hay guardias rondando siempre...

- Eso no será problema. -dijo Rodolfo- Podemos generar una buena distracción en algún punto de la ciudadela y luego salir. Será momento de probar la organización que tengan los revolucionarios Dracofenos.

- Entonces en marcha. -dijo Tuutí levantándose resueltamente- No podemos perder tiempo. Llevamos ocho horas de intenso movimiento y estaremos cansados como para dormir, cuando lleguemos a Harotán.

Antes de llegar a la entrada que bien conocía Lotosano, tuvimos un difícil recorrido, ya que el Dracofeno se había perdido algunas veces entre el laberinto de escombros. Al dar vuelta en un recodo entre las columnas, nos encontramos con una tanqueta, y tras ella un par de soldados que evidentemente habían captado nuestra presencia mediante el detector múltiple. Estos se replegaron y desaparecieron, mientras la tanqueta abrió fuego y nos desbandamos. Viky y yo alcanzamos a posicionarnos sobre una de las columnas más altas, que se hallaba derrumbada sobre otras, permitiéndonos ver todo el sector.

Los cuatro más ágiles del grupo, preparados como estaban, decidieron actuar improvisando. Chauli encendió una antorcha y saltó frente a la tanqueta. Mientras ésta se dirigía hacia él disparando metralla, Ajllu consiguió seguirle corriendo sobre una de las grandes columnas caídas. Cuando la tanqueta tuvo que girar buscando a Chauli, que se mantenía visible con la antorcha, Ajllu saltó sobre ella y metió una de las cuñas de explosivo y polvo de amatista en el caño de la metralla derecha, pero el otro lo puso en el caño central.

Los tripulantes de la tanqueta, que seguramente eran dos, se dieron cuenta que llevaban a alguien encima e intentaron sacudirlo con repetidos choques contra las columnas. Ajllu aprovechó uno de esos mismos impactos para saltar y perderse entre los escombros. La tanqueta volvió a buscar el origen de la luz, es decir la antorcha de Chauli y poco después la perdimos de vista por un minuto, tras el que una gran explosión iluminó el sector. Mientras aprovechando mi posición en lo más alto trataba de reunir al grupo disperso, una bengala azul fue lanzada desde la zona donde explotó la tanqueta. Chauli apareció unos minutos después, saltando entre las columnas y se reunió con nosotros, lamentando que los soldados que dispararon desde el blindado no hubiesen tenido mejor oportunidad.

- He abierto la tanqueta -dijo- y están muy graves. La explosión del caño les ha dejado medio muertos. Presioné el S.O.S., creyendo que daría un mensaje radial, pero salió una bengala que casi me quema la pierna. No tardarán mucho en aparecer refuerzos enemigos.

En cuanto el grupo se terminó de reunir nos numeramos y marchamos a toda prisa hacia el sector de la entrada al túnel secreto. Finalmente llegamos al muro del sector derecho de la vacuoide, desde el que Lotosano pudo orientarse mejor y tomar rumbo a la entrada del túnel. Poco antes de llegar a él, oíamos el ruido de una cascada que antes no existía. Llegamos a su origen y una parte del techo de la vacuoide presentaba una grieta muy preocupante, desde la cual el agua caía, según mis cálculos "a ojo de buen cubero" a razón de unos cuatrocientos litros por segundo, formando un arroyo. Teníamos que seguir necesariamente esa línea de agua, que se desplazaba junto a la muralla contensora de la vacuoide. Aunque no podíamos alumbrar mucho, por evitar delatar nuestra presencia, el techo era visible aunque anteriormente no lo era. Lotosano hizo una serie de señas con las manos, que indicaba que el techo se había hundido.

- Arriba... Mar Tranquilo. Antes... Ahora agua... Camino hacia Mar Violento.

- Eso explica algunas de mis preguntas no formuladas a nuestro Dracofeno, -comenté al grupo- respecto a la geografía de la zona. El hecho de que existan semejantes columnas estalagmíticas en toda la vacuoide, es algo que sólo puede explicarse por la existencia de una vacuoide acuífera muchísimo mayor por encima de ésta, que filtrando agua durante millones de años, habría formado estalactitas, luego estalagmitas, confundiéndose posteriormente en columnas, cuya presión desalojó el petróleo de la vacuoide.

- No termino de entender... -decía Viky.

- El agua -continué mientras caminábamos- es más pesada que el petróleo. Y si además tiene minerales disueltos, con más razón, su peso le permitió invadir la vacuoide aún cuando ésta estaba llena de petróleo. Toda esta vacuoide tiene un volumen ocupado en cerca del cincuenta por ciento de esos minerales que el agua fue depositando. La presión llegó en algún momento, a ser insostenible y el petróleo fue desalojado hacia otro sitio. Pero lo que ocurrió de ahí en más, es algo que desconozco.

- Y adónde fue ese petróleo es un misterio... -dijo en tono de chanza Cirilo.

- Pero creo que lo resolveré pronto. -dije un poco molesto.

- No te enfades. -replicó Cirilo- A veces me sale el "yo irónico", especialmente cuando estoy muy cansado. Sé que tus deducciones geológicas nos han ayudado más de una vez, pero es que me resulta increíble que mantengas tu espíritu científico en estas circunstancias. Discúlpame. No dudo que tus deducciones seguirán siendo útiles y que tampoco te quitan atención a nuestros objetivos...

Me extendió su mano en un gesto fraternal que supe comprender, agradecer y retribuir. Acababa de hacer lo que muy pocas personas hacen: Reconocer cuando hablan o actúan influenciadas por un "yo psicológico".

Llegamos por fin, siguiendo el riachuelo, a la loza que escondía la entrada del camino oculto y nos encontramos que, efectivamente, era ahora un resumidero para el arroyo. Nos costó algunos esfuerzos abrir la loza porque se hallaba oculta bajo un metro y medio de agua, en medio de una incipiente laguna, sobresaliendo apenas una parte de la estalagmita que estaba formándose encima. Habíanse acumulado a su alrededor algunos guijarros y varios pedruscos, que produjeron bastante ruido al caer cuando la abrimos. Esperábamos que bajara el nivel del agua mientras conversábamos sobre la rareza de los cambios.

- Toda esta agua -decía Rodolfo- irá desde el Mar Tranquilo, al Mar Violento... Menos mal que no soy de los que se guían por signos y supersticiones...

- No es un mal presagio -dije- según se mire. ¿Saben que tengo una idea?.

- Veamos... -dijo Tuutí mientras me sonreía para ocultar su ansiedad por conocerla.

- Este sitio se verá muy pronto impracticable, absolutamente destruido por el derrumbe que en cualquier momento producirá la grieta de la vacuoide. No puedo calcular a *grosso modo* qué efectos tendrá para la vacuoide... Pero creo que el techo se derrumbará en poco tiempo. La grieta será obstruida por los guijarros que arrastre el agua y luego ocurrirá lo mismo que en todas las represas cuando hay una grieta. El muro contensor se seguirá abriendo por el lado más débil hasta que todo estalle...

- ¿Y los Narigones no conocen este problema? - dijo meditativo Tuutí.

- Seguro que no, -respondí- porque de saberlo, no habrían provocado estos derrumbes, que son los que han causado el debilitamiento del techo de la vacuoide. O al menos habrían intentado apuntalar esta zona. Cuando las columnas se empezaron a formar, el mar de arriba no sería tan profundo, es decir que no habría demasiado peso. Luego de formadas las columnas, éstas aguantaban el peso del mar, que debe haberse incrementado con los detritos depositados en el fondo. Los Narigones han roto el sustento de un enorme sector y creo que toda esta vacuoide se destruirá, quedando inundada. Y lo que están construyendo más abajo no llegará a realizarse.

- ¿Y lo dices tan tranquilo? -me reprochó Viky.

- ¡ Si, tan tranquilo...! Sólo me preocupa que tengamos que sacar a los Dracofenos antes que todo esto quede inundado. Y que cientos de soldaditos Narigones pueden morir en el desastre...

- No creo que podamos avisarles... -dijo Ajllu- A menos que lo hagamos luego de tener en claro el modo de sacar primero a los ancianos Dracofenos.

- Eso no es problema. -dije- Pueden marchar rápidamente hacia las otras vacuoides de los Dracofenos, Murcantrobe y Tiplanesis.

- Queridos compañeros, -dijo Tuutí un tanto exasperado- me dirán Ustedes que les preocupa mucho evacuar a los Dracofenos y avisar a los Narigones para que pongan a salvo sus vidas. Pero a mí lo que me preocupa es que nos pongamos a salvo nosotros. ¿Cuánto tiempo calcula nuestro deductor geológico que tardará en romperse esta represa y hacer que esta vacuoide se convierta en el nuevo Mar de Harotán-Zura?.

- No podría decirlo. -respondí- Tendría que tener algún parámetro respecto a la cantidad de agua que hay encima de nosotros, a fin de calcular el peso que está soportando la grieta, y ni siquiera conozco el espesor de la muralla contensora de la vacuoide. Pero ahora mismo, tengo tanta prisa como tú y todos, porque termine de vaciarse esta laguna y podamos seguir nuestra marcha.

Nuestros tonos al hablar, evidenciaban un estado anímico bastante bajo, algo agresivo y preocupado, producto de las tensiones acumuladas, el cansancio, la falta de luz solar, los ritmos biológicos en completo desacuerdo con el tiempo real. Sabíamos que llevábamos setenta días desde que partimos de Iraotapar, sólo porque contábamos con cuarenta relojes de pulso y digitales, todos de buena calidad, antimagnéticos; además de una buena contabilidad del tiempo llevada por Vanina, Alika y Yujra, quienes se encargaban de nuestros horarios de comidas y la logística.

En las entrañas de la Tierra, el tiempo es algo peligroso si uno se fía de la propia percepción. Pueden pasar veinticuatro horas y parecerán psicológicamente que han transcurrido apenas cuatro o cinco. En otras circunstancias, aunque raramente, puede ocurrir lo contrario, y uno cree que hace días que está en una galería y sólo han pasado doce horas o menos. El caso es que nosotros sólo podíamos tener una vaga idea psicológica de lo que llevábamos entre galerías, túneles y vacuoides. Cierto era que llevábamos dos meses y diez días, pero eso sólo lo percibíamos cuando estábamos aún medio dormidos, cerca del despertar.

Unos cuantos segundos duraba la claridad de idea sobre el tiempo transcurrido, pero luego, ya en estado de plena vigilia, sentíamos como si todo lo sucedido desde nuestro encuentro en Iraotapar estuviera comprimido en un par de días, o bien como si esta aventura hubiera ocupado toda nuestra vida, dejando sólo unos pocos y lejanos momentos previos, en que habíamos crecido lo suficiente como para emprender este viaje alucinante. Desde nuestra entrada al mundo subterráneo en Iraotapar, sólo los relojes nos permitían mantener una referencia.

Muchas veces empezábamos a comer sin nada de hambre, pero al primer bocado el apetito se despertaba con toda su fuerza. No ocurría lo mismo con el sueño, que debido a la tremenda actividad física y mental desarrollada, solía pillarnos antes de hora. Igual resistíamos con bastante elasticidad, pero en más de dos meses sólo habíamos pasado una semana -en Tiike-Chou, la capital Taipecana- durmiendo sin más fatigas que la ansiedad por reemprender el viaje y los largos paseos en la más bella de las Vacuoides que había visto hasta entonces.

Cuando estábamos ya a punto de ingresar, junto con el agua, al túnel que llevaba a la ciudadela, un estruendo se escuchó proveniente de la zona de la entrada que acabábamos de abandonar. Corrí entre las columnas un centenar de metros, y vi que una parte de aquella muralla se derrumbaba. Quedaba claro que los Narigones preferían trabajar tranquilos, cerrando definitivamente aquella entrada, aunque ello implicara la desaparición definitiva de la tanqueta y los soldados perdidos. Regresé al oír un silbido, muy propio de Tuutí para llamar.

Lotosano entró en el túnel en cuanto fue posible, pero si no lo hubiese seguido muy de cerca Tuutí, que pudo agarrarlo de la ropa, habría caído en un abismo. El agua había logrado en las pocas horas que llevaba entrando, erosionar un pedazo del suelo, abriéndose paso a borbotones, hacia una caverna que se hallaba más abajo del túnel. No sería muy grande, puesto que una parte del agua no entraba por allí, sino que se desviaba hacia izquierda. Seguimos ese hilo de agua hasta la bifurcación. Desde ese recodo, el agua seguía hacia la derecha, rumbo al Mar Violento y nosotros hacia la izquierda, hacia Harotán. Caminamos dos horas y media en absoluto silencio, a fin de evitar una posible detección por radares hiperacústicos, deteniéndonos en una parte ancha de la caverna. Allí comimos un poco y dormimos cuatro horas, aunque algo molestos por las vibraciones de las maquinarias que trabajaban no muy lejos de esa zona.

Al despertar, ya recuperados completamente, nos dispusimos a marchar hacia la casa del Dracofeno, a la que entraría Lotosano solamente, a fin de ver qué podía hacerse para salir todos sin que se nos viera. En media hora estuvimos allí y tras otra media hora de espera, Lotosano regresó al túnel con dos Dracofenos más. Estos hablaban perfectamente inglés y castellano. Habían servido durante meses a los Narigones, al sólo efecto de infiltrarse en sus mandos y conocer la situación. Uno era justamente, segundo jefe de la resistencia dracofena. El otro, que vivía en esa casa y nunca salía de ella, había hecho lo mismo, pero su captura estaba pedida, porque había tenido la mala suerte de trabajar, como Lotosano, donde habían telépatas, y estos habían captado sus intenciones.

Ambos conocían el destino fatal que se pretendía dar a la vacuoide de Harotán-Zura y estaban dispuestos a luchar para defender a sus ancianos. Se sintieron muy desesperados cuando les expliqué que según había visto, el techo de la vacuoide cedería a las presiones del Mar Tranquilo y quedaría inundada por completo mucho antes que los Narigones hicieran todo lo que tenían previsto con su enorme forma alquímica que nunca llegarían a terminar de construir.

Acordamos que se encargarían ellos de provocar algún incidente grave en el camino de Murcantrobe o el de Tiplanesis, para entretener la atención por esos sectores, a la vez que pondrían en aviso a toda la población para que se marche a las otras ciudades. Iskaún, Tuutí y yo nos quedamos en la casa con el Dracofeno Tarracosa, mientras Lotosano, con el otro nuevo compañero, llamado Rucunio, salían a reunirse con los demás revolucionarios. No tenían ningún plan, así que debimos esperar tres horas, en las que no desaprovechamos ni un minuto, para conocer las cuestiones políticas de los Dracofenos. Tarracosa nos contó todo lo que cualquiera sabe si está algo enterado de asuntos políticos humanos.

Los Dracofenos no tenían problemas alimentarios, puesto que abundan las sales de toda clase en casi todas las vacuoides de la Tierra, pero la revolución empezó a germinar contra su corrupto gobierno, cuando comprendieron algunos que se los quería llevar, con diversos pretextos, a sitios donde hay carencias de minerales solubles y hasta algunos minerales venenosos para ellos.

- Así operan los Narigones. -dije- El método del empobrecimiento, para mantener el dominio sobre la gente.

- Por eso -agregó Tuutí- no hay árboles frutales en las calles de las ciudades. En su lugar, so pretexto de que las frutas ensuciarían las aceras, hay hambre en tantas partes del mundo.

- Incluso - continué- la gente de muchos países ya no sabe cómo se crían animales ni tienen idea de cómo hacer una huerta. O sea que no saben cómo producir lo más importante, la comida.

La conversación giró en torno a asuntos políticos y científicos, que nuestro anfitrión, muy instruido, conocía bastante bien. Hacía sólo unos años que el pueblo Dracofeno sabía de la existencia de un plan de los Narigones para formar una especie de imperio, pero con aires más claros de dictadura que de régimen imperial. Muchos países estaban siendo afectando en la superficie exterior del mundo por esas maniobras políticas, pero nadie imaginaba que también las entrañas de la Tierra, desconocidas para los humanos mortales, eran escenario de esas acciones. Por ello se hacía cada vez más necesario frenar el avance de los Narigones, que si lograban apoderarse de muchas vacuoides, someter a otras civilizaciones y ponerlas bajo su gobierno, la Terrae Interiora correría serios peligros de ser atacada o destruida.

- ¿Es que los poderes de los Primordiales no alcanzan para frenarles? - dijo Tarracosa.

- Nosotros -dijo Iskaún- no sabemos mentir. No tenemos imaginación para engañar, salvo unos pocos Primordiales que, justamente por esa cualidad, se han terminado pervirtiendo y sirviendo al Ogruimed el Maligno, que fue el primer Primordial en aprender a mentir y engañar.

- ¿Y no hay modo de aplicar vuestros poderes -siguió Tarracosa- directamente, sin engaños ni estrategias?.

- No, a menos que pasemos directamente a la destrucción. Ello implicaría la pérdida de millones de Almas, como las vuestras, que desean Ascender al Reino de los Kristálidos. No es posible para nosotros combatir como ustedes lo hacen, sin causar destrucción total. Eso ya ocurrió en Marte, donde Ogruimed hizo de las suyas... Y los Primordiales Marcianos, después de varios millones de años de tristes experiencias, escarmentados encima con la destrucción del planeta Erk por parte de los malignos, decidieron acabar con la vida en la superficie exterior. Fue algo tan necesario como terrible, porque de lo contrario Marte ya no existiría.

- ¿Hay otros equipos como el nuestro? -pregunté a Iskaún, sabiendo parte de la respuesta.

- Si. Hay tres equipos más. Pero ninguno tan numeroso y bien entrenado como éste. En algún momento se pensó en crear una fuerza mejor constituida, pero finalmente se prefirió ayudar a los grupos por separado, e incluso a algunos Guerreros que actúan en solitario. Así es más difícil para los Narigones infiltrar espías en los grupos. De todos modos, todos tienen un objetivo común que conocen bien.

La puerta de la calle se abrió violentamente y dos Dracofenos entraron a toda carrera. Eran Rucunio y Lotosano, pero éste último estaba horrible. Corrió junto a Iskaún, quien a la vez que se incorporaba lanzaba una graciosa carcajada.

- ¿Reírte... Ríes...? -dijo patéticamente Lotosano, que parecía tener un disfraz combinado y a jirones. Era el Tulpa de anciano que le había hecho Iskaún, que se empezaba deshacer, pero la mezcla de partes del Tulpa, con partes de su aspecto normal y la ridícula camisa amarilla que conservaba, era algo que justificaba tanto la risa de Iskaún como la de los demás, que comprendimos lo que pasaba. Iskaún extendió la mano sobre Lotosano y en un instante hizo desaparecer todo rastro del Tulpa.

- ¡Menos mal -dijo Rucunio- que el efecto comenzó cuando estábamos cerca de aquí!. Si hubiera empezado tres minutos antes, nos pillaba en medio de las tropas de Narigones que están inspeccionando la ciudad. Hay que tomar medidas urgentes...

Rucunio se quedó en la casa, pero los demás -incluso Tarracosa que era buscado por los Narigones- debimos volver al túnel. Ya en el interior, cerca de la puerta de acceso, Lotosano transmitió mentalmente a Iskaún todo lo ocurrido en tres horas. Tuvieron una reunión con los revolucionarios, pero había algún espía Dracofeno entre ellos y empezaron a notar demasiado movimiento. Concluyeron en un acuerdo de plan rápidamente y se dispersaron por la ciudad los más de treinta componentes de la banda revolucionaria. El acuerdo consistía en que cinco Dracofenos se jugarían la vida en el camino de Tiplanesis, provocando algún daño importante en una base instalada en el camino, y otros tres se encargarían de provocar un lío bien gordo en la dotación de maquinarias que se hallaba cerca del camino de Murcantrobe. Los demás se dedicarían a sublevar a la población, haciéndola marchar a costa de lo que sea, aunque sea caminando, hacia Murcantrobe y Tiplanesis, antes que el agua inunde todo. Alguien vendría a la casa de Tarracosa a avisarnos cuando llegara el momento de la próxima acción.

Esto no tardó más de dos horas en ocurrir. Rucunio entró al túnel y nos dijo que era el momento. Empezamos a salir como hormigas. Un anciano se hallaba en la puerta de la casa y otros apostados a lo largo de la calle que llevaba hacia el extremo de la ciudadela. Íbamos caminando a paso rápido manteniendo una distancia de cinco metros entre cada uno. A medida que pasábamos, un anciano nos hacía entrar en una casa, uno por uno, y nos indicaba tomar una pequeña caja plástica con asa, de unos cuatro kilos, para salir nuevamente y retomar el camino.

En menos de veinte minutos estábamos todos reunidos en un montículo, aún libre de columnas estalagmíticas, en la periferia de la ciudadela. En cuanto estuvimos todos juntos Tuutí ordenó numerarse, tras lo cual, sin novedades, partimos inmediatamente. A nuestro grupo se habían sumado Rucunio y Tarracosa, que poco y nada podían hacer ya entre los Dracofenos, identificado uno hacía tiempo y el otro posiblemente delatado por un espía como jefe revolucionario. Este nos explicó que las cien cajas que llevábamos eran raciones y algunas herramientas robadas a los Narigones, lo que había causado la orden de allanamiento de toda la ciudad.

CAPÍTULO III

UN CAMINO MUY PELIGROSO

La entrada del Camino de las Estatuas era una simple cueva casi triangular, ubicada a cuarenta y tres metros sobre el nivel general de la vacuoide. No veíamos desde allí, entre las columnas, más que unas pocas casas de la ciudadela y la entrada del camino de Tiplanesis. Pasamos por la entrada sin dificultad, -aunque nos costó un poco llegar a ella- y ya en el interior debimos encender nuestras linternas. El camino estaba bastante transitable, salvo un sector en el que los resbalones en las piedras lisas y húmedas nos obligaron a desfilar atados todos con las cuerdas, en doble fila. Necesitábamos encontrar un sitio dónde permanecer reunidos, a fin de elaborar una estrategia para expulsar a los Narigones de Harotán-Zura.

Habíamos hallado una sala bastante amplia a un kilómetro de la entrada, pero estaba plagada de estalagmitas puntiagudas y pequeñas, que representaban una trampa mortal al menor descuido. Además, la inclinación del terreno no nos permitiría descansar con mínimas comodidades, así que decidimos buscar sitio internándonos más en la caverna. Debimos recorrer unos tres kilómetros hasta hallar el lugar adecuado, luego de subir una cuesta bastante amplia en ancho y alto, pero difícil de ascender por la roca lisa, mojada y resbalosa.

- Aquí -dijo Tuutí- estaremos seguros. Este sitio será nuestro cuartel provisional. Así que es momento de empezar a "hilar fino" y pensar cómo vamos a expulsar a los Narigones.

- No creo que tengamos tiempo a nada... -dije- No será necesario pensar en otro plan que nuestra propia huida. Desde que hallamos la grieta en el techo de la vacuoide estoy haciendo cálculos... Los números son realmente negros. Hasta me extraña que aún no nos haya alcanzado el agua...

No tuve tiempo de exponer mis deducciones y cálculos porque un estruendo espantoso se propagaba por la caverna, proveniente de Harotán-Zura. No parecía una detonación, sino algo más poderoso, como un huracán, un terremoto o alguno de esos fenómenos climáticos o geológicos que ponen la piel de gallina. Parecía por momentos que era un borboteo de agua y el sonido se sentía cada vez más próximo. Aunque estábamos lejos, nos pareció escuchar en ciertos momentos, algunos gritos. Lotosano reconoció que eran gritos dracofenos y estaba, más que preocupado, desesperado. Durante un buen rato, permanecimos atentos a lo que ocurriera, mientras Tuutí ordenó a tres hombres inspeccionar el camino más adelante, por espacio de diez minutos y luego regresar. Cuando estos volvieron, informaron que no había inconvenientes para una marcha ascendente pero rápida y relativamente cómoda. Mientras, el ruido se mantenía con muy leve disminución.

Pedí a Tuutí que me permitiera desandar camino y averiguar qué ocurría. Designó a Viky, Intianahuy y Ajllu para que me acompañasen, llevando sólo unas cuerdas, las linternas y las armas. Bajamos durante media hora, en los que el ruido había desaparecido por completo, hasta encontrar algo que nos llenó de dolor y espanto. El sitio por donde habíamos subido, la gran sala de las estalagmitas puntiagudas, era ahora un lago subterráneo. Dado que habíamos transitado todo eso y era camino ascendente, comprendimos que Harotán-Zura debía estar íntegramente inundada. El agua se movía y estaba cubierta a rodales con petróleo.

- ¡Esto es terrible! -dije sintiendo un ahogo espantoso, pensando en lo que sentirían nuestros Hermanos Dracofenos, Lotosano, Rucunio y Tarracosa.

- Será mejor que no lo digamos... -dijo Intianahuy.

- Eso no podemos ocultarlo. -respondió comprensivamente su esposo Ajllu- Además, creo que el nivel está subiendo...

- Eso es lo que estoy observando. -dije- A pesar del borboteo del agua, se pueden calcular unos tres centímetros por segundo, pero en cuanto se llenen los sifones que forman las primeras salas y se establezca un ritmo de burbujeo, la cosa empeorará. Y si estoy en lo cierto respecto a la historia de la vacuoide, en poco más será algo peor que el agua, lo que subirá por esta galería... ¡Volvamos!.

Prefiero no describir al Lector el impacto causado por la noticia a nuestros compañeros Dracofenos. Sus padres, sus abuelos, sus bisabuelos, sus Amigos, sus compañeros de revolución, los voluntarios que cuidaban de los ancianos... Todos ellos habían muerto ahogados. También, a pesar de ser nuestros enemigos circunstanciales, nos dolía en el Alma la muerte de miles de soldados Narigones y Dracofenos, que nunca supieron el porqué ni el para qué de aquellas obras que realizaban, las motivaciones de los que habían formado aquel ejército... Un verdadero desastre contra el que nada podíamos hacer.

- Al menos -dije- los soldados que dejamos bajando por la galería, del otro lado de la Magna Geoda, estarán a salvo.

Nadie me respondió y me di cuenta que acababa de decir una estupidez. Unas pocas vidas circunstancialmente salvadas, no consolaban a nadie. Menos aún a los Dracofenos, cuyos familiares y amigos jamás saldrían de aquella "nueva vacuoide acuífera". Urgía seguir andando, puesto que no sabíamos hasta dónde subiría el agua. Estábamos como mucho, a unos ciento treinta metros sobre el piso de Harotán-Zura, pero la presión de las aguas del Mar Tranquilo podía hacer que la caverna en que nos hallábamos tuviera agua hasta algunos kilómetros más de la altura en que estábamos.

Finalmente, en cuanto pasó el primer impacto emocional, tuve que hablar con alguna crudeza, puesto que nosotros mismos no estábamos realmente a salvo.

- Ahora -dije- nos apremia nuestra propia supervivencia porque incluso, se me pasa por la cabeza que el Mar Tranquilo puede ser el mismo fondo del Océano Pacífico, según hubiésemos ido hacia el Este o el Oeste de la vacuoide taipecana, cosa imposible de saber. En ese caso, el agua subirá hasta que encuentre una resistencia relativa a la presión del aire. Y según sea ésta, hasta el aire mismo puede aplastarnos, si aumenta a cinco o seis atmósferas. Si se forma un gran sifón de presión, que puede abarcar muchos kilómetros de caverna, bastan dos atmósferas de presión para que tengamos algunos problemas, tres para que tengamos muchos y cuatro para que nos falle la memoria de lo que se acaba de hacer, nos olvidemos de lo que estamos haciendo y hasta tengan alucinaciones algunas personas. Así que nos urge irnos de aquí.

- ¿Hay alguna diferencia atmosférica entre este sitio y otro más arriba? - preguntó Tuutí.

- Si. -respondí- Aquí nos ahogaríamos enseguida porque el agua sube a algunos centímetros por segundo. Hemos venido corriendo tanto como nos permitió la pendiente. En minutos tendremos el agua en los talones. Pero si encontramos algún sifón bien cerrado, donde el agua se encuentre una burbuja de aire y la presión la resista, estaremos a salvo de ella algo más de tiempo. Luego deberíamos encontrar otros sitios por donde subir, a fin de escapar del efecto de presión del aire, que como ya he dicho, si supera las dos atmósferas estaremos en problemas.

Al parecer, todos comprendieron que la situación era realmente grave y en segundos estaba todo dispuesto para la marcha. Un ruido de pequeñas olas y un borboteo de agua apresuró las cosas. La sala estaba a punto de ser inundada.

El primer alto se hizo luego de ocho horas de fatigosa marcha, con tres pequeños descansos de quince minutos. El camino era siempre ascendente, con algunas cuestas muy pronunciadas. Nada de agua habíamos hallado en todo el trayecto. En algunas partes, sólo pudimos continuar ayudados por las cuerdas, y pocas fueron las galerías confluentes que encontramos a nuestro paso. Calculé que habíamos subido unos mil seiscientos metros, así que en caso de inundarse completamente la vacuoide de Harotán-Zura, el agua no llegaría hasta ese punto tan rápidamente, aunque no podíamos descartar nada, especialmente si las aguar resultaban ser oceánicas. Una sala muy bonita y grande, con pocas filtraciones y mucho carbón mineral, nos dio el primer descanso. Nadie conocía aquella zona, en la que empezábamos a sentir mucho frío. Ni siquiera Iskaún se había aventurado jamás en cuerpo mágico en las cercanías de la vacuoide de las Estatuas llamada Nonorkai.

- ¿Qué significa ese nombre? -pregunté a Iskaún.

- "Donde todo se pierde" -me respondió.

- Me gustaría que el nombre sólo fuese simbólico o... -dijo Viky.

- Eso. -agregó Cirilo- Porque según parece seremos los próximos en desaparecer.

- De todos modos, -dijo Iskaún- si nos hubiésemos quedado en Harotán-Zura o hubiésemos ido por Murcantrobe o Tiplanesis, estaríamos ahogados.

- Tú no creo que te ahogaras... -dije.

- Seguramente que si. -me respondió- No me hubiese ido dejando a mis hijos. Hasta la muerte les acompañaría.

No hizo falta decir más nada, ni responder a semejantes palabras. Los que estábamos más cerca no pudimos evitar abrazarle y llenarle de besos. Estábamos en un peligro quizá mucho peor que los que nos acecharon durante la operación de su rescate, porque ante las fuerzas de la Naturaleza del Mundo, no es posible combatir, sino apenas escapar o adaptarse, pero estando con Iskaún nada era tan terrible. Todo tendría alguna solución aunque nosotros éramos quiénes pensábamos las estrategias y conocíamos que ella tenía sus limitaciones. Después de todo, era un simple ser humano, aunque Primordial. Pero su Amor ilimitado, su pureza de Alma y emociones, su dulzura y ternura infinita, es como un vórtice, un remolino cósmico capaz de concentrar las mejores y más poderosas fuerzas del Universo. Si habíamos podido rescatarla, no había sido por otra razón que el "karma" positivo que ella acumuló durante muchos siglos dedicados a nuestra educación espiritual.

De ninguna manera ocupaba Iskaún el espacio emocional de nuestras madres biológicas. La mayoría de los que han hecho el Gran Juramento, tienen en sus madres biológicas a su Madre Espiritual, pero todo nuestro grupo, con unas pocas excepciones, tenemos como Madre Espiritual a Iskaún. No es que valga más una que otra, porque por cualquiera daríamos la vida, pero Iskaún representaba -y representa- para nosotros, una Madre que está más allá de las circunstancias.

A pesar de la aparente seguridad en que el agua estaría ya lejos, manifesté mi preocupación. No me parecía que estuviésemos seguros. Tuutí mandó a establecer una cadena de postas de cinco hombres distanciados a cien metros cada uno, a fin de guardar la retaguardia y dar aviso en caso de que el agua nos estuviera alcanzando. Me propuse como voluntario para la primera guardia, pero muchos otros -y otras- con afán de servir, reclamaban la prioridad, así que me alisté para la tercera guardia, que según mi experiencia suele ser la más dura, porque implica cortar el sueño en su etapa más profunda.

Cuando me dirigía a reemplazar a León, que estaba en la parte más baja de la galería, éste venía con la lengua afuera, anunciando que algo estaba subiendo y no era precisamente el agua.

- ¡Es negro, horrible, pegajoso...! -decía.

- Vale, vale... Tranquilo... Dime de qué hablas.

- ¡No es agua...!

- ¿Petróleo? -le pregunté.

- ¡Si!... Petróleo... Nunca lo he visto así, pero debe ser...

Bajé unas decenas de metros y comprobé que efectivamente, se trataba de petróleo. La masa viscosa iba subiendo lenta e inexorablemente. Volvíamos a toda carrera y Viky, que me acompañaba en la segunda plaza de guardia, no alcanzó a hacer preguntas. Llegamos con Vanina, Eusebio, Kumili y Leticia, a quienes relevábamos con urgencia, a reunirnos con el grupo que estaba ya durmiendo.

- La vacuoide Harotán-Zura -expliqué rápidamente a los que iban despertando- tenía petróleo que fue escurrido a no sabemos dónde -posiblemente por alguna galería aledaña en el camino de Murcantrobe, hacia una vacuoide inferior. El agua la inundó, filtrándose luego hasta donde estaba el petróleo, y éste ha subido ahora, por menor densidad, así que nos persigue una inundación de petróleo en vez que el agua. Esto se pone peor.

- ¿Acaso no ahoga igual que el agua? -dijo Cirilo.

- No. -respondí- Puede ahogar antes. Siempre que tiene movimientos, desprende muchos gases.

- ¿Y no puede ocurrir -preguntaba Rodolfo- que finalmente se filtre todo hacia el Mar Violento por aquella caverna...?

- Puede... -respondí- Pero esa galería es muy estrecha. Y aquí se trata de millones de metros cúbicos, quizá sean billones o trillones... Por "poco" que sea tardaría años en filtrarse hacia algún sitio más abajo. No conozco lo suficiente sobre la conformación geológica de la zona, pero de lo que estoy seguro es que lo que vimos León y yo es petróleo. Y que sube muy rápido.

Nadie se quedó a comprobar si lo que decíamos era tan desesperante como lo presentábamos, pero lo era en realidad, así que media hora después hallábamos un nuevo lugar amplio, para descansar unos minutos. Una corriente de aire helado me dio escalofríos, y me hizo mirar el origen. Se trataba de una cavidad muy pequeña al costado de la sala, y además de llamarme la atención, me dio una idea. Avisé que me ausentaría unos minutos y me metí arrastrándome en la cueva, tan estrecha que casi me quedo atascado. Sin embargo pasé y se iba haciendo más amplia a medida que avanzaba y pude incorporarme a los pocos metros. La cueva parecía interesante para la idea que me rondaba, pero debía hacer una comprobación.

Anduve menos de cuarenta metros y casi me caigo a un abismo. Desembocaba en una vacuoide pequeña, pero ya no una sala, sino una verdadera vacuoide, que no daba ecos a mis silbidos. Alumbré con la linterna pequeña y potente, cuyo rayo era de mucho más alcance que la claridad de las linternas taipecanas, y no pude ver el fondo, ni el final en horizontal. Luego hice unos disparos y no vi el fogonazo del impacto. Era evidente que se trataba de un espacio kilométrico, hacia abajo y hacia lo lejos. El techo estaba a unas decenas de metros, al menos en ese sector. Volví rápidamente, tanto por la impresión que me dio aquella vacuoide gigantesca y oscura, como por el entusiasmo del hallazgo y lo extremadamente frío de aquel ambiente. Si me hubiese quedado allí unos minutos, habría empezado a congelarme porque si la temperatura de la galería rondaba los 26 grados, allí no estaba lejos del cero. Al reunirme con el grupo, luego de explicarles lo encontrado, expuse la idea.

- Tenemos explosivos suficientes y herramientas. -les dije- Si abrimos esta boca, el petróleo encontrará un cauce que puede llenar esa nueva vacuoide, o al menos retardar por muchos días su avance por esta galería nuestra.

- Quizá -respondió Cirilo- no sea necesario hacer nada. ¿Acaso el petróleo, al llegar aquí no se meterá por ese agujero naturalmente?.

- No creo. Es muy espeso y sucio y puede hacerse un tapón. Además, la vacuoide es increíblemente fría. Seguramente está sin actividad de ninguna clase desde hace millones de años, y sin contacto con otro sitio el calor ha escapado por este agujero. El ambiente ahí, está entre los cero y los cinco grados, por lo cual lo más probable es que el petróleo, estando mezclado con barro y agua, se coagule y tapone ese pequeño túnel antes de empezar siquiera a verterse en la vacuoide...

- No podemos perder tiempo. -dijo Tuutí resueltamente- ¡A preparar los explosivos!.

Mientras el equipo se retiraba, alejándose, Rodolfo y yo estudiamos el túnel y ubicamos los dos mejores puntos para agrandar la boca de entrada, así como otros cinco sitios más hacia adentro, a fin de romper los puntos donde pudieran formarse tapones. Colocamos las cargas y extendimos cien metros de cable. El pequeño detonador funcionó perfectamente y todas las explosiones, casi simultáneas, salpicaron algunos guijarros cerca de nosotros. Bajamos rápidamente en cuanto nos lo permitió la polvareda y el humo y comprobamos con alegría que el resultado fue mejor de lo esperado. Se derrumbó, totalmente despedazado, un gran macizo calcáreo y un costado del muro horizontal, dejando una entrada que permitiría al petróleo entrar a razón de unos ocho metros cúbicos por segundo. Mis cálculos a ojo respecto a volúmenes nunca me habían fallado por mucho, así que estábamos más tranquilos.

Cuando nos disponíamos a marcharnos, sugerí a Rodolfo que podíamos quedarnos hasta comprobar la efectividad del desvío. No le gustó la idea pero aceptó. Nos iríamos mucho más tranquilos si verificábamos la entrada del petróleo por allí. Volvimos a avisar al grupo y bajamos nuevamente, con la precaución de portar sólo el equipo de buceo, las linternas y una soga. Si la masa aceitosa, por superar en cantidad la abertura, no entraba en el nuevo cauce, íbamos a tener que correr cuesta arriba para escapar. El grupo, según acordamos, seguiría el camino ascendente hasta el próximo descanso. Nosotros, por el momento, quedaríamos a retaguardia y se establecerían dos hombres como posta, a cada hora de marcha.

- No se -me decía Rodolfo- para qué has hecho que traigamos los equipos de buceo... No pienso sumergirme en el petróleo ni dejar que me alcance.

- Yo tampoco, pero me temo que igual los tendremos que usar.

Nos ubicamos en un sitio desde el que podíamos ver la entrada abierta por la explosión y no debimos esperar demasiado. El aire se hizo bastante desagradable y enseguida tuvimos que empezar a respirar el oxígeno del equipo. De lo contrario, nos habríamos intoxicado con los gases. En media hora, la masa de petróleo llegó al sitio y para nuestro pánico, subió más arriba del nivel de la nueva boca. Nos disponíamos a correr cuesta arriba cuando un ronquido profundo nos sorprendió. Al darnos vuelta, vimos un enorme remolino y el lago que empezaba a formarse, en vez de crecer se achicó en pocos segundos. Alguna roca había quedado tras la explosión, taponando el túnel cerca de la vacuoide, pero la presión de la masa semilíquida se abrió camino. Permanecimos unos cinco minutos, observando cómo el nivel se mantenía y unos centenares de metros más arriba nos quitamos las chupetas de respirar y comentábamos sobre el asunto.

- No volverá a subir por aquí -dije- hasta que se llene completamente la vacuoide.

- Espero que sea tan grande como has calculado.
- No obtuve eco al silbar ni al disparar. Ni siquiera veía los fogonazos de impacto hacia abajo ni hacia el fondo, ni escuché su ruido. Así que no se llenará en meses.

- Siempre estás seguro de tus cálculos, Marcel. Eso me deja tranquilo... Con respecto al petróleo. Pero en cuanto a ese lugar donde vamos...

- ¡No me digas que tienes miedo!.

- ¿Yo? ¿Miedo yo...?. No... Sólo un poco de terror y otro poco de pánico. ¿Acaso tú no?.

- No -respondí sinceramente- porque no le he tenido miedo a lo desconocido nunca jamás. Siento algo que puede parecerse al miedo... Algo terrible... No sé cómo explicarlo. El instinto de conservación me dice que es peligroso, pero lo desconocido me atrae como un imán al que no puedo resistirme.

- Es que yo siento justamente lo contrario... -me respondió- Me gusta explorar con cierta seguridad. En verdad he sufrido mucho en el viaje de rescate a Iskaún, aunque me pongo por encima del miedo. Estuve a punto de decir que por mi parte, prefería regresar a la superficie, cuando preguntó... Y no sé cómo no leyó mi pensamiento.

- Seguramente lo hizo... Pero eres un Guerrero y ella no hablaría por tí. Yo creo que eres doblemente valiente. Yo, aunque tomo mis precauciones, no tengo miedo a lo desconocido; así que no puedo decir que soy valiente.

- No te entiendo.

- Es muy simple, Rodolfo. Valiente no es quien no tiene miedo, sino el que lo tiene pero lo domina y hace lo que debe hacer. Yo soy medio loco en cuanto a lo desconocido; me atrae demasiado y eso es un poco peligroso. No uso la valentía en este caso, porque la obsesión por desvelar lo desconocido es más poderosa.

- No está tan mal. Finalmente suele ser más peligroso lo conocido cuando uno se confía demasiado. Yo trabajo siempre con la electricidad y por confiado, más de una vez...

- Eso también es cierto. Lo desconocido, por lo general no es tan terrible como uno supone.

- El único problema en este caso, -dijo él- es que ni siquiera los Primordiales saben qué hay allí en esa vacuoide. Ni saben por qué se llama "de las Estatuas" para los Dracofenos, los Narigones y los Taipecanes. Nonorkai para los Primordiales, que a pesar de sus poderes... Mejor no hablemos más de tema.

- De acuerdo. -respondí- Ahora mismo no tenemos absolutamente ninguna posibilidad de elegir otro camino, así que mejor no hagamos conjeturas.

- Hubiera estado mejor -me decía Rodolfo- explorar la vacuoide esa que hallaste. Seguro que nos llevaba hacia otro sitio menos desconocido...

- Estoy convencido de que no puede ocurrir así. Esa vacuoide está helada porque hace millones de años, o al menos muchos miles, que no entra ni sale de ella ni una gota de agua, petróleo, magma ni nada. Sólo alguna corriente de aire, que sale luego llevándose el calor. Además, no encontré que hubiera un modo de bajar a ese abismo. Mientras que aquí hay un camino. Y si ahora no será transitable por causa del petróleo, desde su nuevo cauce hacia abajo, este sitio ha sido más transitado de lo que parece.

- ¿Hablas en serio?, ¿Estás seguro?.

- Y tanto como que aquella punta de estalagmita, tirada allí, pertenece a esa truncada que está allá. Mira, hay al menos cinco metros de diferencia de nivel. ¿Quién la quebró?, ¿Por qué está más arriba y no más abajo de la columna donde fue arrancada?. Y no veo que aquí corra agua desde hace milenios...

- ¡Cierto, Marcel!. No creo que nuestro grupo se haya entretenido haciendo estas cosas... Y el camino está muy marcado en la piedra. No lo han borrado las crecidas de agua, o no las hubo desde hace muchos siglos...

- Ni esas marcas que hay allí... -dije señalando el lado opuesto de la galería.

- ¡Dios mío...! Si antes tenía pánico ahora me estoy alucinando de terror...

- ¿Es que sabes chino?. -pregunté.

- No, sólo unas pocas palabras escritas y otras fonéticamente, pero a esa escritura la conozco muy bien... Significa "Puerta de la Muerte". Se colocaba antiguamente en las sepulturas chinas donde no sería posible salir, merced a las trampas colocadas para evitar profanaciones.

- Bueno, no hace menos de mil años que está labrado eso en la roca. Esas estalactitas de tipo dendríticas que casi están cubriendo la escritura, son de las llamadas "Árbol de Lilith", compuestas de sales de hierro y plata. Unas de las más lentas en formarse, especialmente donde no hay suficiente humedad y las corrientes de aire son muy variables. Es posible que este "Portal de la Muerte" ya no tenga el peligro que tenía cuando escribieron eso. Seguramente que lo escribieron los Taipecanes, que fueron los más antiguos exploradores de esta zona.

- Si. Y dicen que eran muy supersticiosos los primeros Taipecanes que vinieron a la Tierra. Que quizá sea para asustar y no... En fin, que igual tengo pánico. Pero sigamos...

Un rato después encontramos a Kkala y Lina, apostados en espera de noticias nuestras.

Les comunicamos el éxito de nuestro trabajo y seguimos marchando rápidamente, hasta alcanzar al grupo antes de que dejaran una nueva posta. La noticia levantó el ánimo de todos nuestros compañeros, que a pesar de las palabras de aliento y alegría maravillosa de Iskaún, no podían dejar de preocuparse por nosotros, tanto como por la posible continuidad de la subida del cauce de petróleo y por el hecho de marchar a una zona realmente misteriosa, desconocida y con antecedentes de muy peligrosa. Los Dracofenos estaban tan afectados por la pérdida de sus familiares que apenas si hablaban algo cuando se les preguntaba o llamaba.

Sobre las marcas chinas halladas, habíamos acordado con Rodolfo no decir nada, puesto que eso significaría añadir una preocupación más al grupo, pero no pudimos evitar que Iskaún leyera nuestro pensamiento.

- Es una buena medida mantener el secreto... -nos dijo telepáticamente a Rodolfo y a mí- Y no tenemos camino opcional. Los de Murcantrobe y Tiplanesis deben haber sido inundados mucho antes que este, porque van en leve descenso.

Rucunio interrumpió la charla mental, como si hubiera tenido parte en ella.

- ¿Las otras vacuoides dracofenas -preguntó- están en peligro también?.

- No lo creo -respondió verbalmente Iskaún- porque los sifones de la caverna Catedral Dorada, antes de Murcantrobe, y la cantera de sales de Tiplanesis, se derrumbarán tapando el paso del líquido. Fueron acondicionadas para eso, en previsión de inundaciones por un brazo oceánico que pasa cerca de allí.

Pregunté mentalmente a Iskaún si era cierto aquello o lo decía sólo para tranquilizar a los Dracofenos, pero su mirada de sorpresa hizo innecesaria la respuesta. Por un momento había olvidado que ella no puede mentir. Ni siquiera una mentira piadosa. Así son los Primordiales.

Cuando la fatiga comenzaba a hacerse notar demasiado, habíamos subido al menos quinientos metros. Un nivel aceptable, considerando la seguridad que tenía respecto a que la vacuoide hacia donde habíamos desviado el petróleo tardaría semanas en llenarse. Si el Mar Tranquilo era una fosa proveniente del Océano Pacífico, tal como me temía, entonces esa vacuoide y muchas más se llenarían, inundando una vasta zona del subsuelo peruano.

Había hecho mapas muy simplificados, usando la brújula en todo los sitios en que funcionaba, calculando las distancias por el tiempo de caminata y los niveles de igual modo. En promedio me resultaban bastante exactos, así que era de suponer que estaríamos aproximadamente, bajo el lado occidental de la Cordillera peruana o tal vez debajo del Océano.

Acampamos en una sala muy curiosa, con predominio de colores azules, muchos indicativos de actividad volcánica no muy antigua y algunos diamantes del tamaño de una canica. Unos tesoros minerales nada comparables a la Sala de los Diamantes, anterior a la vacuoide de Rucanostep, en cuanto a cantidad, pero sí en calidad.

- ¡Cuánta riqueza tiene la Naturaleza! -dijo Rucunio.

- Y la tiene toda desparramada... -agregué- Pero la riqueza real es otra cosa.

- Te comprendo. -respondió el Dracofeno- Opino igual. Quiero distraer la mente observando las bellezas de estos lugares, pero el recuerdo de mis padres y otros parientes, del mayor de mis hermanos y tantos amigos que ahora yacen sepultados por el petróleo y el agua...

- Tranquilo, querido Amigo... Así es esta guerra, desgraciada como todas pero inevitable.

- ¿Por qué son inevitables?. Debería haber algún modo...

- Pero no lo habrá -respondí- mientras existan personas esclavistas, enfermos mentales con delirios de poder sobre los demás, en vez que "poder sobre sí mismos".

- ¿Cómo crees que acabará todo esto?, ¿Terminarán los Narigones apoderándose de todo el mundo, como se han apoderado de mi pueblo?.

- Estoy seguro que no, Rucunio. Tú y tus compañeros son la muestra de que siempre habrán personas, aún en los pueblos más engañados, que lucharán por la Libertad, por mantener la consciencia despierta y el corazón lleno de Amor. Y quienes tenemos esas cualidades estamos siempre dispuestos a la lucha, cada cual según sus posibilidades.

- Es curioso... -dijo Tarracosa- Pero ya no me duelen los que acaban de morir. Eran viejos y sufrían mucho... Yo no quisiera llegar a esos estados de inercia mental e inconsciencia como la mayoría de nuestros abuelos. Les he amado siempre, pero ahora me duelan más los que están vivos, sometidos por los Narigones, engañados por ellos y por el estúpido de Thafara, que no se da cuenta de cuánto lo usan...

- Tarde o temprano, vuestra revolución triunfará. -le dije- No tardarán mucho en darse cuenta de los engaños. Pero está mi civilización, que ha perdido casi por completo las esperanzas de alcanzar la Ascensión al Reino de los Kristálidos Luminosos. Ni siquiera saben que eso es posible, aunque tienen religiones ejemplares que hablan del asunto.

- Bueno... -intervino Tarracosa- Nuestro pueblo apenas si lo sabe, pero no saben cómo lograrlo...

- Pero eso aún puede arreglarse. Los Dracofenos conocen que hay otras civilizaciones en el interior de la Tierra, y que hay Primordiales, y que algún día podrían volver a vuestro planeta de origen. Como quiera que sea, tienen un conocimiento del mundo que la civilización mía no posee, salvo unos pocos que ocultan todo conocimiento al resto de la humanidad.

- ¿Tan mal están?. -dijo Rucunio.

- Como te lo digo. No saben nada de nada y creen saberlo todo. Cuando empiezan a sospechar que algunos gobiernos son manipulados por los ricos más poderosos y engañan a todos de una manera tan tremenda, se asustan y prefieren no pensar. Tienen miedo de hablar y de escribir. Y entonces así va el mundo. Todos hablando de libertad, pero todos temblando de miedo ante el poder que se mantiene sólo por ese miedo de los cobardes...

- Es comprensible -dijo Ajllu que se sumaba a la conversación- Nosotros, los que vivimos en la selva, y especialmente los que hemos sido instruidos en las ciudades, nos damos cuenta que nuestra civilización es la que peor está. En cierto país muy desarrollado, hay millones de personas que jamás han visto una gallina, ni una vaca. Sólo en la televisión.

- ¿Qué es eso? -preguntó Rucunio.

- Animales de la superficie. Producen casi la mitad de los alimentos que consumimos nosotros, carne, huevos, leche...

- ¡Entonces es cierto!... -dijo Tarracosa, mirando a sus compañeros- ¡Se comen a los animales!.

- Pero no se alarmen. -les dije- No son animales Primordiales...

- ¿Y entre Ustedes también se comen? -preguntó Rucunio en el colmo de la preocupación.

- ¡No...! -respondí- Aunque hay algunas tribus que practican el canibalismo, a modo ritual...

- ¡Qué terrible! -dijo Lotosano- Y Narigones decir... "Dracofeno: bicho salvaje de cavernas"

- Si. -dije- Mi amada humanidad está muy mal, desde hace muchos miles de años. Hay gente para todo. Desde lo más heroico y maravilloso hasta lo más degradante y morboso.

- Entre los Dracofenos -dijo Rucunio- también hay criminales, locos y gente mala. Es igual en todas partes. ¿No sería posible cambiar a esa gente para que pensara y sintiera mejor?.

- Claro que si. -dije- Pero hay un grave problema... Hay que desear el cambio. Cada uno debe desearlo y trabajar consigo mismo.

- ¿Cómo trabajar "consigo mismo"? -preguntó interesado Lotosano- Yo creer que no haber cambio. Siempre personas ser igual. Toda la vida.

- Pues haciendo cada uno su "catarsis". -le dije- Tú mismo has cambiado tu modo de sentir, de pensar y de actuar. Aunque siempre tuviste un fondo de consciencia limpia y sana, muchas veces fuiste cómplice de los Narigones por no escuchar a tu consciencia.

- Cierto... -dijo Lotosano bajando la cabeza.

- Pero cuando comprendiste que la situación te daba una oportunidad para cambiar tu actitud y obedecer a tu consciencia, tuviste que empezar a depurar tus emociones. O sea, empezaste a hacer una drástica catarsis.

- ¿Catarsis? -dijo Rucunio- Había un manual que un soldado me dejó cuando aprendía español, pero no recuerdo que significa...

- Catarsis -continué- es el trabajo que cada uno debe hacer consigo mismo. Consiste en observar los propios pensamientos y sentimientos, diferenciando los malos para destruirlos y no dejarse arrastrar por ellos, y los buenos para cultivarlos y aplicarlos en la vida.

- Yo creía, igual que Crugriteke, que no era posible cambiar, pero según me dices...

- ¿Crugrite... qué? -preguntó Ajllu.

- ¡Oh, perdonen! -respondió Rucunio- Es el nombre real de Lotosano. Bueno... Aunque lo bautizaran así Ustedes, a él le gusta mucho. Sobre todo ahora, que sabe lo que significa. Perdona, sigue explicando.

- Pues eso, que la catarsis es un trabajo de meditación permanente. Si se hace desde pequeño, tanto mejor. De lo contrario las personas crecen llenándose de odios, miedos y vicios.

- ¿Y cómo saber -dijo Tarracosa- qué es bueno y qué es malo?.

- Aquello que está inspirado por el Amor y que se piensa con Inteligencia, seguro que es bueno, sólo necesita que se aplique con Voluntad. Cualquier persona sabe lo que es ser malo, lo que es pensar, sentir o actuar sin Amor. La cuestión es aplicar esa simple capacidad que todo el mundo tiene para diferenciar, pero no estar haciéndolo en los demás, sino en uno mismo.

- Ese es uno de los grandes problemas de los Dracofenos. -dijo Rucunio- Las personas viven mirando lo que está mal en los demás, en vez que mirar para adentro del propio corazón...

- No sólo de los Dracofenos. -dije- Ese es uno de los principales problemas de todas las civilizaciones e individuos.

- Uno de nuestros Maestros -dijo Tarracosa- enseñaba con parábolas y decía que era más fácil ver un grano de sal en el ojo de otro, que la estalactita clavada en el propio.

Ajllu y yo, recordando la frase cristiana de la paja en el ojo ajeno y la viga en el propio, soltamos una carcajada.

- ¿Cómo se llamaba ese Maestro? -pregunté.

- Tucutuma.

- ¿Y qué fue de él?. -preguntó Ajllu.

- Ascendió al Reino de los Kristálidos Luminosos, pero la secta de los Nisonitas, que adoran al más cruel de los Primordiales de vuestro planeta, inventaron una historia sobre que le habían asesinado los gobernantes Procánidas. Cabe aclarar que nuestro pueblo, llamado "Dracofeno" en la Tierra, se llama Procánida en nuestro planeta.

- ¿Dices que en tu planeta adoran a un Primordial de la Terrae Interiora? -pregunté confuso.

- Si, Ogruimed...

- ¡Ah!, ya entiendo... Por eso están ustedes aquí, -dije- al igual que los Taipecanes, que fueron engañados por el malvado Ogruimed... ¿Y lo adoran aún ?.

- Lamentablemente, una parte de los Dracofenos que viven en la Tierra, lo hacen aún, pero no en nuestro planeta. Sólo quedaron allá los Primordiales y algunos pocos mortales que estaban reorientando su evolución.

- ¿Y por qué inventar una historia sobre la muerte de un Maestro? -preguntó Ajllu.

- Porque de ese modo -respondió Rucunio- se mataba en el pueblo la perspectiva y el deseo de Ascender al Reino de los Kristálidos.

- Es interesante -dije- ver como el Reino de los Kristálidos vale para los Dracofenos como para los Terrestres.

- Así es. -dijo Rucunio- No hay diferencia en ese Reino, en cuanto a calidades, como no lo hay en el Reino Humano. Los Primordiales de nuestro planeta son hermosos, perfectos, inmortales, como Iskaún. Nosotros no somos tan parecidos a ellos como ustedes sí lo son de vuestros Primordiales, pero no hay grandes diferencias en lo demás. Entre los Primordiales y los mortales, las diferencias importantes son las mismas en los Dracofenos como en los Terrícolas. ¡Ah, lo Primordiales!. Aquí y allá, ellos son... ¡Pero...! ¿Qué te sucede Lotosano?.

Lotosano lloraba sin emitir sonidos. Quizá porque sabía que eran muy diferentes a los nuestros, entonces por respeto o ubicación social, lo hacía en silencio, con sollozos prolongados que estremecían su cuerpo. Sus vibraciones nos llegaban con toda la fuerza de un corazón que ama, que comprende, que desea alcanzar un estado superior de su propio Ser. Pero lo que hizo saltar mi llanto fueron sus palabras:

- No saber eso antes... Pero Amor... Amor. Esa ser clave. Yo tener Amor para todo el Universo. Yo estar dispuesto. Si, dispuesto para todo. No importar morir... Muerte no existir. Amor ser inmortal. Si yo Amar, una parte de Lotosano, verdadero Lotosano, no morir nunca, nunca, nunca...

Le abracé con todo mi corazón y sentí en ese momento los sentimientos de Iskaún, que vibraba feliz, al ver nuestra fraternidad. Para ella, Maestra de la Magia de los Niños, no habían diferencias de ninguna clase, como no las había para nosotros, en cuestiones del Amor Universal. Lógicamente, no podría casarme con una mujer Dracofena, porque hay diferencias biológicas que en caso de producir hijos, estos tendrían graves problemas de salud física, mental y psicológica. Pero el Amor Universal, que es el más puro y verdadero, nada tiene que ver con los instintos de reproducción de las especies, ni con el sexo, ni con las diferencias de piel, ni con las diferencias de lugar de origen.

- Cierto es que hay diferencias. -dijo Iskaún interviniendo en nuestra charla y compartiendo nuestros sentimientos- Pero lo importante es comprenderlas, conocerlas, aceptarlas, respetarlas y mantener la armonía. Estoy segura de que con este grupo, además de salir vivos del misterioso destino que nos aguarda, podremos hacer cosas maravillosas para el despertar de consciencia de la humanidad. Cada uno cumplirá su misión a la perfección.

- ¡Eso! -dije- ¡La Misión!... Un individuo que algunos de los aquí presente conocen y llaman "Champirrojo", me dijo que la mía era escribir libros infantiles... ¿Hay un editor de libros en nuestro equipo?...

El silencio sepulcral de la hermosa sala en que nos hallábamos se mantuvo por dos segundo, luego dio lugar a una risotada general, tras la que Tuutí dijo seriamente.

- ¡Cuidado!. Las onzas de la selva, los días sin comida si no se consigue caza o se encuentra frutas, los ríos caudalosos que hay que cruzar, los mosquitos y otras plagas, los espías de los Narigones y hasta la Malla de Rucanostep o -me atrevo a sugerirlo- la vacuoide de las Estatuas que aún no conocemos... Pueden ser cosa sencilla de superar, en comparación con el desafío que representa hallar un canal de comunicación importante, entre un Champiwilka y la civilización de la superficie externa de la Tierra...

- ¡Vaya presagios los tuyos! -dije, medio en broma, medio en serio.

- No importa. Tú dices que esa es tu misión. Pues la cumplirás aunque tengamos que llevarnos algunos diamantes de aquí, para editar lo que escribas...

- ¡Ni pensarlo! -le interrumpió Iskaún- Eso no es posible. Ya sabéis las normas.

- ¿Y por qué esa norma tan drástica? -pregunté.

- Porque la Ley del Círculo Menor lo impide. Todo lo que se haga afuera, será hecho con los medios y elementos de la propia civilización. Además, ya sabéis cómo es la codicia de la humanidad mortal. No dejarían en paz al que lleve diamantes sin decir el sitio de extracción.

- Pues será cuestión de encontrar un buen editor, serio, responsable y con verdadero Amor a la humanidad. -concluí.

- Y en especial que tenga Amor por los niños y sea afín a la magia. -dijo Ajllu.

Cuando el sueño nos vencía y nos disponíamos a dormir, sentimos una suave corriente de aire notablemente frío. Nadie pareció darle importancia al hecho, salvo Tuutí, Kkala y yo.

- Es extraña esta brisa... -dijo Tuutí.

- Si. -respondí- Es normal en casi todas las grandes galerías, especialmente las que comunican enormes vacuoides.

- Y más normales aún -agregó Kkala- cuando conectan lugares con ríos caudalosos. Pero hacia atrás, el camino andado terminaba en la corriente de petróleo. ¿Habremos pasado una caverna que no hemos visto, que sea un camino alternativo?.

- Creo que no... -dije mientras deducía las posibilidades- Es posible que la corriente se deba a la vacuoide que está recibiendo el petróleo. Es lógico que si entra un gran caudal y ella no tiene otra salida, el aire desalojado se extienda por esta galería. Espero que no se llene pronto...

- Has calculado que no se llenará en semanas o meses. -dijo Tuutí- Y confío en tus cálculos.

- Yo también, -dije- pero no me puedo confiar en que la entrada abierta con explosivos se mantenga habilitada. Un nuevo derrumbe o materias que arrastre el petróleo, pueden taparla. Esa es mi única preocupación. Sin embargo esta corriente de aire, si no me falla la deducción, indica que todo marcha bien. Pudo haber un tapón momentáneo y ahora el petróleo entra, mientras que el aire frío de la vacuoide sale. Debe haberse establecido un ciclo de burbujeo. Pero no bajaré a constatarlo...

Me quedé despierto una hora más, y pude comprobar que la brisa corría a intervalos de once minutos y medio exactamente, durando un minuto y medio. Esto indicaba que mi deducción era correcta. Un ciclo de burbujeo permitía a la vacuoide desalojar el aire en proporción al ingreso del petróleo. Haciendo unos cálculos rápidos, teniendo como parámetros el ancho menor del túnel abierto con la explosión, la densidad del petróleo y el aire, así como la longitud bien conocida del túnel, en unos minutos tuve como resultado una idea aproximada del tamaño de la vacuoide. Tardaría meses, en vez que semanas, para llenarse... Mientras fuese siempre petróleo y no agua. En cualquier caso, podía dormirme tranquilo por unas cuantas horas.

El inicio de la marcha se hizo catorce horas después, con todas las energías recuperadas y el aire levemente enrarecido por los gases, que igual nos alcanzaban. Apenas era perceptible el olor, pero convenía apresurar la marcha. Después de tres horas de caminata fácil, habíamos andado unos doce kilómetros y subido apenas ciento cincuenta metros en cota. El promedio de cien metros cada cuatro kilómetros, indicaba claramente que el camino no era natural. Al menos no era producto del agua en toda su extensión. Habían también varias marcas de actividad artificial, cosas que la naturaleza no hace, ni siquiera a grandes profundidades. Pasamos por un sifón que sólo es posible hallar en galerías de origen volcánico, pero en una zona donde no había ni rastros de tal actividad. Allí tuvimos que seguir un estrecho desfiladero donde las escaleras nos terminaron de convencer que íbamos por un camino abierto artificialmente en muchos tramos.

Desde nuestra salida de Iraotapar había visto cosas extraordinarias, pero casi todas explicables, desde el punto de vista de la geología o evidentemente artificiales, pero aquí había un tipo de obra que no podía comprender. Las estalagmitas formadas en tortas, muy comunes como tales, en el piso de las cavernas, se hallaban como estalactitas, es decir colgadas del techo. Las estalactitas, agudas y colgantes, se hallaban invertidas, en el piso, formando bosquecillos. Muy peligrosos cuando eran de pequeño tamaño. Había visto muchas veces estos bosques, pero formados por estalagmitas muy duras y siempre había en el techo las correspondientes estalactitas, también afiladas. Lo comenté con algunos compañeros y los más acostumbrados a las cavernas lo comprendieron rápidamente.

- No creo -dijo Tuutí- que alguien diera vueltas todo este sector, con sus millones de toneladas. Debe haber una explicación.

- De acuerdo. -dije- Pero esa explicación se me escapa. No puedo deducir nada aquí. Todo está al revés de lo natural...

- Al menos, -intervino Viky- el piso permite caminar fácil, y no así el techo...

- ¡Cierto! - Exclamé asombrado al mirar hacia arriba.

El techo estaba cubierto desde ese punto en más, con estalactitas que parecían una cabellera "punky". También normales en lugares cercanos a la superficie, pero extrañas por lo enormes, coloridas y enmarañadas. Algunas brillaban preciosamente y me era imposible definir los minerales que las componían.

El tramo de caverna con estas rarezas se extendía por unos diez kilómetros. Luego, todo parecía normal, salvo el hecho de que el camino tenía muchas señas de tránsito. El desgaste de las rugosidades de las piedras era más notable y las penumbras acentuaban la definición del sendero. El siguiente descanso prolongado, para comer y dormir, fue hallado quince horas después. Una caverna con muchos visos de contener algunas otras bocas, pero nuestra búsqueda de caminos alternativo fue vana. Exploramos todos los rincones, hasta donde era posible. El techo era bajo y sólo unos pocos agujeros eran inexplorables, pero en estos no había ni señas de filtraciones de agua. Así que no tuvimos otra alternativa que seguir avanzando por la galería hacia la misteriosa zona de las Estatuas, después de una abundante comida y un sueño reparador.

El siguiente tramo fue más accidentado, pero empezamos a descender. Dos grandes sifones me dieron idea de provocar un nuevo derrumbe, con lo que quedaría taponada definitivamente nuestra retaguardia. Así, aunque la vacuoide que estaba recibiendo el petróleo se llenara, no podría alcanzarnos. Eso implicaba cerrar definitivamente el camino hacia atrás, pero no perdíamos nada con ello. Volver era imposible, así que expuse mi idea y no fue del agrado de la mayoría. Sin embargo, Tuutí dispuso que se diera vía al proyecto, si resultaba bien meditado, puesto que de ninguna manera podríamos volver a Harotán-Zura ni se cerraba con ello algún otro conducto alternativo. Por otra parte, cerrar ese camino ciego podía ahorrar a quien desconociera la cuestión del petróleo, muchas horas de marcha estéril.

- El aire desalojado de la vacuoide, -dije mientras deducía- que ya no tendrá vías de escape, es lo único que me preocupa un poco, pero en cualquier caso, no es muy seguro que el sifón se cierre por completo. Aún así, nada se perdería con que el petróleo dejase de llenar la vacuoide, contenido por una gigantesca burbuja. Si la presión fuese demasiada, nuestro trabajo sería inútil porque el aire rompería el cierre del sifón.

- ¿Hay peligro en ello? -preguntó Tuutí.

- No en la ruptura del sifón, pero... Puede producirse un nuevo sifón de aire en la vacuoide, y en tal caso el petróleo puede seguir subiendo, en vez de llenarla... Mejor descartamos mi idea... El riesgo es mayor porque no sabemos exactamente qué pasará. Al menos la vacuoide, si no hay cambios inesperados, nos da semanas o meses de tiempo...

Descartada la cuestión, seguimos adelante, hasta encontrar un río que atravesaba el camino. No muy caudaloso ni profundo, pero debimos cruzarlo con cuidado, atados con cuerdas. Pensé en la posibilidad de provocar un tapón con los explosivos, de modo que el cauce quedara libre para el petróleo, en el caso que éste llegara hasta allí, luego de llenarse la vacuoide, pero ello implicaba cortar una vena de agua que podría perjudicar a otros. En cualquier caso, si llegaba allí el petróleo, el agua quedaría contaminada, pero no era seguro que ello ocurriese. Preferí no decir nada sobre la idea.

Las siguientes catorce horas fueron un poco aburridas, dado lo monótono del paisaje y la escasa variación de niveles, pero preferíamos ese aburrimiento a los accidentes y las dificultades. Hallamos un pozo de tres metros y medio de diámetro, que podía representar un camino alternativo, así que luego de la comida, el descanso y el tercer período de sueño, nos decidimos a explorarlo. Chauli preparó un arnés para descender y no dejó que nadie le reemplazase en la operación. Cuando estuvo todo preparado, se lanzó en la exploración y descendió por aquel hoyo hasta que casi le perdimos de vista. Se estaban acabando las cuerdas cuando hizo señas con la luz para que le alcemos. Un poco más y hubiésemos tenido que añadir la segunda tirada de cuerda doble.

Había alcanzado los trescientos metros, aproximadamente, pero sin llegar a ningún sitio. Después de una hora de descanso, mientras preparaba un segundo sistema de cuerdas, con el objetivo de alcanzar los quinientos metros, que era el máximo con el material disponible, se lanzó nuevamente a la aventura. Teníamos un total de 2.700 metros de cuerda, y aunque había que hacerla doble en un tramo y triple en otro, el problema estaba en la falta de otros accesorios, como roldanas, correderas y mosquetones, así que si antes de los quinientos metros no hallaba nada, ahí acababa la exploración. Llevaba, además de su linterna taipecana, la mía de rayo potente y un arma, a fin de medir con disparos, si fuera necesario.

Luego de una hora de descenso, sus linternas eran un minúsculo punto de luz. Cuando parpadeó dos veces, le empezamos a subir. Su regreso estuvo marcado por la tranquilidad de todo el grupo. Había hallado otra vacuoide, no tan fría pero igualmente inmensa. El techo estaba a trescientos setenta metros por debajo de nuestros pies, pero aunque había bajado hasta los quinientos, no logró ver el piso ni las paredes, ni siquiera con mi linterna. Disparó en varias direcciones y sólo consiguió divisar uno de los impactos, en una de las paredes, que calculó a un kilómetro de distancia. El disparo hacia abajo, no obtuvo señal visible.

- Definitivamente -dije- el petróleo deja de ser una preocupación de aquí en adelante.

Lo que yo no sabía era que las cuestiones que nos esperaban más adelante, no eran menos preocupantes. Tardamos unas cuarenta horas, desde aquel sitio, en llegar a lo que parecía una simple sala más. Sin embargo, al empezar a movernos dentro de ella, comprendimos que se trataba de un laberinto. No estaba en la memoria de Iskaún aquel paraje, donde el camino principal se perdía completamente y las confusiones nos hacían retroceder cientos de metros, al encontrarnos con sumideros sin pasaje, galerías ascendentes de imposible ascenso con nuestros medios, faldas de caverna con empinadas galerías, llenas de enormes piedras, bifurcaciones que nos obligaban a explorar sistemáticamente, para volver cada vez al punto inicial, ya sea por unos abismos absolutamente insondables... Seguramente conducían todos a la vacuoide que estaba debajo, la que Chauli había intentado explorar. En muchos sitios nos encontrábamos con murallas donde la cueva se acababa de modo terminante, sin siquiera un sumidero ni marcas de obra artificial.

Según recordaba Iskaún, aunque sólo había andado esos sitios en cuerpo mágico, había un camino único y muy transitable desde Harotán-Zura hasta Nonorkai, donde no había logrado ingresar. Y ese camino, a pesar de la dificultad para calcular las distancias físicas, sería transitable en cuatro, cinco o a lo sumo seis días. Aquel laberinto nos demoró tres días, hasta que por fin hallamos un pasaje, bastante dificultoso como para obligarnos a usar las cuerdas, que nos condujo de modo descendente con cierta lentitud.

Las filtraciones de agua allí empezaban a ser más notorias, las estalagmitas y estalactitas de un amplio tramo del camino, amenazaban cerrarlo en algún momento. Lotosano, de profesión ecologista, uno de los mejores conocedores de asuntos del agua para consumo, nos advirtió justo a tiempo, cuando íbamos a llenar las cantimploras en un pequeño chorrillo, que no debíamos consumirla. Los Dracofenos bebieron con gran placer, pero nosotros no pudimos hacerlo por el alto contenido de arsénico. Debimos caminar varias horas más para encontrar un sitio donde el agua era potable. Sin la compañía de los Dracofenos, hubiéramos pasado realmente "un mal trago".

La marcha se prolongó demasiado. Hacía catorce días que habíamos salido de Harotán-Zura. Aunque no nos faltaría comida para diez días más, empezamos a racionar adecuadamente, ante la incertidumbre. Iskaún hacía esfuerzos, durante los descansos, para recordar su viaje en cuerpo mágico por esa zona. Recordaba que había una gran vacuoide muerta encima de la cual había un largo trecho de camino, pero no recordaba el laberinto superado ni aquellas formaciones estalagmíticas que amenazaban cerrar el paso.

- ¿Es posible que nos hayamos metido en otro camino? -preguntó Viky.

- No lo se... -respondió Iskaún- Igual tenía claro que no hay otro camino a Nonorkai.

- ¿Contiene algo la vacuoide de abajo? -pregunté.

- Nada, sólo es un gran lago de un barro cuya composición no hemos analizado. Es completamente estéril, en sus paredes contiene minerales radioactivos. Hasta para andar en cuerpo mágico es muy peligrosa. La poca agua que cae allí se mantiene sobre la superficie de ese extraño lodo y se purifica por evaporación, en un filtro natural de carbón que hay en un costado de la vacuoide, luego va a parar a un pequeño mar, como cien kilómetros más abajo.

- O sea -dije- que ni siquiera podremos considerarla como camino alternativo...

- Ni en las peores circunstancias. -agregó Iskaún.

Marchamos por sitios que Iskaún recordaba, pero las distancias eran enormes. Una parte de la caverna presentaba formaciones similares a la Malla de Rucanostep. Aunque las burbujas no eran tan grandes, sino de apenas un metro las mayores, aquella zona se nos hizo difícil de transitar. Imaginándome aquellas formaciones en tamaño mucho menor, comprendí que sería un tipo de goethita, y parecía que aquel material era el predominante en la región. Aquello era un depósito de hidróxidos férricos de todas las clases, pero con formaciones de cristales enormes.

Una de las más peligrosas situaciones se dio en un sector en que para atravesarlo, debimos caminar extremando la precaución, sobre un afloramiento de este mineral; pero en vez que aburbujado, se componía de largas lanzas, de tres a cuatro metros de altura. Sus puntas no eran afiladas y permitían apoyar los pies con comodidad, pero era muy peligroso caer entre ellas, cuya separación rondaba entre un metro y el metro y medio. Algunas eran más altas y servirían para aferrarse, pero otras eran más bajas y nos quitaba cierto espacio de apoyo. El fondo donde se apoyaban estos cilindroides de mineral, era una macla que estaba plagada de agudísimas puntas de un mineral amarillo, muy duro. Chauli descendió y comprobó que era imposible caminar en esa "cama de fakir". No podíamos descender allí para intentar el ascenso al extremo opuesto. No había otra alternativa que caminar por encima de las columnas. No había una mínima cornisa que permitiera el paso por los costados. Estaba claro que aquel mineral se dejó a propósito, porque en comparación con el trabajo de apertura de algunos tramos del camino, resultaba insignificante rellenar correctamente aquel hueco.

Nos atamos con las cuerdas formando columna de tres, dando tramos largos entre cada uno, pero sin separarnos mucho. Los de la fila central quedaban atados a cuatro compañeros, y los de las filas laterales a tres. De ese modo, si alguien caía podíamos sostenerle. El "gusano" -como le llamaba Chauli a este sistema de formación- se armó completamente, antes de emprender el paso por sobre las columnas.

No faltaron los pequeños accidentes y la marcha fue muy lenta, porque algunas de las columnas se quebraban. Había que pisarlas muy bien, apoyando el pie desde arriba, sin hacer esfuerzos oblicuos. Eso era relativamente fácil al pisar, pero al levantar el pie impulsándonos para asentarnos sobre la siguiente columna, muchas puntas se quebraban. Los que iban al último sufrieron mucho más, hallando a su paso un montón de aristas filosas y espacios para pisar faltantes. Más de cinco horas nos llevó cruzar esos cien metros. Estábamos fatigados, más por la tensión que por el esfuerzo, pero nadie estaba herido. El final del decimoquinto día de marcha se coronó con el hallazgo de una botella de "chicha" entre las provisiones preparadas por los Dracofenos. Seguramente robada a los soldados Narigones. Apenas un sorbito de aquel licor para los que solíamos tomar alguno antes de dormir, fue todo un festejo. Luego el sueño alivió nuestras tensiones.

La siguiente dificultad ocurrió una jornada después, al hallar que el camino estaba agrietado en el centro. La grieta se iba ensanchando y debimos pasar muy pegados a la pared, unidos con cuerdas, para evitar caídas. Luego la grieta se iba cerrando pero a poco andar nos encontramos una especie de rampa descendente, hasta terminar en un profundo pozo, pero la continuación del camino nos quedaba a un centenar de metros y a unos veinte metros bajo nuestro nivel, sin posibilidad de sortear aquel inmenso agujero. Las paredes estaban lisas, como pulidas por un gran torrente de agua, que debió circular allí millones de años antes. Unas marcas en las rocas indicaban que en alguna época existió un puente para franquear aquel abismo. Chauli, para comprobar que aquel era realmente un pozo y nada tenía que ver con el camino real hacia Nonorkai, iba a prepararse para un rapel, pero le sugerí que no era necesario.

- Podemos -le dije- desmoronar ese pedrusco. Irá directo al pozo.

- Buena idea. -respondió- Manos a la obra.

Con un par de disparos, la saliente se descolgó y rodó unos diez metros, pero su forma achatada en uno de los lados impidió que rodara como esperábamos. Hubo que empujar esa mole de treinta toneladas e Iskaún puso la mayor parte de la fuerza, pero no conseguíamos más que un levísimo desplazamiento. La superficie plana era demasiado amplia y el borde se encajaba en las pequeñas irregularidades del piso. Le pedí a Chauli que me atara una cuerda, a fin de colocarme más cerca del abismo, y luego dije a todos que se alejaran. Probé disparando al piso, cerca de la base de la mole y conseguí que saltaran unas buenas lascas. Continué disparando bajo la base de la roca y cuando se inclinó un poco, bastó un leve esfuerzo de mis compañeros para que ésta se diera vuelta y rodara hacia el precipicio.

Los primeros choques de la roca produjeron un estruendo de batería artillera pero luego un largo silencio de más de un minuto. Ya se habían apagado todos los ecos del rodar en la primera parte del pozo, cuando se dejó oír un ruido que indicaba que el impacto fue sobre algún líquido, posiblemente más espeso que el agua, ya que se oyeron también después los chasquidos de la lluvia provocada por la caída de la mole. Aunque la profundidad a la que cayó sería de algo más de medio kilómetro, en aquellos silencios abismales nuestras percepciones se habían acrecentado notablemente y además, cualquier sonido se percibe limpiamente a grandes distancias.

Ahora Chauli se devanaba los sesos para ingeniar un modo de llegar hasta el otro lado, superando los más de cien metros de abismo, que nos impedían seguir el camino. Así como las armas nos habían servido para defendernos de tantos peligros, en esta ocasión sirvieron aunque con gran cuidado por nuestra parte, para hacer unos huecos en la roca, que permitían apoyar manos y pies para un escalador avezado. Iskaún, con las indicaciones de Chauli, lanzó un garfio para tratar de encajarlo en alguna de las rocas, del otro lado del pozo. Al cuarto intento, la cuerda quedó muy firme y serviría para que nuestro experto cruzase el pozo con mínimo riesgo.

Era muy irregular y estrecha esa especie de escalera practicada en la roca, pero no podíamos abusar de los rayos, porque no sabíamos de cuánta carga disponían exactamente las armas que nos dieron los Taipecanes. De todos modos, era suficiente para Chauli. Atado a una cuerda que sosteníamos y afirmamos en una roca, así como enganchado con un mosquetón a la que sostenía Iskaún, se aventuró para alcanzar el borde del otro lado del abismo. Cuando lo alcanzó, pidió a Iskaún que fuese dando más cuerda, a fin de hacer un "cable carril". Con unas roldanillas colocadas en un mosquetón, una cincha de cuerda y un poco de coraje, podíamos lanzarnos uno por uno sobre el abismo, aterrizando en el borde opuesto, que Chauli había limpiado convenientemente.

Cada uno que se lanzaba, requería de dar una media vuelta a la doble cuerda, a fin de que el mosquetón apretado y la cincha volvieran hacia arriba para ser nuevamente usados. Así fue como tardamos algo más de diez horas en cruzar todos aquellos obstáculos, lo cual fue sabiamente aprovechado para comer, descansar y dormir mientras tanto. Iskaún quiso quedarse última, a fin de recuperar toda la soga. Cuando quedaba ella sola, soltó la cuerda de la roca en que se hallaba afirmada y la colocó en un borde, de tal manera que no se saliese mientras hubiera presión hacia abajo. Pero al llegar junto a nosotros, un latigueo fue suficiente para soltarla de la roca y recuperarla completamente.

Pudimos continuar sin mayores incidencias que las normales de un camino como aquel, que podríamos llamar "intervacuoidal", mientras conversaba con Chauli sobre los retos que presenta la espeleología.

- Si los espeleólogos que apenas arañan unos metros la superficie del mundo vieran esto...

- Alucinarían como nosotros, -le respondí- pero no te creas que la espeleología normal es más fácil que la nuestra. Estos son caminos artificiales, o naturales pero acondicionados. Además, tan adentro de la tierra las oquedades son mucho más grandes, antiguas y estables. Los espeleólogos andan normalmente muy cerca de la superficie, pero en lugares donde hay menos seguridades que aquí. Sus riesgos no son menores que los nuestros...

- Si, lo sé. -dijo él- Soy socio de un club de espeleología. He participado poco de las exploraciones, pero mucho de los cursos. Sin esas instrucciones no podría servir a nuestro grupo.

- A propósito de este grupo, Chauli... ¿Tiene algún nombre?.

- No, todavía no le hemos puesto nombre y no estaría mal que lo tuviera. Aunque ahora mismo, siento tan cerca el final de nuestras vidas que no parece cosa importante, ni que deje algo para la historia...

- ¡Estás pesimista...!

- ¡No, Marcel...! Nunca soy pesimista. Menos sentido tendría que lo sea en este momento. Es que nos dirigimos a un sitio que ni los Primordiales han podido conocer. Ni siquiera en cuerpo mágico. ¿Qué posibilidades tenemos de salir vivos?. He pensado mucho en explorar esa vacuoide de allí abajo, incluso a pesar de lo que dijo Iskaún sobre ella. Si la piedra que lanzamos no me hubiera confirmado que el recuerdo de Iskaún sobre un extraño lodo es exacto, habría insistido a Tuutí que me dejase aventurarme en la vacuoide para hallar otro camino.

- Sin embargo -le dije- debo reconocer que no hablas con un tono decaído ni triste...

- Por eso te digo. Si voy a morir será mejor que lo haga con alegría. Después de todo, muchas cosas desconocidas son menos terribles de lo que uno imagina. Y además, siempre me gustó mucho descubrir lo desconocido. Creo que soy un espeleólogo nato y neto.

- Es evidente y en realidad, como casi todos nosotros. Nos gusta llegar al fondo de todas las cosas. Por eso tengo gran aprecio por mis amigos espeleólogos. Su psicología suele ser muy noble, completa y rica. La gente que vence los miedos a la oscuridad, a la profundidad, que se mete a lo hondo del mundo, nunca es gente ruin ni mediocre.

- Cierto, aunque creo que pasa con todos los deportes, más o menos lo mismo.

- Conozco muchos deportistas -continué- pero ningún deporte puede compararse con la espeleología. Lo más parecido en cuanto a réditos psicológicos, es el paracaidismo, pero...

- Algunos dicen -me interrumpió- que la espeleología es una patología. ¿Cómo lo ves?.

- Yo creo que no. En todo caso es una terapia que le vendría bien a mucha gente. Aunque suele convertirse en una obsesión por alcanzar profundidades, no es más grave que la obsesión del futbolista por meter goles.

- De acuerdo. Además, el espeleólogo no agita multitudes, ni se ensalza con sus logros. Suelen ser personas muy parecidas a nosotros, aunque no conozcan estas profundas entrañas de la tierra ni tengan nuestros objetivos.

- Así es. -dije- Creo que saben que el mundo merece ser explorado. Mientras las multitudes se entretienen mirando hacia arriba y afuera, los espeleólogos son como una raza espiritual que no olvida lo importante que es mirar hacia abajo, hacia adentro, tanto del mundo como de uno mismo.

La conversación se prolongó hasta que el sueño nos obligó a hacer un alto y dormimos como troncos. Muchas otras conversaciones interesantes entre todo el grupo, tuvieron lugar durante los días siguientes, en que la preocupación por los víveres aumentaba. Los últimos cinco días habíamos ido bajando muy gradualmente y pude calcular que apenas habríamos descendido unos centenares de metros. Si no habíamos dejado de estar sobre la vacuoide del extraño lodo, nos hallaríamos en otro sitio a su extremo, cerca de su mismo nivel.

Teníamos, bajo la directiva de racionamiento, comida para cuatro días más. Por eso fue casi un alivio vernos a la entrada de una nueva vacuoide, que posiblemente se trataría de la tan temida y misteriosa Nonorkai.

CAPÍTULO IV

LA MISTERIOSA NONORKAI

El techo, poco antes de la entrada, presentaba largas estalactitas, pero no estaban las estalagmitas correspondientes. Esta sala no tenía iluminación artificial ni inducida, pero los materiales fosforescentes de las columnas, el piso y el techo, producían un escenario muy difícil de describir, que habíamos visto antes de llegar al interior. Por un lado bellísimo y extraño, por otro fantasmagórico y de muy mal agüero. No podía comprender de qué estaban compuestos algunos de los cristales, que variaban en colores, formas y tamaños, desde minúsculas maclas de cuarzo hasta gigantescas vigas similares a la esmeralda. Algunas, con diversos colores, eran turmalinas como las que había encontrado varias veces en los yacimientos de Argentina, Brasil y Bolivia, pero las más pequeñas de éstas, a la entrada de la vacuoide, tenían diámetros superiores a un metro. Las más grandes superaban los tres metros.

Aquella belleza estaba demasiado ordenada para mi gusto, y no podía comprender cómo podrían haberse formado aquellos minerales, que por lo general se consideran de origen hidrotermal. Es decir que normalmente se producen por acumulación del agua, que lleva determinados minerales y estos se agrupan molecularmente de tal manera, que ordenándose por la "Ley de Mayor Tensioactividad", forman el cristal. Para que comprenda esto el Lector, digamos que cerca de la superficie del mundo, no es posible encontrar una esmeralda o un zafiro, o una turmalina, sueltos, a no ser por un proceso de erosión, luego de su desarrollo dentro de una cavidad, junto con la piedra en la que se formó. Las amatistas y cuarzos en general se forman dentro de una macla de ágata. Es decir que hay leyes naturales que explican estas formaciones de los cristales minerales.

Aquí, en la vacuoide de las Estatuas, que los Primordiales llamaban Nonorkai, no podría haber ocurrido lo mismo. Cierto era que la formación de la Magna Geoda me había asombrado, pero aún aquella me era comprensible. Esto, sin embargo, no siempre presentaba los cristales metidos en sus maclas integrales de origen, sino que parecía un jardín mineral gigantesco, modelado según determinados criterios estéticos. Algunas maclas tenían bases muy delgadas, mientras otras formaciones carecían completamente de base. Eran cristales diversos, puestos allí por jardineros desconocidos. También había un jardín mineral en la vacuoide de los Taipecanes, hermosamente diseñado con fuentes cantarinas y plantas diversas... Pero esto era diferente, lúgubre, tétrico, tan bello como siniestro sin que pudiéramos comprender la razón de ese aspecto tan funesto.

Apenas ingresamos, sintiendo todos esa sensación de peligro indefinible, hicimos un alto y formamos un semicírculo, al lado de una enorme macla de cristales azules, similares en la forma al cuarzo, pero con inclusiones de otros minerales.

- En la Magna Geoda -dije- la energía daba ganas de quedarse allí indefinidamente, pero aquí tengo ganas de salir corriendo...

- También yo siento eso. -dijo Tuutí.

- Sin embargo -agregó Iskaún- aunque no percibo peligro inmediato de carácter intencional, hay algo que me preocupa. Siento... No se... Algo doloroso y confuso...

- Serán nuestras sensaciones, -dijo Viky- que estamos todos un poco así... Preocupados.

- No, es otra cosa... -continuó Iskaún- Es como si proviniese de otros seres diferentes, más parecidos a...

Abrió los ojos y no siguió hablando. En eso, algo se movía a decenas de metros de nuestra ubicación, entre los enormes cristales. El silencio fue total, porque una sombra pareció cubrir algún sitio a nuestra derecha, y apenas la vimos con el rabillo del ojo. Sólo Tuutí, Iskaún y Rodolfo, que estaban frente al semicírculo y lo cerraban, pudieron verla con nitidez. Fue un instante, pero el reflejo que alcancé a distinguir en el cristal azul en esa fracción de segundo, me daba idea de que había una persona. Cerré los ojos y me concentré en la memoria de lo que acababa de ver. Era, según esta instantánea, un hombre vestido de marrón claro, ocre o anaranjado oscuro, que corría y desaparecía.

La sensación general, con las distorsiones lógicas que se producen desde los diferentes ángulos de observación, era similar en promedio a lo que había visto yo. La iluminación de nuestras linternas estaba al mínimo; algo más de intensidad hubiera permitido una mejor observación, así que Tuutí indicó a los Dracofenos que se colocaran las gafas protectoras y aumentamos la luz al máximo. Como nos encandilábamos un poco, especialmente por los millares de reflejos de los cristales, fuimos reduciendo hasta lograr la intensidad más adecuada. Desde una de las maclas con enormes puntas de cuarzo a la que salté y pude trepar a su parte alta, podía divisar un vasto sector, aunque una niebla fina hacía indefinible el paisaje. Al subir a los cristales tuve por un segundo la sensación de que algo me atrapaba el pie, pero ya sobre la columna inclinada, el esfuerzo por trepar sobre la pulida superficie, no me permitió analizar dicha sensación.

La oscuridad era dueña y señora más allá de los cien metros, pero aquello no era una pequeña sala, sino una auténtica vacuoide. La altura, baja en la entrada, parecía aumentar hacia el interior. No podía saber si la niebla era producto de humedad o de las luces, diluidas, reflejadas y repetidas hasta lo infinito en los millares de cristales. Bajé y me uní al grupo, sin poder decirles nada alentador. Al apoyar el pie en el suelo, algo se movió cerca de mí, pero seguramente se trataba de que había pisado algunos pequeños cristales que no había visto antes.

Hablábamos en voz baja, pero ello no contribuía precisamente a disolver la sensación oprimente, así que Iskaún, con uno de sus habituales y más naturales toques de gracia, se puso a bailar como en un ballet de lujo, y decía canturreando:

- Mis Hijos del Alma con mucho esmero, me rescataron de enemigo fiero... Luego el peligro ellos quisieron, pues prefirieron por la humanidad, seguir la magia de Vida Eterna, por eso estamos en esta caverna...

Un estruendo de mil demonios interrumpió su cántico. Era un ruido de cristales rotos y hasta algunos trozos de cuarzo llegaron cerca de nosotros. Volvió el silencio al cabo de unos segundos, y otros reflejos en las columnas inclinadas de cristales indicaron que algo o alguien se movía por ahí, pero apenas pudimos ver nada más que leves cambios de tonos y sombras difusas. Kkala y Ajllu se levantaron para ir a inspeccionar, pero Tuutí les detuvo.

- No sabemos -dijo- qué está pasando, ni quien puede estar allí. Será mejor que no nos separemos. Tampoco debemos tocar nada. Esto tiene todas las características de un laberinto de espejos. Sería fácil perderse y es posible que haya alguna especie de trampa... No sé por qué digo esto, pero así es como lo siento.

- También yo. -respondimos varios a la vez.

Bien cierto era que apenas sabíamos por dónde habíamos entrado, porque estábamos a cuarenta metros de la entrada, que aún la veíamos. Pero aunque el techo estaba a unos cincuenta metros y presentaba pequeñas estalagmitas, todas eran muy regulares hasta donde podíamos ver. La pared de la vacuoide, a ambos lados de la puerta, seguía más allá de donde alcanzaba nuestra visual y era seguro que de andar unos cuantos metros más, nos podíamos desorientar. Mi brújula estaba completamente loca. Caminé unos pasos en diversas direcciones y la aguja marcaba a cualquier sitio. En algunos puntos, marcaba hacia abajo, en otros la parte roja -que señalaría normalmente al norte- se pegaba al cristal, señalando hacia arriba. Sin brújula ni puntos de referencia concretos, aquello era peor que la Malla de Rucanostep.

Pero si no nos hubiésemos detenido en ese sitio, hubiéramos ingresado tontamente en un lugar donde no tendríamos idea se qué rumbo seguir ni por dónde habíamos llegado. Rina, una colla muy inteligente que solía ayudar a Yujra con la logística, juntaba los accesorios que podían ser necesarios en algún momento. Había encontrado en la sala de controles de los Narigones una caja con latas de pinturas, y las había metido en su mochila. Cuando me las dio diciendo que podíamos marcar el camino, le pregunté cómo había podido andar tanto tiempo con semejante carga, que pesaba al menos treinta kilogramos. Encogió los hombros como restando importancia al tema, y me puse a revolver la bolsa.

Escogí la pintura azul, que era el color menos habitual en el piso y había un par de docenas de pinceles. Luego de encontrar el mediano, organizó Tuutí la formación mientras yo empecé a pintar unas marcas desde la entrada. No tendría sentido alguno volver a ese sitio, pero al menos, si caminábamos en círculos, podíamos darnos cuenta al encontrar nuestras marcas.

Las armas taipecanas no estaban diseñadas para reducir o desmayar. Aún al mínimo eran letales, así que acordamos disparar a las extremidades inferiores de un posible enemigo, pero siempre y cuando estuviésemos seguros de ser agredidos y necesitar defendernos. Me quedé a retaguardia, y mientras Kkala y Chauli me cubrían, yo iría haciendo marcas de pintura cada dos pasos. Anduvimos unos cien metros y comprendimos que la orientación intuitiva era allí tan imposible como por la brújula. Podríamos haber jurado que íbamos por donde habíamos venido, de no ser por las marcas que dejábamos. Recordé la leyenda del Hilo de Ariadna, que permitió a Teseo salir del Laberinto del Minotauro, en las maravillosas novelas de Homero. En nuestro caso, eran las pinturas de Rina, las que nos orientaban. No para salir, pero sí para no volver sobre nuestros propios pasos. Más de una vez, al dar vueltas a unos grupos de cristales, hallábamos nuestras pintadas y tras caminar en el mismo círculo dos o tres veces, lográbamos retomar el rumbo a lo desconocido.

Así anduvimos unos cinco kilómetros en un par de horas, tras las que mi cintura pedía un relevo. Los delgados y altos tenemos menos resistencia a este tipo de trabajos que los de baja estatura, así que me reemplazó Rina, mientras que yo llevaba la mochila con las pinturas. Esta mujer de apenas un metro y cuarenta centímetros, no se cansó en cinco horas de andanza. La pintura azul se acabó y le reemplazó Ekeka - la más pequeña de todas- pintando con un violeta opaco, también raro de encontrar en esa zona.

El suelo estaba pulido en algunas partes, pero en otras era áspero, aparentemente natural. Habíamos intentado seguir una línea recta desde la entrada hacia el interior, pero no podíamos asegurar si habíamos caminado recto, en zigzag, o si acaso apareceríamos en un momento dado, en la misma entrada por la que habíamos llegado. La desorientación era total. De pronto el paisaje se hizo un poco diferente. Los cristales estaban mezclados con grandes columnas estalagmíticas, aunque sólo en algunas partes veíamos las estalactitas, ya que la mayor parte del techo se hallaba a alturas superiores a los doscientos metros.

Algunos cristales se veían más opacos, otros eran totalmente diferentes a lo antes visto, al parecer compuestos de plata, oro y estaño, aunque su forma no difería de los cuarzos y las amatistas. A medida que avanzábamos hacia el interior, unas formaciones espectaculares de goethita reemplazaron a los cuarzos. Este mineral, que había visto en algunas cavernas superficiales, formaba aquí cristaloides que eran también descomunales. Habían allí más formas de raros cristales que los que había imaginado que pudiesen existir. En un sector donde el techo era mucho más bajo, las estalactitas pilosas que muchas veces había achacado su formación a las corrientes de aire, me mostraban aquí con toda su enormidad, que se debían a factores magnéticos, más que a simples vientos de las cavernas. El color se hacía poco a poco más gris, convirtiéndose en el predominante, pero ello no disminuía la belleza del lugar, aunque aumentaba nuestra sensación de angustia y temor.

Llevábamos cinco horas en la vacuoide y suponíamos que ésta era la tan temida, llamada Nonorkai. Sin embargo ninguna estatua habíamos visto, ni nada que indicase que las hubiera. Aunque bien puesto tendría el nombre Primordial, pues para salir de allí, desandando el camino, habría que seguir fielmente las pintadas, pero con cuidado de no caminar en círculo y volver al mismo punto de partida. Habíamos hecho marcas con flechas y números, para seguir a izquierda o derecha, cuando comprobábamos que habíamos rodeado algunas de las grandes maclas. Tampoco habíamos encontrado rastros de nadie ni habían vuelto a aparecer el enigmático ser, ni quedaba clara la causa del derrumbamiento de aquel gran cristal de cuarzo cerca de la entrada.

Alguien gritó cerca de vanguardia del grupo. Era Vanina, que se quedó como petrificada frente a una de las formaciones minerales. Una de las enormes columnas hexagonales de piromorfita y goethita combinadas, de color verde con partes metálicas grisáceas, tenía en su interior algo que nos llenó del mismo espanto que la dejó a ella a punto de desmayarse. Un hombre parecía dibujado en el interior del cristal, como intentando escapar o correr. Aquel rostro transmitía en su figura todo el horror y la desesperación de un ahogado en una cárcel eterna.

Nadie habló por varios minutos; nuestras miradas estaban fijas en aquel hombre de aspecto Primordial, con el rostro desencajado, tanto por el terror como por las distorsiones producidas por el mismo cristal.

- ¿Estará muerto? -dijo Viky en voz baja.

- Creo que sí. -dijo Iskaún con palabras entrecortadas por sollozos- Es... Kaunbarlafosthir... El último... De los Primordiales desaparecidos... Hace más de... Doscientos años...

Nos fuimos desplazando sin tocar nada, sin hacer ruido, temiendo cualquier cosa. A unos quince metros, nuestras linternas alumbraron otro cuadro de similares y espantosas características. Otro Primordial se hallaba dentro de una de esas vitrinas de terror, como queriendo agarrar algo que no se veía. Era evidente que habían intentado salir de allí antes de ser convertidos en parte de la mole. Caminamos unos metros más y una pareja de Dracofenos se encontraba en la misma situación. Marqué el piso, ya irregular en este sector, y dimos una vuelta en un círculo de medio kilómetro de diámetro, observando el muestrario de criaturas atrapadas allí.

Siete Primordiales, diecisiete Dracofenos, cinco humanos mortales (dos Negros, dos blancos y un asiático), nueve soldados del ejército de Narigones, tres Telemitas, dos hombres de algún planeta que desconocíamos, y finalmente, un grupo de seis Taipecanes. Estos últimos eran tres hombres y tres mujeres, atrapados todos en la misma macla. Uno de los hombres era más alto que los otros, más huesudo y musculoso aún que los mismos Taipecanes. También hallamos un reptil similar a un cocodrilo, pero de más de dos metros de altura y quince de largo, así como otros dos especímenes animales de cuyo origen y clasificación aproximada no teníamos la menor idea. El reptil poseía extremidades delanteras de algo más de un metro de largo, pero las patas traseras, realmente enormes, daban idea de que el animal podía haberse desplazado erecto. Estaba acristalado en una columna gigantesca y bastante transparente, que permitía apreciarlo en toda su feroz enormidad. Pero el color básico de los cristales que encerraban a los animales era anaranjado. Muy diferentes en formas y composición a los que habían atrapado a los humanos.

Repentinamente, en un momento en que nos hallábamos quietos la mayoría, esperando que Tuutí definiese el rumbo, sentimos ruidos de pasos veloces. Alguien corría no muy lejos. Unos reflejos, tan momentáneos como la aparición que tuvo lugar cerca de la entrada, se vislumbraron en algunas de las columnas de cristal. Pero al estar desparramados en fila de a dos, con más dispersión de la luz, aunque era un reflejo distorsionado por los cristales, varios pudimos verlo y estar más seguros que se trataba de un hombre o mujer, un ser antropomorfo, que vestía un mono de color marrón claro. Era del mismo color que los uniformes de los Taipecanes que encontramos antes. ¿Se habría salvado alguno de ellos y andaría por la vacuoide? ¿Cómo habría podido escapar de su prisión cristalina?, ¿Por qué no nos hablaba y sólo corría de un lado a otro?.

Seguramente, en el interior del círculo recorrido, habría más prisioneros de estos minerales. Aquello era inexplicable desde el punto

94

de vista de la física. No podía ser cosa de la Naturaleza del Mundo, una trampa tan terrible en la que en cualquier momento podíamos quedar atrapados todos nosotros.

Seguimos andando y a pocos metros encontramos nuestra marca de paso. Siguiendo hacia la derecha, volveríamos a repetir el círculo, así que desviamos un poco a la izquierda e hicimos unas marcas para determinar la zona. A unos treinta metros sobre el nuevo círculo que íbamos a explorar hacia la izquierda, hallamos el octavo Primordial. Su rostro reflejaba la misma desesperación que casi todos los anteriores, pero se hallaba en una postura un tanto inverosímil, como si se estuviera colgando de algo en el momento de quedar "mineralizado".

Durante los más de mil quinientos metros que habíamos recorrido viendo a aquellos pobres seres, estuvimos todos llorando, pero era hora de empezar a razonar, a pensar qué podíamos hacer, en primer lugar por nosotros mismos, que nos movíamos con sumo cuidado. Intentaba cada uno asimilar lo que veíamos, pero el permanecer en esa actitud nos llenaba más y más de terror, así que empecé a plantear mis pensamientos en voz alta.

- Esta obra no es natural... Aquí hay alguna cosa que funciona, pero producida de antemano. Es como si les hubieran atrapado, encerrado en un molde, llenado con el mineral fundido para después plantar aquí las piezas.

- Por algo se llama Nonorkai... -dijo Iskaún que había recuperado la compostura.

- Y por algo se llama también, la vacuoide de las Estatuas... -dijo Rodolfo.

- Creo que habría que encontrar una explicación, aunque sea teórica. -insistí- No sería buena idea dejar que esto siga ocurriendo.

- ¿Qué es aquello? -preguntó Kkala señalando algo que parecía de metal, apenas visible en la penumbra.

Nos acercamos con cuidado y el objeto no era otra cosa que un "vimana", un "plato volador", o como quiera llamarse a aquellos vehículos electromagnetodinámicos que solían usar los Primordiales para ir a otros planetas, y -según tenía noticias- los Freizantenos, que eran los últimos en incorporarse a la comunidad de civilizaciones subterráneas. Dimos una vuelta al aparato, que se hallaba encima de un conjunto de cristaloides verdes y negros y nos encontramos con que casi la mitad del mismo se hallaba envuelto en el cristal, que era a la vista similar a la turmalina. Muy lustroso, en partes traslúcido y con finas estrías verticales.

Al completar la vuelta, dimos con la escalinata de acceso al vehículo, que se hallaba también taponada por el cristal, pero lo terrible fue ver a un Taipecán dentro de la misma masa, al costado de la escalera. El aparato tendría unos treinta metros de diámetro y nueve o diez de altura; se hallaba apoyado sobre varias maclas de cristales verdes. Recorrí agachado buena parte de la superficie bajo la nave, pero no me aventuré entre los cristales más cerrados, temiendo que al tocar alguno el aparato se derrumbase.

- Deberíamos buscar -dije a Tuutí- un sitio amplio, donde poder conversar un poco más relajados. Esto es demasiado complicado y tenemos que reforzar nuestra moral.

- Es la mejor idea... -respondió- ¡Andando!.

Nos dirigimos de regreso al sitio donde hallamos al primer Primordial, ya que unos metros antes de llegar a ese punto, había un sector bastante grande y limpio, donde el suelo era rugoso pero más o menos regular. Allí hicimos un semicírculo, pero de cada diez personas, una se quedaría atenta a su retaguardia, por si aparecía nuevamente aquel ser que vagaba por la vacuoide. Expusimos nuestros criterios e ideas, pero no sacábamos nada en limpio. Cómo había podido llegar aquella vimana de ochenta metros de diámetro a la vacuoide, era un misterio que Iskaún nos aclaró.

- Los Freizantenos disponen de libre circulación por la Tierra y por el Universo. Pero también los Primordiales, al igual que los Primordiales de otros planetas. El que está junto con el grupo de Taipecanes no es uno de ellos, sino un Primordial de Venus. Ellos tienen autorización para visitar cuando quieran nuestro planeta, en especial a los Taipecanes, que son de su misma Raza. Para ello usan aparatos iguales que los nuestros.

- ¿Y quiénes son los Freizantenos? -preguntamos.

- Los Freizantenos -respondió Iskaún- son científicos de la humanidad mortal, que luchan contra los Narigones desde hace algunas décadas . Ellos desarrollaron por sus propios medios la tecnología electro-magnetodinámica y formaron colonias bajo el mar y en algunas pequeñas vacuoides cercanas a la superficie. Pero el mayor aporte a esta tecnología que la humanidad Primordial usa desde hace millones de años, fue lograda por nuestros ingenieros hace sólo tres millones de años, y consistió en dotar a las vimanas con la capacidad de convertirse en un tipo de onda de altísima vibración. De esa manera, las naves pueden atravesar el planeta entero, como lo han hecho ustedes con vuestros cuerpos mágicos. Sólo no les es posible atravesar el sol Pacha, que es el núcleo del mundo.

- ¿Y no les ocurre nada a los tripulantes? -pregunté asombrado.

- Esa transformación en ondas de ultrafrecuencia -siguió Iskaún- incluye a los ocupantes, siempre que estén muy sanos mental y espiritualmente. De lo contrario, se volverían locos. En realidad se trata de convertir temporalmente, la materia palpable en otra similar a la de nuestros cuerpos mágicos. Por eso Ogruimed el Maligno no puede usar estos aparatos. Moriría en el intento.

- Entonces... -dedujo Rodolfo- Ese vimana pasaba por aquí y se densificó inoportunamente... O porque fallara algún sistema o porque algo funciona aquí, capaz de atrapar una nave o una persona, aunque se esté en cuerpo mágico.

- Me temo -dijo Iskaún- que aquí no nos es posible estar en cuerpo mágico. Seríamos atrapados igual o simplemente porque hay ondas vibratorias que no permiten entrar a la vacuoide o moverse dentro de ella. Porque de ser posible, mis compañeros habrían podido salir en cuerpo mágico y avisarnos de lo que ocurre en este lugar. Tampoco me funciona la orientación. La telepatía sólo me funciona hasta algunos centenares de metros. No puedo comunicarme con la Terrae Interiora.

- ¿Desde cuándo -pregunté- saben los Primordiales que existe este sitio?.

- Desde hace seiscientos millones de años. Más o menos desde el tiempo en que Ogruimed el Maligno empezó a hacer de las suyas.

- ¿Ogruimed...? -volví a preguntar- ¿Puede ser que siga viviendo desde hace tanto tiempo?.

- No lo sabemos. -respondió Iskaún- Es posible, pero también puede que se trate de una dinastía. El sabe ocultarse muy bien. De hecho, fue el primero en conocer todos los sitios de la corteza terrestre. Y costó lo suyo sacarlo de cada agujero en que se metía. Finalmente, es seguro que tratándose del mismo o de una dinastía, siempre es uno sólo el Rey del Mal, así como nosotros sólo tenemos un Zeus, que es Urosirarsiegeherithkaunrithissiegthorodil.

- Al que podemos llamar simplemente Uros... -respondimos en coro la mayoría. La situación de hilaridad momentánea nos ayudó a relajar los ánimos. Pero seguimos discutiendo largo rato las posibilidades sobre lo que hacer.

- Creo que lo mejor -dijo Cirilo- sería buscar una salida. Eso antes que nada.

- Yo creo, -intervino Chauli- que deberíamos intentar liberar a los prisioneros.

- Y yo -dijo Luana- propongo que intentemos llamar al Taipecán que anda por allí. Ese está libre...

- Quizá se haya vuelto loco. -dijo Viky- De lo contrario nos habría intentado hablar...

- Vamos por orden. -interrumpió Tuutí- Hemos de buscar una salida; eso está claro. Pero antes necesitamos contactar con el misterioso errante, sea Taipecán o no, así como no me iré de aquí dejando a los prisioneros en esa horrible situación.

- ¡Pero son cadáveres! -dijo Kkala.

- No estamos seguro de eso... -agregué inmediatamente- ¿Y si acaso esos cristales les conservan con vida?.

- Eso... -dijo Iskaún- Es una posibilidad muy remota. No hay emisión mental ni me es posible captar nada más que la desesperación que impregnó el ambiente cada vez que alguien fue atrapado o colocado aquí. Sin embargo, habría que intentar algo...

Iskaún se levantó y le seguimos. Detúvose unos momentos frente al primer Primordial hallado. Luego se adelantó y tocó la pieza de mineral. En instantes, en torno suyo, con la rapidez de medio metro por segundo, afloraron agudas espinas minerales que la encerraban y cuando quiso moverse era tarde. Una nueva columna cristalina se formaba con ella adentro. Todos retrocedimos espantados pero dejé la mochila en el suelo y extraje el arma. Disparé hacia un costado de la masa que la envolvía y las esquirlas saltaron por doquier, lastimando a algunos de mis compañeros y a mí en una pierna. Cada trozo que nos tocaba, parecía querer crecer en segundos cuando quedaba tocando nuestros pies, encerrándonos en una nueva columna de cristal.

- ¡Salten! -grité- ¡No se queden quietos!, ¡Corran en círculos, sin alejarse demasiado!. ¡Sigan el rastro de pintura!. ¡No toquen los cristales...!.

Iskaún había logrado liberarse gracias a mi disparo, pero se veía obligada también a moverse velozmente para no ser alcanzada por las afloraciones espontáneas, que gracias al movimiento permanente del grupo no había logrado atrapar a nadie más. Me detuve en un sitio bastante amplio, sin minerales, intuyendo que aquello obedecía a alguna función artificial, preparada como trampa intencionada y no como efecto de algún fenómeno natural. Algunos de mis compañeros podían por fin detenerse, cuando tras un instante de quietud comprobaban que los cristales no amenazaban envolverles. Poco a poco fue disminuyendo el movimiento del personal, pero algunos seguían corriendo sobre la alfombra de pequeños trozos de cristales rotos.

Apunté el arma al piso, haciendo a mí alrededor un círculo de tres metros de diámetro y el rayo continuo fue calando el suelo. Rodeándome, empezó a brotar el mineral, como si fuese una maleza de crecimiento terrible, pero no dejé de disparar. Salté fuera del círculo y continué perforando desde afuera. Escuchaba algún grito de vez en cuando, pero apenas podía atenderlos. Algunos de mis compañeros corrían alrededor y Rodolfo e Iskaún, entendiendo al parecer mis pensamientos, se acercaron. Rodolfo, arma en mano frente a mí, gritaba que le dejara la mitad del círculo. Ambos rayos iban haciendo una zanja, aunque no pude decirle a Rodolfo cuál era mi intención, pues ni yo la tenía clara.

Unos segundos después, otro rayo se sumó, pero no miré quién era. Momentos después, se sumaba otro y el sector de círculo que tocaba a cada uno, siendo más reducido, era más profundamente calado. Los rayos comenzaron a hacer un ruido extraño, a medida que el mineral del suelo, fundido, iba expandiéndose. Debíamos alejarnos un poco para no quemarnos los pies. La macla de cristales que iba aflorando, detuvo se crecimiento a poco más de un metro de altura, sin haber atrapado a nadie. A medida que iban llegando algunos compañeros que portaban armas, viendo nuestra labor se sumaban a ella.

En unos minutos la macla que se hallaba dentro del círculo se estremeció, ladeándose un poco. Nos apartamos unos segundos pero volvimos al trabajo en cuanto vimos que no caería nada sobre nosotros. Nuestras posiciones en torno al círculo debieron ser abandonadas debido a que los cristales empezaban a crecer en la periferia, a medida que se expandía el mineral derretido por los rayos. En cuanto crecían algunas puntas, metiéndonos entre ellas, aún temiendo que crecieran más hasta atraparnos, nos acercábamos a la zanja circular para seguir abriéndola. O sea que los cristales que estaban fuera del círculo iban siendo usados por nosotros como tarimas para seguir disparando. Y extrañamente no seguían creciendo una vez detenido el proceso en cada uno.

No teníamos idea de lo que ocurriría, pero comprobamos que una vez cerrado el cristal que crecía, ya formando hexágonos ahuecados en el extremo, o rematados por un afilado piramidión, éste no volvía a crecer más, así que pisábamos sobre esos extremos, lo que parecía ser el único modo de permanecer sin riesgo de quedar cristalizado.

- ¡Podemos pisar sobre los cristales! -grité- Parece que el crecimiento funciona únicamente cuando se toca al mismo tiempo un cristal y el piso.

- Eso debe ser. -dijo Rodolfo- Lo que sea que produce esto, funciona por contacto doble. ¡Pisemos el suelo o el cristal, pero no ambos...!

Quizá todo este trabajo iba durando de diez a veinte minutos, pero en nuestra mente y situación, representaba una eternidad. Seguimos sumando desesperados esfuerzos hasta que finalmente el círculo se derrumbó y la macla que estaba dentro se hundió con gran estruendo, al parecer sobre algo oleoso o líquido. Una serie de rayos nos encandilaron por un momento y luego todo quedó tranquilo. Pudimos ver el espesor del suelo, que sería de un par de metros. Estaba compuesto de estratos de diferentes materiales, perfectamente medidos. Es decir, todos del mismo espesor, con perfecta regularidad y colores diversos.

- ¡Un colchón orgónico! -grité asombrado.

Como Iskaún podía conectar telepáticamente con todo el grupo, les indicó que no tocasen los cristales a menos que estuvieran seguros de poder permanecer encima de ellos. Así fuimos quedando todos -al menos los que estábamos en ese sector cercano al círculo- encima de los cristales ya cerrados, evitando tocar el suelo. Los que estaban sobre el piso, evitaban tocar los cristales, como habíamos hecho en nuestro largo recorrido por pura precaución. Si bien nos sentíamos prisioneros, porque no podíamos bajar sin riesgo de quedar atrapados en cuanto permaneciésemos quietos, dada la cantidad de cristales rotos esparcidos, podíamos movernos, usar las armas, hablar y estudiar la situación.

- ¿Qué diablos es eso de colchón...? -preguntó Rodolfo.

- El colchón orgánico -expliqué- se compone de capas de material orgánico como el carbón, la lana, la madera, los plásticos, las fibras vegetales como las telas, etcétera, alternadas con capas de materias inorgánicas, como arena, vidrio, fibras de vidrio o metales.

- ¿Y para qué se usa?.

- Es algo muy saludable, siempre que no intervengan planchas espesas de metales pesados como el hierro. Lo mejor es el sílice. Por eso se usa lana de vidrio. Se hacen como base en el piso de algunas casas, o se colocan bajo las camas. Pero aquí, quien quiera que sea el que fabricó esta monstruosidad lo usa de modo diferente. Mira, hay al menos diez capas de cada clase. Son de diversos colores, pero me juego todo a que son orgánicas e inorgánicas alternadas. A ver qué hay más abajo...

Al alumbrar con las linternas apenas veíamos nada, así que saqué la linterna de rayo potente y pudimos apreciar el fondo. O al menos la superficie de lo que allí se encontraba, a más de diez metros de profundidad. Una especie de líquido grisáceo en suave ebullición.

- Creo -dije- que se trata del lodo que abunda en la vacuoide de abajo. Ahora estaremos casi a su nivel, sobre un extremo de la misma. El que fabricó esta trampa, lo hizo aprovechando este material y la situación aledaña de esta otra vacuoide.

Algunas pequeñas burbujas reventaban aquí y allá, de vez en cuando. Un rayo azulino alumbró un instante el interior de aquel subsuelo. Poco después otro, pero no nos atrevíamos a hacer ningún movimiento para ver mejor o acercarnos directamente sobre el pozo abierto. Kkala perdió el equilibrio y debió saltar del cristal al que se había encaramado.

En esos momentos, mientras él corría de aquí para allá, intentando escapar de los cristales que amenazaban formarse y atraparlo, pudimos ver los que estábamos entorno al pozo, cómo el rayo silencioso se desplazaba bajo el piso. También logré observar pequeños hilos, que unían el fondo con la parte inferior del piso. Kkala logró volver a su anterior posición, pero un poco más cerca del foso, y cuando saltó para subirse a unos cristales de remate hexagonal, los rayos dejaron de producirse y el subsuelo volvió a la total oscuridad.

- ¡Así funciona esta inmundicia!. -grite- ¡Ya intuía yo que esto es una trampa artificial!.

- ¡Pero gigantesca! -dijo Rodolfo.

- Y terriblemente ingeniosa. -agregó Cirilo- ¿Quién habrá hecho este sitio? ¿Será natural y luego reformado y aprovechado?.

- ¡Seguramente el grandísimo ca... nalla de Ogruimed ! -dijo Kkala mientras recuperaba el aliento.

- La cuestión es cómo vamos a neutralizar esto, si es que eso es posible. Yo aún no lo entiendo. -dijo Rodolfo.

- De su funcionamiento puedo darte una idea -dije- aunque no sé si sirva saber cómo destruir estos efectos, porque esto es demasiado grande.

- Unos setenta y cinco kilómetros de diámetro... -dijo Iskaún que se hallaba encaramada sobre la más alta de las columnas de la zona, a unos treinta metros del pozo.

- ¿Cómo puedes saberlo?. -preguntó alguien.

- Porque acabo de conectar mentalmente con el Taipecán superviviente. Está un poco desquiciado, pero mejorará. Hace poco tiempo que ha salido de su nave; quizá unos cuantos días. Ha recorrido diametralmente la vacuoide en varias direcciones. Se obsesionó en medirla, para distraer la mente. Ello le salvó de caer en el pánico total, pero ahora, si salimos de ésta, tendrá que quitarse la obsesión de medir. Estaba junto con uno de sus compañeros en una cámara de hibernación, dentro de la vimana. Ha salido por abajo en vez que por la puerta, donde vio a su compañero quedar atrapado.

- ¿Y cómo salieron los otros, para quedar presos tan lejos de la nave?. -pregunté.

- Dice que no habían usado la escalera... -respondió Iskaún segundos después, pues mantenía el contacto mental con el Taipecán- Parece que los otros saltaron. El se dio cuenta que había que moverse a menudo para no quedar atrapado. Ahora sabe que puede estar quieto si permanece sobre un cristal. Está extenuado... Pero sigue obsesionado con seguir midiendo. Lo estoy controlando mentalmente, así que sigan ustedes con lo que haya que hacer, mientras trabajo mentalmente con el Taipecán, antes de que enloquezca.

- Es posible -dije- que se trate de la vimana perdida en la que viajaba el príncipe de los Taipecanes... El Primordial venusino ha de ser el piloto de la nave. Pero ahora la cuestión está en cómo dejamos esta maldita trampa fuera de servicio. Habría que empezar analizando cómo funciona y creo que tengo la clave...

- Entonces empieza, -pidió Tuutí- que conociendo al enemigo es como se podemos inventar algo para combatirle. Si logramos entender cómo funciona, quizá nos podamos librar de esto.

- Pues el funcionamiento -expliqué- es por inducción electromagnética o algo así. Cuando alguien toca una columna de cristal sin perder contacto con el piso, se establece una corriente magnética entre la persona y el material que hay allí abajo. El colchón orgánico actúa como transductor bipolar, es decir que convierte en un impulso electromagnético, la presencia magnética de la persona. Es como si enviara un mensaje hacia el material del fondo. Este reacciona enviando como respuesta, una carga eléctrica hacia el sujeto que cae en la trampa. Pero esa carga va acompañada de una cadena de átomos o partículas de átomos, que se ordenan alrededor de la víctima de acuerdo a un patrón preestablecido. En este caso, parecen cristales de goethita, otros se asemejan a las piromorfitas, pero con algunas diferencias. Algunos terminan en punta, como los cuarzos, posiblemente porque el colchón orgánico que compone el piso tiene alguna falla o porque los materiales del fondo varían de composición, en el sitio donde va formarse un cristal. Las goethitas parecen ser mayoría.

- Sin embargo -dijo Kkala- la trampa infernal no ha fallado hasta ahora. Ha atrapado a todos los que han venido aquí, ya sea con cuarzos o con esa goe... goe...

- Goethita. -dije- Este mineral, que se llama así en honor al maravilloso escritor alemán Goethe, su fórmula química básica es $Fe^{3+}O(OH)$, o sea un hidróxido férrico del sistema ortorrómbico, que contiene cerca del 63 % de hierro, 17 % de oxígeno, el 10 % de hidrógeno y hasta un 5 % de manganeso. Desde ya que ésta es diferente, porque es entre traslúcida y transparente. Y no sé cómo se compone el colchón orgánico que forma el piso, que está diseñado y elaborado con conocimientos químicos y físicos extraordinarios. Esto es mucho peor que la Malla de Rucanostep, pero pensado por una mente terriblemente inteligente y carente de la menor forma de Amor.

- Y elaborada -dijo Cirilo- con la más perversa de las voluntades...

- O sea -respondió Kkala- que cuando encontremos la salida, si es que la hay, deberemos destruir este infierno, más desgraciado que el que visitó Dante Alighieri.

- ¿Podríamos cambiar de alguna manera la composición del fondo?. - preguntó Cirilo.

- No sabemos si toda la vacuoide tiene estas características. -respondí- Han de haber cientos o miles de millones de metros cúbicos. Eso es materialmente imposible. Y aunque pudiéramos, quizá sólo lograríamos cambiar la composición de los cristales que se forman. Hay algunos que se desarrollan mucho más rápido que la goethita en la naturaleza; si eso ocurriera aquí, no tendríamos ni tiempo a respirar en cuanto alguien hiciera contacto con el piso tocando un cristal. Así que mejor pensemos en otra alternativa.

- Y si pudiéramos -proponía Rodolfo- echar allí alguna cosa que aislara el fondo, que no se mezcle pero permanezca sobre la superficie...

- No se me ocurre qué cosa podríamos tener en la cantidad necesaria. - dije.

- ¿Agua? -preguntó Viky.

- Ni pensarlo -respondí- porque es un excelente conductor y quizá sólo haga más efectiva la trampa. Incluso puede que en otra época haya habido una capa de agua sobre el líquido del fondo, evaporada ahora por "falta de mantenimiento". Puede que lográsemos hacer un desastre si se vierten grandes cantidades de agua en ese líquido. Alguna reacción habría. Pero no quisiera estar dentro de esta vacuoide si ello ocurriese...

- Y yo no quisiera estar más aquí, aunque nada de eso ocurra... -dijo Kkala.

- No disponemos de agua... -dijo Tuutí- Pero tampoco de nada que sirva de aislante...

- No podemos pensar en echar nada en el fondo. -dije tajante- Olvídense de eso, que la solución no es por ahí. No tenemos qué echar ni conviene hacerlo aunque lo tuviéramos. Ni que pensar en cómo desactivar el colchón orgánico, lo cual es materialmente imposible desde el punto de vista físico, a menos que cambiásemos su estructura, para dar lugar a no sabemos qué nuevo tipo de reacción. Nos hallaríamos en la misma circunstancia que con el posible cambio de la composición del fondo. Esto funciona automáticamente, sin necesidad de un centro de control ni nada por el estilo. Si la trampa de la vacuoide de los Jupiterianos, que conduce a la de los Taipecanes, nos pareció muy ingeniosa y efectiva, esto es lo más maquiavélico y diabólico que he visto en mi vida.

- Si, pero buen estrujón de neuronas nos dio la trampa aquella, hecha para disuadir y controlar. -dijo Ajllu- Esta en cambio, atrapa y mata antes de uno darse cuenta.

- ¡Podemos tener un aislante...! -gritó una de las mujeres desde algunas decenas de metros. No le veía, pero le pedí que explicara lo que había pensado.

- ¡Hagamos aislantes para nosotros, si no podemos cambiar nada de esta cueva maldita!.

- ¡Eso sí que es posible! -exclamé- Habría que cortar algunos cristales con la forma adecuada para usarlos como zancos.

- ¡A eso me refería! -respondió la mujer.

La idea fue unánimemente aceptada y Khispi -que era la autora de la ocurrencia- fue la encargada de cortar los cristales en forma de zancos de veinte centímetros de altura. Era apodada así, con ese nombre Aymara que significa "vidrio", porque su familia se dedicaba desde varias generaciones atrás, a la elaboración de vidrio, tallados, pulidos y artesanías en cristales y piedras. Con un arma taipecana probó disparando hacia un sitio donde no se hallaba nadie. Comprobó que los cristales muy transparentes estallaban en pedazos, pero los apenas traslúcidos y los opacos se derretían o fundían lentamente, siendo maleables y fáciles de tallar con el rayo.

Empezó haciendo los suyos propios con los cristales sobre los que estaba, y no aceptó que ningún otro probara la idea antes que ella. Hizo los primeros zancos en menos de diez minutos y apareció bailando entre nosotros, con una sonrisa de oreja a oreja, mostrando el producto de su habilidad. Eran auténticos zapatos donde se podía colocar el pie ajustadamente. Con unas maderas que siempre llevaba en su mochila, fue moldeando el interior de la pieza cuando estaba semiderretida, cuidando que fuesen resistentes luego y no se quebraran. Los primeros zapatos quedaban terminados a razón de un par cada cinco minutos. La base de los zancos era algo más ancha, pero el mayor peso se justificaba en beneficio de una mayor estabilidad, puesto que caerse allí era demasiado peligroso.

Enseñó la técnica a varias mujeres, de modo que trabajando en serie, en menos de dos horas tuvimos cada uno un par de perfectos zapatos. Las mujeres hacían los cortes y la forma básica y ella los retocaba en el interior, ajustando las medidas de los pies para cada uno. Probé a tocar algunos cristales parado sobre mis zapatos de piromorfita, preparado para cualquier eventualidad, pero nada ocurrió. Repetí como veinte veces el experimento, incluso sentándome sobre las columnas más pequeñas y sobre algunas que se hallaban caídas. Mientras no lo hiciera tocando el suelo, no habría posibilidad de quedar cristalizado. Las mochilas, armas y herramientas, sólo podían dejarse sobre las columnas de mineral ya formadas, porque si se dejaban en el piso, podía ocurrir que, al estar sobre cristales, se estableciera contacto y funcionara la trampa para el descuidado.

Con esas medidas que implicaban la prohibición de contacto directo o indirecto con el piso, aquella idea había sido un éxito y estábamos listos para pasar a la segunda etapa del problema. Intentaríamos romper los cristales para liberar a los prisioneros, aunque fuesen cadáveres. Empezamos por el primer Primordial que encontramos, Kaunbarlafosthir. Una vez que estuvieron todos a cubierto, disparé el arma sobre la parte superior del cristal. No me expuse intentando ver el efecto inmediatamente, e hice muy bien. Las esquirlas saltaron del mismo modo que cuando liberé a Iskaún y de haber quedado asomado, me habrían alcanzado en el rostro.

- ¿Algún herido? -grité cuando dejaron de sonar los pedazos de cristales. El silencio absoluto indicaba que nadie había sido alcanzado.

Iskaún fue la primera en correr hacia Kaunbarlafosthir, que se hallaba entre el montón de cristal destruido.

- ¡No lo toques! -le grité. Ella comprendió inmediatamente que si lo tocaba y el caído se movía, a pesar de los enormes zancos que le hizo Khispi, acordes a sus tres metros de altura, se volvería a activar la trampa a su alrededor y estaría otra vez en problemas. Me acerqué e Iskaún permaneció un largo minuto con las manos en la cabeza. El resto del grupo guardaba una prudencial distancia.

- ¡Esta vivo! -gritó con incontenible alegría- ¡Si, está vivo!... Confundido, pero respira, piensa, sueña... ¡Es increíble, pero está vivo, está vivo...! -repetía mientras nos abrazábamos compartiendo la alegría.

- ¡Kaunbarlafosthir, despierta! -le gritaba Iskaún- Deja de soñar, que estás libre, ¡Libre...!. Pero no puedo moverle... No me funciona aquí la telequinesis.

- ¿Qué es eso? -preguntó Adriana.

- La capacidad -le respondió Vanina- de mover objetos con la mente.

Kaunbarlafosthir no despertaba. No se movía, pero los cristales empezaron a crecer otra vez a su alrededor.

Sin tocar el piso, recogí un gran trozo de cristal y con él empujé la enorme mano del Primordial, cuyo dedo medio había quedado rozando apenas el suelo. Inmediatamente, los cristales dejaron de aflorar. No podíamos moverle ni tocarle. Estaba de tal manera sobre los trozos de la columna reventada, que parecía preferible esperar a que despertase en vez que intentar nada. Sin embargo no me convencía la idea de dejarle así, puesto que el menor movimiento que hiciera cuando empezara a reaccionar, le pondría otra vez en contacto con el piso. Disparé tal como lo hiciera Khispi, hacia unos cristales opacos, largos y finos. Recorrí una zona de cien metros a la redonda, buscando cristales similares y con la ayuda de uno de ellos, empujaba los demás hacia Kaunbarlafosthir. Cuando tuve una buena cantidad, con sumo cuidado, entre Iskaún, Kkala, Rodolfo, Tuutí y Cirilo se las arreglaron para ir metiendo los cristales bajo el cuerpo del caído. De ese modo, aunque se moviera no tocaría el suelo.

Khispi empezó inmediatamente a fabricarle unos zapatos, que en unos minutos estuvieron listos para retocarlos cuando el gigante despertase. Mientras, alguien sugirió continuar liberando a los otros, pero Tuutí ordenó esperar.

- Nos conviene -dijo- saber qué pasa con Kaunbar... Bueno, simplemente Kaunbar. El podrá darnos alguna pista que nos ayude a liberar a los demás con alguna esperanza.

- Aunque es difícil -dijo Cirilo- que los que no sean Primordiales hayan sobrevivido.

Los Dracofenos habían festejado con nosotros la novedad de que Kaunbarlafosthir estaba con vida, pero ante las palabras de Cirilo, al igual que todo el grupo, se estremecieron de tristeza. ¿Qué posibilidades puede tener un mortal ante un encierro definitivo que llevaría ya siglos?.

Ninguno de los Dracofenos era conocido de nuestros compañeros de equipo, pero en estas circunstancias, eso no importaba para nadie. Simplemente eran personas que había que intentar liberar, aunque fuesen cadáveres. Daba igual que fuesen parientes, corraciales o compatriotas planetarios. No podríamos darles sepultura adecuadamente y nos llenaba de tristeza que esos Seres estuvieran allí, muertos en una trampa tan diabólica. En cualquier caso, esa vacuoide sería la última morada para sus restos.

- Es posible -dijo Viky- que sus Almas ya estén habitando en otro sitio...

- No lo sé, -le respondí- porque siendo el Alma de constitución magnética, si no se disuelve el cuerpo que abandona, le cuesta mucho liberarse y seguir su evolución o reencarnar.

- ¡Ah! -dijo Rina- ¡Por eso, y con toda razón, es necesario liberarles!.

- Si, -intervino Edagar, el más silencioso del grupo- los egipcios hacían momias para retener al Alma, creyendo que podían volver a ocupar aquel cuerpo cuando su medicina avanzase lo suficiente. Lo curioso es que a veces usaron pirámides para momificar.

- Producto de las distorsiones culturales -agregué- porque en realidad las pirámide son para alargar la vida de los vivos, no para meter a los muertos. ¿Sabían que no hay cadáveres en ninguna de las pirámides?... Bueno, algunos órganos y cosas así, dejados siglos después...

- Pero eso -dijo Vanina- no lo sabe casi nadie. Es una pena que la humanidad lo ignore.

Mientras hablábamos, Kaunbarlafosthir pareció emitir algún sonido. Nos pusimos en alerta para impedirle moverse demasiado e Iskaún siguió instándolo a despertar. Finalmente, el Primordial se incorporó parcialmente sobre sus manos, se dio la vuelta y pudimos verle la cara. Aquel rostro desfigurado por el terror en el cristal, era un precioso rostro masculino, con fuerza, suavidad, dulzura, energía y belleza en grado sumo. Su larga cabellera dorada contrastaba con los ojos azules, brillantes y de mirada profunda que parecían emitir luz propia. Un tipo de rostro muy común entre los Primordiales, que refleja la limpieza de Alma, la ausencia de emociones psicológicas y la abundancia de elevados sentimientos.

- Si, si, Iskaún... -dijo- Hablaré en español, como la mayoría. Y juro que tendré todo el cuidado del mundo antes de tocar el piso de este infierno... Hola a todos, queridos Amigos... Permítanme presentarme; soy Kaunbarlafosthir, pero pueden llamarme...

- Kaunbar, para simplificar... dijimos varios a la vez, junto con él, lo que le hizo soltar una carcajada, como que hacía siglos que no reía.

- ¡Bueno, bueno...!. -dijo cuando terminó de reír- ¡Las cosas que me cuenta Iskaún mentalmente!. Pero... Entonces cuánto... ¿Cuánto tiempo?... ¿Qué?... ¡No, no puede ser!. ¿Estás divirtiéndote a mis costas?...

- No, Kaunbarlafosthir, sabes que yo no podría mentir. Hace más de dos siglos que desapareciste. Y por lo que veo llegaste por el mismo camino que nosotros...

- Es que estoy confuso... Cuando los Dractalófagos tuvieron aquellos líos en Harotán-Zura estábamos por poner una barrera azul porque ellos no... ¡Perdón! ¿Y estos...? -dijo al ver que justamente habían tres con nosotros.

- Ahora son compañeros de equipo. -Le dije- Y muy dignos de nuestro grupo. Este de aquí, Lotosano, nos ayudó a rescatar a Iskaún. Y estos dos a salir de Harotán-Zura, que ya no existe... O mejor dicho...

Me callé porque Iskaún, con la vertiginosa velocidad de la mente, explicaba todo mucho mejor, aunque igual Kaunbar leía nuestras mentes y en pocos minutos, en los que permanecimos todos en silencio, se puso al corriente de lo acontecido a nuestro grupo en los últimos setenta y cinco días, así como de las novedades ocurridas en la Terrae Interiora desde hacía más de doscientos años.

- Vale, ya está. -dijo- Aparte de estarles eternamente agradecido por haber liberado a Iskaún, que es lo más importante que han hecho, debo agradecerles haberme liberado a mí. También les agradeceré que liberen a Barlafriththirodalafis, que debe estar por ahí y es mi novia. Aunque su nombre es sencillo, pueden llamarla...

- Barla, para simplificar... -coreamos con él, volviendo a provocar su risa y las nuestras.

- Bien, veo que se puede contar con Ustedes para lo mejor y para lo peor, con ese espíritu deportivo ante el peligro. Pero olvidémonos de Barla, veo que hay otros... ¡Ah!, si... Recuerdo que vimos a otros Primordiales y algunos Dractalófagos. Será mejor que los vayamos liberando en el orden que sea posible y conveniente.

- Ahora se llaman Dracofenos... -le advertí.

- Ah, bien. Pero podríamos llamarles... -dijo mientras levantaba un dedo y ponía cara de risa.

- Dracos, para simplificar... -dijimos todos, incluso los mismos Dracofenos, que participaron de nuestra alegría, que iba haciéndose contagiosa.

- Querida... Khispi. -dijo Kaunbar- Este zapato me queda un poco estrecho...

En cuanto estuvo arreglado por la hábil pulidora de vidrios, nos aprontamos a liberar al siguiente Primordial, que se hallaba a unos quince metros. Luego de ponernos a cubierto, lo sucedido con éste fue muy similar a lo que ocurriera con Kaunbar. Tuvimos que volver a cortar cristales. Aprovechando una columna ancha y chata, Khispi le dio la mejor forma para colocarla debajo del Primordial aún dormido. Iskaún y Kaunbar intentaron usar sus poderes telequinéticos, pero no funcionaron.

El nuevo liberado tardó pocos minutos en despertar, justo cuando terminábamos de acomodarlo sobre la dura camilla de cristal. Iskaún y Kaunbar mantenían con él una conversación telepática, mientras Khispi le hacía sus correspondientes zapatos.

- Soy Falrithorodilbarehenoth, -dijo finalmente, mirando a todo nuestro grupo- pero podrían llamarme...

- Falrithor, para simplificar... -dijimos todos.

- ¡Son telépatas! -dijo sorprendido por un instante, riéndose luego a carcajada batiente. Había captado muy bien la broma- ¡Cuánto tiempo sin reírme...! -siguió diciendo- Pero apenas si me he dado cuenta. Me parece que fue hace un rato...

La conversación mental entre los Primordiales continuaba mientras Falrithor se probaba sus zancos de cristal y su cara reflejaba el asombro.

- ¡Entonces hace más de siete mil años! -dijo sorprendido, como nosotros al escucharle- Recuerdo que Urosirarsiegeherithkaunrithissiegthorodil era sólo un crío recién nacido... El hijo del Zeus Urosirarodalthorgeherithkaunrithissiegthirodilar... Supongo que entonces, ya será un Kristálido Luminoso, y el más luminoso donde los haya...

- Si, - dijo Iskaún- cuando Urosirarsiegeherithkaunrithissiegthorodil tenía sólo cien años, le pilló la Ascensión de su padre Urosirarodalthorgeherithkaunrithissiegthirodilar, que no tuvo ni tiempo para avisar a todos. Su hijo tuvo que hacerse cargo del puesto siendo tan joven, pero no ha sido menos bueno que su padre, así que pronto fue aceptado por la Divina Asamblea Primordial. Y al igual que a él, le llamamos...

- Uros, para simplificar... -coreamos todos cuando Iskaún nos guiñó un ojo.

- Es curioso que no hayas envejecido... -dijo Kumbar- Tanto como el hecho de estar vivos aún, sin respirar durante tanto tiempo. Podemos pasar siglos sin comer, pero no sin respirar...

Kaunbar iba a decir algo más y me di cuenta de ello, pero cuando pensé que también los Dracofenos, Taipecanes y Mortales podían estar vivos, pensé al instante que sería mejor no dar nuevas expectativas, que producirían una terrible decepción si resultaban erradas. El Primordial captó mi pensamiento, me miró seriamente y me hizo un guiño de ojo apenas perceptible. Seguimos liberando a los Primordiales con el mismo método que a los anteriores. Las cosas iban más fáciles, porque ya sabíamos bien las precauciones a tomar. Khispi no paraba de hacer zancos y los demás cortábamos cristales para asegurar que los liberados no tocaran el piso al reanimarse.

En varias ocasiones, la tarea fue muy ardua y peligrosa, porque los cristales se empezaban a formar cuando el liberado caía al suelo. A algunos tuvimos que volver a romperles los cristales recién formados, con riesgo de lastimarles. A dos de los Primordiales, incluyendo a Barla (para simplificar :-), se le produjeron heridas al caer entre los cristales rotos, pero éstas apenas si manaban algo de sangre. Se volvían a cerrar en pocos segundos sin dejar cicatriz.

Habíamos liberado ya a todos los Primordiales que habíamos visto antes, salvo a uno que se hallaba en el lado opuesto del círculo marcado con pinturas. Ahora intentaríamos con los Taipecanes. El grupo era compacto, los seis se hallaban en la misma macla y dos de ellos en una misma columna de cristal. Habían intentado abrazarse antes de ser completamente atrapados.

Mientras Tuutí, Rodolfo y yo, encargados de los disparos, estudiábamos la manera más segura y menos peligrosa de atacar el cristal, un Taipecán tan alto como los Primordiales, pero más corpulento que ellos, se acercó a nuestro grupo. Era aquel errante, que a pesar de su turbación mental, Iskaún le había convencido para que se uniera a nosotros. Nos miró a todos y empezó a llorar amargamente. Había estado observando nuestra tarea desde lo más lejos posible, pero ahora que le tocaba el turno a los suyos, estaba aterrorizado. Se daba cuenta que aquellos, salvo el Venusino, no eran Primordiales, sino mortales como nosotros y podían estar ya muertos. Señaló a una de las mujeres atrapadas, al lado de la pareja que se intentó abrazar, y su llanto se hizo más amargo y profundo.

- Es su mujer. -dijo Kaunbar mientras abrazaba al Taipecán y le acariciaba la cabeza. También me acerqué y le tomé la mano, participando de su preocupación infinita. Me correspondió apretando con suavidad y luego nos alejamos para que Rodolfo, que ya tenía mucha seguridad de dónde efectuar el primer disparo, pudiera obrar sin dañar a nadie.

- Y el Venusino es Ramaran-Kai, -dijo Iskaún- el Primordial de su planeta encargado de los contactos con los Taipecanes, también Embajador ante los Primordiales de la Tierra.

En realidad, estos títulos no pasaban de lo anecdótico. Si se les nombraba era sólo por tener una referencia de los "porqué", ya que no valía -ni lo vale- para nadie de los que allí estábamos, una vida más que otra. Si había alguna diferencia en salvar a un Primordial que a un cocodrilo, era sólo cuestión de posibilidades. Luego de ocultarnos convenientemente, esperamos un rato pero nada ocurría.

- ¡Voy contigo, Rodolfo! -grité para advertirle que no hiciera fuego aún. Cuando me respondió que me acercara, me explicó que su primera seguridad se desvaneció al inspeccionar bien la base de los cristales. Era muy fina y al romperse, los prisioneros volverían a quedar en contacto con el piso. El trabajo, además de inútil, empeoraría los riesgos si no estudiábamos mejor la situación. El Primordial Venusino se hallaba en una columna muy grande, lo bastante inclinada como para hacer que él tocase el piso directamente al caer. Los otros tampoco quedarían muy seguros.

- Podríamos hacer una especie de alfombra de cristales alrededor de la fina macla. -sugerí.

- Sería una buena medida, pero quizá insuficiente. -dijo Rodolfo- Habría que evitar el gran desparramo de cristales. Esto estallará peor que las otras. Son seis moles unidas por una misma base delgada, y con muchas partes en contacto...

- ¿Qué tal si rodeamos la macla entera con cuerdas y telas?. -dijo Viky- Hay suficientes camisas y otros elementos...

Llamamos a Tuutí, Cirilo y Ajllu, a fin de pulir la idea. Cuando lo definimos, llamamos a Chauli y a todos los que tuvieran cuerdas. Con ellas hicimos una red, teniendo cuidado de que ésta no tocara el piso en ningún momento. En cuanto se arrastró una punta, los cristales amenazaron con envolverla rápidamente, así como al que estuviera más cerca. Las agujas que se formaban añadían peligro a la situación, puesto que así incompletas, sus finas puntas hubieran atravesado al que cayera encima de ellas. Los zancos, aunque muy bien hechos, no dejaban de ser incómodos para moverse entre estos cristaloides florecientes, el piso irregular y las esquirlas del mineral roto. Además, el peso de dos kilos y medio por zapato, era extenuante.

Llamé a Khispi y le pregunté si era posible quitarles peso, vaciando parte de la masa y luego de meditar unos momentos, estudiando la pieza que estaba confeccionando para la eventualidad de que los Taipecanes estuviesen vivos, movió la cabeza afirmativamente. Sonrió y me hizo un gesto de "buena idea" con los dedos y se marchó a seguir su trabajo lejos de allí.

Una idea de Tuutí se puso en práctica gracias a que contábamos con la extraordinaria fuerza física de ocho Primordiales y un Taipecán, que no disponían de telequinesis, pero sí de su enorme musculatura. Gracias a sus zapatos de cristal, no les fue difícil mover un poco el conjunto cristalino, de modo que metimos por debajo una cuña de cristal plano. Repitiendo la operación del otro lado, luego de una hora y media, el conjunto quedó sobre una especie de tarima, mientras Chauli dirigía la construcción de la red de cuerdas.

Cuando todo estuvo listo, lanzamos la red sobre la macla de los Taipecanes y quedó en perfecta envoltura del conjunto. Pensamos que no sería necesario ponerle telas, que agregaría riesgo de contacto con el piso para los aprisionados, en el raro caso de hallarse aún con vida. Rodolfo tenía ubicado el mejor punto para hacer el disparo y una vez a cubierto todos, el estallido de cristales que sonó como un "crack" prolongado, dejó a los Taipecanes desmayados allí. Como previó Rodolfo, la macla se deshizo completa, dejando libres a los cinco Taipecanes y al Venusino. Sobre uno de ellos que cayó muy al costado, se volvían a formar los cristales, así que nos apresuramos a levantarlo, haciendo palanca con una barra de cuarzo que había encontrado antes y que siendo fina, de unos veinte centímetros de diámetro por tres de largo, permitía, obrando a dos Primordiales -dado su peso- hacer las palancas necesarias. El errante Taipecán se sumó a las labores con prodigiosa lucidez. En algún momento temí que intentara tomar a su mujer o estorbara la tarea, pero obró con la frialdad característica de los mejores Guerreros de la Luz, cuando las cosas requieren de una mente sin emociones.

Cuando estuvieron un poco más seguros de no tomar contacto con el fatídico piso de la vacuoide, los Primordiales se acercaron e intentaron contactarles mentalmente. Iskaún se volvió después de unos segundos, dando la espalda al grupo de caídos. En el rostro de nuestra Amada Maestra había más confusión y pena que otra cosa. El Taipecán errante se le acercó y ella le abrazó, mientras le decía.

- Tranquilo, querido Hermano. No hay pensamientos ni emociones en ellos. Pero recuerda que el Ser no muere nunca... Además, todavía no podemos saber qué pasa...

El Taipecán lloraba y se estremecía. Se separó de Iskaún y se sentó en una viga caída ocultando su rostro. Varios fuimos los que nos acercamos, rodeando al Taipecán y compartiendo su profundo dolor, dándole nuestra sincera fraternidad. Los otros siete Primordiales continuaban frente a los caídos, como intentando lo imposible.

- Parece -dijo Falrithor- que sus corazones están en suspensión animada. Es posible que tengan vida orgánica, aunque no vida psíquica.

- ¿O sea -pregunté- que están muertos, aunque sus cuerpos permanezcan en vida latente?.

- Si, -respondió Kaunbar- pero también los cerebros están sanos. Esto es increíble, pero sería posible que... ¡Sí, es posible!.

Entre los Primordiales se intercambiaron miradas por unos segundos y mantuvieron una conversación mental que no tradujeron para nosotros.

- No entiendo qué pasa... -dijo Viky susurrándome- ¡Quiero desarrollar la telepatía...!.

En un momento dado los Primordiales levantaron sus manos y una neblina azul, como la que había producido alguna vez Iskaún, cuando la rescatamos, se formó entre sus dedos. Yo les veía de costado y me impresionó ver lo que hicieron. El azul se iba convirtiendo gradualmente en verde y cuando empezaba a variar hacia el amarillo lanzaron sobre los caídos ese raro producto, que no podría decirse si era niebla u otra cosa similar, pero luminosa.

- Esa es la llama verde... -dijo Iskaún en voz muy baja, mientras los Taipecanes, envueltos en esa neblina, empezaron a moverse.

- ¡Hay pensamiento! -gritó Falrithor para continuar luego más tranquilo- Los Taipecanes están vivos. No han tenido sueños ni pensamientos, como nosotros, pero están vivos. Apenas han sufrido el terror un momento, cuando se vieron atrapados, pero luego hay vacío mental. Nosotros hemos tenido sueños, pero ellos no. Sin embargo sus Almas no abandonaron el cuerpo. Ahora los corazones laten, los cerebros funcionan. Sus recuerdos no son sólo memoria de la materia, pues hay memoria activa. Empiezan a soñar. Los sistemas orgánicos están intactos... Ya las células despiertan... El ciclo de floculación empieza a reactivarse y los elementos coloidales empiezan a emitir radiación biológica... Si, Queridos Hermanos, estos Taipecanes están vivos. No sé cómo, pero todavía están con nosotros...

Sería imposible describir cómo el llanto de amargura del Taipecán al que rodeábamos, así como el nuestro, se convirtió en otro llanto, no menos profundo, pero de una emoción completamente opuesta a la que tenía instantes atrás. Le detuvimos sentado allí, para que no interfiriera con la labor de los Primordiales, que telepáticamente podían actualizar a los recién despertados, de todo lo sucedido, mejor y menos traumáticamente que su compañero, saturado de emociones contrapuestas, como lo habíamos estado nosotros muchas veces, y en esta oportunidad no era diferente. Si los Taipecanes, aunque muy reorientados en evolución, siendo mortales habían sobrevivido en esa diabólica cárcel, bien podíamos tener las mismas esperanzas respecto a los demás. De todos modos, no era conveniente abrigar demasiadas ilusiones, pues los Taipecanes eran, luego de los Primordiales, los seres más resistentes -física y mentalmente- del planeta. En cambio los Dracofenos eran muy ágiles, más sensibles a la luz y de oído más agudo, pero menos fuertes que los humanos mortales, tanto en lo psicológico como en lo orgánico

Cuando los Taipecanes estuvieron completamente reanimados, y después de las escenas que tuvieron lugar en el reencuentro con el que había escapado de las trampas, pudimos conocer los detalles sobre ellos. Se trataba, como me había imaginado en algún momento, de la nave del Príncipe Xun-Kashoo, hijo de Kan-Ashtiel, Rey de los Taipecanes y de su esposa Tian-Chang. ¡Cuánta felicidad tendrían ellos al saber que su amado hijo estaba vivo!. Seguramente que Koashi-Tiki, madrina de Xun-Kashoo y Embajadora de los Taipecanes compartiría esa felicidad y se borraría la tristeza que aunque su rostro ocultaba, su corazón gritaba aún, después de medio siglo de la desaparición del Príncipe.

Cuando estuvimos con los Taipecanes, ella nos había contado el motivo de la tristeza de la Reina Taipecana. Pero no nos había dicho -cosa que nos enteramos en esta ocasión- que ella también había perdido un hijo en ese vehículo, y a su futura nuera, así como a su hermano menor, que iba acompañado de su mujer. El Taipecán que hallamos errando por la vacuoide, a punto de sucumbir ante la fatiga o la locura, de nombre Fon-Shun, era el hermano de la Embajadora. La pareja que intentó abrazarse antes de lo que parecía una muerte inminente, eran el Príncipe Xun-Kashoo y su novia Kua-Tzen-Dewi.

Lo primero que preguntó el Príncipe en varios idiomas, al ver a sus compañeros sanos y salvos, era el paradero del piloto, al que había relevado a mitad de camino para conducir la nave, en vuelo de aprendizaje. Al verle a su lado, aún dormido, hizo un gesto de tranquilidad. Inmediatamente preguntó por su asistente personal, que no se hallaba entre sus camaradas. Le dije rápidamente que estaba en una macla de cristal, junto a la nave y que seguramente se hallaba como ellos, en vida suspendida.

- Quedó hibernando en la nave... -dijo- No tenía que ocurrirle nada... Es mi asistente... ¡Mi vida por la de él!... Por favor, vamos a rescatarle...

Su desesperación por el personal a su servicio no me extrañó. Eso ocurre en las personas de la verdadera nobleza, que tienen asistentes que les sirven en todo, pero jamás "sirvientes" o "lacayos" a los cuales menospreciar. La responsabilidad que siente un gobernante por los suyos, es más grande mientras más diferencia social existe. No me atreví a preguntarle si correría primero a salvar a su padre, el Rey Taipecán o un criado o cualquier personal de servicio, pero sabía la respuesta en tal caso. Sólo puede tener la prioridad absoluta entre los Nobles de Alma, su "media naranja", su pareja. Pero luego de ella, todas las prioridades están dadas a los que sirven.

No se trata de simple utilitarismo, sino porque las atenciones que día a día recibe un auténtico noble, desde tener la comida preparada y servida, hasta estirar el brazo y que le coloquen el abrigo, no se borran de su memoria como ocurre con los "innobles poderosos", cuyo poder está sustentado en el dinero o la herencia económica o política. Un Taipecán que hablaba español y me acompañó en uno de los paseos en la vacuoide de Shan-Gri-Lá III, (en Tiike-Chou) me había comentado que el Rey anterior no había dejado a ninguno de sus hijos al trono. Las pruebas de "legitimidad", que no eran otra cosa que pruebas de auténtica nobleza, eran muy exigentes, aunque el probado ni cuenta se daba de los exámenes a los que era sometido, tanto por el Rey y la Reina, como por el Consejo de Ancianos. Ninguno de sus hijos fue aprobado y el Rey, luego de una serie de consultas con el Consejo, abdicó en favor de su cocinero, que era Kan-Ashtiel, destacado por muchas más cosas que su "simple" oficio de cocinar.

El posible Príncipe -como en el caso del recién rescatado- fue nombrado como tal a los veintiséis años, si acaso su Inteligencia, su Amor y su Voluntad se hallaban en perfecto equilibrio y con gran intensidad. O sea que ni siquiera se es Príncipe entre los Taipecanes por ser hijo del Rey, sino que puede serlo otra persona cualquiera. El ser hijo o hija del Rey sólo da cierta "presunción de principado", que ha de ser obtenido por toda clase de méritos.

Cuando pregunté a aquel centinela que me acompañaba para agradar mi paseo, de dónde habían tomado tan benéficas costumbres políticas, me respondió que era lo normal en casi todos los Primordiales, de todos los mundos. Por eso -había pensado yo- todos sentimos a los Reyes tan adentro de nuestro corazón, aunque habiendo poderes de otro orden en nuestro mundo, la mayoría sean sólo "reyezuelos" y pocos verdaderos Reyes.

Mientras recordaba y meditaba en estas cosas, casi maquinalmente recibí de Khispi la indicación de sentarme en una viga de cristal. Me quitó un zapato y empezó a trabajar con él, ahuecando la base sin dejarla demasiado fina, para evitar que se quiebre.

- Si le paso el rayo al mínimo luego de mojarlo, ¿Ves? -decía mientras me mostraba el procedimiento- El cristal se pone menos transparente, pero más resistente, menos quebradizo y más liviano, aparte del peso que pierde al quitarle una buena parte del centro.

No alcanzó a decirme todo esto cuando el zapato estaba ya colocado en mi pie nuevamente. Repitió la operación con el otro y mientras ella seguía con los demás miembros del grupo, tuve que apresurarme para participar del rescate del piloto de la vimana. Esa operación, muy cuidadosamente asistida por el Venusino Ramaran-Kai, fue un poco más complicada porque no era fácil liberar una masa tan enorme de cristal sin causar daño a nadie. En primer lugar, tuvimos que estudiar la situación del que se hallaba prisionero allí. No faltaban puntos adecuados para efectuar el disparo, pero el piso del cristal era muy fino y sin base de macla. También teníamos problemas para ubicarnos de tal modo que los Primordiales pudieran asistir rápidamente al piloto cuando cayera. Las vigas de muchos otros cristales colocados enfrente de la escalera de la vimana, serían un problema si había reflexión del rayo. Ello ya había ocurrido al liberar algunos de los Primordiales.

Luego de tomados todos los recaudos, eliminando primero varios cristales de la zona, en el lugar que yo había elegido, parecía el mejor para efectuar el disparo; los Primordiales se colocaron cerca de la nave, del lado opuesto al invadido por la masa de negruzco cristal. La recuperación del piloto, además de sencilla y alegre, puesto que el hombre no tenía ni idea de lo que había pasado, liberó completamente la vimana sin romper otros cristales. El sitio que elegí para el disparo fue óptimo. El piloto se hallaba tan confundido que no atinaba ni a responder a nadie. Tenía ya hechos sus zancos de cristal y se los puso sólo porque no es posible negar nada ante la sonrisa atenta y dulce de Khispi.

Los Taipecanes y su Primordial, luego de contarle brevemente lo sucedido, entraron en el aparato y comprobaron, después de limpiarlo adecuadamente, eliminando enormes cantidades de pedazos de cristal del interior, que todo parecía estar en orden.

- El registro de navegación tiene mejor memoria que yo... -dijo Ramaran-Kai- Indica que nos detuvimos porque pulsé el materializador con mis propios dedos. No lo recuerdo, pero debí suponer que se trataba de una vacuoide más, y siendo el aire respirable decidí echar un vistazo. ¡Nunca más vuelvo a hacer algo así teniendo otras personas a bordo!, ¡Qué tremenda irresponsabilidad la mía!.

-Con un piloto como éste, -comenté a Viky- me apunto a cualquier viaje...

- Si, pero si vas conmigo...

Los Taipecanes disponían de un vehículo que podía sacarnos de aquella vacuoide infernal y Ramaran-Kai dijo que necesitaba saber quién era el Jefe de aquel grupo al que se incorporaba. Iskaún le dijo que Tuutí era tal jefe, e inmediatamente, el Venusino, reconociéndolo como autoridad, ponía a su entera disposición el aparato, en caso de que pudiese hacerlo funcionar.

-Dentro de la nave, -le dijo Ramaran-Kai a Tuutí- yo seré el que mande, pero el destino y las utilidades, son decisión tuya. Yo soy el Capitán, pero tú el Dueño, hasta que decidas devolverla al Reino Venusino o al Reino Terrestre de los Taipecanes.

- Gracias por el alto honor, -respondió seriamente Tuutí- y espero estar a la altura del mismo. Pero ahora hay que continuar liberando gente. Ya veremos luego si podemos salir con tu nave o andando por otro sitio.

- Perdona... -dijo Ramaran-Kai- Ya no es mi nave, sino tuya.

- De acuerdo. -dijo Tuutí dando la mano al huesudo Primordial- ¡Y yo que me tenía por bien disciplinado!. Veo que los Venusinos son como nuestros Primordiales... Con razón vuestros protegidos Taipecanes dan ejemplo en todo. Si has caído en esta trampa ha sido por puro accidente. Y francamente, me sentiría más seguro estando a tus órdenes que estando tú a las mías...

Encontramos, yendo hacia el interior del círculo que habíamos hecho anteriormente, con una superficie de más de diez hectáreas, noventa personas más, entre unos pocos Primordiales, docenas de Dracofenos, varios Taipecanes, tres Telemitas y otro grupo de cuatro aventureros espeleólogos, que no sabíamos cómo podrían haber alcanzado esas profundidades. A los Narigones, se sumaron once soldados más. Apenas teníamos ya pintura para marcar los sitios explorados y llevábamos más de treinta horas sin dormir. Antes de emprender la masiva liberación de gente, necesitábamos descansar. Los Dracofenos, lamentablemente, habrían de esperar igual que nosotros, para saber si los demás mortales habían sido conservados en vida latente como los Taipecanes.

Hicimos con las armas, diversos sitios entre los cristales más opacos, formando verdaderas tarimas donde podíamos dormir seguros de no quedar atrapados en cristales por un movimiento accidental. Los turnos de los centinelas serían de sólo media hora, a fin de que nadie quedase sin suficiente descanso. Los prisioneros liberados de sus trampas, tanto Primordiales como Taipecanes, no tenían gran cansancio o sueño, aparentemente, pero a juzgar por sus ronquidos, extrañaban mucho un sueño de verdad.

Diez horas después agotábamos la última ración de comida, con lo que nuestra situación se hacía problemática. El trabajo de liberar a casi un centenar de personas supondría varios días de febril actividad. Tuutí se decidió a que los Taipecanes probaran la nave, dotada como sabemos de un sistema de conversión de materia. Así que Ramaran-Kai, acompañado del Príncipe Taipecán, haría una primera prueba sin más pasajeros, y su primer viaje sería hacia la vacuoide taipecana de Tiike-Chou, volviendo pronto con alimentos y algunas herramientas.

- Hay algo importante que averiguar en Tiike-Chou, apenas llegue, Su Alteza... -le dije a Xun-Kashoo- Una mujer parecida a esa que está allí se infiltró en nuestra tropa. Lo hemos sabido después de que nos abandonara, antes de llegar a la Malla de Rucanostep, que atravesamos para rescatar a Iskaún...

- ¡La Malla de Rucanostep! ¿La atravesaron? -dijo Xun-Kashoo muy sorprendido- ¡Si es algo imposible de transitar físicamente...!

- Bien, pero nuestro grupo la atravesó. Desde la caverna de las arenas de diamantes... ¿La conoces?.

- Si, conozco todo ese camino hasta la Malla...

- Pues allí nos abandonó la espía, según hemos deducido. Pero ya era imposible para nosotros regresar y alcanzar a vuestros soldados, que nos acompañaron hasta el inicio de la malla. Si no la encontraron a la vuelta, es que hay otro camino que desconocemos. Pero puede que la hayan llevado de vuelta a Tiike-Chou y eso implica un peligro.

- Con más razón -me respondió- urge hacer este primer viaje. Hasta luego.

Saludó militarmente a todos y nos alejamos a unos cien metros mientras el Príncipe y el Venusino se quedaron en la nave. Durante media no ocurría nada y algunos -por no decir todos- estábamos impacientes y tensos.

- ¡Tranquilos, hijos míos! -dijo Iskaún- Que va todo bien. El Venusino está probando todos los sistemas ordenadamente. Hay algunas dificultades pero las arreglará. Podríamos dedicarnos a estudiar un plan de trabajo...

- Ya se está haciendo. -respondí- Tuutí y algunos más están recorriendo la vacuoide.

Me asomé desde un punto en que veía el borde de la vimana y todo estaba muy quieto. Hasta que en un leve descuido, dejé de verla. Desapareció como por arte de magia, pero un instante después se resquebrajaban los cristales sobre los que la nave estaba asentada, rompiéndose en miles de trozos pequeños. Como no estaba Tuutí, llamé a algunos compañeros para que me ayudaran a formar un montículo de cristales, a fin de que al regresar la nave se encontrara con una situación parecida a la de su partida. Había escuchado a Xun-Kashoo explicar que el aparato volvería por una programación de coordenadas, exactamente al mismo sitio. Los Taipecanes también comprendieron que convenía aquella labor y en menos de diez minutos tuvimos lista la plataforma de aterrizaje, de metro y medio de alto por cuarenta de diámetro. ¡Qué fortaleza la de aquellos brazos!. Los Primordiales y los Taipecanes, de fuerza muscular muy similar, valían cada uno por cinco forzudos como Kkala.

Un par de horas después, la nave se materializó y el Príncipe apareció junto a Ramaran-Kai.

- Lo siento, -dijo Ramaran-Kai- pero no he podido salir de aquí. La nave funciona perfectamente, pero aunque no hubiese deseado inspeccionar el lugar hace medio siglo, igual nos hubiera atrapado el campo de fuerza de este sitio. Todo indica un funcionamiento perfecto, pero algo impide que la nave se desplace... Ni siquiera desmaterializada.

Nadie tenía palabras ni ideas. El desaliento nos empezaba a atacar. No obstante, en un momento dado varios quisimos hablar a la vez. Tuutí, que había regresado con el grupo de inspección poco antes, dijo que no era momento de desalientos ni de confusiones.

- Si algo hemos de hacer, será encontrar una solución. Cosas más difíciles hemos hecho, así que a plantear ideas por orden.

- Tengo una sospecha... -dije levantando la mano. Tuutí me dio la palabra y continué- Hemos visto que el piso es un colchón orgánico. Tengo una pregunta para el Embajador Venusino... ¿Has intentado desplazarte hacia arriba?.

- No, -respondió el aludido- porque una vez efectuada la conversión a materia de ultrafrecuencia, da lo mismo a dónde quieras dirigirte...

- Si, pero aquí tenemos un campo orgánico, del que sólo se algo, muy poco, pero he observado en mis experimentos ciertas cosas que pueden indicar la formación de líneas verticales... En fin, que es largo de explicar, pero si intentas subir o bajar, en vez de desplazarte...

- Quiere decir -dijo Iskaún- que mi leve sensación de que subir a los cristales es más fácil que caminar, no era un error de percepción...

- Haré inmediatamente el intento de salir hacia arriba. -dijo Ramaran-Kai y volvió a la nave.

El Príncipe le siguió y en pocos minutos, cuando apenas nos habíamos terminado de alejar, la nave desapareció y volvió tres horas después. La teoría básica que yo tenía sobre los campos orgánicos, era correcta en cuanto a los flujos de líneas verticales. El Príncipe venía acompañado de su madre, la Reina Tian-Chang, cuyos ojos se hallaban enrojecidos de llorar, y un experto en sistemas de energía. La Reina no había querido permanecer un momento más sin comprobar palpablemente lo que le parecía un sueño: Recuperar a su hijo y a los demás tripulantes de la nave desaparecida.

Tras las escenas emotivas que tuvieron lugar, le preguntamos sobre la espía perdida en la sala de los diamantes y la Reina nos confirmó que la habían hallado los Guerreros al regresar.

- ¡Esa pobre mujer! -dijo- Está completamente loca. Es muy inteligente, según nuestros psicólogos, pero los diamantes eran su obsesión. Su deseo enfermizo de riqueza material está representado en ese mineral, que debe ser uno de los más apreciados en vuestra civilización. Eso fue lo que le hizo trabajar como espía de los Narigones, y al encontrarse en medio de tanta -para ella- "riqueza", sin poder usarla, lucirla, ni siquiera llevársela, enloqueció.

- ¿No tiene remedio? -preguntó Vanina.

- Si, lo tiene, pero le llevará un largo tiempo de tratamiento. Después de eso, no sabemos si podremos llevarla a la superficie externa. Es resistente a la hipnosis y nuestros psicólogos no podrán hacerle olvidar nada.

- De todos modos -dijo Cirilo- es un alivio saber que no ha huido con información. Supongo que los Guerreros Taipecanes habrán tenido cuidado respecto a las trampas de seguridad...

- Si, -respondió la Reina- porque se dieron cuenta que la mujer, loca y todo, miraba muy atentamente el camino. Una parte de su mente pergeñaba el modo de salir de allí con un bolsillo repleto de los diamantes más grandes que encontró. Le durmieron y envolvieron su cabeza antes de llegar a las entradas de nuestra vacuoide. Podéis quedaros tranquilos. Pero a mí no me es posible entender vuestros conceptos de riqueza y nobleza. La mujer decía que con esos diamantes ella podía llegar a ser "noble".

- Bueno... -dije- No es el concepto en nuestro grupo, pero en nuestra civilización, la riqueza se mide en dinero, en bienes materiales y su equivalente en dinero, en posiciones sociales, que están relacionadas a la cantidad de dinero que se obtenga... -y seguí diciendo, a pesar de la expresión de tristeza que acusaba la Reina- O sea que por dinero, la gente traiciona, engaña, hiere y mata muchas veces. La gente normal, trabaja más de lo que debiera ser necesario, muchas veces como esclavos, por tener un poco más de dinero, o por tener siquiera lo indispensable para vivir.

- ¡Eso es terrible! -comentó Su Alteza- Ya entiendo mejor cómo son las cosas...

- Lo peor -seguí diciendo- es que muchas personas, en vez de ganar dinero para vivir, viven para ganar dinero...

- ¡Entonces -intervino la futura Princesa Kua-Tzen-Dewi- están todos locos...! Perdón, no quiero ofenderles...

- No es ofensa, -le dije- sino la pura verdad. Una locura generalizada por obtener dinero. Y dentro de poco tiempo ni siquiera será real, en moneda corriente, sino en crédito virtual. En simples números asignados por el poder político y económico, según se le obedezca y según se trabaje para obtenerlo.

- O según se robe o se mate... -agregó Cirilo- Espero que las cosas cambien.

- ¿Y se creen más "nobles" los que tienen más dinero? -preguntó Fon-Shun.

- No sólo eso, -respondí- sino que también hay cuestiones de herencia. Si uno es de una familia pobre, que llega a rica, será menospreciado por los de larga estirpe de ricos. La nobleza se entiende también por descender de las antiguas formas de autoridad, como los Reyes, pero todo está relacionado al dinero desde hace muchos siglos.

- ¡Qué dirían de mi esposo! -comentó casi jocosamente la Reina- Se ha sentido alguna vez orgulloso de ser un magnífico cocinero, que era su anterior oficio, pero jamás se sentiría orgulloso de ser Rey.

- Es que Ustedes tienen un verdadero sentido de lo que es la nobleza -le dije.

- No me extrañaría -agregó Kkala- que los manjares que comimos en su casa fueran hechos por Kan-Ashtiel...

- Por él mismo, -respondió la Reina orgullosamente- desde las entradas hasta los postres. Claro que con tres ayudantes, entre los que me incluyo...

El experto en energía, advertido de las medidas precautorias y básicamente del funcionamiento de la gigantesca trampa, se puso los zapatos que Khispi ya tenía elaborados y comenzó a analizar en profundidad aquel monstruoso artefacto que conformaba casi toda la vacuoide. Mientras, era necesario repartir los víveres y comenzar a evacuar a la gente, a fin de aliviar tensiones y reducir riesgos. En primer lugar, Tuutí -que no dejaría de ser jefe del grupo- decidió que se evacuaría a los Taipecanes, incluyendo a la Reina, a pesar de su insistencia por permanecer con nosotros. Aquella mujer que en nada temía el riesgo, insistía en quedarse hasta el final de los rescates, aún poniendo como pretexto sus conocimientos de primeros auxilios y medicina, hasta apelando a su investidura real.

- Sabrá Su Alteza disculparme, y aunque no lo hiciera y me considerase "persona no grata" en la maravillosa vacuoide de Tiike-Chou, he de ordenarle terminantemente evacuar este sitio. No se trata aquí de privilegios para nadie, sino de cuestiones puramente prácticas. Su Alteza no consentiría que alguien, súbdito suyo o no, corriera un riesgo innecesario... ¿Verdad?.

- No, claro que no... -respondió ella.

- Pues por el mismo principio, no puedo permitir el peligro para Usted ni para los que puedan ser evacuados ahora mismo. Todos los Taipecanes, con excepción del experto en energías, serán evacuados. Sólo su noble hijo, por ser piloto aprendiz, correrá riesgos yendo y volviendo aquí cuanto sea necesario junto a Ramaran-Kai, así como este científico, ya que es indispensable para ayudarnos a desactivar esta trampa maligna, aprovechando en bien del mundo el conocimiento que extraiga. Y no acepto más discusión.

La Reina, verdaderamente contrariada por unos momentos, finalmente abrazó a Tuutí y le dijo que a pesar de su contrariedad, su presencia en Tiike-Chou sería siempre una alegría y un honor para ella, tanto como el recibir a todo nuestro grupo. Se despidió de todos y subió a la nave. En cuanto estuvieron colocados todos los víveres y herramientas sobre una tarima de cristales, le siguieron los demás Taipecanes, que tampoco dejaron de protestar por no poder participar del rescate masivo. Un único Primordial fue trasladado en ese mismo viaje, pero a la Terrae Interiora, ya que debía avisar a Uros sobre el plan de la extraña construcción -fallida por la inundación- bajo la vacuoide de Harotán-Zura y el posible ataque a Shan-Gri-Lá IIª.

En cuanto desapareció la nave, comenzamos la tarea que dio como primer resultado, la alegría indescriptible de nuestros compañeros Dracofenos, al comprobar que sus conraciales estaban vivos también. Los cristales les mantenían en vida suspendida, sin morir, a pesar de que llevaban allí decenas de años. El experto en energías nos fue explicando ampliamente el funcionamiento de aquella trampa, que le maravillaba por la tecnología empleada y los conocimientos que le brindaba en ese momento, así como le desesperaba pensar cómo alguien podía haber usado aquellos conocimientos científicos tan geniales, en algo tan terrible y sin sentido de utilidad trascendente.

Cuando regresó la nave, el Príncipe se sumó a las tareas y diez horas después el Primordial Venusino Ramaran-Kai, que también ayudaba, hizo el siguiente viaje. Un importante grupo de Dracofenos fue llevado a Murcantrobe y al regresar la nave, fue una felicidad para nuestros compañeros enterarse que ni esa ciudad ni Tiplanesis habían sufrido los efectos de la inundación de petróleo y agua. Como había supuesto Iskaún, los sifones y otras defensas previstas habían funcionado perfectamente.

Se sucedieron algunas escenas un tanto problemáticas con los soldados del ejército de los Narigones. Un oficial intentó sublevar a los recién rescatados, invocando autoridad sobre ese sitio que él había "encontrado primero" y otras tonterías de igual calibre.

- Escucha, soldadito... -le dijo Falrithor- Si ponemos cuestiones de prioridad por tiempo, debes saber que "planté la bandera" aquí hace más de siete mil años. Y además fui liberado antes que tú. Así que si insistes...

- Dirás lo que quieras, -le dijo el necio soldado mientras se agachaba para recoger su fusil- pero soy el oficial de mayor graduación aquí presente y represento al ejércitos de los...

No alcanzó a decir más nada porque los cristales le cubrieron nuevamente y nadie hizo nada por impedirlo. Allí se quedaría hasta el final de nuestras operaciones. Kaunbar tocó con su pie el zapato de cristal recién confeccionado de otro de los soldados, que al caer quedó aprisionado cerca de su jefe. Los otros, que aún estaban un poco confundidos, miraron espantados el efecto y temblaban de miedo.

- Algunos mortales -dijo Kaunbar tranquilamente- me suelen asombrar por la valentía, la limpieza de corazón y hasta el coraje de enfrentarse a la muerte siendo tan frágiles. Pero otros me asustan por el grado de estupidez y soberbia, que no abandonan ni ante la mismísima realidad. - y luego gritó furioso- ¡¿Queréis plantar vuestra banderita en este sitio para siempre y quedar de centinelas a custodiarla?!.

Los soldados negaron rotundamente tener tal intención y se les ordenó permanecer sin separarse, junto a los dos recientemente cristalizados. Se les quitaron sus zapatos a los que los tenían ya hechos y no se les hizo calzado a los otros. Tampoco se les explicó otra cosa, que como se movieran quedarían también encerrados para siempre en un cristal. Como les dejásemos obrar, eran capaces de complicarlo todo. Iskaún indicó a dos de ellos pasar a formar parte de nuestro equipo, luego de sondear mentalmente sus personalidades. Estos, aún confusos, no dieron problemas y pronto comprendieron que estaban ante una situación en que sus órdenes militares no tenían ya efecto y había muchas vidas que poner a salvo. Esto último les motivaba por sobre cualquier orden o situación. Se incorporaron a las complicadas tareas de rescate obedeciendo inteligentemente y hasta con camaradería, cuando entendieron que no éramos hostiles.

- ¿Realmente -me preguntó uno de ellos- dejarán allí a mis compañeros para siempre?

- No... No somos capaces de hacer eso si se puede evitar. Pero les dejaremos para el final. Y no sabemos aún dónde les llevaremos.

Dos hombres que llevaban allí más de trescientos años, según calculamos por sus vestiduras, resultaron ser exploradores españoles perdidos en la jungla; una pareja que vivió milenios atrás y un aventurero solitario que portaba espada y escudo, no podían decir en qué año se hallaban al momento de caer en ese sitio, pero siendo personas de caracteres nobles, Iskaún no tuvo problemas en instruirles rápidamente de la realidad en que se hallaban. No serían devueltos a la superficie, donde sería traumática y económicamente imposible su adaptación, sino que serían alojados en vacuoides de los Aztlaclanes.

Dieciséis días más duró la completa evacuación de la vacuoide, ya que habíamos encontrado muchos sitios más donde Primordiales y otras personas habían ido cayendo en la trampa, que contaba con varias bocas de acceso. Algunas de esas entradas las cerramos con explosivos, a fin de impedir la caída de otros exploradores. En general no hubo problemas con los rescatados. Un grupo de cinco soldados, luego de ser escaneados por Iskaún y Kaunbar, considerados por ellos como suficientemente equilibrados como para no sufrir efectos en la nave, fueron llevados a diversos sitios de la superficie, desarmados y sin cascos. Se les abandonó a su suerte donde pudieran conseguir alimento y contactar con sus mandos sin correr peligros. Los espeleólogos, geólogos y otras personas que no llevaban muchos años de encierro, fueron devueltos a sitios similares, pero -al igual que a los soldados- borrando de sus memorias los esquemas mentales de las galerías que les habían conducido a aquella trampa, que según el Príncipe Taipecán, registraba en su nave a más de ochenta kilómetros de profundidad. ¡Y yo que creía haber conseguido un record, años antes!. Explorando una caverna en Tepequén, al norte de Brasil, había alcanzado los diez mil metros, con lo que la experiencia rompió en mi mente la creencia en la "tabla de temperaturas" que había estudiado en geología, en la universidad.

El lugar más profundo donde había estado en cuerpo físico, era la ya inundada vacuoide de Harotán-Zura, a unos ciento diez kilómetros. Por eso habíamos andado tanto tiempo subiendo, escapando de la inundación de petróleo. No imaginaba que muy poco tiempo después, conocería lugares a mayores profundidades. Pero no quiero adelantarme en la narración, porque lo acontecido inmediatamente es algo digno de que el Lector lo sepa.

En la nave venusina podían ser transportadas unas 200 personas del tamaño de los Primordiales o los Taipecanes, pero hasta 300 de nuestro tamaño. Sin embargo, los destinos que debíamos dar a los rescatados eran muy diferentes y resultaba recomendable, en razón de evitar riesgos, sacar cuanto antes a algunos grupos, a medida que les liberábamos de sus prisiones cristalinas. Nuestro grupo y los Primordiales serían los últimos en ser evacuados, así que Ramaran-Kai llevó a una de las vacuoides Telemitas, a estos y a un grupo de ocho científicos del siglo XVII, que se interesaron por estas diferentes formas de vida, más que por los Aztlaclanes, e Iskaún les consideró dignos de tal honor, por ser personas aventureras, valientes y de nobles pensamientos, sentimientos y educación.

En tres viajes, en pequeños grupos a medida que se les rescataba, se llevó a todos los Dracofenos a Murcantrobe, excepto a Rucunio, Lotosano y Tarracosa, que querían seguir formando parte de nuestro grupo. En dos viajes, se llevaron a la vacuoide de los Aztlaclanes a los humanos mortales que por cuestiones de anacronismo no podrían ser devueltos a la superficie terrestre (llevaban muchos siglos allí). Como no nos era posible rescatar a los animales, a pesar de estudiar su posibilidad, debimos resignarnos a perderlos, porque era necesario destruir aquella vacuoide, o al menos dejar inefectiva la trampa que constituía.

Teníamos un problema con un grupo de soldados Narigones, que habíamos dividido en dos. El primero se componía de varios hombres cuyos cerebros estaban completamente "lavados", imbuidos del fanatismo de supuestos ideales, de supuestas superioridades y autoridad en cualquier parte del mundo, sólo por el hecho de llevar una banderita, cosa que los gobernantes de su país les habían grabado a fuego en sus mentes necias, atontadas por la propaganda política y sus propios anhelos de ser poderosos de alguna manera, aunque sea sirviendo a los peores.

El segundo grupo, compuesto de 46 soldados, hubiera podido ser dejado como los otros, en la periferia de alguna ciudad de la superficie externa, lejos de sus mandos pero sin peligro para sus vidas. Sin embargo, sus problemas psicológicos -en especial sus miedos y odios- desaconsejaban su transporte en la nave.

- ¿Podrían sufrir traumas si se los duerme? -preguntó Tuutí a Ramaran-Kai.

- Seguramente no mientras duermen, pero al despertar, el magnetismo corporal habrá cambiado. Los efectos en tal caso son imprevisibles. Se volverán místicos fanáticos, falsos y burdos espiritualistas o terribles asesinos. Pero en cualquier caso, locos de atar.

- ¿Es que no puede -dije- ninguna persona con problemas psicológicos, ir en la nave?.

- Las cámaras de hibernación pueden protegerlos, -respondió Ramaran-Kai- pero sólo tenemos dos, que no funcionan ahora, ya que Fon-Shun debió romper un precinto de seguridad para salir cuando éstas consumieron su energía y él y mi asistente, despertaron. Sería muy peligroso hacer venir a otras naves desde Venus, y además tardarían algunos días. Creo que habrá que llevarles a otro sitio, no demasiado lejos de aquí.

- ¿Qué pasaría si se les mete en la nave, enfundados en un cristal?.

- ¡Buena idea! -dijo el Príncipe- Aunque un poco riesgosa. Los cristales son en si mismos cámaras de hibernación que funcionan perfectamente aquí... Pero no sabemos si lo harán afuera de la vacuoide. Estos cristales deben estar ligados de alguna manera a la fuente que los produce...

- ¡Ah! -exclamé- Ahora entiendo lo que son esos hilos que hay bajo el piso.

El físico Taipecán, experto en energías, confirmó momentos después que en el pozo abierto con los rayos, podía verse perfectamente que esas uniones, formadas espontáneamente como raíces, conectaban cada cristal con el lodo de abajo. Si arrancábamos los cristales del piso, moriría lo que estuviese dentro. Debimos resignarnos a la segunda opción. Lo primero era salir de la vacuoide, así que Tuutí pidió a Ramaran-Kai que hiciera un viaje cercano de exploración del sector.

- Disponen estas naves -explicó- de sistemas que permiten ver todo el plano material, así como el plano supersutil. Es como si viajásemos con nuestros cuerpos mágicos, entonces no habrá problemas para estudiar la región. ¿Nos acompañas?.

- ¿Puedo ir yo también? - pregunté.

- De acuerdo... -dijo Tuutí- Si el Capitán te admite.

CAPÍTULO V

INSPECCIÓN DE LA REGIÓN DE "PI" PRIMERA

Un guiño de ojo del Venusino me confirmó que podía subir a la nave, lo que me llenó de entusiasmo, aunque sólo fuese por un rato. Rodolfo, ingeniero en electrónica, no podía perderse esta oportunidad y también fue aceptado, pero los demás deberían esperar otra oportunidad, porque la cabina sólo podía contener al Capitán y tres personas más. Xun-Kashoo, generosamente, cedió su puesto para que pudiésemos disfrutar de la experiencia. Pero como piloto aprendiz necesitaba estar presente, así que el Venusino acomodó una especie de mesilla, a fin de que sirviera como butaca para el Príncipe Taipecán. Incluso anudó unas correas extras para que el incómodo viajero fuera seguro.

- Si no te mueves mucho -le dijo el Venusino- podrás viajar sin problemas.

Nos colocamos en los asientos y fue un poco difícil ajustarnos los cinturones de seguridad, dado nuestro pequeño tamaño. Tuvimos que hacer unos nudos para ajustarlos, porque el Capitán no partiría si alguno no estaba bien asegurado, a pesar de tener la nave gravedad propia cuando funcionase. Miramos el tablero de mandos y nos sorprendimos por su sencillez. No había montones de lucecitas e indicadores, como nos habíamos imaginado antes de subir, sino un volante como los de los coches, pero que se movía en todas direcciones, hacia derecha, izquierda, arriba y abajo. Más parecía un mando de juegos electrónicos que un tablero de una nave espacial con sistema de conversión en materia sutil.

El Venusino -ahora Capitán en funciones- abrió una placa del tablero y entonces sí, aparecieron comandos con varias perillas, botones y algunos indicadores. Toda la sección de la cabina se hizo transparente desde adentro, cosa que no había ocurrido desde afuera, según vimos cuando salía y regresaba en los viajes anteriores. La nave no se movía, pero los colores empezaron a cambiar un poco. Era exactamente como estar en cuerpo mágico, cosa que no hacía yo desde hacía muchísimos años. Tras comenzar un ligero zumbido apenas perceptible, nos empezamos a desplazar hacia arriba. Pero dicho movimiento no era sensible por el cuerpo, sino sólo por la vista.

- El centro de gravedad -nos explicaba el Capitán- está justo en el centro del aparato. Y al funcionar el motor, dejamos de depender de la gravedad del planeta.

Estábamos fuera de la vacuoide, entre medio de una masa rocosa. Habíamos pasado otro colchón orgánico que componía el techo y pedí a Ramaran-Kai bajar un poco, hasta ver mejor dicho colchón. Podíamos ver todo como "dentro mismo de la nave", o a partir de la periferia de la carcasa, según se dispusiera el nivel vibratorio para marcar esa diferencia.

Igual que el piso, el techo se componía de varias capas alternadas de materias diferentes. No era posible el desplazamiento en horizontal. Sólo en vertical, hacia arriba y abajo. Debíamos salir y volver a entrar por otro sitio, para cambiar de posición dentro de la vacuoide. Unas líneas de energía, según nos explicaba Ramaran-Kai, formaban una especie de reja entre el piso y el techo, por eso no era posible transitar allí en cuerpo mágico, a menos que se hiciera de la misma manera que la nave. Pero de esto, ni los Primordiales se habían dado cuenta.

El viaje por la vacuoide, siempre bajando y subiendo, saliendo y entrando, nos permitió pasar a través de los cristales y las rocas; fue algo magnífico. Parecía un sueño. En realidad, un sueño largamente acariciado por mí, como suele serlo de mucha gente. Tener el privilegio de andar en una de estas naves hubiera vuelto loco (nunca mejor dicho) a muchos fanáticos de los ovnis. Pero el Capitán, tan acostumbrado a su vehículo, nos dijo que era hora de trabajar, sacándonos del estado de asombro. Había que inspeccionar la periferia de la vacuoide, detectando las entradas. Empecé a hacer un mapa en mi cuaderno, pero el Príncipe me dijo que no era necesario. La nave registraba todo en su ordenador, así que podía darme luego un mapa muy exacto y detallado de toda la región, con varios idiomas de diversos planetas a elegir, entre los que - afortunadamente- se hallaba el terrestre castellano.

Encontramos cinco entradas diferentes, pero no podíamos estudiar todos los recorridos de las galerías. La que parecía más grande y transitable desde la vacuoide, se hallaba a unos veinte kilómetros de aquella por la que habíamos llegado. Decidió el Capitán, con acuerdo de Tuutí, explorar por ese lado. El viaje tuvo una duración de menos de quince minutos. Atravesábamos vertiginosamente, como en cuerpo mágico, los diversos accidentes geomorfológicos, llegando finalmente a una caverna que sin ser una real vacuoide, su tamaño y ubicación permitirían usarla como base para la nave.

- Estamos -dijo el Capitán- a doscientos veintiún metros más arriba que Nonorkai y a 74 kilómetros.

El terreno estaba en declive hacia un sector, donde una ancha y profunda grieta larga comunicaba con un laberinto de grietas y cuevas menores. Un sector cercano a la entrada presentaba terreno mejor nivelado y un gran peñasco saliente, de unos quince metros de alto por unos cien o más de diámetro, a modo de meseta. La vimana se posó encima por unos momentos y luego recorrimos la periferia, buscando un camino mejor que los que presentaba hacia la grieta.

A cien metros de la peña hallamos una galería, posiblemente antiguo cauce de río. Seguimos explorando con la nave, que se desplazaba "lentamente" según su conductor, a velocidad cercana a los trescientos kilómetros por hora (unos cinco kilómetros por minuto), deteniéndose por instantes como para que pudiéramos ver los accidentes del terreno. En cierto punto se dividía el cauce y tomamos hacia la izquierda, que descendía.

Llegamos en cuatro minutos y medio hasta una verdadera vacuoide. No estaba iluminada pero había instalaciones de iluminación.

- Aunque estando en la nave, -decía el Capitán- como ya os habréis percatado, no hace falta luz. El estado supersutil es luminoso, aún en la más absoluta oscuridad para la vista física.

- O sea que si la nave se materializa -dijo Rodolfo- no veríamos más que la negrura de una vacuoide escondida...

- A menos -respondió el Capitán- que ponga en situación de resplandescencia magnética la nave, con lo que el purcuarum que la forma irradia la luz que genera el campo.

El Capitán buscó un sitio donde asentar la nave y una vez "materializada" y estable, abrió el pequeño panel de controles y operando algunos convirtió la pared de la cabina en un mapa. Buscó la región y al encontrarla se sorprendió, porque aquella vacuoide figuraba como una de las más antiguas exploradas por los Taipecanes. Demasiado pequeña para establecer una colonia importante, pero había sido acondicionada para usarse en caso necesario.

- Estamos a ciento treinta kilómetros de Nonorkai por línea de camino y a sesenta de la caverna anterior...

- Unos cinco o seis días de marcha... -deduje- Según los declives, la piedra suelta y la temperatura que tengamos.

- Es buena temperatura hasta la caverna anterior -dijo el Capitán- y algo más baja hasta aquí. Pero parece que es región de vientos. Habrá que tener precaución.

- Ya sufrimos un viento espantoso antes de llegar a la vacuoide de los Jupiterianos... -dije.

- ¿En la zona de las minas de amatistas? -preguntó el Venusino.

- Si, Capitán. -respondí- Allí, justo en un socavón habíamos hecho un descanso. Si nos pilla fuera nos mata a todos...

- Eso fue lo que sucedió a un grupo de Jupiterianos poco antes de volver definitivamente a su planeta. Por eso abandonaron la mina.

- Y hablando de ellos... -pregunté- ¿Qué se hará con la vacuoide que liberamos de Narigones?, ¿Pueden usarla los Taipecanes?.

- No. La Reina Taipecana me contó vuestra aventura en ese sitio. Es muy grande y bella, pero los Narigones, aunque no puedan volver, conocen su ubicación. Están desarrollando armas de impulsos electromagnéticos de alta frecuencia y puede que quieran usarla como blanco de sus experimentos.

- ¿Cómo es eso? -preguntó Rodolfo.

- Un arma que para nosotros es muy primitiva. La desarrollaron los Telemitas hace varios siglos, pero nunca la usaron. La entregaron como regalo al Rey Taipecán que gobernaba entonces, como regalo de bodas, por si él encontraba alguna utilidad.

- ¡Vaya regalito! -exclamé.

- No estuvo mal. Ese adelanto técnico, usado constructivamente tuvo mucho beneficio. Incluso fue el inicio que permitió a los ingenieros Taipecanes desarrollar las armas que ustedes llevan. Aunque las de Venus son aún mejores. Hemos logrado... Bueno, eso lo conocerán cuando visiten mi planeta...

- ¿Y los Narigones están adelantados con ese asunto de los impulsos...?. -preguntó Tuutí.

- No mucho. Para ellos lo más avanzado son los simples impulsos electromagnéticos. -explicó el Capitán- Son unas enormes antenas, que funcionan en realidad como cañones. En vez de misiles o rayos, disparan impulsos electromagnéticos simples. Con ello pretenden alcanzar nuestras naves o las naves de vuestros Primordiales y derribarlas, así como producir daños bajo la tierra. Temen también la presencia de los Freizantenos, que según me ha contado Iskaún han logrado altas tecnologías hace medio siglo, más o menos en el tiempo en que nosotros quedamos atrapados en esa vacuoide de los cristales...

- ¿Y pueden derribar los Narigones una vimana? -pregunté.

- Si la pilla materializada si, porque aunque no puede romperse la carcasa, puede llegar a afectar algún sistema o al mismo motor. Pero también tenemos medios de detectar el impulso unos cuantos segundos antes que llegue, apenas se está cargando la antena que lo dispara. Si estamos como recién, desmaterializados, no nos afecta en absoluto, aunque podemos rastrear el impulso, neutralizarlo, devolverlo al origen o -como muchas veces- hacernos totalmente los desentendidos y seguir nuestro camino.

- Además, -dijo Rodolfo- supongo que la velocidad de estas naves es un problema serio para los que tengan que apuntar...

- Si. La puntería de esas armas es perfecta cuando se conoce la trayectoria y velocidad, como en el caso de los misiles o las naves que ellos mismos mandan al espacio. Pero no les resulta nada fácil apuntar a una vimana, que cambia de rumbo constantemente. En fin, que si realmente fuesen un peligro para nosotros, para los Freizantenos o para los Primordiales Terrestres, ya les habrían destruido esos juguetes, que son peligrosos para la estabilidad del clima en la superficie externa.

- ¿Esperarán a que sea demasiado tarde? -preguntó Tuutí.

- Los extraterrestres no podemos atacar en ningún caso ni bajo ninguna circunstancia, por más grave que sea. -respondió el Capitán- Los Primordiales de vuestro planeta, según sus reglas, tampoco pueden hacerlo si no hay un daño real para ellos. Además, el daño principal se lo harán ellos mismos, es decir los Narigones a vuestra propia civilización... Porque el sistema altera el clima, provoca terremotos y desórdenes mentales en la población. En cuanto hagan su primera prueba efectiva contra los Freizantenos o algún lugar subterráneo habitado, habrá que contraatacar. Por ahora, lo único que se puede hacer es informar a las poblaciones de vuestra civilización sobre la existencia de los Narigones. Vuestra gente cree que todos los gobiernos son auténticos. No saben que detrás de algunos de los más poderosos países hay un grupo de dementes que monopoliza los avances tecnológicos y la economía.

- Es un asunto muy complicado. -dije- No entiendo cómo es que no pueden evitar que nuestra civilización haga esos desarrollos. Entiendo que las Leyes Primordiales son respetadas por Ustedes y los demás, pero no termino de comprender...

- No te preocupes, Marcel. -dijo el Príncipe- Ya lo entenderás. Volvamos a esta vacuoide, que deberá ser habitada por los prisioneros. La tierra es fértil, hay agua y seguramente no costará mucho llenarla de vegetación. Creo que los Narigones que tenemos y los que secuestremos, podrían venir a vivir a este lugar.

- ¡Excelente! -dije- Sería una especie de cárcel de máxima seguridad, sin problema de abastecimiento una vez formadas las condiciones ecológicas, pero los soldados podrían vivir bien y ser reeducados.

- Eso estaría muy bien. -dijo Tuutí- Aprenderían como primera lección, que es posible crear una comunidad sin dinero. En segundo lugar, aprenderán a respetar el medio ambiente... ¡Como no lo hicieran...!.

- ¿Qué tamaño tiene esto? - preguntó Rodolfo.

- El diámetro más largo -respondió Ramaran-Kai operando los controles y mostrando el mapa en pantalla- es de veintinueve kilómetros y el menor más amplio, en el centro, de dieciséis y medio. Pueden vivir aquí unas diez mil personas, cuidando el sistema hídrico. Hay un río seco, que habrá que ver si no es esporádico, pero hay cinco arroyos. No falta agua y en menos de cuatro meses nuestros ingenieros pueden tener todo vegetado. En unos días esto estará completamente iluminado.

- ¿Y no tendrán posibilidad de escapar?. -pregunté.

- No si tapamos las entradas, dejando sólo dos troneras que no les conducirán a ningún sitio en muchas semanas, en caso de escalarlas... El techo está a cuatro kilómetros y medio. Dejaríamos el cascajo de piedra del lecho de río para que filtre el agua entrante. Vuestros Primordiales me han dado pleno poder para ayudar a los Taipecanes en estas obras.

Al desplazarnos un poco hacia el interior, saltaron a nuestra vista unas pirámides cuyo color no podíamos apreciar estando en esa condición física, pero intenté calcular su tamaño, comparándolo con el de la nave.

- Creo -comenté- que esa de allí tiene unos trescientos metros de base. ¡Es enorme!.

- Y te has quedado corto -me respondió el Príncipe mirando los indicadores de la nave- porque tiene exactamente trescientos catorce metros, con quince centímetros, con... ¡Es la Pirámide PI Primera!... Estuve aquí en cuerpo mágico, cuando era muy pequeño... Me trae buenos recuerdos.

- ¿Se llama PI Primera? -pregunté.

- Si, así es... -respondió emocionado Xun-Kashoo- La construyeron los primeros Taipecanes, pero la vacuoide resultaba muy pequeña y se usó por temporadas, mientras se acondicionaban las otras mayores. Sin embargo, estas pirámides se hicieron con medidas mucho más especiales que las posteriores. Las proporciones son las mismas y exactas que todas, pero sus medidas están basadas en fórmulas de Feng-Shui Primordial de Venus y matemática universal, con arreglo a las medidas de este planeta.

- Espero tener oportunidad de estudiarla.

- Quizá, si el tiempo te lo permite, puedas ver otras mejores. Las de Yin-Tzi-Táa, en Shan-Gri-Lá IIº, están hechas con la misma proporción. PI Segunda es idéntica a ésta. Allí, en esa ciudad está la mayor parte de la población Taipecana. Y ha dicho Iskaún que vuestro grupo irá pronto hasta allá...

- Si, lo sabemos, -dijo Tuutí- pero supongo que están ya advertidos que algo estaban tramando los Narigones respecto a esa vacuoide.

- Así es. -dijo el Venusino- Pero no hemos tenido noticias de lo que pueda ser. Únicamente los Dracofenos sabían algo. Y todo ha sido planeado hace poco. Ningún soldado de los liberados de Nonorkai tiene idea alguna, ni siquiera de la existencia de nuestras vacuoides. Ahora concentrémonos en lo que haremos con este sitio.

- Supongo que no se hará nada que ponga en peligro estas construcciones... -dije.

- No, nada las hará peligrar. Los Jupiterianos ayudaron a mi pueblo a construir éstas, enseñando la preparación del "purcuarum"; una aleación tantas veces más dura que el diamante que no ha podido medirse su dureza, pero sin fragilidad, con una tenacidad increíble, por lo que una vez producido es miles de veces más resistente que el mejor acero. Es absolutamente incorruptible e invulnerable a las fuerzas más grandes que podamos producir. Las vimanas de casi todo el sistema solar, está construida con una aleación de purcuarum que tiene muchas propiedades, no sólo la dureza.

- ¡Ah! -exclamé- ¡Por eso no destruyeron las pirámides ni con los misiles, en la vacuoide de los Jupiterianos donde expulsamos a los Narigones!. ¿Y no hay nada que puede destruir el purcuarum?.

- Nada que conozcamos. -dijo el Príncipe Taipecán- Por eso sólo se usa para las vimanas, las pirámides y algunas herramientas, cascos, así como los tanques para contener gases a cualquier presión. No es posible destruirlo, por lo tanto no se puede reciclar. Hay que usarlo con mucho cuidado; ni siquiera permiten las Leyes Primordiales de ningún planeta, usarlo para taponar galerías subterráneas que podrían ser necesarias en algún momento, si no para nosotros, para el funcionamiento natural del planeta. En fin que con extremos cuidados se emplea en algún otro tipo de obras, haciendo piezas lo más pequeñas posibles.

- ¡Si lo sabremos nosotros!... -dijo Ramaran-Kai- En Venus hicieron nuestros padres hace algún tiempo, una obra que casi destruye el flujo de aguas del mundo.

- ¿Es que en Venus hay agua? -pregunté ingenuamente.

- ¡ Y mucha! -respondió Ramaran-Kai- Sin agua no hay ninguna forma de vida vegetal, animal o humana que pueda existir. Pero toda está bajo la superficie. Los océanos están adentro, entre la corteza.

- Pero supongo -dije- que estas pirámides no serán macizas...

- No, claro que no. -dijo el Taipecán- Servirían de muy poco, sólo en su función geomántica. En cambio éstas son extraordinariamente útiles en todos los usos habituales de cualquier pirámide, pero para entrar en ellas hay que tener las claves de su acceso. Como ya saben Ustedes, nuestras entradas secretas son prácticamente infalibles. Aquí no hay tecnología que valga.

- ¡Sólo ingenio! -dijo Rodolfo- Y si no, puedes preguntar respecto a cómo resolvimos lo de la entrada a Tiike-Chou, desde la vacuoide de los Jupiterianos.

- Si, ya me lo contaron... -dijo riendo el Príncipe- Pero Cirilo conocía la llave para mover la mole de piedra. Y la trampa no era una cerradura secreta. Estas son algo imposible de burlar. Si no se sabe cómo, ya pueden meter a todos los ingenieros del Universo. No podrán acceder a la pirámide.

- ¡Su Alteza! -le dije- ¡Me estás dejando al borde de un ataque de curiosidad obsesiva!.

- Vale, no te desesperes. Cuando llegue el momento, si es necesario, se te enseñará. Pero creo que primero deberías fabricar algunas pirámides y enterarte de sus usos...

Las risas de mis compañeros, que sabían de mis trabajos de investigación piramidal, sorprendieron al Príncipe, que nos miró a todos un poco confundido.

- Me parece que "metí la pata" -dijo- No he querido ofenderte...

- No hay ofensa, Príncipe. Nadie te ha comentado que desde que tenía catorce años fabrico pirámides e investigo su funcionamiento, las causas y sus utilidades. Y creo que las seguiré fabricando toda la vida.

- La profesión de Piramidólogo -intervino el Venusino- te será muy grata, tarde o temprano. Y mucho te servirá aprender la ciencia del Feng-Shui, que significa "Viento y Agua". Cuando visites a nuestro Amigo Xun-Kashoo en Tiike-Chou, te podrá dar las primeras nociones y luego podrás seguir con maestros más avanzados... Y disculpa, Príncipe, que te comprometa, pero es que aún deberá esperar un poco más este interesado en Feng-Shui, para visitar Venus... Bueno, espero no estar hablando ante un maestro de Feng-Shui...

- No, Altezas, -respondí- apenas he oído hablar de él y leí un par de libros. Pero como había mucho rollo de astrología, simbolismos demasiado subjetivos, supersticiones...

- ¡Bah! -dijo Ramaran-Kai- Eso no es Feng-Shui. El verdadero es una ciencia que maneja energías sutiles, pura física, matemáticas, geometría, magnetología, y luego, por lógica, efectos psicológicos, líneas telúricas, efectos orgánicos... Es decir que se trata de conocer los efectos del magnetismo del planeta, ya se trate de la Tierra o de Venus o cualquiera, pero los conceptos han sido distorsionados en tu civilización.

- En China, sin embargo, -agregó el Taipecán- hay muy buenos maestros de Feng-Shui, algunos de los cuales son discípulos en secreto de Taipecanes.

- Creo -dije- que la idea de visitar Shan-Gri-Lá IIª me está empezando a gustar mucho.

Ramaran-Kai operó unos comandos, intentando comunicarse desde allí con Tiike-Chou, pero como en la mayor parte del interior terrestre, no funcionaba ni la radio ni los emisores en ultra o infra-frecuencia. Además, las ondas de frecuencias extremas podían provocar diversos daños ecológicos, así que el Capitán desistió del intento. Explorado el entorno de esa vacuoide, no encontró ninguna posible causa de problemas para rehabilitarla, pero serían los ingenieros Taipecanes los que decidirían al respecto.

Volvimos a Nonorkai a mucha mayor velocidad que la de exploración, en forma automática. Ver al Capitán cruzarse de brazos una vez programada la nave, era para asustar al más valiente, y peor aún cuando el aparato comenzó su movimiento a una velocidad realmente vertiginosa, desandando el camino recorrido sin desviarse un milímetro del mismo. En medio minuto estábamos bajando de la nave, asentada sobre la tarima de cristales.

Tuutí ordenó la evacuación de los Primordiales, con excepción de Iskaún y Kaunbar. El Capitán Ramaran-Kai, acompañado de su aprendiz Taipecán, los llevó a la Terrae Interiora mientras nosotros nos preparábamos para dormir, tras una jornada agotadora, de más de veinte horas de emociones muy fuertes y trabajos tremendos con la gente liberada.

A su regreso, tras un sueño reparador, haríamos con la nave una inspección de toda Nonorkai, para verificar que ninguna criatura inteligente quedaba atrapada allí. Estábamos profundamente dormidos cuando Luana, que montaba guardia cerca del pozo que habíamos abierto en el suelo de la vacuoide, comenzó a gritar para que despertásemos. Unas extrañas luces tenían lugar dentro del pozo, produciendo destellos potentes que alumbraban hasta el techo y se reflejaban en una amplia zona de la vacuoide. Si los Dracofenos no se hubieran puesto sus gafas oscuras, hubieran quedado ciegos, ya que nosotros quedamos un poco encandilados.

Nadie se había movido dentro de la vacuoide, pero los destellos eran los mismos que cuando Kkala corría escapando de la formación de cristales. Oímos un alarido espantoso e instintivamente buscamos nuestras armas. Los destellos se hicieron más suaves, indicando que lo que los producía se alejaba del sector del pozo, pero unos minutos después volvían a ser más intensos. Formamos un círculo, con los liberados en el centro, y desde el extremo opuesto de dicho círculo escuché a Chauli gritar.

- ¡Es ese bicho!, ¡Se ha liberado!.

No pude contenerme y rompí la formación yendo a su lado, saltando entre el grupo de liberados, que se hallaban sentados en una tarima de cristales. Mis zapatos de cristal eran incómodos para estos movimientos, pero en un momento me hallaba frente al enorme cocodrilo, uniendo mis disparos a los de varios de mis compañeros. El gigantesco animal, ahora erguido, no parecía acusar demasiado los impactos. Los rayos se reflejaban en sus escamas, de color verde metalizado, pero se vio molesto y volvió sobre sus pasos. Iba dejando un rastro de baba espesa, sobre la que se formaban unos cristaloides enrollados como una cabellera, sin llegar a formar columnas. Aunque no comprendía cómo se habría liberado, alcancé a ver las patas posteriores y comprendí por qué no se acristalaba nuevamente. Esa baba pegajosa había adherido a las plantas de sus patas muchos pedazos de cristales. Sólo tocaba el piso con sus garras o la punta de la cola en algunos momentos, produciendo el fenómeno que ya conocíamos, con sus rayos bajo el suelo y las afloraciones de cristales que dejaban de crecer porque el monstruo se movía.

Cuando se alejó volvimos a oír algunos alaridos, pero por la distancia juzgamos que estábamos fuera de peligro inmediato. Seguramente volvería a quedar atrapado en cuanto se detuviese un rato. Habíamos liberado a dos Dracofenos en un punto muy cercano al cocodrilo, y una columna contigua había quedado en posibilidad de caer. Como no lo hizo, seguimos trabajando y seguramente cayó después sobre el animal, librándolo. Pero felizmente, pudimos dormir luego de reforzar la guardia. La criatura no apareció más.

Las siguientes jornadas fueron muy movidas y la exploración íntegra de la caverna durante otros veinte días, se llevó a cabo con el resultado de hallar muchas personas más, siendo en total quince Dracofenos, una docena de exploradores con vestimentas de diversas épocas, dos Telemitas, tres Primordiales y veintitrés soldados al servicio de los Narigones, que habían llegado hasta allí hacía más de diez años.

- Habrá que explorar muy bien las entradas y cerrarlas, -dijo Tuutí-porque demasiada gente ha llegado desde el exterior y podrían seguir viniendo a caer en este infierno.

- Ahora tenemos más trabajo de lo que imaginamos en principio -dije-pero si no hubiéramos encontrado a los Taipecanes y al Venusino, todo hubiese sido más difícil.

Finalmente quedaron dieciocho Dracofenos que no se hallaban en condiciones psicológicas de ser trasladados en la vimana normalmente, pero Ramoran-Kai había efectuado durante esas tres semanas un rápido viaje a su planeta, reparado las cámaras de hibernación de la nave y agregado siete más, así que en dos viajes fueron trasladados a Murcantrobe. Lo mismo se hizo con algunos pocos soldados, pero la gran mayoría tenían su destino decidido, en la vacuoide que los ingenieros Taipecanes ya estaban acondicionando a ritmo acelerado.

Luego de otro cuidadoso repaso de la vacuoide, realizado por el Venusino con su nave, emprendimos el camino hacia la vacuoide que habíamos convenido en llamar "PI Primera" en honor a su pirámide principal. La formación, con Tuutí a la cabeza y Cirilo a retaguardia, se dividía en dos. Los sesenta y nueve soldados iban en medio de ambos grupos, custodiados desde atrás por los Primordiales Iskaún y Kaunbar. No faltaron oportunidades en que tuvieron que disuadir a algunos de sus intenciones de fuga, motines y cosas por el estilo.

Al llegar a la caverna de la gran grieta, ya en el tercer día de marcha, hicimos el descanso de esa jornada. Los Taipecanes habían instalado allí unas luces y estaban muy próximos a tener todo listo, cosa que se realizó pocos minutos después de nuestro arribo. Un sector algo mayor de una hectárea había sido allanado, perfectamente nivelado durante las tres semanas de trabajo en Nonorkai y los tres días de nuestro viaje. El enorme peñasco con forma de meseta había sido ahuecado, de modo que disponíamos de él para alojarnos, ya que la temperatura de esa caverna era sensiblemente más baja. Un viento subterráneo, que según los Taipecanes eran comunes en esa región, llena de pequeñas galerías, era la causa del frío, que sin ser extremo, nos hubiera impedido dormir más de dos horas.

Pregunté cómo habían hecho esa obra con tanta rapidez, puesto que cuando pasamos por ese sitio en la vimana, poco menos de un mes atrás, era una caverna absolutamente rústica y aquella roca era sólo eso, una mole jamás tocada. Kum-Zen, uno de los Taipecanes encargados de recibirnos, me explicó con toda naturalidad, que vino otra vimana desde Venus, provista de rayos para fundir grandes cantidades de roca y todas las herramientas necesarias para esas obras. Para mí, era asombroso ver las capacidades constructivas de los Venusinos, sumadas a las de ese pueblo Taipecán, tan parecidos a sus Primordiales como nosotros a los nuestros.

CAPÍTULO VI
UNA FIESTA EN LA CAVERNA

Entramos al peñasco por un portal perforado con exquisito gusto arquitectónico de estilo chino. Nos encontramos con una sala cuadrada de unos cuarenta metros de lado, de cuatro metros de altura en las orillas y techo abovedado. En el centro, una mesa en forma de herradura, con sus asientos, como para contener a un número de personas mayor que todo nuestro grupo. Se hallaba iluminada por una veintena de hermosos candelabros que llegaban casi hasta el techo. Éstos eran de ágata labrada y contenían cada uno, nueve lámparas de luz amarilla muy relajante.

Exploré junto con algunos compañeros un portal, y éste daba a una sala similar, algo más reducida, con una mesa circular, donde había sesenta y nueve platos, con sus respectivos cubiertos, servilletas y demás accesorios de banquete. La iluminación era igual que la sala anterior.

- Los soldados Narigones comerán aquí. -me sorprendió la voz de Xun-Kashoo que aparecía a mi espalda- Intentaremos que dejen de ser enemigos, y para ello es imprescindible un buen trato. Aunque lo harán aparte, comerán lo mismo que nosotros.

Unas salas contiguas a estos comedores, servirían de dormitorios. No disponían de muchas comodidades, ya que era un lugar de paso, pero podíamos dormir muy seguros y en blandos colchones, cosas que nuestros huesos estaban extrañando desde hacía muchas semanas. Nuestros últimos sueños en camas blandas habían sido en Tiike-Chou, hacía unos cuatro meses. Como estábamos un poco cansados, el Príncipe nos recomendó dejar nuestros equipos, bañarnos en las duchas de campaña que ya estaban preparadas en los baños, al fondo de cada dormitorio, para volver al comedor, a fin de cenar con alguna sorpresa.

- ¡Alguna sorpresa! -dije- Sólo faltaría que viniera Kan-Ashtiel a cocinar para nosotros...

- ¡Shhh!, ¡Calla! -me dijo el Príncipe en voz muy baja- Se supone que es una sorpresa...

Y ciertamente, mi ocurrencia había resultado ser justamente lo que nos tenían preparado. Cuando estábamos reuniéndonos en el comedor, el Rey de los Taipecanes -Rey por necesidad de su pueblo, pero Noble y cocinero de corazón- se presentó poco después, junto a su esposa y una docena de ayudantes. Los manjares, de extraordinaria variedad, eran traídos en bandejas metálicas cerradas. Por indicación de Tuutí nos fuimos sentando y cuando estuvo cada uno en su sitio, Kan-Ashtiel empezó a recorrer la mesa, besándonos en la frente a todos y cada uno, sin decir ni una palabra. Cuando nos saludó así a todos, ocupó su sitio. A su derecha se hallaban Ramaran-Kai y una pareja de Venusinos que habían venido en sus respectivas vimanas. A su izquierda, su esposa y otras autoridades Taipecanas. Mientras, sus ayudantes nos servían un licor anaranjado, con el que brindaríamos momentos después.

- No tengo palabras suficientes -dijo el Rey- para agradecer a este grupo humano lo que ha venido haciendo desde hace casi tres meses. Han liberado una vacuoide contigua a Tiike-Chou, de enemigos que nos causaban mucha preocupación y hubieran causado tarde o temprano un desastre. Luego han liberado a nuestra Amada Iskaún de algo peor que la muerte. Nada menos que a ella, que ha sido Maestra de todos Ustedes como de muchos niños Taipecanes entre los que me incluyo. Como si eso fuera poco, han hallado y liberado a mi hijo Xun-Kashoo y muchos otros Taipecanes, así como al Primordial Venusino, el Señor Embajador Ramaran-Kai, a muchos Primordiales terrestres y otras personas, de una prisión que podría haber sido eterna y definitiva. Además, he sabido por Iskaún que vuestro grupo, no conforme con lo hecho, ha decidido continuar el combate contra las fuerzas del error y la maldad, comprometiéndose a intervenir en nuestra más poblada vacuoide de Shan-Gri-Lá IIª, amenazada por no sabemos qué planes de los Narigones... Sé que decirles "gracias" y ofrecerles esta humilde cena no es suficiente muestra de lo que siento por Ustedes, pero sepan que el Reino de los Taipecanes está a vuestra entera disposición para colaborar en lo que nos pidan y que esté en nuestras posibilidades, siempre respetando las Leyes Primordiales sobre intervención entre civilizaciones. Además, a nuestra mesa se han agregado estos melones de Venus, traídos por Ramaran-Kai desde nuestro Bello y Añorado Planeta Venus. Yo he aderezado estos melones con licores Taipecanes y que sabremos disfrutar... No tengo más palabras...

- ¡Ni las necesita! -dijo Tuutí- Como jefe de este grupo me siento profundamente halagado y si alguien ha de estar agradecido, somos nosotros...

- Así que brindemos por todo lo bueno... -dije sacando del apuro a Tuutí, que se había quedado emocionado y sin palabras.

Tras el brindis y algunas degustaciones de la comida, me atreví a preguntar al Príncipe, aunque conocía la respuesta, quién había cocinado aquellos platos tan deliciosos.

- Nadie que yo conozca.... -dijo el Príncipe Xun-Kashoo y su padre le miró extrañado.

- Nadie que yo conozca... -repitió con picardía el Príncipe y siguió tras otro breve silencio- Nadie que yo conozca... en el mundo... Prepara comidas Taipecanas tan excelentes como mi padre, Su Majestad el Rey Kan-Ashtiel.

Espontáneamente le aplaudimos. Tras probar los primeros bocados, no pude con mi costumbre y fui hasta su sitio. Tomé la mano del Rey y la besé, explicando que era mi ritual inevitable cuando el cocinero superaba mis pretensiones de sibarita, tal como había hecho en su casa meses antes. El Rey apenas pudo disimular sus lágrimas. Ese, su talento real de cocinero, era ciertamente su gran orgullo. Y bien que disfrutamos de dicho talento, tanto en esa cena como en el desayuno. Aquella cena fue una fiesta que se prolongó por varias horas, en las que hubo excelente música taipecana, bufones, acróbatas, malabaristas y una pareja de cantantes increíbles, a los que tuve el honor de sumarme cuando interpretaron algunas arias de óperas que yo conocía. Taipecanes sabían muchísimo sobre los clásicos de nuestra música, y la ejecutaban y cantaban con un purismo capaz de satisfacer a los más exigentes *dilettanti della musica*.

Cuando ya alguno de mis compañeros se dormía, a pesar de lo bien que lo pasábamos, el Rey pidió que nos retirásemos a descansar. Yo no tenía sueño, así que pedí el primer turno de centinela. Estaba apostado en la entrada al peñasco cuando un Guerrero Taipecán que montaba guardia entre las tres vimanas aparcadas hacia el interior de la caverna, corría apresurado hacia mí.

- ¡Adentro! -me gritó antes de llegar- Empieza el viento.

Le obedecí inmediatamente y tras él entraron otros cuatro Taipecanes que hacían guardia en diversos sitios. El primero abrió su mochila y extrajo una lámina enrollada, como de papel metalizado, extendiéndola. Los otros le ayudaron y a medida que la extendían, la iban pegando a los bordes del portal con un pequeño aparato, similar a un mechero. Aún no habían pegado el borde del piso cuando las ráfagas de aire casi impedían aquella labor.

Una vez acabada sólo se filtraban unos pequeños chiflones por los costados, pero si no hubieran tomado aquella precaución habría sido hasta incómodo permanecer en las habitaciones horadadas en el peñasco. No había tanto guijarro suelto golpeando en la lámina, dada la orientación de la puerta, pero las vimanas estaban siendo apedreadas de tal manera, que sólo me tranquilizó el hecho de saber que eran invulnerables, con su casco de "purcuarum". Dos horas después, cuando Liana me relevó en el puesto, no se oían muchos piedrazos pero sí el aullido del viento. Aquel ruido no llegaba a los dormitorios, pero los ronquidos de mis compañeros era un concierto infalible. Como ya estaba algo acostumbrado, igual dormí como un tronco.

La siguiente jornada comenzó cuando hubimos descansado de sobra y los preparativos para la marcha fueron variados. Las armas taipecanas fueron reemplazadas por otras similares, algo más grandes pero del mismo peso, con un sistema de reducción de potencia y difusión del rayo, para que pudieran usarse de modo disuasivo, sin matar al enemigo, o para golpear con un impulso invisible sin quemar. Se suministraron estas armas a todo el grupo y tuvimos una hora de instrucción sobre su mejor modo de uso bélico, así como sus ventajas como herramienta. Cierta modalidad "fría" del rayo difuso, podía usarse para golpear en un radio graduado a dos metros, con una fuerza de choque equivalente a doscientos kilos que se desplazasen a treinta kilómetros por hora.

- Lo que más cabe recomendarles, -nos decía el instructor Taipecán- a pesar de que son Ustedes gente muy disciplinada y cuidadosa, es que por ningún motivo dejen caer una de estas herramientas en manos del enemigo. A los ingenieros Narigones les sería difícil copiar la tecnología, pero si lo lograran, ya se pueden imaginar...

Afirmábamos en silencio con la cabeza, y los Dracofenos, haciéndolo con su movimiento al revés, que para nosotros es "negativo", dejó bastante confundido a Kun-Zen.

- ¿Es que hay algo que dije mal? -les preguntó.

- Los Dracofenos -dije mientras todo el grupo reía a carcajadas- tienen una diferencia en el idioma gestual. El "si" y el "no" es al revés que nosotros...

Luego de algunas bromas y otra hora de preparativos, nos despedimos de los Taipecanes, con gran emoción por parte de Kan-Ashtiel y su esposa. Los Guerreros hicieron una formación ritual muy bonita con algunas acrobacias, símbolo Taipecán de buenos augurios para nuestro grupo. Teníamos dos días de marcha por delante y luego de dejar a los militares Narigones en su cárcel ecológica, seríamos recogidos por dos vimanas, a fin de llevarnos a la superficie durante un breve tiempo, antes de emprender la inspección de Shan-Gri-Lá IIª.

El orden de marcha se estableció como en los días precedentes. Una parte del grupo nuestro, que aún no tenía nombre y habíamos hecho un concurso al respecto, iba adelante. Los sesenta y nueve prisioneros iban detrás, manteniendo una distancia de cincuenta pasos, y a otros cincuenta pasos tras ellos, marchábamos la otra mitad del grupo.

Según me iba contando Iskaún en los primeros minutos de marcha, los soldados estaban sumamente sorprendidos por el trato, las comidas y las comodidades ofrecidas a quienes se les consideraba "enemigos".

- Algunos -me dijo ella- esperaron a comer hasta mucho más tarde, porque temían ser envenenados.

- ¿Cómo pueden ser tan necios?.

- Si no lo sabes tú...

Me puse a cantar la canción "Volver a los Diecisiete" de la chilena Violeta Parra. Como este grupo de retaguardia estaba muy bien conformado y era mayoritario, decidí alcanzar la vanguardia, pasando por la orilla de la fila de soldados. Uno de ellos, cuando me tuvo cerca, mientras marchábamos por el antiguo lecho de río, se acercó para hablarme.

- Ustedes seguramente perderán todos vuestros combates. Son utópicos. Creen que las "buenas obras" son suficientes para convencer a un soldado que lucha por la Libertad. Nosotros venceremos por la fuerza de las armas y porque sabemos lo que es la guerra. Y ni esos Venusinos podrán contra nosotros...

- Ustedes -le respondí- no son Guerreros, sino "idiotas útiles". También sabemos lo que representa la fuerza de las armas y las usamos mejor que Ustedes, pero nuestras motivaciones son muy diferentes.

- ¿Qué diferencia puede haber?. Sólo hay diferencias de métodos y el de ustedes no sirve...

- ¡Te equivocas! -le respondí- La diferencia fundamental es que nosotros luchamos por la Verdadera Libertad. Ustedes invaden en nombre de su país, sin saber qué intereses defienden, nosotros luchamos contra cualquier forma de esclavitud. ¿Qué habrían hecho Ustedes si nos hubiesen encontrado acristalados, tal como les encontramos?.

- Dejarles allí, como es lógico. En lo posible, para toda la eternidad. ¿Qué otra cosa se puede hacer con el enemigo?.

- ¿No es que Ustedes luchan por la libertad...?, ¿La "libertad" de quién?... ¿La de vuestro Presidente, que tiene "libertad" para mandarlos a matar o morir con una banderita como pretexto?.

- ¡Nosotros somos voluntarios...! -me respondió con soberbia.

- Porque lo eligen, entusiasmados por la propaganda, que les ofrece dinero, rango militar más alto si sobreviven, así como la oportunidad de "defender la patria" aunque ésta jamás sea atacada, salvo por los propios gobernantes, en sus conspiraciones geniales pero dementes, para tener pretextos ante la opinión pública...

- ¡Ah, ya veo! -dijo el hombre- Tú eres de los llamados "conspiranoicos", que creen que los gobiernos engañan, hacen cosas para entretener a la sociedad y esas cosas...

- No. No soy un "conspiranoico". No es una enfermedad mental darse cuenta de los métodos políticos que emplea cierta gente. Veo que ni siquiera has aprendido algo de la clase de historia. Perdona, pero tengo otras cosas que hacer.

En realidad, me estaba llamando la atención una veta mineral de galena (mineral de plomo) con hermosos cubos muy bien formados, pero tampoco me interesaba seguir un diálogo con alguien tan desagradable que se motivaba por fanatismos insustanciales, sin usar un mínimo el análisis objetivo y sentido común. Su mirada odiosa y violenta me causaban mucho desagrado. Comprendí que de tener oportunidad, aquel militar sería capaz de asesinarnos a todos sin el menor remordimiento. Bastó un leve descuido por mi parte, observando los minerales, para que el que acababa de interpelarme, junto a cuatro o cinco más que reaccionaron en su favor, intentaran apoderarse de mí y quitarme el arma.

Mis reflejos, que siempre fueron muy buenos, no me fallaron y disparé a tiempo. Tenía el arma en función disuasiva, de modo que disparé hacia todas partes y a medida que la movía iban saltando hacia atrás los soldados, cayendo al piso desmayados. Una docena fueron alcanzados y quedaron tiritando en el piso, como atacados de epilepsia. Los demás se arrinconaron contra la pared de la galería, sin moverse y con las manos en alto. Finalmente no vino mal el altercado, que permitió experimentar los efectos de las armas y desalentó todo intento de rebeldía. Los caídos tardaron unos diez minutos en empezar a despertar, pero ya iban siendo llevados por sus compañeros. No estábamos dispuestos a perder el tiempo con ellos.

Tuutí me recomendó, como a todo el grupo, no volver a correr riesgos con un acercamiento innecesario. Si había que moverse a vanguardia o retaguardia, se haría un alto, se arrinconarían los prisioneros y el desplazamiento se realizaría con un mínimo de tres personas. El castigo para los rebeldes consistió en no darles su ración de comida en el siguiente descanso. Además, como ellos mismos cargaban con sus propias raciones, no faltaron incidentes con sus compañeros, que temiendo racionamientos extremos se metían comida en los bolsillos y cosas por el estilo. Sin embargo, mientras no se acercaran a nosotros ni intentaran nada extraño, les dejábamos hacer. Igual deberían aprender a convivir en la vacuoide PI Primera o se matarían entre ellos.

El antiguo lecho de río, según los mapas entregados por Ramaran-Kai a Tuutí y a mí, debía bifurcarse en un punto cercano. La galería que debíamos tomar hacia la izquierda, sería más estrecha y descendente. Pero lo único que encontramos fue un sumidero. Si había que seguir por allí, tendríamos bastante trabajo para abrirnos paso entre las rocas. Pedí al jefe que me dejara explorar un poco más hacia adelante, y tras media hora de rápida caminata en compañía de Rodolfo y Kkala, debimos regresar al no hallar otro desvío y encontrar, en cambio, un pozo al pie de un murallón, que debió ser en otra época una enorme catarata. Eso estaba en el mapa, así que no había duda. Volvimos y comenzamos el trabajo de abrir el sumidero.

- ¿Qué les parece si probamos nuestras nuevas armas? -dije.

- No sería mala idea. -respondió Rodolfo- Pero saltarían piedras y habrá que tener cuidado.

- Entonces -respondí- ya pueden echar a correr.

Con uno de los rollos de tela metálica que nos dieron los Taipecanes, similar al que usaron para protegernos del viento, hicimos un toldillo tras unas rocas. Me coloqué las gafas del equipo de buceo que llevaba en la mochila, me asomé y lancé el primer disparo en la modalidad de rayo frío. En vez de saltar las piedras como suponíamos, con el golpe se derrumbó el sumidero. Si hubiéramos estado sacando las piedras, quizá nos habríamos hundido con ellas. Un par de disparos más y no hizo falta cuerda para bajar. Las piedras derrumbadas de los costados formaban una pequeña escalinata natural. La vanguardia siguió camino, pero Kkala, Viky y yo nos apostamos en el lugar hasta que pasaron los soldados, evitando que alguno quisiera continuar por la galería ascendente para evadirse.

El camino descendente era más ancho y cómodo, así que llegamos como teníamos previsto, antes de finalizar la segunda jornada de marcha. Una nueva sorpresa fue hallar que la vacuoide PI Primera estaba iluminada completamente. Las luces no estaban sobre torres, sino pendientes en el alto techo, que estaría, en promedio, a un kilómetro de altitud.

Los Taipecanes trabajaban con asombrosa rapidez. Entre los numerosos obreros reinaba el mismo ambiente que en una divertida fiesta. Comenté a Kaunbar lo curioso de esa sensación y me miró tratando de comprenderme.

- Es que tú tienes -me dijo- la mentalidad de que el trabajo es algo pesado e indeseable. Tu vida ha transcurrido en trabajos muy duros, mal retribuido muchas veces... Pero veo en tu memoria que has forjado metales, has explorado muchos sitios y pasado largas horas ante una máquina de escribir... Si, todo eso veo en tu memoria... Pero todo eso que te ha causado mucha fatiga, ha sido hecho con mucho amor... Y ahora no comprendo cómo es que no entiendes lo que sienten los Taipecanes...

- ¡Ah!, pues claro... Ellos tienen todo hecho en un sistema armónico, justo, sin opresiones ni preocupaciones económicas, con tecnologías poderosas... Les sobra el tiempo y cuando tienen oportunidad de trabajar un poco, es toda una fiesta.

- Así es. A nosotros nos ocurre lo mismo. Aunque en la Terrae Interiora, cuando hay trabajo que hacer, suele ser bastante pesado...

- En los cuatro viajes que recuerdo hacia la Terrae Interiora, nunca he visto a nadie trabajar.

- Pues porque pocas veces hay que hacerlo. Nuestra vida es muy feliz. Pero a veces hay que construir alguna cosa, arreglar desórdenes del Sol Pacha... El núcleo del mundo habría muerto si no hubiésemos trabajado muy duro en cierta ocasión. Ahora funciona muy bien, pero el Planeta es un Ser Viviente, que los bombardeos atómicos de tu civilización casi matan de un susto. Ahora será mejor que vayamos a la PI Primera. Creo que alguien nos espera.

Los soldados habían sido trasladados por los Taipecanes, que se hacían cargo oficialmente de los prisioneros, a un sitio donde se hallaban los refugios, unas casas provisorias, que ocuparían estos nuevos habitantes. Las vimanas iban y venían, se descargaban enormes macetones con plantas, se araba parte de los terrenos, a unos centenares de metros de las pirámides, se transportaban alimentos y herramientas que serían entregadas a los soldados para que comenzaran una nueva vida... Una actividad febril.

CAPÍTULO VII
UNA VISITA Y UN CONCURSO

Rato después estábamos reunidos ante la enorme pirámide PI Primera y se presentó Kan-Ashtiel junto con su esposa y con la Embajadora Koashi-Tiki, para inaugurar la vacuoide de modo oficial. Se colocó frente a la pirámide y al darnos la espalda levantó los brazos. Su amplio manto de color amarillo por dentro y púrpura por fuera, nos tapaba la visual. Se abrió una puerta de unos cuatro metros de altura por tres de ancho. Cuál no sería nuestra sorpresa al ver saliendo de la pirámide a alguien que todos recordábamos más o menos en su aspecto, pero muy bien en nuestros sentimientos. Era el mismísimo e inefable Urosirarsiegeherithkaunrithissiegthorodil, Zeus de los Primordiales en persona.

Las exclamaciones brotaron de nuestros labios, provenientes de nuestros corazones. Ninguno del grupo quedó sin recibir de él un especial abrazo y un beso en la frente. A cada uno le iba diciendo algo al oído. Algunos lloraban, otros reían al escuchar al Primordial y cuando llegó mi turno sus palabras apenas susurradas me estremecieron.

- Perdona a tu padre, Marcel. Le has perdonado en el corazón, pero no en la mente. Le queda poca vida, pero es un Guerrero y ha cumplido bien. Cuando le veas, salúdalo de mi parte. Recuerda que un día desearás el perdón de tu hijo...

Cuando volví a escucharle, tras un largo rato que jamás se borrará de mi memoria, aún no terminaba de secarme las lágrimas. Estaba frente a un amplio semicírculo e invitó a Lotosano, Rucunio y Tarracosa a que se le acercaran. Les abrazó como a todos nosotros, diciéndoles también algunas cosas al oído y dijo en voz alta:

- Estos tres Guerreros de la Luz, los primeros Dractalo... Perdón... Dracofenos, en incorporarse a la comunidad de Civilizaciones Trascendentes, son declarados en este momento oficialmente, como parte integrante de... del... de... ¿Es que no tenéis un nombre ya decidido para vuestro grupo?. ¿Qué idea es esa de un concurso?... Bien, veo en vuestras mentes que hay como cien nombres, pero nadie se atreve a proponerlo todavía.

- ¡Elígelo tú!. -grité entusiasmado- ¿Qué mejor juez para el concurso que nuestro amado Urosirarsiegeherithkaunrithissiegthorodil, o sea...

- ¡Uros, para simplificar...! -gritaron todos, incluso los Dracofenos y algunos Taipecanes conocedores de nuestra chanza favorita.

Uros, pillado de sorpresa, reía a carcajadas y finalmente nos pidió que cada uno pensara en el nombre que propondría para el grupo.

- Ummm -dijo- Muy bien, Tuutí. "PUIS", Primera Unidad de Infantería Subterránea. Suena bien eso, pero le falta... A ver esas neuronas...

- Bien, Vanina. -continuó diciendo Uros mientras escaneaba nuestras mentes- Grupo de Operaciones Intraterrenas Mixto . Está un poco mejor... ¿Qué me dices, Ajllu?. Sigan en voz alta a medida que los voy señalando... No se vaya a pensar que se me ocurren esas cosas a mí...

La risa general apenas dejó escuchar a Ajllu.

- Comando de Terronautas Arriesgados...

Siguieron varias decenas de nombres, pero ninguno gustaba al Zeus, ahora Juez de concurso.

- Grupo Especial de Operaciones Subterráneas. -dije cuando me señaló.

- Me parece muy bueno. -dijo sonriendo Uros- Gibureheossieg sería su correspondencia de iniciales. Suena bien hasta con ellas, pero GEOS es adecuado.

- ¡Ese, ese...! -gritó Cirilo- ¡GEOS es excelente...! Perdón, Señor Juez...

- ¿Qué opinan los demás? -dijo Uros- Levanten la mano los que estén de acuerdo...

La gran mayoría gustó del nombre que propuse y me dio un poquito de orgullo.

- ¡Nombre... Oficialmente asignadoooooo...! -dijo Uros con su voz atronadora de doscientos decibeles. Los tres Dracofenos, que estaban más cerca y además poseen oídos muy sensibles, casi se caen por la sorpresa y Uros se deshacía pidiendo disculpas, lo que provocó varias bromas y más risas. Luego nos invitó a pasar al interior de la PI Primera, donde los cuadros impresionantes, que parecían escenas vivientes, recordaban a los paisajes chinos que siempre me maravillaron. Estos parecían fotos de las vacuoides de los Taipecanes, pero Kan-Ashtiel nos dijo que eran del interior de Venus.

En la sala inmediata a aquella galería de ingreso, había una mesa primorosamente preparada, con mayor lujo que la comida servida en Tiike-Chou, y más aún que dos días antes en la caverna de paso.

- Como ya se nos está haciendo costumbre -dije a Iskaún- supongo que la comida ha de estar preparada por Kan-Ashtiel en persona... No creo que Uros...

- Calla, que Uros es tan buen cocinero como Kan-Ashtiel, pero no sería capaz de quitar al Rey Taipecán el privilegio de lucirse.

Y si antes se había lucido, ahora había preparado otra variedad de platos completamente diferente de la anterior oportunidad. Me llegó a emocionar la calidad de la comida, lograda con una perfección exquisita. Eran fideos, tallarines con salsa de tomate condimentados de modo magistral. Apenas probé la primera tenedorada, debidamente enrollados, dije a Viky que estaba a mi lado en la mesa:

- Esta comida es para volverse glotón incurable. Kan-Ashtiel será un excelente Rey de los Taipecanes, pero es realmente el Rey de los Cocineros. Y yo que soy el Rey de los Sibaritas, podría escribirlo y firmarlo.

- Por eso los Taipecanes están tan grandes y fuertes... -dijo una voz desde el otro extremo de la mesa.

Era Kan-Ashtiel quien me hablaba en alta voz desde el otro extremo de la mesa. En medio de tantas conversaciones, el Taipecán había escuchado mis discretas palabras hacia Viky y alzaba la copa agradeciendo mi sincero reconocimiento. Aquella reunión no contó con los mismos músicos que la anterior, porque Uros presentó alegremente una nueva sorpresa para muchos de los que habíamos estado en la Terrae Interiora. Pero ahora no escucharíamos en cuerpo mágico, sino con nuestros oídos físicos, una serie de instrumentos que dos Taipecanes traían en unos carros. Primero unos cristales ahuecados, que se golpeaban con palitos, luego una serie de instrumentos de viento que funcionaban apretando una vejigas, después un gran aparato compuesto de tubos de algunos metros de largo, similares a los órganos de viento de ciertas catedrales y finalmente un conjunto de 24 huevos dorados, de diferentes tamaños. Aquello me recordaba a las Piedras de Oro, aunque de menor tamaño.

- Para deleite de nuestros oídos y Alma, -decía Uros- ha venido una Maestra de la Música. Un aplauso, pero sólo de dedos, para Arkaunisfaaaaa....

Como claramente había dicho Uros, poniendo énfasis mental para que todos comprendieran, aplaudimos sólo con las yemas de los dedos, lo que no por falta de volumen dejó de ser gracioso y elocuente. No todos habían tenido oportunidad de escuchar a Arkaunisfa en sus viajes mágicos, pero yo había cantado una vez, acompañado de su música. Entró mientras aplaudíamos y comenzó tocando una flauta traversa dulcísima, apoyada con una vara sobre el hombro, que luego usaba mientras ejecutaba los demás instrumentos, colocados formando un semicírculo.

A poco de empezar su concierto, sentí cómo el Alma de todos se convertía por momentos en una sola. Iskaún me hizo una seña animándome a cantar, pero preferí quedarme como espectador, disfrutando de aquellos sonidos matemática y armoniosamente perfectos, genialmente creados y producidos. Pero se irguieron algunos Taipecanes, entre ellos Tian-Chang, la Reina, así como la Embajadora Koashi-Tiki.

Estas mujeres tenían una inmensa alegría, tras medio siglo de añorar a sus hijos extraviados en paradero desconocido. Sus cantos eran de suprema felicidad y Arkaunisfa, captando mentalmente las emociones, las expresaba y coordinaba de tal modo que los cantantes parecían haber ensayado largo tiempo. Sin embargo, como bien sabía yo, aquello era un fenómeno espontáneo. Las Almas unidas eran quienes se expresaban. La habilidad fabulosa de Arkaunisfa no es cosa sólo para oír, sino también para ver. Al ejecutar varios instrumentos a la vez, se exigía en movimientos muy grandes y rápidos. Apenas se le veía, desplazándose de un lado a otro, tomando unas barras con las que golpeaba o raspaba los huevos dorados, saltando por instantes hacia el órgano, combinando con la flauta o apretando con exactitud los instrumentos de viento y golpeando los cristales de variadísimos sonidos.

Cuando terminó el concierto mi reloj indicaba que había durado algo más de dos horas, pero en la mente parecían dos minutos. Hubiera permanecido días escuchando sin perder atención, elevando cada vez más el Alma.

- Arkaunisfa - nos explicó Iskaún- está un poco cansada, ya que la gravedad a la que está acostumbrada es un tercio menor...

Un Primordial hizo unas representaciones en danza, acompañados de Arkaunisfa cuando hubo recuperado un poco las fuerzas. Recordaba a las danzas en solitario de algunos de los más famosos bailarines rusos, pero con una perfección infinitamente mayor. Después un grupo de Taipecanes nos deleitó con un espectáculo de acrobacias más complejas e impresionantes de lo que puede explicarse, y luego un centenar de mujeres Taipecanas hicieron una compleja y bellísima danza de estilo Tai-Chi-Chuan. Así, poco a poco fuimos haciendo cada uno alguna cosa, alentados y acompañados por los Primordiales, ante cuya presencia se nos despertaban capacidades que no imaginábamos posibles en un mortal. Finalizamos aquella fiesta doce horas después de haber entrado en la pirámide PI Primera.

Cuando nos despedimos, cosa que llevó unas tres horas de emotivas circunstancias, fuimos alojados en dos grandes vimanas, con todas las comodidades de servicios y dormitorios. Allí pasaríamos diez horas de profundo descanso, aunque yo hubiese preferido hacerlo en la PI Primera. Ello no era posible porque los Taipecanes la cerraron y nadie que no tuviera la clave podría abrirla aunque tuviera las más potentes armas jamás creadas. Habían allí muchos tesoros culturales que nunca podrían estar mejor guardados.

El GEOS (nuestro grupo oficialmente nominado), recibió una consigna por parte de Iskaún, que por el momento sería nuestra asesora y oficialmente nuestra Protectora, puesto que era deseable que Tuutí siguiese al mando. La consigna era volver a reunirnos dentro de treinta y tres días, en el sitio denominado Iraotapar, donde comenzó toda esta aventura que había durado más de cuatro meses, repleta de peligros, emociones, profundas tristezas y enormes alegrías. Fuimos todos conducidos a una vimana provista de cómodas camas, en las que podíamos reposar. Diez horas después la Primordial Venusina, comandante de la nave en que me tocó alojarme, nos despertó para avisarnos que marchábamos hacia la superficie.

El viaje no duró mucho, pues no demoramos más de una hora en estar en la superficie externa del planeta. La vimana se posó sobre un claro en el extremo del conjunto piramidal de Iraotapar y aunque había visto otras pirámides en mejores condiciones, no dejó de producirme una nostálgica alegría volver a ver la Aurora Verde, descubierta por mi meses atrás junto a muchas otras. Toda aquella monumental obra cubierta de vegetación guardaba y guarda aún, el secreto mejor ocultado a la civilización.

Los Venusinos nos despidieron, disculpándose de no poder dejarnos en un sitio más cercano a nuestros destinos. Las medidas de seguridad obligaban a la vimana a aterrizar donde no pudiésemos ser vistos. Al descender, el gris metálico de la carcasa de "purcuarum" había sido reemplazado por unos colores verdes miméticos, pero no como las burdas manchas de los uniformes militares, sino con una imagen copiada del paisaje antes de materializarse. De haber pasado un avión encima nuestro, la vimana no podría haber sido diferenciada del resto del paisaje ni por un sólo punto.

Luego vino la despedida mía del resto del GEOS. Abracé a cada uno de mis compañeros, agradeciendo la paciencia que me tuvieron, aguantando mis arrebatos emocionales al principio y algunas actitudes imprudentes.

- No digas eso. -dijo Tuutí- Sin tú no habríamos podido cumplir nuestro cometido. Nos vas a extrañar y te extrañaremos. Pero en treinta y tres días, todos aquí. Se puntual.

Kkala, Rodolfo y Ajllu, con sus respectivas parejas, me acompañarían caminando hasta cerca de Ollantaytambo. Viky seguiría conmigo hasta Lima, donde partiría hacia España y yo hacia Roraima. De todo el material que disponíamos, sólo me quedé con mi antiguo equipo. Las armas y todos los demás elementos quedaron depositados en la segunda cámara de la pirámide, por donde habíamos entrado en este viaje tan atípico. Sin embargo Tuutí nos autorizó a llevarnos uno de los rollos de tela metálica que nos dejaron los Taipecanes, puesto que debíamos caminar cuatro o cinco días hasta Ollantaytambo. La única condición era que luego lo guardara Rodolfo y fuera usado ese material sólo en caso de extrema necesidad.

No nos vino mal ese rollo de tela. Durante el día siguiente tuvimos una granizada que de no haber contado con el toldo metalizado, habríamos tenido algún problema para protegernos. Aunque hubiera hecho un refugio con mi red y la mosquitera, hubiese sido insuficiente para ocho personas. Consideramos prudente no visitar a mis amigos Ignacio Kutipa y familia, como tampoco a Wino e Hildegarde en Ollantaytambo.

CAPÍTULO VIII
EL REGRESO AL LABORATORIO

El viaje no tuvo otro incidente que la granizada y antes de llegar a Ollantaytambo nos separamos. Viky y yo conseguimos avioneta hasta Lima y tampoco hubo problemas. Al llegar, sólo debía esperar un par de horas para tomar un avión hacia Manaus, pero Viky tenía un largo día de espera para iniciar su viaje que atravesaría todo Perú, todo Brasil, todo el Atlántico, Portugal y casi toda España. Le propuse acompañarla, porque yo podía tomar otro vuelo unas horas después que ella, y su sonrisa iluminó el aeropuerto entero. Me abrazó para agradecerme muy efusivamente y nos fuimos a un restaurante. No habíamos dormido casi nada la noche anterior, pero no teníamos sueño. Estuvimos conversando asuntos personales hasta el último minuto del medio día siguiente, en que nos quejábamos de lo tirano que es el tiempo... Cuando uno lo pasa bien, claro.

En el aeropuerto de Manaus conseguí trasbordo hacia Boa Vista casi inmediatamente. Apenas tuve tiempo de llamar a mis compañeros científicos para avisarles que estaba de regreso. El avión que me llevó hasta Boa Vista de Roraima resultó más peligroso que nuestro viaje subterráneo. En mitad del vuelo se le paraban los motores del ala derecha, hacía unas caídas libres espantosas y la gente gritaba. La azafata estaba como borracha -no sé si por el susto o por costumbre- y el copiloto salió finalmente para tranquilizarnos. Nos dijo para tan loable fin, que lo que ocurría era habitual, cosas normales de los vuelos, pero que su tripulación siempre había sobrevivido a estos percances. Yo estuve a punto de jurar que no volvería a subir en un avión de esa compañía, pero no lo hice porque a veces no tenía otra alternativa, cuando los caminos terrestres estaban cortados y debía esperar semanas para conseguir un vuelo.

Al llegar al aeropuerto de Boa Vista, en vez de aterrizar, podría decirse que el avión cayó en la pista por puro milagro. No hubo heridos graves, pero sí varios contusos. El cacharro perdió el tren de aterrizaje y cuando por fin se detuvo me aseguré que no hubiera nadie que precisara mi ayuda. Aunque en lo psicológico hubiera podido ser útil, había que evacuar el avión, que podía incendiarse. Había olor a algo quemado y no quise esperar a que nos auxiliaran.

Cuando fui a recoger mi mochila del portaequipajes, la tapa destartalada cayó sobre mi brazo izquierdo y un filo del plástico quebrado por el impacto me produjo una herida cortante, bastante profunda. No le di importancia, me até un pañuelo a modo de vendaje y accioné el sistema de emergencias en la puerta de mi lado y me arrojé por el túnel de tela, que felizmente funcionaba bien en ese trasto de avión. Lo primero que vi, con los bomberos de fondo a unos ochenta metros, eran tres hombres. Roberto, Herminio 1 y Herminio 2. Ellos fueron los primeros en llegar, con considerable ventaja sobre los servicios de emergencia.

Antes que nadie preguntara nada, salimos de la pista. Teníamos mucho que hablar entre nosotros y no queríamos perder el tiempo en el aeropuerto. Herminio Uno (físico) no paraba de hacerme preguntas,

Roberto (físico) no paraba de comentarme sobre los últimos experimentos con las pirámides, Herminio Dos (matemático) sólo se preocupaba de mi lastimadura.

Cuando entré a la casa-laboratorio me encontré que aquel antro frío, cibernético y aséptico que había dejado hacía... ¡Una eternidad!... Estaba pintado de diversos colores, lleno de plantas, flores, decorado con delicadeza y buen gusto; miré a mis compañeros con tal expresión que se rieron de buena gana.

- ¿Es que acaso pensabas que viviríamos siempre hechos unos robots, entre cables, ordenadores, aparatos y pirámides?.

- ¿Quién ha tenido esta feliz idea?. -pregunté- ¿Han podido hacer esto en unas pocas horas?.

- Bueno... Se hace lo que se puede... -respondió riéndose Roberto.

Todos miraban para otra parte. Un segundo después escuché desde la cocina unos gritos inconfundibles.

- *¡A comida está pronta!. ¡Si esse cara está vivo aínda, pode ter feijoada com prêmio...!*

Era la señora Elsa, la cuidadora a quien había dejado como dueña de casa y había recomendado tener a raya a mis compañeros en la disciplina hogareña.

- *Aínda o cara está vivo e com vontade de dar um abraço a uma mâe e boa cocinheira..* -le respondí cuando ella salía de la cocina sonriendo como siempre. Me abrazó como a cualquiera de sus hijos y me pidió disculpas por haberse tomado algunas atribuciones, como pintar la casa y decorarla un poco. Miré con cara de serio a mis compañeros mientras ellos se hacían los desentendidos.

- Así que se hace lo que se puede... ¿No?. -pregunté a mis queridos científicos y luego me dirigí a Elsa- *¡Muito obrigado, senhora Elsa!. Sem você, este pessoal fica morando como numa favela miseravel... Mas muito cibernética...*

Luego de que la mujer me hiciera unas curaciones en el brazo herido, nos sentamos a la mesa. Los platos preparados por doña Elsa no tenían nada que envidiarle al Rey de los Taipecanes. A decir verdad, me veía obligado a besarle la mano cada vez que preparaba ella la comida y si alguna vez me olvidé de mi ritual inevitable, por tener la mente obsesionada en asuntos científicos, ella se ponía triste. Me preguntó si había conseguido novia y le dije que "*quizá, tal vez, podería ser, a o melhor...*" En fin, que sospechó que mi mirada no era la misma que antes. Comenté que había conocido a una tal Viky, y que si era tan buena cocinera como ella, seguramente tendría otra mano para besar por el resto de mi vida. Elsa me aseguró que si no era buena cocinera, sólo tenía que dejarla un mes con ella y aprendería todo lo que debía saber una ama de casa.

En tres días me relajé de las andanzas e inmediatamente me dispuse al estar al tanto de los avances hechos en el laboratorio. Los científicos pretendían que yo, que soy de los que cuentan con los dedos, les comprendiera sus fórmulas matemáticas, sus complicadísimas ecuaciones y sus conceptos de mecánica cuántica, mediante un pizarrón lleno de letras y números.

- Para ahí, Roberto. -le dije- Si pudieras convertir cada número o letra en un fideo y me lo sirves en una sopa, igual me agarro un dolor de panza que no me lo quita ni una noche en la pirámide HP. (Llamábamos así por abreviatura de "Horno Purificador" a una muy especial, de aluminio, tres metros de base, ocho milímetros de espesor y ángulos de treinta centímetros de ala).

- Es que si no aprendes un poco de matemáticas... -me dijo.

- No la aprenderé porque no tengo tiempo. ¡Ah, si hubiera aprovechado mejor las clases en la escuela!. Pero en fin, que a los treinta y pico no es mi fuerte. Tendrás que aprender a explicarme los conceptos mecánicos en forma sencilla.

Finalmente conseguí que me explicara que los neutrinos -una partícula subatómica que tiene tres estados diferentes posibles en un momento determinado- son 14,7 millones de veces más pequeños que un electrón. Estamos hablando de "escala".

- ¡Ah!, bien, en "escala". -dije trabajando con la calculadora- Eso lo entiendo bien... Sería algo así como... ¡Si el neutrino fuese una bacteria, el electrón de un átomo sería como la mitad de la PI Primera...!

- ¿Cómo la qué...? -preguntó Roberto.

- Digo... Como la Gran Pirámide de Keops... Si, una bacteria al lado de la Gran Pirámide, algo increíblemente pequeño... ¿Y esa ecuación de allí -le pregunté- se puede traducir a simples porcentajes?.

- Bueno... No es tan así pero... Si, espera... -decía mientras sacaba cálculos en la pizarra y con ayuda de una calculadora- Digamos que nuestro cuerpo recibe en forma natural, una carga de neutrinos diariamente a la que llamaremos "carga normal". Pero la carga óptima que debiéramos recibir es... Unas... Ochenta y tres veces mayor, más o menos.

- ¿Y para qué nos serviría una carga mayor de neutrinos libres en la atmósfera?.

- Para que los átomos que componen nuestras células, especialmente los de los cromosomas, estén completos. Todos nuestros átomos están en una deficiencia de subpartículas en los puentes de enlace, lo que impide la formación de moléculas perfectamente estructuradas. Digamos que tenemos un parámetro negativo, de uno a la menos doce de subpartículas "N" en un radio de dos "m" por equis V sobre T y...

- ¡Espera, Roberto!. Espera, que otra vez me estás hablando en chino... Y para colmo en chino mandarinumérico...

- Vale... -respondió pacientemente- Espera que me meta en la cabeza que tengo que hacer de cuenta que le enseño a un burro a comer pasto, pero sin explicarle la clasificación botánica de la hierba...

- ¡Gracias por el cumplido! -le respondí riéndome- y perdona mis rebuznos. Pero explica en castellano.

- En las pirámides de la sala mayor -siguió el físico- conseguimos una atmósfera de 67,4123 veces la normal como máximo. Pero en la HP, con una densidad de doscientos noventa y un kilo por metro cúbico, conseguimos una saturación de neutrinos que varía, según las tormentas magnéticas y efemérides solares, entre las noventa y las ciento treinta veces más de lo normal. La mayor parte del tiempo... Espera que encuentre la nota de la progresión estadística exacta... Pues la mayor parte del tiempo... ¡Aquí está el papel de los últimos cálculos!... La saturación es de 110,09754 veces la normal.

- ¿Podríamos dejarlo en ciento diez veces? -dije.

- Vale. A efectos prácticos está bien.

- ¿Y es peligroso -seguí preguntando- estar en una atmósfera con ciento diez veces más neutrinos que lo normal?.

- ¡Qué va!... ¡Para nada!. Tu amigo el Dr. Andrés ha trabajado mucho desde que te fuiste. Hemos estudiado a fondo la cuestión de la "composición atómica" del hombre, en vez que desde el punto de vista celular. Es cierto que nuestras células tienen defectos estructurales, genéticos, o sea de orden biológico, pero lo peor está dado en que nuestra constitución molecular tiene averías por todas partes. El agua que nos compone en un promedio del 68 % está siempre desordenada. Y si consideramos ese 68 % como un total, calculamos en 94,7 por ciento como "agua enfermante" por su falta de simetría interatómica... Hemos descubierto que las moléculas de agua reales no son H2O como hemos creído siempre, y éste es uno de los descubrimientos más importantes...

- ¿Qué? ¿Me tomas el pelo?.

- No, Marcel. Es en serio. Muy en serio. Los grupos H2O están como siempre... Gozando de buena salud... Hasta cierto punto, porque también tienen esas graves deficiencias a niveles de las subpartículas, pero lo importante que hemos descubierto, es que estos H2O son solamente PROTOMOLECULAS, no moléculas propiamente dichas.

- Me dejas más confundido que una monja en una taberna de marineros...

- Bueno, deja que te explique. Resulta que la verdadera molécula de agua está formada por CINCO grupos de H2O. Un sólo grupo ni siquiera "moja", pero oxida. En cambio 5 (H2O) es una molécula de agua completa, moja y disuelve más, pero oxida menos. Si está correctamente formada, no oxida nada, no se separan los H2O... Y... ¡Esto te va a gustar!. Resulta que mientras mejor ordenadas están las protomoléculas, el agua es más tensioactiva, mejor funciona como disolvente pero menos como oxidante. Mientras mejor conserva su forma, los átomos de oxígeno se vuelven más difíciles de disociarse... ¡Y esto te va a gustar más aún!. ¿A que no sabes qué forma tiene una molécula de agua real, perfectamente estructurada?.

- Ni la más mojada idea.

- Forma de... ¡Pirámide!...

- O sea que puede que la Gran Pirámide, o la Pi Prime... ¿Estás seguro?.

- Como que has vuelto y no te mataste al aterrizar el avión.

- Me dejas petrificado. Explica un poco más...

- Bien. Resulta que aún no podemos ver en un microscopio de barrido electrónico cómo están compuestas las moléculas de agua porque no tenemos esa tecnología tan cara. Quizá algún laboratorio de los que tienen esos microscopios puedan hacer algunas comprobaciones, pero no sabemos de ninguno que pueda confirmarnos estos datos por medios visuales.

- ¿Entonces es una cuestión... "teórica", que no se puede confirmar? - dije decepcionado.

- ¡No! -respondió Herminio 2, el matemático- Matemáticamente hemos estudiado la molécula de agua e hicimos unos treinta experimentos para comprobarlo. Hay un fenómeno que cualquiera puede comprobar, que se llama "simpatía de la forma" y es el siguiente: Si ponemos los elementos que forman la pirita de hierro en una caja cúbica de lados exactamente iguales y reproducimos los estados físicos que crea la naturaleza, los cristales de pirita se formarán perfectos. Pero si la caja es un prisma triangular de hierro, tenderán los cristales a crecer con esa forma... Y se formarán piritas tan deformadas que engañarán hasta los menos tontos. Sabido es que la pirita es cúbica, pero se formarían cristales tan deformes que parecerían pepitas...

- ¿Y si es un prisma rectangular alargado?.

- Pues ocurrirá eso. -respondió Roberto- Los cristales de pirita tenderán a copiar el "molde magnético" que los contiene en su formación. ¿Has visto alguna vez una geoda de amatista?.

- Pues... Sí, he visto algunas... -dije, lamentando tener que callarme respecto a las inmensas amatistas y geodas que viera en el viaje subterráneo.

- Esas amatistas toman la forma de las proyecciones de los átomos de los gases que se mueven dentro de la geoda que las contiene...

- ¿Y por qué no salen redondas, como las mismas geodas?. -pregunté.

- Porque la coraza de ágata es, magnéticamente hablando, menos potente que los gases que hay en el interior. La forma de las moléculas de los gases determina la forma de los cristales. Pero volviendo a la molécula de agua, resulta que midiendo las fuerzas y calculando... Mejor ni te explico los cálculos... Haciendo una relación de distancias entre los núcleos de los átomos de hidrógeno que establecen puente con otros, para formar la molécula, nos encontramos con unas proporciones muy definidas. ¿A que no imaginas a qué se parecen esas proporciones?.

- Me estoy sospechando... ¿A las proporciones de la Gran Pirámide de Keops?.

- ¡Correctoooooo!. Si, querido Amigo. Aunque, como te dije, no hay tecnología a nuestro alcance para medir ópticamente la molécula de agua, podemos hacerlo por otros medios, ya que tenemos tecnología más avanzada en cuanto a mediciones cuánticas. Así que estableciendo parámetros de fuerzas y calculando su alcance, podemos deducir toda clase de intensidades magnéticas atómicas y hasta cuánticas. En la pantalla con que captamos y medimos el paso de neutrinos, hicimos unas adaptaciones para medir las fuerzas de interacción en las protomoléculas de agua...

- Pero ve tú a decir esto en un congreso de física... -comenté.

- Pasaría como con muchas cosas... -intervino Herminio Uno- Nos tratarían de locos. Habrá que esperar que los laboratorios más acreditados del mundo se dignen medir las moléculas.

- Pero lo que a nosotros nos interesa -dije- es que las pirámides son en realidad, cajas donde es perfecta y completa la formación de las moléculas que hay dentro...

- ¡Eso es! -dijo Herminio Dos- Pero además de eso, la saturación de neutrinos que ocurre como fenómeno accesorio, parece ser algo muy bien previsto por la naturaleza.

- Me he quedado más que sorprendido con esta revelación... -dije- Pero me sigue preocupando la cuestión de la saturación de neutrinos...

- A eso vamos... -explicó Roberto- Parece que nuestras células estuvieran genéticamente diseñadas para vivir en una atmósfera repleta de neutrinos, porque las moléculas de agua se hacen mejores en todas sus funciones cuando el nivel de neutrinos es mayor. No hay problemas de saturación para el organismo, porque cuando la cantidad de neutrinos excede lo que las moléculas (de agua o cualquiera otra) necesitan, el propio campo magnético de las moléculas excluye ese excedente. Eso sólo lo hemos podido comprobar en la HP, pero no me cabe duda de que ocurre en cualquier pirámide suficientemente densa. En las otras que tenemos aquí sucederá lo mismo, pero tardarán más tiempo en saturarse.

- ¿Puede ser riesgoso de alguna manera a largo plazo esa saturación, para los que dormimos dentro de las pirámides?. -pregunté preocupado.

- No, en absoluto. Tú llevas tres noches durmiendo en ella y sigues vivo, je, je, je...

- Si, pero cuando la usé antes y ahora mismo, las dos primeras noches tenía sensaciones muy raras. Anoche dormí mejor, pero la primera noche casi sentía descompostura, como cuando hice la HP para curarme el reuma.

- Eso es normal... -dijo tranquilamente Roberto- La purga de radicales libres y la modificación de los líquidos estomacales produce eso y luego el cuerpo ya se acostumbra. Además, hemos expuesto microorganismos simbióticos, plantas y hasta mi gato Rusito. Luego el Dr. Andrés ha hecho todos los análisis que puedas imaginarte. Pareciera que todas las estructuras genéticas de todos los seres vivos en la Tierra sufrieran una grave falta de neutrinos. Es como si estuviésemos creados para vivir en un mar de neutrinos y aquí sólo tuviéramos unos pocos, por lo que estamos como renacuajos en una charca casi seca.

- ¿Y en la pirámide la abundancia de neutrinos mejora en algo la vida?... -pregunté.

- ¿En algo...? ¡En mucho!. Las cadenas de ADN se reacomodan, obteniendo de la atmósfera los neutrinos que necesitan para completarse mejor, los átomos de las moléculas de agua se completan hasta formarse de manera perfecta... ¡Es una maravilla!.

- Veo que mientras andaba por el interior de la tier... Digo, por el interior de la selva, no habéis perdido el tiempo. Pero... En fin que he visto que habéis dormido, finalmente, dentro de las pirámides.

- Yo no he podido. -dijo Herminio Dos- Estos dos oportunistas se han apoderado de las dos posibles. Y en la HP no me he animado todavía. Ya veremos si Roberto te devuelve la tuya...

- No la necesito -dije- pero.. ¿Acaso no hay ocho pirámides?

- No, Marcel, -respondió Herminio Uno- hemos mandado a hacer una más, que está en el salón verde, que aún no te has tomado el trabajo de visitar... No creerás que todo lo hecho en estos meses ha sido posible con un par de ellas. Hasta he dormido al lado de algunos de los experimentos...

- ¿Así que habéis hecho otra? -pregunté sorprendido.

- Si. -dijo Roberto- El carpintero ya te pasará la factura. Espero que no te enfades porque me he tomado una atribución que no me correspondía, pero recordarás que habías encargado un centenar de larvas de moscas azules... Pues demoraron meses en preparar la partida de larvas. Finalmente, hace unos tres meses trajeron las musca zafirus y no podíamos suspender el experimento, a riesgo de perder el costo de las anteriores.

- Si, comprendo. -dije tranquilizando a mi Amigo, que se sentía incómodo por haber dispuesto de parte del dinero sin poder consultarme- Salieron bastante caras esas mosquitas tuyas; las pagué unos días antes de marcharme pero me dijo el biólogo que tardarían en preparar una partida de larvas sanas, libres de toda contaminación. ¿Ha habido algo interesante?.

- ¡Algo, si...!. -dijo Herminio Uno- ¿Te acuerdas cuánto viven?.

- ¡Como para olvidarme!. -respondí- Según el Dr. Prigueres, quince días sin variación, a pesar de cambios térmicos, etcétera; y por eso las cobraron como si fueran de oro.

- Pues las nuestras de ahora valen mucho más. -dijo Roberto con la cara más feliz que jamás le viera- ¿Cuánto valen unas moscas zafiro que viven casi treinta días, en vez que quince?.

- ¡¿Qué?!.

- Lo que acabas de oír, Marcel. La primera generación de larvas se desarrolló normalmente, pero vivieron veintitrés días como máximo. La segunda generación vivió veintiocho como promedio, aunque los días agregados lo pasaron como larvas y crisálidas. La tercera generación tuvo el mismo promedio, con el mismo período que la primera. Pero ocho especímenes vivieron treinta días.

- ¿O sea que las larvas de la tercera generación se desarrollaron más rápido y el total de vida llegó casi al doble de lo normal?.

- Eso es. -intervino Herminio Uno- Y yo que no entiendo nada de biología, ni me interesaba, ahora me produce ciertos vértigos matemáticos. Si una mosca normal, una "*musca domestica*", viviera el doble, las pirámides causarían un gran daño ecológico.

- Si, -le respondí- pero la mosca doméstica es saprófita; o sea que come materia en descomposición. Por eso nunca pude hacer experimentos con ellas. En la pirámide nada se pudre y las moscas domésticas emigran o se mueren. Compramos las larvas de moscas zafiro porque aparte de vivir quince días exactos y sin variación, es simbiótica en la naturaleza, como las abejas. Incluso contribuyen, como ellas, en la polinización y no comen materia podrida, por eso pueden permanecer en la pirámide. Nunca se realizarán esos temores ecológicos tuyos.

- Bueno... -dijo el matemático- Pero igual me produce vértigo. Si un bicho debe vivir quince días, como lo hace desde millones de años atrás, no es normal que viva el doble. ¿Qué pasaría con las personas, si viviésemos el doble?. ¡No cabríamos en el mundo!...

- Tus cálculos -le respondí- se centran en parámetros incompletos. Es que debiéramos vivir cien veces más que lo normal, aunque nos reprodujésemos menos, como los Primordiales...

- ¿Como los qué? -preguntó Herminio Uno.

- Digo... Si viviésemos de otra manera, reproduciéndonos menos pero viviendo mejor, habría una "ecología humana" más ajustada a tus cálculos matemáticos, pero en todos los órdenes. Ya sé que diréis que estoy loco, como siempre, pero la matemática a veces no es muy justa. Especialmente cuando se trata de pensar en que el mundo nuestro podría vivir mucho mejor y muchísimos más años...

- Marcel... -dijo Roberto seriamente- Creo que estás llevando el resultado de nuestros experimentos a una exageración. No pretenderás que nos hagamos inmortales usando pirámides...

- No. -respondí- No es suficiente eso. Pero de acuerdo a los resultados obtenidos... ¿Sería posible que una persona duplicara su perspectiva de vida?.

- Sí, claro. -respondió Herminio Uno- El fenómeno causal es físico, atómico, molecular, con dos vertientes: Uno magnético y el otro neutrínico. El ADN de una mosca o de un humano, son muy diferentes, pero desde el punto de vista físico, atómico y molecular, son iguales. Lo mismo se diría de las células, a pesar de la diferencias morfológicas.

- Pero igual -agregó Roberto- habría que tener en cuenta que las moscas utilizadas eran larvas y vivieron toda su vida dentro de una pirámide. Para hacer el experimento en humanos, necesitaríamos hacerlo en niños, y aunque no estuvieran todo el tiempo dentro de una pirámide, al menos que durmieran o vivieran dentro de ellas. Necesitaríamos doscientos años para verificar el experimento...

- O sea que no hay nada que demostrar en cuanto a aplicaciones en humanos...

- No tan así. -dijo Roberto- Si tenemos en cuenta que los efectos de recomposición molecular causada por los neutrinos son mucho más duraderos que la descomposición por pérdidas que sólo pueden medirse cuánticamente, entonces tenemos bien clara la explicación a los fenómenos que ya conocemos. Si nuestras células viven el doble de tiempo, es lógico esperar que todo el cuerpo duplique su perspectiva de vida. No sólo por los efectos en células sanas y normales, sino por la regeneración que se produce, mucho mejor y más completa en casos de heridas.

- Hablando de ello... -dijo Herminio Dos- ¿Cómo está tu herida del brazo?.

Me levanté la manga de la camisa buscando la herida, que ni siquiera había vuelto a tratar después de la ducha del segundo día, pero sólo había una marca, a modo de cicatriz. La sorpresa mía no fue demasiada, porque aparte de las heridas que me había curado con gran celeridad en ocasiones anteriores, sabía el uso que los Taipecanes, Aztlaclanes y Telemitas daban a las pirámides. Pero mis compañeros científicos me inspeccionaron con gran curiosidad la zona donde había tres día atrás, una herida de un centímetro de profundidad por diez de largo.

- Parece -dije- que la HP funciona mejor de lo que esperaba, está cicatrizando sin infección y muy aceleradamente.

- También es normal. -respondió Herminio Uno- Sin que puedan prosperar bacterias que promuevan infección, con las moléculas de agua perfectamente estructuradas y habiendo saturación de neutrinos, es lógico que las heridas curen muy rápido. Hemos comprobado también algo interesante sobre los cuerpos orgánicos, pero no desde la biología, sino desde la física. Cuéntale tú, Roberto.

- En efecto... -siguió explicando el aludido- Empezamos un ensayo de análisis biológicos, pero con criterio puramente físico. Hemos logrado medir con una cámara Kirliam agregada a nuestros aparatos, las funciones magnéticas en las células, comprendiendo mejor cómo funcionan éstas. Finalmente, toda la vida tiene que ver con la física, aunque hay una parte que se nos escapa, que está más allá... No sé cómo explicarlo.

- Me lo imagino. -comenté- Pues nuestro verdadero Ser no es físico. Si bien el cuerpo es una máquina extraordinaria, no podemos explicarlo todo bajo las ciencias materiales.

- Eso es. -dijo Herminio Dos- Yo concibo una idea de Dios como que éste es un gran matemático. Pero la matemática por si sola no puede explicar la existencia de Dios, y éste existe por lógica. Sin tal Dios, cualquiera sea la forma o aspecto en que lo concibamos, no podría existir la Inteligencia Perfecta del Universo. Digamos que "alguien" tuvo que inventar el Universo y luego las matemáticas, para que éste funcione bajo Leyes Perfectas.

- O quizá al revés. -dije- Primero Dios pudo crear las matemáticas para darle una expresión perfecta al Universo...

- Si, también puede ser -dijo el matemático- Pero el caso es que llevado esto a lo físico, también encontramos que muchas funciones de las células no son las que puede esperarse en un modelo puramente mecánico. Hay una especie de "voluntad", de capacidad de decisión y elección, inmanente en los núcleos celulares. Hemos usado pantallas tridimensionales para hacer un testeo cuántico completo en una célula. En un cristal mineral, por ejemplo, podemos predecir sin error lo que ocurrirá con tales o cuales átomos, pero en las células no. Aunque tengamos un conteo casi completo de los átomos de una célula...

- Pero estás hablando -le interrumpí- de algo fabuloso. ¡Una célula tiene millones de átomos!.

- ¡Y billones y trillones! -dijo Roberto- Pero el caso es que podemos hacerlo. No has invertido una fortuna en este laboratorio para que hagamos experimentillos de aula de escuela...

- Podemos hacer conteo atómico -siguió Herminio Dos- en volúmenes de hasta cinco centímetros cúbicos. No se nos escapa ni un átomo sin ser vigilado. Y con el RBHG, medimos hasta la cantidad de neutrinos que hay en diez milímetros cúbicos de cualquier cuerpo orgánico.

- Pero a lo que íbamos con el tema de la "voluntad celular", -siguió Roberto- es que además de haber una especie de molde magnético que determina que las células se reproduzcan donde falten éstas por heridas o cualquier deficiencia, hay una especie de "orden magnética", a modo de mensajes que se envían unas células a otras. Las células reciben del cuerpo magnético de la persona, una indicación cualquiera, pero también entre ellas "hablan", enviando mensajes en forma de ondas de altísimas y/o bajísimas frecuencias. Estas ondas en ultra o infra-frecuencia no podemos captarlas de ninguna manera. Pero las hemos podido verificar estudiando unas reverberaciones -que en principios nos parecían misteriosas- en la atmósfera de neutrinos dentro de una célula. ¿Vas entendiendo?.

- ¡Claro!. Es increíble... -dije- Y habiendo suficientes neutrinos en las células, estos mensajes son más claros. Mientras que la falta de ellos, como ocurre en la atmósfera normal, dificulta la "comunicación intercelular".

- Eso es. -dijo Herminio Dos- Los neutrinos acumulados en la atmósfera piramidal cumplen al menos dos funciones que conozcamos. La primera es completar cuánticamente los átomos de todos los elementos, lo que influye en una mejor formación de las moléculas, ya sea de agua, de ADN o cualquier compuesto. Y la segunda es que facilita las relaciones, las comunicaciones e interacciones de la vida orgánica. Especialmente en el orden celular.

Mientras continuábamos conversando, hacíamos un recorrido por la casa, inspeccionando los resultados de los experimentos llevados a cabo en todas las pirámides. El aparaterío principal, dispuesto en la Pirámide Mayor, había sido despojado de la carcasa de aluminio y dotado de una de plástico, a fin de verificar mejor los efectos de la pirámide. En ésta se hacían las mediciones más importantes. Era de aluminio normal, de 6,2 metros de lado de base y casi cuatro de altura. Sus vigas de ocho milímetros de espesor, con medio metro de ala cada ángulo, no tenía mucho que envidiar a la HP en cuanto a efectos. En la "Segundona", de cinco metros de lado de base, teníamos la mayor parte de las plantas en experimentación. Las Begonias rex disciplinadas, que normalmente y en las mejores condiciones alcanzan treinta centímetros de largo en las hojas, tenían ya más de medio metro. Los helechos pilosos Hixies, que raramente llegan a cuarenta centímetros de altura, habían alcanzado los setenta, pero con tal amplitud de follaje que hubo que retirar algunos y cambiar las macetas.

En otra pirámide de cuatro metros y medio de lado de base teníamos más plantas y los demás experimentos eran de orden físico, puesto que nunca acepté usar animales que debieran permanecer enjaulados. Se usaron muy pocos animales y los resultados fueron magníficos.

- ¿Conoces al perro de tu Amigo Toninho Mendoça? -me preguntó Roberto-.

- ¡Si, claro, un afgano hermoso y muy inteligente!.

- Pues, ese mismo. Fue atropellado por un anta en la selva y se le mantuvo una semana en la pirámide. Sólo se le sacaba en su camilla para llevarlo al veterinario, pero finalmente su dueño mandó a construir una pirámide porque Danado se mejoró espectacularmente y volvía a la casa para meterse en la pirámide en cuanto le abríamos la puerta. Si no le abríamos ladraba hasta conseguir que se le atendiese. También Rusito, mi gato, duerme en esa pequeña pirámide de cartón y aluminio.

- Pero los gatos son muy raros. -le comenté- A algunos, la pirámide no les va. A otros, les encanta.

- Pues al mío le viene de maravilla. ¿Te acuerdas de su pata infectada?... No tiene ni cicatriz.

- Veo que vale la pena seguir con el laboratorio. -dije a mis compañeros- Mañana iré a vender unos diamantes que he traído y veré si puedo asegurar otro año. ¿Estáis dispuestos?.

- ¡Y diez años también! -dijo Roberto mientras reía- Aunque en un par de años habremos alcanzado todos los objetivos propuestos.

- También la antipirámide -dijo Herminio Uno- plantea un campo de investigación magnífico, pero ello implicaría cuatro o cinco años más de trabajo. Y creo que con lo que sabemos de ese aspecto, es suficiente a efectos prácticos. Uno o dos años más, serán suficientes para comprender a fondo la pirámide y completar los trabajos iniciados. Incluso quiero hacer un experimento de generación electromagnética con acumuladores piramidales de cobre, pero eso también plantea grandes desafíos técnicos, científicos... Y económicos.

- Lo económico no es problema por ahora. -dije- Pero terminemos los trabajos iniciados, y ya veremos más adelante.

Cuando llegué a Boa Vista tenía algún temor de que la ansiedad por regresar a Iraotapar me jugara una mala pasada y me aburriera un poco entre aquellos hombres, a los que me costaba hacer hablar en un idioma que no fuesen números, ecuaciones y términos de física cuántica, pero la verdad es que lejos de aburrirme, me faltaban horas para asimilar y comprender el alcance de los resultados de los experimentos. Durante la siguiente semana me puse al día con todos los avances, que eran demasiados como para explicarlos todos en este libro. Tenía un trabajo pendiente de testeo de minerales, pero ya encontraría la forma de cumplir eso rápidamente, quedando libre para una misión en Shan-Gri-Lá II, cuyas alternativas no podía imaginar en aquellos momentos.

El pago por mis testeos y los diamantes hallados en los mismos, valían una muy buena suma, pero no aseguraba por un año entero el trabajo a estos tres hombres, todos los análisis biológicos y químicos, la asistencia esporádica de otro matemático, el sueldo de doña Elsa, la construcción de otras pirámides y el mantenimiento de toda la casa. Pero así como al descuido, sabiendo que cometía una pequeña transgresión a las leyes de interacción del mundo, había metido en un bolsillo de la mochila, un puñado muy bien seleccionado de diamantes que había recogido camino a la Malla de Rucanostep. Elegí los mejores en calidad, pero pequeños en tamaño, de modo que no valieran una fortuna individualmente, ni llamaran demasiado la atención de los compradores.

Como podía justificar perfectamente su tenencia, habiendo explorado una vasta zona en la superficie, no tuve ningún problema. Igual hubiese conseguido esa cantidad de diamantes, si en vez de andar tres meses con el GEOS bajo tierra, hubiese ocupado ese tiempo trabajando duro en los lechos de ríos diamantíferos de las regiones exploradas antes de aquella aventura. Además, esos diamantes sirvieron para justificar ante mis patrones la falta de contacto durante ese tiempo, pues supusieron que me habría quedado lavando arenas en alguno de los sitios diamantíferos confirmados.

Una vez vendidos los diamantes en una pequeña subasta privada, a la que invité a varios compradores, pude quedarme tranquilo respecto a la manutención del laboratorio por otro año, sin lujos ni derroches, pero sin ninguna clase de carencias económicas. Como me quedaban muchas cosas que aprender sobre física cuántica, seguí haciendo que mis compañeros me explicaran todo en idioma castellano en vez que matemático, lo que resultaba muy divertido. Además de aprender física, al menos conceptualmente, ellos aprendían conceptos filosóficos que nunca se habían planteado sino en números.

Estábamos pasando unos días realmente espléndidos. Yo recobraba fuerzas, porque había vuelto "en los huesos", con sesenta y un kilos, cuando mi peso normal era de 90. Entre las comidas de Elsa y el pernoctar en la pirámide HP, estaba recuperando peso rápidamente. Sin embargo, me agobiaba la ansiedad por aprovechar unos días para visitar a mi hijo. Armé una mochila tipo "ciudad" y me marché inmediatamente, con la suerte increíble de hallar un vuelo ese mismo día para São Paulo, donde no tuve que esperar más de una hora para seguir volando hacia mi ciudad de origen. Allí estaba en menos de doce horas tras una escala en Buenos Aires.

Mi pequeño estaba jugando en la acera con unos amiguitos cuando bajé del taxi. Me miró extrañado, como si le costara reconocerme.

- ¿Es mi papá? -preguntó a sus amigos.

- ¡Claro, tonto!... ¿No le conoces? -respondió Daniel.

- Es que parece que hace muuuucho, mucho tiempo que no se me ve por aquí...

- ¡Papáaaaaaa! -gritó Martín sin terminar de creer que era yo realmente.

Le abracé y se prendió a mi cuello, llorando como para formar un río. Pero con el río mío formaríamos un mar como no se nos pasara la emoción. Tras unos cuantos minutos, cuando sus bracitos se cansaron de apretarme, empezamos a hablar entre sollozos.

- ¿Por qué has tardado tanto en venir?. -me dijo.

- Porque... Es largo de contar... Algún día sabrás cosas de mi trabajo y hasta es posible que te guste hacer lo mismo que yo.

- Si cuando sea mayor tengo un hijo, seguro que no me gustará...

- Bueno... No puedes asegurarlo por ahora. Veo que me has extrañado tanto como yo...

- No te vuelvas a ir, papi... No te vuelvas a ir... -decía mientras se abrazaba nuevamente a mis piernas, como la cadena de un ancla cuyas puntas se me clavaban en el corazón.

Mi madre y mis hermanos no parecieron muy disgustados con mi ausencia. Quizá porque comprendían lo duro que es tener que trabajar lejos del hogar. Ellos no tenían ni idea de mi vida laboral. Sólo sabían que trabajaba con minerales y exploraciones, pero ni una palabra sobre las pirámides. Se habrían creído que tenían un loco en la familia, si supieran algo más. Y quizá con razón. Pero en todo caso, mi "locura" era mi forma de vida.

Disponía de quince días para pasear con mi niño y los aprovechamos al máximo. Cuando estábamos a solas, le contaba algunas cosas de mis viajes por la selva, pero era muy prematuro contarle sobre las cuestiones intraterrenas, asuntos políticos y estratégicos del mundo, o llevarlo a asuntos científicos. Menos aún podía hablarle de la investigación piramidal, a riesgo que lo contase entre mis familiares y les aportara una rara preocupación. No obstante, le dije al respecto algunas cosas sobre las pirámides y pareció interesarle.

- Cuéntame más... -me dijo una tarde mientras paseábamos por un parque- ¡Dale! ¡Cuéntame qué haces! ¿Has descubierto cosas maravillosas en la selva?.

- Si te dijera, querido mío, todas las cosas que me gustaría decirte, creerías que estoy loco.

- ¡No...! Te juro que no creeré eso...

- Sólo podría decirlo... No sé, son tantas cosas que es muy difícil.

- ¿Y por qué no las escribes?.

- ¿Escribir?. ¿Qué puedo yo escribir que no sean asuntos científicos, geográficos...?

- ¿Y si escribes esos viajes de los que me has contado un poco, pero como si fuera un cuento para niños?. A mí me gustan mucho los cuentos para niños... Y las novelas de ciencia-ficción. ¿Has leído a Julio Verne?.

- Si... He leído algo...

Miré con gran curiosidad a mi hijo, que iba formándose como un excelente lector. De hecho lo hacía muy rápido. Seguimos conversando largo rato sobre eso de "escribir para los niños", cosa que me ponía los pelos de punta. ¿Cómo comentarle algo de lo que me había dicho mi Amigo el Arcángel Kamamanásico Gabriel en Iraotapar?.

- A ver si nos entendemos... -le dije- ¿Alguien te ha dicho algo de que yo podría escribir cuentos para niños?.

- No, nadie... ¿A quién se le ocurriría?. Pero tú me cuentas sobre tus exploraciones en la selva, sobre las víboras, los grandes hormigueros, las panteras... ¡Es muy impresionante!. Leí una novela de Emilio Salgari que cuenta algo de la selva de Malasia...

- Bueno... Pero se trata de novelas... No necesariamente serán hechos reales.

- No importa eso... -respondió con plena lucidez- Seguro que el autor ha vivido cosas parecidas. O al menos cuenta una historia, pero se aprende mucho sobre la selva, aunque el Amazonas debe ser igual o más interesante...

- Supongo que sí... Bueno, la verdad es que es muy interesante. Quizá tengas razón y mi destino sea escribir novelas, en vez que asuntos científicos.

- Además, serías muy famoso...

- Eso sí que no me importa, hijo. La fama es buena para algunos y la necesitan, pero otros tenemos caminos y objetivos diferentes, y mientras menos se sepa sobre nuestras vidas, es mejor para lograrlos.

- Eso sí que no lo entiendo. Los famosos siempre son gente muy feliz...

- No es tan así. No creas lo que ves en televisión. La fama puede ser útil, pero implica perder algo que se llama "intimidad". ¿Sabes lo que es eso?.

- Claro... Cuando voy al baño a hacer... Bueno, cualquiera de las cosas que me gusta estar totalmente solo... O cuando me cambio de ropa...

- Bien, pero también es bueno que a uno no le moleste nadie mientras duerme, ni que le llamen por teléfono a cualquier hora... Los famosos tienen muchos problemas para conservar la intimidad. Hay gente que los espía para vender sus fotos, hasta cuando están en el baño. Cuesta mucho dinero mantener un poco de intimidad.

- ¿Entonces no es bueno ser famoso?.

- Ni bueno ni malo. Es necesario para un actor, un cantante, un escritor, alguien que tiene que vender su imagen, su talento, su voz o sus libros. Pero no es buena para todo el mundo.

- ¿Entonces, no te gustaría ser famoso?.

- No me gustaría, pero tampoco me disgustaría si fuese necesario. Si hay que hacerse famoso, pues a por ello, pero si no es necesario... Lo malo es tratar de ser famoso por la fama en si. Como tampoco está mal tener mucho dinero, que hace falta en esta civilización para hacer cualquier cosa...

- ¡Ah!, Ya entiendo. Es bueno ser famoso y tener dinero, pero no es bueno que ese sea el "objetivo".

- ¡Eso es!. Veo que has aprendido muchas cosas esenciales, últimamente.

- ¿Es que creías que soy idiota?.

- ¡Claro que no!... Pero a tu edad... En fin, que no todos los niños entienden estos asuntos...

- Si no se las explica nadie, claro que no. Como la tía Cecilia, que cuando le pregunto algo me dice que aún no estoy preparado para saber esas cosas... Si no estuviera preparado, no se me ocurría preguntar...

- Tienes razón. Recuerdo que cuando era niño me pasaba lo mismo...

- ¿Te acuerdas de cuando eras niño? -preguntó bastante sorprendido.

- Si, algo... Ya quisiera yo acordarme de todo...

- Entonces escríbelo, Papi. Cuando no me acuerdo de algo empiezo a escribirlo, entonces aparece en la mente más claro que si intento recordar sin escribirlo. Es que el escribir es algo... ¿Puede ser algo mágico escribir?.

- Si, hijo mío. Eso es. Hay mucha magia en la escritura y la lectura. Las letras mismas se basan en símbolos mágicos...

- ¡¿Lo dices en serio?!.

- Nada más serio que eso. Las letras más antiguas conocidas son las Runas, de las que derivan las nuestras, las sánscritas, las hebreas, las cirílicas, las griegas y muchas otras.

- ¿No vienen nuestras letras del latín?.

- Si, pero el latín proviene del idioma Primordial. Es decir de los Hombres de la Terrae Int... Digo, de otros más antiguos.

- Espera... ¿Qué dices de los Hombres de la Terraeint...

- No, nada, un asunto complejo... Creo que como bien me aconsejas, tendré que escribir todo esto, para que sea fácil de comprender, hasta por un niño.

- ¿Lo dices de verdad?... ¡Prométeme que escribirás todo, para que yo pueda entender todas las cosas de este mundo!.

- Bueno... Esteeee... No puedo prometerte que aprenderás sobre todas las cosas de este mundo, porque para eso hay mucho que estudiar, pero te prometo que después de una serie de viajes que tengo que hacer, me pondré a escribir. Al menos lo intentaré...

- Vale, de acuerdo... Está bien... Pero... -me decía a punto de llorar- Si te tienes que ir otra vez... ¿Y cuándo vas a volver?.

- Lo antes posible. Tengo un importantísimo trabajo que hacer. Pero aunque no puedo explicarte mucho de ello, te juro que un día lo escribiré...

- Si, -dijo en forma de reproche- para que lo lea yo cuando sea un viejo de veinte años...

- ¡Un viejo de veinte años...! ¿A esa edad serás viejo?. Qué queda para mi, que tengo treinta y tantos... ¿Me ves muy viejo?.

Antes de responder me miró de arriba abajo, con cara de inspector de personal.

- No. No estás tan viejo. Un poco flaco... Sin la barba te verías menos viejo.

Luego de reírme con todas las ganas por las expresiones de Martín, volvimos a la casa paseando en un destartalado trolebús, que dio motivo a muchas bromas por nuestra parte y contagiando la risa con nuestros comentarios a los demás pasajeros.

Se me hicieron cortísimas las dos semanas en que no desperdiciamos ni un día. Aunque pensé que podía molestarle, iba a buscarle a la escuela, pero él me presentaba tan orgulloso a sus compañeritos, que no tuve reparos en ir todos esos días, para volver a casa, comer algo y salir de paseo. Lo que no le gustaba era que intentara ayudarle con sus deberes. Redactaba muy bien pero su fuerte eran los números. Su agilidad y disfrute con las matemáticas le libraban de lo que para mi había sido un tormento en la edad escolar.

Cuando tuve que partir, Martín estaba como "endurecido" para no sufrir la despedida. Pero cuando me subí al taxi, tras un largo abrazo, le vi taparse la cara y darse vuelta... Ninguno de los dos sabía cuánto tiempo pasaría hasta volver a vernos. Yo no pude ni hablar en todo el camino con el amable taxista. Le dije "al aeropuerto", con la voz tembleque.

CAPÍTULO IX

ATRAVESANDO EL MUNDO

Quince horas después me hallaba en Santiago de Chile, esperando un avión que me llevara a Lima o Arequipa, pero se me presentó la oportunidad de un vuelo a La Paz, la capital boliviana. Conseguí un charter hasta Puerto Maldonado, y desde ahí contraté un helicóptero que me llevó hasta la selva. Indiqué al piloto un lugar ubicado a ciento diez kilómetros de Iraotapar. Dos días de marcha por la selva para llegar en secreto a las pirámides. Cuando llegué a la Aurora Verde, un día antes de nuestra cita, la mitad de los compañeros del GEOS ya habían acampado a su pie, bajo una arboleda de ceibos que estaban en plena floración. Había perspectiva de lluvia, así que Tuutí había dispuesto que cinco hombres hicieran rondines y vigilaran la zona, mientras los demás podíamos permanecer dentro de la pirámide de entrada. Al día siguiente era de esperar que llegase todo el resto del GEOS, pero ya era muy tarde y no había novedades.

Ajllu llegó solo, poco antes del anochecer, explicando que deberíamos tener paciencia, porque el grupo esperado había sido seguido por espías. Sabíamos que los Narigones estaban enterados de la existencia del GEOS, aunque no de su flamante nombre. Una espía había logrado infiltrarse en el grupo de mujeres, meses atrás. Aunque ésta no había vuelto a la superficie, quedando confinada y en tratamiento en la vacuoide taipecana, estaba claro que los Narigones conocían hasta las ropas que usaba el equipo, algunos de sus senderos y los sitios de reunión con el Gran Cupanga, a quien se esperaba esta vez junto al resto del personal. Se tuvieron que emplear algunos trucos muy ingeniosos para burlar la vigilancia realizada por los Nerigones mediante algunos satélites, que desde cien mil metros de altura pueden ver una hormiga en el piso, incluso atravesando espesas capas de vegetación, merced a técnicas de rastreo de radiaciones calóricas y otras.

Como esos satélites espías pueden ver de noche en la gama de los infrarrojos, es decir de las radiaciones de calor, era preferible moverse en la selva en pleno día, especialmente cuando estaba nublado, pero también mis compañeros usaban larguísimos túneles que recorren toda la cordillera de Los Andes. Yo aún no conocía sus caminos, así que todas mis precauciones fueron pocas, agregando la suerte de que los dos días de marcha hasta Iraotapar estuvieron acompañados de lluvia suave pero constante.

Las medidas de seguridad y contrainteligencia diseñadas por Rodolfo, permitieron al grupo apoderarse de dos mujeres espías y las traían prisioneras a la mañana siguiente, con las manos atadas atrás y los ojos vendados. Por lo demás, el grupo estaba casi completo pero el Gran Cupanga no pudo asistir. Faltaban Cirilo y su mujer, la pareja formada por Frizt y Érika, así como Viky. Me daba un poco de apuro preguntar sobre ella y para mí era como si faltara la mayoría, pero antes de la partida, luego de la gimnasia rúnica, decidí preguntar.

- No te preocupes, Marcel, -me decía Tuutí- que Viky está demasiado lejos para venir hasta Iraotapar por sus propios medios. ¿No te comentó lo de Baleares?.

- ¿Te refieres a las Islas Baleares?.

- Bueno... También, pero se trata de una serie de puntos de contacto en territorio español. Se llama "Baleares" a un grupo de bases subterráneas y subacuáticas, desde donde las vimanas de los Freizantenos hacen ciertas operaciones.

- No me ha comentado nada de eso... ¿Y la recogerá alguna vimana en uno de esos sitios?.

- Así es, Marcel. Veo que ha sido muy discreta sobre el tema, aún contigo... Es una mujer muy especial.... Ya lo habrás notado... -terminó diciendo con cierta picardía.

- Si. Lo he notado y espero estar a su altura.

A las prisioneras se les liberó de sus ataduras y de las vendas, sólo cuando estuvimos frente a las escaleras. Los escalones de ochenta centímetros de alto no eran muy a propósito para ser bajados sin ver y con las manos atadas. A pesar de no saber dónde se hallaban, con gente atrás y adelante, ambas mujeres hicieron un intento de fuga, que lógicamente no pasó de un forcejeo estéril. Luana les amenazó con atarlas y hacerles bajar las escaleras a tirones, lo cual hubiera sido un sufrimiento inútil, agregado al de su captura, pero supieron comprender su situación, así que no dieron más problemas y en dos horas y media bajamos los 744 escalones. Esta vez no los sufrí como la primera, quizá porque estaba más liviano, descansado y mejor alimentado. Hicimos una parada de unos minutos en la galería subterránea, a más de seiscientos metros bajo el nivel de Iraotapar, donde las dos espías fueron nuevamente atadas de manos y vendadas.

Reiniciamos la marcha y en una hora llegamos a un sector donde el sendero no era más ancho, pero el abismo que teníamos a la izquierda dejaba un espacio mucho mayor, en el que estaba materializada una vimana. Era un modelo diferente de la que treinta y tres días antes nos había llevado hasta Iraotapar. Esta, de similar tamaño, tenía dibujos rúnicos y formas un poco más afiladas. Una rampa salía de la nave y se apoyaba en el sendero. Subimos a la nave mientras ésta guardaba absoluta inmovilidad y nos fuimos acomodando en las camas de la planta superior y la del centro, aunque no descansaríamos mucho, debido a la velocidad de estas naves, que pronto nos llevaría a un destino fijado pero con interesantes escalas.

El piloto era una mujer rubia de profundos ojos azules, de unos treinta años y poco más alta que yo. Vestía un uniforme gris metalizado, con finas líneas rojas en los costados. Se veía muy graciosa con el uniforme militar y bonitos adornos en la cabeza y el cuello.

- Estimados Amigos, -dijo desde la plataforma con acento algo rudo pero voz dulce - me llamo Gerdana y soy la Jefa de Operaciones Subterráneas del Cuarto Comando Freizanteno. He sido enviada en misión de apoyo a vuestras tareas. Así que estoy a vuestras órdenes. ¿Quién es vuestro Jefe, el señor Tuutí?.

Tuutí se adelantó y tras presentarle sus saludos le explicó que la prioridad momentánea era llevar a las prisioneras a PI Primera, como había determinado el GEOS en acuerdo con los Taipecanes.

- Y la segunda prioridad es que no me llames "señor". Entre camaradas de combate, esa palabra es un chiste.

- Muy de acuerdo, Comandante Tuutí. -dijo Gerdana sonriendo ante la solicitud. Bienvenidos a la vimana "Geburt".

Cuando estuvimos todos a bordo no pude con mi costumbre de ir viendo el paisaje, así que tras solicitarle autorización, subí a la cabina con ella. Al entrar, encontré allí a Tuutí y Liana, que me habían ganado de mano, así que ocupé un asiento y Rodolfo entró justo para pedir ocupar el último lugar. Cuando un indicador anunciaba que todos los pasajeros tenían colocados sus cinturones de seguridad, se oyó un leve zumbido y la coraza de la cabina, transparente desde adentro hacia afuera, nos presentó el panorama impresionante de penetrar en la roca viva, con unas coordenadas fijadas.

Una hora después aterrizamos en la vacuoide de PI Primera, donde las espías fueron dejadas a cargo de sus carceleros. Los trabajos en la vacuoide habían avanzado increíblemente. En poco más de un mes estaba completamente sembrada de árboles, se habían hecho huertas, una serie de canales habían sido reparados construyendo hermosos jardines. El agua circulaba por toda la vacuoide y aunque no pudimos recorrerla más que con la nave un rato después, observamos que de acuerdo a la calidad de esas obras, que incluían casas piramidales para los prisioneros, estos tendrían una vida muy activa, cómoda, productiva y tranquila. Durante nuestra corta permanencia en PI Primera, el Taipecán Tai-Liao, que quedó como jefe de operaciones de la bien acondicionada cárcel, nos explicó brevemente los planes de trabajo y reeducación psicológica de los prisioneros.

Sin riesgo de que salieran de allí, vigilados, además, por un centenar de Taipecanes, sólo habría que procurarles más mujeres para que pudieran llevar una vida completa, pero quizá eso no tardaría en ocurrir, pues los Taipecanes habían solicitado a los Primordiales aceptar un plan de secuestros cuidadosamente selectivos, dirigido a mujeres de la civilización de la superficie, que se encontraran en condiciones de extrema pobreza, drogadictas de las que abundan en las calles de las grandes ciudades y hasta se pensó en capturar mujeres soldados en las guarniciones que los Narigones tenían en algunas grandes cavernas y algunas vacuoides pequeñas. Ello implicaba correr una serie de riesgos, pero no era imposible de hacerse. Mantener una nueva comunidad subterránea significaría grandes esfuerzos, pero los Taipecanes se comprometían a llevar adelante el plan, con un entusiasmo digno de apreciarse. Para tal fin, los Taipecanes pidieron a Tuutí la colaboración de nuestro equipo, en caso ser autorizado por los Primordiales.

Nuestra siguiente escala se hizo, según las instrucciones que tenía la Capitana Gerdana, en la vacuoide Eimiauá de la Raza Telemita. Cuando llegamos fuimos recibidos por un grupo de pocas personas, ya que estaban en período de sueño. No recordaba mucho de este pueblo, pero sí me sonaba el nombre Tieheue, del hombre que nos recibió. Sus enormes ojos eran mucho más bonitos que como los recordaba de uno de los viajes cuando pequeño. El Telemita captó mi pensamiento y me sonrió. Luego me preguntó mentalmente si no le tenía claramente en la memoria y le respondí -de la misma manera- que sí, pero con vagas imágenes.

- Es que quizá estés recordando algo de tu niñez... -me respondió verbalmente.

- Me sorprendes... -le dije- Pero también recuerdo que habías conseguido algo sobre... ¿Trabajos con la luz?.

- ¡Sí que vas recordando! -dijo alegremente- Eso es. Estoy trabajando con los efectos de luz en todos las frecuencias vibratorias. Parece que mi teoría, de la que te comenté cuando viniste en uno de tus viajes, tuvo acierto. Ahora estoy haciendo experimentos prácticos con buenos resultados. Al menos el principio de universalidad de la luz, ha quedado demostrado...

- Te comprendo, -le dije- porque yo trabajo con pirámides y eso de demostrar el principio de una teoría es lo más difícil.

- Estoy viendo en tu mente -me dijo el Telemita- que tomas las pirámides como algo importante para la humanidad futura de la superficie... Y estás acertado en ello. Te lo aseguro.

- Ni falta hace que me lo digas. Con las pirámides que he visto hasta ahora, en el interior de la Tierra, en las vacuoides, y con los experimentos que han hecho últimamente mis Amigos...

- Veo que llevas todo a lo práctico. Eso está muy bien. Pero ahora, me disculparás... Debo presentarte a unas personas que están en camino...

- Señaló hacia una oscura boca de la galería que se hallaba más cerca, y de ella salían, conversando en diferentes idiomas, intentando jugar con las palabras, nuestros queridos Amigos Dracofenos, Rucunio, Tarracosa y Lotosano.

- Nunca hubiéramos pensado posible -decía el Telemita- que hubieran Dracofenos de estas categoría, tan respetuosos, amorosos y altruistas. Pero ello demuestra otra teoría mía sobre sociología universal, que he llamado la "mentalidad política de los pueblos". Consiste en que todas las razas de seres de Universo tienen un punto de armonía perfecta, que se rompe únicamente cuando interviene la polít...

- ¡Tieheue! -dijo una mujer Telemita que se acercaba detrás de él- Que estos Amigos no están para oír tus conferencias científicas... Sólo han venido a buscar a los Dracofenos...

- Pero tener la oportunidad -dije a la mujer mientras alargaba ambas manos y ella hacía lo mismo, tocándonos las puntas de los dedos- de escuchar a un científico de este calibre, es algo que no se puede desaprovechar.

- ¿Cómo sabe este humano mortal -dijo ella- nuestro saludo a las embarazadas?.

Me quedé petrificado. No había hecho jamás ese saludo, pero lo estaba haciendo ahora, de un modo completamente instintivo. La Telemita no se disgustó por haberla saludado así, sino todo lo contrario. Su pregunta, a la vez que sorpresa, revelaba satisfacción?.

- ¿Es que no te acuerdas de este niño...? -dijo Tieheue volviendo la vista hacia mí- Bueno... De este hombre que vino cuando era niño. No hace mucho, porque Ustedes viven muy poco...

- ¡Si, ahora lo recuerdo!, -dijo ella- El pequeño Marcel... Es que está tan cambiado...

- Creo -dije- que debemos darles pena a todos los seres del Universo, viviendo tan poco y rápidamente, tan limitados que ni memoria tenemos para acordarnos de la infancia...

Los Telemitas, como la capitana que nos acompañaba, se sintieron un poco incómodos con mi comentario. Pero la verdad estaba dicha y no por ellos. Comprendí que de alguna manera, todos los seres de las diversas civilizaciones tenían una gran pena por los humanos mortales, tan reducidos a una lejana sombra de nuestros Primordiales.

- Sin embargo... -dijo el Telemita Tieheue oyendo mis pensamientos- También todos admiramos la valentía de algunos, como el Grupo GEOS, formado por gente que no teme a la muerte, que ama con la misma intensidad que cualquier Primordial... Sólo estáis limitados por el tiempo. Vuestra civilización vive muy limitada por muchas cosas, que confirman mi teoría sobre la "mentalidad politizada"...

En eso llegaron hasta nosotros los Dracofenos, con quienes nos abrazamos y no faltaron lágrimas, especialmente de este servidor y de Lotosano, con quien había establecido un lazo personal de afinidad. Allí mismo fuimos provistos de unos saquitos de comida especial, elaborada científicamente por los Telemitas, en base a estadísticas muy completas de las necesidades de los humanos mortales. El alimento estaba balanceado de tal modo que no hubiera más que un muy leve desperdicio en su digestión, como para mantener activos los intestinos. Se hallaba en pequeños sobres de unos treinta gramos, completamente disecados, así sólo necesitábamos agua para disolver el polvo y beber los nutrientes.

- Parece -dije a Cirilo y a Lotosano- que tendremos una campaña bastante difícil...

- Puesto que se han tomado estas medidas con la alimentación... -respondió Lotosano- Ha de creerse que pasaremos algún tiempo prolongado sin acceso a otros recursos que los que llevemos. También para nosotros los Dracofenos, han preparado nutrientes salinos, perfectos para nuestros organismos.

- ¡Vaya! -le dije- ¿Cómo has aprendido a hablar tan rápido y claro?.

- Es que estos Telemitas tienen unos sistemas de enseñanza fabulosos. Son verdaderos maestros en la ciencia de la Didáctica. Los Dracofenos tenemos cierta facilidad para aprender idiomas, pero nos han enseñado con un método de aprendizaje ultraconsciente. En principio nos contaron que sus experimentos de décadas atrás, eran la inducción de conocimientos durante el sueño, pero comprobaron que era dañino para algunas funciones cerebrales. Ahora lo hacen en estado cerebral "alfa", con un aparato que controla las funciones cerebrales. En cuanto uno sale del estado alfa, los conocimientos dejan de inducirse...

- ¿Y cómo son esos "conocimientos"?. -preguntó Cirilo.

- Muy sencillos... -dijo Lotosano- Son películas, palabras, conversaciones, etcétera, grabadas en discos y emitidas como en la televisión, pero perfectamente ajustada esa emisión, a las modalidades de onda que produce el cerebro. De todos modos, ese conocimiento que se incorpora a la memoria no resta conciencia ni capacidad de elección y análisis.

- Igual -dije- ese método sería sumamente peligroso en manos de los Narigones. Aunque sus sistemas de dominio mental, como ya hemos visto, son brutales y precisan de gente entrenada, son efectivos.

- Pero si dispusieran de esta tecnología -replicó Lotosano- podrían manejar a gusto y antojo a las masas humanas.

- Igual lo hacen. -agregué- No con conocimientos que puedan servir a la humanidad, sino con tonterías para adormecer las conciencias, como la vida privada y los escándalos de los famosos, hechos delictivos que estimulan la morbosidad, asuntos científicos de poca o ninguna utilidad para la sociedad humana, teorías de asteroides que podrían chocar con la tierra, telenovelas de cuestiones intrascendentes que duran años...

- Finalmente -dijo Lotosano- parece, por lo que me cuentas, que los Dracofenos no son los que están peor en el orden de civilizaciones...

- Francamente, -respondió Cirilo- nadie está tan mal como la civilización de la superficie. ¿Has sabido algo sobre la Revolución de los Dracofenos?.

- ¡Claro!, va todo magníficamente. Thafara no pudo evitar que un grupo de Dracofenos escapara de Harotán-Zura antes de ser inundada y el pueblo se ha enterado, tanto en la capital Tiplanesis como en Murcantrobe, de lo sucedido a causa de las intenciones de los Narigones. Thafara fue juzgado por un tribunal popular y se le ha condenado a trabajos forzados para el resto de su vida.

- ¿Y tienen nuevo gobernante?. -pregunté.

- No como debiera ser, todavía. Una Asamblea popular, con Cotocaterre como presidente provisional, está trabajando para crear un sistema de gobierno más justo, de estilo democrático pero asambleario. Nada de campañas y discursos, sino reuniones en cada localidad, donde se elige un representante para la Asamblea. Si la actual funciona bien y lleva adelante una serie de planes que Cotocaterre ha propuesto, quedará efectiva como forma de gobierno.

- No está nada mal. -comenté- Eso sí que es una verdadera forma de democracia, donde todo el mundo participa realmente.

La conversación fue interrumpida porque una pequeña vimana apareció en la playa de aterrizajes. Se materializó un momento, para desaparecer apenas hubo descendido Iskaún. Tras los saludos nos dijo lo siguiente.

- Amados Guerreros de la Luz: Sólo he venido para despedirme de vosotros, puesto que no podré acompañarles. Las Leyes Primordiales me impiden tomar parte en esta misión que deben efectuar Ustedes. Los peligros que les esperan son muy grandes, pero igual intentaré buscar el modo de estar cerca de Ustedes. He pedido al Consejo Asesor de Uros que considere mi deuda karmática con el GEOS, ya que les debo la vida. Si el Consejo lo aprueba, seguiré como Protectora personal del GEOS, aunque no pueda participar directamente de las labores, y sólo pueda hacerlo en caso de peligros que...

Iskaún hizo silencio y miró hacia el campo de aterrizaje, así que al darnos vuelta para mirar, el corazón me saltaba del pecho. Una nave similar a la "Geburt", se había materializado. Viky bajaba por la rampa de esa nave freizantena, junto a Frizt y Érika. Viky corrió a reunirse con el grupo, pero pasó de todos y fue a abrazarme en primer lugar. Por un lado me sentí feliz, pero por otro, me preocupaba que ella también tomara parte en una misión cuyos riesgos nos estaba advirtiendo Iskaún. Mientras los tres recién llegados saludaban a Iskaún y a los demás, tuve que meditar un poco la cuestión del riesgo. No podía decirle a Viky que temía por ella. Se hubiera ofendido, porque era una Guerrera con todas las agallas que hay que tener para enfrentar el peligro cuando se trata de la lucha en favor de la humanidad. Comprendí que no podía yo estar con esa preocupación y me sentí mejor.

Iskaún continuó con su pequeño discurso, recomendándonos mantener la prudencia y armonía que el GEOS había demostrado en la anterior andanza.

- Si todo ha salido bien hasta ahora -decía- es porque entre Ustedes hay mucho más que coraje y valentía. Lo más importante es la comprensión, armonía, respeto, afinidad mental y prudencia. Desde que me rescataron, he visto en el GEOS una total ausencia de envidias, celos, rencores, egoísmos o ansias de protagonismo personal. Les ruego que sigan así, porque los peligros que les esperan quizá sean iguales o mayores a los que ya han enfrentado. Si algún miembro del GEOS muere, se intentará rescatarle en cuerpo mágico, para que vuelva a nacer en la Terrae Interiora con ese mismo cuerpo mágico pero en cuerpo físico Primordial. Sin embargo, aún para mi, sería muy difícil una operación de ese tipo. La región a la que serán trasladados dentro de un rato está plagada de yacimientos de plata y otros minerales que hacen muy difícil el desplazamiento en cuerpo mágico. Las naves también tienen serios problemas para acceder a esos sitios, por eso los Narigones -que conocen algunas de nuestras cuestiones- están realizando operaciones subterráneas allí. Shan-Gri-Lá II, que es la vacuoide Taipecana más poblada, se encuentra en peligro y ni siquiera hemos podido averiguar mucho al respecto. Vuestra será la misión de averiguar qué pasa en sus alrededores y neutralizar toda actividad enemiga, a fin de que no tengamos que intervenir los Primordiales ni los mismos Taipecanes. Ello representaría un grave riesgo de Guerra Total contra vuestra civilización de la superficie externa del mundo. Si tal cosa ocurriera, ya sabéis que no tendríamos otra alternativa que una completa destrucción de los sistemas de comunicaciones, incluidos los satélites. Tendríamos que proceder a destrucción de la producción energética y todas las emisoras de radio y televisión. Eso representaría una catástrofe psicológica, que produciría millones de muertes por desesperación, hambre, locura colectiva y otros efectos. En tal caso, los ejércitos altamente tecnificados de los Narigones, sin duda intentarían atacar la Terrae Interiora con todos sus medios, así como las vacuoides que ellos ya conocen. Promoverían una invasión masiva de gente de toda clase hacia la Antártida y otros sitios donde viven los Freizantenos, lo que obligaría a combates muy indeseables. Esa reacción nos obligaría a expandir nuestras destrucciones a todas las grandes ciudades y centros militares del mundo exterior. La única manera de impedir que ello suceda, es evitando que los Narigones puedan desarrollar sus planes expansivos, a la vez que los Guerreros de la Luz de todas las jerarquías hacen lo posible para cambiar las formas de vida y de gobierno de vuestros países. Si a los Narigones no se les para los pies con métodos muy cuidadosos, como hicieron Ustedes en la vacuoide de los Jupiterianos, evitando muertes, las cosas se pueden poner muy mal. Los prisioneros que haga el GEOS serán llevados a Shan-Gri-Lá II, y si alguno de Ustedes cae prisionero de los Narigones se hará lo necesario para rescatarle. Si no lo pudiera hacer vuestro mismo grupo, me encargaría personalmente del rescate si consigo que las Leyes Primordiales me autoricen a actuar en tal caso, puesto que les debo la vida. ¿Alguna pregunta?.

Nadie respondió. En realidad teníamos muy claras todas las cosas. Sabíamos que nuestra misión era muy delicada, no sólo por el peligro que pudiera representar para nosotros. Eso era lo de menos. El verdadero riesgo estaba en que si fallábamos, el orden mundial podía verse alterado con consecuencias terribles para la Humanidad.

Luego de abrazar Iskaún a cada uno, el GEOS se trasladó al campo de aterrizaje, donde una vimana nos esperaba. La capitana Gerdana había regresado, pero con una nave diferente. Tuutí, Rodolfo, Viky y yo nos apresuramos a solicitar autorización para ir en la cabina, cosa que Gerdana autorizó gustosamente. Por el intercomunicador de a bordo habló cuando estuvimos todos preparados.

- Esta vimana -nos dijo- la he pedido para realizar este viaje, así aprovechan al máximo las ocho horas que durará. Tiene la ventaja de que toda la carcasa y pisos están construidos con "purcuarum" polarizado. Les parecerá estar flotando en cuanto a sensación visual. Si les resulta un poco impresionante la sensación de viajar en una cama, sólo es cuestión de cerrar los ojos.

- ¿O sea que los que vayan en las bodegas podrán ver el paisaje exterior? -pregunté.

- Claro. Es muy bonito, pero algunas personas se suelen asustar, porque los pisos como las paredes se hacen completamente transparentes desde adentro, igual que la cúpula de esta cabina. Sólo quedarán visibles las camas, las escaleras y los indicadores luminosos de los pasillos.

- ¿Qué velocidad puede alcanzar esta nave? -preguntó Rodolfo.

- Depende del medio en que se desplace. -respondió la Capitana- En el aire, hasta quince mil kilómetros por hora. En el espacio sideral, hasta cinco mil kilómetros por segundo. Se tarda unas nueve horas en llegar hasta el Sol del Sistema Planetario.

- ¡Nueve horas hasta el sol! -exclamamos los tres acompañantes.

- Si. Es una de las naves más rápidas. Pero aquí, bajo tierra, desmaterializada, la velocidad recomendada no debe pasar los mil kilómetros por hora. Las naves poseen detectores de minerales intraspasables, como la plata y otros, así que desvían el curso o detienen automáticamente la nave cuando aparecen enfrente, pero aunque la gravedad está dada por el propio motor, por lo tanto no hay inercia adentro, un golpe demasiado fuerte podría causar algún daño en el motor o en alguno de los sistemas.

- O sea -dijo Tuutí- que iremos a la "tortuguesca" velocidad de mil kilómetros por hora atravesando la tierra...

- Si. -respondió Gerdana- Podríamos ir más aprisa, saliendo al exterior, pero siendo tantos pasajeros, hemos preferido una ruta más directa. Atravesaremos en línea casi recta la costa terrestre, luego "subiremos" a partir de la Terrae Interiora para "caer" del otro lado, internándonos nuevamente en la corteza, y de allí todo recto hasta Shan-Gri-Lá II.

La nave se movía con asombrosa rapidez por la vacuoide Telemita, que era más grande que lo que recordaba. Aunque ya conocía las sensaciones visuales, no pude evitar el acto reflejo de cerrar los ojos en el momento en que parecía estrellarnos contra la pared de la vacuoide. Al abrirlos un instante después, sólo veíamos las diversas tonalidades de roca, algunas partes azules o transparentes, negras, verdes y hasta atravesamos incólumes algunas vacuoides magmáticas, donde la temperatura material sería de varios miles de grados.

- ¿Qué pasaría -preguntó Rodolfo- si la nave se materializara aquí mismo?

- Obviamente, un desastre. -dijo Gerdana- Pero no es de temer tal cosa. Nuestra tecnología no está hecha como en vuestra civilización, donde todo debe hacerse sobre la base del mercado. Allá todo se rompe tarde o temprano, porque si se hicieran las cosas perfectas no funcionaría el sistema de producción, compra y venta.

- Cierto. -dijo Tuutí- Estamos acostumbrados a que todo se rompe, tarde o temprano.

- También nuestras cosas pueden tener un desgaste, -siguió diciendo la Capitana- pero están hechas para durar al máximo. Las vuestras, en especial vuestros vehículos, se hacen con duración calculada, de modo que se estropeen y tengan que volver a comprar el mismo u otro artículo. Ello obliga a que tengan que trabajar más y vivir en condiciones mucho peores. La superficie exterior del mundo sería maravillosa si pudieran cambiar vuestro sistema de mercado por un sistema solidario, justo, verdaderamente humano.

- Por el momento, -dije- eso es una utopía. Mucha gente lucha por lograr eso, pero somos tratados de locos. ¿Qué es esa línea que vemos?.

Gerdana detuvo inmediatamente la nave y observamos que la línea era de una veta de cristales pequeños, larguísima. Yendo a mil kilómetros por hora, que correspondía a unos doscientos setenta y siete metros por segundo, habíamos visto la línea durante tres segundos, más o menos. Era curioso ver tan larga extensión de una veta mineral, cualquiera sea. Para colmo, en línea tan recta e igual en espesor, que sería de unos cincuenta centímetros.

- Creo que tendré que informar a los Taipecanes sobre esta curiosidad. -dijo la Capitana- Esto puede representar una "flecha envenenada" en términos del Feng-Shui. No afectaría a los Telemitas, que están muy lejos... A unos ciento ochenta y tres kilómetros. Pero veremos qué hay más adelante.

Nos seguimos desplazando muy lentamente. Variaba de derecha a izquierda para poder medir el ancho, que resultó cercano a los diez metros. Unos quinientos metros más adelante el filón de cristales seguía igual, pero observé que los estratos que se hallaban encima no eran iguales que los de abajo, sino un cascajo de piedras que parecían regulares, como si se tratase de una construcción artificial. Subimos unos metros más y la capitana abrió una gaveta de mandos. Detuvo la nave y convirtió el frente de la carcasa en un mapa del entorno.

Asignando colores diferentes a las diversas densidades de material, pudimos ver una serie de formas cuyas características no dejaban dudas. Se trataba de ruinas de antiquísimas construcciones, completamente inundadas por lava solidificada. Algún volcán había acabado con una esplendorosa ciudad. ¡Qué instrumentos maravillosos los de la nave!. Cualquier arqueólogo se volvería majareta de alegría si dispusiera para sus estudios un vehículo así.

Un recorrido por toda la región nos permitió comprobar que aquella había sido una vacuoide habitada, con excelsas construcciones. Lo que creímos en principio una veta mineral, había sido un camino recto, que ahora se presentaba en posición vertical al inclinarse por la hecatombe buena parte del suelo de la vacuoide, luego de ser rellenada por la lava.

Habíamos ocupado una hora en esa exploración con la nave, pero valía la pena atender a tal curiosidad, que seguramente interesaría a los Primordiales, pero más aún a los científicos geólogos y arqueólogos Taipecanes. Continuamos el recorrido hacia nuestro destino y una hora más tarde salíamos de la costra terrestre, hacia arriba. Habíamos salido en medio de una espesa selva y la capitana detuvo la nave a unos centenares de metros de altura, para que observáramos el paisaje.

- Ahora, -decía por el intercomunicador- aunque sea de paso, están Ustedes en la Terrae Interiora. No estamos autorizados a detenernos, pero sí a dar un breve paseo sobre Giburia, que se encuentra cerca de aquí.

Accionó unos controles y cuando se encendió una luz verde dijo que ya podíamos iniciar el paseo. Saqué mi brújula del bolsillo, pensando que quizá me funcionase y tuviera una idea de orientación, pero la brújula sólo indicaba hacia abajo y hacia atrás.

- Aquí dentro ni en ninguna vimana te funcionará eso... -dijo riéndose Gerdana- Recuerda que nos movemos en un vehículo magnetodinámico. La brújula sólo te marcará hacia el "norte" del motor. Pero allí, en ese ángulo de mapa de la carcasa, tienes indicadores de lo que quieras: Temperatura, presión atmosférica, brújula, magnetómetros, gravímetros, barómetro, etcétera.

Sobrevolamos una montaña con hermosos coloridos, en parte por la vegetación donde muchas especies se hallaban en floración y en parte por los diversos tonos de las rocas que se dejaban ver en los farallones abruptos y peñas sobresalientes. En medio de las copas de los árboles más altos, algunas nubes de vapor anaranjado daban un realce magnífico. En pocos minutos estuvimos sobre una gran catarata, reconocí el paisaje y sentí que estábamos cerca de Giburia. Por algún instante pensé en altos edificios, rascacielos al estilo de las grandes ciudades de la superficie externa, pero mi memoria de los viajes mágicos iba aclarándose.

- ¡La de las casas redondas! -exclamé- ...Donde está la Fuente de los Anillos...

- ¿Has venido alguna vez? -preguntó extrañada la Freizantena- Me dijeron que ustedes no recuerdan casi nada de sus viajes infantiles...

- En cuerpo mágico hemos venido, pero yo recuerdo cuatro viajes... Aunque no mucho de ellos. Tengo que forzar la memoria para recordar todo... Igual tengo imágenes de otros...

- Pues yo recuerdo esta ciudad siempre. -dijo Rodolfo- Fue en mi primer viaje.

- Es que el primero -respondió Tuutí- no se olvida nunca. Todos recordamos el primer viaje mágico. Y los que no recuerdan ninguno, de todos modos tienen vaga memoria de esa primera experiencia, aunque sea en sueños.

Al aparecer las primeras casas a la vista, pintadas de blanco, recordé que había otras pintadas de diversos colores, pero no recordaba lo que había en el centro. Al llegar al sitio de mis recuerdos, aparecieron ocho enormes casas semiesféricas en donde a veces dormían los Primordiales. Estaban dispuestas en forma circular, alrededor de una hermosa pirámide de la que manaba un chorro de agua tan potente que llegaba a perderse en el cielo. La lluvia que producía apenas llegaba al suelo, dispersándose en una amplia zona. Nos acercamos a ella y calculé que su tamaño sería del doble que la más alta de Egipto, aunque no pasaría del tamaño de la Gran Pirámide de Xi'an, en China. Aquella está, según dicen, construida con adobes de arcilla, pero ésta de la Terrae Interiora, es algo soberbio. Sus caras, de diversos colores formando vetas preciosas, algunas de ellas semicristalinas, se asemejan a las ágatas pulidas.

- Es que son de ágata. -respondió la capitana a un comentario mío- La construyeron los Aztlaclanes con ayuda de los Jupiterianos, hace menos de cien años. Es la última construida en la Terrae Interiora.

No podía expresar nada ante el espectáculo soberbio de la pirámide, con las casas alrededor, a cien metros de ella, en sus colores en orden de rojo, anaranjado, blanco, amarillo, verde, azul, negro y violeta. Los jardines entre las casas y la pirámide, como hacia afuera del conjunto, llenos de flores de los más diversos matices, estaban delicadamente rematados con esculturas de basalto negro, mármol blanco, cristales diversos y bloques de lapislázuli y cuarzo verde, representando escenas de luchas, de trabajo, de actos rituales y otros. En la periferia del conjunto, que se hallaba bordeado de una avenida circular de cincuenta metros de ancho, se hallaban una estatuas humanoides de diez metros de alto, representando las posiciones de las veintiséis Runas. Del lado del camino que da al interior, algunas estatuas más espaciadas representaban las variantes de algunas de las posiciones rúnicas. Una verdadera maravilla de jardín, salpicado de fuentes de piedras, de diferentes formas, profusamente talladas.

Pasamos luego sobre un edificio cuyas formas son imposibles de describir y un poco más lejos cientos de casas muy desparramadas entre la vegetación, ajardinadas en su entorno, la mayoría de forma piramidal pero otras semiesféricas. Prácticamente no vimos ningún edificio cuadrangular. Tras una cadena de suaves montañas, apareció algo de aquello que guardaba en mi memoria profunda, pero que había olvidado en la infancia. En una plaza gigantesca, completamente ajardinada al mejor estilo palaciego, tenía en el centro una esfera enorme que superaría los trescientos metros de diámetro, con preciosos puntos brillando con destellos de todos los colores imaginables, sobre un fino pedestal azul. Alrededor de la esfera, una serie de anillos, posiblemente un centenar, de fino metal bruñido, cobrizo, dorado, ocre y plateado alternativamente. Todo representaba a la perfección el planeta Saturno. Gerdana nos explicó que el monumental adorno fue un regalo de los Primordiales Saturninos a los Primordiales de la Terrae Interiora.

Relataré en otro libro la historia de esta preciosa escultura, cuyas utilidades no son meramente decorativas. En aquel momento no recordaba aún más que vagos pasajes de otros viajes que no fueran aquellos cuatro que habían quedado indeleblemente grabados en mi corazón y mi mente, y aún hoy debo hacer un esfuerzo para recordarlo todo. Así que queda hecha la promesa de narrar esta historia cuando lo haga respecto al viaje en que vi por primera vez la Fuente de Saturno.

-Ahora hay que seguir viaje. -dijo la capitana con el intercomunicador abierto, de modo que oyeran todos- Prepárense para ver, dentro de dos horas o un poco más, algo realmente impresionante y maravilloso, aunque será por unos pocos instantes.

- ¡¿Más maravillas aún?! -dijimos los Tuutí, Rodolfo y yo.

- Si. Para acortar camino nos acercaremos un poco al Sol del Planeta, o sea el núcleo. Esto será una experiencia profundamente espiritual, así que relájense y mantengan sus mentes en el más elevado estado de consciencia espiritual posible.

Pasaron dos horas y veintisiete minutos, en que tuve que meditar sobre la ansiedad. Ese "yo ansioso", que aflora -como todos los "demonios interiores"- sin que nos demos cuenta, me estaba haciendo sufrir, en vez de permitirme disfrutar del viaje hacia el centro del planeta.

- La atmósfera interior del mundo -decía Gerdana cuando comenzamos a ascender- es respirable hasta los cuarenta mil metros de altitud. Ahora mismo estamos atravesando la frontera de "troposfera", pasando a la "mesosfera" o atmósfera intermedia. Esta no es respirable y los rayos del Sol Interior son muy peligrosos. Nuestra carcasa de purcuarum nos protege de ellos. De todos modos, aunque este sol es diez veces menos brillante que el Sol del Sistema Planetario, os recomiendo no mirarlo directamente, a pesar de que adaptaré el grado de transparencia de la carcasa para evitar daños.

El paisaje era algo impactante, puesto que el horizonte no parecía tener fin. En cualquier dirección que se mirara, se iba teniendo la sensación de estar dentro de una gigantesca esfera. Ya había experimentado eso cuando Iskaún me llevó cerca de uno de los huecos polares en cuerpo mágico, y habíamos alcanzado una buena altura. Pero ahora estaba en cuerpo físico y a una altitud mucho mayor. No eran visibles los huecos polares desde allí, tan cerca del centro de la esfera planetaria, pero igual podíamos apreciar la enorme diferencia entre la real forma del Planeta y la teoría de la Tierra Maciza que había estudiado en la escuela. No es que la escuela estuviera equivocada en todo, pues al contrario, casi nada de lo aprendido en ella dejó de tener utilidad en mi vida. Incluso cosas que creí "innecesarias" o tediosas, resultaron importantísimas para mi formación... Pero sí que había errores tremendos respecto a teorías científicas que nos enseñaban como "cosa comprobada".

Sobre todo, respecto a aquellas teorías sin comprobar que se dan por indiscutibles, aún sin prueba de que tengan lógica y razón. ¡Y que se lo pregunten a Galileo Galilei!, que dijo que la Tierra giraba en torno al Sol y no al revés, y casi lo queman por ello. A muchos otros, los "dueños de la ciencia" los quemaron por cosas mucho menos graves o importantes. Pero gracias a una serie de valientes científicos, la ciencia ha ido avanzando. Es una pena que ahora esté en gran parte, en manos de los Narigones.

El paisaje de la Terrae Interiora se fue haciendo cada vez más difuso, llegando a desaparecer poco después, dando lugar a una hermosa tonalidad verde turquesa, mientras el cielo se hacía cada vez más anaranjado y hasta rojizo. Cuando llegamos a una altura donde el Sol Interior abarcaba la mayor parte de nuestro ángulo visual hacia arriba, la Capitana detuvo la nave y permanecimos en modo estacionario durante unos segundos. Sin que ella manipulara ningún control, la vimana se balanceó suavemente y quedó orientada de tal manera que debíamos mirar hacia un costado, para que sin que nos molestase la vista el resplandor solar, pudiéramos observar lo que se presentaba afuera.

Una niebla amarillenta, densa y brillante, iba tomando una forma definida. En segundos se terminó de formar una figura similar a un rostro humano, de facciones preciosas aunque un tanto difusas. Lo único que parecía definirse más eran los ojos, profundos, de un color imposible de describir. Los brillos y emanaciones, como destellos circulares que se expanden lentamente, formaron un espectáculo más hermoso que todo lo que hubieran visto jamás mis ojos.

Una sensación de profundo placer, similar al que da una madre protectora cuando expresa con caricias y arrullos el amor hacia los hijos, fue lo que sentimos todos ante ese Ser. Inmediatamente, una voz imposible de clasificar en un registro de sonido, pero también imposible de determinar como masculina o femenina, se dejó oír. No sé si auditiva o en nuestras mentes, pero las palabras eran tan claras como inolvidables.

- Amados Hijos... Soy el Guardián del Corazón del Mundo. Sé todo sobre vosotros. A través mío, la Madre Tierra os da su más Alta Vibración de Amor. Vuestra misión es más importante que lo que podéis imaginar. Vuestra presencia era esperada, porque está en peligro la existencia de este Mundo. Pero aún las más altas Esferas de la Conciencia confían en que podréis cumplir la labor de neutralizar el mal que está intentando apoderarse de este Ser que llamáis Tierra. Os damos todas las Jerarquías de la Consciencia Una, el más profundo sentimiento de Amor Universal y Agradecimiento por vuestra labor.

Una sensación de regocijo, de Felicidad Ilimitada recorrió completamente nuestros cuerpos, nuestras mentes se hicieron Una, nuestras Almas que siendo individuales parecían un sólo canto a la Libertad y la Gloria de Dios, vibraron como jamás lo habíamos experimentado antes. Esa sensación de gozo espiritual, infinitamente mayor que los mejores placeres de la vida, duró apenas unos momentos, tal como nos había prevenido Gerdana, pero no se borraría jamás de nuestra memoria. Si alguna vez habíamos tratado de imaginar qué eran los ángeles, los arcángeles, los Devas... Ahora habíamos tenido la incomparable fortuna de ver y oír a un Ser muy superior al Reino Humano, incluso muy superior a los Humanos Primordiales.

Sabíamos que al sólo recordarlo, podíamos tomar de ese recuerdo una fuerza increíble, la resistencia ante todo sacrificio, la determinación ante la más difícil de las labores que se nos encomendara. En fin, que estábamos medio borrachos de felicidad y no podíamos ni hablar. La capitana, sintiendo exactamente lo mismo que nosotros, operó los controles y seguimos nuestro viaje. Durante una hora o algo más, no pudimos decir ni una palabra. No porque nos viéramos impedidos de hablar, sino que no necesitábamos ni queríamos hacerlo. Digerir aquellos pocos segundos de extraordinaria vivencia nos llevó bastante tiempo. Incluso esa "digestión" espiritual se prolongó más allá de la misión que cumplimos en aquella ocasión, sobre la que continuaré relatando ahora.

La superficie de la Terrae Interiora volvió a aparecer, pero en vez de dar un paseo sobrevolando sitio alguno, parecía que íbamos directo a estrellarnos. La sensación, a pesar de saber que estábamos desmaterializados, fue muy fuerte y no pudimos evitar algunos actos reflejos, como cerrar los ojos, llevar las manos a la cara, encogerse -los que estaban en las camas de las bodegas- y hasta no faltaron algunas exclamaciones instintivas.

El caso es que entramos en la masa de la corteza terrestre sin ninguna sensación más que al impresión visual, porque la nave no podía experimentar efecto alguno. Pero el viaje se hizo necesariamente más lento. En algunos sitios, los detectores de metales intraspasables desviaban el rumbo y Gerdana tenía que corregirlo, de acuerdo a las coordenadas fijadas para llegar a la ciudad Taipecana, que aunque no es la capital, es la más importante en cuanto a población.

En varias ocasiones la nave se detuvo automáticamente, obligando a la capitana a realizar maniobras difíciles, generalmente de retroceso. Durante las mismas, unos chirridos agudos nos aturdían, los cuales eran producidos por el roce de la carcasa de purcuarum contra esos minerales cuya estructura atómica no era posible de traspasar, aún en el estado de desmaterialización de la vimana. Alrededor de la nave se formaban, simultáneamente con los chirridos, unos colores que iban desde el blanco hasta el rojo, pasando por el amarillo y el naranja. Gerdana nos explicaba que se debían a que algunos minerales se fundían por el roce de la nave con ellos. No teniendo posibilidad de expansión, pues los intraspasables se hallaban atrapados en la roca maciza, no tenían sitio para expandirse, produciéndose fuertes presiones por el calor de la fricción.

CAPÍTULO X
SHAN-GRI LÁ II, EN QUICHUÁN

Atravesar los setecientos kilómetros de costra terrestre que nos separaban de Shan-Gri-Lá II nos llevó más tiempo de lo esperado, debido a este inconveniente físico, completando nuestro viaje, con paseos incluidos, un total de nueve horas y cuarenta minutos. La llegada a la ciudad Taipecana de Shan-Gri-Lá II fue tan impresionante como nuestra primera vista de Shan-Gri-Lá III, en la capital Tiike-Chou. En aquella ocasión, aunque tuve unos días para recorrerla, no lo hice porque la preocupación por Iskaún, que esperaba nuestro rescate, obnubilaba mi mente. Ahora nos esperaba una misión tanto o más difícil y quizá de mayores alcances estratégicos en la Guerra contra el Mal, pero me encontraba con la mente y el ánimo mejor dispuestos. Paradójicamente, las emergencias con las que nos encontramos al llegar, nos impidieron hacer un recorrido "turístico" y debimos sujetarnos a un profundo estudio de la situación geográfica de la enorme vacuoide y sus alrededores.

Al llegar, una sensación de liviandad me llamó la atención y lo comenté con mis compañeros. Todos sentíamos lo mismo, así que antes de acercarnos al grupo Taipecán que nos esperaba, pregunté a Gerdana a qué se debía esa sensación de pesar menos.

- Es que aquí -me dijo- estamos a 214 kilómetros de la superficie. La gravedad es algo menor...

- ¡Claro! -dije comprendiendo el fenómeno- Si estamos a 214 kilómetros de la superficie externa, estamos entonces a unos 786 kilómetros de la Terrae Interiora. Pero la gravedad cero corresponde a cerca de la mitad de la corteza, no al centro del planeta... Si ahora peso 82 kilos en la superficie,   aquí   debo   pesar...
 - Casi un tercio menos... -dijo Sergio, el matemático de nuestro equipo- Unos 57,3 Kgs. ¡Con razón vamos tan livianos!.

Pero no pudo continuar con los cálculos en ese momento. Nos recibió Tian-Di-Xo, Gobernador de Shan-Gri-Lá II, con toda la fraternal alegría de quien recibe a Amigos o Hermanos. Sus actos de recepción no fueron menos "gastronómicos" que los del Rey Kan-Ashtiel, pero quien cocinaba era su hijo Tzan.

- Ante todo. -dijo al Gobernador al presentarse- permítanme ofrecerles la más sincera bienvenida a nuestra ciudad. Estoy completamente informado respecto a vuestras tallas y medidas antropométricas en general, así como todo lo que concierne a vuestras personalidades mentales, de modo que vuestros gustos particulares y demás características, han sido consideradas a la hora de preparar vuestra estadía en este lugar que os pertenece como vuestra propia casa. Os ruego disculpas por los errores que se puedan haber cometido en los preparativos y os suplico que no se deje de informar cualquier necesidad de modificación a este humilde servidor. Si la presencia de este grupo aquí se debiera sólo a una necesidad de ayuda por nuestra parte, estaría inmensamente agradecido; pero sabiendo que vuestra riesgosa misión involucra a todo este Mundo maravilloso, que es tan Amado nuestro como Venus, no tengo palabras para explicar lo que siento... Mi hija Yini-Lua, a quien orgullosamente os presento como la mejor asistente de invitados, os acompañarán junto a la capitana de Navegación Freizantena Gerdana, en todos vuestros menesteres, mientras permanezcáis en esta ciudad vuestra. Esta hija mía será la persona responsable de que nada os falte y de que disfrutéis plenamente los días que queráis regalarnos con la presencia del GEOS.

Hizo una especie de reverencia y la Taipecana Yini-Lua dio un paso al frente.

- Bienvenidos, queridos Hermanos. Mi Amado Padre, el Gobernador, ha dicho todo y me ha dejado sin palabras. Os invito a pasar a las casas de reposo, si tenéis la amabilidad de seguirme.

Cuando empezaba el grupo a marchar tras ella, luego de despedirse el Gobernador con una reverencia al mejor estilo Taipecán, noté que Tian-Di-Xo tenía un rostro profundamente emocionado y finalmente no pudo esconder más las lágrimas. Yo me encontraba entre los últimos de la fila, y al pasar cerca del Gobernador no pude -ni quise- evitar un impulso. Me acerqué al enorme Taipecán y con ambas manos apreté la suya.

- Ruego al Dios del Universo -le dije- que podamos servirle como se merece. Pero a Usted en especial, le ruego que confíe en este equipo humano, que hará hasta más allá de lo posible por evitar que Shan-Gri-Lá II se encuentre amenazada.

- ¡Ya lo está!... Muy amenazada... -me respondió el Gobernador abrazándome y llorando con todo el dolor de quien siente el peso de la responsabilidad por la vida de su gente.

- Haremos que deje de estar en peligro, -le dije con firmeza- o moriremos en el intento.

Me despedí y apresuré el paso para reunirme con el grupo, que seguía a Yini-Lua por hermosos caminos bordeados de plantas exóticas e innumerables hilos de agua. A doscientos metros encontramos un grupo de casas piramidales, y pensé que eran nuestros alojamientos, muy similares a los de Tiike-Chou, pero seguimos andando medio kilómetro más, para llegar a otro conjunto de igual estilo. Estas, a diferencia de las pirámides de la capital, eran más variadas en materiales. Cuarzo verde era el componente principal de las fachadas, pero con dibujos formados por incrustaciones de amatistas, ágatas de cortes simétricos, bloques de cuarzo cristalino en los dinteles y marcos de puertas y ventanas, lapislázuli en casi todos los pisos y revestimientos de cuarzo "ojo de tigre" en la mayoría de las escaleras. No había un lugar donde mirar sin ver perfección de detalles.

Sobre los muebles y demás accesorios de las casas, en similar disposición a las pirámides en que fuimos alojados meses antes, en la capital Tiike-Chou, no había el menor detalle que reprochar. Los aseos de mármol blanco con incrustaciones de berilos de diversos colores, nos dieron la sensación de estar viviendo un sueño. En fin, que no es posible describir todos los detalles, pero valga decir que no había ninguno que pudiese estar fuera de la perfección estética y funcional. Las habitaciones habían sido preparadas según afinidades. Los miembros del GEOS que eran casados, tenían sus habitaciones matrimoniales. Lamenté no estar casado con Viky, pero su habitación estaba contigua a la mía, en la quinta y última planta de la pirámide que nos asignaron.

A la cabecera de la cama había una pequeña caja con cuatro comandos giratorios y unos dibujitos indicativos de las funciones. Giré el que tenía un dibujo de lámpara y la luminosidad exterior que entraba por los muros de cuarzo verde traslúcido, fue disminuyendo hasta la casi completa oscuridad. Jugué unos minutos con el dispositivo, intentando entender el sistema que oscurecía el mineral hasta hacerlo completamente opaco, pero dejé de insistir porque no tenía elementos para comprender esa tecnología. Otro comando era un dial con el que pude elegir varias músicas. Hacia un lado, melodías muy suaves, adecuadas para dormirse. Hacia la derecha, músicas preciosas, pero más indicadas para el despertar. El segundo botón daba una suave vibración a la cama, sin el menor ruido, y el tercero era una palanquita con cuatro direcciones, que daba a la cama diferentes posiciones de quebrada, con los pies más altos o más bajos. Dejé la cama en su posición normal y noté que la temperatura de la habitación era perfecta, mientras que en el exterior era levemente inferior y hasta la había sentido un poco fría al llegar.

Mis sueños de aquella noche fueron toda una experiencia espiritual. Aquellos tres minutos en que el Guardián del Corazón del Mundo se comunicó con nosotros, fue algo que no pude apreciar en ese momento con toda la importancia y profundidad de semejante vivencia, pero cuando la mente empezó a dejarme en paz, dejó de hacer preguntas y de reproducir todas las imágenes de aquel viaje a través de la Terrae Interiora, una serie ordenada de pensamientos subconscientes acompañaron mi descanso. Es un poco difícil explicar lo que se siente cuando uno ha sentido íntimamente al Guardián del Corazón del Mundo, pero podría resumirse, diciendo que equivale a darse cuenta cuál es nuestra verdadera casa.

El antiguo palacete que alquilaba para hacer los experimentos piramidales, no era mi verdadera casa. Tampoco la casa que construí con mis padres. Ni siquiera aquella casa piramidal que los Taipecanes construyeron con exquisita delicadeza y detalle para los pocos días que estaríamos allí o para cuanto tiempo quisiéramos habitarla. No, nuestra Verdadera Casa es el Mundo. Y no es una mera "piedra espacial" girando alrededor del sol, sino un Ser Viviente, con un grado de consciencia muy superior a cualquiera de los Seres que lo habitamos. Siente nuestros sufrimientos, se alegra con nuestra felicidad, comprende nuestros sentimientos, nuestras preocupaciones, nuestros errores y necedades. Sabe de nuestras inquietudes, de nuestros padecimientos y de nuestros deseos, muchas veces -por no decir siempre- vanos, innecesarios, superfluos... Esta Verdadera Casa es también nuestra Verdadera Madre por encima de toda maternidad circunstancial. Es a la vez Madre y Padre y ya los antiguos Griegos le asignaron un nombre a su Ser. Le llamaron "Logos", que significa "Conocimiento", pero en el concepto de extrema pureza y totalidad. Y no en vano todas las culturas instruidas y a la vez espirituales, han rendido homenaje y devoción al "Anima Mundi" (Alma del Mundo), como llamaban los romanos a este "Logos" Planetario.

Como es costumbre entre las civilizaciones subterráneas, nadie despierta a nadie, salvo que se diera un excepcional caso de emergencia. Igual había hecho el GEOS en su anterior aventura, durante el viaje hacia el rescate de Iskaún y luego con ella. De no mediar una circunstancia especial, cada uno duerme todo lo que necesita y se despierta cuando su mente o su cuerpo lo dictamina. Eran las dos de la mañana (en la superficie peruana) cuando me acosté. Cuando mi mente se aclaró espontáneamente, sintiendo aún el eco de las palabras del

Guardián y algunos placenteros sueños relacionados, miré el reloj y eran casi las siete. Tuve que pensar un poco y comprobar mi estado de perfecta vigilia para comprender que no había dormido cinco horas, sino diecisiete. Tal como había experimentado ya en las pirámides de Tiike-Chou y en mi laboratorio, si uno duerme su sueño piramidal sin molestias logra una reposición energética mucho mayor de lo esperado. Aquella jornada ya había comenzado para algunos de mis compañeros, pero tuve el consuelo de que varios de ellos aún no se habían levantado. Me di un baño en una hermosa bañera de cristal azulino -posiblemente cuarzo azul o calcedonia- labrada con un bajorrelieve formando rosas y otras flores. El agua, evidentemente tratada en la misma pirámide por simple permanencia en el depósito, más parecía un alimento que un simple líquido limpiador. Estaba a una temperatura tan deliciosa que no podía yo dar crédito a lo que experimentaba.

Me vestí luego de una larga hora de disfrute en el agua y bajé a la sala central, donde una Taipecana acomodaba una pequeña mesa con diversos pastelillos y bebidas para el desayuno.

- ¿Cómo podéis comprender los Taipecanes -le pregunté a la mujer- nuestras más íntimas y personales necesidades?.

- Vosotros -me dijo- comprendéis la necesidad que todo este Mundo tiene de vuestras misiones. ¿Acaso merecéis menos que un poco de atención y cuidado?.

- Bueno... No estamos aquí sólo por cumplir misiones... También se trata de nuestro Gran Juramento...

- ¿No es ese Gran Juramento el mismo que yo también he hecho, un acto de Amor hacia todos los Seres que vivimos en el Mundo y hacia el cuidado del Mundo mismo?.

- Si... Claro... Es que... En fin, que no me he explicado bien. Quiero decir que no entiendo cómo pueden saber los Taipecanes cuál es la temperatura perfecta para darnos un baño, y cómo hacen para que el agua no se enfríe...

La mujer lanzó una contagiosa carcajada y no pude menos que reírme junto con ella, cuando comprendí la trivialidad que le preguntaba, respecto a lo que ella había entendido.

- Ya comprendo... -dijo cuando la risa le permitió hablar- Es que las bañaderas tienen un lector de estados corporales. Están graduadas para mantener el agua a treinta y seis grados centígrados y ocho décimas. Pero cada persona tiene leves diferencias. Cuando -por ejemplo- la persona que se acerca a la bañadera tiene una temperatura diferente, el sensor regula la temperatura considerando otras lecturas, como presión sanguínea, acidez de la piel y otros factores.

- ¡Ah!... O sea que la bañadera ajusta la temperatura a la necesidad real del cuerpo...

- Y no sólo eso, -respondió la mujer- sino que además agrega algunas de las sales fundamentales para la relajación, en base a esas lecturas. Los Amigos Dracofenos han disfrutado más aún de estos sistemas, pero les hemos advertido de que puede resultarles inconveniente beber el agua de la...

No terminó de decirlo sin lanzar una nueva carcajada, en la que le acompañé con todas mis ganas. Me imaginé a Lotosano bebiendo del agua de la bañadera saturada de sales y me hizo mucha gracia. Como si hubiera escuchado nuestros pensamientos, bajaba nuestro Amigo Dracofeno por las escaleras, con una sonrisa "de oreja a oreja". Por supuesto que no le diríamos la causa de nuestras risas, pero lo preguntó y no tuvimos más remedio que confesarle nuestra conversación. Como buen Dracofeno que demostró ser, lejos de ofenderse como habrían hecho muchas personas de la civilización humana de la superficie, comprendió nuestro humor y se sumó a nuestras risas.

- Y no me quiero imaginar -dijo en plena risa Lotosano- lo que disfrutaría cualquier Dracofeno bebiendo el agua de vuestras bañaderas...

- ¡Puajjj! -dije- ¡Lotosano...! ¿Cómo se te ocurren esas inmundicias?...

- JA, JA, JAAA... ¿Y vosotros, que coméis materia orgánica, plantas, cadáveres de animales?. Ya me han informado que hasta modifican genéticamente a las vacas, para que los cerebros de los animales produzcan endorfinas, y esas drogas que dan placer al comer la carne, terminarán volviendo locas a las vacas...

- ¿Cómo sabes esas cosas? -le pregunté.

- Es que nuestro compañero Miski está enterado de todo lo que los Narigones están haciendo y lo que harán en asuntos de alimento y medicinas. En fin, alimentos que enfermarán y medicinas que matarán. Así va vuestra civilización.

Nada podía decirle a mi Amigo, salvo confesarle -como lo hice-, que mi primera impresión sobre los Dracofenos fue bastante mala, pero quizá estaban pasando un momento problemático cuando más treinta años antes les conocí en uno de los viajes en cuerpo mágico. Ahora, aún con problemas similares a la civilización de la superficie, empezaba a ser un pueblo prometedor. Muchos Dracofenos se habían rebelado contra sus dictadores corruptos y la conciencia grupal había mejorado. Lotosano, Rucunio y Tarracosa eran muestras de ello.

El desayuno, compuesto de raros y deliciosos frutos, tres variedades de té y algunas masas muy finas, nos dio media hora de exquisito placer sin cosas genéticamente modificadas ni nada artificial. A medida que fueron despertando los más dormilones, empezamos a reunirnos en la plaza central para dirigirnos a la pirámide PI Segunda, donde tendría lugar nuestra conferencia estratégica.

Tras una larga reunión de cinco horas, habíamos tomado conocimiento de la conformación geológica de toda la región. Estábamos a doscientos catorce kilómetros de la superficie, bajo el margen SurEste del desierto de Gobi. Sobre la vacuoide de Quichuán, donde nos encontrábamos, en la ciudad conocida como Shan-Gri-Lá II, se encuentra en la superficie externa la ciudad china de Jinchuan. El largo mayor de la vacuoide es de 871 Kms. y se ubica de SE a NNO (SudEste a Nor-NorOeste). El ancho mayor, cerca del centro, sería de unos 275 Kms. Las montañas más altas no tienen nada que envidiar a las del Tíbet, pero sin nieves, debido a que la atmósfera de vacuoide, aún con sus vientos, es muy homogénea y se encuentra -como toda la corteza- dentro de la troposfera general del planeta.

Unas zonas de color violeta representaban las Nueve Columnas, que son el soporte del techo de la vacuoide. Estas parecen montañas pero se extienden hasta el techo, a más de sesenta kilómetros de altitud desde el nivel del suelo. Están localizadas en tres grupos, dividiendo la vacuoide en cuatro regiones que son, desde el Oeste hacia el Este: Región Ciudadana (donde se encuentra Shan-Gri-Lá IIª), Región del Pli-Kuo, Región del Yzen-Kuo y Región del Kuinaoma. La mayor de las Nueve Columnas, ubicada justo al centro, es un imponente macizo de noventa y cinco kilómetros de largo por veinte de ancho. Los tres grupos de columnas van orientados de Norte a Sur.

Su composición varía en coloridos, pero se trata de basaltos prácticamente forrados por una roca volcánica durísima, de decenas de metros de espesor. Según pude apreciar en unas hermosas fotografías bellamente encuadradas, en la casa piramidal, trátase de la misma piedra que hallamos como cobertura del interior de la Malla de Rucanostep, o sea que millones de años atrás, la vacuoide Quichuán fue una gigantesca panela volcánica.

También era digno de destacar que el mapa indicaba más de doscientas pirámides en una región alargada denominada "Camino del

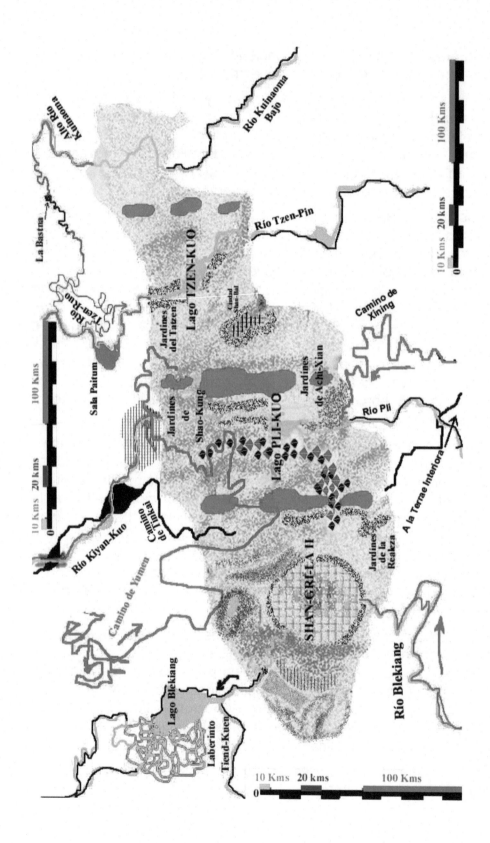

Dragón". La cabeza del dragón se hallaba limitada por el Paso del Dragón, entre las dos grandes columnas del SurEste.

En el plano vertical, la altura máxima ronda los sesenta y dos kilómetros. Una vacuoide bastante "chata", considerando su origen volcánico. Cuatro soles artificiales fueron colocados hace miles de años sobre la bóveda, nutriéndose de luz por conductos de cuarzo convertidos en fibra óptica, provenientes de diferentes regiones y desde unas usinas en diversas panelas volcánicas que se hallan a muchos cientos de kilómetros, para derramarla sobre el interior en cada una de las regiones. Los constructores de Shan-Gri-Lá IIª habían hecho aquellas maravillas con ayuda de Primordiales Terrestres y Venusinos, más de cien mil años atrás.

Se nos hizo una docena de copias del mapa fundamental y otras copias más detalladas de varios sectores. Los mapas estaban impresos en una tela metalizada, similar a los toldos protectores que ya conocíamos, pero más fina, aunque imposible de romper o quemar.

- Hay seis vías -decía un topógrafo Taipecán- por las que puede llegarse a esta vacuoide desde niveles más altos. El Río Blekiang, transitable por algunas épocas en su orilla o con una canoa. Sin embargo ésta entrada se halla cuidada por una serie de trampas ingeniosas y centinelas. El río que abastece de agua directamente a la ciudad, de algo más de tres millones de personas, no puede descuidarse jamás, ni siquiera en sus orígenes en el lago Qinghai-Hu y otros afluentes subterráneos. Como segunda entrada tenemos el camino de Xining, que también está custodiado, pero habrá que asegurarse. Una caverna cerca de la ciudad china de ese mismo nombre es el sitio de acceso desde la superficie. Unos monjes mortales, conocedores de toda esta cuestión, son los guardianes de esta entrada desde hace tres mil años.

- En el extremo oriental de la vacuoide -decía una Taipecana, ayudante de ingeniería- tenemos la tercera, el Río Alto Kuinaoma, que proviene de diversos acuíferos y un pequeño mar llamado Pogatuí, cuyo fondo se halla a cincuenta y tres kilómetros de profundidad, bajo el desierto de Gobi.

- ¿Está explorado? -pregunté.

- Sólo una pequeña parte y hace miles de años. -siguió la ingeniera- Esta entrada es una de las más sospechosas, porque no hay mucho conocimiento de las redes de túneles y ríos que se cruzan en su recorrido. Las vimanas, tanto de los Primordiales Venusinos como de los Terrestres, no han podido hacer recorridos metódicos ni mapas, debido a la gran cantidad de plata y otros minerales intraspasables que posee toda esta región subasiática.

Cuando se estableció esa vacuoide para el exilio de los Taipecanes que no podían seguir en su planeta -debido a cuestiones geológicas de Venus- la eligieron por ser una de las mejores, con abundante agua. Su tierra, muy fértil, acumulada en el piso de la vacuoide como sedimento, por los diversos ríos, así como varios aspectos geomorfológicos más, fueron toda una tentación para los geomantes Taipecanes, que vieron en la vacuoide Quichuán el mejor Feng-Shui de lo presentado en su momento. No podían imaginar que la civilización de la superficie externa pudiera generar grupos dañinos como los Narigones que pusieran en peligro su maravillosa, pacífica, armoniosa y Trascendente existencia.

La cuarta entrada -siguió el topógrafo- es la segunda en el orden de sospecha. Es el río Tzen-Ruo, proveniente también del mismo mar, pero con otros afluentes, cuyos laberintos son poco y casi nada conocidos. Este río sale a mil ciento diez metros sobre el nivel de la vacuoide, formando varias cataratas en forma de abanico. Luego tenemos la quinta entrada, el Camino de Yumen... Si bien es el más directo hacia la superficie exterior y amplio en todo su recorrido, está muy bien custodiado. No sería necesario inspeccionarlo, según el Gobernador que recibe reportes de los centinelas cada cinco o seis horas. Esta entrada se inicia cerca de los Jardines de Shao-Kung, bajando algunos kilómetros para subir luego hasta la superficie externa y desembocar en... Bueno, un sitio de la China. [Perdonará el Apreciado Lector que no revele secretos que serían perjudiciales para los Taipecanes y para todo el mundo. No sólo amables Lectores pueden tener este libro en sus manos ;-)]

- La siguiente, -siguió la ayudante- es la sexta, última y también sospechosa entrada. Se trata del Río Kiyan-Kuo, proveniente de otros acuíferos desconocidos. En la vacuoide sale con gran presión, por un agujero en la roca que tiene un diámetro de diecisiete metros, produciendo una hermosa catarata que se pierde en forma de lluvia, ya que entre la salida y el piso median cerca de treinta kilómetros. Esta catarata, llamada Lluvia del Kiyan-Kuo, ocupa el tercer lugar entre las caídas de agua más altas de planeta.

- Entonces estas entradas, marcadas con rojo -dijo Tuutí- o rojo y azul si corresponden a un curso de agua, serían las primeras en explorar, ya que son las que comunican directa o indirectamente con la superficie externa. Las otras, en negro en el mapa, son las que llevan hacia lugares más interiores de la Tierra y las dejaremos para el último, si es que vale la pena explorarlas...

Empezamos a conversar sobre las perspectivas de que en algunas de ellas se hallaran zonas poco conocidas que merecieran el título de "especialmente sospechosas". Nos miramos con Tuutí, Ajllu y Rodolfo cuando comprendimos que los topógrafos Taipecanes no conocían en realidad casi nada de las galerías que conectaban con estos caminos. No era nuestra intención criticar a los topógrafos, pero este gremio parecía ser el único con imperdonables fallas en la civilización Taipecana. Siendo que dependía principalmente de ellos la seguridad de la vacuoide y no sólo los asuntos referidos al Feng-Shui, sino en cuanto a estrategia, factores sísmicos y otras cuestiones un poco más complicadas.

Pero no era momento de criticar fallas, sino de ponernos a resolver la falta de datos, explorando las zonas desconocidas, así que continuamos con las galerías que llevan dirección descendente. En primer lugar, teníamos a unos cincuenta y cinco kilómetros de la ciudad, la entrada a la galería que conduce directamente a la Terrae Interiora. Esta se hallaba fuera de riesgo, puesto que la vigilaban Taipecanes y Primordiales, siendo bastante fácil su tránsito y habíanse sellado hacía tiempo, todas las galerías que convergían en ella.

La segunda era la continuación del Río Kiyan-Kuo y el lago Pli-Kuo. Desconocíamos dónde llevaba este río, tras pasar por unos importantes yacimientos de plata y selenio. La tercera descendente era el Río Tzen-Pin, proveniente del lago Tzen-Kuo. La cuarta galería es la del Río Bajo Kuinaoma, que no parecía ser accesible, ya que el agua entra en ella formando un remolino y seguramente iría con bastante presión por un larguísimo trayecto hacia abajo.

La quinta, el Camino de Tinkai, que por varias razones no había podido ser explorado en su totalidad, se sabía que su recorrido era invariable hacia abajo, al menos en más de quinientos kilómetros en distancia y cuarenta kilómetros en cota (o sea en nivel) . No fue mejor explorado por varias razones. En primer lugar, porque las vimanas no podían transitar casi por ningún lugar hacia el norte de la vacuoide. Corrían riesgo de quedar atrapadas entre yacimientos de minerales intraspasables y habían tenido más una vez, situaciones de alto riesgo. En segundo lugar, los Taipecanes no habían explorado más este camino, porque sus tamaños, con un promedio de tres metros de altura, se encontraban con pasos muy estrechos y profundos. Un grupo de ingenieros estaban intentando abrir camino en la galería, pero esa exploración era lenta y muy peligrosa. Lo mismo ocurría en otros sitios.

Finalmente, nos quedaba el Río Bajo Blekiang, que desembocaba en un lago a un centenar de kilómetros de la ciudad. El lago era conocido y custodiado, pero sólo estaba parcialmente reconocido el laberinto alrededor de él, compuesto por un entramado de galerías que sumando los recorridos, se calculaba en cinco mil kilómetros.

- Creo -dijo Tuutí en la reunión- que habría que comenzar por el Alto Kuinaoma. Allí es donde las sospechas pueden tener mejor asidero, puesto que hay un comando de operaciones de los Narigones sobre el desierto de Gobi.

- ¿Sería quizá conveniente -dijo el Gobernador- que vuestro equipo se dividiera para explorar en menor tiempo?.

- No parece oportuno. -dijo Cirilo- El GEOS ha trabajado muy bien gracias a la variedad de especialistas y el número que lo compone. No obstante, Tuutí... ¿Qué piensas?.

- Que mi compañero tiene razón -dijo a los Taipecanes- porque dividirnos, aunque se ahorrara algún tiempo, implicaría una pérdida de capacidad operativa. Eso se haría sólo por razones estratégicas o de necesidad durante una operación o una exploración, pero no antes. Las galerías a explorar son muchas y si no hay sugerencia en contra, empezaremos mañana mismo por el Alto Kuinaoma.

Como los Taipecanes asintieran, la reunión se dio por terminada y disponíamos de algunas horas para pasear y conocer un poco la ciudad. Viky me acompañó en un paseo por el Parque de las Fuentes Rosadas, en el costado nororiental de Shan-Gri-Lá II, casi a los pies de unas bellas montañas. Este macizo, que según el mapa tendría unos treinta kilómetros de ancho, presentaba tres picos de unos cuatro mil metros de altura. Sus cumbres eran muy abruptas, pero hasta el pie de los altos farallones la vegetación era abundante, y en la distancia destacaban salpicones de colores lilas, rojos y anaranjados, de los frutales y otras especies que cubrían la falda montañosa.

Tras la larga caminata y una buena comida, nos fuimos a dormir. La siguiente jornada se iniciaría coincidiendo con las horas diurnas de China. Serían las siete de la mañana en la superficie, en esa longitud, cuando hicimos la formación y cumplimos con los protocolos militares tras los últimos preparativos. El Gobernador y otras personas nos despidieron y la nave freizantena que había quedado a nuestra disposición nos llevó hasta la entrada del Alto Kuinaoma.

Las columnas de Quichuán son algo tan fantástico que no cabe en los ojos. Sus sesenta kilómetros de altitud, la diversidad de colores de sus vetas minerales, sus formas acordes a las reglas matemáticas de la naturaleza, con una curvatura perfecta para sostener la vacuoide contra todo el peso de la corteza terrestre... En fin, toda una obra de perfección que aún dentro de la vacuoide y en el extremo de la misma, obliga a mirarlas bajando y subiendo la cabeza, porque no abarca la vista de una sola mirada toda su grandeza

Las construcciones Taipecanas no desmerecen el paisaje natural, sino que lo realzan, con las numerosas grandes pirámides del Camino del Dragón. Imposible describirlas todas, como imposible recorrerlas siquiera, sabiendo que de nuestra misión podía depender el hecho de que todo eso siga existiendo. Pero no se rompió el encanto del viaje al llegar al destino. La desembocadura del Río Kuinaoma se halla a una altura de dos mil metros sobre el nivel de la vacuoide, formando una catarata con cientos de saltos sucesivos. Un lugar donde decir "hermoso" es quedarse muy corto en la descripción.

- ¡Y pensar -dije- que el Salto del Ángel, en el río Caroní de Venezuela es "la más alta del mundo" con sus humildes novecientos ochenta metros!.

- Yo me pregunto -dijo Kkala- cómo serán las otras, ya que ésta ni figura como excepcional. ¿Te imaginas la Lluvia del Kiyan-Kuo?, que es la tercera...

- Sólo espero -le respondí- que tengamos ocasión de visitarla cuando no haya más peligro para esta vacuoide y sus habitantes.

La nave se mantuvo estacionada a varios centenares de metros de la catarata, cerca de un curso menor, por cuya galería accederíamos al brazo principal del río. Gerdana estiró la rampa para que pudiésemos entrar en la gruta. En su costado derecho podíamos hacer pie perfectamente, salpicándonos con las aguas de la pequeña cascada. Desde allí contemplamos unos minutos más el paisaje, antes de internarnos en las entrañas de la región para subir casi dos mil metros hasta el cauce principal del Kuinaoma.

Al pasar por la rampa sentí la misma sensación que había tenido cuando subí a esa nave en la caverna cercana a Iraotapar. Una especie de corriente extraña y desagradable, pero no había dicho nada en esa ocasión ni lo dije en ésta. Quizá era sólo un vértigo por la altura, ya que ese estrecho puente entre la nave y la caverna no tenía más de tres metros de ancho.

Nos despedimos de la capitana, quien nos entregó una docena de aparatitos del tamaño de un pequeño reloj, con su malla de pulsera. Al distribuir los aparatos, de los que me tocó uno, nos explicó que marcaba la altitud y una serie de números que serían las coordenadas de ubicación.

- Y este otro botón, si lo pulsáis cinco veces seguidas, me dará una alarma e indicará dónde se encuentra el que lo lleve puesto. Con la frecuencia que Tuutí disponga, me avisarán de vuestra situación. Pero si hay peligro y tenéis necesidad de socorro, deberán pulsar estos dos simultáneamente, durante tres segundos. En tal caso, un grupo de Guerreros Taipecanes saldrá en vuestro auxilio. No hay posibilidad de otra forma de contacto y ya es bastante que hayamos desarrollado estos emisores de onda extremadamente larga. Igual pueden fallar, pero no fallarán cuando regresen y tenga que venir a buscarlos a este mismo lugar o a cualquier otro dentro la vacuoide.

Nos despedimos de Gerdana y emprendimos la marcha. Tardamos sólo tres horas en el ascenso por el túnel del arroyo, subiendo casi dos kilómetros en altitud y unos siete en longitud, porque la mayor parte del camino tenía escaleras de 35 centímetros. Al llegar al río hallamos una estatua de tamaño natural, representando a un Taipecán con un gato en brazos. Evidentemente, había proyectos de hacer en aquella zona una extensión a los maravillosos paseos de la vacuoide de Quichuán. Marcamos en el mapa un punto que llamamos "Chubi", en homenaje intraterreno al gato de uno de mis Hermanos de Alma. Seguimos con cierta curiosidad, pero encontramos que en adelante no había escaleras ni ninguna facilidad de camino. El río se hallaba en su estado natural, aunque sus márgenes eran perfectamente transitables. Hacia ambos lados del curso teníamos unos veinte metros como mínimo para andar, sin más inconveniente que las piedras, algunas zonas resbaladizas y algunas formaciones estalagmíticas. Entrábamos en zona poco visitada y que no se exploraba desde hacía mucho tiempo.

Las estalactitas resultaron peligrosas en un tramo, pero luego el camino se hizo fácil otra vez. Hicimos alto a las seis horas y descansamos hora y media. Seguimos sin novedades durante ocho horas más y paramos para dormir. El olor a vegetales que nos llegaba era inquietante. Allí mismo no habíamos visto ni una sola especie y los últimos musgos y líquenes llegaban a medio kilómetro desde donde partía el arroyo, que habíamos llamado "Chubi".

- Es posible que estemos cerca de otra vacuoide. -dijo Ajllu- Pero en tal caso...

- Estaría iluminada -me adelanté- y eso no está previsto en el mapa.

El sitio no podía ser mejor para dormir. Un socavón del tamaño de dos campos de fútbol, apenas invadido por algunas estalagmitas y estalactitas en la periferia, mientras en el centro la roca básica de negro basalto se hallaba libre de grietas y filtraciones. Estábamos a unos quince metros del nivel del río, así que dormimos muy seguros y cómodos. Al despertar, el olor a vegetales seguía, a pesar de que el olfato se suele acostumbrar rápido.

- ¿Es posible -decía Tuutí- que algún mineral produzca ese olor tan fuerte?.

- Ninguno que yo conozca. -le respondí- Y me pregunto si ese aire que acompaña al río no será... Bueno, no quiero asustar a nadie, pero ya tuvimos una experiencia con los ciclos de viento producidos por líquido que entraba en una vacuoide. Aquí el aire es tibio, apenas fresco por momentos, pero es curioso que hayamos empezado a sentir el soplo de aire y el olor cuando estábamos cerca de este punto y no antes. ¿Podría ser...?

No concluí de expresar lo que pensaba, a fin de evitar preocupaciones innecesarias. Se me estaba ocurriendo que el río podía estar teniendo una crecida repentina y que trajese vegetales arrasados por aluvión desde la superficie o desde otra vacuoide. Pero no era demasiado probable que ello fuese así.

- ¿Qué ibas a decir? -me preguntó Cirilo.

- No... Nada en concreto... Igual considero que sería prudente volver e iniciar el viaje dentro de un par de días.

- ¡Hemos andado cuarenta y dos kilómetros! -dijo Tuutí- ¿Te parece necesario perder esta andada y tener que repetirla?.

- No me parece imprescindible, pero me parece prudente. La brisa ha aumentado y el olor también. Si tuviera sólo la misma intensidad que cuando llegamos a este punto, ahora no lo sentiríamos por cansancio del olfato, tras diez horas de dormir en este ambiente. Si aún sentimos el olor, es porque ha aumentado. Y el soplo de brisa también aumentó en proporción.

Tras una reunión de "Plana Mayor", que estaba formada en el siguiente orden: Tuutí, Cirilo, Viky, Rodolfo, Ajllu, yo mismo, Intianahuy, Luana y Kkala, decidimos que seguiríamos dos horas más. Habíamos encontrado una galería ascendente sin muchas posibilidades de prolongación, pero pendiente de inspección, a doce kilómetros de la entrada. Estábamos a treinta kilómetros, o sea unas diez horas de camino, así que era preferible seguir y ascender en la próxima que encontrásemos. No estuve de acuerdo con la decisión, porque si se trataba de una crecida atípica del río, estaríamos en serio peligro. Sin embargo, sólo Kkala y yo deseábamos regresar. Si no hallábamos la causa del olor o encontrábamos alguna galería ascendente en dos horas más, regresaríamos.

Apuramos la salida y no habíamos andado media hora cuando el olor se hizo algo más tenue, pero la brisa más fuerte. Rucunio dijo que le parecía oír algo similar al ruido de un río lejano o un golpe de agua.

- Y no estoy exagerando... -siguió diciendo el Dracofeno- Tengo buen oído y no me equivoco. Diría que si la caverna no varía demasiado en sus proporciones, el ruido viene de unos cincuenta kilómetros. Cuarenta y ocho cuando menos...

Lotosano y Tarracosa afirmaron la percepción, así que si los Dracofenos oían lo mismo, no había lugar a dudas. Teníamos una circunstancia anormal, a pesar de que entre los tres diferían en un kilómetro más o menos.

- Si es un golpe de agua a cincuenta kilómetros, -dije aún sorprendido por la exactitud y seguridad perceptiva de los Dracofenos - ya no hay tiempo para volver. En unos cuarenta minutos estaremos muy mojados...

- Perdidos por perdidos... -dijo Tuutí- ¡Adelante a toda prisa!.

Su orden fue clara y contundente, no dio lugar a discusión, así que continuamos por espacio de unos veinte minutos, hasta que un enorme hueco casi en el techo de la caverna nos llamó la atención.

- ¿Será una galería ascendente o sólo un socavón de derrumbe? - preguntó Khispi.

- Eso no es de derrumbe. -dije- Tiene bordes claros de erosión hídrica. Habría que explorarlo.

Mientras terminaba de responder, Chauli estaba revoleando una cuerda con un garfio en el extremo. Al primer tiro consiguió engancharlo y trepó ágilmente los diez metros, quedando en la boca del hueco, que no era otra cosa que una galería confluente. Las mujeres preparaban una escalera de cuerdas que estaba ya lista cuando Chauli regresó a la boca tras una breve exploración.

- Sin duda que debemos ir por aquí, -dijo Chauli- al menos hasta que pase la crecida...

- ¿Qué inclinación tiene? -preguntó Tuutí.

- Unos quince grados en el tramo de cien metros que anduve, pero se agranda un poco más adelante, así que puede ser una galería larga; creo que estará bien...

En diez minutos estábamos todos en la nueva galería y las mujeres recogían la escalera, que en vez de desarmarla llevaron entre cinco de ellas, a fin de tenerla disponible con rapidez. Anduvimos algo menos de media hora cuando el rugido del agua hacía evidente que nuestro grupo se había salvado por pelos. No habíamos andado más de dos kilómetros, pero con una elevación de algo más de trescientos cincuenta metros y algunos sifones de la galería, podíamos considerarnos en cierta seguridad. No obstante, sugerí a Tuutí apurar el paso, ya que si el agua llevaba mucha presión, no era del todo seguro que no nos alcanzara.

- No creo que pueda llenar esta galería y subir tanto, -respondió- pero no estaría mal mejorar la seguridad. Apuremos el paso entonces.

Otra hora de marcha y los altímetros magnéticos indicaban que estábamos a mil trescientos metros por encima del sitio donde abandonamos el río Kuinaoma. El camino era estrecho y en varias partes muy dificultoso. Dada las circunstancias, se decidió que exploraríamos completamente esa galería, llevara donde llevara. Nuestros alimentos eran suficientes para dos meses y ya que no convenía volver al río hasta que pasara completamente la crecida, podíamos mapear una amplia zona. Una ingeniera Taipecana me había dado un cuaderno milimetrado, compuesto de hojas amarillas, pero de tipo metalizado y un bolígrafo de cinco colores. Al escribir sobre el cuaderno, las líneas no se podían borrar aunque se mojase o rascara la hoja. Los altímetros de pulsera que nos dieron representaron una ventaja extraordinaria, pues podíamos precisar los niveles con toda exactitud, evitando engorrosos cálculos. Nos hallábamos ahora a 209.709 metros de profundidad, o sea a 4.291 metros sobre el piso de la vacuoide Quichuán. Las paredes de las galerías mostraban filones de plata casi pura, llamada "plata nativa". Algunas formaciones con gran pureza de este metal noble, no sólo eran un problema para las vimanas, sino hasta para nosotros, que debíamos extremar precauciones con las agudas puntas de unas especies de estalactitas de plata, que parecían aquellos mazos de los guerreros de la Edad Media, sólo que tales puntas medían entre quince y cincuenta centímetros, mientras que el largo aproximado de la estalactita rondaba los tres metros.

El peligro mayor estaba en unos "pelos" dispersos en la roca, de diez a treinta centímetros de largo, más finos que una aguja. Este mineral era sin duda "silvanita" $(Au, Ag)Te_4$, es decir teluro de plata y oro. Otras formaciones más pequeñas, eran de kalgoorlita, cuya fórmula es $[(Au,Ag)_2Te]$, o sea de similar composición, un poco más amarillentas y menos peligrosas para nuestro tránsito. Estas formaciones minerales serían para un joyero o coleccionistas, objetos dignos de empeñar toda su fortuna, tanto por su rareza como por su antigüedad natural y belleza... Pero para nosotros eran un peligroso estorbo.

La caverna se empezaba diversificar en varias galerías, así que tuvimos que dividirnos en tres grupos de exploración. Tuutí a cargo del primero, Cirilo a cargo del segundo y yo a cargo del tercero. Pedí que se sumara a mi equipo nuestro joven experto en escalamiento porque sería muy necesario en la cueva asignada, por ser la más nutrida en minerales de todo tipo. También era la más accidentada, con pronunciado declive. En tres horas debíamos reunirnos los tres grupos en el punto de partida, al que llamamos "punto Iepum", porque se veían desde allí ocho posibles caminos. Nuestra exploración no fue muy fructífera, pues terminó media hora después de profundos descensos en un gran yacimiento de piromorfitas y mineral de plomo, del que llegaban diversas filtraciones de agua muy pequeñas, pero que indicaban la presencia de algún río o lago más arriba. No había forma de pasar de un sumidero en su último trecho descendente, así que volvimos al punto Iepum.

Cirilo y su grupo volvió dos horas y media después, con similares resultados. Su galería ascendente terminó en un lago, que por sus mapeos era el que estaba sobre el fin de nuestro camino. Pero Tuutí no llegaba tres horas y cuarto después. Nos preparamos para salir en busca de su equipo y emprendimos la marcha con cierta urgencia. Con nosotros estaban Lotosano y Tarracosa, mientras que Rucunio estaba con Tuutí. Los Dracofenos podían oír sus potentes gritos agudísimos o muy graves, a más de cinco kilómetros en las cavernas y hasta quince kilómetros si estas no contenían agua. No se oía respuesta a sus gritos, así que cabía preocuparnos. A los diez minutos de haber salido, la caverna que llamamos Vertiente 1ª se dividió en dos ramales muy difíciles de diferenciar como principal y secundario. Cirilo ordenó dividirnos como antes, regresando un mensajero cada cuarto de hora hasta ese punto que llamamos Bifurcación del Monigote, por estar señalizada con una estalagmita calcárea que parecía un muñeco de nieve. Si no habían novedades en dos horas o confirmación del rumbo de Tuutí, suspenderíamos la búsqueda y nos reuniríamos todos en esa bifurcación.

Nuestro grupo, con Chauli a la cabeza, marchó por la derecha y no encontrábamos ninguna señal de tránsito del equipo de Tuutí. Luego de quince minutos, tras una pequeña escarpada de rocas el camino se hizo casi impracticable, así que volvimos y en una hora estábamos otra vez con el equipo de Cirilo, siguiendo la Vertiente 1ª. Aún los Dracofenos no oían absolutamente nada.

- Es muy extraño que Tuutí no haya mandado algún mensajero. -decía Cirilo- Si hubiesen previsto peligro ya tendríamos noticias...

- Se han perdido -dijo Tarracosa- o han sido pillados por sorpresa por alguna circunstancia que no quiero ni pensar. ¿No sería conveniente hacer un aviso de peligro con esos altímetros y marcadores de posición?.

- No sería de mucha ayuda -dije- porque los Taipecanes tardarían mucho en llegar y por algunas de estas galerías que hemos pasado ajustadamente, no podrán pasar ellos. Además, la crecida del río seguramente impedirá el tránsito por algunos días. Si Tuutí y su equipo están realmente en peligro, ya habrán hecho ellos la señal indicada.

- ¿Alguna sugerencia de acción? -preguntó Cirilo.

- Que sigamos avanzando. -dije- No nos queda otra...

Anduvimos unos pocos minutos y la caverna comenzó a diversificarse en un laberinto bastante peligroso de pérdida. Una marca con pintura fosforescente fue el primer rastro hallado de nuestros compañeros. Seguimos con ansiedad la indicación y cuarenta minutos después, tras haber encontrado dos marcas más y tres arroyos, el camino se convirtió en una sala muy grande. No era una vacuoide, pero nuestras linternas apena alumbraban parte del techo, con enormes estalactitas y sus correspondientes estalagmitas de todos colores.

Mi brújula no funcionaba y me sorprendí que tampoco marcara nada el altímetro. Habíamos caminado unos cuantos pasos en la sala, desparramándonos y alumbrando hacia todos los sitios, cuando Lotosano emitió un sonido cada vez más grave, hasta que dejamos de oírle. No obtuvo respuesta. Mientras tanto, la luz de nuestras linternas empezaba a verse azulina, en vez que el blanco amarillento habitual.

- ¡ Esperen ! -dije- No se muevan... Disculpa Cirilo, pero te pido la venia de relevo unos minutos.

- Y todos los que quieras, quedas al mando...

- Reúnanse todos conmigo, ¡Ahora!. -dije, e inmediatamente los sesenta y cuatro componentes del equipo estábamos reunidos en un círculo.

- ¿Alguien puede decirme con exactitud por dónde hemos venido?.

- Por allá... -dijo alguien.

- ¡No, por allá!.

- Hemos entrado por ese lado... -dijo Chauli apuntando hacia otra parte, mientras otros lo hacían casi al contrario.

- Vale... Nadie apunta hacia el centro, porque estamos a pocos metros de la entrada y vemos los muros hacia este sector, pero habéis apuntado en un abanico de unos ciento sesenta grados. Aquí no funciona la brújula ni los altímetros. Eso que hay allí es un mineral que indica la presencia de casiterita, o sea un óxido de estaño (SnO_2). Cerca de la superficie se da en yacimientos de cuarzo y terrenos graníticos, pero aquí, muy profundo, se halla seguramente cerca de yacimientos de uranio y otros actínidos.

- ¿Otros qué? -preguntó Chauli.

- Los actínidos son una serie de elementos que comienza con el Actinio (número atómico 89) y sigue con el Torio, Protactinio, Uranio y otros, hasta el Laurencio (número atómico 103). Sus números atómicos, nombres y símbolos químicos son: 89, actinio (Ac), el elemento prototipo, algunas veces no se incluye como un miembro real de la serie; 90, torio (Th); 91, protacnio (Pa); 92, uranio (U); 93, neptunio (Np); 94, plutonio (Pu); 95, americio (Am); 96, curio (Cm); 97, berkelio (Bk); 98, californio (Cf); 99, einsteinio (Es); 100, fermio (Fm); 101, mendelevio (Md); 102, nobelio (No); 103, laurencio (Lr)...

- ¿Y tú me contabas que tus amigos científicos te hablaban en detalles técnicos incomprensibles...? -interrumpió Cirilo.

- ¡Oh!, Cierto, perdonen. Quiero decir que son elementos pesados, todos radioactivos, excepto el torio y el Uranio...

- ¡¿Que no es radiactivo el Uranio...?!. -dijo Luana.

- Pues no lo es mucho más que el plomo, en su estado natural. El Uranio enriquecido, para convertirlo en radioactivo, es otra cosa, pero aquí tenemos un grave problema, pues creo que hay en esas formaciones brillantes, algo de cloruro de berkelio, que teóricamente no existe en estado natural y sólo ha podido lograrse por síntesis en laboratorio. Bastan unas millonésimas de gramo para afectar a muchos metros de distancia. Es de los elementos más peligrosos que existen...

- ¿Y estás tan seguro de que eso es lo que hay aquí?. -preguntó Luana.

- No tan seguro. En esa roca de allí, que es Britholita, en sus venas blancas que son de Bastnaesita, puede haber Plutonio. Y bastan también millonésimas de gramo para resultar muy peligroso estar aquí. Sólo se ha teorizado al respecto de la aparición de estos minerales en la tierra, pero aquí tenemos algunos efectos muy serios. Por ejemplo, la total pérdida del sentido de la orientación. Me siento un poco mareado... Menos mal que hice una marca al entrar en la sala, justo a la derecha de la galería. Aunque no me acuerdo si lo hice a la izquierda... Miren el cambio de color en la luz de las lámparas...

- ¿Estás de broma? -dijo Viky- ¿No es por la coloración de la cueva...?

- Nada de broma. De verdad que estamos en apuros. Aquí hay efectos radioactivos...

No alcancé a decirlo que dos de las mujeres que estaban más afuera en nuestro círculo estaban vomitando y Frizt se caía desmayado.

- ¡Tranquilos! -dije al ver que estaban otros sintiendo síntomas extraños- ¡Nadie se mueva o estamos perdidos!. Ustedes se quedan aquí y yo les llamaré...

Comencé por el sector izquierdo del muro de la caverna, andando a paso rápido. La linterna disminuía sola su intensidad en algunos puntos. Cuando encontré la dichosa marca que por fortuna se me ocurrió hacer, llamé al grupo que se reunió conmigo, trayendo ya en brazos a siete de nuestros compañeros. Otros siguieron descomponiéndose mientras nos alejábamos por la galería que nos había conducido a esa peligrosa zona, pero tras un baño en uno de los manantiales hallados antes, empezaron a recuperarse. Luego anduve un poco hasta encontrar arcilla roja que creí haber visto en el avance. Un poco dura pero los cascotes se ablandaron en el agua y un tratamiento de cataplasmas surtió efecto en quince minutos, así que todos repetimos dicho tratamiento.

- No puedo imaginar lo que les ha pasado a Tuutí y su grupo... -decía Cirilo desesperado.

- Si se han dado cuenta, -le dije- han entrado en cualquier galería para salir de la sala. Y no creo que puedan volver a ella, como no podríamos volver nosotros sin equipos adecuados.

- Entonces lo más prudente que habrán hecho será quedarse en algún lugar cercano, donde pudieran avisarnos, hacerse oír... -dijo Chauli.

- Si, pero me temo que tendrían que estar como mínimo a un kilómetro de la sala, como nosotros.

- Nos habríamos oído con Rucunio -dijo Lotosano- ¿Tú has oído algo, Tarracosa?.

- Nada. A dos o tres kilómetros les habría oído perfectamente y Rucunio me oiría a diez kilómetros. Incluso escucharía él nuestras palabras a volumen normal a cinco kilómetros, pero hay que tener en cuenta que la sala actúa como sifón para los sonidos, que se expanden en ella sin entrar a las otras galerías.

- Hay que pensar -decía Cirilo- en alguna manera de atravesar esa sala sin que nos afecten las radiaciones. ¿Lo crees posible, Marcel?.

- Francamente, no. Aquí ha empezado a funcionar el altímetro, aunque no la brújula. De momento estamos a salvo de las radiaciones, pero no conozco ningún truco para pasar por allí, salvo equipos antirradiación.

- Mi linterna -dijo Yujra- dejó de alumbrar en un sitio... Bueno, no sé si a la derecha o la izquierda, pero hacia el centro, y dejé de avanzar por ello.

- Y estas linternas -intervino Cirilo- han pasado duras pruebas. En un primer momento pensé que el cambio de color era sólo impresión mía.

- En fin, que quedas al mando -dije a Cirilo.

- De acuerdo, pero pensemos entre todos qué conviene hacer.

- Por mi parte, -dijo Chauli- creo que deberíamos intentar regresar, aunque el río debe estar aún muy crecido.

- Los Taipecanes podrían ayudarnos con algún equipo. -dije- Pero la verdad es que me resisto a que nos venzan unos minerales...

- ¿Y qué tan antirradioactivas serán estas telas taipecanas? -dijo Irumpa.

- Hacer una prueba puede ser muy peligroso, -respondí- pero me ofrezco como voluntario. ¿Cuánta tela hay?.

- Una para cada uno. -respondió Yujra- Tres de las mochilas están llenas. Son muy finas, ligeras y plegables, pero ya sabemos de su resistencia...

- Si también son antirradioactivas, -dije- los Taipecanes nos lo hubieran dicho.

- Quizá no pensaron en que podíamos hallar esos minerales. -dijo Viky- ¿Son muy comunes?.

- Para nada. -respondí- Sólo he visto algunas muestras de los minerales en que teóricamente se podrían hallar, pero parece que hemos encontrado una rareza más y no menos peligrosa que las inundaciones de petróleo y los mismos Narigones.

- ¿Entonces se aprueba el intento de un traje antirradiación? -dijo Isana.

- Por mi parte estoy dispuesto -dije.

- Bien, manos a la obra. -indicó Cirilo- ¿Qué características debería tener?.

- En primer lugar, ser completamente hermético. Las gafas de buceo me servirán aunque no sean lo más adecuado. Debe ser suelto pero no demasiado, que me permita caminar o correr normalmente...

- No te preocupes... -dijo Isana- Soy muy buena costurera y mi profesión es el diseño de moda. Te haré un traje que llamaré "Sacadeapuros". Con estas telas se puede hacer de todo... Estos Taipecanes son formidables. En vez de tijeras, tengo que usar el mismo aparato que para "coser", lo que es mejor dicho una soldadura que una costura. Pero te quedará pintado...

Mientras hablaba, cabe garantizar que no perdía el tiempo. Me estaba colocando el manto metalizado en la espalda, marcando con mi bolígrafo, luego midió mi altura total con la misma tela que iba a cortar, posteriormente midió piernas, brazos... Y en media hora el traje me cubría completamente, con excepción de la parte de la cara que me tapaba el equipo de buceo. Tenía dos cargas de oxígeno de diez horas cada una, así que si el traje funcionaba como antirradiación, estaríamos salvados y posiblemente el otro grupo también.

- ¿Cómo harás para saber si hay efecto radioactivo en tu cuerpo? -dijo Chauli.

- Pues... Muy simple... Muriéndome o no. -dije medio en broma.

- Más te vale que no te me mueras... -dijo Viky muy en serio.

- Vale. Entonces los Dracofenos deberán estar muy alertas y todo el mundo en silencio. Me quedaré en la zona donde hemos visto el mayor peligro, a unos cuarenta metros de la entrada. Aunque seguramente no es el único sitio peligroso y quizá los haya peores.

- Pero será suficiente para probar. -dijo Cirilo- No te aventures a nada más ¿De acuerdo?.

- De acuerdo. Tres o cuatro personas deberán quedarse a unos quinientos metros y correrán en mi auxilio si Lotosano o Tarracosa escuchan tres golpes seguidos de la linterna contra el piso. Haré unas marcas en el suelo desde la entrada hasta el punto en que me quedaré, así no me pierdo ni se pierden los que me rescaten. Tengo unos quince minutos para llegar al sitio, no permaneceré más de media hora, que será suficiente para probar el traje; luego, otro cuarto de hora para volver. Una hora en total...

- Entendido; -dijo Cirilo- si no regresas en una hora, habrá que rescatarte. Pero creo que con un sólo ruido de la linterna deberíamos acudir, por si se tratara de un desmayo...

- Vale. De acuerdo. Si se me cae la linterna pero no hay alarma, daré diez golpes muy seguidos para avisar que todo está bien.

- De acuerdo. -dijo Tarracosa- Pero quítate el reloj y déjalo por fuera; que no podrás verlo cuando Isana selle el traje.

La modista hizo un diseño perfecto. Con el pequeño aparato soldó las junturas del traje y una vez que me coloqué el equipo de buceo adhirió la parte de la capucha a los bordes de la antiparra y al tubo de la chupeta. Luego me colocó las manoplas, que por razones de tiempo no fueron guantes con todos los dedos. Lotosano me colocó el reloj, hice un gesto de saludo y emprendí la marcha acompañado de Lotosano, Kkala, Chauli y Ajllu. Ellos se quedaron siete minutos después, antes de un recodo del camino, en el borde del último arroyo. Allí esperarían mi regreso o mi pedido de auxilio.

Ocho minutos después entré a la sala, haciendo las marcas convenidas. Permanecí en el sitio en que había detectado la mayor cantidad de vetas de Bastnaesita. La linterna taipecana daba ya una luz azulina, pero en diez minutos el azul era intenso y de baja potencia. Caminé unos pasos hacia el centro, cuidando de pintar con el aerosol mi rastro, ya que me internaba entre unas rocas. La luz de la linterna puesta al máximo, se hallaba casi extinta, pero mi organismo no presentaba alteración alguna. Me arriesgué a caminar una docena de metros sin marcar el piso y volví al sitio sin perder noción de la orientación. Regresé a la última marca sin inconvenientes y volví sobre ellas diez pasos.

Luego marqué un círculo de unos cincuenta metros de diámetro y lo recorrí en diferentes direcciones. Hice una marca especial en forma de triángulo de veinte centímetros de lado, en un punto del círculo e intenté luego ir exactamente hacia su centro. Conté veinticinco pasos y me detuve. Di unas vueltas sobre mí mismo, mirando el paisaje a la luz mortecina de la linterna, que se avivaba ligeramente al alejarme de las piedras más radioactivas. Traté de orientarme y volví a donde calculaba que se hallaba la marca triangular. Habían transcurrido diez minutos y aunque la linterna amenazaba extinguirse, llegué directamente a la marca. Volví al centro del círculo y pinté un pequeño cuadrado. Luego me dirigí hacia el extremo opuesto del círculo, donde hice una marca circular también pequeña con un punto en el centro. Allí estuve cinco minutos.

Luego me encaminé hacia el centro, hallando sin desvío el cuadrado y continué sin más desviación que unos tres o cuatro grados, hasta el triángulo. No cabía duda que la orientación no me fallaba. Tampoco sentí mareo ni descompostura de ninguna clase. Faltaban aún cinco minutos para regresar, pero casi no tenía luz para hacerlo, así que llevando la linterna a unos centímetros del piso, tomé camino hacia la galería. El traje había pasado la prueba, pero la linterna no duraría mucho más en esas condiciones; al ingresar en la galería, ésta había recobrado buena parte de su luz, aún celeste y yo me hallaba en perfecto estado. Me apresuré a fin de tranquilizar a mis compañeros, que aunque no era tiempo para un intento de rescate, estarían ansiosos.

Al verme venir se quisieron acercar, pero me detuve y les hice señas de alejarse. No parecían comprenderme, así que hice un gesto de "perfecto", con el dedo pulgar y el resto de manopla, formando una "O". Luego les indiqué alejarse, y comprendieron. Me metí al arroyo y terminaron de comprender. El costado por donde afloraba el manantial era más profundo, así que me bañé allí durante cinco minutos, a fin de descontaminar bien el traje. Lotosano había hablado con Tarracosa en su lengua, en un tono muy bajo, de modo que cuando regresamos a reunirnos con el grupo, Isana ya sabía del resultado y estaba trabajando con varias mujeres en la confección de más trajes. Si bien había una pieza de tela por persona y cada uno contaba con el pequeño y eficiente equipo de buceo, sobraron siete piezas completas. Con los retazos sobró para envolver los objetos susceptibles de ser afectados por la radiación, como los relojes digitales que tenían algunos compañeros, las mochilas y demás. Se puso mucho cuidado en proteger con doble aislamiento las mochilas en que se transportaba el alimento.

Como las linternas no daban luz más de veinte minutos en esa atmósfera radioactiva, utilizaríamos sólo una de cada cinco, quedando las demás envueltas en la tela a salvo de la radiación, así como las cargas de repuesto, de modo que dispondríamos de luz durante una hora y media. Si aún así se nos acababa la luz, disponíamos de las otras cargas, para otra hora y media. En base a nuestra experiencia en este tipo de salas, sabíamos que no tendría más de tres kilómetros de largo, pero desconocíamos la cantidad de galerías convergentes en ella, así como no teníamos idea de cuánto abarcaría la zona de vetas radioactivas. Aunque al salir de esas zonas de mayor radiación las linternas recobraban su función, no podíamos arriesgarnos a estar ni un momento sin luz. Cada uno dejó en la parte de la mochila más a mano, las velas normales, que por primitivas que sean son indispensables en las cavernas. Aunque duren muy poco, no dejan de ser la salvación de muchos espeleólogos en muchos casos.

En total serían necesarias unas seis o siete horas para completar la confección de todos los trajes y asegurar que todos estaban correctamente funcionales y herméticos, pero un primer grupo de diez personas, con Cirilo a la cabeza, partimos en cuanto estuvieron los otros nueve trajes. La exploración de la sala radioactiva se hizo perimetral, empezando por la izquierda, es decir en sentido antihorario. Volvimos a la entrada tras haber andado algo más de dos horas, así que calculamos unos seis kilómetros y medio, lo que daría un diámetro a la caverna, cercano a los dos kilómetros.

- No ha resultado muy deforme esta sala -dije- sino que tengo la impresión de que es tan circular como un circo romano.

- Yo creo -dijo Cirilo- que esta caverna fue preparada por gente más resistente que nosotros a los efectos radioactivos, pero finalmente debieron abandonarla sin terminarla, dejando los macizos de piedra que más radiaciones producen. Fíjense que casi no hemos tenido inconvenientes en mantenernos pegados a la pared, o sea que calaron el perímetro....

- Pero no llegaron a pulirlo como muralla -dije- porque seguramente debieron salir corriendo de aquí en cuanto percibieron los efectos.

En total había cinco galerías convergentes en ella, pero sólo dos estaban claramente transitables. Las otras parecían poco probables de haberse elegido por nuestros compañeros, pero si el apuro de verse afectados por síntomas extraños les había obligado a salir rápidamente por cualquiera, era imposible decir cuál tendrían más cerca. Las vetas de Bastnaesita estaban desparramadas por toda la caverna, aunque no sabíamos si lo mismo ocurría hacia el centro. Algunas partes presentaban las rocas como derrumbadas o desprendidas por explosivos. La disminución de la luz no nos permitía hacer algunas inspecciones más cuidadosas, pero un poco de deducción sobre la disposición de las piedras, así como algunas estalagmitas rotas, me confirmó que en algún momento -quizá unas décadas o menos- esa zona fue trabajada como mina, así que la deducción de Cirilo no carecía de fundamento.

A nuestro regreso, sin haber tenido ningún síntoma raro, nos bañamos concienzudamente en el primer arroyo. En el segundo, cerca del resto del grupo, procedimos a un segundo baño y luego a quitarnos los trajes y lavar nuestros cuerpos.

- La prueba grupal de los trajes -dijo Cirilo a la modista- ha sido todo un éxito. Ahora es necesario que un segundo grupo inspeccione la caverna diametralmente. Aunque no tendrán desorientación por efecto de radiaciones, es conveniente que hagan algunas marcas.

- Yo dirigiré la inspección, si me permites. -dijo Viky- Ya hay suficientes trajes para diez.

- Muy bien. Que vaya Tarracosa, por si es necesario oír algo o pedir auxilio. Lotosano y cuatro más estarán atentos a quinientos metros de la entrada.

Esta segunda exploración, con mi querida Viky al frente, me preocupaba sobremanera. Sin embargo, por orden de Cirilo, mientras algunas mujeres trabajaban con los trajes que faltaban, echamos una siesta, pero no pude dormir pensando en que Viky pudiera estar en peligro. Cuando volvieron, dos horas después, el corazón me saltaba de alegría.

El tercer grupo fue comandado por Luana, con los mejores escaladores. Chauli preparó los equipos para hacer una inspección metódica en las cavernas convergentes, que habíamos apuntado lo más precisamente posible en los mapas. Debía buscar durante media hora en cada una, algún rastro que indicara el paso del equipo de Tuutí. Como me hallaba inquieto y no podía pegar los ojos, le pedí a Cirilo que me dejase ir en ese grupo, pero me negó la autorización.

- Vi que estabas inquieto cuando Viky salió a explorar, -me decía en voz baja y me guiñaba un ojo- así que ahora que está contigo, no le dejarás a ella una preocupación añadida... Vamos, duerme, que no sabemos qué movimientos nos esperan.

Me resigné a intentar dormir, y sabiendo que Viky estaba a mi lado no me costó mucho "irme al otro mundo". Cuando desperté, el grupito de Luana estaba haciendo su bullicioso baño en el arroyo cercano. Habían encontrado unas marcas, así que era hora de ponerse en marcha. Hubiéramos deseado dormir un poco más antes de partir, pero nuestros compañeros podrían estar en graves aprietos, así que salimos en cuanto todo estuvo a punto. La caverna que indicó Chauli era la segunda boca hacia la izquierda, que no era muy transitable en sus primeros metros. Se hacía más amplia cada vez y a unos doscientos metros de la gran caverna que llamamos "La Bastna" (por el mineral de Bastnaesita), encontramos la marca de Tuutí. Un "emoticón negativo" formado por un círculo, dos puntos como los ojos y la boca representada con una línea curva con los extremos hacia abajo. Del mismo, partía una flecha en la dirección en que íbamos, así que quedaba claro que estaban en problemas.

Avanzamos un par de kilómetros y advertí que algunas vetas de Bastnaesita aparecían a intervalos en la roca. No sería tan fuerte el efecto como en "La Bastna", pero igual era zona en la que no podíamos quitarnos los trajes especiales. Íbamos lo más rápido posible, pero Cirilo, Chauli, Lotosano y yo nos despegamos del grupo, dejando a nuestros compañeros las mochilas.

Durante más de una hora no encontramos otras galerías practicables y ésta -que llamamos "La Escapada"-, se hizo cada vez más difícil de transitar. En algunos puntos debimos subir con cuidado los desniveles, ayudándonos unos a otros. Luego encontramos un curso de agua que se perdía en un sumidero sobre la misma galería y poco más adelante el origen del arroyo. Era una cueva ancha pero casi imposible de escalar con rapidez. Una parte del agua se desviaba por la otra vertiente, mucho más transitable, así que continuamos ahora descendiendo con brusquedad, en más de cuarenta y cinco grados en promedio. Cada cien metros bajábamos cincuenta. Un gran sumidero nos causó algunos problemas para poder bajar. Ahí se perdía el agua, en un bullicioso filtro de rocas y pedregullo, formando una pequeña y peligrosa laguna, pero la galería continuaba un poco más suavemente. Así anduvimos una hora y media, hasta que Lotosano pidió silencio y se quitó un momento la capucha.

Evitábamos movernos y hasta cuidábamos de respirar sin ruido, para no interferir el agudo oído del Dracofeno y finalmente nos hizo señas para que le oyésemos. Nos levantamos las capuchas y dijo que estaba seguro de haber oído a Rucunio pidiendo auxilio. No terminó de hablar que empezamos a correr cuanto podíamos, y Lotosano emitía algunos sonidos para que Rucunio supiera de nuestra llegada. De la misma manera hizo saber a Tarracosa que debían seguir adelante para reunirse con nosotros. Una hora y cuarto después estábamos con nuestros compañeros y el cuadro era espantoso. Tuutí apenas estaba consciente y más de la mitad de su grupo se hallaba en similares condiciones. Algunos parecían zombis, que no entendían lo que pasaba, otros habían sido arrastrados hasta allí por los que habían resistido mejor las radiaciones. Todos estaban afectados pero unos pocos se hallaban claramente conscientes, aunque desconocían el porqué de los efectos que sufrían. Varios se asustaron al vernos enfundados en esos raros trajes, hasta que nos descubrimos las cabezas. Luego de explicarles brevemente lo ocurrido, volvimos a enfundarnos herméticamente, ya que habían elegido un mal sitio para quedarse, con varios hilos de Bastnaesita en las rocas.

Les conminamos a seguir andando, lo cual fue toda una odisea. Nuestros compañeros de retaguardia nos alcanzaron y ayudaron en la tarea de llevar a más de diez personas en brazos y a otras tantas de la mano, que no entendían nada, como dormidos, completamente confundidos. La conformación de la roca cambió media hora después, pasando a ser casi toda calcárea. Un par de saltos de antiguas cascadas ahora completamente secas, debieron ser descendidos con extremo cuidado, mediante una escalera de cuerdas. Tardamos más de una hora en hallar un nuevo curso de agua y desde que comenzó la zona calcárea no hallé trazas de minerales radioactivos y las linternas daban luz muy clara, así que me quité el traje pero igual lo conservaron quince minutos más mis compañeros, hasta que yo comprobara que no habían efectos extraños.

Mientras, todo el GEOS se hallaba tomando un baño en un pequeño lago, donde la corriente no era fuerte pero aseguraba una buena descontaminación, al menos en lo que puede pedirse de un buen baño con aguas minerales y algo tibias. Los desmayados fueron cuidadosamente bañados también y en algo más de dos horas, todos estaban conscientes, aunque algunos permanecían un poco confundidos.

Lo ocurrido al equipo de Tuutí había sido tal como lo imaginábamos. Cuando comprendieron en la peligrosa sala, que estaban siendo víctimas de efectos desconocidos y que las linternas mermaban su luz, alguien había hallado aquella galería, por la que Tuutí ordenó replegarse inmediatamente. La radiación a lo largo de la galería no era suficiente como para dejarles sin luz, pero igual fueron sufriendo las radiaciones en sus cuerpos. Aunque no estaban lejos de salir de la zona nociva, eran unos pocos llevando o arrastrando a los demás, lo que les significó una tarea desesperada y apenas si hubieran podido seguir un poco más. Habían hecho -como nosotros- escaleritas humanas para ayudarse a sortear los saltos y rocas que obstaculizaban el paso y habían quedado allí, rendidos ante el desconocimiento de lo que los estaba incapacitando, y que los hubiese matado en unas cuantas horas más de exposición a las radiaciones. Por ser éstas naturales, era posible que no siguieran ahora los efectos terribles que ocurren con los productos radioactivos de fabricación artificial.

Cirilo ordenó que cinco personas siguiésemos un poco más, a fin de hallar un lugar más amplio y seguro para dormir. Viky, Tarracosa, Kkala, Chauli y yo nos colocamos los trajes, aunque no nos pusiéramos las capuchas, de modo que si hallábamos sitios de radiaciones peligrosas más adelante pudiésemos detectarlos pero estar a salvo. En tal caso, debíamos volver y dormiríamos allí mismo, a la orilla del arroyo, que no parecía estar bajo riesgo de crecidas periódicas. Esto me parecía improbable, dada la conformación del arroyo y de la grieta por donde salía, pero tampoco me pareció mala idea buscar un sitio mejor.

Tras veinte minutos de marcha encontramos una sala de más de cien metros de diámetro y con una parte alta, a modo de explanada. Pocos metros más adelante, un nuevo arroyo muy pequeño, manaba de la roca y seguía por la galería hacia abajo. Su agua era muy fría y me arriesgué a beber. Su gusto me pareció un tanto "vegetal" y algo salino.

Pensé que podía provenir de alguna vacuoide vegetada o directamente desde el mar que se encuentra sobre la región, pero a muchos kilómetros bajo el desierto de Gobi. Según los Taipecanes este "Mar Pogatuí" tenía iluminada su superficie desde hacía miles de años, merced a unos tubos de cuarzo que traían la luz desde el exterior, permitiendo el desarrollo de vida subacuática.

Exploramos durante quince minutos más, a fin de asegurarnos la inexistencia de vetas radioactivas y volvimos al sitio del manantial. Lotosano avisó a los otros Dracofenos usando su prodigiosa garganta en infrasonido pero yo nunca vi llegar a los demás, porque esta vez no tuve inconveniente alguno en cerrar los ojos y dormir profundamente, arrullado por el leve y precioso sonido del agua.

Inicié la jornada siguiente con un desayuno que me dejó "*gusto a poco*" en el paladar, pero suficiente para el estómago. El alimento liofilizado, preparado por los Telemitas fue estupendamente combinado con algunas frutas y el agua del manantial. Después tuvimos un par de horas de duro trabajo para calcular lo andado, en base a nuestra memoria de la desesperante jornada anterior, a fin de dejar constancia en los mapas. Por mejor empeño que pusimos, no fue posible poner rumbos exactos. Los niveles estarían exactos, pero la orientación desde que salimos de la caverna "La Bastna" fue un desastre.

-A pesar de la desorientación -dije- estoy seguro de que vamos en dirección al Río Tzen-Ruo. Sacando un promedio de desvío, no hay duda que vamos hacia el Oeste. Ahora estamos exactamente a 211.149 metros de profundidad, o sea, que a sólo 2.851 metros sobre el piso de la vacuoide Quichuán. Hemos descendido mucho y seguramente hallaremos más galerías descendentes en adelante. Al menos una seguramente conectará con el Río Tzen-Ruo.

- ¿Cómo puedes estar tan seguro? -preguntó Rodolfo.

- Porque ese río no sólo ha de provenir del Mar Pogatuí, sino también de otros afluentes pequeños, aunque estos provengan también de ese mar. Y aquí el terreno es más calcáreo, por lo tanto susceptible de ser perforado por el agua. Según mis cálculos estamos a 1.741 metros sobre la desembocadura del río, que se halla a 1.110 metros de altura respecto a Quichuán. Sin embargo, es probable que tengamos por delante un complicado laberinto.

- ¿A qué distancia calculas que se halla el Tzen-Ruo? -preguntó Tuutí, ya recobrado del peligroso estado de la jornada anterior.

- No puedo precisarlo en cuanto a camino efectivo, pero en línea recta no han de ser más de cuarenta kilómetros. Dos o tres jornadas, si acertamos una ruta más o menos directa.

- No estaría mal -dijo Cirilo- cerrar esta etapa de la expedición saliendo por el Tzen-Ruo. Al menos podríamos considerar libre de Narigones este pequeño sector.

- Si, -respondió Tuutí- pero la vastedad que nos queda por explorar es tremenda.

- Y por mi parte -dije- preferiría que hubiésemos podido explorar completamente cada una de las galerías principales que llegan a Quichuán.

- ¿Qué les parece entonces, -dijo Viky- si volvemos por el mismo camino, convenientemente vestidos con estos trajes e intentamos retomar la exploración del río Kuinaoma?.

- Lo pondremos a votación, -dijo Tuutí- pero que cada uno explique los motivos de su decisión. Así tendremos más elementos de decisión.

El procedimiento, aunque un poco largo y complicado, daba muy buen resultado. Aunque la idea de Viky no era mala, comprendimos que era mejor seguir adelante explorando el sector hasta el río Tzen-Ruo. Una vez hallado éste, volveríamos a Shan-Gri-Lá II para descansar un día y tomar algunos recaudos necesarios. Los trajes habían dado excelente resultado, pero era preferible informar a los Taipecanes cuanto antes, de lo peligroso de la zona radioactiva y saber qué efectos había tenido la crecida del río Kuinaoma. Así mismo era preciso saber si esa crecida era periódica y saber si aún persistía. Si era así, un regreso hasta el Kuinaoma era peligroso y en el mejor de los casos, un esfuerzo inútil que nos obligaría a regresar al punto en que nos hallábamos.

Emprendimos la marcha dejando algunas marcas y llegamos al Río Tzen-Ruo tal como lo había calculado, en tres jornadas. El laberinto regional era demasiado grande como para explorarlo completamente, pero al estar compuesto de galerías estrechas y de tránsito muy difícil, quedaba fuera de nuestro objetivo recorrerlo.

El fragor del río Tzen-Ruo, que oíamos aún lejano, nos daba idea de su magnitud. Cuando llegamos a la desembocadura de la galería siguiendo un pequeño arroyo, nos encontramos a unos dos metros de la superficie del agua y el espectáculo fue magnífico. La galería del río tendría unos doscientos metros de ancho a esa altura, pero el caudal era realmente impresionante. Por la forma de la bóveda, que quedaba libre sólo un sector de círculo relativamente pequeño, deducíamos que también este río tenía un caudal anormal.

Lo habitual sería que el círculo que forma la galería fuera cortado a lo sumo por la mitad del diámetro, donde la galería debería tener unos trescientos metros de ancho. Pero las aguas estaban altas y no teníamos posibilidad de dejarnos llevar por la corriente. Aunque nuestros equipos de buceo nos servirían en una emergencia, y aún si hubiésemos dispuesto de botes inflables, no conocíamos la catarata en abanico más que por mapas y sabíamos que tenía 1.110 metros de caída en la vacuoide. Calculábamos estar a unos treinta o cuarenta kilómetros de ella pero deberíamos esperar a que amainara la crecida.

Como estábamos finalizando la jornada, por demás fatigosa, decidimos volver un kilómetro y medio y establecer campamento en un remanso del arroyo, donde las blandas arenas de una larga playa nos darían un descanso cómodo. En cuanto despertamos, Lotosano, Viky, Ajllu y yo fuimos a ver qué pasaba con el río. El ruido era un poco más fuerte, pero al contrario a lo que sospechamos en principio, el caudal había bajado considerablemente. El aumento del fragor se debía a que al quedar descubiertos algunos saltos, el agua golpeaba más sobre las piedras. No alcanzábamos a ver la orilla opuesta, pero de nuestro lado teníamos una parte transitable hasta donde podíamos alumbrar. Para descender teníamos una serie de pequeñas cascadas que servirían de escalera natural, pero en vez de explorar decidimos volver con el grupo.

- Si nos pilla otra crecida -decía Tuutí- estaremos en apuros nuevamente, así que esperaremos veinticuatro horas más. Mientras tanto, podemos hacer una inspección minuciosa en algunas galerías cercanas ¿Qué les parece?.

- ¡Excelente! -respondí- Así tendremos más datos sobre la zona y menos riesgo al explorar el río. Y si además sigue bajando, serás más fácil de recorrer su rivera.

La jornada fue bastante tranquila y pudimos mapear unos veinte kilómetros. Dormimos luego en el mismo sitio y cuando marchó todo el GEOS hacia el Tzen-Ruo, nos encontramos con que éste estaba encajonado en su lecho, dejando la amplia bóveda despejada. No es que hubiera "poca agua", pero al menos no era el caudal fabuloso que presentaba dos días antes, sino lo que habitualmente correspondería. La ribera estaba llena de cantos rodados de diversos tamaños. Algunas rocas tenían algas marinas adheridas y el desorden y dimensión de las piedras daba idea de la violencia de la crecida, que no sería menos tremenda que la del río Kuinaoma.

- Afortunadamente -comenté- la ciudad no se encuentra cerca de estos ríos, que deben haber hecho estragos en la vacuoide.

- Igual es preocupante -dijo Tuutí- porque hay muchos habitantes dispersos en la proximidad del Lago Tzen-Kuo y numerosos campos de cultivos.

- Les ruego silencio... -dijo Rucunio- Estoy oyendo algo...

Esperamos sin hacer ningún movimiento y al cabo de un minuto dijo con preocupación:

- Creo que tenemos otra crecida... Como esta galería es más grande y recta que la del río Tzen-Ruo, calculo que se encuentra a unos setenta kilómetros, pero es tanto o más grande que la anterior...

- No tenemos tiempo a llegar a la salida. -dije- Deberíamos volver a la galería del arroyo...

- Y esta crecida puede que sea tremenda... -dijo Rucunio- En el Río Kuinaoma no escuché ruido de cantos rodados, y considerando que éste ya tuvo una crecida, escuchar que además de agua viene piedra, significa que la crecida será mayor. Quizá llene toda la caverna.

- Entonces... ¡Igual nos ahogaríamos! -dijo Cirilo. El nivel de la galería del arroyo no es muy ascendente y...

- Pero podemos hacer un tapón y quedar refugiados... -respondió Rodolfo.

- No tenemos mucho tiempo a discutir el asunto. -dijo Lotosano.

- Volvamos, Tuutí. -le dije seriamente- En menos de cincuenta minutos llegará el agua y hemos de volver durante media hora...

- ¿Qué probabilidad calculas de que encontremos algún refugio más abajo? -preguntó.

- Puede que todas o que ninguna. En todo caso no hay seguridad alguna. Pero si regresamos estaremos con mayores posibilidades de quedar a salvo.

- ¡ A toda prisa !, -ordenó Tuutí- ¡Volvamos!.

El camino que hicimos en media hora lo desandábamos en quince minutos. Una vez dentro de la galería caminamos a marcha rápida otros diez minutos. Luego de subir la última cascada que habíamos descendido hasta el río, hallamos un sitio adecuado para producir un gran derrumbe y tratar de sellarlo para quedar a salvo de la crecida, que inevitablemente llenaría ese túnel. Disponíamos de potentes explosivos suministrados por los Taipecanes y no hubo inconvenientes en derrumbar una amplia zona. Sin embargo la tarea de producir desprendimientos con las armas de rayos, a fin de sellar completamente el derrumbe, resultó muy difícil y peligrosa. Era muy improbable que consiguiésemos sellar herméticamente el túnel, pero al menos los cincuenta metros de zona derrumbada nos darían un poco de tiempo e impedirían un paso violento del agua. Contábamos con veinte horas de oxígeno en nuestros equipos, pero recargar a las diez horas en medio del agua turbia, no sería fácil.

Cuando consideramos que el trabajo era suficiente como para contener la violencia, aunque no impidiese que el agua se filtrase paulatinamente, ya sentíamos muy cerca el fragor de la crecida. Tuutí ordenó suspender las tareas y partir hacia el interior, alejándonos de la zona. Descontando el sitio de la cascadita, donde había dos metros de desnivel, el declive no era mayor de un grado, así que nos daba menos de veinte metros de diferencia por cada kilómetro recorrido. Debíamos andar muy aprisa para evitar que el agua nos alcanzase.

Chauli, siempre más atento hacia arriba que hacia el piso, -lo que le llevaba a tropezar muchas veces y ganarse varias bromas- divisó un pequeño hueco sobre una chorreadera de estalactitas.

- ¡Por ahí! -dijo- Dos que me ayuden...

Intianahuy y Kkala le ayudaron a trepar por las estalactitas y una vez arriba desapareció en el hueco durante un minuto. Al asomarse lanzó una cuerda mientras nos decía que era buen camino y las mujeres de la escalera, que ya la estaban terminando de armar, ataron el extremo de la soga para que Chauli tirara de ella. En unos minutos estábamos todos subiendo por otra galería, que aunque muy estrecha y dificultosa, nos llevaba hacia arriba en una inclinación media de cincuenta grados o más. Fue necesaria la escalera de cuerda en más de diez sitios, pero una hora después de desesperados ascensos, nos hallábamos a 1.300 metros sobre el nivel de la galería del arroyo.

- Creo -dijo Tuutí- que estamos a salvo de cualquier efecto de la crecida, pero...

- Y hemos hecho bien en llegar hasta aquí, a pesar del esfuerzo. -respondí- Porque los dos ríos, el Kuinaoma y el Tzen-Ruo tienen el mismo origen y hay varias conexiones entre ellos, aunque nosotros sólo hemos explorado una. Si la crecida es tan grande como suponemos, no sería raro que el agua entrara también desde el Kuinaoma y se junte en las galerías que los unen.

- Pero hay mucha distancia... -dijo Cirilo.

- No tanta, para estos fenómenos fluviales subterráneos. -le dije- Ten en cuenta que provienen del mismo mar y que todo este laberinto ha sido formado por las mismas aguas en diversas épocas. No me extrañaría que aún aquí estuviésemos en cierto nivel de riesgo...

- Esperemos que no. -respondió Tuutí- Pero como iba a decirles, continuaremos subiendo. Creo que este pasaje merece ser explorado.

- Sobre todo -agregué- si nos lleva más arriba y podemos estar más seguros.

- Yo estoy muerto de miedo... -dijo Rodolfo- Y he aguantado hasta aquí pero me tiemblan las piernas.

- No te preocupes. -le dije después de algunas bromas de mis compañeros- El miedo que sientes es normal. Lo que no es muy normal es lo del resto, que somos temerarios. Aunque tenemos el miedo instintivo y por eso no somos temerarios "patológicos", la verdad es que nos aventuramos más de lo normal para cualquier ser humano. Quizá lo tuyo no sea más que un poco de claustrofobia.

- Seguro que es eso. -dijo Rodolfo- No temo enfrentarme con soldados armados, ni temo volar, ni tengo vértigos... Pero prefiero enfrentarme a los dinosaurios de la vacuoide de Seitju-Do, que sufro menos que cuando entramos en una caverna estrecha...

- O sea que ahora mismo has de sentirte fatal... -le dijo Ajllu.

- Un poco menos que eso, porque vamos subiendo y sufro menos que cuando descendemos. Pero es como dice Marcel. Tengo claustrofobia. Me pasa casi lo mismo cuando me meto en un ascensor o en un vehículo, aunque sea una segurísima vimana y hasta dentro de un coche... A menos que lo conduzca yo, entonces...

- Entonces el miedo lo tienen los demás... -dijo alguien y las risas nos ayudaron a relajarnos.

CAPÍTULO XI
LAS GRANDES PIRÁMIDES EN CHINA

Seguimos subiendo durante otras dos horas y nos hallábamos en una enorme sala, preciosamente rodeados de estalagmitas en forma de torta de cumpleaños y estalactitas brillantes, donde muchas formaciones pilosas de azufre nos reconfortaban con su belleza.

- Supongo que habremos subido otro kilómetro... -dijo Tuutí mirando su altímetro- Pero perdí la cuenta hace tiempo. ¡Vaya jefe estoy hecho!.

- Tus prioridades son otras. -le dije- Para eso estoy yo. Nos hallamos a 209.523 metros de profundidad, o sea a unos 4.477 metros sobre el piso de la vacuoide. A más de tres kilómetros de la desembocadura del Río Tzen-Kuo y a 2.477 metros sobre la desembocadura del río Kuinaoma. Es de suponer que estamos a salvo... Al menos si la crecida es natural o si está dentro de los límites de lo que pueden dar las cavidades...

- Eso... -dijo Cirilo- Llama la atención que los Taipecanes no nos hablaran de posibles crecidas que ellos conocerían muy bien, y que además se produzcan dos tan seguidas.

- Creo que hemos dado en el clavo con explorar esta zona. -dijo Pirca, una mujer a la que por primera vez escuchaba hablar en el equipo, aunque nos había preparado y servido la comida decenas de veces- No sé por qué digo esto, pero presentí cuando se decidió explorar primero el Kuinaoma, que era el sitio más álgido. Y he tenido esa sensación a cada momento que avanzábamos... Pensarán que soy...

- No pensamos nada, Pirca. -le interrumpió Tuutí- Eres una mujer muy sensible y estás en el equipo porque el Gran Cupanga te consideró digna de él. Tu percepción del peligro de las radiaciones fue lo que nos salvó de morir en la caverna "La Bestna". Muchas horas después llegaron a terminar el rescate los otros dos grupos, pero sin tu aviso y tu consciencia despierta, no hubiéramos sobrevivido ni hubiésemos sabido qué hacer.

- Y yo -dijo Ruco- le conozco desde que éramos niños. Pirca casi nunca habla, pero cuando lo hace hay que escucharla.

- De acuerdo a lo que me contáis, -intervine- así como lo raro de las crecidas, creo que tendríamos que intentar algo diferente al regreso a la vacuoide.

- ¿Piensas en que tenemos que buscar ascender? -preguntó Cirilo.

- Exactamente.

- Pues eso mismo vengo pensando desde que supimos de la segunda crecida.

- Si subimos -dijo Pirca- encontraremos muchos obstáculos y demasiado peligro. Hay que volver a la vacuoide y entrar por arriba.

- ¿Entrar por arriba? -preguntamos varios a la vez.

- Si... Entrar por arriba, por la superficie, por China...

- ¿Tienes alguna idea más? -preguntó Tuutí.

- Si... Pero son sólo imágenes... Y veo como un aparato de metal entrando en una pirámide... No puedo saber dónde es. Si tuviera un plano de la China...

- Lo tendrás. -dijo Cirilo- Pero ahora habría que aprovechar a conocer un poco más esta zona y volver a la vacuoide... ¿Qué opinas, Tuutí?.

- Que eso haremos... Aunque la exploración regional será secundaria. La prioridad ahora, la tiene el volver a la vacuoide.

- Pirca, -dije- ¿Podrías con un mapa hacer algo de eso que tú sientes y marcar algunas cosas que te vaya indicando?.

- ¿Como qué? -preguntó extrañada.

- No se... Es un experimento. Creo que tienes capacidad rabdomante. Es una forma de intuición relacionada a lo que hay en cualquier punto del espacio dentro del planeta. Quizá se extienda al resto del Universo, puesto que algunos astrónomos antiguos intuyeron la existencia de ciertos cuerpos celestes sin telescopio ni cálculos matemáticos... Pero por lo general los rabdomantes descubren psíquicamente lo que hay dentro de la tierra, o en un lugar determinado. En fin, que modernamente se llama "radiónica" y se hace usando aparatos, como los detectores de metales, pero el cerebro humano tiene capacidades ocultas mucho mayores.

- Bueno... Dime de qué va el experimento y lo intentamos. -dijo Pirca.

- Bien. Mira este mapa. Aquí está el Kuinaoma. Aquí el Tzan-Ruo... Pero ahora imagínate que subes, subes... Cierra los ojos... Subes... Vas hacia la superficie. Pon el dedo sobre este punto y vuelve a cerrar los ojos... Eso, cierra los ojos... Sigue subiendo mentalmente hacia la superficie y cuando veas algo me lo dices...

Estuvo así varios minutos, con el dedo sobre el mapa y los ojos cerrados, mientras yo le hablaba suavemente, diciéndole que se desplazara abarcando algunos kilómetros hacia la derecha que era el Este, hacia la Izquierda que era el Oeste, hacia adelante que era el Norte y hacia atrás que era el Sur. Repentinamente y sin abrir los ojos, empezó a describir:

- ¡Ahí están!... Son máquinas muy grandes... Más grandes que las que había en Harotán-Zura... Y hay cientos de hombres, pero la mayoría son máquinas...

- ¿Cuántos de esos hombres ves?

- No se... Algunos cientos...

- ¿Qué más?.

- Una estrella... Una máquina con una estrella... Una tropa de soldados y un mar... Están a la orilla del mar armando... ¿Un barco?... No sé, creo que están armando un barco o lo están desarmando... Ahora... ¡Ay! No puedo más... Es muy feo estar allí...

- Entonces sube... -le dije- Sigue subiendo y describe lo que ves.

- Ahora veo un cielo rojo. Y más allá es marrón, de todos colores... ¡Como en mis viajes mágicos!. Si, igual que en mis viajes mágicos cuando era niña... Y hay una zona de ríos... Ahora me meto en un túnel y encuentro que es largo, muy largo, con unos vehículos con grandes ruedas... Ya veo la luz... Y luego un desierto... Estoy en la superficie... En un desierto... Y eso... Eso es... ¡Hay pirámides!.

- ¿Hay pirámides? -le dije emocionado- ¿Puedes describirlas?.

- ¡Sí... varias!. Ahora mismo veo una, llena de árboles que casi la cubren por completo, pero es tan grande... Hay otras más allá...

Abrió los ojos y me miró preocupada, explicándome luego que serían como diez las pirámides que veía, pero que había soldados, helicópteros y vehículos de guerra por todas partes. Esa fue su última visión del panorama de la superficie. Inmediatamente tuvimos una reunión de Plana Mayor y estudiamos las alternativas. Concordábamos en que debíamos volver inmediatamente a la vacuoide de Quichuán para buscar las entradas que hay en el exterior.

Por el momento no teníamos más alternativa que seguir explorando la red de cavernas regionales y emitir cada cuatro horas, mediante los aparatitos con altímetro, señales de nuestra posición. Los Taipecanes sabían así dónde nos hallábamos. Tras un descanso de algunas horas continuamos subiendo hasta que una espectacular caverna nos pareció digna de estudio. Había allí unos fantásticos cruces de vetas minerales. Afortunadamente, ninguna era de elementos radioactivos y aunque encontramos metales pesados como galena (mineral de plomo) y oro en abundancia, no había trazas de actínidos peligrosos.

De los tres túneles que salían de la sala, escogimos el más amplio y orientado -según calculábamos- hacia el Sur, de modo que cinco horas después estábamos cerca de la vacuoide Quichuán, pero a 205.498 metros de ́profundidad, o sea que habíamos ganado 4.025 metros.

- ¿A qué distancia calculas que estamos de la vacuoide? -me preguntó Tuutí.

- A lo sumo, si no hemos errado demasiado en el mapeo, a unos treinta kilómetros, pero no nos hemos alejado mucho del Río Tzen-Ruo en horizontal. Hemos subido casi en espiral volviendo hacia su cercanía. Estamos a unos cuatro kilómetros sobre él.

- ¿Te parece prudente intentar volver a encontrarlo?.

- Ahora que ha pasado el golpe de agua creo que sí, pero estemos muy alertas.

- Entonces sigamos... -se adelantó a proponer Cirilo.

Tardamos una jornada entera en llegar hasta el río por una galería estrecha y muy accidentada, descendiendo en partes mediante el uso de cuerdas o de la escalera formada con ellas. En algunos sitios debíamos trabajar duro para poder pasar entre formaciones de estalagmitas de afiladas puntas, pero cuando llegamos encontramos que aún el río presentaba un caudal demasiado grande, ocultando sus márgenes habituales.

- Habrá que esperar un par de días, si es que no hay otra crecida... -dijo Rucunio.

- Pues esperaremos. -respondió Tuutí- Necesitamos descansar y conviene volver un par de kilómetros, hasta quedar en la última sala grande que pasamos. Aquí correremos peligro si el río vuelve a subir.

Sin agregar ideas, concordando en la necesidad de descanso, volvimos durante media hora subiendo con gran esfuerzo. El sueño ya nos vencía y dormimos más de once horas. Kkala, Vanina, Irumpa y Tarracosa fueron a observar el río apenas terminaron de desayunar, y media hora después Rucunio nos decía que Tarracosa nos llamaba porque el río estaba muy bajo y su vera estaba transitable.

Como ya teníamos nuestros equipos listos, partimos inmediatamente a reunirnos con ellos. El río Tzen-Ruo era poco más que un arroyo en el fondo de un profundo cañadón. Eran tan anormales las crecidas como la merma en el caudal que llevaba ahora, pero no podíamos despreciar la oportunidad de apresurar la marcha por la vía más directa hacia la vacuoide. Tuvimos que bajar más de cien metros usando unas cuerdas anudadas y apenas hubimos llegado a la vera del cauce apuramos el paso en busca de la salida. Ocho horas después llegamos a una sala gigantesca que se extendía del otro lado del río, cuyo margen derecho pudimos explorar merced a la escasa agua que traía.

Cada diez minutos hacíamos absoluto silencio, a fin de que los Dracofenos captaran algún ruido de aguas crecientes, pero nada indicaba aún un nuevo aluvión, así que sin gastar mucho tiempo en ello, recorrimos la sala alejándonos un par de kilómetros, alumbrando con mi linterna de rayo potente la pared de la margen izquierda. No podíamos aventurarnos en la sala sin riesgo de ser sorprendidos por una nueva riada, así que seguimos hasta que la caverna se volvió a estrechar diez kilómetros más abajo, retomando la galería su forma más general. Anduvimos al paso más rápido posible durante algo más de diez horas y aparecimos -por fin- en la vacuoide Quichuán.

El espectáculo desde allí, a más de mil cien metros sobre el piso, era desolador. La crecida había arrasado bosques enteros y nada quedaba de los maravillosos Jardines de Tatzen, que habíamos sobrevolado con la vimana cuando nos llevó a la desembocadura del Kuinaoma. No podíamos bajar por nuestros propios medios los más de mil metros que nos separaban del piso de la vacuoide. El farallón de la catarata era técnicamente imposible de sortearse, pero la nave freizantena apareció dos minutos después. Gerdana había recibido nuestros envíos de posición, emitidos con los altímetros y estaba lista para recogernos.

El Gobernador Tian-Di-Xo encabezando un grupo de cuarenta Taipecanes nos recibió del mejor modo posible, pero estábamos tan cansados que tras una breve reunión de pocos minutos nos invitó a pasar a nuestros alojamientos, donde todo estaba óptimamente preparado para nuestro confortable descanso.

Al día siguiente hubo un excelente desayuno y luego nos reunimos en una de las grandes pirámides de Shan-Gri-Lá II, llamada Harato-Purcom, acondicionada para reuniones de hasta quinientas personas. Allí expusimos brevemente lo acontecido en nuestra exploración y nos informaron sobre los desastres producidos por las dos crecidas. En el extremo oriental de la vacuoide no hubo daños de instalaciones, puesto que es zona de bosques totalmente deshabitados, pero en la región bañada por el río Tzen-Ruo había que lamentar cinco Taipecanes muertos y la destrucción -como habíamos visto con nuestros binoculares- de los Jardines de Tatzen. Más abajo, el desborde del lago Tzen-Kuo había provocado numerosos daños materiales en plantaciones y bosques.

- Jamás hemos tenido esas crecidas -decía el Gobernador- y es muy probable que hayan sido provocadas intencionadamente.

- Casi le diría -respondió Tuutí- que estamos convencidos de ello. Nuestra meta inmediata es ir hacia la superficie e intentar hallar las posibles entradas al Mar Pogatuí, donde deben haberse originado las crecidas.

- Pero... Eso es muy difícil y peligroso... -dijo Tian-Di-Xo.

- No más que entrar en una caverna radioactiva... -replicó Cirilo.

- Señor Gobernador, -dijo Tuutí- es necesario que encontremos las entradas al Mar Pogatuí. Si lo considera oportuno, propongo una exploración previa en la vimana freizantena, así podríamos evitar la búsqueda por galerías desde la superficie.

- Eso es imposible... -dijo tristemente Gerdana- Hemos intentado algunos viajes a ese sitio pero los minerales no lo han permitido. Estamos en una región muy peligrosa para el desplazamiento de las vimanas. Incluso para entrar o salir de esta vacuoide tenemos establecidos algunos caminos de los cuales no podemos desviarnos sin graves riesgos... En cambio, andar por la superficie externa no nos representaría ningún problema.

- Entonces, -repliqué- se hace necesaria la exploración como hemos propuesto, desde la superficie, porque nuestra compañera Pirca ha visualizado movimientos militares en la superficie externa. Seguramente habrá algunas entradas más o menos conocidas, o al menos una idea de los lugares donde conviene explorar...

- Es una pena decirlo -respondió el Gobernador- pero aparte de las entradas que tenemos conocidas y custodiadas, no sabemos de otras. Podría hacerse, si nuestra querida Gerdana lo acepta, una exploración -con la nave desmaterializada- sobre las regiones donde se vea movimiento de tropas y actividades sospechosas...

- Eso no sería problema. -respondió Gerdana- Y si lo desean, partimos ya hacia la superficie. Quizá tardemos unas horas como pueden ser varios días, en hallar lo que buscamos, porque la región es muy grande, pero por mi parte estoy dispuesta y tengo órdenes de mis mandos de servir en todo cuanto considere posible.

Dos horas después, Tuutí, Cirilo y yo acompañamos a la freizantena en un viaje hacia la superficie. Tuvimos seguir un protocolo de seguridad para evitar la amplia región de minerales intraspasables y pudimos aparecer en la superficie en un sitio cercano a la ciudad de Dalan-Dzadagad, a 43° 35' de latitud Norte y 104° 27' longitud Este. O sea en Mongolia, a unos seiscientos kilómetros al norte de la región que está encima de la vacuoide Quichuán.

- Comenzaremos la exploración de superficie -dijo Gerdana- sobre un lugar que me gusta mucho. Iremos directo hacia el Sur y verán algo muy interesante. Vuestra compañera Pirca... Bueno, ya lo veremos...

La Capitana freizantena puso la vimana a una velocidad de 3.200 Kms. por hora y en menos de quince minutos cubrimos los 780 kilómetros, llegando cerca del extremo oriental. Luego redujo la velocidad a unos cien kilómetros horarios, a fin de inspeccionar un camino que bordeaba un pequeño riachuelo entre las montañas. La región, bastante escabrosa en algunos sitios y con colinas suaves en otros, presentaba una altura promedio de 2.500 metros sobre el nivel del mar, pero los picos mayores tendrían hasta 3.500 metros. Entre los cordones de montaña se abrían algunos amplios valles, de los cuales unos pocos estaban cultivados.

- Allí hay algo extraño... -dijo la capitana- Parecen tanques de guerra. Veamos.

- Eso es. -dije- Y aquellas barracas, en medio de la falda de la montaña, son instalaciones militares. Aunque tienen aspecto de aldea campesina no hay por aquí campos cultivados y tampoco ningún camino.

- O sea que llegan allí en helicópteros. -dijo Tuutí.

- Veamos qué cosas hay por aquí. -dijo Gerdana imprimiendo a la vimana unos trescientos kilómetros horarios- Allí hay otros destacamentos militares, y esos hangares no pueden pasar por casas campesinas. Bajo vuestros asientos hay prismáticos, que podéis usar sin problema, a condición de dejarlos en su sitio.

Un minuto después aceleró vertiginosamente y cuando estábamos entrando a una extensa planicie, Gerdana reducía nuevamente la velocidad.

- Y allá hay otro grupo de tanques de guerra... -dijo Cirilo mirando con los pequeños pero muy potentes binoculares- Creo que hemos dado en el clavo apenas empezar...

- O al menos muy cerca. -repliqué- Porque, además allá hay algo extraordinario... ¡Miren!.

- A eso me refería... -dijo la capitana.

- ¡Pirámides! -exclamaron mis compañeros.

Íbamos a mil metros de altitud y veíamos unas enormes pirámides, una de las cuales era mucho mayor que la más grande de las egipcias. Al menos tendría doscientos metros de altura hasta su cumbre, pero le faltaba -como a la Aurora Verde y a la de Keops- el piramidión. Sólo que a ésta le faltaba una parte mayor, equivalente a un cuarto de la altura. Recorrimos lentamente la región, maravillándonos de la cantidad de enormes pirámides. Aunque muchas estaban erosionadas por el agua, no dejaban de ser imponentes. La mayoría tenía varios árboles que las cubrían parcialmente, otras estaban íntegramente verdeadas por bosques, pero algunas estaban sembradas de modo muy cuidado, con especies coníferas que no tendrían más de veinte años. Entre ellas las distancias oscilaban entre los doscientos y los quinientos metros y su dispersión por el terreno parecía a simple vista, algo azaroso.

Tras una hora de recorrer la zona a diversas velocidades, la Capitana comenzó una navegación en forma de espiral, cuyo centro era la mayor de las pirámides. De esta manera podríamos inspeccionar una gran región en un círculo de quinientos kilómetros de diámetro. Esa operación comenzó con un vuelo rápido hacia el Oeste, llegando al Lago Qinhay Hu, ubicado a 250 Kilómetros y demoramos algo más de tres minutos. Nos desplazábamos a unos 4.200 Kms. por hora. Volvimos a la zona de las pirámides y comenzamos con la exploración. El primer punto explorado, aprovechando nuestra invisibilidad, fue la pequeña aldea de Qinchuan, muy cercana a las pirámides. No había allí destacamentos militares. Luego volamos en espiral a una velocidad de mil kilómetros por hora promedio. A catorce kilómetros de la aldea, en dirección E.S.E. (Este Sud Este), encontramos un destacamento militar formado por cuatro tanques de guerra grandes, cuatro tanquetas de movimiento rápido, cinco helicópteros de gran tamaño y cuatro más pequeños, todos muy bien artillados. El campamento de tiendas albergaría una tropa de doscientos soldados.

Unas casamatas ubicadas cerca de un arroyo podrían albergar al personal jerárquico y un poco más al Este, a cinco kilómetros hallamos un batallón de infantería de más de trescientos hombres, con un apoyo material formado por diez tanques medianos, tres rampas misilísticas y una docena de helicópteros. Cinco kilómetros al SE encontramos la población de Datong. Continuamos la metódica exploración durante cinco horas, para hallar tres posiciones más de similares características pero un poco más nutridas. Una a 20 Kms. hacia el SurOeste, cerca de la población de Heishichuan, otra a 31 Kms. y otra a 42 Kms. de las pirámides. Esta última, a sólo quince Kms. de la ciudad de Baiyin, que se halla en 36° 33' N y 114° 12' E. Durante el registro de la región contabilizamos ciento cinco pirámides de entre 30 y cien metros de altura.

Era muy extraño que en sitios que no son habitualmente zonas de maniobras militares sino de pacíficos poblados pequeños, de actividad agraria, se destacaran esos cuerpos militares que totalizaban un centenar de vehículos terrestres, treinta aéreos y más de dos mil soldados.

- Ahora, aunque hay algún riesgo respecto a los minerales, -decía Gerdana- intentaré un reconocimiento cuidadoso de las pirámides. Si las están rodeando esas fuerzas armadas es por algo. Y aunque parecen del

Ejército chino, observen bien... La mayoría de los soldados no lo son. Aquí está el meollo de este problema.

- Y por aquí hay una entrada. -aseguré- No creo que las pirámides sean motivo de tanto cuidado, aunque los Chinos cuidan mucho estas cosas.

- Aquí no hay de quién cuidarlas. -dijo Tuutí- Están rodeadas de campesinos que seguramente conocen su historia. Las líneas férreas pasan a muchos kilómetros y no se trata de un lugar turístico...

- Veamos qué hay dentro de las pirámides. -dijo la Capitana.

Ingresamos con la nave desmaterializada en una de las medianas, de unos noventa metros de altura y nuestro recorrido con la vimana no arrojó grandes sorpresas. Su composición parecía ser principalmente de bloques de arcilla endurecida, con algunas capas de piedras intermedias, para asegurarlas y dar consistencia a la construcción. La segunda pirámide explorada fue una algo mayor en tamaño. Allí encontramos una composición muy diferente, con grandes bloques de granito y algunas láminas de cuarzo cristalino de gran tamaño en el centro, formando un total de cinco cámaras de diverso tamaño. La cámara más grande, ubicada a unos cien metros de altura y justo en el centro, tendría doce metros de largo por cinco de ancho.

En el centro de la esta Gran Pirámide de Qin-Chuan -no la mayor de todas las pirámides de la región- hallamos un cubo cristalino azul, una especie de cuarzo muy raro, y más extraño aún con esas dimensiones, de dos metros y medio de lado. Un verdadero misterio, porque no había allí modo de ingresar físicamente. Ni rampas, ni túneles ni escaleras... Nada. Habíase hecho la construcción con la intención de dejar selladas completamente esas salas, en las que tampoco había elementos funerarios ni -lógicamente- cadáver alguno. Nada de tumbas ni templos místicos como esperarían muchos de los "tumbados" arqueólogos de la vieja escuela, que no saben distinguir una pirámide de una tumba.

Así entramos -desmaterializados- en más de cuarenta pirámides, sin hallar nada relevante respecto a lo que buscábamos, pero asombrándonos de las maravillas que aparecían en sus interiores. Algunas tenían pasadizos libres de rocas o sedimentos, otras los tenían tapados y muchas no tenían nada más que algunos raros sistemas de cámaras como la primera. Pero no hallamos ninguna que fuera totalmente maciza, sin oquedades o sin cámaras. Cuando estábamos explorando la número cuarenta y nueve, según el plano que ya tenía Gerdana, encontramos que en sus alrededores había unos cuántos campesinos arando la tierra y otros trabajos rurales. Un tractor llegaba muy cerca de la pirámide, en el extremo de un sembradío, con una gran carga de pasturas. Entramos a la pirámide y hallamos un túnel libre, que seguimos lentamente por varios metros. Desembocaba en una sala de unos doscientos metros cuadrados y cinco de altura, donde había varias personas. Eran campesinos que iban llegando desde el túnel y se reunían ante una serie de gabinetes, pero nos quedamos unos minutos atentos a lo que hacían.

- ¡Son soldados! -exclamamos cuando les vimos extraer ropas de los armarios y cambiarse.

- Y no tienen precisamente uniformes chinos... -observó Tuutí.

- Son Narigones. Sin duda alguna -dije- Tienen la misma insignia que los que vimos en la desaparecida vacuoide de Harotán-Zura.

- Queridos Amigos... -dijo Gerdana- Les hemos pillado. No podré entrar por ahí, porque el detector me avisa que hay metales intraspasables.

Nos mostraba en un costado de la carcasa de la cabina, una pantalla donde estaba el mapa de navegación, mientras nos seguía indicando sobre las líneas que determinaban con toda claridad los pasadizos en la pirámide y los túneles que salían de una sala que se hallaba más abajo.

- Miren eso... Los puntos blancos de ese mapa son indicadores de plata. Esos otros de...

- ¡Pero eso no es posible! -dije- En la Naturaleza la plata se da en filones, en formaciones nativas en expaliación, mezclada con otros minerales, pero esos puntos sólo siguen cerca del túnel sin tocarlo...

- Es lógico... -decía Cirilo- Habrá sido el túnel de una mina de plata.

- Es lo que podría parecer, pero no para mí que estoy acostumbrado a trabajar con minerales. Esa distribución es artificial. Dime, Gerdana... ¿Se pueden medir las distancias entre los lugares con plata y esos otros?.

- Si, claro. Veamos... -decía mientras ampliaba el plano y lo giraba, permitiéndonos ver en diferentes tamaños, perspectivas, horizontal y verticalmente, un sector de varios cientos de millones de metros cúbicos, que incluía a la pirámide.

- Hay unos diez metros promedio entre cada cuerpo de minerales de plata.

- Entonces eso no puede ser natural. Han sido colocados allí a propósito.

- ¿Estás seguro? - me preguntó sorprendida la capitana.

- Segurísimo. Fíjate que no hay vetas en ninguna parte, que se extiendan hacia el interior de la roca. Si pudiéramos recorrer muy lentamente, a paso de hombre, las zonas no peligrosas, seguro que veríamos que ese mineral está detrás de los muros artificiales.

- No hace falta acercarnos demasiado, Marcel. Mira, ese comando lo dejo en tus manos. Con él puedes aumentar el registro hasta ver un grano de arroz, a una distancia de ochocientos metros. No tenemos zoom óptico incorporado a la pantalla general, pero sí para la pantalla en estado inmaterial. Es un poco difícil pillarle al principio, pero no importa si tardas unas horas.

En algo más de una hora -mientras mis compañeros conversaban de todo un poco- aprendí a manejar el dispositivo con total soltura. No cabía duda de que la dispersión era absolutamente artificial. Habíanse colocado antes de encofrar los muros, piezas de mena aglomerada, es decir piedras artificiales, compuestas con mineral de plata y hasta trozos de filones.

- Cada varios pasos, -dije- justamente haciendo un promedio de diez metros, hay uno de estos obstáculos prácticamente insalvables para las vimanas. Los muros antiguos aún existen y entre estos y los nuevos está el mineral. No hay duda que los Narigones han tomado estas precauciones conociendo que las vimanas se desplazan desmaterializadas, y conociendo el problema de los intraspasables.

- No entiendo cómo pueden saberlo... -dijo Gerdana sumamente preocupada.

- Pues yo tampoco, -dije- pero lo saben. Aunque no contaban al hacer esto, que los sensores de las vimanas pueden analizar un vasto sector sin entrar en él.

- Si, hasta ochocientos metros de distancia, prácticamente podemos ver todo en la pantalla. Ahora sabemos por dónde entran, pero sería muy riesgoso seguir el túnel, porque la región tiene minerales intraspasables en estado natural.

- Intentemos -dijo Tuutí- seguir el túnel desde la superficie, hasta que se pierda en los ochocientos metros de profundidad. Al menos tendremos idea del rumbo. Si acaso podemos seguirlo un poco más... En fin, que hay que hallar alguna intersección, saber a dónde podemos interceptarlo desde adentro.

- Las inundaciones en Quichuán han sido provocadas. -dijo Cirilo- No tenemos pruebas, pero si fuera de los que tienen la pésima costumbre de apostar, apostaría a que este túnel llega al Mar Pogatuí.

- Igual pueden haber otras cosas. -añadió Tuutí- Sólo sabemos que existe ese mar a 53 Kms. de profundidad, o sea a 161 kilómetros sobre el nivel del piso de Quichuán, pero apena si ha sido explorado un par de veces por los Taipecanes en la antigüedad. Puede que hayan otros mares menores, otros circuitos de agua y hasta vacuoide habitadas...

- La verdad -agregué- es que en esos 161 kilómetros es difícil hacer un cálculo de cuántas vacuoides pequeñas puede haber y más difícil aún, calcular la posibilidad de que existan vacuoides petrolíferas o de otra clase. Por eso se nos hace imprescindible seguir este túnel en la vimana hasta donde se pueda.

- Pero no creo -dijo Cirilo- que ello nos libre de volver a intentar una exploración a partir de la vacuoide Quichuán.

- Desde ya que no. -respondí- Pero al menos necesitamos, antes de hacerlo, tener una idea de las trayectorias que siguen los Narigones hacia el interior y dónde poder interceptarlos. No hay posibilidad alguna de hacerlo desde aquí, con todo el movimiento estratégico que están desarrollando.

- Sin embargo... -decía Tuutí con gesto de estar pergeñando algún plan- Si, quizá pudiésemos. Habría que hablar chino y poder infiltrarse...

- Tenemos a varios en el GEOS que lo hablan. -dijo Cirilo- Ajllu, Achila, Imilla, Yatiña, Urca, Amutu, Jayro, Arsuña y Khuyuri. Ellos podrían formar una dotación especial...

- Ya lo veremos. -respondió Tuutí- Has nombrado a nueve. Creo que faltaría alguno de los más preparados en cuestiones específicas... Ya veremos. Ahora sería bueno intentar seguir el túnel por donde esa gente se mete en el mundo subterráneo.

- Veamos por dónde van. -dijo Gerdana- Miren. Parece que la galería se dirige al Sur.

- Pero eso no significa nada. -dije- Ya sabemos las vueltas que dan esos caminos. Y tener un tramo de ochocientos metros no nos dará ninguna referencia válida sobre los 161 kilómetros que hay hasta la vacuoide del Mar Pogatuí.

- No importa. -replicó Tuutí- Igual nos servirá saber qué hay cerca de la superficie.

Avanzábamos muy lentamente, siguiendo la línea del túnel, mientras que la Capitana intentaba internarse poco a poco en la tierra, evitando los minerales intraspasables, que aunque no abundaban cerca de la superficie, podrían darnos problemas un poco más abajo. Descendimos hasta los 2.300 metros sin inconvenientes, de modo que seguimos el recorrido del túnel mediante los sensores, hasta los 3.100 metros de profundidad. Una pequeña vacuoide, o mejor dicho una sala muy grande, de tres kilómetros de diámetro, era el punto álgido más importante que hallamos, justo a esa profundidad. Allí las acumulaciones de mineral de plata hacían imposible acercarse a menos de cien metros de la sala, pero eran yacimientos naturales.

No obstante, pudimos estudiar a fondo la logística de los Narigones, al menos lo que tenían almacenado en la caverna. Más de cien cajas de explosivos plásticos, cientos de cajas de misiles pequeños y algunas cajas vacías, cuyos símbolos eran sin duda de material radioactivo.

- Esas cajas -dije con seguridad- contenían cabezas nucleares de reducido tamaño, pero suficientes como para causar daños extraordinarios en el interior de la corteza terrestre. Me preocupa mucho que estén sin su contenido...

Si afuera había más de dos mil soldados, en el interior no había menos de mil. Iban y venían como hormigas, cargando las cajas en pequeños carritos motorizados, estrechos y con orugas, adecuados para las bruscas pendientes del camino subterráneo, que alcanzaba los 3.100 metros en cota luego de recorrer 134 kilómetros. La caverna, situada bajo la aldea de Shidaogou, casi en la frontera de la región China denominada Mongolia Interior, no parecía tener otras entradas desde la superficie, que bien hubieran aprovechado los Narigones para evitar esos 134 kilómetros hasta las pirámides de Qin-Chuan. Ya sabíamos que preparaban grandes destrucciones y lo más probable es que estuvieran haciéndolas.

- Las crecidas anormales de los ríos que pasan por Quichuán -dijo Tuutí- tienen que ver con esto, pero averiguar cuáles son los puntos en que operan, cómo llegar a ellos y ponerlos fuera de combate, es todo un desafío.

- Y la verdad -dijo Cirilo- es que no se me ocurre ningún plan, ni siquiera un esbozo de alternativa para llegar con mínimo peligro hasta el Mar Pogatuí.

- No estamos seguros -intervine- de que allí sea donde están operando. Si hay otros mares más pequeños o más grandes más arriba del Pogatuí, es algo que desconocemos. La cuestión estaría en conseguir un medio de explorar todo el territorio evitando el riesgo de los minerales intraspasables. ¿No podrían los Freizantenos hacer vehículos más pequeños que estas enormes vimanas, usando la misma tecnología?.

- Nuestros ingenieros -dijo Gerdana- están trabajando sobre unos aparatos similares a la vimana, pero de control remoto. Unas bolas teledirigidas que ya existen hace cuarenta años y funcionan muy bien en el aire y el agua, pero que al desmaterializarlas se pierde sobre ellas el control y sólo sirven para enviarlas por un sitio ya mapeado y programado bajo un protocolo de envío. No hemos conseguido aún, que sirvan para acumular información...

- O sea que el estar desmaterializado impide la comunicación con los centros de mando...

- Así es, Marcel. -respondió la capitana- Desde la nave desmaterializada es aún imposible para nosotros emitir en cualquier frecuencia. Podemos recibir cualquier tipo de señal, en cualquier frecuencia, pero nuestros emisores no han podido perfeccionarse para funcionar en estado Gespenst.

- ¿Y eso qué es?. -preguntamos.

- Gespenst es "fantasma" en alemán. -dijo Gerdana- Así le llamamos al estado desmaterializado en el que nos hallamos ahora mismo.

- ¿Hay alguna forma de ser percibidos por las personas cuando se está en este estado?. -preguntó Cirilo.

- Sólo para quienes tengan vista astral, -respondió la capitana- o sea la capacidad de ver en un rango vibratorio de la luz que pasa los trillones de ciclos por segundo. La luz ordinaria que ven los ojos humanos abarca entre los 281 billones de Hertzios, hasta los 1.125 billones. El plano vibracional del cuerpo mágico está cerca de los 30.000 billones de Hz.

[N. del A.: Un Hertzio (Hz) equivale a un ciclo por segundo]

- ¿Y tampoco es posible oírnos? -preguntó Cirilo.

- Tampoco. El oído del cuerpo mágico funciona en unos 9.000 billones de Hz, mientras que el sonido que puede percibir el oído humano normal está entre los 36 Hz. y los 21 Khz (21.000 Hertzios). Un oído muy sensible, como el de los Dracofenos, alcanza a percibir en -2 Hz, o sea una vibración cada dos segundos en cuanto a "infrasonidos" y hasta los 70 u 80 mil Hertzios en cuanto a ultrasonidos, lo que está cerca de la captación de la onda larga de las radios. Sin embargo, hay algunas pocas personas, de esas que "oyen voces" y muchas veces se vuelven majaretas por no comprender qué es lo que pasa y de dónde proviene lo que oyen.

- ¿Esas personas -pregunté- escuchan en realidad a gente que está hablándoles desde el cuerpo mágico?.

- Así es. -respondió Gerdana- También suelen escuchar pensamientos y emisiones radiales o televisivas. Pero no sólo escuchan a personas vivas, sino... Bueno, eso es un tema muy largo. Ahora nuestros ingenieros están empeñados en lograr que un aparato que ha sido puesto en el plano vibratorio que llamamos "mágico", o sea en estado Gespenst, pueda emitir en una frecuencia de onda más baja, de modo que pueda ser manejada desde un control lejano. Aún no han acertado el modo, tras años de investigación, así que no podemos contar con ello para hacer este trabajo, antes que los Narigones hagan un desastre terrible.

- Yo sí tengo una idea... -dije- Además de llamar "Gespenst" al estado de "desmaterialización", con lo que ahorramos letras a la palabra castellana... ¿No se puede hacer una vimana... Pequeñita?. Digamos... Algo que pueda conducirse entre los minerales intraspasables sin el riesgo de quedar atascado...

- ¡Qué idea! -dijo Tuutí.

- Excelente...- agregó Gerdana- Creo que de eso hablabas hace un rato, pero no se nos habría ocurrido...Aunque francamente no lo veo fácil. Nuestras naves más pequeñas son de más de diez metros de diámetro, o sea tan grandes como para hacer impracticable un reconocimiento en zonas de intraspasables, pero sería cuestión de pedirles un vehículo más pequeño... No les aseguro nada... Ya lo veremos, porque uno de los mayores desafíos de la técnica es la miniaturización.

Salimos inmediatamente a la superficie siguiendo el sistema automático de reconducción de la nave, a fin de evitar sorpresas desagradables con esos minerales tan problemáticos. Apenas estuvimos en el aire, cerca de las pirámides, echamos una rápida vuelta sobre ellas y luego nos dirigimos a enorme velocidad hacia arriba. Según un marcador del tablero, estábamos a 110.700 metros de altura. Allí el cielo ya no era azul sino negro y estrellado. Gerdana volvió la nave al estado material y se puso en contacto con sus mandos. Apenas si entendí algunas palabras, porque el idioma parecía una mezcla de alemán, noruego y holandés, idiomas estos de los que apenas se algunas frases y palabras sueltas.

Tras unos diez minutos de comunicación, nos dijo que debíamos volver a Quichuán mientras los ingenieros freizantenos intentarían estudiar la posibilidad de una "mini-vimana", lo más pequeña posible, con capacidad de funcionar en estado Gespenst. En una hora estuvimos de regreso en la hermosa vacuoide Taipecana y aprovechamos para sobrevolar un poco su superficie. Las crecidas habían hecho unos desastres espantosos. Los Jardines de Tatzen, que bordeaban el Lago Tzen-Kuo por más de cien kilómetros, con un ancho medio de quince, estaban completamente destrozados. El agua no había vuelto a sus niveles normales, sino que había disminuido anormalmente, tras la dañina inundación. Ahora parte del fondo del lago presentaba algunas grandes charcas y en el centro apenas corría un cauce de agua que no llegaba a ser más que un arroyo. Si los niveles del terreno no fuesen tan altos en las franjas montañosas donde se encuentran las grandes columnas de la vacuoide, Shan-Gri-Lá II habría sufrido la inundación.

Pasamos sobre la Ciudad de Shan-Bal, ubicada sobre una meseta muy alta, en la parte sur de la Región del Lago Tzen-Kuo, contra el muro de la vacuoide. Una ciudad preciosa, llena de jardines y casas piramidales dispersas, rodeada también de parques ajardinados, abarcando toda una región de diez kilómetros de ancho bordeando los más de trescientos kilómetros cuadrados de la zona habitada. Posteriormente, pasamos raudamente sobre el Camino del Dragón. Las pirámides rojas y azules intercaladas, de más de doscientos metros de base, dejarían en vergüenza a los orgullosos arqueólogos egipcios y aún a los Chinos de la región de Gansu.

La reunión que tuvo lugar una hora después de nuestro aterrizaje en Shan-Gri-Lá II, tenía por objeto definir algún plan de acción en vista de las actividades de los Narigones. Urgía encontrar un medio de detener esas operaciones, de las que debíamos temer lo peor.

- El Río Kiyan-Kuo, -nos decía el ingeniero hidrólogo Taimo-Jao - está muy próximo a la ciudad y desconocemos su cuenca subterránea. Si este río hubiese tenido una crecida igual a la de los otros, el agua hubiese superado el Paso del Dragón y llegado hasta aquí. Me parece que aunque se produzcan crecidas iguales o peores en los ríos que ya las tuvieron, los daños no serán mayores...

- Y la ciudad Shan-Bal, -agregó Ninve-Lao, el jefe de los topógrafos- que se encuentra a 1.600 metros de altura sobre el nivel normal del lago, tampoco correría peligro. Ninguno de sus doscientos cincuenta mil habitantes han sido afectados, salvo los que habitaban las zonas cercanas a los lagos. Pero si ocurriera lo mismo en el Río Kiyan-Kuo, habrían muchas víctimas y quizá un desastre tremendo en la ciudad. Por eso mi propuesta es que nuestros Queridos Amigos del GEOS orienten su exploración -al menos por el momento- hacia los orígenes de Río Kiyan-Kuo.

- Para ser objetivo y sincero, -dijo Tuutí- ésta última propuesta me parece muy acertada. No hay por el momento, posibilidad alguna de explorar los ríos tras sus crecidas, porque es de esperar que vuelvan a ocurrir. Mientras los ingenieros Freizantenos hacen sus estudios sobre el vehículo que Marcel ha tenido la idea de solicitar, podríamos ponernos en camino por este río tan desconocido en su cuenca superior.

De todo lo hablado en aquella conferencia que duró tres horas, la conclusión fue esa. No podríamos intentar una nueva exploración por los ríos orientales sin riesgo de ser aniquilados por una nueva crecida, pero al día siguiente nos pusimos en camino hacia la desembocadura del Kiyan-Kuo. La vimana nos dejó en un sitio ubicado a más de treinta kilómetros sobre el nivel promedio de la vacuoide, en una saliente de la roca a algunos centenares de metros sobre el río, que vertía sus aguas en la vacuoide formando una lluvia preciosa. Desde la saliente, de unos setecientos metros cuadrados, que había sido acondicionada como mirador, contemplamos uno de los más hermosos paisajes. No se veían desde allí las cosas en detalle, porque en tal distancia la humedad de la atmósfera modificaba los colores de fondo y resaltaba algunos puntos. También nos maravillamos con algunos espejismos producidos por la refracción de la luz, similares a los que pueden verse en los polos o en los amaneceres en la selva.

El sol artificial de la Región del Lago Pli-Kuo, ubicado treinta y dos kilómetros más arriba y hacia el centro, produciendo un efecto muy similar al sol de la superficie externa -menos encandilante pero igualmente completo en calidad de luz-, nos brindó junto con el agua de la cascada, unos espectaculares arcoíris que disfrutamos unos cuantos minutos. Luego entramos por un túnel y nos encontramos la vera del río una hora después.

El mapa detallado de la reducida parte de la cuenca conocida por los Taipecanes, estaba incompleto en cuanto a las pequeñas galerías que derivaban en el río, así que nos impusimos la tarea de mapearlas en todo lo posible. En esa labor ocupamos 168 horas de actividad y 56 horas de sueño, o sea siete días completos. Casi todas las galerías eran caminos muertos, provenientes de grietas, derrumbes provocados por filtraciones, etc.. No había mucho que sacar de esa zona, pero dejamos constancia en los mapas de todas las utilidades que podría dar. Importantes yacimientos de metales nobles y un tipo de cuarzo rosado muy bonito, con cristales de más de un metro de diámetro, harían las delicias de los decoradores Taipecanes... Si es que podíamos evitar los inminentes desastres.

Retomamos al río y continuamos explorando hacia arriba. Estábamos a 68 Kms. de la desembocadura y hallamos un afluente que aportaba una décima parte de su caudal, pero no pudo ser seguido por lo estrecho de su cauce. Ya la vera del río resultaba bastante difícil de transitar pero con ayuda de las cuerdas seguimos adelante, a pesar del cansancio que empezaba a notarse con síntomas de fatiga en algunos compañeros. Curiosamente, eran las mujeres las que menos resentidas estaban con las duras pruebas físicas que pasábamos. Los varones - entre los que me incluía- estábamos extenuados y tuvimos que hacer un descanso de doce horas en que roncamos como un parque de motores.

Al continuar, algunas cascadas estuvieron a punto de hacernos abandonar el avance porque la cavidad era estrecha y la fuerza del agua que bañaba de lado a lado la galería, resultaba difícil de vencer. El ingenio de Chauli para lanzar garfios, poner algunos clavos y su destreza en el manejo de las cuerdas, permitió vencer esos obstáculos. Las escaleras de cuerdas fueron usadas repetidas veces y algunas debimos dejarlas en el mismo sitio, ya por la imposibilidad de recuperarlas sin riesgo, ya por la conveniencia de encontrarlas a nuestro regreso, si es que lo hacíamos por el mismo curso del río. Cuatro días después nos hallábamos otra vez en problemas. Notamos que las linternas disminuían su luz, pero como nosotros estábamos todo el tiempo en el agua, no habíamos notado efectos de radiaciones. Los Taipecanes nos dieron cuatro pequeños aparatos para medirla e indicaron estos que el nivel estaba muy por encima de lo soportable. Además, llevábamos la comida en sacos antirradiación y ello nos salvó de perder tan importantes recursos.

Estábamos, según los mapas, a la misma latitud que la zona radioactiva de la caverna "La Bastna". Sin embargo, tomamos la precaución de seguir adelante bañándonos constantemente. Para asegurarnos que nadie fuese arrastrado por el agua, íbamos amarrados con las cuerdas en dos filas, dejando tres metros entre cada uno. Podríamos ponernos los trajes antirradiación, que los Taipecanes habían reforzado y mejorado reemplazando el cristal de las chupetas por otros totalmente a prueba de radioactividad, pero necesitábamos mucha soltura para poder subir las pendientes y escalar las zonas de cataratas.

Afortunadamente fuimos encontrando lugares poco profundos, que no eran peligrosos y nos permitían un chapuzón cada diez pasos. Así sorteamos la zona en menos de quince minutos. Las linternas empezaron a alumbrar normalmente y los detectores no registraban ya peligro. Luego el problema para seguir viaje era el estrecho espacio que la corriente nos dejaba entre la bóveda y una orilla en la que los Taipecanes no hubiesen cabido. Nos teníamos que afirmar muy bien para gatear por el estrecho sendero de cuarenta centímetros de ancho, pero que a veces nos obligaba a arrastrarnos porque no habría más de medio metro de altura. Retroceder en aquel sector hubiese sido una verdadera odisea, pero Chauli, que iba a la cabeza, no dejaba de avanzar.

Donde hubiera una posibilidad de asirse, tender un garfio, colocar un clavo en la roca o arrastrarse entre las rocas, nuestro compañero la aprovechaba y no había más alternativa que seguirle. Los más corpulentos del equipo sufrimos las mismas angustias que en la Malla de Rucanostep. Un poco más grandes que hubiésemos sido, y habríamos resultado un tapón para el equipo, por esa razón iba yo entre los últimos, seguido sólo de Kkala y Sairi. Este último, además de medir dos metros con veinte centímetros de estatura, siendo un hombre de grandes músculos, sufrió lo indecible porque se quedó atascado en unas rocas y tuvimos que hacerle una protección con uno de los trajes especiales, a fin de partir una de las piedras con el rayo de mi arma.

Cuando la zona de tránsito fue más amplia, los últimos invertimos el orden de marcha. Sairi iba a la cabeza, abriéndose camino y por dónde él pasara pasaríamos todos sin dificultad. En esta dura travesía llegamos a un punto fuera de los mapas. Encontramos en los siguientes cinco días, un camino mucho más transitable, pero también más diversificado. En total once galerías que podían ser acondicionadas como camino pero sólo dos eran realmente largas. Tuvimos que dividir el grupo en cinco equipos a fin de cubrir más distancia en menos tiempo y conseguimos hacer un buen mapeo de la región. Finalmente nos reunimos tras varias campañas de exploración, para volver a dividirnos en dos y encarar las galerías largas durante cuatro horas. Si al cabo de ese tiempo no se hallaba el final de las galerías, regresaríamos y nos reuniríamos nuevamente.

Así ocurrió para ambos grupos, pero el mío no había hallado nada importante, sino una red cada vez más amplia de galerías a su vez más estrechas, producidas por napas de agua, arroyos y acuíferos provenientes de alguna pequeña panela volcánica. Aunque no hay ningún volcán a menos de quinientos kilómetros de la región, en el interior de la corteza terrestre existen muchas vacuoides magmáticas sin salida al exterior, generalmente pequeñas, de no más de cinco kilómetros de diámetro. En vez de manar su energía hacia la superficie, lo hacen impulsando torrentes de agua que cíclicamente pueden convertirse en ríos hirvientes. Uno de los arroyos que encontramos casi al final de nuestra exploración parcial, llevaba un caudal muy grande, siendo casi un río, con el agua a 89 grados centígrados, o sea lo suficiente como para cocinarnos si cayésemos en él.

Poco antes de cumplirse las cuatro horas de marcha, encontramos una grieta de la que sólo manaba vapor, así que la vacuoide magmática no estaría lejos y era mejor no aproximarse demasiado. Los derrumbes y movimientos sísmicos cerca de ellas son un peligro constante. La exploración de unas estrechísimas cuevas tampoco valió la pena, pero el otro equipo había hallado un camino indudablemente más importante y largo, alguna vez transitado e incluso una pequeña vacuoide con ruinas de construcciones muy misteriosas. Decidimos que antes de seguir explorando el río Kiyan-Kuo, sería interesante echar un vistazo a esa zona y partimos luego de dormir lo suficiente.

CAPÍTULO XII

LA VACUOIDE "LA OCTÓGONA"

La vacuoide que llamamos "La Octógona" era en realidad una gran sala, más que una vacuoide propiamente dicha. Se halla a unos diecisiete kilómetros del río pero de difícil acceso, con una diferencia de tres mil metros respecto a éste. Nos entretuvo siete días completos porque merecía ser explorada. Sus muros, bastante alisados y poco accidentados, contrastaban aún con el piso, mucho más pulido y libre de rocas u otros obstáculos. Posiblemente era una pequeña vacuoide, pero la labor realizada por algún misterioso y antiguo pueblo, la convirtieron en una sala bien acondicionada o artificialmente excavada. Medimos un diámetro aproximado a los quince kilómetros, aunque no pudimos verificar si era perfectamente octogonal.

El techo era visible con mi linterna potente, así que calculamos una altura en las orillas de doscientos metros y se nos perdía de vista a medida que avanzábamos hacia el centro. Luego la recorrimos desde otros sectores, comprobando que se trata de un techo en forma de bóveda. Algunas marcas curiosas, cerca de la orilla de la vacuoide, nos dieron toda la sensación de que allí hubo mucho trabajo de excavación. Aquello sigue siendo hoy un misterio, porque las ruinas no eran nada parecido a lo conocido o visto por ninguno del GEOS. Sin ser megalíticas, los bloques de piedra -basalto negro- fueron labrados en formas perfectamente prismáticas octogonales, de dos metros de largo por ochenta centímetros de diámetro. Su peso rondaría las dos toneladas, pero no hallamos herramienta alguna, aunque sí algunas marcas de cantera en un sector de la misma sala. Los bloques estaban pegados longitudinalmente con una argamasa de la que extraje unas muestras para ser analizadas en los laboratorios de los Taipecanes.

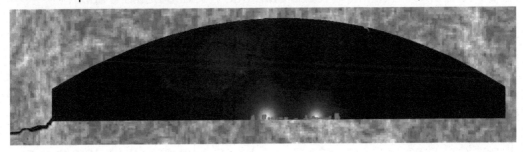

Los muros, carentes de techo y sin ningún rastro de amoblamiento, pasaban los cuatro metros en promedio, formando edificios poligonales muy regulares, de varias decenas de metros en algunos casos. Había algunos cuadrados, triángulos, pentágonos, hexágonos, heptágonos, pero la mayoría, tal como el perfil de los bloques, eran octogonales. En total, ochenta construcciones, separadas unas y agrupadas otras. No había indicios de que alguna vez tuvieran planta superior ni techo. Tampoco encontramos más caminos en la ciudadela que el propio espacio de suelo alisado. Algunos temblores de tierra debieron ser los causantes de los pocos derrumbes que encontramos, pero ni pista de las causas de la construcción, de sus constructores ni de los motivos por los que abandonaran el sitio.

Cerca del conjunto de construcciones, un arroyo encajonado en un cauce de más de veinte metros de profundidad, daba idea de que ese curso de agua pudo mantenerse constante durante cientos de miles de años. El agua resultó ser muy blanda, sin sales (para disgusto de los Dracofenos), pero indicaba que pudo horadar la durísima roca durante tanto tiempo, sin crear la cubierta que suele proteger esas cañerías subterráneas y hasta taponarlas en algunos casos, tal como se estrechan las cañerías de nuestras casas cuando el agua es muy salina.

Tampoco hallamos señal alguna de combustiones ni rastros de maquinaria, pero sí una interesante fuente de energía. Una construcción cilíndrica, de unos diez metros de alto y otro tanto de diámetro en su interior, formada por bloques bastante mayores -también octogonales pero de dos metros de diámetro por cinco de alto- nos tuvo intrigados. Al no hallar entrada, Rodolfo intentó explorar por arriba mediante una cuerda que Chauli lanzó con un garfio en el extremo. Tras varios intentos fallidos, porque garfio parecía hallar algún lugar donde prenderse pero luego resbalaba sobre una lisa cubierta, Chauli tomó distancia y revoleó la cuerda para hacer pasar el garfio hasta el otro lado. Así pudimos atar ambos extremos a algunas rocas para que Rodolfo pudiera subir.

El "techo" de la construcción constaba de una plancha metálica separada del muro mediante una placa de pizarra carbónica y en el centro había un cilindro metálico de un metro de diámetro por medio de alto. Rodolfo se cuidó muy bien de hacer contacto con la plancha metálica, cuando comprendió que aquello no era otra cosa que una batería gigantesca, que sirvió alguna vez como pila electrolítica. No consideramos oportuno arriesgarnos a comprobar si aún podía funcionar ni nos detuvimos en explorar lo que parecía un conducto, formado por bloques los mismos bloques octogonales sucesivos, en una línea sobre el piso, que se perdía en una ajustada cavidad del muro de la vacuoide. Eso sería trabajo para los Taipecanes, porque ahora nos urgía seguir nuestra exploración, pero les llevaríamos una planificación que hice a conciencia, midiendo con ayuda de Viky, Luana y Sairi durante todos esos días.

Continuamos durante tres jornadas por una caverna que hallamos al extremo opuesto de la vacuoide, pasando por un puente, formado también con el mismo tipo de bloques que todas las construcciones. Terminó nuestro camino, accidentado y ascendente, en un laberinto de cuevecillas impenetrables, formadas por miles de filtraciones, bajo una vacuoide acuífera que estaría seguramente bajo la influencia de la vacuoide magmática cercana, ya que el agua estaba en todas partes a más de sesenta grados centígrados.

Regresamos y al descender a "La Octógona", para aprovechar el desplazamiento decidimos caminar junto al muro opuesto al sector de la ciudadela, que habíamos recorrido sólo a trechos. En vez de hacer quince kilómetros, recorreríamos unos veinticuatro, pero quizás valiese la pena. Faltarían un par de kilómetros para llegar a la entrada, cuando nos sorprendió una rara escultura de medio metro de alto apoyada contra el muro, representando un hombrecillo de cabeza cónica, ojos saltones y boca pequeña. Sin nariz pero con otras prominencias a modo de antenas, alrededor de la frente y algunas en la nuca. Su posición era erguida, con una mano en el pecho y otra en la cadera, pero afirmado en 45 grados contra el muro y pudimos ver en su pecho una serie de símbolos desconocidos.

- Eso no puede ser taipecán ni chino -dijo Jayro- pero tampoco japonés ni coreano, ni ninguno de la Raza Amarilla. Domino completamente el chino y se un poco de los otros. Esto no me es conocido...

- Tampoco es árabe. -dijo Zuleika- Ni ningún derivado.

- Ni ninguno que yo conozca, -agregué- pero los voy a transcribir, ya que no parece que podamos llevarnos este muñequito...

Pensé que sería de piedra, pero al intentar moverlo, calculándole entre cinco y diez kilos, me llevé un chasco. No pudieron moverlo ni Sairi ni Kkala aunando esfuerzos. Aunque la temperatura era similar a la de la roca y el sonido era casi nulo al golpearle con objetos metálicos, el peso superaba al de cualquier metal.

- Si fuese de plomo -decía Sairi profundamente contrariado y sudando- no podría pesar más de ochenta y cinco kilos. ¡Esto se burla de mi fuerza!.

- ¡ Y de la mía y la tuya juntas! -agregó Kkala. ¿Probamos a tumbarlo, en vez que a enderezarlo?.

- Eso está hecho... -respondió Sairi mientras apoyaba un pie sobre la estatua y empujaba con toda su fuerza. La escultura cayó tras algunos intentos, quedando boca arriba.

Una vez en el piso no hubo forma de mover esa pequeña pero pesadísima mole. Los detectores de radiación no indicaron que tuviese siquiera el pequeño índice radioactivo del plomo. No hallamos nada más en un radio de algunos cientos de metros, así que dejamos la curiosidad para los Taipecanes.

El descenso hasta el río se hizo luego de un período de sueño y seguimos esa jornada alcanzando unos treinta y cinco kilómetros más por la margen cada vez más ancha y fácil de transitar.

- Estoy sintiendo un ruido muy extraño de aguas en movimiento... -dijo Rucunio.

- ¿Otra crecida? -preguntó Tuutí alarmado.

- No se -respondió Rucunio- No parece una crecida... Al menos no como las anteriores. No hay rocas arrastradas, sino algo similar al ruido de una fuente... Pero no puede ser... Es constante, así que no creo que sea peligroso...

- Entonces sigamos. -respondió Cirilo y no hubo objeciones.

Continuamos durante una hora, mientras el sonido se hacía perceptible para nosotros. Avanzamos siguiendo un muro donde la plata abundaba en todas sus formas minerales, algunas de las cuales no son conocidas cerca de la superficie externa. Un mineral compuesto de plata, molibdeno y tungsteno ofrecía un magnífico espectáculo. Placas más grandes que las antes vistas daban a la caverna una apariencia casi artificial. En algunas partes ni se percibía la juntura de las placas, dando al muro un aspecto metálico idéntico a una construcción hecha por manos humanas. Sin embargo, era la Gran Obra de la Naturaleza quien nos presentaba estas rarezas. Por curiosidad habíamos usado las armas taipecanas sobre esos minerales en otra ocasión y sabíamos que no podíamos usarlas en esos sitios, puesto que los rayos son reflejados. No ocurre así con nuestros rayos en un espejo, aunque se trata de sales de plata; pero sí en estos minerales.

Hora y media después llegamos a una sala magnífica donde el río parecía nacer. Era un lago que tendría un kilómetro y medio de ancho. Recorrimos su playa hasta llegar a su término, que era en realidad el origen mismo del agua y fin de nuestro camino. Se trata de un sifón gigantesco, dando un espectáculo fabuloso que no había visto nunca antes. En vez de una cascada, teníamos -a la inversa- un manantial, donde el agua brota con tal fuerza que los borbollones llegan a más de diez metros de altura, abarcando una superficie circular de más de un centenar de metros. Volvimos un poco, para quedar a trescientos metros del fenómeno, a fin de poder hablar sin tener que gritar.

Estaba claro que por allí no había posibilidad alguna de seguir, pero hicimos un reconocimiento del extremo opuesto del lago, ya que además de no haber demasiada profundidad, teniendo el agua poca velocidad y una deliciosa temperatura de 36° centígrados, nos apetecía dar una buena carrera a nado. En esa parte, la anchura de sólo quinientos metros del lago era una invitación atractiva, así que tenderíamos una cuerda por si valía la pena que luego cruzaran todos, sin problemas con los equipos. Hacer el regreso por la vera opuesta del río también resultaría interesante, puesto que habíamos divisado algunos socavones que podían ser galerías explorables.

Cuando Tuutí autorizó la exploración nos anotamos Chauli, Kkala, Ajllu, Sairi y yo por el bando masculino. Luana, Liana, Khispi, Valeria e Intianahuy por el bando femenino.

- Les vamos a ganar por cien metros de diferencia. -dijo riendo Valeria, que era una experta nadadora hasta en torrentes peligrosos.

- ¡ Y por doscientos a la vuelta!. -agregó Liana.

- Nada de carreras... -interrumpió Cirilo- Ahorren los esfuerzos para enfrentarnos con la Naturaleza. Entre nosotros no están prohibidas las competiciones, pero éstas no pueden hacerse mientras estamos realizando una misión tan importante.

- Pienso igual. -dijo Tuutí- No podemos descuidar la seguridad, así que Sairi y Kkala irán adelante, llevando el extremo de la cuerda, cuya otra punta ataremos a esas rocas. Los demás irán a la derecha de la soga y no se separarán más de cinco metros. Luego irán Valeria y Marcel; después Liana, Khispi, Luana y Chauli. Ajllu e Intianahuy a la retaguardia. De esa manera habrá una buena distribución de fuerzas, por si hubiera algún problema. ¿Entendido?.

- De acuerdo... -dijo Luana- Pero creo que te preocupas demasiado. Aquí no parece que haya ningún peligro.

- Tampoco lo parecía en ninguna de las oportunidades en que nos vimos a punto de morir. Podéis hacer competencias en las piscinas de Shan-Gri-Lá II pero no aquí.

Llevábamos cada uno su ropa interior, que eran bañadores ajustados y cómodos. Además, el correaje de cintura con la linterna taipecana comunes y el arma. Los que quedaron en la orilla nos alumbrarían con cinco potentes linternas taipecanas de rayo directo, que alcanzaban a iluminar hasta tres kilómetros. En el orden indicado por Tuutí nos metimos al agua y disfrutamos mucho aquella parte de la exploración. A cincuenta metros de la orilla la corriente era un poco más fuerte y ya no hacíamos pie, así que empezamos a nadar. El desplazamiento, aún nadando en oblicuo para contrarrestar la velocidad del agua, se hacía inevitable. Cerca del centro la corriente era mayor de lo que esperábamos y aún los poderosos brazos de Sairi y Kkala, como la habilidad natatoria de Valeria, eran insuficientes para mantener el rumbo. El agua nos arrastraba con mucha fuerza y temí que nos tuviéramos que dejar llevar aferrados a la cuerda, para quedar de nuevo en la misma orilla.

- ¡ Nos tendremos que volver ! -gritó Sairi- ¡Agarren fuerte la soga!.

Pero una corriente nos arrastró más hacia el centro que hacia la orilla. Sin soltarnos, nos quedamos a merced del agua esperando que nos despidiera de vuelta. No ocurrió así. Permanecíamos en el centro y poco a poco, sintiendo la turbulencia en las piernas y resistiendo con los brazos, las curiosas corrientes nos arrastraron hacia la orilla de destino. Cuando Sairi y Kkala comprendieron que sería una corriente periódica, hablaban entre ellos.

- ¡Es un remanso abierto, de doble corriente...! -decía Sairi.

- ¡No! -gritaba Kkala- Es una corriente sucurí. Si nos quedamos nos lleva otra vez al centro.

- ¡Entonces nademos fuerte! -respondió Sairi.

La corriente "sucurí" toma su nombre de las serpientes más grandes que existen en la selva. Se trata de grandes boas que pueden llegar a medir veinte o más metros, aunque sólo he visto una y son realmente impresionantes, aún para los que estamos acostumbrados a encontrarlas. La corriente con este nombre se halla en lagos de aguas movidas, donde sus aguas le abandonan para continuar su cauce, en ríos donde las cataratas son muy grandes y en tramos de río donde el lecho es muy irregular. Estas corrientes forman una "S" prolongada, que varía cíclicamente según el tamaño del cauce y la fuerza del agua. Ora lleva lo que caiga en ella hacia un lado, ora hacia el otro, pero siempre tenderá a mantener lo que esté flotando, dentro de una franja central y finalmente acabará el objeto -nosotros, en este caso- arrastrado por la corriente hacia el centro del río aguas abajo.

A diferencia de los remansos de "doble corriente", donde el agua expulsa todo hacia una u otra orilla, o los de "foniú", donde el agua gira en recorriendo ambas orillas en un mismo sentido (horario o antihorario), esta corriente "sucurí" no nos soltaría nunca y si nos quedábamos allí, acabaría con nuestras fuerzas. Por eso Sairi, aprovechando que el movimiento nos acercaba un poco hacia la otra orilla, nadó con todas sus fuerzas. Kkala no se quedaba atrás, pero sus cuerpos, tan fuertes como voluminosos, eran arrastrados sin piedad por el agua, dejándolos exhaustos. Valeria comprendió que su estilo de natación, con un cuerpo más a propósito para oponer menos resistencia a la correntada, sería más adecuado para sacarnos del apuro. Pidió a Sairi la punta de la soga y emprendió una carrera contra el río que nos dejó impresionados y agradecidos.

Cubrió suficiente distancia como para salir de la corriente y tratábamos de no entorpecerle amarrándonos a la soga. Finalmente consiguió hacer pie pero ya ni le veíamos. El agua nos llevaba inexorablemente, hasta que vimos hacer señas con la linterna en alto. Significaba que había logrado afianzar la cuerda y pudimos asirnos a ella para remontar contra la corriente. Tuvimos que hacer un esfuerzo sobrehumano, aún con ayuda de la soga, porque por momentos sentíamos que la fuerza del agua aumentaba y ya empezaba a arrastrarnos hacia el centro. Tardamos más de quince minutos en hacer pie, cincuenta metros antes de la orilla.

A unos treinta metros de la tierra, cuando estábamos sumergidos hasta la cintura, Liana dio un grito.

- ¿Qué pasa? -dije dándome vueltas.

- ¡Algo ha pasado por aquí y me ha rozado las piernas!.

- ¿Te sientes bien? -dijo Khispi acercándose a Liana.

- Si... Pero estoy asustada.

- ¡Sigamos! -gritó Sairi- Falta muy poco.

En un momento más estábamos en la playa, mucho más amplia que del otro lado. Liana no tenía herida alguna, pero sí un leve tinte rojizo en una pierna, como el que dejan las medusas con sus cilias ácidas.

- ¿Es que pueden haber bichos aquí, en esta eterna oscuridad? -me preguntaba Liana.

- No lo se... Es raro pero no imposible. Según los Taipecanes el agua siempre llegó muy pura a la vacuoide. Aunque viniera de algún mar, seguramente pasa por varios filtros de yacimientos carbónicos, roquedales, cachoeiras, zonas de grava amontonada por eones... Si no pasa la sal, no es posible que pasen animales.

Dadas las características del lugar hubiéramos podido comunicarnos con la otra orilla con sólo gritar un poco, pero el ruido del manantial no dejaba escuchar a más de cincuenta metros. Al hacer las señales de luz convenidas, Ajllu emitió en código Morse la novedad de un posible animal con efectos urticantes al contacto y la dificultad del cruce, aunque con los prismáticos y los reflectores habrían visto toda nuestra odisea, ya que iban dándonos cuerda según la necesitáramos, hasta un máximo de dos mil metros. Cirilo respondió que igual cruzaría el grupo luego de una exploración de una hora por nuestro lado y según la reacción fisiológica de Liana.

- Aunque la cuerda es muy resistente -comenté- tendrán que cruzar de cinco en cinco a lo sumo.

- Esa correntada es mucho más fuerte de lo que imaginamos... -dijo Sairi.

- De no ser por nuestra nadadora, -agregué- habría sido difícil hasta el intento de regresar.

Valeria finalmente tenía derecho a hacer cualquier broma respecto a las competencias, sin embargo nos ahorró la humillación. Así que nos pusimos rumbo hacia la salida, pero a poco andar se me ocurrió que podría ser interesante echar un vistazo tras el manantial, en lo que debería ser un final definitivo del camino.

- No serán más de quinientos metros hasta ese final de la sala. -dije a mis Amigos.

- Seguramente hallaremos la abrupta muralla más allá del espectacular manantial. -comentó Ajllu- Pero ya que estamos, veamos...

- Si, no está mal poder decir "llegamos hasta el último rincón". -agregó Sairi.

- Aunque sea una pérdida de tiempo... -dijo Intianahuy- Tampoco me puedo ir tranquila sabiendo que hay allí detrás, un sitio sin explorar...

Pero nuestra sorpresa fue mayúscula al comprobar que tras el borbollón gigantesco había una estrecha playa que lo bordeaba.

- ¡Qué tontos hemos sido! -exclamó Kkala- Podríamos haber cruzado caminando...

La verdad es que no nos mojábamos menos andando por la orilla del rugiente manantial, que salpicaba y aturdía de modo impresionante, pero cuando aparecimos por el otro lado, nuestros compañeros se desternillarían de risa. Nos apresuramos a reunirnos con los demás y celebramos el hallazgo del paso con toda clase de bromas, pero sobre todo era de agradecer que nadie más tuviera que cruzar nadando.

- La verdad -dijo Tuutí- es que me deben a mí el susto y el riesgo. Cuando llegamos casi al final, tuve un instante la intención de caminar cien metros más y asegurarme, pero "no me hice caso".

- De eso nada. -respondí- Sin tus precauciones nos hubiéramos metido creyendo que cruzar el lago sería un plácido paseo acuático... Y ya habrás visto...

- Si, les seguía con los prismáticos. ¿Cómo va la pierna de Liana?.

- Muy bien. -respondió ella- Al menos ha disminuido el ardor. Estoy segura que era algo similar a una víbora. Al principio no me quemaba y hasta pensé que sería una lama, como en cualquier lago, pero luego empezó a arder y me di cuenta que aquí no hay lamas ni algas, ni nada de eso...

- Pero evidentemente, hay algo. -dijo Valeria- que también sentí cuando iba hacia la orilla, pero no podía detenerme. Me ha tocado apenas el brazo y... miren...

Tenía la marca difusa y rojiza que Liana en su pierna, pero no le ardía, sino que apenas le picaba.

- Parece claro -dije- que hay animales o vegetales ponzoñosos pululando bajo estas aguas subterráneas. Hay animales marinos a once kilómetros de profundidad, que es la máxima en los océanos de superficie...

- ¿Once kilómetros? -preguntó Viky.

- Si, en Oceanía, cerca de la Isla de Guam, que pertenece al grupo de las Islas Marianas, en el noroeste del Océano Pacífico, se halla el Abismo "Challenger", con poco menos de once kilómetros, pero en el Mar del Japón está el Pozo de las Fiji, que dicen algunos científicos oceanógrafos que llega a catorce mil metros, pero por alguna razón que desconozco, no se han hecho sondeos ni se puede andar mucho por la zona. El caso es que aún en el Challenger, la luz no llega al fondo. Es casi tan oscuro como aquí porque once kilómetros de agua marina equivalen a lúmenes, los mismos que puede dejar pasar una gruesa pared de ladrillos. Pero una cosa es lo que a nuestros ojos, y otra lo que al inmenso y aún no del todo conocido Reino Animal. En la zona del Tacayón, en el Mato Grosso, encontré lugares donde nunca llega ninguna luz y allí, en esa oscuridad bajo capas de muchos metros de humus encontré una tortuga sin ojos y con antenas. Pero como no podía llevarme un espécimen, que pesaría unos setenta kilos, en la universidad no me creyeron.

- ¿Y no fueron al sitio a comprobarlo? -preguntó Viky.

- Les ofrecí hasta el pago de viajes y equipo para cinco personas. Pero muchos profesores están muy cómodos detrás de sus escritorios. Ir a la selva de la que tanto hablan en sus cátedras les da tiricia...

- Pero allá -intervino Vanina- hay humus, hay materia orgánica...

- Si, pero un bicho que se alimente de minerales igual podría vivir aquí. No obstante, tengo una idea sobre lo que puede ser ese extraño atacante de mujeres nadadoras...

- No estarás tramando un chiste machista... -dijo Viky.

- No, cariño mío... No sería capaz de eso en estas circunstancias... Bueno, estoy mintiendo. Es que no se me ocurre ninguno ahora porque estoy pensando seriamente en otra posibilidad. Pero ya lo veremos. Sigamos explorando, que nos queda toda la margen derecha por caminar.

Luego de una buena comida (aunque no llenaba nuestros paladares sibaritas resultaba llenadora de nuestros estómagos y muy energética) dormimos lo suficiente como para continuar la marcha. El paso por detrás del manantial fue una verdadera fiesta de bromas y jolgorio, a pesar de algunas precauciones por lo estrecho de la playa, que no era más que un sendero de metro y medio de ancho, con algunas rocas resbalosas en las que había que tener cuidado de no dar un paso en falso. Caer en el manantial podía significar ser arrojado algunos metros hacia arriba y caer en una fragorosa turbulencia para ser engullido por la corriente y terminar vaya a saber en qué parte del río, muchos kilómetros más abajo... Si es que se sobrevive.

Durante toda esa jornada no hicimos más que caminar deleitándonos con las formaciones estalactíticas y las estalagmitas en forma de tortas superpuestas que casi no habían en la margen izquierda. Donde termina el lago y comienza el río encontramos una curiosa caverna que parecía digna de exploración, pero resultó ser una vena volcánica terminada en un muro ciego. Eso me confirmó en mi tesitura de que antes de asignar una edad a un terreno, hay que pensar muy bien de qué se habla, aunque los geólogos me tiren piedras.

La tierra es muy vieja y muchos cambios pueden ocurrir en períodos de los cuales no tenemos ni idea. Por allí pasaba hace millones -o miles de millones- de años, una vena volcánica ascendente. La diferencia entre "ascendente" y "descendente" se nota en la forma de las "escamas" en la carbonización de esas paredes. En las galerías donde la lava fluía hacia abajo, las escamas de la roca tienen la punta hacia arriba y viceversa. Aunque estas escamas pueden medir menos de un centímetro y hasta algunos metros, son notables por sus formas, ya sean puntiagudas o redondeadas. Ello indica la fuerza y velocidad con que circulaba la lava. Mientras más puntiagudas, más potente y veloz el torrente. Mientras más pequeñas, más cerca de la panela volcánica en que se origina el proceso plutónico. Si son como escamas redondeadas, ello indica mayor distancia y cierto enfriamiento en la lava.

- ¿Entonces cuánto tiempo le calculas a esta galería? -preguntó Chauli, atento a mi explicación como casi todos mis compañeros.

- No puedo decirlo. Sólo sé que la vacuoide donde se originó está debajo de nosotros y no arriba. Y diría que fue una vacuoide no demasiado grande, porque esta es una vena muy estrecha, casi un "capilar", pero ha funcionado como una gran chimenea. Igual puede ser una vena volcánica tipo "fumarola", es decir que ésta proviniese de una vena volcánica más grande, por lo tanto originada en una vacuoide de las más grandes. Miremos los mapas...

Al analizar los mapas que nos dieron los Taipecanes, comprendimos que en realidad el Camino de Tinkai, incompletamente explorado, pasaría a más de cincuenta kilómetros de nuestra posición, pero en línea recta hacia abajo. Así que la vacuoide volcánica original habría sido la misma Quichuán, ahora iluminada, vegetada y habitada por los Taipecanes hace cientos de miles de años.

- O sea que esta pequeña galería -decía Chauli- es un fósil de volcán, más auténtico que la mismísima Quichuán...

- Así es. -respondí- Quichuán debió estar llena de magma hace diez, cien y mil millones de años. En ese orden de cifras, que muchos colegas míos, así como geólogos y maestros de escuelas o profesores de universidad manejan con gran ligereza y supuesta naturalidad, la verdad es que no tenemos ni idea de cómo medir con alguna exactitud los años. Cuando pasamos de los diez mil años, en las deducciones geológicas es mejor que consigamos un físico bien documentado y con buenos equipos para medir cuestiones atómicas. Pero aún así, estos también tienen muchos problemas a la hora de definir el tiempo. El método del carbono 14, muy cacareado en revistas y cátedras supuestamente científicas, ha demostrado ser un fiasco. Quizá el método en sí, sirva; pero como hay tres o cuatro laboratorios en todo el mundo que puede dictaminar sobre la edad de un objeto, estos están bajo órdenes políticas.

- Ahora sí que estoy perdido y no entiendo nada. -dijo Tuutí.

- Es que, por ejemplo, -seguí explicando- si encuentran unos manuscritos que no conviene a ciertos políticos o líderes de sectas que se sepa lo que dicen, aunque sean muy antiguos, pagarán a esos laboratorios para que digan una cosa que no es verificable por nadie. Hoy en día no podemos fiarnos de unos pocos dictadores que dicen tener las cosas "científicamente comprobadas". Si el mundo humano supiera la historia real del mundo integralmente, no habrían religiones, ni países, ni dineros, ni políticos, ni guerras, ni "intereses". Se viviría como los Taipecanes, o como los Telemitas, o como los Primordiales. Pero así estamos, como corderos luchando por salir del corral.

- Ya entiendo -dijo Cirilo- por qué nunca se habla de la intratierra, sino que siempre se ocupan los noticieros de hacernos mirar estrellas y galaxias que están a millones de años luz, o cuando mucho hacia los planetas a los que no se puede ir fácilmente y a lo sumo los vemos con un telescopio...

- El caso -dije- es que esta vena volcánica jamás fue invadida por el agua. Los terremotos y demás cambios geológicos han separado partes de la antigua red, pero este "vaso capilar" ha quedado intacto y será muy interesante para los geólogos Taipecanes estudiarlo.

Volvimos a la margen del río y sentí esa sensación que sólo pueden dar los lugares muy antiguos. Una especie de nostalgia me invadía, sintiendo que nuestro paso por el mundo es algo muy, pero que muy fugaz. Aún sabiendo que nuestra Alma perdura y podemos alcanzar niveles cada vez mayores de consciencia, me preguntaba a mi mismo qué somos, en comparación con un Ser tan formidable como el Mundo en que vivimos.

La marcha continuaba sin novedades y hasta un poco "aburrida", pero Irumpa encontró a medio camino, o sea a unos ciento veinte kilómetros de la vacuoide Quichuán, un socavón pequeño, escondido entre las rocas. Nos llamó porque no podía internarse en él sin riesgo. Chauli entró asido a una cuerda y le seguimos un centenar de metros, donde se abrían varias galerías menores, aunque la principal se destacaba claramente de las demás, que terminarían seguramente en sumideros ciegos. Había que arrastrarse para entrar en el agujero hallado por Irumpa y luego acomodarse para bajar una abrupta pendiente, muy peligrosa y larga, dentro ya de una cavidad más amplia, que se iba ensanchando a medida que bajábamos.

CAPÍTULO XIII

LA OCTÓGONA II

Con algunas dificultades, logramos recorrer unos siete kilómetros sin tener que hacer nuevo uso de la cuerda. Llegamos a una sala bastante parecida a "La Octógona" por la forma y de los muros. Esta presentaba muros de unos cien metros de altura, pero muy pequeña en comparación con la otra. La llamamos "La Octógona II" y así la asentamos en los mapas. Tendría a lo sumo un kilómetro y medio de diámetro, de forma también octogonal, sin ninguna construcción. Su superficie perfectamente pulida, estaba apenas invadida en el centro, por algunas filtraciones que habían formado estalactitas enormes y estalagmitas gigantescas que en unos pocos milenios más se juntarían para formar columnas. El área de las estalagmitas formaba un círculo de sesenta metros de diámetro, siendo mayores hacia el interior. Mientras comentábamos la rareza sentía una gran pesadez, pero no quise decir nada a mis compañeros. Seguramente estaba sintiendo el cansancio del prolongado descenso, pero me aseguré comprobando que no había radioactividad. Ni las linternas disminuían su luz ni los aparatos marcaban nada extraño.

- Hablamos de miles de años como "poca cosa". -comentó Cirilo- ¿Cuánto calculas entonces que fue abandonada esta sala?.

- Hace mucho más que las salas cercanas a Tiike-Chou. -respondí- Estos procesos indican que hace -según mis cálculos- por lo menos doscientos mil años que la sala empezó a ser invadida por las filtraciones... Pero eso no indica cuándo fueron abandonadas estas salas.

- ¡Caray! -exclamó Viky- ¿Puede que millones de años atrás?.

- No sé si tanto, pero no me extrañaría, puesto que la región es muy estable desde hace mucho tiempo. Aparte de alguna vacuoide magmática como la que percibimos por los movimientos y temperatura del agua, quizá no haya otra más cercana que la de los volcanes de la superficie, que están a unos ochenta o noventa kilómetros de profundidad, apenas bajo la placa tectónica centroasiática.

- Esa teoría de las placas tectónicas... -dijo Rodolfo- Me lleva de cabeza. Nosotros sabemos cómo es la corteza, pero también es cierto que las placas se mueven. Sin embargo, donde las placas terminan no hay un mar de magma ni nada parecido, salvo salpicones de pequeñas vacuoides de magma, más arriba o poco más abajo...

- Porque esa teoría -expliqué- no es más que eso: una teoría, aunque la enseñen como cosa comprobada, cierta y "segura". Las placas tectónicas son reales, existen, pero si estuvieran sobre un colchón más blando que las placas mismas, su deriva sería tal que se moverían cientos de metros en unos meses, sin embargo lo hacen por escasos centímetros al año. Las quebradas y desencajes de los caminos, que los Taipecanes deben arreglar de tiempo en tiempo en la franja cercana a los setenta kilómetros de profundidad, se deben a que la costra es más firme y estable debajo de las placas. Si la teoría geológica fuese correcta... ¡Imagínate!...

- Estaríamos con un poco de calor... -bromeó Chauli - A unos treinta mil grados...

- Bueno, -intervino Tuutí- pero hasta aquí ni rastros de otra salida.

- Es evidente -dije- que fue socavada directamente en la roca, sin ser una ampliación de la galería. O sea que debemos volver por el mismo camino.

- Es curioso -dijo Kkala- que hayamos andado casi tres horas y media sin hallar otra cueva... Deberíamos ir con cuidado para encontrar algún camino.

- Igual es posible -dijo Luana- que haya alguna puerta, como en las salas que hicieron los Jupiterianos antes de marcharse, en aquella zona anterior a su antigua vacuoide.

- Y no estaría mal -dije mientras apuntaba con un reflector hacia el muro perimetral- dar una vueltecita por el contorno completo. Será poco menos de cinco kilómetros.

- Con todo gusto. -dijo Tuutí- Y más aquí, que estamos a sólo setecientos metros de cualquier punto del perímetro. Pero será hecho en dos grupos. Necesitamos ahorrar un poco de tiempo, así que yo partiré hacia aquel lado con los que quieran seguirme y Cirilo lo hará hacia allá con otros tantos.

Espontáneamente nos apuntamos más de la mitad para la exploración, y lo hacíamos sin importar quién fuera a la cabeza, así que partimos treinta personas hacia un lado y treinta hacia el otro, con la consigna de llegar al muro, dejar una marca y revisar el contorno en sentido antihorario (al revés que las manecillas del reloj). Cada grupo llevaba un reflector y lo indispensable: Armas y linternas. Algunos, por cualquier eventualidad no probable en aquella tranquila sala, llevaban sus cuerdas.

Al llegar al muro, justo hacia la entrada, emprendimos el reconocimiento sin hallar más que algunas pequeñas filtraciones que formaban unos faldoncillos en el piso, junto a la pared. Caminamos poco más de un kilómetro y me llamó la atención algo más adelante, que producía un brillo diferente a la humedad de los faldoncillos de sales filtradas por el agua. Al intentar apresurar el paso volví a percatarme de que me sentía más pesado. Y eso que no llevaba más que el arma taipecana, la pistola de balas y la linterna. El reflector lo tenía Cirilo, así que le pedí que me alumbrara ese sitio, al que llegué con un esfuerzo al caminar, mayor que el que debía hacer para bajar o subir normalmente.

Encontré la causa del brillo y no era otra cosa que un "duende" como el que habíamos hallado en la "La Octógona I". En vez de estar recostado sobre el muro como el anterior, estaba echado boca abajo. Lo que brillaba era un enorme diamante incrustado en su espalda. Alrededor de la piedra perfectamente tallada, una serie de surcos profundos formaban algo parecido a un circuito integrado. Llamé a Rodolfo, pero no se encontraba con nuestro grupo.

- Está de remolón, -dijo Cirilo- se quedó en el centro. ¡Rodolfoooo!.

- Te escucho -respondió el aludido.

- ¡Aquí hay algo que te interesará!

No tardó más de diez minutos en cruzar el radio de la sala y se unió a nuestra curiosidad. Palpó los surcos, metió una aguja y comprobó que eran bastante profundos, aunque la aguja era muy gruesa para entrar holgadamente, y podía quebrarse al intentar moverla dentro del surco.

- No tengo idea de qué es esto, -resolvió minutos después- pero no tengo dudas de que se trata de un aparato. En el otro no nos dimos cuenta porque cayó boca arriba.

- Yo conozco un sistema similar de aparatos, -intervino Rucunio- pero no me fiaría...

- Cuéntanos... -dijo Rodolfo.

- En Murcantrobe, con un par de amiguetes, hallamos una cueva con deliciosas sales de molibdeno y de plomo. Así que exploramos metiéndonos por unos túneles que parecían artificiales, pero para personas de un metro de alto, cuanto más. Así que nos arrastramos en aquella galería que era toda una inmensa golosina, hasta que encontramos una salita pequeña donde habían diez discos de metal, de medio metro de diámetro, algo filosos en las orillas y unos veinte centímetros de espesor en el centro. Con los mismos surcos que esto, o algo parecido, y una piedra central...

- ¿Del mismo metal que este monigote? -pregunté.

- No eran tan pesados, puesto que aún arrastrándonos, pudimos llevarlos a Murcantrobe, a lo largo de un par de kilómetros. Uno de ellos se abrió por la mitad por un golpe, a poco de ingresar al túnel y lo dejamos allí. Por suerte mi amigo no quiso ir a buscar otro. Cuando estábamos ya fuera del túnel, dos o tres horas después, oímos una tremenda explosión y salió una llamarada impresionante. ¡Y eso que estaba a dos kilómetros!. Aquel "plato roto" detonó como el peor de los explosivos.

- ¿Y qué hicieron con los otros?.

- Los otros dos fueron estudiados por nuestros ingenieros y sabiendo que podían explotar se cuidaron muy bien de abrirlos. Hicieron un laboratorio especial en la parte deshabitada y por control remoto intentaron aplicar rayos X y esas cosas. Nunca pudieron ver qué hay dentro. Luego fueron a por los otros siete, pero no hubo forma de hallar paso porque la explosión destruyó toda el área.

- ¿No intentaron hacerlos estallar?.

- Si, lo intentaron con uno, pero no hubo modo. Ni con golpes, ni radiaciones, ni con calor... En fin, que hicieron toda clase de pruebas, pero no se pudieron abrir. Para meter algo en los finos surcos no se disponía de robot, así que allá están aún, aguardando que alguien se anime a resolver el misterio.

- Entonces -dijo Kkala- me guardaré muy bien de intentar moverlo como al otro...

- Y no sólo por su peso... -agregué.

En vez de seguir explorando la caverna, esperamos que llegara Tuutí y su grupo. Mientras, comenté que me sentía un poco pesado, como si estuviese en la superficie. Hubieron varias expresiones de sorpresa, porque todos sentíamos lo mismo.

- Entonces no es que estoy cansado... -dije- ¡Aquí hay algo que nos tira hacia abajo...!

- Quizá convenga salir lo antes posible... -dijo Liana.

- No pienso en eso. -respondí- Creo que lo mejor es intentar averiguar qué sucede. Ya comprobé que no hay radiaciones nocivas.

- Quizá tengamos alguna sorpresa en el piso, -dijo Rodolfo- aunque no ha de ser tan desagradable como la que había bajo la vacuoide Nonorkai.

- ¿Lo investigamos? -dije apuntando mi arma al piso y mirando a Cirilo.

-No, aún no... Es mejor que venga Tuutí y conferenciemos.

- De acuerdo. -dije- Pero no quisiera irme de aquí sin saber cuál es la causa del aumento de gravedad. Y lamento no tener algunos aparatejos para medirla.

- Deberíamos pedirle a los Taipecanes que fabricaran algún ingenio para eso -decía Viky.

- Aunque... Pensándolo bien, creo que podríamos arreglárnoslas. Con la ayuda de Rodolfo de y de Chauli podríamos hacerlo.

- Si hace falta usar sogas y subir a algún sitio, cuenta conmigo... -dijo Chauli.

- Y yo no sé para qué puedo servir -contestó Rodolfo.

- En el centro hay una estalagmita que no se si ya forma columna con la estalactita correspondiente. Aquí las paredes tienen unos noventa a cien metros de altura y el arco que describe el techo ha de dar más de trescientos metros de altura. Si Rodolfo prepara un dispositivo que permita cronometrar con gran exactitud el momento en que se arroja un objeto desde arriba, y el momento en que llega al suelo...

- Eso está hecho -dijo Rodolfo.

- Y yo me subo a la estalagmita central cuando quieras...

- Esperen. -intervino Cirilo- Ya sé que les gusta mucho analizar las cosas científicamente, pero tenemos otros problemas. Eso lo dejaremos para los Taipecanes. Nosotros tenemos por delante una región inmensa para explorar y no podemos gastar nuestro tiempo en esos detalles, por más importantes que sean. La prioridad es neutralizar la actividad de los Narigones.

- Cierto. -respondí- Es que la pasión científica nos suele hacer olvidar otros asuntos.

- Lo principal es continuar con nuestra labor -concluyó Cirilo.

- Pero hay algo interesante... -dije- los que tienen altímetro, miren... El aparato no funciona bien. Como uno de los parámetros es la gravedad, combinada con el grado magnético de la masa terrestre en cada sitio, aquí evidentemente hay una anomalía severa, aunque no parece de origen radioactivo.

Tuutí llegó un rato después, mientras intentamos sin resultado mover la pequeña mole enigmática que representaba el monigote. Ni juntando la fuerza de varios usando las sogas, lográbamos más que arrastrarlo unos pocos centímetros. Apenas balanceaba un poco sobre su eje de gravedad, asentado en el pecho. Ante la narración de nuestro Amigo Dracofeno, decidimos no seguir arriesgando posibilidades. El grupo de Tuutí no halló nada importante y luego de comunicarles lo conversado durante la espera decidimos reunirnos todos cerca de la entrada para hacer un descanso y luego seguir nuestro camino.

Más que descanso, sentíamos que nos desmayaríamos, así que optamos finalmente por salir de la sala y buscar algunos de los sitios más amplios de la galería. La diferencia en cuanto salimos de allí fue tan grande que nos parecía flotar. Se nos fue el cansancio y caminamos tranquila pero rápidamente en poco más de hora y media, aún subiendo, los siete kilómetros hasta donde la galería se diversificaba en otras varias de diferentes anchuras.

-Aquí no faltan comodidades, -dijo Cirilo- pero me siento molesto por la cercanía del río a un nivel mayor. ¿Les parece que hagamos un pequeño esfuerzo y sigamos adelante?.

- Ninguna protesta, ninguna propuesta, ninguna respuesta. -dijo Tuutí medio minuto después.

Seguimos andando disfrutando de la liviandad normal de esa región, cuyo contraste con la sala "La Octógona II" aún sentíamos. Subimos la escarpada cueva hasta la margen del río y aún anduvimos dos horas antes de detenernos para dormir. Una amplia playa de finas arenas nos permitió hacerlo con suma comodidad y la jornada siguiente se dedicó al regreso. El último descanso lo hicimos en la boca de un pequeño laberinto de filtraciones, luego de comprobar que no existían posibilidades de hallar camino en ese sector.

Cuando Gerdana fue a buscarnos, en vez de volar raudamente hacia Shan-Gri-Lá II, nos dio un paseo por toda la vacuoide. Si no teníamos tiempo a conocerla palmo a palmo, como que no se puede recorrer rápidamente una región de más de 120.000 kilómetro cuadrados, al menos no nos perderíamos de conocerla a vuelo de pájaro. O mejor dicho, a vuelo de vimana. El viaje se efectuó desde el Balcón del Kiyan-Kuo, pasando por el comienzo norte de los Jardines de Shao-Kung, retomando luego hacia el Sur, pasando por la mayor parte del Camino del Dragón, que apenas habíamos visto en los vuelos anteriores. Para mí era algo emocionante a más no poder, contemplar aquellas pirámides azules y rojas alternadas, de las cuales las más pequeñas eran comparables a la Gran Pirámide Egipcia. Aún no había tenido oportunidad de hablar con el principal encargado de las pirámides y saber más acerca de su utilidad para los Taipecanes, pero ya lo haría, cuando la vacuoide se hallara fuera de peligro.

El horizonte lejano y el cielo de Quichuán se juntan en un espectro amarillo, anaranjado y rojizo, siendo éste último el color del "cielo", salvo en las cercanías de los soles artificiales.

El paso entre las Columnas de la vacuoide ofrecía a nuestros ojos un paisaje soberbio. Entre las dos Columnas del SurEste median sólo doce kilómetros, y entre ellas hay varias pirámides que forman "La Cabeza del Dragón". Seguramente el encargado de las pirámides sería un gran maestro en la ciencia del Feng-Shui.

Dos bellísimos puentes que unen las márgenes del arroyo que irriga los Jardines de La Realeza, fueron construidos con bloques de amatistas seleccionadas y colocados con trabas de ágatas. El pavimento de los puentes, formado con bloques de un mármol azul con vetas doradas, me recordó ciertas magnificencias vistas en los viajes mágicos a la Terrae Interiora. Pero mi memoria se resistía aún a los intentos de recordar todo. Las asociaciones mentales, viendo aquellas maravillas, obrarían tarde o temprano el milagro de recordar toda la niñez. Por el momento, mis preocupaciones eran las de los Taipecanes y de todo el GEOS, quitándome capacidad y tranquilidad para recordar mi infancia.

Nuestro regreso a la vacuoide de Quichuán nos dio dos días de descanso y paseos preciosos, en los que apenas nos pareció que el tiempo hubiese transcurrido. El impresionante laboratorio de física y química fue uno de mis lugares preferidos y Long-Chuan, el jefe del mismo, me dio los resultados de las muestras que recogí. La argamasa usada en la vacuoide "La Octógona" resultó ser cuarzo amorfo, ablandado de alguna manera que permitía colocar la siguiente hilada antes de endurecerse.

- El Camino de Xining ha sido recorrido recientemente -decía el Gobernador- y no se ha detectado peligro alguno. Tampoco el río Blekiang ni el Camino de Yumen están ahora bajo sospecha. Los ríos del NorOeste siguen siendo los sospechosos principales.

- ¿Qué hay con respecto a los vehículos solicitados a los Freizantenos? -pregunté.

- Aún nada. -respondió Gerdana- No parece algo fácil de diseñar. En naves grandes no hay problemas, pero llevar el diseño del motor y del sistema de transformación atómica para desmaterialización, a un vehículo de las características necesarias, es un desafío que no se había dado antes. Habrá que esperar.

- Pues no nos quedaremos de brazos cruzados, -dijo Tuutí- así que si el Señor Gobernador no tiene inconvenientes, mañana mismo partiremos por el Camino de Tinkai hasta donde hayan llegado los topógrafos. Si vemos que podemos explorar un poco más, lo haremos.

- Tú tienes el mando -respondió el Gobernador- y lo que decidas se hará. Cuando decidas partir, mi Amigo Tungshueikantgoinatashika, ingeniero jefe de minería, les acompañará hasta donde se puede llegar.

- Bien... -dijo Tuutí mientras el aludido se ponía en pie para presentarse- Pero para facilitarnos las comunicaciones, al respetable Ingeniero Jefe le llamaremos...

- ¡Tung, para simplificar! -coreamos todos.

Ni los más serios Taipecanes que no entendían nuestro idioma pudieron evitar una carcajada, comprendiendo el sentido de nuestras risas. Tung fue el que más a gusto se reía, y luego nos contó:

- ¡Como si supierais que muchas veces uso en mi idioma, la misma frase para decirle a mis amigos que no es necesario que me nombren "cuan largo soy"...!

Y el gracioso Taipecán acompañó con el mejor humor nuestras renovadas carcajadas, porque al terminar de ponerse en pie resultó tener una estatura descomunal. No era tan corpulento como el promedio, pero pasaba de tres metros y medio de alto.

- ¿Cómo puede un hombre tan alto -dije- ser el Ingeniero Jefe de Minería?.

- Es que a diferencia de los cascos comunes, -respondió- a pesar de cierta pequeña contravención a cierta Ley, uso uno de purcuarum, como los soldados. Y además no encontrarán en todo el Reino Taipecán alguien que haya aprendido a arrastrarse mejor... después de varios magullones en la cabeza. ¿Saben en qué se diferencia un Jefe de Mina de un Jefe de Topografía?... Que el de Mina tiene los chichones por fuera...

El Jefe de Topografía, Tain-Té, se hizo el ofendido y contraatacó drásticamente con otro chiste similar y no faltaron carcajadas durante toda la comida. Estos dos Jefes, a pesar de la diferencia de estatura, resultaron ser extraordinarios Amigos, de igual excelente humor, así que trabajar con ellos durante tres días fue algo muy divertido. Finalmente, después de enterarnos de los métodos usados para ese trabajo de rehabilitación de un antiquísimo camino subterráneo, usando taladros, rayos, explosivos y toda clase de herramientas, llegamos al fondo de la parte explorada en el Camino de Tinkai tres días después, habiendo recorrido unos ciento cuarenta kilómetros de obras que debieron requerir muchos cuidados para abrir el paso sin accidentes que lamentar.

CAPÍTULO XIV
LA VACUOIDE "CORNETA"

Una curiosa formación de minerales que contienen vanadio, plata y titanio en gran cantidad -completamente desconocidos para mí- era el principal problema para que los Taipecanes pudieran pasar. Desde el punto de vista artístico, aquel mineral parecía una nube preciosa de algodón deshilachado, con filos y puntas peligrosas. Aún detonando las rocas, estas vetas quedaban al desnudo y había que sacarlas mediante cortes, usando rayos finos y potentes. Esta composición del terreno obligó también a nuestro grupo a seleccionar a los más delgados, a fin de hacer una pequeña avanzada, puesto que los corpulentos no podían de modo alguno pasar por aquella especie de malla, que a diferencia de la de Rucanostep, parecía más una nube raramente solidificada.

Gracias a mi facilidad para perder kilos, quedé como el más "gordo" del equipo de flacos seleccionados. En total éramos dieciséis y por orden de Plana Mayor, tuve que dirigir el equipo. Nuestra misión sería adelantarnos un poco, para informar a los Taipecanes las incidencias que tendrían en su empeño. Mientras estuviésemos adelantados en el túnel, se suspenderían las labores, evitando todo riesgo de derrumbes que pudieran dejarnos aislados. No era éste un camino marcado como sospechoso, pero habíanse encontrado algunas huellas de paso, pedazos de metales, estalagmitas rotas y varios indicios de que en algún tiempo fue un camino transitado. Los Taipecanes hacía milenios que habitaban Quichuán y no fueron ellos quienes lo transitaron, pero sabido era para todos, que un antiguo camino podía volver a usarse.

Emprendimos la marcha desde un estrecho pasillo en que se habían instalado ya algunas cargas explosivas y se habían barrenado unos doscientos metros para colocar otras. La batería explosiva produciría un aflojamiento de todas las rocas a lo largo del corredor, para luego cortar las "nubelitas", como habíamos bautizado aquel mineral que los Taipecanes llamaban de otro modo irreproducible fonéticamente para nosotros. Entramos a un peligroso pasadizo donde ciertamente no habría podido pasar yo mismo si no fuese por la habilidad para contorsionarme que conservaba en aquellos días, habituado a subir árboles muy altos, meterme en cuanto agujero podía ser una caverna y... ¡Bien ejercitado me hallaba gracias a la Malla de Rucanostep!. Esto no era menos peligroso que aquel mar de burbujas cristalinas, pero al menos no era factible que nos perdiésemos.

Las agudas puntas de las nubelitas se nos clavaban por todas partes, a pesar de que nos movíamos muy lenta y cuidadosamente. Los cascos que conservábamos de la anterior aventura y los equipos antirradiación metalizados y muy difíciles de perforar, cuidaron bien nuestra piel, pero no impedían que algunas veces quedásemos atascados. Los rayos de las armas resultaban útiles sólo en algunas partes de la nubelita. El curioso mineral, con sus vetas plateadas, rojizas, amarillentas y verde turquesa, sólo resultó vulnerable en las partes de este último color cuando el tono era oscuro. Además de no ser el color más abundante en el veteado mineral, teníamos que pensar muy bien dónde efectuar el disparo, porque las roturas provocaban la caída de pedazos más grandes que podían herirnos y hasta hicimos algún derrumbe de importancia.

Estaba claro que el mineral fue "creciendo" como si sus componentes se filtrasen en la galería, porque ésta tenía al menos un promedio de diez metros de ancho por otro tanto de alto. Nunca mejor puesto el nombre de "afloraciones" minerales. Parecíame el camino, como aquellos que solía abrir en la selva a fuerza de machete, para hallarlo espesamente cubierto de ramas y brotes al día siguiente. Sólo que aquí no eran blandas ramas, sino duras y afiladas puntas de nubelita.

Por fin, tres horas después llegamos a una especie de cámara donde la galería iba a estrecharse desde arriba, abajo y a los costados, como si de un embudo se tratase. Descendíamos ya en un ángulo de veinte grados. No es una pendiente problemática, por lo general, pero la superficie de aquella sala resultaba muy resbaladiza. Su forma no cuadraba en mis deducciones espeleogénicas ni geológicas y estaba formada por roca volcánica muy dura que no tenía afloraciones de nubelita, pero en cambio nos presentaba su resbaloso suelo y algunas de esas estalagmitas que revelan la existencia de filtraciones tan escasas como antiguas. Cuando parecía que el embudo se cerraba, un pasadizo nos abrió un panorama gigantesco. Entrábamos en una especie de vacuoide diferente a todas las conocíamos. Allí el "embudo" se invertía, haciéndose más amplio en todas las direcciones, hasta donde llegaban nuestras luces más potentes.

- Deberíamos bajar asegurados con las cuerdas. -dijo Chauli- No sabemos dónde acabaría quien resbalara y rodase cuesta abajo.

- Pero tampoco sabemos dónde termina esto. -respondí- Sólo tenemos 1.600 metros de soga.

- Por la forma que lleva esta sala, -intervino Delia- estamos en algo similar a la Malla de Rucanostep, pero como si la "botella" estuviese volteada de lado...

- ¡Cierto! -exclamé- Tu comparación es perfecta. Aunque no tenemos aquí las burbujas de cristales volcánicos ni vemos el fondo, hay una forma similar y la roca es casi idéntica. Me has facilitado u orientado en la deducción...

- ¡Vaya! -respondió riéndose Delia- No me puedo creer que he hecho yo solita, una deducción geológica como las que haces tú...

- Y muy buena, Delia. Deberías estudiar geología.

- Eso hago. En la Universidad de Brasilia... Pero tú tienes una práctica que deja chatos a todos mis profesores.

- ¡Y tú me dejas chato a mí! -le dije- Me estaban saliendo sabañones en las neuronas...

- Bueno, no exageres, que igual nos encontramos cualquier cosa menos lo que pensamos.

- Sin embargo -dijo Viky- no parece que estés errada. Esto va tomando aires de vacuoide, más que de sala.

- Y bien grande. -agregué- Así que volveremos a por más luces. Y de paso veremos de abrir un paso mejor.

Volvimos a subir los quinientos metros descendidos y al llegar a la entrada del túnel ordené colocarse todos a cierta distancia, hacia el costado de la sala y unidos por sogas que Chauli afianzó en unas gruesas estalagmitas. Comencé efectuando disparos con sumo cuidado sobre los puntos verdes más oscuros de las masas de nubelita. En un momento dado, cuando sentí algunos crujidos, me reuní con mis compañeros y pocos minutos después un magnífico desprendimiento de minerales rodó por la pendiente con un estrépito magnífico.

Era como una docena de baterías de artilleros haciendo fuego a la vez, resultando sus ecos notablemente lejanos. Ello nos dio mejor idea de que la cavidad era realmente -cuando menos- una vacuoide magmática ya inactiva. No podíamos calcular por el oído si era pequeña o grande, pero Lotosano, Tarracosa y Rucunio, de oídos mucho más sensibles, calcularon que los últimos ecos primarios que oían, provenían de rebotes ocurridos a más de quince kilómetros.

- Pero eso -nos aclaraba Lotosano con un idioma muy mejorado- no significa que esa sea la última distancia, sino que hasta allí llega nuestra percepción. Me ha parecido que hay a tal distancia, una cadena montañosa transversal a nuestro camino, pero debe ser muy alta.

- O sea -dije- muy profunda su base. ¿O te refieres sólo en altura, a partir de nuestro nivel?.

- No, lo que quiero decir es lo que interpretaste primero. Parece ser una barrera con base a muchos kilómetros de profundidad y posiblemente llegue su cumbre a nuestro nivel o poco menos. Posteriormente ocurren ecos secundarios que suenan graneados, pero son los rebotes del sonido en el techo de la vacuoide. Y parece estar tan lejos como la base.

- Respecto a la forma -intervino Rucunio- no me cabe duda de que esto es un embudo que se abre tanto en profundidad como en altura...

- Bien. Todo indica que Delia acertó en la deducción y necesitaremos luces muy potentes para tomar mejor idea del lugar. Volvamos.

El regreso llevó una hora menos, gracias a que la parte que acerté a derrumbar era una de las más intrincadas, pero también arrastró en un tramo de más de trescientos metros, un complejo entramado de filoncillos finos que eran los más molestos y peligrosos, ubicados al centro de la galería.

Con cuatro días de trabajo, más la motivación de la curiosidad, los Taipecanes liberaron suficiente espacio como para pasar sin peligros y todo el GEOS se adentró en la nueva vacuoide hallada, alumbrado por una batería de veinte reflectores de gran poder, capaces de iluminar - aunque débilmente- a cincuenta kilómetros. Cada reflector pesaría unos doscientos kilos, pero pudieron ser transportados hasta la entrada de la vacuoide que llamamos "Corneta", gracias a los trabajos de limpieza del camino, que permitieron el paso de pequeños carritos. También nos ahorramos la caminata hasta la entrada, ya que fuimos en esos vehículos cuyas orugas no tuvieron el menor inconveniente al pasar sobre los escombros de la nubelita dinamitada.

En la entrada de la vacuoide, que llamamos "Corneta", se habían efectuado también algunas labores para abrir una explanada de tres hectáreas -o sea treinta mil metros cuadrados, como tres manzanas de un barrio-, donde se colocarían los principales equipos de iluminación, pero se estaba trabajando en la construcción de caminos hacia ambos lados, a fin de colocar más reflectores en otros sitios. En cuanto la primera batería estuvo preparada, el Ingeniero Tung... (para simplificar), dio la orden de iluminar. Nuestra sorpresa, a pesar de los datos suministrados por los Dracofenos, cuyos oídos eran probadamente confiables, fue mayúscula.

El paisaje que se nos presentó, imaginado con bastante exactitud en base a las nociones de medidas y las percepciones auditivas de los

Dracofenos, no dejaba de ser impactante. No era menos sorprendente que el distanciómetro de mis prismáticos indicara 14.680 metros como distancia media hasta la cúspide de las montañas, que estaban a no más de doscientos metros de nuestro nivel, pero cuyas bases se hallaban a más de cuatro mil metros de profundidad. La bajada en unos veinte grados por aquel gigantesco embudo, habría sido un padecimiento si la hubiésemos encarado sin iluminación. Un par de kilómetros más abajo comenzaba un suelo diferente, producido por la acumulación de sales de las filtraciones, que al caer de más de mil quinientos metros de altura -en el sitio más cercano a nosotros- no permitía la formación de estalagmitas, sino de un suelo rugoso, mojado y más resbaladizo. En cambio, hacia arriba podían verse con los potentes anteojos, las estalactitas gigantescas que colgaban amenazantes. Un fuerte estampido en la vacuoide podía producir un derrumbe notable, ya que estas estalactitas se forman con un sustento frágil, bajo la piedra volcánica dura y lisa, diferente de la roca volcánica que ya ha salido de los volcanes y ha "hervido" expuesta al aire.

Nos reunimos en la explanada luego de un rato de contemplación de aquel extraño y maravilloso paisaje, para sopesar los riesgos y la conveniencia de seguir nuestra exploración de ese camino.

- No veo que esto nos lleve a ningún sitio. -dije- Tenemos la casi seguridad de que se trata de una panela volcánica un poco menos antigua que Quichuán, tumbada por algún terremoto o el corrimiento de las placas de esta región. Las montañas aquellas pudieron formarse por enfriamiento del contenido de la panela, justo en el momento que se tumbó horizontalmente, al entrar el agua que debió albergar Quichuán en esa época.

- ¿O sea que Quichuán fue un mar subterráneo, en vez que un volcán?. - preguntó Delia.

- Fue ambas cosas. Primero una panela volcánica y cuando se vació o se enfrió, debió llenarse de agua y permanecer así por muchos millones de años. Después se vació el agua -probablemente durante el terremoto que tumbó esta vacuoide Corneta- y las diferencias en la roca del túnel, en el sector anterior a los afloramientos de nubelita, indican claramente hasta dónde llegaron los efectos de ese cataclismo.

- Poco faltó para que Quichuán no llegara a existir como vacuoide. -dijo Kkala.

- Y si bien me encantaría estudiar más a fondo esta rareza geológica, deberíamos dejar la tarea a los Taipecanes y dedicarnos a buscar por otro lado a los Narigones. Igual podemos explorarla cuando pase el riesgo.

- Concuerdo plenamente -dijo Tuutí- Hasta aquí ha llegado nuestro trabajo en esta zona. Volvamos a Quichuán y analicemos qué podemos hacer.

- Pero me gustaría hacer algo antes... -dije- Esta vacuoide será peligrosa para explorarla sin haber hecho antes, algo que aprendí en el anterior viaje. ¿Se acuerdan de las estalactitas derrumbadas?.

- ¡Como para olvidarlo! -respondió Cirilo entre varias otras exclamaciones del grupo.

- Pues no me gustaría dejarle a los Taipecanes una trampa armada. Deberíamos...

- De acuerdo. -interrumpió Tuutí riéndose- Veamos que dice el ingeniero, pero estoy seguro que lo más te interesa es no perderte el espectáculo del derrumbe, ja, ja, jaaa...

- Bueno... Un ruiderío de esos nos gustará a todos... Menos a los Dracofenos, a quienes sugiero abandonar inmediatamente la vacuoide o taparse muy bien los oídos.

Tain-Té y Tung comprendieron inmediatamente mi sugerencia y ordenaron la evacuación de dos de los equipos de luz, que quedaban un poco a descubierto, bajo algunas estalactitas cercanas. Los Taipecanes y todo el GEOS nos colocamos contra el muro de la explanada mientras los Dracofenos pusieron pies en polvorosa. No era probable que pudieran soportar el ruido de un tremendo derrumbe, ni siquiera poniéndose los obstructores auriculares. Como dueño de la idea, me permitieron efectuar los disparos propiciatorios y colocando mi arma en el más alto nivel de golpe, disparé hacia el primer grupo de grandes estalactitas, que estaría a kilómetro y medio.

El impacto provocó la caída de dos enormes masas que, estrellándose en el piso produjeron una sucesión de estallidos y poderosos ecos, pero no fueron suficientes para producir una reacción en cadena. Volví a disparar, pero esta vez lo hice varias veces seguidas, con unos segundos de intervalo. Mientras efectuaba el noveno o décimo disparo las primeras estalactitas iban a medio camino y eran seguidas por muchas otras. El tremendo fragor invadió la vacuoide al punto que nos aturdía y debimos taparnos los oídos para soportarlo. Había dado resultado el disparo múltiple y aquella lluvia de estalactitas duró más de dos horas. Los estruendos se sucedían como en una tormenta eléctrica y poco a poco iba multiplicándose el efecto hacia el interior de la vacuoide.

En un momento dado, tuvimos la sensación de estar en medio de un terremoto. No había realmente movimiento sísmico, pero las vibraciones, los ecos, el fragor espantoso de las masas que chocaban de a miles, producía vértigo y hasta cierto temor. Las voluminosas nubes de polvo parecían esos cúmulus arrepollados de las grandes tormentas, sólo que de colores amarillos, blancos, naranja y rojizos entremezclados. Calculé que el ancho mayor de la vacuoide -o sea, en este caso la diferencia también entre piso y techo, casi al fondo de la panela- rondaría los veinticinco kilómetros. Para no agobiar al lector con cálculos matemáticos, téngase en cuenta que estábamos pesando una quinta parte menos que en la superficie exterior, así que la aceleración no era de 9,8 m/s. Las masas caían algo más lentamente que en si estuvieran en la superficie externa. Además, contábamos con una atmósfera un poco más densa, así que tardaban un buen rato en llegar al piso las enormes estalactitas.

Los ecólogos y algunos espeleólogos nos acusarían de hacer un daño fabuloso contra una formación natural de tantos millones de años, pero para nosotros era más importante neutralizar la trampa que representa semejante lugar. En ese momento se me ocurrió pensar en las luchas que se libran en la civilización de superficie, sobre la extinción de animales, la preservación de ciertos tesoros naturales mientras los mismos que financian algunas de esas campañas "proteccionistas" envían miles de soldados a morir y matar, incluso a civiles, niños y adultos. Entonces me preguntaba (como en otros momentos) qué demonios es eso de la ecología, en manos del comercio y la política de los mercaderes.

- Oye, Tuutí – dije sin poder contener mis pensamientos, pero gritando para que me oyera- ¿Qué pasaría si en esta vacuoide hubiera una rara especie de araña venenosa que se extinguiría por ser única en su género?. ¿Sería lícito y ético derrumbar esta vacuoide?.

- ¡Ja, ja, jaaa!....

Fue la respuesta más corta y clara que recibí en mucho tiempo. Un momento después, entre el fragor escuchaba a Tien-Té que decía.

- Es la trampa más efectiva y grande que jamás hubiera inventado. ¿Sabes que de pequeño me encantaba diseñar trampas?. Algo así como un hobby por copia...

- Pero no tan ingeniosa como una que hay bajo Perú, en la vacuoide taipecana de...

- ¡Esa la diseñó mi padre, Tian Ka Zao, cuando yo era muy, pero muy pequeño!... No sé si había nacido todavía... ¡Así que la conoces!.

- Y vaya susto que tuvimos con ella... Nos pareció realmente mágica...

- Es que todas sus trampas son mágicas, y esa no es de las mejores, así que ya puedes imaginarte. En verdad, podrán los Narigones saber dónde se halla una vacuoide taipecana, pero llegar a ella por algún acceso que conozcamos, es otra cosa... Ya verás la que estoy preparando junto con él, que además de ser mi padre es un maestro tecnólogo de primera...

Aún no estábamos plenamente seguros de que los Narigones no hubiesen llegado hasta allí o a algún sitio en contacto con esta vacuoide llamada "Corneta", que bien podía estar perforada en algunos puntos. Así que los Taipecanes deberían seguir reconociéndola, -con muchos cuidados- y podrían hacerlo cuando acabara el tormentoso derrumbe.

Fuimos retirándonos, cansados y aturdidos pero felices de haber podido contemplar el colosal espectáculo. El regreso en los pequeños carros de oruga se hizo rápidamente y durante el único día que permaneceríamos en Shan-Gri-Lá II tuvimos una reunión en la que se definió nuestro próximo objetivo. Volveríamos a intentar la primera exploración, que fuera desviada por la crecida del Río Alto Kuinaoma. Pero esta vez íbamos mejor equipados, con nuestros flamantes trajes antirradiación mejorados notablemente y una docena de vehículos de emergencia especiales, muy útiles en caso de crecida. Nos habían preparado unas especies de submarinos inflables, que en caso de crecida podíamos meternos en ellos en grupos de diez personas y resistir el embate del agua. Nos arrastraría hasta el exterior pero habían previsto colocar unas enormes redes en la desembocadura del río, mientras que un grupo entrenado de Taipecanes iría rescatándonos si llegásemos a vernos en la necesidad de usar estos dispositivos.

Mientras se preparaba todo esto, ocupé varias horas al día revolviendo datos en las bibliotecas de Shan-Gri-Lá II, a fin de recabar todos los datos geológicos posibles, tanto en libros históricos como en los técnicos. Len-Guay, una excelente políglota Taipecana que interpretaba los dos idiomas Taipecanes - el antiguo y el moderno- y hablaba perfectamente español, me iba buscando y traduciendo todos los textos según los temas que le iba pidiendo. Esa labor dio resultados rápidamente, puesto que había muchos datos importantes y muy claros, olvidados en los antiguos libros, aunque muchas de estas referencias estaban escondidas entre relatos de exploraciones, acontecimientos geológicos, estadísticas del comportamiento de los ríos, anécdotas y muchas efemérides no consideradas en los libros modernos y técnicos.

Al levantarnos cada jornada, nos entrenábamos con los nuevos submarinos inflables. Hicimos varios ensayos durante dos días en el Río Blekiang, y el invento funcionó a la perfección. El "Gendei" como llamaron los Taipecanes a los inflables, en honor a su reciente inventor, consistía en un óvalo de seis metros de largo por cuatro de ancho y dos de alto, todo acolchado por dentro con "paredes" de treinta centímetros, y medio metro de acolchado la "carcasa" exterior. El material era igual al de los trajes -en apariencia- pero más resistente. No podíamos malearlo con aquellos pequeños aparatos usados para la tela de los trajes, de modo que sería casi imposible una rotura con los filos de las rocas. Los inflamos con una carga de gases respirables comprimidos, que llevaríamos en unos tubos de purcuarum, y otra carga, dentro del "Gendei", permitiría respirar a cinco personas durante varias horas. Interiormente, un túnel central y cinco divisiones individuales a cada lado, nos permitieron acomodarnos muy bien, sentados y atados con correas fijas por las que metíamos brazos y piernas una vez adentro. Unas burbujas muy ingeniosas e invulnerables, que podíamos cerrar desde los dos extremos, quedando completamente hermética. Teníamos en cada división una ventanilla en la parte superior y otra abajo, del mismo material, pero casi transparente e igualmente resistente, así que al mirar un poco hacia arriba o abajo, podíamos tener idea de lo que ocurría en el exterior.

Había sido probado con muñecos pero ahora venía la prueba de fuego (o mejor dicho, la prueba de agua). Aunque las cataratas del

Blekiang, cerca del lago de su mismo nombre no tenían más de treinta metros en el salto más grande, las pruebas revelaron que el sistema funcionaba perfectamente. Claro que los mareos, el vértigo y las sacudidas, aunque no nos causaron heridas, producían inevitables descomposturas y algo de susto.

- No se preocupen, es cuestión de costumbre... -decía Gendei, el Taipecán inventor que se puso a trabajar en el asunto en cuanto supo que por los pelos nos habíamos salvado de las crecidas.

- Francamente... -respondí- Espero no tener que acostumbrarme. El rafting no me va mucho.

- A mi tampoco -decía Rodolfo- pero las cavernas me van menos y las crecidas de ríos en cavernas me van mucho, pero que muchísimo menos...

- El caso -intervino Irumpa- es que no correremos el riesgo de morir ahogados si nos vuelven a sorprender las aguas. ¿Cuánto tardamos esta vez?.

- Un minuto y medio. -respondió Gendei- Un día más de ensayos y tardarán treinta segundos. Eso es lo que deberían demorar en estar a salvo dentro del invento, como máximo, según mis cálculos.

Poco rato después, mientras preparábamos un nuevo ensayo, sentimos un temblor de tierra que, según los Taipecanes, eran muy raros. Sólo uno de ellos, de unos ciento cuarenta años, recordaba haber sentido un temblor de esa intensidad, que estaría en los tres grados de la escala Mercalli. Duró menos de cinco segundos, pero fue notable para todos. Nos olvidamos pronto del temblor porque había que continuar ensayando nuestra actividad de emergencias acuáticas.

Los cálculos de tiempos de Gendei eran tan acertados como los de resistencia y funcionalidad de sus burbujas. En la tarde del tercer día de ensayos, tras varios simulacros en tierra, con algo de agua en la orilla del río y en diferentes formaciones, calculando posiciones completamente aleatorias, logramos estar herméticamente encerrados y listos para cualquier incidencia, en apenas veintiocho segundos. Cada grupo sabía a quién tenía que acercarse -el portador del "Gendei"- a toda carrera en caso de emergencia, así como el lugar exacto que debía ocupar.

Con esta satisfacción de haber "batido record" en rapidez para el uso de este equipo, volvimos al centro de la ciudad y en una de las pirámides fuimos recibidos por el Gobernador y su equipo de asesores. Una pantalla de cine al fondo de la gran sala, nos mostraba algunas imágenes de la misma ciudad y sus alrededores. Tomamos asiento en las anchas butacas y la alegría del éxito en los entrenamientos se nos fue al sólo ver las expresiones de los Taipecanes. Algo grave ocurría...

- Queridos Amigos... -dijo el Gobernador Tian-Di-Xo desde un costado del escenario, al pie de la gran pantalla - Hemos recibido informes muy alarmantes hace unos minutos. Ya podemos ver imágenes en directo de lo que ocurre en Alto Kuinaoma y el Tzen Ruo...

La pantalla se iluminó y podíamos ver la transmisión televisiva de los desastres que estaban haciendo las crecidas.

- No son mucho mayores que las anteriores, -dijo el Gobernador- como tampoco han aumentado el desastre. Pero los caudales de ambos ríos, de permanecer en esas dimensiones, pueden llegar a provocar un desastre total en la vacuoide Quichuán, ya que antes se trató de crecidas que duraron tres días, pero ahora se trata de un aumento progresivo de la cantidad de agua, y nuestros expertos han descubierto una diferencia con el agua anterior. Esta es salina, es decir agua de mar...

- El temblor que sentimos ayer... -dije a Viky.

- Tememos -continuó el Gobernador- que se haya destruido alguna zona importante y se hayan liberado los filtros naturales de estos ríos, entrando en ellos el agua del Mar Pogatuí. Francamente, no tenemos idea de cómo reaccionar ante esta posibilidad, salvo la inmediata evacuación de la población hacia Shan-Gri-Lá III, y Tiike-Chuo, en la Capital Taipecana, cosa que se efectuará próximamente, en cuanto arriben las vimanas freizantenas que nos ayudarán en esta desesperante situación.

- Mientras tanto, debemos intentar algo... -dijo Tuutí.

- Pero Ustedes, queridos Amigos del GEOS, quedáis relevados de toda obligación y libres de volver a vuestra civilización. No podemos aceptar que ahora, existiendo un riesgo total y una casi segura destrucción de esta vacuoide por la invasión de las aguas, corráis riesgos que en nada nos ayudarían...

- Por mi parte -le interrumpió Tuutí- estoy en absoluto desacuerdo con Usted. No puedo obligar a mis compañeros a seguirme, pero yo me quedaré aquí o donde sea para continuar esta lucha hasta sus últimas consecuencias. Si alguno de mis compañeros quiere seguirme, está en libertad de hacerlo, así como pueden volver a la superficie externa los que deseen estar fuera de peligro.

- ¡Pero eso es un suicidio! -dijo el Gobernador- Hasta yo mismo me iré en cuanto se haya marchado el último de mis ciudadanos...

- ¡Yo no me voy! -grité con todas mis fuerzas- ¡Lucharemos hasta donde sea posible!.

- ¡Yo me quedo a luchar! -gritó con igual fuerza Rodolfo- Tengo terror a las cavernas, al agua de inundación y si me descuido, a todo. Pero más terror le tengo a que los Narigones se hagan dueños del Planeta. ¿Quién del GEOS prefiere ponerse a salvo?...

Ninguna voz se levantó, ninguna mano se alzó.

- Si hubiese hecho la pregunta al revés, -dije en voz muy baja Viky- la gritería sería infernal.

Pero Rodolfo, que no me había escuchado, puesto que estaba al lado opuesto de la sala, hizo justamente la pregunta de otro modo.

- ¿Quién del GEOS se queda a luchar por revertir esta situación?.

Imposible decir los decibelios que alcanzamos. Ni el derrumbe en la vacuoide Corneta produjo tanto ruido. Los Dracofenos, con los dedos tapando sus sensibles oídos, igual gritaban y chillaban con todas sus fuerzas.

Tian-Di-Xo movía la cabeza de un lado a otro mientras dejaba correr sus lágrimas sin ningún pudor. El soldado Taipecán que estaba a mi lado, en el pasillo, me abrazó mientras me decía algo en su idioma, así que no pude entenderle literalmente. Pero tampoco hacía falta entendernos con palabras. Por sus señas, me dio a entender que él y muchos Guerreros Taipecanes no aceptarían para sí mismos la evacuación. Ayudarían a la población a marcharse, pero ellos se quedarían a luchar del mejor modo posible. ¡Pero cómo, si el agua invadiría la vacuoide!... Pues yo me preguntaba de qué manera podríamos defendernos de un desastre, de la magnitud que implicaba la ruptura de un "vaso capilar" de la tierra, que se convertía en gruesa vena e inundaría completamente la vacuoide en unos meses.

- Todo lo que tenemos que hacer ahora, -decía Cirilo- es encontrar el modo de infiltrarnos en las tropas de los Narigones y neutralizarlos.

- Pero el daño ya está hecho... -respondió Tian-Di-Xo

- Luego veremos cómo arreglar esta cuestión del agua. -dijo Tuutí- Marcel y Rodolfo tienen alguna experiencia en esto de desviar líquidos e inundaciones... Y con los ingenieros Taipecanes podremos hacer lo que sea necesario para volver a la normalidad la situación. Lo importante ahora es detener a los Narigones para evitar males mayores y eso...

- ¡Perdonen la demora...! -interrumpió Gerdana, que entraba corriendo en la sala- Ya están en camino las veinte vimanas mayores de nuestra

Fuerza Espacial. Hemos calculado que tardaremos 68 días en evacuar a toda la población con ellas, pero con ayuda del parque de vimanas medianas, eso se reducirá a la mitad. En poco más de un mes podemos trasladar a todos. Los Primordiales de la Terrae Interiora ya están al tanto y nos aseguran que si fuera necesario, intervendrían ellos también.

- Ya lo ve, señor Gobernador. -dijo Tuutí- Puede Usted quedarse tranquilo. Mientras se efectúa la evacuación, intentaremos hasta lo imposible por continuar nuestra tarea.

- Pero hay novedades para el GEOS... -intervino nuevamente Gerdana- Nuestros técnicos han fabricado un aparato que está dando buenos resultados. Es una nave para dos personas que parece un coche de la civilización de la superficie, más que una vimana. Están trabajando a toda velocidad todo el equipo científico freizanteno para perfeccionarlo.

- ¿O sea -pregunté entusiasmado- que tendremos naves como para meternos por cualquier parte...?

- Ya han logrado un prototipo satisfactorio -siguió Gerdana- pero aunque es seguro en cuanto a funcionamiento, están haciendo mejoras electrónicas que les permitan un uso sencillo y efectivo. En unos días estará listo y en no más de una semana calculan tener montados cinco o seis vehículos en perfectas condiciones de uso y seguridad.

- ¡Qué maravilla! -dijo alguien.

- El mayor desafío ha sido diseñar un sistema de desmaterialización tan pequeño, con las mismas prestaciones que los normales. Si acaso pensáis abandonar la lucha... -dijo gravemente- igual les daremos utilidad en algún momento...

- De buena gritería te has salvado, Gerdana... -dijo el Gobernador- Pero no preguntaremos de nuevo, porque antes de que llegaras, toda esta gente me aturdió los oídos y me hizo llorar. Mi Comandante Militar me acaba de informar que ni uno sólo de los soldados Taipecanes está dispuesto a abandonar la lucha y se niegan a evacuarse hasta que no quede otra alternativa, así que tenemos a todo el GEOS y cinco mil Taipecanes dispuestos a todo.

- No me extraña, Gobernador. -siguió Gerdana- En lo poco que he conocido a los chicos del GEOS y lo mucho que conozco a los Taipecanes, nada tienen que envidiar a los Freizantenos cuando de luchar se trata.

- Pero por ahora -intervine- me temo que nada podemos hacer desde aquí, a menos que estudiemos la forma de llegar al Mar Pogatuí.

- Eso -dijo Cirilo- si es que realmente el problema se focaliza allí. ¿No es posible que haya otros acuíferos salinos en la región, más abajo del Pogatuí?.

- Hay noventa y nueve kilómetros entre el techo de esta vacuoide y el fondo del Pogatuí, -respondí- pero dadas las dimensiones de esta vacuoide y algunos pocos datos que hay sobre ese mar, así como la estructura geológica que hemos observado, dudo que hayan vacuoides muy grandes entre el Mar Pogatuí y Quichuán. Aquí tengo unos mapas que hice anoche, en base a los datos conocidos que vuestros topógrafos e hidrólogos me han dado. Además, extraje de las bibliotecas en estos días, con ayuda de Len-Guay, unos interesante relatos de los primeros Taipecanes, los fundadores de esta ciudad. Los mapas pueden estar errados en muy poco y creo que deberíamos verlo todos...

- Tráelos, por favor. -dijo el Gobernador, e inmediatamente me acerqué a su estrado.

Tian-Di-Xo colocó los mapas uno a uno en su mesa y las imágenes fueron proyectadas a la pantalla grande, de modo que todos pudieron tener una idea más clara de las conformación geológica de la zona, así como la ubicación del Mar Pogatuí y sus proporciones respecto a la superficie exterior y la vacuoide Quichuán.

- ¿Y éste qué es? -preguntó el Gobernador.

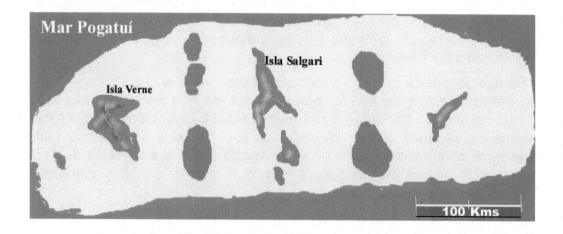

- El Mar Pogatuí. Parece que los fundadores de esta ciudad no la hicieron sin haber explorado muy bien toda la región. He comparado los mapas de acuíferos y concuerdan perfectamente con el del Mar, que figura como Tuí-Chipoga, o sea "Origen de las Aguas".

- ¡Pero no pudieron los Taipecanes haber explorado esas zonas, ni tampoco nuestros Primordiales Venusinos...!.

- Ellos no, Señor Gobernador, -dijo Len-Guay- pero los Iminusis sí. Ellos eran muy pequeños, de no más de dos palmos Taipecanes de estatura, o sea medio metro. Parece que colaboraron en gran medida con los primeros colonos Taipecanes...

- ¡Esas son leyendas, Len-Guay...! Se les cuenta aún a los niños para que duerman con buenos pensamientos... ¿Acaso es posible que existieran en realidad?.

- No me cabe duda, Gobernador. -dijo Jayro poniéndose de pie- Me he tomado el trabajo de aprender el antiguo idioma Taipecán, con ayuda de Len-Guay y hallé también en las bibliotecas muchas referencias a los Iminusis. Aprovecho para comunicar a mis compañeros que aquellas pesadísimas estatuas que hallamos en nuestro recorrido, en "La Octógona" y en otra sala similar, La Octógona II, no son otra cosa que representaciones a escala natural de los propios Iminusis. Parece que siempre tuvieron buenas relaciones con los Taipecanes y con los Primordiales de la Terrae Interiora, pero un día se marcharon sin dejar rastros. No se sabe cómo, por dónde ni el porqué. Así lo comenta vuestro magnífico científico, inventor y escritor Achize-Klive, en su genial obra "Too-Takal-Kulaí-To".

- Es un soberano honor -dijo el Gobernador- que un miembro del GEOS se interese por nuestro idioma, por nuestra historia y nuestras leyendas... Pero sinceramente, no me termina de convencer la posibilidad de que los Iminusis hayan existido. Aunque como bien sabemos, la mayoría de las leyendas no son más recuerdos confusos de un pueblo, basados en antiguas o actuales realidades. ¿Qué grado de credibilidad podéis dar a la cuestión?.-

- Todo el necesario. -respondió Jayro- Los libros que los mencionan son muchos y aunque se mezclan algunos relatos poco fiables, concuerdan con lo que nosotros hemos encontrado. En todos los gráficos de la supuesta leyenda, encontramos octágonos. Dice una de las crónicas del incansable explorador Tai-Kan-Sao, que los Iminusis conocían la alquimia de los elementos y fabricaban metales indestructibles. Al parecer fueron ellos quienes enseñaron a los Jupiterianos la fabricación del purcuarum. También habla el manuscrito "Tamuy-Pe-Tzao" sobre un metal que multiplica la gravedad y da una ubicación... He sacado una copia para ver si Marcel, que entiende mejor los planos y mapas, encuentra algo interesante...

- ¡La gravedad! -exclamé- ¡Dame ese plano!.

Antes que Jayro diera tres pasos entre las butacas de la sala, ya estaba yo frente a él, casi arrebatándole aquel documento y tratando de interpretar el montón de dibujos que presentaba. Por un momento no existió en mi mente, cosa alguna que no fuera la ubicación espacial para interpretar aquellos gráficos tan bellos y artísticos, en los que se escondían secretos que intuía prontos a revelarse.

- ¡Eso es! -dije luego de unos minutos en que toda la sala había quedado en silencio- En "La Octógona" sentimos algo de cansancio pero no era muy notable. Sin embargo en su similar más pequeña, "La Octógona II", teníamos más cansancio y pesadez que en la primera. Y en ambas encontramos un muñeco similar cuya altura rondaría el medio metro y pesará más de media tonelada. Pregunte a mis compañeros, Gobernador...

- ¡Ese monigote! -dijo Sairi- Me ha hecho pasar vergüenza. Sí que ha de pesar más de quinientos kilos. Media tonelada no la puedo levantar, pero sí arrastrar un poco. Eso pesa más de setecientos kilos.

- Y te quedas corto -intervino Kkala- porque ni los dos juntos pudimos moverlo y a duras penas si pudimos arrastrarlo un poco con las cuerdas... Calculen más de una tonelada y se equivocarán por menos... -seguía diciendo Kkala gesticulando con las manos- Yo me atrevería a calcularle dos mil kilos. Si se pudo voltear el primero, fue porque estaba apenas apoyado en el muro y bastó un buen empujón para que terminara de caer...

- Vale, vale... -decía el Tian-Di-Xo humorísticamente- Si seguimos calculando resultará tan pesado como el mundo...

- No exageramos, Gobernador, -dijo Sairi algo exaltado- Ya verán los más fuertes Taipecanes cuando lleguen allí. Le aseguro que no podrán mover esos monigotes sin ayuda mecánica.

- ¡Me gustaría estar allí ahora mismo! -dijo con un acento propio de su idioma un Guerrero Taipecán, que por su estatura tendría serios problemas en acceder al camino de la vacuoide "La Octógona" o a su hermana menor.

- De acuerdo, -dijo el Gobernador- pero no llevemos esto a una discusión fuera de nuestras prioridades. Parece que los Iminusis pudieron existir, si lo prefieren. Mi abuela me contaba un cuento sobre unos hombrecillos tan livianos y débiles, que tenían envidia de los demás Seres del Mundo. Entonces fabricaron muñecos tan pesados y fuertes que podían levantar enormes piedras, pero... ¡Bah!... ¡Todo eso es pura leyenda...!.

- Me parece que está confirmando las leyendas... -dije en voz baja al Gobernador.

- Bueno... Si, es posible... Tal vez... No sé; ya lo confirmarán nuestros expertos. Pero el caso es que ahora tenemos en pantalla lo que podría ser el mapa del Mar Pogatuí... Y por lo que se ve, no hay modo de llegar hasta él desde aquí porque esos dos ríos van con el caudal a tope. Aquí tenemos estos mapas más completos de nuestra vacuoide y de los mares que tiene encima...

- Propongo un nuevo estudio desde la superficie exterior, -dijo Tuutí- con ayuda de Gerdana. Aunque todas las vimanas serán necesarias para la evacuación, igual podríamos usar la más pequeña que tengan disponible.

- Por el momento -dijo Gerdana- hay un poco de lío con los trabajos y preparativos de evacuación y sería mejor esperar. Además de que todas la vimanas están ocupadas, incluso la mía, en transportes estratégicos, no falta mucho para disponer de los vehículos que Marcel ha solicitado y que tiene de cabeza a nuestros ingenieros y técnicos.

- Entonces, -intervino Luana- podemos aprovechar estos días, hasta que estén los nuevos vehículos, para reconocer algunas zonas en los otros caminos.

- No está mal la idea. -dijo Tuutí- Podríamos reconocer algunos caminos... ¿Cómo están los de Yumen y Xining, Gobernador?.

- Sin problemas. Se hallan bien vigilados y estamos recibiendo informes constantemente. En el río Blekiang, en cambio, hay algunos problemas, pero por razones naturales. Estamos en el ciclo de los Vientos Rancios, que vienen desde otros caminos, originados en vacuoides petrolíferas y actínidas. No es muy seguro internarse en ese río porque los gases acumulados en algunos puntos son muy peligrosos. Igual está todo el trayecto vigilado hasta su origen.

- ¿No es posible -dijo unos hidrólogos- que el sifón donde nace el Kiyan-Kuo pueda ser remontado desde otras galerías?.

- Lo tendríamos muy difícil. -dije- Supongo que el agua sale allí tan espectacularmente, con chorros de diez metros de alto, porque viene de un depósito muy grande y alto. Como habrán estudiado Ustedes a partir de los datos de nuestro informe, el agua tiene que llegar a la parte de abajo del sifón con una fuerza equivalente a muchas más toneladas que el peso real del agua... Y sale fría, así que no se debe al impulso de una vacuoide magmática...

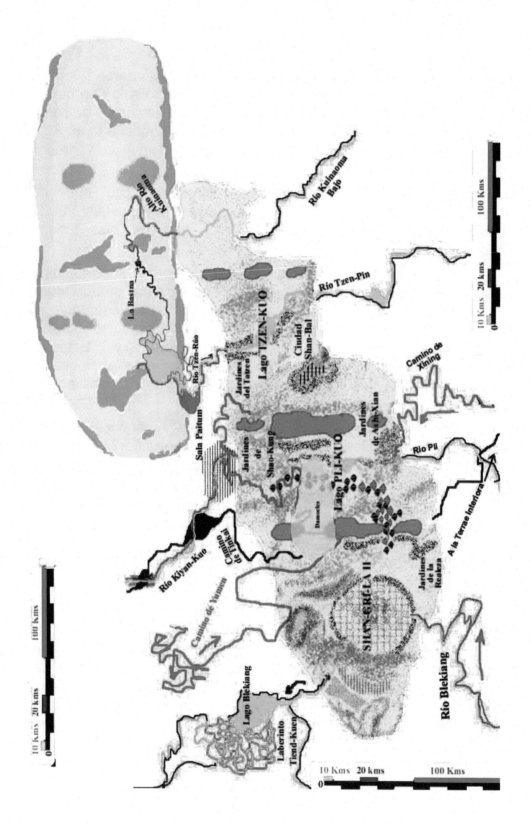

282

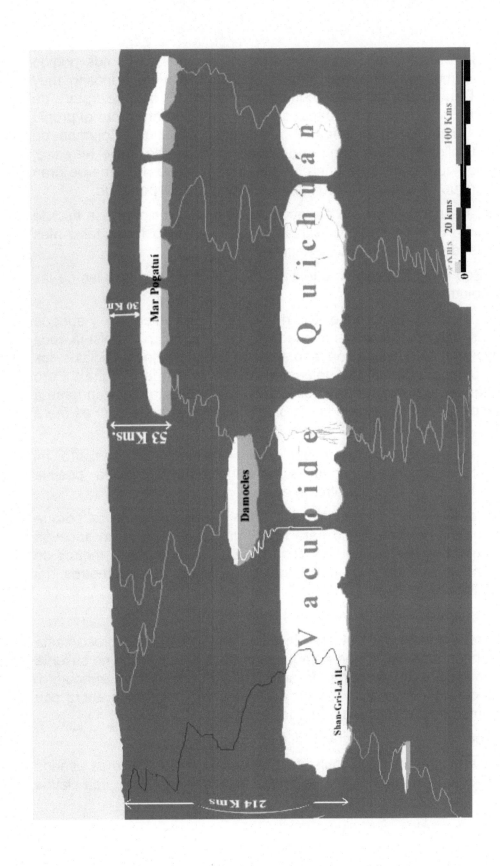

283

- La verdad, -me interrumpió el hidrólogo- es que no hemos podido imaginar cómo se forma ese sifón, sin contar con un depósito muy cercano. Debe haber un gran acuífero muy cerca. Si sólo se tratara de una galería, la erosión por impacto de agua debería haber roto el propio sifón. Tú expones en el informe que quizá haya una "Columna de Amadeo Guillemin", pero aunque no conocemos a ese sabio terrestre, suponemos que se trata de una columna de agua que proviene de gran altura, aunque su caudal no sea mayor que el que sale por el río...

- Eso es. -respondí- Pero no es fácil para el agua erosionar ese tipo de roca básica. El sifón debió existir antes de que el río fuese tal. Antes corría lava, desde esta vacuoide hacia arriba.

- ¡Ah...! Eso no lo tuvimos en cuenta.... Si la roca es similar a las de las Nueve Columnas...

- Así es. -continué- Encontré que el río era una vena volcánica, y aunque ahora sus paredes fueron erosionadas y no presentan la misma roca volcánica en toda su extensión, eso se debe a los trabajos artificiales, los grandes cantos rodados que golpearon mucho más que el agua... Pero para entender lo del sifón, hay que comprender su estructura en base a la vulcanología, en vez que a la hidrología, ya que el agua aquí es mera invasora, no causante de esa arteria.

- Hubiéramos empezado por ahí... -dijo un poco avergonzado mi interlocutor- Pero bueno, igual sigue mi pregunta. ¿Sería posible remontar hacia el origen por otra galería?.

- ¡Si se puede! -dijo Chauli- No dije nada a mis compañeros porque estábamos sin equipos como para hacer una ascensión a un socavón como el que nos llevó a "La Octógona II". Está a unos treinta metros de altura, en un sitio de muy difícil acceso, a unos tres kilómetros del manantial del Kiyan-Kuo.

- ¡Debiste haberlo dicho! -le recriminó Cirilo.

- No lo creí conveniente. Hubieran insistido en subir y es peligroso hasta para mi, hacer una ascensión en aquella muralla sin una mínima saliente donde apoyarse. Un garfio habría sido difícil de ensartar en el agujero, pero sin garantía alguna de resistir con seguridad. Si vamos ahora con equipo apropiado, entonces podríamos intentarlo.

- Hubiésemos usados los rayos... -dije tímidamente.

- Ni pensarlo. -respondió Chauli- Ya has visto que no podemos usarlos en esas rocas con tanta plata que refleja los disparos... Sólo con clavos adecuados podríamos subir.

- Sinceramente, -dije- no me parece que sea necesario ahora, ni conveniente, que el GEOS se arriesgue en una exploración por un sector que no es crítico. Demoraríamos varios días en ir y volver, sin contar el tiempo en exploraciones emergentes. Propongo esperar aquí mismo a que dispongamos de vehículos de exploración, y mientras ayudemos a los Freizantenos y Taipecanes en los asuntos de la evacuación.

- Por mi parte, -dijo Tuutí- estoy de acuerdo. No obstante, dejemos que el Gobernador disponga de nuestras actividades.

- Nada mejor que lo propuesto por Marcel. -dijo Tian-Di-Xo- Además, me hacen sentir más seguro si se quedan con nosotros, aunque hay miles de Guerreros Taipecanes.

No sé si era un cumplido por parte del Gobernador, pero el caso es que se decidió que nos quedaríamos a trabajar en la evacuación que comenzó pocas horas después, con el traslado en vimanas de todas las familias con hijos. Estas eran menos de la mitad de la población, pero los niños eran muchos y había que trasladarles con todas sus pertenencias. Libros, juguetes, aparatos de toda clase, colecciones minerales, maquetas de máquinas, jardines y construcciones que estos hacían en la escuela, capaces de hacer palidecer de vergüenza a algunos arquitectos y diseñadores de la superficie exterior. Esta labor durante un par de días me hizo conocer el mundo infantil de los Taipecanes. Nada en comparación con los nuestros.

La televisión sólo se usa como instrumento didáctico en la escuela, de manera muy controlada por una Comisión de Padres y Psicólogos, aunque no hay nada que vender, ni publicidades de ninguna especie, es decir que sólo se usa para cuestiones didácticas universales, ya que la comisión de enseñanza ni siquiera enseña que su sistema político sea el mejor. Se enseñan todos los sistemas políticos conocidos en el sistema solar, a los niños mayores, y nunca se defiende un sistema contra los demás. La doctrina Taipecana enseña que todo es perfectible, de modo que hasta su -para nosotros- "sistema perfecto" no es inculcado en los niños como lo máximo, porque no se descarta la posibilidad de mejoras.

En sus casas los niños juegan, leen libros de todas clases, diseñan, aprenden de la realidad. No hay emisiones deportivas ni noticias de éstas. Todo el mundo practica deportes, en vez de mirarlos como espectadores. No hay mercado donde comprar juguetes -ni para comprar nada-. Los hacen los mismos niños con ayuda de sus padres y sus maestros, y existe un comité de diseño de juguetes, que administran los propios niños con algunos monitores mayores. Como no usan dinero, el "mercado" es una cadena de grandes almacenes donde cada uno lleva lo que produce y retira lo que necesita. Todo funciona como en una Gran Familia. No hay ladrones porque nadie tiene ninguna necesidad sin satisfacer. El que quiere hacer algo interesante sólo tiene que proponerlo a alguno de los equipos científicos, o al Gobernador, que -salvo por esta emergencia terrible- podía encontrarse atendiendo cualquier día en el Palacio de Gobierno, sin cita previa y por orden de llegada.

Durante el tercer día me hallaba trasladando una impresionante obra de un chico de doce años, que desde tres años atrás estaba construyendo la maqueta para Shan-Gri-Lá IV, en caso de habilitarse una vacuoide que tenían en vista los Taipecanes, a doscientos noventa kilómetros bajo el Océano Indico. Xian-Pine, a medida que desmontaba las partes, me explicaba en un castellano duro pero comprensible -porque estaba recién en su primer año de idiomas- lo que sería cada edificio. Su entusiasmo me recordaba tan claramente mis diseños piramidales, los aviones y máquinas que yo hacía a su edad. No pude contener alguna lágrima, debiendo aclararle que era pura emoción de alegría, felicitándolo y alentándolo a seguir adelante con su obra, que sería muy apreciada por los arquitectos cuando la vacuoide estuviera acondicionada.

Paramos para comer y charlamos largamente sobre sus ideas de futuro. El niño tenía las cosas bien claras desde hacía unos años. Quería ser arquitecto y fuera de los estudios regulares pasaba horas estudiando diseño arquitectónico, aplicándose a las matemáticas -que le costaban mucho, igual que a mí- y tratando de hacer adecuaciones arquitectónicas al cuerpo humano. Conversar con Xian-Pine me estaba produciendo unos maravillosos regresos instantáneos a mi propia niñez. Me despertaba los recuerdos de mis sueños, proyectos y esperanzas...

CAPÍTULO XV
LOS KUGELVIM

Aunque hubiese querido estar mucho tiempo con aquel niño que en tantas cosas me hacía reflexionar, se nos comunicó una reunión urgente en el parque aéreo. Gerdana había vuelto con tres ingenieros y una máquina nueva. ¡Qué impresión me dio ver aquel aparato!.

Parecía un huevo con cuatro ruedas. La carcasa inferior pintada de celeste cielo y la superior del mismo gris que las vimanas. Con tres metros de largo, dos de ancho y dos de alto, daba lugar a un par de ocupantes no demasiado gorditos.

- Se ha probado ya en diferentes sitios, bajo todas las condiciones posibles. -nos decía, Norbert, un ingeniero Freizanteno con acento alemán- Digamos que pasó las mismas pruebas que las vimanas. Debido a su forma, el manejo es novedoso y ágil, pero tiene los mismos graves inconvenientes que una vimana, en presencia de minerales intraspasables.

- Estoy ansioso por probarla... -dije.

- ¿Quién te dijo que serías el que va a usarla?. -respondió Tuutí y el alma se me cayó en pedazos a los pies.

Un instante después lanzó mi jefe una carcajada con todas las ganas. Era una broma de mal gusto, porque yo había sido el mentor de la idea que puso a trabajar a los Freizantenos en la nueva máquina y la conduciría. Primero iría Norbert conmigo en vuelo de enseñanza y luego se entrenaría a Rodolfo. Se me sugirió no usarla hasta dos horas después de haber comido, así que tuve que esperar porque hacía unos minutos que había compartido una merienda abundante con Xian-Pine, que estaba a mi lado, tan maravillado como yo.

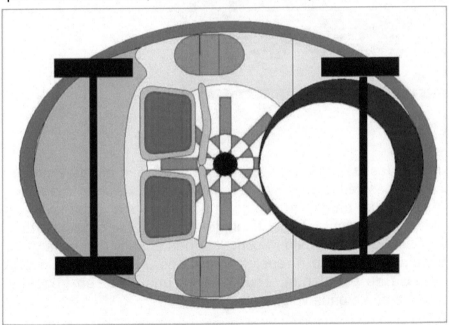

Norbert nos enseñó mientras tanto, toda la teoría del manejo de la "Kugelvim", como se le llamó técnicamente. Rodolfo, más experto en cuestiones electrónicas hacía preguntas más profundas respecto al funcionamiento, pero yo prefería atender a las cualidades de la práctica de su conducción. De esa manera formaríamos un equipo más idóneo, yo como conductor y Rodolfo como auxiliar de navegación y mecánico, aunque esperábamos no tener averías que reparar. Entre otras cosas a tener en cuenta, era la conveniencia de que mientras funcionaba la máquina, nadie estuviera a menos de diez metros, salvo que se hallara en estado Gespenst, así como evitar materializarse a menos diez metros de cualquier persona, que podía sufrir los efectos del campo magnético externo de la nave.

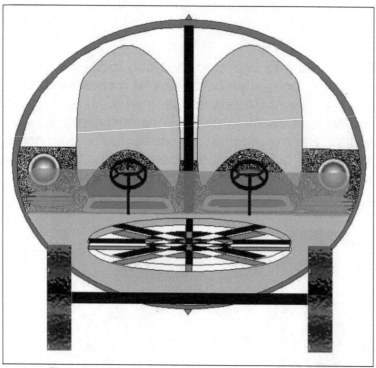

En resumidas cuentas, las medidas de seguridad de las vimanas, con un margen más reducido por el escaso tamaño de este magnífico aparato. Igual podía darse al campo magnético una expansión de veintiún metros lateralmente, hacia adelante, hacia atrás, o hacia arriba, hacia abajo, hacia arriba y abajo, o completamente, para recalentar todo lo que estuviera en contacto o repeler agresiones. Aunque nada podría dañar la carcasa de purcuarum. Toda una vimana, pero en pequeño, como un coche o aún menos volumen.

-Este dispositivo -nos explicaba Norbert- permite, aún en estado materializado, hacer invisible la forma del Kugelvim mediante cierta aceleración del campo magnético, con lo cual sólo se ve desde afuera una bola luminosa de unos cinco a diez metros de diámetro, según la intensidad aplicada al campo magnético.

También igual que en las vimanas, desde afuera no puede verse el interior pero desde el interior, la carcasa puede hacerse opaca, traslúcida o completamente transparente, gracias al purcuarum polarizado.

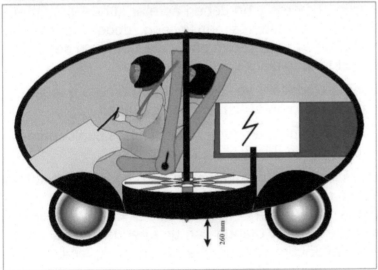

Los controles resultaron más simples que lo que yo esperaba, aunque incluía una pantalla de mapas y demás cosas en cualquier nivel de transparencia, para ver en la misma carcasa desde el interior usado como pantalla parcial o totalmente. Para ingresar a la Kugelvim había que pulsar un código en un pequeño teclado, escondido en una pequeña gaveta tras la rueda delantera, y una sección de la carcasa se corría hacia atrás, montada sobre la parte posterior de la misma carcasa. En la parte de atrás ocurría lo mismo. Podía enviarse la carcasa hacia adelante, dejando al descubierto el "maletero" del aparato. Claro que no podíamos tener abiertos ambos compartimientos, puesto que se montaban uno sobre otro para abrirse, así que antes de abrir la parte de atrás había que cerrar adelante y marcar el código con una única variante en el último número.

- Ahora presten muchísima atención. -dijo Norbert- Si llegan a marcar un código equivocado tres veces, nunca más se abrirá la carcasa, quedará sellada indefectiblemente y una hora después estallará el aparato.

- Es comprensible la seguridad. -dije- Si los Narigones capturaran un vehículo de estos...

- No lo podrían usar. -respondió el Freizanteno- Tiene los mismos efectos magnéticos que las vimanas. Y una persona mental y emocionalmente equilibrada, capaz de usarlo, no estaría con ellos. Sin embargo podrían copiar algunas utilidades y avances tecnológicos. Ahora pondremos un código que sólo conocerán Ustedes y algunos de sus compañeros, pero nadie más. Será de ocho números y no deben apretar jamás un número que no sea correcto. Si creen haberse equivocado, deben esperar un minuto antes de volver a teclear. No deben pasar más de siete segundos entre cada pulsación. ¿Está todo claro?.

- Clarísimo. -respondimos Rodolfo y yo. Luego di un número que jamás se me olvidaría y Norbert programó el sistema de seguridad.

- Bien. -dijo Norbert sonriendo pícaramente- Ahora vamos con la primera prueba, que llamaremos "prueba dura".

Los asientos, colocados a la par, resultaron muy cómodos y contaban con gruesos cinturones de seguridad. Subí del lado izquierdo como acompañante, aunque la nave podía conducida desde cualquiera de los dos asientos, con sólo transferir el mando con una pequeña palanca en el tablero. El volante resultó, como en la vimanas grandes, similar a los de los aviones y tras un breve repaso del procedimiento de arranque indicó a la gente que se alejara. Estaba allí todo el GEOS, un centenar de Taipecanes, Gerdana y los otros ingenieros Freizantenos. Uno de estos últimos, era un hombre de unos cincuenta años, con larga barba. Le había visto sólo unos instantes, pero poco después, cuando Norbert avisó que partiríamos, le vi otra vez y tuve una vaga sensación de conocerle. Quizá su rostro barbado me recordaba a mi Amigo Héctor Coppi, que siempre andaba en asuntos de platos voladores y hacía muchos años que no le veía... Pero no era posible que fuese él.

- ¿Te pasa algo, Marcel?. -preguntó Norbert.

- ¡No...! Perdona la distracción, es que estaba... No importa, vamos...

- De acuerdo. Mira, éste es el segundo sistema de seguridad. Lo programaremos ahora para leer tu mano.

- ¿Es adivina la computadora de abordo?.

- Ja, ja, jaaa... No es para tanto. Es la "llave de contacto". Coloca allí tu mano y la memoria grabará su huella física y un conjunto de caracteres magnéticos. Aunque te copiaran la forma física no serviría como llave.... Ahora lo programamos y... ¡Ya está!. Puedes colocar tu mano en cualquiera de los dos paneles. Es lo mismo. Desde aquí se programa; recuérdalo para programar luego, la autorización de uso a tu compañero Rodolfo. Cualquiera de los dos podrá transferir la autorización para que use la máquina otra persona... Bien, ahora el GEOS tiene su primer vehículo.

- ¡Pedazo de vehículo! -dije emocionado- Espero que seamos dignos del trabajo que se han tomado los Freizantenos y de la confianza que depositan en nosotros...

- Nuestro jefe de diseñadores ha gastado mucha neurona en esta nave. -respondió Norbert mientras se cerraba la carcasa- Y lo ha hecho con mucho Amor, sabiendo que será usado por quienes rescataron a una Primordial y que son tan aliados nuestros como los Taipecanes.

- Pero es raro que los Taipecanes no usen vimanas. Sólo cuentan con las de Ustedes y algunas veces, cuando vienen sus Primordiales de Venus...

- Eso tiene unas explicaciones de política interplanetaria, que son un poco complejas y no son asunto nuestro por ahora. Así que ¡A volar!.

Despegamos sin el menor ruido y la sensación física era nula. Como en las vimanas, el campo visual cambiante era el único indicativo del movimiento.

- Espero no estrellarme a la primera, -dije- porque estoy acostumbrado a andar en coche, donde el ruido del motor indica muchas cosas...

- Nada de eso. Verás que esto es mucho más seguro que cualquier coche. Hagamos una prueba.

Luego de remontar unos doscientos metros, enfiló la nave hacia la región del Camino del Dragón, donde se hallan tres de las Nueve Columnas de la vacuoide.

- ¿Qué velocidad podemos alcanzar?.

- Un tercio menos que con las vimanas, o sea que el Kugelvim da unos diez mil kilómetros por hora en el aire y setecientos kilómetros por hora desmaterializada bajo tierra.

- ¿Y en el espacio sideral?

- ¿Piensas írte al espacio? -respondió jocosamente Norbert.

- Bueno... Nunca se sabe.

- Pues no es recomendable salir con esta nave al espacio exterior. Igual puede que llegues a Marte, pero no tiene los sistemas de navegación necesarios para andar fuera del planeta. Hemos preferido centrar todos los esfuerzos y el trabajo de la computadora en los asuntos concernientes a la Tierra. Tienes aquí una base de datos geográficos mucho más completa que cualquier Vimana, o sea recientemente actualizado y mejorado. Incluso, apenas llegamos, nuestro ingeniero informático grabó los mapas hechos por ustedes días atrás.

- Sería bueno que pudiéramos incorporarle más datos, a medida que los tengamos...

- No hace falta otra cosa que apretar allí. Se activa todo el sistema de mapeo y la computadora de la nave registra en tres dimensiones cada lugar por donde pasa.

- ¡Es increíble! - exclamé- ¿Cuánta información puede guardar este ordenador?.

- Unos novecientos Goolebites, o sea más de mil quintillones de Terabites.

- ¿Goolebites...?,¿Terabites... ?

- Si, un Terabit es igual a mil Gigabites. Una computadora avanzada no suele usar más de un Terabit.

- ¡Ufff !... Demasiados ceros como para hacerme una idea clara...

- El tiempo de mapeo que puede registrar la nave es de diez mil horas. Luego hay que cambiar el disco de grabación o añadirle otro. Y con esa palanquita -al extremo del tablero de mapeo- manejas todo. Si haces una leve presión hacia abajo o arriba, acercas o alejas la imagen.

Mientras iba probando la maravilla tecnológica que nos habían preparado, nos acercábamos rápidamente a la Columna Central. En vez de desviar hacia derecha o izquierda, la nave iba directamente hacia el gigantesco macizo y Norbert que miraba para los costados, contemplando el paisaje...

- ¡Nos estrellamos! -grité cuando estábamos a menos de un kilómetro de la gran columna, avanzando a más de mil kilómetros por hora.

Norbert hizo un amague de aferrar el volante pero ya era tarde. Todo se volvió color marrón, con vetas...

- ¡Nos hemos desmaterializado justo a tiempo! -dije mirando al Freizanteno como pidiéndole explicaciones por el despiste.

- Bueno... -respondió riéndose de mi susto- Esta era la "prueba dura" de la que te hablé. Se trata de que la Kugelvim jamás puede estrellarse porque tiene un sistema automático de desmaterialización. Este avance se lo debemos a nuestro ingeniero jefe, que es un hombre muy desconfiado. Pensó que los chicos del GEOS podían ser un poco "manazas" para conducir y en tres días desarrolló este sistema.

- Ya decía yo que la confianza no sería tanta...

- No es desconfianza en vuestra calidad humana y capacidad de aprendizaje, pero conducir vimanas no es cosa fácil. En realidad hemos tenido algunos accidentes, incluso con los pilotos mejor calificados, así que nuestro jefe se puso de cabeza en el asunto de un dispositivo automático que hasta es independiente del ordenador de a bordo. Cuando terminemos de pasar la roca... Justo, como ahora, puedes ver que esa luz indica que aún estamos desmaterializados. Es automática la desmaterialización cuando se está en vía de choque, pero no es automática la inversión, así que desde este botón vuelves al estado material.

- ¿Y si me estrello muy despacio también se desmaterializa?.

- No si vas tan despacio como para aterrizar. La computadora de este sistema calcula con precisión la velocidad, el ángulo, la dirección, la dureza del material que hay enfrente... En fin, todos los datos necesarios. Algunas veces te desmaterializarás innecesariamente, si vas muy rápido aunque pienses en detenerte frente a un obstáculo.

- ¡Ah!, bien, mejor es eso y no que la computadora se confíe a mis reacciones.

- Tú lo has dicho. Así funciona. Con los minerales intraspasables sí que deberán tener muchísimo cuidado. Podrán explorar estas zonas peligrosas a una velocidad de doscientos kilómetros por hora, cuando mucho. Si pasan de esa velocidad y hay intraspasables cerca, pueden quedar atascados. Jamás deberán intentar seguir adelante. La única manera segura de evitar el problema, es retrocediendo.

- Igual creo que no será necesario andar a más de cien kilómetros por hora si de explorar se trata...

- Tanto mejor. Estarán dentro de un margen muy seguro. Cuando anden materializados por el aire en la superficie externa, especialmente si es de día, recomiendo pulsar allí y seleccionar color. Eliges "cielo" y toda la carcasa quedará celeste, haciéndose casi invisible desde tierra.

- Sin embargo los radares...

- No son problema. Te desmaterializas y asunto arreglado. Nosotros no les damos mucha importancia porque las vimanas son invulnerables cuando se mueven a gran velocidad, pero igual conviene desmaterializarse y ahorrarse problemas. Nuestro Consejo de Gobierno está discutiendo ahora si se hará obligatoria para nuestras naves la desmaterialización en la superficie externa, porque algunas veces hemos estado cerca de algún choque con aviones. Y aunque la posibilidad es muy remota, sería una tragedia para los del avión, pero no menos doloroso para nosotros, que ni siquiera podríamos intentar disculparnos.

- Entiendo. No saldré al aire sin desmaterializar.

- Perfecto. Ahora conduces tú de regreso...

Me pasó el mando moviendo la palanquita central y comprendí que conducir el aparato era más fácil y seguro que hacerlo en una moto. La Kugelvim respondía a mis movimientos de volante con una suavidad espectacular y se me ocurrió que podría hacer alguna pirueta. Hice un triple tirabuzón muy cerrado, a quinientos kilómetros por hora y Norbert estaba un poco tieso.

- ¡Conque... Te estás vengando, sinvergüenza! -dijo riéndose cuando puse Kugelvim en horizontal.

- ¡Oh, noooooo! -dije irónicamente- Pero no estaría mal inventar alguna pirueta más, para pagarte la "prueba dura".

Volvíamos intercambiando bromas, pero preferimos dar un paseo rápido sobre las pirámides del Camino del Dragón y los Jardines de la Realeza. Al contemplar aquel maravilloso paisaje, me sorprendió una profunda tristeza.

- ¡Todo esto quedará sumergido si no hacemos algo...! -pensé en voz alta.

- No si podemos evitarlo. -respondió Norbert- Ahora es cuestión de que tú y Rodolfo se tomen tres o cuatro días para aprender bien el manejo y usos de este vehículo y comiencen una operación de inspección.

- ¿Y no sería conveniente que tú nos acompañaras?, podríamos hacer la misma instrucción sobre la marcha, ya que hay que detectar cuanto antes lo que están haciendo los Narigones en el Mar Pogatuí...

- No podemos, Marcel. Hay cuestiones políticas que no nos permiten actuar en muchos asuntos y por otra parte tenemos todo el personal Freizanteno, puestos asignados respecto a la evacuación de los Taipecanes. Los Narigones se arrogarán todos los derechos que no tienen, pero nosotros cumplimos nuestros pactos, incluso cuando nadie se enteraría de nuestra actividad.

- ¿Es que tenéis un pacto con los Narigones? -pregunté confuso y sorprendido.

- ¡No, nada de eso!. Tenemos pactos con los Primordiales. Sólo podríamos intervenir directamente en este asunto si ellos lo autorizaran. Si no lo hacen es porque tienen serias razones para negarse a nuestra intervención. Incluso para hacer y entregarles este Kugelvim les hemos pedido autorización. Mientras estábamos diseñándolo, ellos conferenciaron y resolvieron autorizar este suministro, especialmente porque el GEOS, aparte de merecer toda la confianza, está compuesto de personas nacidas en la civilización de la superficie externa y nosotros también vivíamos allá.

- ¿Y por qué pueden Ustedes usar vimanas?.

- Porque no preguntamos a nadie cómo hacerlas. Las desarrollamos nosotros y recibimos la confianza de los Primordiales por varias razones. Nosotros simplemente queríamos vivir independientes de todo gobierno que tuviera deudores o acreedores, no queremos comer comida basura ni vivir con preocupaciones, hipotecas y esas cosas, pero lo principal es que nunca quisimos que estos grandes avances tecnológicos y científicos cayesen en manos de los que hacen guerras y propician la esclavitud y el egoísmo.

- Pero igual estáis preparados para la guerra... ¿No?.

- Efectivamente. Pero no somos nosotros los que las declaramos. Nuestras armas no se venden, no son una industria comercial... Jamás lo permitiríamos.

Llegamos al parque aéreo de Shan-Gri-Lá II y mi descenso inaugural pilotando el flamante Kugelvim fue todo un éxito. A decir verdad, el mérito fue de los diseñadores, que hicieron un artefacto más fácil de manejar que una bicicleta, aunque alcance velocidades cinco veces mayores que los aviones de combate y se pueda desmaterializar como quien dice "voy a encender las luces".

Cuando salimos del aparato, se acercaron en primer lugar los Freizantenos.

- Amigos, -dijo Norbert señalándome- el flamante piloto va mejor de lo que yo pensaba. Él mismo ha pilotado todo el regreso y debo reconocer que puede resultar en un futuro cercano, un excelente piloto de vimanas.

Gerdana aplaudía alegremente y los dos hombres vinieron a estrechar mi mano.

- Felicitaciones... -dijo el mayor de los hombres mientras me saludaba- Y espero que pongas en el uso de este aparato el mismo Amor a la Humanidad que hemos puesto los que lo hicimos. Ya nos han dicho todo sobre el GEOS y no dudamos que será usado con valentía y nobleza, pero os ruego que también lo usen con Amor.

- Su voz... -dije tan bajo que nadie me oyó.

- Nuestro genio diseñador -decía Gerdana- es un Loco de Amor, como todos nosotros, pero él ha sufrido más que nadie en nuestro pueblo. Sufriría horrores si algo les ocurriera usando el Kugelvim.

- Pero no te preocupes, Johan, que estos chicos han demostrado ser capaces de...

- ¿Johan?... - dije esta vez en voz alta.

- Si... -continuó el Freizanteno- Decía que el GEOS ha cumplido peligrosas misiones con todo éxito y sin bajas, evitando también muchas bajas de los Narigones. Así que estamos tranquilos dejando el vehículo en sus manos. En unas semanas dispondrán de siete unidades más...

- ¿Usted se llama Johan? -insistí levantando la voz sobre los aplausos de mis compañeros y los Taipecanes.

- Si, jovencito. Johan Kornare, para servirle...

Mi corazón golpeaba con tanta fuerza si no se escuchaba a unos metros era sólo porque aún estaban aplaudiendo y festejando la entrega de la nave.

- ¡Johan Kornare! -exclamé sin poder contener una catarata de lágrimas- ¡Johan Kornare!... Yo... Yo soy Marcel... Y conozco a Wino...

Johan me miró confundido, sorprendido por ser reconocido en tan remoto lugar y raras circunstancias.

- ¿Pero de dónde...?

- Yo soy Marcel, el hijo de Dominguín... El que por causa de aquel Libro Mágico...

Yo no podía seguir hablando y Johan no pudo decir ni una palabra. Me abrazó con todas sus fuerzas y éramos dos llorando con tal sentimiento que durante largos minutos reinó el más profundo silencio en el parque aéreo.

- ¡Marcel!, -dijo Johan cuando pasó el primer impacto de emoción- ¡Mi querido niño!... ¡Qué sorpresa más maravillosa!. ¡Cómo iba a conocerte, hecho ya un hombre!...

Muchos de mis compañeros y varios Taipecanes, especialmente las mujeres, siempre más sensibles, nos acompañaban en el llanto, pero todos sin distinción compartían la emoción de un encuentro que debimos luego explicar.

- ¿Sabe Usted que su hijo Wino y su esposa Hildegarde lo están buscando? -le dije un rato después, cuando por fin pudimos conversar con los ánimos un poco más fríos.

- ¡Mi hijo Wino!... ¿Cómo le conoces?.

- Porque nos encontramos casualmente... Bueno, mejor dicho, mágicamente... En Machu Picchu, hace unos meses. Casi al comienzo de esta etapa de mi vida, que pareció una aventura interesante y resultó tan importante como aquella que viví en mi niñez...

- ¡Ah, qué días esos!, ¡Qué de persecuciones y miedos pasamos tu padre, don Carlos Padilla y yo!. Pero... ¿Tú te acuerda de todo aquello?.

- ¡Claro que sí!, yo no era ya tan niño. Y luego recordará Usted...

- Por favor, por favor... -me interrumpió gesticulando- No me llames de Usted. Háblame de tú, que somos una familia. ¿O es que tan viejo me ves?.

- ¿Viejo?. No... Es curioso, pero si no fuera por la barba, que antes no tenía, diría que no ha envejecido nada... Y se lo digo... Perdón, te lo digo en serio. ¿Tenía razón mi Amigo Coppi cuando decía que los que andaban en plato volador son "dueños del tiempo" porque manejan los gravitones?.

- No sé quien es tu Amigo, pero es que tenemos algunos secretos que se acercan mucho esas expresiones... Sí que manejamos el gravitón. Ya ves que nuestras naves son ingrávidas, porque producimos el "gravitón".

- ¿Es una partícula atómica o subatómica?

- No, Marcel, es algo más sencillo. Se trata de algo que está en los símbolos, pero la gente tiene miedo cuando se habla de esas cosas y por eso no pueden disfrutar de ciertos conocimientos tan antiguos como la humanidad. El "gravitón" es un efecto físico. Un vacío cuántico, es decir un punto donde no hay ni un sólo átomo, ni una subpartícula atómica de las más pequeñas, entonces se supera la gravedad. Se logra haciendo girar dos rotores en sentido contrario a alta velocidad. Los campos magnéticos opuestos generan eso...

- ¡Ah, sí!, es lo que me han explicado sobre las vimanas... ¿Y han logrado evitar la vejez?.

- Eso es, aunque no totalmente. En cuanto a evitar el envejecimiento tenemos los mismos conocimientos de los Taipecanes y casi todas las civilizaciones que pueblan la Tierra. Dormimos en pirámides, las usamos con diferentes densidades para curar determinadas enfermedades... Aunque no curan absolutamente todo son casi una panacea para evitar toda clase de reumas, el envejecimiento, las enfermedades bacterianas, mucho virus y algunos problemas genéticos. Lo demás lo curamos con unos pocos productos vegetales o minerales y homeopatía. En fin, que usamos lo mismo que los Aztlaclanes, los Telemitas... No sé si sabes algo sobre ellos...

- Sí, Johan, sí que los conozco. Hace mucho tiempo que estoy en contacto con estos asuntos. Desde que era un niño pequeño. ¿Recuerdas aquel día que me entregaste el Libro Mágico?.

- ¡Como para olvidarlo!. Me perseguían los Narigones para quitármelo... Tú lo escondiste en algún sitio y nunca volvimos a verlo. Pero muchas veces sospechamos que habría caído finalmente en manos del enemigo... ¿Qué pasó con él?.

- Lo guardé en algún sitio que consideré seguro, pero como estábamos vigilados por los telépatas hice una especie de autohipnosis, para que no pudieran leer mi pensamiento. Decidí que no me acordaría, pero resultó demasiado bien y nunca más me acordé, aunque hice mil esfuerzos para extraer de la memoria aunque sea una pista. Hasta ahora no he podido recordar dónde lo dejé, pero sé que está en un sitio seguro.

Johan me miraba con una media sonrisa llena del más profundo Amor paternal y fraternal. Sus ojos volvían a llenarse de lágrimas al rememorar aquellos días de mi infancia en que junto con mi padre burlaban de un modo u otro las vigilancias de los Narigones y sus intentos por hacerse con los materiales científicos y los Libros Mágicos que ellos estudiaban y cuidaban con riesgo de sus vidas. Me abrazó nuevamente y me pidió que cuando volviera a la superficie diera un mensaje a su hijo Wino.

- Simplemente confía en él y cuéntale todo lo que quieras. Es mi hijo, pero no juzgo sus actos por cuestión de sangre. No sólo lo he educado yo, sino que él mismo ha hecho méritos de sobra para merecer la más absoluta confianza. Y su mujer ¡Qué mujer!. Tan extraordinaria como fue mi esposa, pero con más inteligencia aún. Si hubieras compartido con ellos esta cuestión del GEOS, seguramente habrían formado parte de esta situación.

- Es que cuando les conocí, aún no tenía idea de los acontecimientos que me esperaban. Wino e Hildegarde fueron a buscar a un ermitaño que vivía salvajemente, a unos cien kilómetros de Machu Picchu...

- ¡Ese era yo!... Hasta que conseguí llegar a una aldea indígena en Ecuador, tras una persecución insoportable de los Narigones, que me rastreaban hasta por satélite. Luego de unas semanas de convivencia con los indios, comprendí que guardaban algún secreto respecto a una caverna... Una vez comenté algo sobre mi Gran Juramento... Supongo que sabes algo al respecto.

- ¡Claro... Yo también lo he hecho!, y todos mis compañeros del GEOS... Pero cada uno lo ha hecho antes de conocer a ninguno de los compañeros... Casi todos siendo niños...

- Pues el Tuchal me preguntó ciertas cosas y decidió ponerme en contacto con los Primordiales. Estos me visitaron y tres días después vinieron unos Freizantenos y me llevaron a su ciudad.

- ¿Los aborígenes eran Mongulas?

- Si... ¿Cómo lo sabes?.

- Estuve con ellos. El Tuchal envió un mensajero a la Terrae Interiora y se me autorizó a ingresar, pero yo comprendí que no estaba en condiciones de hacerlo. Hubiera sentido mucha vergüenza de presentarme cuando mi mente estaba aún llena de rencores, ansiedades, frustraciones, dolores, incomprensiones... En fin, que desistí de entrar.

- ¿Irías ahora?.

- No lo sé, Johan... No sé si estoy suficientemente purificado emocionalmente, pero creo que sí. De todos modos, no me interesa mucho ir, habiendo tantas cosas que hacer aquí y en la superficie, en servicio a la humanidad mortal, en servicio a los Taipecanes y al mundo todo... De un modo u otro, es también un servicio para los Primordiales.

-No me cabe duda que irás pronto a la Terrae Interiora en cuerpo físico. Cuéntame cómo es que sabes todas estas cuestiones...

Dediqué una larga hora para narrarle a mi querido Amigo Johan Kornare mis vivencias infantiles, que luego empezaron a verse confirmadas con mis expediciones y finalmente mediante el encuentro con el GEOS cuando aún no se llamaba así, cuando rescatamos a Iskaún -cosa que él ya tenía en conocimiento- y a su vez me explicó que él había sido también alumno de Iskaún, que había ido físicamente un par de veces a la Terrae Interiora, pero que se sentía un poco incómodo porque molestaba en alguna medida a los Primordiales debido a su mente demasiado activa.

- No es que los Primordiales sean perezosos mentales, -me explicaba- pero sus pensamientos son tan simples, basados en tantos conocimientos y tan llenos de Amor e Inteligencia, que nuestras mentes preguntonas y saltonas, faltas de concentración, suelen molestarles un poco.

- ¿Aunque estemos muy limpios emocionalmente?.

- A pesar de eso... Ellos son telépatas y nosotros no sabemos "pensar en voz mental baja". Todo lo que pensamos es "escuchado" por ellos o "visto", puesto que también pensamos con imágenes. No sabemos pensar "hacia adentro", sin emitir ondas mentales, por causa de una atrofia genética. Y dada la poca calidad humana de los mortales, los pocos que pueden pensar sin molestar a los telépatas, es gente de la que hay que cuidarse, hipócritas de siete suela... Así que para ellos es un problema tener cerca a uno de nosotros.

- ¿Entonces ningún mortal puede convivir con ellos?.

- Si, hay gente que vive con ellos. Pero son excepcionales y tampoco es tan fácil vivir en un mundo donde nuestras inquietudes de Trascendencia son tantas, cuando ellos tienen todo solucionado y son inmortales. Les daría mucha pena vernos envejecer, aunque allá cualquier persona podría vivir más de trescientos años. Por eso están las otras civilizaciones en sus respectivas vacuoides, haciendo su proceso de perfeccionamiento psicológico, mental y genético, donde cada persona es cada vez un poco mejor... Y algún día, tarde o temprano, todos alcanzaremos un grado de perfección adecuado, entonces naceremos como Primordiales o haremos -sin necesidad de una nueva vida- una Ascensión al Reino de los Kristálidos Luminosos.

- ¡Qué maravillosa es la vida! -dije- Si nos eliminamos las emociones y funcionamos en base a los Nobles Sentimientos, tenemos la evolución asegurada, aunque mueran nuestros cuerpos.

- Así es. -respondió Johan- Pero si además usamos una medicina real, usamos la magia de las pirámides, vivimos en Armonía de Amor, Inteligencia y Voluntad, respetamos y Amamos a todo el Mundo, incluyendo a los enemigos aunque tengamos que pararles los pies, viviremos muchos más años y con mayor felicidad.

- ¡Qué alegría me da escucharte!, Johan... Cómo me gustaría que Wino e Hildegarde estuvieran aquí... Ardo en deseos de ir a comunicarles que estás bien, que vives con los Freizantenos, que no te han pillado los Narigones, que sigues tan joven como hace casi treinta años. ¿Cuántos años tienes ahora?.

- Noventa y dos.

- ¡Qué dices!... ¿Me tomas el pelo?.

- No tengo aquí un carné de identidad... No lo usamos pero tengo doce años más que tu padre, así que saca la cuenta.

- Es increíble... Me acuerdo todavía con mucha claridad el día en que llegó mirando hacia todas partes, hasta la puerta de mi casa...

- Mañana es mi cumpleaños -dijo sonriendo pícaramente- y me quitaré la barba, como en todos mis cumpleaños. Veremos si te has equivocado en la observación.

- Entonces tendré que verte a primera hora... Estoy impaciente por ver tu cara sin barba...

Al día siguiente Rodolfo hizo el entrenamiento con Norbert durante la mañana y quedamos que a la tarde los dos "novatos" daríamos un paseo juntos por la vacuoide, de modo que apenas terminé de desayunar me fui a la pirámide donde se alojaban los Freizantenos. Mi querido Amigo Johan Kornare, que por ser Amigo, Camarada y Hermano de mi padre era como mi propio padre, estaba aún en su habitación. Gerdana me recibió con los brazos abiertos y me dijo mientras me abrazaba que hiciera lo posible por alegrar a Johan, cuya tristeza por sus familiares era muy grande.

Cuando bajó la rampa, ya liberado de su barba, lo increíble me lo pareció aún más. No parecía haber envejecido ni un día. Era el mismo rostro que treinta años atrás me había entregado un Libro Mágico, aquel que llevaría mi vida por los más extraordinarios caminos. Aunque era para mí "un viejo de cincuenta años" en aquellos días en que yo pisaba el segundo curso de la escuela primaria, este hombre seguía tal como lo había visto.

- ¿Todos los Freizantenos se mantienen tan jóvenes? -le pregunté con extrema curiosidad.

- Casi todos. Algunos tenemos mejor predisposición genética a los tratamientos, pero otros envejecen un poco más rápido. De todos modos, ahí tienes a Gerdana, que con sus...

- ¡No te permito!. ¡La edad de las mujeres no se dice! -dijo Gerdana- Pero es una broma. No me causa complejos reconocer que voy a cumplir un siglo en pocas semanas...

- ¡Qué dices!... ¡Si no puedes tener más de cuarenta y...!

- Eso, Marcel. Que no te sorprenda. -dijo Gerdana riéndose de mi sorpresa y hasta algo de duda- Si te place, dile a tus amigos que tengo "cuarenta y...".

- ¿Habláis en serio?.

- ¿Tendríamos algún motivo para decir una edad que no tuviésemos?. -respondió Johan- Tú me has conocido hace más de treinta años... ¿No es así?. Claro que si me hubieras visto antes de que los Freizantenos me recogieran... Pero me he repuesto, he rejuvenecido sin necesidad de cosméticos.

- Supongo que he de atenerme a las pruebas, en todo irrefutables... ¿Y están seguros que las pirámides tienen algo que ver con vuestro estado físico?.

- ¡Por supuesto!. -exclamó Johan- Harías muy bien en investigar un poco al respecto, porque se trata de un artefacto muy importante, ya has visto el Camino del Dragón y muchas otras...

- ¡Eso hago!... Parece que nadie se ha enterado aún que llevo algunos años investigando y financiando a otros investigadores sobre el tema de las pirámides. Y por ellas es que estoy metido en todos estos líos subterráneos, desde que me encontré con las pirámides de Iraotapar...

- ¡Entonces...! -dijo Johan- ¿Las conoces?.

- Si. Allí comencé esta etapa de la vida. Fue una situación muy mágica. Como ya te he contado, estaba haciendo testeos minerales para unos clientes, a fin de seguir sosteniendo el laboratorio piramidal...

- No dejes nunca de investigar esas cuestiones. Si tienes oportunidad de ir a nuestras ciudades y bases, o de volver a conversar con los Aztlaclanes, podrás sacar muchos datos técnicos.

- ¡Qué bueno...! Pero eso será cuando hayamos detenido las tropelías de los Narigones. Por ahora, eso tiene para nosotros toda la prioridad.

Dimos un largo paseo por la hermosa ciudad, que más se parece a un parque de vacaciones, mientras conversamos muchas cosas y rememoramos algunas anécdotas. Comimos nuestro "almuerzo de medio día" con algunos compañeros del GEOS y luego paseamos en unos botecitos a remo, en las tranquilas aguas de los múltiples brazos del río Blekiang, que recorren toda la ciudad. Pero llegó la hora de hacer con Rodolfo nuestro primer vuelo de prueba juntos, así que marchamos al parque aéreo y poco después llegaba Norbert con su colega Urban y Rodolfo, que tendría más trabajo que yo estudiando las cuestiones electrónicas y mecánicas del Kugelvim.

- ¿Preparado para llevarme y traerme sano y salvo, piloto? -me dijo Rodolfo restregándose las manos, tan ansioso como yo por hacer nuestro primer vuelo de equipo.

- Preparado y entusiasmado. Espero que hayas aprendido todo lo que yo no entendería sobre la mecánica de este cacharro...

- ¡Cacharro! -dijo Johan- ¿Crees que esto es un "cacharro"?.

- No, Johan, sólo es una forma cariñosa de llamarlo. ¡Ya quisieran los más orgullosos pilotos de aviones y de coches tener un "cacharro" como éste!.

- Bueno... Siendo así, creo que deberíamos bautizarlo. ¿Qué tal "Cacharro"?.

- Si lo ponemos a votación -intervino Rodolfo- creo que nadie le pondría ese nombre... ¿Porque no su nombre técnico?.

- Eso... -dije- "Kugel", para diferenciarlo de "Kugelvim". ¿Les parece?.

La mayoría de los presentes estuvieron de acuerdo con el nombre, y por fin pude subir, haciendo lo mismo Rodolfo.

- Señores... -dije antes de cerrar la carlinga- Si demoramos en regresar, no nos extrañen...

Partimos en cuanto se hubieron alejado los espectadores y en media hora llegamos al otro extremo de la vacuoide, manteniendo una velocidad de 1.700 Kms/h, o sea bastante más que un avión. Luego nos turnamos en la conducción, pero decidimos atravesar las tres columnas centrales de los grupos macizos de Las Nueve Columnas. En la del medio, el indicador avisó de la existencia de minerales intraspasables, así que lo hicimos a una velocidad de apenas cien kilómetros por hora. En diez minutos de recorrer en Gespenst el interior del macizo, notamos que estos minerales se hallaban en forma vertical.

- ¿No es extraño que se agrupen siguiendo la forma de la columna?. -dijo Rodolfo.

- No, es perfectamente lógico. Los movimientos geológicos que produjeron estas formas fueron ascendentes. Posiblemente desde vacuoides magmáticas anteriores a ésta. Cuando esta vacuoide se formó, la estructura regional ya estaba definida.

- ¿Y cómo se forman las vacuoides?

- Es un poco largo de explicar, pero intentaré decirlo resumidamente, con ayuda de tu propia imaginación.

- Bien, imaginación es lo que me sobra, así que adelante. Tenemos media hora antes de llegar a la ciudad.

- Entonces, allá va la explicación. Para empezar, imagina que estamos viendo un proceso que empezó hace miles de millones de años, antes que existiera este sistema solar y -lógicamente- antes que existiera este mundo y todos los planetas del sistema. Asistiremos con la imaginación a la formación del sistema solar. Cuando una estrella explota, se forman corpúsculos de plasma estelar, como pedazos de la misma estrella, envueltos en una nebulosa. La "nebulosa" se compone de materia que cambia su estado. En vez de plasma, pasa a ser materia química. Se forman átomos, dentro de un patrón que conocemos como "tabla periódica", que tú has de conocer perfectamente.

- Sí que la conozco. La estudié en el primer año del bachillerato y la usé durante toda la universidad.

- Bien, ahora tenemos una nebulosa en la que la nube misma está formada por materia química, pero ésta no se junta con el plasma estelar de los corpúsculos, ni con la masa de plasma que se ha formado otra vez en el centro, y que en unos millones de años será el Nuevo Sol de un Sistema. Sin embargo, aunque ambos tipos de materia no se juntan, hay una atracción, que se vuelve "repulsión" cuando las partículas están a cierta distancia. De ese modo, los corpúsculos de plasma se van rodeando de la materia química que atraen a su órbita, pero ésta no pasa de ser lejana...

- Como si en una nube, unos puntos de plasma van aglutinando a su alrededor la materia que forma la nube. Entonces, se iría quedando donde había una nube, un espacio vacío... ¿Lo estoy entendiendo bien?.

- Perfectamente. Y para entenderlo mejor, -dije usando un dispositivo de dibujo en la pantalla del "Kugel"- vamos a imaginar uno de esos corpúsculos de plasma, que en esa nebulosa de mil millones de kilómetros de diámetro, es apenas un puntito, pero en realidad tiene 500 Kms. de diámetro, o sea la distancia entre Madrid y Barcelona, o entre Buenos Aires y Córdoba, en la Argentina. Pues los átomos de materia química, es decir la substancia de la nube, forman guijarros de diferentes densidades y se van acumulando alrededor del corpúsculo de plasma al que llamaremos "Sol Interior"...

- ¡Ah! ¡Voy entendiendo:..!. Esos corpúsculos son los que formarán los soles interiores de los planetas. ¿Es así?.

- Veo que deduces bien. Entonces se forma a su alrededor, una costra de materia que cada vez hace más presión, atraída por si misma y por el núcleo de plasma. Pero no puede acercarse a él, no sólo por la repulsión que ejerce el núcleo, sino también por la resistencia natural del arco, es decir la distribución de fuerzas, que son totales en un círculo. Entonces esta costra se va agrandando y afirmando, para convertirse millones de años después en un planeta más del sistema. Y como durante este proceso se encuentra todo en rotación, se forma un remolino en los polos que impide la consistencia de la masa, o sea que se produce lo mismo que en la taza de café cuando la revuelves con velocidad...

- ¡Ya entiendo! -dijo Rodolfo. Los agujeros polares están formados porque la rotación produjo en esos sitios una especie de remolino y... Claro, por eso es que se puede entrar al interior de todos los planetas. Me decía el Primordial venusino que ellos entraban por el polo sur de su planeta, y yo me quedé "colgado" sin entender de qué me hablaba.

- Bueno, es que mientras conversamos estas cosas, tú estás sumergido en cuestiones de aparatos. Pero así es un grupo interdisciplinario como el nuestro. Cada uno aprende todo sobre su profesión, y luego lo explica a los demás.

- Bien, sigamos, que me está interesando esa cuestión y no llegamos a la formación de las vacuoides...

- Ah, sí, pues cuando la masa del nuevo planeta está aún en formación, mientras en los polos se van formando unos enormes agujeros, se acercan nuevos corpúsculos de plasma estelar, más pequeños, que no han tenido peso ni volumen suficiente como para aglutinar sus propias costras. Estos son atraídos por el núcleo del nuevo planeta, y se habrían fundido con él, si no fuese porque se interpone la costra ya en formación. Pero el contacto obligado de estos corpúsculos y la materia química, genera una serie de procesos "alquímicos", es decir de transmutación de la materia química. Esta no puede rechazar al trozo de plasma, porque el núcleo ejerce gran atracción sobre todo pedazo de plasma. Así que se forman huecos en la corteza, muy profundos y sinuosos, conforme la tierra va girando y el trozo de plasma encuentra diversas formas de resistencia. Pero llega un punto donde la materia de la corteza, ya trasmutada y endurecida, impide definitivamente al trozo de plasma seguir su trayectoria. Allí se forma una vacuoide, aunque en principio no es hueca, sino que está llena de magma. Es decir, materia fundida por efecto de unos kilos o unas toneladas de plasma estelar. Y las más nuevas de éstas, son lógicamente las que están más cerca de la superficie, que se desahogan un poco expulsando gases y piedra fundida, mediante esas grandes válvulas naturales que son los volcanes...

- ¡Ah, que interesante! ¿Y cómo se quedan huecas?.

- Pues, algunas se quedan huecas cuando el volcán ha permitido la expulsión de toda la roca fundida y se ha agotado el combustible, o sea el plasma. Pero otras, que no han tenido posibilidad de evacuar material, se convierten en "actínidas", y la larga permanencia del plasma afectando a la materia química, produce elementos "actínidos", con muchos electrones y protones, muy pesados, como el oro, el plomo, el uranio, etcétera. Y no dejan de formarse hasta que se acaba el combustible (el plasma), que va convirtiéndose en materia química a grandes presiones y temperaturas. Pero las vacuoides que logran desalojar el material, no llegan a esas presiones tan altas y quedan estos gigantescos huecos. Una vez vacíos, el agua puede ocuparlos y muchas veces lo hace, formando mares subterráneos. Otras veces, el producto de las vacuoides actínidas que no escapa por volcanes, lleva un proceso de filtros que terminan llenando esos huecos con petróleo, que en realidad es un mineral, y no un "fósil" como se creía hasta hace poco.

- Entonces Quichuán ha sido una vacuoide magmática... ¿Y luego se llenó con algo?.

- Así es. -continué explicando- Pero no de petróleo, sino de agua. Esa agua formó un fondo marino lleno de sales y substancias diversas, con detritos que trajeron los ríos desde todas partes. Posteriormente se abrieron cauces en su fondo, que son los ríos que van desde la vacuoide hacia abajo. No dudo que en algún punto de la corteza, algunos cientos de kilómetros más abajo, existe un verdadero océano, que recoge las aguas de Quichuán y de todas las otras vacuoides. Luego hay otros procesos, que hacen que esa agua suba y mantenga circuitos permanentes.

- ¡Qué maravilla es el mundo! Una verdadera célula viviente, pero en macroescala... -decía Rodolfo tan maravillado que no se dio cuenta de lo próximos que estábamos al muro de la columna central por donde habíamos atravesado con el Freizanteno Norbert.

Se me ocurrió hacer con Rodolfo el mismo chiste que Norbert me hiciera a mí, pero Rodolfo estaba advertido.

- Si, dale, hazme de nuevo la "prueba dura" que me hizo Norbert, ja, ja, jaa...

Nos reíamos ambos, porque también se había llevado un buen susto. Mientras el Kugel seguía en línea recta hacia el macizo, no hicimos nada para variar el rumbo ni operar el mando de desmaterialización. Todo funcionó a la perfección y atravesamos la enorme roca sin siquiera notarlo más que visualmente.

- ¿Qué es esa indicación? -dijo Rodolfo mirando el tablero y me hizo ver un puntito rojo que variaba al azul cada algunos segundos.

- ¡El indicador de radares...!

- Eso no me lo han explicado... -dijo Rodolfo con gran preocupación- Pero aquí no pueden haber radares, dentro de la roca... O está fallando algo y podemos hacernos papilla.

- Será mejor que volvamos. -dije mientras apretaba el acelerador al máximo, saliendo de la zona de la roca en unos segundos.

- Recuerda volver a estado material manualmente... -advirtió Rodolfo.

- Cierto. Aquí vamos.

Nos materializamos y unos minutos después estábamos de regreso en el parque aéreo. Practiqué el descenso sin dificultad alguna pero nadie estaba esperándonos.

- Se habrán ido a la PI Segunda... Hay luz amarilla en la entrada. -dije- No salgamos del Kugel, vamos hasta la puerta misma.

Sin levantar vuelo nos desplazamos velozmente y aparqué en la puerta de la pirámide. Allí estaban celebrando una conferencia para definir cuál sería el itinerario que nos darían cuando estuviésemos mejor entrenados en el manejo del Kugel, pero interrumpimos la sesión para informar de lo captado en el macizo.

- ¿Una indicación de radar cercano? -dijo Johan- ¡No puede ser!. Mi diseño es PER-FEC-TO, garantizo con mi vida que no es posible una falla, a menos que se estrellen con mucha fuerza contra minerales intraspasables.

- ¡Y no es posible que haya un radar aquí en la vacuoide Quichuán! -dijo Tian-Di-Xo- Fueron prohibidos hace más de mil años...

- Entonces conviene que alguien me acompañe y lo vea. -dije- Creo que Johan debería verlo. Aunque mejor pensado, que vaya con Rodolfo, que entiende más de estos aparatos.

Viky me aferró el brazo y sonrió feliz de tenerme un poco más a su lado si Rodolfo iba en esa investigación.

- No, creo que deberías ir tú, Marcel. Tú eres el piloto y Johan el técnico superior.

- Creo lo mismo. -dijo Johan.

- Perdonen que insista, pero no entiendo de radares. Johan sabrá todo sobre su Kugel, pero Rodolfo es el más conocedor de los sistemas de radar. Y lo que el indicador marcaba, si debemos descartar una falla en el sistema del Kugel, no podemos descartar la existencia de algo que funciona como radar en el macizo central de las primeras Columnas.

- Yo no sabría encontrar el sitio preciso... -insistió Rodolfo.

- Pero el registro del Kugel, sí. -respondí.

- De acuerdo. -dijo Johan- Vamos, Rodolfo.

Viky me abrazó con fuerza la cintura y a pesar de que me preocupaba lo que pudieran encontrar mis compañeros, me sentía dichoso de estar con Viky, aunque fuese un rato y en medio de la conferencia estratégica. Media hora después se habían definido las rutas a seguir hacia el Mar Pogatuí, que Rodolfo y yo recorreríamos tras un mínimo de cincuenta horas de entrenamiento práctico y otro tanto de entrenamiento teórico, en base a un protocolo de previsiones, como era el caso de encontrarnos ante algún sistema de emisión de impulsos electromagnéticos, que sería la única arma que podrían usar contra nosotros los Narigones. Además había que prever posibilidades de sustracción de materiales, lo que implicaba una serie muy larga de posibles situaciones. El Kugel, de que dispondríamos de otros gemelos en poco tiempo más, sería por ahora el único vehículo en funciones, puesto que la urgencia hacía impensable la espera hasta que hubiesen otros pilotos entrenados.

La Plana Mayor del GEOS, Tuutí, Cirilo, Viky, Ajllu, Intianahuy, Luana y Kkala, además de Chauli, Irumpa, Khispi, y varios más, serían entrenados como pilotos junto a nosotros en lo teórico, a fin de tener una buena dotación preparada para usar los nuevos Kugelvims que fuésemos recibiendo.

- El Kugelvim se puede abrir por su parte trasera -decía Gerdana- así que la sustracción se materiales no implica problemas de peso porque estos aparatos pueden cargar lo que permita su volumen disponible...

- ¿Aunque fuese plomo? -pregunté asombrado.

- Aunque fuese ese mineral que encontraron Ustedes en La Octógona o uno cualesquiera setecientas veces más pesado que el plomo. El sistema de nuestras naves es electromagnético y usa incluso el campo magnético propio de la materia que lleva, para formar el campo inercial que se convierte en autónomo, respecto a la gravedad del planeta. O sea que pueden olvidarse del peso. Lo que puedan levantar para cargarlo en el Kugelvim y que permita cerrar luego la carcasa y sentarse a los mandos, eso es lo que pueden llevar. Ni siquiera es problema acomodar la carga, ya que si no chocan contra intraspasables muy violentamente, no hay problemas de inercia. Habrá notado Marcel que el cuerpo no siente ningún tipo de aceleración ni los efectos de un frenazo, tal como lo han notado todos los aquí presentes en cualquier tipo de vimana. Todas; las freizantenas como las de los Primordiales Venusinos o Terrestres o cualquier vehículo electromagnétodinámico, carece de inercia interior respecto a la inercia exterior.

- Pero igual -decía Norbert- hay que extremar precauciones si se trata de sustraer bombas u otros explosivos. La temperatura del Kugelvim también se puede regular, así que deberán usar unos trajes que hemos traído, térmicos y antirradiación. Entonces es preferible enfriar el interior a cinco grados, en el caso de que las cargas sustraídas al enemigo sean explosivos químicos. Depositarlos con mucho cuidado y no intentar la operación si creen que hay riesgo de ser descubiertos. Lo más importante es hacer todo aprovechando la desmaterialización para actuar de modo que las cosas "simplemente se pierdan". Así tendrán un poco más de tiempo para actuar sin que los Narigones se den cuenta de lo que está pasando. En cuanto alguien vea un Kugelvim, se habrá terminado el factor sorpresa e intentarán diversos métodos para pillarles.

- A menos que les secuestremos a los observadores... -dije- En cuyo caso les llevaremos a la vacuoide PI Primera. Aunque... Ya se... Debemos evitar todo eso en lo posible y limitarnos a neutralizar su poder destructivo, además de inspeccionar lo que han hecho hasta ahora.

- Eso es. -dijo el Gobernador- Pero de todos modos, cuando estén en funciones las otras naves, no estará de más secuestrar una buena parte del personal enemigo... Siempre que se usen las mismas normas que para los materiales, es decir que no puedan informar a sus mandos de las desapariciones ni sean vistas las naves por ningún soldado que pueda pasar el dato. El que vea un Kugelvim, ha de ser un prisionero llevado a la vacuoide PI Primera.

Otras muchas normas y pautas deberíamos intentar mantener para asegurar el éxito de nuestra misión sin revelar a los Narigones nuestros medios, pero eso llevaría algunos días de repaso, en sesiones que durarían ocho horas, con recreos de media hora cada jornada. En cuanto volvieron Rodolfo y Johan se unieron a la conferencia e informaron que lo descubierto era un sistema de radar multidireccional, colocado en una antigua veta de oro. Esta curiosa veta, ascendente y ancha, había sido disuelta mediante cianuro y extraído con potentes bombas, una de las cuales se hallaba a menos de diez kilómetros sobre el techo de la vacuoide.

- Hemos subido siguiendo la veta, -explicó Johan- encontramos la central de radares muy cerca de la vacuoide y ya la hemos desactivado. Han llegado desde un acuífero más pequeño que el Mar Pogatuí, ubicado a unos veinte kilómetros sobre el techo de Quichuán. No encontramos nada allí, pero hay que volver a inspeccionar, siguiendo el camino desde esa central. Funcionaba todo automáticamente y nadie nos ha visto. Pero no tardarán en intentar inspeccionarla. Pusieron una serie de radares muy pequeños en un cable, que sin duda han detectado los tres vuelos de entrenamiento de los nuevos pilotos, así como los movimientos de nuestras vimanas en los últimos días y posiblemente en las últimas semanas. Un pequeño agujero de la veta de oro, les hizo comprender que estaban en presencia de una vacuoide...

- ¿Qué diámetro tiene la veta?- pregunté.

- Uno a dos metros en promedio, lo suficiente como para meter caños y cables, trabajando en un estrecho ascensor tubular, que debió costarles algunas semanas ir ensamblando. Hay en esa central algunos indicios de que los Narigones deben tener una vasta región explorada y controlada, justo encima de la vacuoide. Con esos radares han de haber medido los efectos de las crecidas y muchos datos más. Ha sido una verdadera fortuna encontrar esos dispositivos.

- ¡Gracias a Rodolfo -dije- que se percató del indicador en el tablero!.

- ¡Y a ti -respondió el aludido- que recordabas que ése es el indicador de radares!.

- Si no lo hubiera sabido, igual lo hubiésemos averiguado, pero el caso es que queda demostrado lo que resulta del trabajo en equipo. Ahora, como bien dije Johan, somos afortunados por haber descubierto ese "Talón de Aquiles", ese ojo espía en la vacuoide, pero deberemos adelantar nuestras operaciones, ya que el enemigo conoce Quichuán más de lo que sospechábamos. Respecto al estado de disposición del GEOS, mi jefe dirá lo que corresponda...

- Bueno... -dijo Tuutí rascándose la cabeza- La verdad es que estos acontecimientos me pillan por sorpresa, pero conociendo a las personas que tengo el honor de comandar, me atendré a sus sugerencias, aunque les pido que sean muy francos y honestos en sus apreciaciones... Marcel, Rodolfo... ¿Se sienten en condiciones de apresurar las operaciones teniendo tan poco entrenamiento con el Kugelvim?.

Rodolfo me hizo una seña de responder por los dos y acometí:

- Sinceramente, no creo que de modo individual estemos preparados todavía. Yo no vi el indicador parpadeando en el tablero hasta que mi compañero me lo hizo ver y Rodolfo no sabía qué era ese indicador. Funcionamos bien en equipo, si, pero creo que estamos aún fallando. Deberíamos haber visto los dos el indicador, y ambos haber sabido de lo que se trataba. Aún estamos "verdes" en cuanto al manejo de este aparato.

- Y yo, que estoy "madurito", -dijo Johan- tengo una ventaja legal, señor Gobernador y señores Freizantenos. Aunque los Freizantenos me han recogido y he tenido el soberano honor de trabajar en Freizantenia hasta llegar a ser en unos meses Jefe de Diseño de la Sección de Navíos, aún el Genbrial de Freizantenia no me ha dado carta de ciudadanía...

- ¡Johan!... -dijo Gerdana extrañada- ¿A qué viene esto?.

- Tranquila, querida Amiga... -respondió Johan gesticulando y sonriendo- Que no estoy renegando de mi condición de "casi Freizanteno", pero ya que nuestro querido Genbrial, don Reichardo Kuartt, ocupado en sus múltiples actividades no ha dado importancia mayor a la formalidad burocrática que me convertiría en Freizanteno, quiero aprovecharme de esa circunstancia para solicitar mi ingreso al GEOS, sin perjuicio de abandonarlo cuando sea oportuno y reincorporarme a mi ocupación en Freizantenia. Mientras, he de rogar al Genbrial que aplace la firma de mi carta de ciudadanía.

Desde el fondo de la sala, una risa maravillosa y ya conocida por todos los integrantes del GEOS, salió por la imposibilidad de mantenerse en reserva. Era Iskaún, que se iba haciendo visible poco a poco. Como Primordial Terrestre había recuperado todos sus atributos y consiguió llegar a tiempo para comprender la situación que se planteaba en la conferencia, pero permaneciendo invisible a nuestros ojos.

-Legalmente, -dijo- como Regidora Interactiva de los Taipecanes y como Protectora Especial del GEOS, he de decir que Johan Kornare no pertenece aún al Reino Freizanteno, pudiendo ser admitido en el GEOS siempre que se cumplan dos requisitos: La aceptación del Jefe Tuutí y luego la aprobación por parte del cincuenta por ciento más uno de los demás miembros.

- ¡Maravilloso! -dijo Tuutí- Johan podría ayudarnos en los operativos si fuese integrante del GEOS. Por mi parte, aceptado. Para simplificar, contaré hasta diez y que levanten la mano todos aquellos que tengan alguna objeción para que el diseñador del Kugelvim pase a formar parte del GEOS...

- Ya que no hay oposición... -dijo Tuutí cuando terminó de contar- Propongo que griten "aceptamos" todos los que estén de acuerdo.

Aquella chanza fue muy graciosa. No terminó de hablar nuestro jefe cuando el "ACEPTAMOS" sonó con toda su estridencia en la sala, gritado por nuestras voces llenas de alegría. Para mí no sólo se trataba de un miembro más en el GEOS, sino de alguien especialmente querido, que era un Hermano del Alma para mi padre y me recordaba a él constantemente. Y en cuanto a sus funciones, nos podía ayudar a apresurar las operaciones sin perjuicio contra las Leyes establecidas por los Primordiales, sobre lo que pueden o no hacer las diferentes civilizaciones con respecto a otras. Johan era un hombre de la superficie. Rescatado por los Freizantenos, si, pero todavía libre legalmente de pertenecer a la civilización que quisiera. Y nosotros, el GEOS, perteneciendo a la civilización de superficie, podríamos obrar con su ayuda, antes de esperar a mejores entrenamientos.

El Gobernador, niño de doscientos ochenta años pero niño al fin, se puso a practicar ciertos movimientos como de baile mezclado con Tai-Chi-Chuan, mientras nos turnábamos para abrazar a Iskaún, agradeciéndole su intervención "legal", además de su presencia que siempre nos llenaba de felicidad.

Cuando nos serenamos de la euforia que nos causaba el tener un nuevo miembro tan cualificado en el GEOS, Tian-Di-Xo ordenó descanso y meditación durante tres horas, tras las cuales tendríamos un banquete en medio de la ciudad. Se suspendían por algunas horas los trabajos de transporte y evacuación de los habitantes y se decretaban ocho horas de fiesta para ellos. Nosotros seguiríamos nuestras actividades tras el banquete, pero los Taipecanes necesitaban un recreo, si no por cuestiones físicas, sí para levantar los ánimos, que habían bajado mucho con las preocupaciones. Quien haya efectuado alguna vez una mudanza importante sabe lo que es irse de su casa para ocupar otro sitio. Aunque los trasladados irían a la capital, donde los Taipecanes de Tiike-Chou trabajaban con el más sublime Amor fraternal para recibir a los evacuados, como quien ha de recibir a un hermano querido, no dejaba de ser una mudanza y por lo tanto, un poco traumática.

CAPÍTULO XVI

EL PELIGRO DEL MAR "DAMOCLES"

Cinco horas después me hallaba en mi dormitorio y tras diez horas de sueño (en las pirámides se duerme un poco más que en cualquier otro sitio), me desperté con toda la energía necesaria para enfrentar el reto que tenía por delante. Sería el piloto en funciones y Johan mi auxiliar de navegación, a la vez que mi instructor. Desayunamos muy frugalmente y ajustamos en conferencia de Plana Mayor el protocolo de navegación. Iríamos desmaterializados a explorar nuevamente la base enemiga donde Rodolfo y Johan habían desactivado la central de radares. Si conseguíamos anular definitivamente ese peligro, seguiríamos luego todo el río Alto Kuinaoma, intentando llegar al Mar Pogatuí.

Dos horas después despegábamos y en ¡Cinco minutos! estábamos en la boca del río Kuinaoma, al extremo NorEste de la vacuoide, probando la velocidad máxima, algo superior a diez mil kilómetros horarios. Llegué a sentir un instante de vértigo, pero fue extraordinario "ver pasar" a los costados, los macizos de las Columnas. Luego volvimos a la Columna donde fueron hallados los radares y ascendimos desmaterializados por dentro de ella. Las cosas en la central seguían igual, pero no nos materializamos, sino que seguimos un túnel, que debimos franquear por otro sitio, ya que la puerta estaba construida con una aleación compuesta con minerales intraspasables.

Seguimos a muy baja velocidad, de apenas treinta kilómetros horarios. Con varias contramarchas logramos llegar hasta el punto que habían alcanzado Rodolfo y Johan, pero siguiendo el túnel. Este se componía de largos tramos de ascensor, a veces inclinado, formando un zig-zag, de uno a dos kilómetros, entre los cuales había un descanso, pero no encontramos nada ni a nadie. Debimos dar algunos rodeos complicados, debido a los minerales de plata y otros que en algún momento nos hicieron temer que deberíamos cambiar el itinerario. Sin embargo, en vez de aparecer en el sitio del acuífero al que llegaron mis compañeros, acertamos al punto crítico de la zona, en una estrecha orilla. Un cuartel donde una tropa de cincuenta hombres trabajaban arduamente, preparando lo que parecía una gran detonación.

Recorrimos velozmente el acuífero al que llamamos "Damocles", cuyo fondo se ubica a veinte Kilómetros del techo de Quichuán. Recogimos todos los datos posibles en un par de horas. 112 kilómetros de largo por 48 de ancho, pero sus aguas, con 19 kilómetros de profundidad, totalizaban 102.144.000.000.000 metros cúbicos. El peso del agua en 19.000 metros sumaba cifras astronómicas, que prefiero ahorrar al Lector.

- ¡Ciento dos billones, con ciento cuarenta y cuatro mil millones de metros cúbicos...! -exclamé al leer el resultado que arrojó la computadora- ¡Esto está mucho peor de lo que imaginábamos!.

- Hay que detenerles ahora mismo... -dijo Johan en voz baja pero con absoluta firmeza- Veamos qué están preparando estos criminales. No cabe duda que intentan producir un desastre para inundar Shan-Gri-Lá IIª, que deben conocer perfectamente, pero hay que ver cómo piensan hacerlo.

- Seguro que abriendo brecha por el mismo camino que hemos seguido, y luego reventando el hueco de la veta de oro que extrajeron. Han de haber calculado hacer una explosión terrible, capaz de romper el acuífero lo suficiente, como para que el peso del agua se encargue del resto. En unas horas toda la región SurOeste de Quichuán quedaría bajo las aguas.

- Por eso no hay que darles ni un minuto más. Tampoco iremos a informar, si estás de acuerdo en que actuemos ahora mismo por propia iniciativa...

- La verdad -respondí- es que no veo qué podríamos ganar con volvernos a informar. Sólo les causaríamos una angustia irremediable y no podemos perder tiempo ni esperar a que estén disponibles los otros vehículos.

- Entonces, manos a la obra, Marcel. Dirijámonos al cuartel, que intentaré analizar todo el material que tienen.

En unos minutos estábamos metiéndonos con el Kugel en estado Gespenst, en las oficinas de los jefes de la espantosa obra. Importantes mapas de la región hallábanse en los muros y muchos otros en un gran archivador. También había ordenadores y un sistema de telefonía. Era preciso incomunicarles inmediatamente, cerrando sus posibilidades de salida. De ese modo, podríamos ganar algo de tiempo. Nos dirigimos al exterior, para ver los preparativos de detonaciones, con cargas colocadas en diferentes puntos del fondo del Damocles. Desde unas balsas bajaban al agua unos objetos esféricos, que debían pesar bastante, puesto que aunque tenían un metro de diámetro los manejaban con ayuda mecánica.

- ¡Son minas radioactivas! -dijo Johan con furia- ¡Pretenden hacer una serie de explosiones nucleares!... Veremos para cuando lo tienen preparado. Pásame el mando del Kugel, que me voy a meter en sus mismísimos papeles.

Giré la palanquita y Johan conducía. Se sumergió, a fin de revisar el fondo. Recorrimos los casi veinte kilómetros en cota (profundidad, en vertical), con gran cuidado, a fin de observar cuántas minas había. Cuando llegamos cerca del fondo, pude distinguir los perfiles de unas ruinas, antiquísimas construcciones, formadas con bloques parecidos a los de La Octógona. Pero no podíamos entretenernos ni un segundo en cuestiones arqueológicas. Sólo era interesante el hecho de que antes de ser un acuífero, un gran lago subterráneo que también podría titularse como mar, fue una vacuoide habitada. Eso indicaba que habría seguramente caminos que los Narigones hallaron y aprovecharon, arreglándolos a sus planes.

El analizador indicó cinco objetos ya posados en el fondo, desparramados en un área de tres kilómetros de diámetro, dos bajando y uno que estaban por lanzar desde la balsa. Según los análisis, cada objeto tenía una carga como para producir una explosión de unos cuatro kilotones. La cuarta parte de una de las tristemente famosas bombas lanzadas en Japón en 1945. Pero serían ocho, más las que tendrían por lanzar, y que inmediatamente fuimos a ver. Emergimos y nos metimos con el Kugel en el hangar del pequeño puerto. Había nueve bombas más y otra que estaban subiendo a una balsa en ese momento. En total, dieciocho bombas atómicas pequeñas, capaces de hacer el desastre nuclear más grande conocido. Sin duda, los efectos de una explosión así no se limitarían a Quichuán. Aparte de la terrible contaminación de las aguas, que afectaría durante muchos siglos a una gran porción de la Tierra, la hecatombe haría grandes destrozos hasta en la superficie externa.

Si los Narigones conseguían hacer semejante desastre, capaz de poner en peligro la existencia misma del planeta, la civilización de superficie se haría pasible de una guerra abierta con los Primordiales y los Freizantenos. Estos últimos quedarían autorizados para destruir en la superficie exterior, todos los sistemas de comunicaciones, producción de energía, navegación y transportes en general, fábricas de toda clase, así como todos los medios de difusión informativa. Es de imaginar que sin satélites de comunicación, la mayoría de los barcos estarían a la deriva, debiendo navegar por medios ya antiguos, como la orientación por el sol y las estrellas, cosa que muchos capitanes ya ni recuerdan. Los hospitales, las casas, todo, quedaría sumido en la tiniebla de la noche. Durante el día no habría ventiladores ni equipos de aire acondicionado. ¡Pobres los países que estuvieran en verano!.

Los sistemas de abastecimiento de combustibles no podrían transportarlo ni suministrarlo, a falta absoluta de electricidad. No habría salvación para quienes dependieran de aparatos eléctricos para vivir, no servirían los quirófanos y la gente moriría a montones en los hospitales. Las cárceles serían verdaderas tumbas para los desgraciados que las habitan, puesto que estarían privados de servicios, y peor para las ciudades si los carceleros les liberaban para salvarles. Se produciría, por falta de comunicaciones y energía, unas hambrunas tremendas en todo el mundo. En todo esto pensaba, casi anonadado, cuando las palabras de mi Amigo me volvieron al presente:

- Sería terrible, -decía Johan- si nos vemos obligados a declarar una guerra abierta. No quedaría ni una mísera antena de radio en pie. Sin comunicaciones, fábricas, energía y transportes, cundiría el pánico, el hambre asolaría la tierra, más de lo que lo hace hoy mismo tan injustamente la política del mercado. Lo que quedase de la humanidad mortal civilizada volvería al estado cavernícola... Pero tendríamos que hacerlo.

- Comprendo que no podría evitarse. Dejar que una civilización destruya el mundo en el intento de apoderarse de todo y de todos, sería imperdonable. -dije a punto de llorar- Pero por favor, Amigo mío, hagamos cuanto sea posible por evitar esto. No sólo por nuestra civilización, sino por todas las que habitan la Tierra.

- ¡Sí que lo haremos!. Vamos a neutralizar ésta y todas las acciones de los Narigones. Ahora concentrémonos en espiarles más al detalle...

Entramos nuevamente en la oficina, donde Johan conducía el Kugel con extrema delicadeza, bajando y subiendo a cálculo milimétrico, a fin de poder leer desde nuestro estado inmaterial, los despachos que había en los cajones, en el escritorio y algunos portafolios. Tras una hora y media de cuidadoso manejo, que permitía ubicar los papeles tan justo ante nuestros ojos, hice un movimiento que me permitió ver la fecha impresa en uno de los despachos.

- ¡Aquí hay algo...! -dije- "Evacuation Protocol and Explosion..."

Seguí leyendo y encontré la fecha y hora programada de la explosión, con todos los detalles del procedimiento. No cabía duda, pues habíamos hallado el protocolo oficial de la operación de destrucción.

- ¡Faltan cinco días!. -dije- Tenemos el tiempo justo para hacer lo necesario, pero esas bombas ya deben estar programadas...

- Seguro. Es demasiada profundidad y distancia para que lo hagan por control remoto. Deberemos sacarlas al exterior de alguna manera. Ahora vamos a dejarles aquí encerrados e incomunicados. Toma el mando del Kugel y vamos hacia arriba. Hay que encontrar el camino por el que llegan hasta aquí. Mientras tú buscas, iré diseñando un aparejo para anexar al Kugel, que nos permita recoger las bombas y llevarlas fuera de aquí. No será nada fácil y el tiempo apremia. Haz de cuenta que vas solo.

Me concentré en hallar el sitio por el que llegaban los Narigones hasta el acuífero Damocles, y encontré muy cerca de allí una compuerta. Se trataba de un ascensor cuadrangular, de cinco metros de lado, que seguramente fue construido aprovechando el hueco, que debió ser obra de la gente que vivió allí hace milenios. Los tramos eran de cincuenta a ochenta metros, y luego una galería en zig-zag, en la que a muchos kilómetros de allí, encontramos algunos carritos transitándola, con soldados que iban hacia la superficie. En total, un centenar de hombres y mujeres armados hasta los dientes.

- Ya han empezado la evacuación, según parece. -dijo Johan- Pero esos no irán muy lejos. Volvamos al tramo del ascensor, para que no puedan volver al cuartel del Damocles.

Regresamos y en un sitio donde podíamos materializarnos, lo hicimos para destruir el sistema de control del ascensor, así como el cableado telefónico. No cortamos la luz para no dar demasiada pista de nuestra actividad o causar alguna alarma más allá de lo conveniente.

- Al menos los que quedan en Damocles, están incomunicados y nadie más saldrá de allí. Sigamos hacia arriba y les cortaremos el paso a estos.

En unos minutos alcanzamos una sala donde podríamos materializarnos y Johan me pidió que lo hiciera, a fin de producir algunos destrozos que impidieran la salida del vehículo.

- Vamos, -dijo- que llegarán en quince minutos. Empezaremos por derrumbar la entrada a esta sala y también la continuación del túnel. Prepara tu arma taipecana.

Johan portaba un arma similar a la mía, pero más pequeña. Sin embargo los rayos eran igualmente potentes. Formamos un semicírculo con agujeros de cierta profundidad en la pared del túnel y luego nos retiramos al interior de la sala, para disparar en la modalidad de golpe. El estruendo fue mucho, pero el efecto poco. El derrumbe llegaba a obstaculizar el paso de los vehículos, pero no a las personas a pie.

- ¡Otra vez, -dije- repitámoslo en la otra pared...!

- De acuerdo, pero profundicemos un poco más los agujeros. Tenemos diez minutos y será suficiente para un trabajo bien hecho.

El segundo intento resultó mucho mejor. Aunque quedaba algún hueco se verían demorados los soldados y no podrían retirar los escombros tan grandes, de modo que no podrían pasar con los carros.

- Ahora vamos a buscar otro sitio. -dijo Johan- Repitamos la operación en la otra entrada. Aún no oigo el ruido de los vehículos, pero no tardarán.

Efectuamos la operación directamente sobre los ángulos de la entrada, con lo que conseguimos un desprendimiento de grandes piedras y bloques de la construcción, taponando el túnel de tal manera que hasta para abrirse paso caminando, daría mucho trabajo. Volvimos al Kugel y desmaterializados partimos siguiendo el túnel. En la siguiente sala, una cavidad de más de un kilómetro de diámetro, hallamos un almacén de provisiones y herramientas, con algunas maquinarias pequeñas para trabajos de tunelación y montacargas móviles, pero habían cinco soldados, de los cuales cuatro eran mujeres.

- Tenemos que hacer algo aquí. -dije- Si les dejamos, estos tienen medios de reparar el camino.

- De acuerdo, pero hay que pensarlo bien. Los otros no llegarán en menos de tres horas, si es que consiguen pasar, pero estos están armados y lo mejor será sacarles del almacén uno a uno.

- ¿Qué te parece si primero les aislamos también?.

- Es una buena idea. Si pasa algo que no deseamos, al menos no podrán salir de aquí.

Seguimos por el camino ascendente veinte kilómetros más, hasta encontrarnos en una sala dividida por un río profundo, donde el paso continuaba sobre un puente, y del otro lado una estación de combustibles y un generador eléctrico que aprovechaba la fuerte corriente de agua que pasaba a unos cincuenta metros más abajo.

- Aquí hay un buen sitio. Pero será mejor que nos coloquemos del otro lado. Inspeccionemos un poco el túnel, no sea que alguien nos pille desde allá.

Anduvimos unos diez kilómetros a gran velocidad, aprovechando la anchura del túnel, en el que no había riesgo de minerales intraspasables. Nadie en ese trayecto, así que volvimos a la sala del puente y usando el Kugelvim materializado, ensayamos unos pequeños choques. Pasé el mando a Johan, y como buen conocedor de su criatura podía saber mejor qué nivel de impacto estaba en los márgenes de seguridad. Para que el Kugel al chocar no se desmaterializara, había que usar el mando de aterrizaje simultáneamente con el impulsor, y en tres embestidas una viga del puente se aflojó. En la cuarta consiguió romper otra y en la quinta se tambaleó la estructura. Volvimos con la nave hacia el túnel y nos apeamos. Una pequeña secuencia de disparos y todo el puente se derrumbó. Luego nos ocupamos de dejar a oscuras el corredor y todo lo que pudiese afectarse, destruyendo la usina hidroeléctrica. Con las armas dirigidas hacia donde Johan me indicaba, en un minuto quedó destruida esa maquinaria y todo se sumió en la más profunda oscuridad.

- Ahora lo tendremos un poco más difícil, -dijo Johan- porque la estación de combustibles hará una buena explosión. Deberíamos habernos aprovisionado de explosivos y algunos temporizadores.

- Pero conozco un sistema que no suele fallar... La mecha.

- Bueno... Mejor será que no falle. Si la explosión nos pilla antes de cerrar el Kugel, nos puede hacer papilla. ¿Tienes con qué hacer una mecha?.

- Si, he traído soga...

Saqué de detrás del asiento la cuerda y corté un pedazo. En el depósito encontré una expendedora de gasoil, con lo que tendría una combustión segura y relativamente lenta. Empapé bien la mecha y luego busqué los depósitos de gasolina, pero no los encontré. Sin embargo había una especie de keroseno de alto octanaje y olor muy feo en un tanque de unos mil litros. Abrí la llave a tope y dejé que el combustible inundara todo el sector. Mientras, nos acercamos al Kugel y un momento antes de cerrar la carlinga encendí la mecha, dejándola donde en poco más llegaría el combustible que se iba derramando. Johan cerró la carcasa e inmediatamente nos desmaterializamos, tomando rumbo lento hacia la sala del almacén, varios kilómetros más abajo. No escuchamos la explosión, pero la llamarada que entró en el túnel medio minuto después nos envolvió por completo. Continuamos hasta llegar al almacén, donde las cinco personas se hallaban ahora sin luz y seguramente sin ninguna forma de contactar con el exterior, aunque sí podrían hacerlo hacia abajo, hasta el sector de ascensores.

Nos metimos en su oficina, donde los cinco hablaban tratando de plantear alternativas de causas y posible acción ante el apagón. Sonó un teléfono y una de las mujeres habló de tal modo que comprendimos que estaban comunicándose los que habíamos dejado atascados a varios kilómetros de allí. Luego salimos y nos materializamos, para hacerles algunas señas de luces desde el extremo de la sala, a unos ochocientos metros. En un minuto vimos tres linternas avanzando hacia nosotros.

Dejamos el Kugel materializado, con las luces apagadas y nos refugiamos tras él, para atacarles con los rayos en modo de golpe.

Cuando estuvieron a unos diez pasos, cayeron con mi disparo, completamente desmayados. Johan abrió el Kugel y les metimos en el "maletero", donde apenas cabían, hechos un nudo, el hombre y las dos mujeres. Recogimos sus armas y linternas para largarnos del sitio inmediatamente. Siguiendo el camino mediante una programación automática, el Kugel volvió a la vacuoide Quichuán en menos de cinco minutos, evitando todos los sitios peligrosos ya registrados en el ordenador. Cuando estábamos saliendo por la roca de la Columna, el hombre empezó a despertar y emitió un quejido. Johan apresuró la marcha y dos minutos después, cuando el hombre estaba despertando, aterrizamos en el parque aéreo.

Llamamos a una tropa de Taipecanes que se hallaban en tareas de evacuación, cargando cosas en una vimana freizantena, y estos se hicieron cargo de los prisioneros. Les condujeron atados de manos, a una vimana, en la que les llevarían a PI Primera.

Inmediatamente, Johan y yo volvimos al mismo sitio, donde por el mismo procedimiento conseguimos capturar a las otras dos soldados. Pero a éstas les atamos y amordazamos, para luego inutilizar toda la maquinaria y usando los elementos existentes en el almacén, volarla en pedazos, así como a un largo tramo del túnel. Johan halló pequeñas y muy potentes cargas explosivas, temporizadores y varias otras cosas útiles, que acomodamos junto a las prisioneras atadas y desmayadas. Todo lo demás, lo dispusimos en la galería, a fin de bloquear definitivamente la evacuación de los Narigones.

Nos quedamos esta vez, para ver la explosión muy de cerca, ya que no importaba que las prisioneras despertasen antes de regresar a Quichuán. Fue un espectáculo impresionante y debo confesar que no pude evitar cierto temor, del que Johan se reía, porque sólo era vulnerable el Kugelvim desmaterializado, ante una explosión nuclear. Pero las dos mujeres estaban aterrorizadas, cuando les dije que nos quedaríamos a ver la explosión y creo que se desmayaron. Minutos después estábamos de vuelta en el parque aéreo entregando a las mujeres para unirse con los otros en la vimana.

Johan llevó el Kugelvim al interior de la vimana-taller y comenzó un trabajo en el que no pude ayudarle, pero Rodolfo aprovechaba para aprender todo sobre el aparato. Yo apenas tuve tiempo para declarar en una reunión de Plana Mayor y autoridades, respecto a lo descubierto y lo que habíamos hecho. También tuve que decir cuál era el riesgo inmediato que intentaríamos neutralizar y no pude "suavizar" las cosas en modo alguno.

El Gobernador lloraba amargamente en la reunión, y nos pidió hacer cuanto pudiéramos, cosa que ya estábamos haciendo. El plazo de evacuación que tenía Quichuán se veía reducido a cinco días, lo que resultaba absolutamente imposible. Sin embargo se modificaba el plan, de modo que sólo se haría transporte de personas, dejando absolutamente todo elemento material. Aún así, con suerte podrían evacuarse en cinco días medio millón de personas, o sea la décima parte de la población. No podíamos especular con llevar a la población a otros puntos de la vacuoide, debido a las crecidas de los ríos del Este, que no habían amainado y por allí también se verificaba un proceso de inundación que no podíamos ni pensar por ahora en atender. Si no evitábamos las detonaciones, tampoco había garantía de que sólo el agua entrara en Quichuán. El desastre inminente era un cataclismo capaz de sepultar definitivamente la vacuoide convirtiéndola en una tumba para millones de personas.

Iskaún -que no dejaba de ir y venir entre la Terrae Interiora y Quichuán-, informó que habían cien vimanas Primordiales dispuestas y treinta que estaban llegando de Venus, así que se triplicaba la capacidad de transporte. Un gran éxodo desde ciertos sectores de la ciudad, se dirigió a hacia el Camino del Dragón, porque no daban abasto el parque aéreo y las plazas para tantos aparatos, cuyos tamaños iban desde los treinta a los ciento cincuenta metros de diámetro. Algunos niños lloraban por tener que abandonar sus casas, pero los jóvenes y adultos no parecían muy afectados. Se tomaban la situación con toda la filosofía posible y haciendo honor a la más alta disciplina ciudadana. En aquellos momentos de desesperación general, cualquiera se abrazaba a otro fraternalmente, se hablaban dándose ánimo, se ayudaban en todo como siempre, pero con más solicitud. Era una verdadera familia de millones de seres unidos por el Amor Universal.

Me alucinaba -y con mucha vergüenza- ver la diferencia con las actitudes del hombre de la superficie, donde en circunstancias similares, por terremotos y otras desgracias, se mezclan con los actos heroicos de algunos, con el pillaje, la violencia, el odio y hasta las venganzas personales aprovechando el desorden y las confusiones.

Los que no tenían niños se negaban a ocupar un lugar antes que fuesen puestos a salvo los más pequeños. Ancianos se encontraban muy pocos, porque al llegar a cierta edad hacen su Ascensión al Reino de los Kristálidos Luminosos o son llevados a los pocos lugares habitables de la corteza Venusina, especialmente acondicionados para ellos, salvo que prefieran quedarse con sus familiares en la Tierra, donde son muy pocos los que mueren sin ascender al Reino de los Kristálidos. Muy rara vez moría un Taipecán, pero ahora el riesgo era de una mortandad espantosa, si no conseguíamos sacar las bombas del fondo del acuífero Damocles.

Tuutí, Cirilo y otros compañeros y compañeras, al finalizar la reunión me abrazaron y me despedí de Viky, que mostraba una entereza impresionante ante los hechos. En cuanto estuviera listo el Kugel, partiríamos. Pero nuestros riesgos no serían mayores que los de quedarse en Quichuán.

- ¡A la carga! - me gritó Johan desde el Kugel que me esperaba a cincuenta metros de la pirámide PI Segunda. Cuando salí, con el ánimo en los pies, la angustia se me convirtió en furia y corrí hasta saltar dentro del Kugelvim, que no parecía haber sido modificado en nada.

- ¿Y tu diseño, Johan?.

- Ya lo verás. Está dentro del sistema magnético.

- Esperaba un acoplado mecánico, unas pinzas para pillar esas bombas... Algo así...

- No es posible en tan poco tiempo hacer piezas, fabricar aparatos para adaptarlos al Kugel y asegurarnos que funcionen bien a veinte kilómetros de profundidad... Pero sí ha sido posible modificar las prestaciones del sistema magnético. Haremos una prueba ahora mismo; vamos hacia la cornisa aquella de la montaña, donde hay grandes rocas...

Una vez que llegamos al sitio indicado por Johan, le pasé el mando y probó los cambios. Al acercarnos casi hasta posarnos materializados sobre una roca, ésta se elevó y se pegó a la carcasa del Kugelvim. Luego nos elevamos y la roca, de cerca de un metro cúbico, que pesaría un cuatro toneladas, se elevó adherida al vehículo. Nos desmaterializamos y la roca también lo hizo, así que seguimos con ella hasta un lugar desierto, cerca de los Jardines de Shao-Kung, luego de pasar con esa carga a través de una de las columnas y probar varias cuestiones relativas a la seguridad de la carga y el comportamiento del vehículo con ella. Soltamos la piedra con un simple botón de "descarga" y nos dirigimos hacia la entrada por la Columna Central, que sería el camino más seguro hacia nuestro objetivo por estar grabado en la computadora del Kugelvim.

- Va de maravillas. -dijo Johan- No necesitaremos hacer otra cosa que sumergirnos materializados, pillar una a una las bombas y llevárnoslas del Damocles hacia el exterior.

- ¿No podemos entrar desmaterializados en el agua?.

- No para hacer este procedimiento, Marcel. Recuerda que tenemos que estar en estado material para incluir la carga -en este caso las bombas- en el campo magnético del Kugel. Una materialización dentro del agua sólo sería posible con la activación del sistema de aterrizaje materializado. Pero el interior se materializaría lleno de agua, con la misma presión que afuera... Eso no ocurre en un medio gaseoso, pero sí un medio líquido con una presión de más de más diez atmósferas.

- ¡Ah!, entiendo... Nos ahogaríamos instantáneamente. O mejor dicho, reventaríamos por la presión. Nos tenemos que meter materializados en el agua y luego de pillar las bombas podemos desmaterializarnos... ¿Antes de salir a la superficie del Damocles o después?.

- Es igual. Una vez recogida la carga, que se pegará al casco del Kugel, ya podemos partir desmaterializados. He programado el sistema para incluir en el campo los gases y líquidos también, a fin de que las bombas no queden expuestas antes de tiempo a un cambio brusco de presión. No sabemos si les han programado con un sistema de presión irreversible, pero de los Narigones cabe esperar lo peor. El peor riesgo lo correremos al soltar la carga...

- No se me ocurre dónde...

- En el espacio exterior. Si logramos el éxito, intentaremos que ellos no se enteren que han fallado, no sea que apresuren lo que estén tramando para los ríos del Este, si es que preparan algún "golpe de gracia".

- Me parece una muy buena precaución.

Llegamos cerca del cuartel de los Narigones, en la orilla de las aguas del Damocles, pero nos alejamos a unos diez kilómetros manteniéndonos sobre las aguas, a fin de materializarnos sin ser vistos ni percibidos por ningún radar. Una vez comprobada la posición y manteniéndonos sin luces, nos materializamos para entrar en el agua. En diez minutos estábamos junto a una de las bombas. Entregué el mando a Johan, quien realizó la operación de ampliación del campo magnético e inclusión de la bomba en él. Cuando comprobó que la bomba había sido adherida al casco del Kugel, nos desmaterializamos y tomamos rumbo hacia el exterior, siguiendo el trecho de camino que ya habíamos recorrido, lo que nos ahorraba tiempo y riesgo de hallar materiales intraspasables.

Antes de llegar a la zona donde habíamos dejado atascados a los soldados, encontramos a unos cuarenta que volvían hacia abajo. Llegarían a los ascensores en unas pocas horas, pero no podrían usarlos ni comunicar nada al cuartel. Las precauciones tomadas en el otro viaje fueron muy adecuadas. Luego alcanzamos al resto del grupo, que serían ochenta o más soldados, la mayoría mujeres, que había superado incluso la sala del almacén, donde no quedaba absolutamente nada útil tras la explosión que produjimos. Les quedarían unas tres horas de marcha, hasta que encontrarían el río, infranqueable por la desaparición del puente y el gran destrozo de la también explosionada estación de combustibles. Con toda esta gente enemiga encerrada en el túnel, también teníamos trabajo, pues luego habría que buscar el modo de transportarlos a PI Primera.

- Aunque no se hallan en peligro, -dijo Johan- no tendrán ni agua ni comida durante algunos días. Así que habrá que traerles algunas vituallas.

- Seguramente, -agregué- cuando vuelvan a reunirse los frustrados grupos, intentarán franquear el río, lo cual sería muy difícil pero no imposible. A menos que les cerremos definitivamente esa posibilidad...

- Si sobrevivimos al desprendimiento de la bomba, entonces seguro que nos ocuparemos de eso...

La marcha hacia el exterior, siguiendo siempre el túnel, resultó muy reveladora, aunque las revelaciones no fueron precisamente de las agradables. En dos horas conseguimos llegar a la salida del túnel. O mejor dicho, a su entrada desde en el Mar Pogatuí. Allí encontramos unas disposiciones mucho más grandes que las del Damocles. Recorrimos rápidamente algunos sectores del iluminado mar, para comprobar que estaba siendo una verdadera vacuoide habitada, pero a modo de gran cuartel, por el ejército de los Narigones. En vez que jardines, las plazas se habían preparado con toda clase de armas y pertrechos bélicos. En lugar de gente disfrutando de la vida, miles de hombres y mujeres se aprontaban para la muerte propia o ajena.

- Ya volveremos a investigar todo esto... -dijo Johan-

- Si, pero será mejor que apresuremos la operación de las bombas.

No dijimos más nada, mientras buscábamos un sitio por dónde subir. Lo mejor era seguir el camino de los Narigones, que seguramente saldría en la pirámide cercana a la aldea china de Qinchuan. Me preguntaba en mis pensamientos si aquella aldea se llamaba así por ser prácticamente la entrada a la vacuoide Quichuán, o acaso una mera coincidencia. Antes de terminar de analizar esta cuestión, ya estábamos saliendo por la masa pétrea de la pirámide que habíamos conocido con la vimana de Gerdana.

Seguimos camino hacia el espacio exterior a la velocidad relativamente baja de doscientos kilómetros horarios. Nada extraño indicaban los marcadores de la nave y en media hora estábamos a cien kilómetros de altitud, en el estrato de estratosfera por donde suelen pasar los satélites. Seguimos media hora más, a fin de dejar la bomba en órbita, pero sin que produzca daños al estallar. Era el momento crítico de soltar la primera. Johan y yo sudábamos, a pesar de tener el interior del Kugel acondicionado a una baja temperatura.

- Si no conseguimos el éxito, -dijo Johan- al menos nuestras vidas han tenido sentido hasta aquí.

- Vale, Johan, pero no alarguemos la agonía. Si hemos de morir, que sea ya. La incertidumbre me pesa más que el miedo.

- Creo que tengo una idea... Pero no me puedo concentrar como para hacerla inteligible... Se me escapa...

- Si es importante, espero tranquilamente mientras tú piensas.

- Seguro que es importante... Es la posibilidad de soltar la bomba sin materializarnos...

- ¡Importantísimo! -dije- ¿Qué pasaría si nos pilla una explosión nuclear desmaterializados?.

- No lo sabemos, pero teóricamente no habría mucha diferencia entre estar materializados o no. Los rayos gamma que desprende una explosión nuclear nos quemarían igual que si estuviésemos materializados. No conocemos si el purcuarum es capaz de resistir una emisión tan potente, a modo de filtro, pero al estar en Gespenst somos materialmente una masa magnética, muy afectable por radiaciones de alto nivel. No hemos ensayado lo suficiente con esas cosas tan terribles porque nunca haríamos armas de esa clase, tan destructivas del mundo y la vida a corto y largo plazo.

- Si consigues soltarla estando desmaterializados aún, ¿Cuánto duraría desmaterializada la bomba?.

- Unos cuatro o cinco segundos, hasta que se complete la precipitación del campo, por causa de la difusión del agua y los gases que llevamos junto a ella. Si te refieres a un tiempo de huida, quizá sea suficiente. Estaríamos a once kilómetros en el momento de la explosión. No nos alcanzaría la onda expansiva. El problema es que la retracción del campo es algo que no se cómo lograr sin materializarnos...

- Pero en ese caso, la bomba no perdería presión hasta que la soltemos...

- No, pero en el mismo momento de soltarla, se producirá la descompensación. El agua, una vez materializados estará encerrada a tal presión, que causará una especie de explosión sólo el hecho de retraer el campo, desparramándose por el espacio. La bomba, ya hemos visto que tiene un sistema de detonación por descompresión...

- ¿Y si eso se hace mientras vamos al máximo de velocidad?.

- La inercia de la explosión nos alcanzaría igual y el riesgo de explosión es mayor aún, por la fricción. Aunque apenas hay materia en esta altura, los electrones del campo magnético terrestre son una resistencia importante, cuando se va a diez mil kilómetros por hora.

- ¿Cuánta materia podrías incluir en el campo del Kugel?.

- Un máximo que no está mucho más allá de lo que hemos pillado ahora mismo. ¿Por qué?.

- No... Nada... -dije- Pensaba en una posibilidad que queda descartada.

- Dila, igual puede ser una pista de la solución.
- Bueno, eso no pero otra sería... ¡Báh!, una ocurrencia que quizá... Podríamos materializarnos cerca del suelo, o en el fondo del mar, donde la presión no sería demasiado diferente a Damocles... Pero no, es más riesgo de desastre aún.

- Pero por ahí va una idea... Si, creo que la tengo... -decía Johan con entusiasmo- Podemos bajar al fondo marino del Challenger, que tiene unos once mil metros. Pero como el fondo del Damocles está a 132 kilómetros bajo el nivel del mar de superficie, la gravedad allí es menor y eso compensa a la diferencia de profundidad de agua. ¡Lo tengo claro!... Vamos andando...

Mientras imprimía a la nave aún sin materializar una gran velocidad, me explicaba su plan. Nos materializaríamos sobre la superficie del mar, sin soltar para nada la bomba. El agua que la rodeaba seguiría a la misma presión. Luego descenderíamos, a diez u once kilómetros, en el fondo marino más profundo conocido; el llamado Challenger. Allí no sería problema dejar la bomba para ir a por otra mientras pensábamos en el modo de soltarlas en el espacio sin diferencia de presión. Aunque las tuviésemos que dejar todas en el fondo del Challenger, lo prioritario era dejar a salvo a Quichuán.

Si las bombas explotaban en el Challenger, las víctimas serían muy pocas y quizá ninguna, aunque parte del Océano Pacífico sería muy contaminado y habría un desastre ecológico. Pero debíamos obrar con toda la rapidez posible. Una hora después estábamos sobre el famoso Challenger, en el Pozo de las Marianas, en el Mar de Filipinas. Nos materializamos antes de entrar al agua, a fin de no causar aumentos de presión imprevisibles, en caso de hacerlo sumergidos. Luego demoramos veinte minutos en llegar al fondo marino mencionado y comprobamos que la presión era muy poco inferior que la hallada en el fondo del Damocles.

A pesar de tener claro que no debíamos preocuparnos y existía suficiente seguridad como para dejar las bombas, no podíamos dejar de temer lo peor. Pero finalmente todo fue "a pedir de boca". La monstruosa arma quedó intacta sobre la arena, donde nadie iría a tocarla hasta que una vimana pudiera hacerse cargo de ella y sus compañeras, que extrajimos del Damocles por el mismo procedimiento. Demorábamos media hora en ir desde la región del Challenger hasta Qinchuan y otra media hora en llegar hasta las bombas. La subida, ya registrada en el aparato, se hacía casi en el mismo tiempo, así que con todas las maniobras y precauciones, tardábamos cuatro horas en finiquitar el traslado de cada una de las bombas.

- En algo más de dos días, -dije- si no nos paramos a descansar, habremos terminado de sacarlas todas... Pero sólo llevamos tres y estoy agotado.

- También yo, Marcel. No podemos seguir sin descansar. Es una tarea de riesgo que...

- ¡Tengo una idea!. ¿Qué inconveniente habría en turnarnos con Rodolfo y Norbert?.

- Ninguno. Deberíamos volver ya mismo a Quichuán, hacer una operación con uno de ellos para que conozcan el itinerario sin error posible...

- De acuerdo. -dije- Me ofrezco para acompañar a Norbert, que está mejor entrenado y ha de enseñarle luego a Rodolfo.

- Me parece bien, Marcel, pero nosotros no podemos hacer otra cosa que descansar inmediatamente que volvamos. Mientras enseñas el procedimiento a Norbert, me relajaré un poco para pensar mejor. Hay que idear un modo de sacar las bombas del Challenger y hacerlas estallar en el espacio sideral.

Volvimos Quichuán, dejé a Johan y recogí a Norbert. Mientras sacamos la cuarta bomba no sólo aprendió el procedimiento sino que lo mejoró en varios detalles, con lo que el tiempo de maniobra se redujo en un cuarto. Tres horas en vez de cuatro para cada artefacto.

Me llevó a Quichuán y recogió a Rodolfo, mientras yo me fui a dormir, a pesar de la intranquilidad. Cuando desperté, siete horas después, apenas tuve tiempo a desayunar un poco, porque habían en el parque cinco Kugelvims flamantes. Habían sido pintados de diferentes colores, pero no había entre ellos más diferencia que el código que cada piloto usaría, puesto que el color de la carcasa se cambiaba miméticamente a voluntad.

Como no había tiempo que perder, Gerdana seguiría con los entrenamientos mientras Johan y yo nos dedicaríamos al trabajo con las bombas en dos aparatos, pero antes fueron modificados todos, tal como el que estaba ahora operando. En un par de horas se prepararon todos para ampliación del campo e inclusión magnética, tal como había hecho con el primero, que aún no regresaba. Johan se llevó a Cirilo y yo me llevé a Tuutí, de modo que ya serían tres aparatos los que iban a trabajar sacando las bombas. Cuando estábamos en el aire, siguiendo a Johan, fue posible la comunicación radial con Norbert, para advertirle de nuestra presencia y evitar colisiones, ya que usábamos el mismo protocolo de operaciones y por lo tanto, el mismo camino a lo largo del túnel desde la pirámide desde Qinchuan hasta el fondo del Damocles, así como desde Qinchuan hasta el fondo del Pozo de las Marianas.

También se indicó a Norbert que regresara a Quinchuan a descansar y Rodolfo haría una operación más para entrenar a Ajllu, que luego iría con Intianahuy relevando a Rodolfo.

Esta pareja sólo alcanzó a hacer un único viaje riesgoso, porque habiendo reducido el itinerario a tres horas y con tres naves operando, acabamos con ese riesgo inmediato y ahora era cuestión de disponer de las bombas para evitar que exploten en el Challenger, en la parte más honda del Pozo de las Marianas. Disponíamos de cuarenta y seis horas todavía, pero había que pensar muy bien el método. Johan, Urban, Norbert, Gerdana, Rodolfo y yo nos abocamos a esa cuestión.

- ¿Es posible -pregunté- incluir un Kugelvim en el campo de una vimana, del mismo modo que un objeto cualquiera bajo el campo del Kugelvim?.

- Si... -respondió Johan- Pero siempre que ambos estén materializados. No es posible realizar una inclusión magnética en estado Gespenst. Habría que superar algunas cuestiones tecnológicas para ello, pero no nos hemos preocupado en eso.

- Pues no estaría mal hacerlo. -dije- El mal nunca duerme, así que los vigilantes deberían mejorar todo lo posible, porque nunca sabemos hasta dónde llegan los adelantos de los Narigones, a pesar de que vayan atrasaditos, o de que no puedan desarrollar ciertas cosas.

- Cierto, -dijo Norbert- y lo del Kugelvim lo demuestra. Debimos haber pensado en estos vehículos hace mucho tiempo. Si no hubieses hecho tú la propuesta justo a tiempo, no habríamos podido evitar esta catástrofe que teníamos encima para Quichuán.

- Aún tenemos un alto riesgo -dije- porque no sabemos qué hay en el Mar Pogatuí...

- Pero ahora nos urge sacar las bombas del Océano Pacífico... -intervino Rodolfo- Volvamos a ello. ¿Cuál era tu idea, Marcel, de incluir una nave en otra?.

- Pues eso... El problema es que no podemos sacar esas bombas porque seguramente explotarían por diferencia de presión. Aunque no se cuán probable sea eso...

- Segurísimo. -dijo Norbert- Aproveché uno de los viajes para escanear el artefacto mediante los reflejos de diferencia de oscilación subcuántica en el campo magnético del Kugelvim, y he hecho un plano exacto de la bomba. Tiene una espoleta de presión invertida. En vez de explotar como las bombas que se arrojan desde los aviones, cuando la presión atmosférica es determinante, aquí el sistema se activa si la presión disminuye a un punto crítico, equivalente a la presión que hay a siete mil metros bajo el mar. Esos Narigones no dan puntada sin hilo...

- O sea -dije- que las lanzaron y estos "seguros" se colocaron automáticamente al llegar a esa profundidad en el Damocles...

-Así es. -respondió Norbert.

- Pero el caso -continué- es que no podemos sacar las bombas sin mantenerlas a la misma presión, y no podemos soltarlas en el espacio sideral sin mantenerlas bajo presión hasta estar lejos y huyendo. Por eso he pensado que pueden las bombas ser incluidas en el campo de un Kugelvim, tal como hemos hecho para sacarlas de Damocles; pero luego, teniéndolas todas unidas, incluir al conjunto Kugelvims-bombas, en el campo de una vimana. Luego llevar todo al espacio y dejarlo lejos hasta que estalle. Eso implicaría perder un Kugelvim...

- Es una buena idea... -dijo Johan- Y francamente no se me ocurre otra mejor, pero habría que perder tres Kugelvims, porque cada uno podría reunir e incluir un máximo de seis de esos artefactos. Tendríamos que adaptar una vimana, cosa de una hora de trabajo. Otro inconveniente es sacar a los tripulantes del Kugelvim, ya que no los hemos preparado para funcionar por control remoto... Precisaríamos también...

- Eso está hecho. -dijo Norbert- Puedo hacer una puerta entre los campos magnéticos de los Kugelvims y el de la vimana, sin perjuicio del globo magnético donde estén las bombas. Algo así como el ascensor magnético en que estábamos trabajando cuando debimos suspender por estas cuestiones...

- ¡Ah!, ¡Qué buena idea! -dijo Johan- Eres el mejor magnetólogo que he conocido.

- Bueno... -dijo humildemente Norbert- A decir verdad también soy el único existente entre los Freizantenos. Pero este Marcel no se queda corto... Habría que invitarlo a Freizantenia...

- Si sobrevivimos a este asunto, pediré a vuestro Genbrial un permiso de visita. Pero volviendo a las cuestiones técnicas... ¿No podría una vimana entrar en el mar y retirar directamente las bombas?.

- Podría -respondió Johan- pero adecuar una llevaría varios días y además de lo que se trata es de poder abandonar las bombas y el vehículo. Es preferible perder tres Kugelvims y no una vimana.

Una hora después estábamos listos para partir. Usaríamos una de las vimanas más grandes. Norbert y Urban conducirían la vimana y manipularían las cuestiones magnéticas. Johan, Rodolfo y yo nos encargaríamos de recoger con los Kugelvims las bombas, reunirlas, incluirlas magnéticamente y subir a la bodega de la vimana sin desactivar la inclusión; o sea, sin soltar la adherencia magnética de las bombas, que permanecerían bajo la misma presión que a los once mil metros bajo el mar.

Ya en el pozo más profundo del Pacífico, nos organizamos para hacer nuestro trabajo bajo las directivas de Johan. Rodolfo se ocuparía en reunir las bombas del sector NorEste, yo del centro y Johan del SurOeste. Una vez reunidas, nos pondríamos bajo la vimana, que permanecía estacionada a trescientos metros sobre el nivel de Challenger. Fui el primero en reunir las seis bombas, para luego activar el campo expandiéndolo hasta incluir la diabólica carga. Cuando el indicador del tablero me mostraba en un dibujo el área incluida y varios datos que confirmaban la inclusión perfecta de las seis bombas, subí hacia el exterior, hasta la vimana que esperaba a cinco mil metros de altura sobre el nivel del mar.

Un avión pequeño pasó a escasa distancia de la vimana momentos antes de que yo entrara y realizó una maniobra un tanto extraña. Evidentemente, informaría a sus manos del extraño avistamiento "UFO", pero como parecía un caza bombardero, había un verdadero peligro de ser atacados, ya que se supone que estábamos violando algún espacio aéreo. El avión tomó rumbo sur y desapareció.

Un momento después, con gran cuidado, penetré en su interior por la compuerta que acababa de abrirse. Urban me hizo señas desde un punto interior de la enorme vimana, para que me colocara en el sector asignado, a fin de permitir el acceso de mis compañeros, que venían tras de mi. Los tres Kugelvims fueron puestos en una disposición circular calculada milimétricamente, alrededor del hueco de la compuerta, que se cerró en cuanto estuvimos adentro los tres. La vimana comenzó a elevarse lentamente, hacia el espacio exterior, según pude ver por un sector transparente del piso.

Norbert dejó la cabina para venir a asegurarse personalmente de todos los detalles, antes de proceder a generar una puerta magnética. La cuestión era poder abrir las carlingas y salir de los Kugelvims sin suspender sus campos magnéticos. Bajo cada uno de nuestros pequeños aparatos, se hallaban seis bombas sumergidas en un curioso globo de agua sin paredes visibles, puramente magnéticas. Si algo fallaba, si la presión disminuía o el campo simplemente dejaba de funcionar, la explosión hubiera sido terrible. Aunque el purcuarum no habría cedido, hubiese quedado en el fondo del océano un cascarón de purcuarum completamente muerto, con una nube radioactiva presa en su interior. Nuestros cuerpos mágicos y hasta nuestras Almas se habrían volatilizado en semejante circunstancia.

Cuando Norbert comprobó todo, Urban y él colocaron delante de cada Kugelvim unas columnas finas y de tres metros de alto, con algunas puntas salientes, que me recordaban a esos percheros finos de los hoteles. En los extremos de esas puntas empezaban a encenderse lucecitas rojas, verdes, amarillas, azules y blancas. Cuando todas estuvieron en azul, a medida que Norbert dirigía las varas a diferentes puntos de los conjuntos Kugelvim-bombas, nos hizo señas de abrir las carlingas, todos a un mismo tiempo. Evitábamos el uso de la radio, para minimizar el riesgo de interferencias en los campos magnéticos. A una señal, abrimos las carcasas y salimos, debiendo saltar un par de metros hasta el piso sin tocar los bordes de agua que teníamos bajo el Kugelvim. Luego teníamos que seguir sin salirnos de un camino invisible, hasta llegar a los "percheros" con las luces.

- Eso, muy bien... -decía Norbert- Lo han hecho perfectamente, pero ahora mucho cuidado. Si se salen de la puerta, o sea del camino; si tocan el campo magnético, aparte del riesgo de inestabilidad magnética recibirían una descarga de doscientos voltios. No es mucho, pero el amperaje es tan alto que serían sacudidos como por un rayo. Caminen con cuidado y sin balancear los brazos... Así, muy bien... Un poco más, hasta estar al lado de las columnas magnetodirectrices... Eso es... ¡Perfecto!.

Cuando salimos de la zona, mientras Norbert y Urban cerraban las puertas magnéticas de los Kugelvims, miramos los aparatos y nos horrorizamos de pensar en la carga que mantenían bajo su vientre. Miré el reloj y sólo faltaban catorce horas para la detonación, según sabíamos. Pero no me sentía seguro de ello y lo comuniqué a mis compañeros.

- ¿Y quién se puede sentir seguro con esto aquí? -dijo Johan- Pues si no hay inconvenientes ni nada que agregar, ya mismo voy a la cabina, que la nave nos va llevando hacia el espacio.

- Toda tuya. -dijo Norbert- Mientras termino de asegurar estos aparatos y preparo su expulsión al espacio así como la autodestrucción de los Kugelvims, tú encárgate de llevarnos a unos miles de kilómetros de altitud.

En vez de ir a la cabina con Rodolfo y Johan, me quedé a ayudar a Urban y Norbert, para entender cómo sería la expulsión de los aparatos y su carga.

- La autodestrucción de los Kugelvims -pregunté- supongo que no será total...

- No. -dijo Urban- Pero es importante que sólo queden las carcasas de purcuarum, que incluso podemos rescatarlas después, por eso se dejarán abiertas. De lo demás, no quedará nada. Y unas "cáscaras de huevo" vacías, aunque indestructibles, no servirían a los Narigones. Ni siquiera es un material analizable por ningún medio conocido. Si no se tiene la fórmula, no se puede hacer.

- Parece que los "Octógonos" -dijo Norbert- fueron los que lograron estas cosas tan extraordinarias con los metales. ¿Te has enterado?.

- Si, -respondió Urban- lo que han encontrado allá abajo los chicos del GEOS... Creíamos que fue producto de los Jupiterianos, quienes lo enseñaron a los Taipecanes, pero al parecer ellos lo aprendieron de estos pequeños hombrecillos amantes de los octágonos. Me gustaría saber qué ha sido de todo eso. Si conseguimos poner toda la región de Quichuán a salvo, agradeceré que me inviten a esos trabajos de arqueología.

- Por mi parte -dije- estaría encantado. Y será necesario unir las neuronas de Taipecanes, Freizantenos y hasta de Primordiales para deducir todo lo que encierra la historia de esta civilización tan rara, que desapareció sin dejar rastros de destino y sin motivo aparente.

- Bueno... -dijo Urban- Los aztecas y mayas, así como algunos Incas, también desaparecieron sin dejar rastros. Siempre hay una razón para todo... Ahora son los Aztlaclanes, que supongo que conocéis.

- Aún no les he visto en esta etapa, -dije- pero les conocí en cuerpo mágico hace unos cuantos años. De todos modos, ellos sí que tenían razones evidentes para sumirse en el misterio de las profundidades de la tierra. Los estaban por aniquilar los invasores...

Nuestra conversación se vio interrumpida porque la nave se hizo transparente. Johan nos avisaba con ello, que nos hallábamos en el lugar adecuado para soltar nuestra terrible carga y esperar a que detonara, a ocho mil kilómetros de altitud, completamente fuera de la atmósfera terrestre y también lejos del estrato por el que pasan los satélites, pues estos a van a cien kilómetros de altitud promedio. No dejaba de resultarme impresionante verme como suspendido en el espacio, sin piso ni paredes. Sólo las barandillas de las escaleras, algunos tableros y aparatos, los Kugelvims y su carga, mis compañeros y las luces de la enorme vimana. Lo demás, puras estrellas de un cielo nocturno como no es posible verlo desde la superficie terrestre.

Unos momentos más y Johan hizo la carcasa traslúcida, para poder movernos mejor. Subimos a la cabina, ocupamos los asientos y nos ajustamos los cinturones de seguridad. Todo iba siendo monitorizado mediante una cámara colocada bajo nuestra posición, en la bodega inferior de la vimana.

- Preparados. -dijo Johan Kornare- Cerrando compartimientos y aislando la bodega.

- Revisado. -respondía Urban.

- Control general de marcha, suspendido y en regla.

- Revisado y correcto.

- Centrado de impulso a noventa y dos grados, sin aumento de carcasa magnética.

- Registrado y previsto.

- Abriendo compuerta inferior de bodega...

- A medio... Abierta al completo...

- Desplazamiento de inercia mínima sin enlace de campo interior.

- Activado y correcto.

- Allá vamos... -finalizó Johan el protocolo de la operación "descarga".

De ese modo dejábamos allí mismo los Kugelvims, que permanecieron relativamente estacionarios en el sitio (en realidad, en órbita terrestre a una velocidad de quinientos kilómetros horarios), mientras la vimana bajaba levemente, se desplazaba un poco para luego subir de modo que los tres aparatos con los explosivos nucleares parecían salir de la nave.

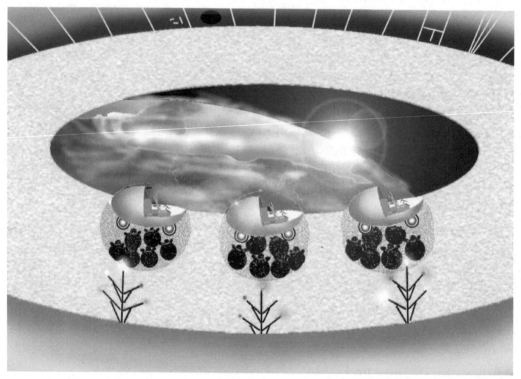

La vimana se salió hacia arriba cuidadosamente dejándolos en su sitio y nos alejamos a toda velocidad. No podíamos quedarnos a ver la explosión, porque faltaban aún trece horas y media, y había mucho que hacer en el Mar Pogatuí. Antes de pasar al estado Gespenst para meternos en la tierra e ir a Quichuán, Norbert informó a sus mandos lo ocurrido y realizado, así como el hecho de haber tenido que sacrificar tres de los flamantes Kugelvims. Esto nos lo decía a Rodolfo y a mí, puesto que las comunicaciones se hacían en su idioma, del que no entendía yo más que algunas palabras sueltas.

- Además, -decía Norbert- tenemos la noticia de que no han dejado de fabricar Kugelvims, que serán útiles para muchas cosas y posiblemente se creará una brigada especial con esos aparatos, cuya importancia se ha manifestado en este caso tan especial y sus utilidades han quedado harto demostradas. Propondré que se llame "Brigada Marcel", porque la idea primaria fue tuya...

- ¡Ni se te ocurra! -dije- Encima que ha sido algo tan precariamente pensado, el verdadero creador es Johan, así que debe llamarse "Brigada Kornare".

- Ja, ja, jaaa, eso sí que es una tontería. -decía Johan- Me parece ridículo que una Brigada de Combate lleve el nombre mío.

- Pues a mí me parece justo. -dijo Rodolfo- Pero si no les gusta que lleven sus nombres, pónganle nombre de calle.

- ¿Cómo? -dije siguiendo la broma- ¿No es que las calles llevan nombre de personas o de cosas?.

- También hay calles con nombre propio. -respondió seriamente mi compañero- En Perú, en la población de Ollantaytambo hay una "Avenida de los Pozos", porque los intendentes municipales no arreglan los baches, más o menos desde la época colonial. Entonces hay familias que se han puesto el apellido "De los Pozos" porque vivieron tres o cuatro generaciones en esa calle. O sea que no tiene la calle nombre de personas, sino que hay personas con nombre de calle.

- Conozco esa historia. -dijo Johan- Me la contó mi hijo, que fue una vez allí.

- Y allí vive ahora -dije a Johan- Podríamos dar una pasadita... Aunque sea furtiva.

- No, no es posible ahora. -dijo tristemente- Pero ya lo visitaremos. O al menos tú, cuando acabe toda esta emergencia.

Llegamos a la vacuoide Quichuán y tranquilizamos a todo el mundo, avisando que había terminado con éxito el operativo de desmantelar el plan de explosión nuclear, pero salimos de inspección inmediatamente, en los tres Kugelvims disponibles. Había que ver urgentemente qué ocurría en el Mar Pogatuí, porque seguramente habían preparado un remate posterior o simultáneo a las explosiones nucleares en cadena.

Mi compañera de viaje fue Viky, que salió con unos pedazos de tarta en la mano, porque no había tiempo para detenerse a comer. Johan llevaba a Tuutí y Rodolfo llevaba a Cirilo. Había que apresurarse a descubrir los riesgos inmediatos. Faltaban ya sólo diez horas para la explosión y los soldados atrapados en el Damocles y los túneles ascendentes estarían desesperados, sin conocer que sus bombas habían sido extraídas y llevadas al espacio sideral. No les vendría mal beber un poco del terror con que habían desesperado a Quichuán.

Al llegar al Mar Pogatuí recorrimos una amplia zona observando los movimientos. Unos mil quinientos soldados comenzaban a retirarse por los amplios túneles acondicionados, que nunca hubiésemos podido explorar con las vimanas. Pero nuestras pequeñas naves entraban perfectamente en todo sitio. Unos cien oficiales se preparaban para evacuar el Mar Pogatuí siendo los últimos, pero no conseguíamos saber qué habían preparado para ese sitio. Seguramente lo que ocurriera, estaría sincronizado con la explosión del Damocles.

En estado Gespenst igual nos veíamos entre nosotros perfectamente, con la diferencia que se nos hacían transparentes desde afuera las carcasas. Así que hice señas a mis compañeros para reunirnos lejos de allí, y me fui al medio del Mar Pogatuí, tras las montañas de una isla central, donde nadie podría vernos. La luz de la vacuoide era un poco menos intensa que la de Quichuán, pero sobraba para generar una abundante vegetación, así que busqué un sitio libre de árboles y materialicé la nave. Lo mismo hicieron mis compañeros, para tener una conferencia en la que definimos el plan de acción. Viky y yo iríamos a buscar el modo de impedir la salida de los soldados, destruyendo los accesos desde la pirámide de Qinchuan hacia abajo. Mientras, Johan y Tuutí intentarían averiguar lo que se hablaba entre los oficiales. Al mismo tiempo, Rodolfo y Cirilo averiguarían qué dispositivos materiales se habrían colocado en diversos sitios del Mar y sus orillas. Cualquier cosa que se hiciera, no estaría lejos de las instalaciones que estaban abandonando a toda prisa.

Partimos cada uno a su destino y me interné con el Kugelvim siguiendo a un convoy de carros que llevaba solamente personal. Unos trescientos soldados iban allí. Luego pasamos a otro similar, con unos trescientos cincuenta, y finalmente al grueso de la tropa, con más de seiscientos soldados. Esto ocurría a unos treinta kilómetros de profundidad en cota, a partir del nivel del mar de la superficie. Pero el camino tendría al menos unos ciento setenta kilómetros, en sus prolongados zig-zags y algunas salas octogonales que atravesaba. Los carros no marchaban a más de cincuenta kilómetros por hora en los tramos rectos de la galería y faltarían unas nueve horas para la explosión. Ya no ocurriría la del Damocles, pero podía ocurrir una en el Mar Pogatuí. Nosotros no sabíamos qué habían preparado ellos, pero ellos no sabían que no habría explosión en el Damocles. Aceleré la marcha y una vez que salimos por la pirámide, volví a entrar inmediatamente. Aproveché un descuido en la sala donde se guardaban armas y explosivos, y materialicé el Kugelvim. Abrí con un disparo cuidadoso, una caja que contenía trotil en barras. Este explosivo hubiera detonado si no hubiese tenido cuidado de abrir con el rayo solamente la soga que envolvía la tapa a modo de precinto. Habían allí temporizadores y cartuchos de otros explosivos, así como unos tubos de transporte seguro, cuya doble pared contenía hielo seco. Armé una pequeña bomba mientras indiqué a Viky que guardara en nuestro vehículo varios de esos tubos, que podían sernos útiles más adelante. El Kugelvim que abandonamos en el espacio tenía un arsenal similar, pero eso desaparecería con una explosión imposible de imaginar. Di medio minuto al reloj de la bomba que fabriqué y huimos del lugar.

Diez kilómetros más abajo pasábamos por un destacamento donde una docena de soldados montaba guardia en los sistemas de comunicación y una estación de logística. Justo cuando les observábamos desde nuestro estado Gespenst, se oyó la explosión. El arsenal cercano a la salida explotó con más fuerza de lo que yo suponía. Sólo esperaba no haber dañado la hermosa pirámide en que se iniciaba el túnel, ubicada a tres kilómetros más arriba.

Continué un kilómetro más hacia abajo y encontré una central de telefonía. Se me ocurrió que podía promover desde allí una cuestión interesante, aunque lamentaba no poder conferenciar con mis compañeros para hacerlo mejor. Por lo pronto, lo que urgía era dejarlos sin comunicaciones, así que salí del vehículo y corté con el rayo una sección del muro, hasta dar con el cableado telefónico. Aproveché para cortar todo el cablerío existente y quedó a oscuras el túnel. Viky encendió las luces del Kugelvim y subí al aparato antes que apareciera alguien.

- Se me ocurre engañarlos y hacerlos volver por las buenas. Pero necesito a Rodolfo o a Ajllu, que hablan inglés mejor que yo. Además de no contar ahora con ellos, habría que saber algunos códigos de seguridad que no conocemos...

- No te gastes. -me dijo Viky con el mejor criterio- Si les impedimos salir, ya nos dirán ellos lo que les preguntemos.

- Eso haremos. A romperles las salidas... Bajamos unos cinco kilómetros, hasta una de las salas octogonales, y pude observar al salir del Kugelvim, que mi peso corporal era enorme. No sólo por el contraste con la vacuoide Quichuán y su zona de influencia, o la casi ingravidez de las naves freizantenas, sino que era notable la dificultad para caminar. Los vehículos de los Narigones también experimentarían lo mismo. Se me ocurrió hacer unos surcos en el piso, a fin de provocar un obstáculo para los carros enemigos. ¡Qué sorpresa me llevé!. El rayo no perforaba el suelo pero tampoco era reflejado en lo más mínimo. Como si el material del piso fuese una esponja energética.

- No tengo tiempo para averiguar qué pasa aquí, pero ya lo veremos en La Octógona o en esta misma. Ahora, a los muros...

Disparamos Viky y yo en un ángulo de la entrada a la sala, por donde vendrían los carros. El destrozo que hicimos, desprendiendo grandes cantidades de material y bloques de diverso tamaño, amontonándolo luego comprimido con el rayo en posición de golpe, aseguraba la imposibilidad de pasar, ni siquiera a pie. De todos modos me pareció prudente pasar al otro lado con el Kugelvim y materializarnos nuevamente. Desprendimos algunas chapas con el rayo a media potencia y Viky me ayudó a colocarlos como para soldar las planchas lo más firmemente posible. Los carros no llegarían hasta allí en menos de dos horas, pero trabajamos a toda prisa y logramos hacer que pareciera un "fin del camino" muy bien meditado, como un tope que haría pensar a los soldados que habían equivocado el camino, llegando a un punto ciego.

Los soldados en plena evacuación no traerían más que algunas granadas y fusiles y quizá alguna pistola de rayos, armamento éste que no estaría permitido en el ejército regular. Pero en todo caso no tendrían elementos para abrirse paso, porque aparte de la gruesa soldadura a modo de costura, estaban los escombros compactados del otro lado. Para más dificultad, el hecho de haber unos quinientos metros de línea recta, impedía guarecerse al que quisiera emplear granadas contra la muralla.

- De aquí, seguro que no pasan. -dijo Viky- Pero igual hay que hacerlos volver antes.

- Si, estoy de acuerdo en eso, pero no se me ocurre cómo.

- Ya hemos asegurado que no puedan salir. -dijo ella- Probemos ahora, a encontrar algo que les obligue a volverse.

- Bien. Veremos qué hay a los costados del túnel.

Con cuidado de no chocar contra minerales intraspasables, que abundaban allí más que en el promedio de la región, conseguimos llegar a un arroyo que pasaba justo encima del túnel. No era muy caudaloso, pero por la forma de la galería debió ser alguna vez un riachuelo considerable.

- Creo que tengo la solución. -dije a Viky- Veamos dónde nace el arroyo...

Dos minutos después encontré el acuífero. No muy grande, puesto que sólo era una especie de sifón o represa del que salía la misma cantidad de agua que entraba, pero con sus trescientos metros de largo, ciento treinta y cinco de ancho y noventa de hondo, sería suficiente como para causar una inundación en el túnel, si lograba desviar luego el arroyo.

- Serán -dije- unos 3.645.000 metros cúbicos, lo que implica casi un cambio de lugar de la represa. Si se me va la mano en el agujero del túnel, los soldados lo tendrán muy difícil...

- Entonces, con cuidado. -dijo Viky- Debemos evitar causar bajas.

- Si, así es. Vamos a materializarnos aquí, justo en la salida del arroyo. Igual esto se rompería en cualquier momento por la presión constante. Sólo habremos acelerado levemente el tiempo de este accidente geológico... Y sin radiaciones para el agua.

Preparé una carga y di cinco minutos al reloj. Volví a la nave y fuimos de nuevo hasta el túnel, siguiendo el arroyo. Materialicé el Kugelvim dentro de la galería del arroyo, luego de comprobar la posición del túnel. Salí e hice un agujero de unos cincuenta centímetros de diámetro. Coloqué otro explosivo cien metros más adelante, calculando mediante el reloj una explosión con medio minuto de diferencia con la anterior. Ello provocaría un derrumbe pocos segundos antes que el agua liberada en la otra explosión, llegue allí. De ese modo, casi se cambiaría de lugar la represa, entrando el agua permanentemente por el túnel, a menos que alguna roca taponara el agujero. Aunque no era descartable que ello ocurriera, igual entraría suficiente agua como para obligar el regreso de los soldados, especialmente cuando ya todo el túnel estaba en oscuras.

Subí al Kugelvim y nos desmaterializamos. Nos dirigimos al encuentro de los carros, que aún estaban lejos. Faltaban siete horas y media para la detonación de las cargas en el espacio, cuando los indicadores de vibración acusaron la explosión de las cargas que acababa de poner.

El agua tardaría en llegar pero igual había una alternativa para cortar el paso a los soldados y hacerles volver. Me materialicé justo delante de ellos, a unos cien metros. Desde el interior del Kugelvim no existe la oscuridad mientras se está Gespenst, pero al materializarse eso cambia. Así que encendí las luces, que siendo cinco veces más potentes que la de los carros, se quedaron todos encandilados y tuvieron que parar. No podía hablarles porque abrir la carcasa hubiese equivalido a un suicidio, pero un choque con mínima fuerza contra el primero de los vehículos hizo un impacto emocional tremendo en los soldados. Dispararon con fusiles y pistolas, sin que notásemos más que el ruido y las chispas de las balas estrelladas contra el purcuarum. O sea que podíamos observar todo con más seguridad que quien ve el agua de un lavadero de coches contra los cristales. Activé el campo como para despegar, pero sin dar toda la fuerza.

Al permanecer materializado y con el campo en frecuencias bajas, el efecto sería en un minuto, un recalentamiento de todos los metales cercanos. Las armas, hebillas y demás elementos de los soldados empezó a calentarse y comprendieron que no podrían hacer nada. Una mujer sacó unas granadas de su cinturón y comprendí que les ponía en extremo peligro. Aunque la intención de la soldado era arrojar la granada contra nosotros, ésta no nos dañaría pero estallaría más cerca de ellos mismos, así que pasé a Gespenst inmediatamente, para materializarme cuando la granada estaba ya del otro lado.

De ese modo evitamos que se dañen a sí mismos, pero si continuaban con sus ridiculeces violentas no podríamos hacer mucho más por ellos. Un oficial ordenaba a su personal que se replegara y volviera a retaguardia, lo que hicieron a la carrera, entonces el que dio la orden subió al camión y avanzó para embestir al Kugelvim. Aún materializado, pero con el campo activado a baja frecuencia, al camión no pudo llegar hasta nosotros, estallando a cinco metros. No sentimos el impacto más que por un ligero estremecimiento, pero lamentamos que el hombre, verdadero demente violento -aunque le darían a sus familiares una "medalla al valor"-, muriera de manera tan estúpida, innecesaria... En fin, como suelen morir los que no respetan la vida de los demás.

- Vamos a poner fin a esto. -dije a Viky- Les voy a llevar hacia atrás a la fuerza y separaremos a los que no puedan correr más.

- Cuidado con lo que haces, Marcel...

- No te preocupes. Tendré cuidado, pero no se puede ser demasiado considerado con estos, que en vez de cerebritos, tienen "cerebrutos lavados".

Avancé de tal modo que se veían obligados a correr. Fui acelerando en la medida que ellos mismos lo hacían y el campo magnético levemente activo los obligaba a correr para no sentir la quemazón en la piel. A medida que corrían cuesta abajo, iba desprendiéndose de relojes, anillos, cascos y todo lo metálico, que se iba recalentando por tener el campo magnético a menos de veinte metros. Como no sólo llevaban una carrera mayor que un trote y además, con un estado emocional anómalo, en menos de veinte minutos cayó la primera.

La mujer parecía muerta, pero no podíamos parar. Luego, a los cien metros, un hombre y poco más allá otra mujer. Estaban agotados, ya no corrían, sino que apenas trotaban. Reduje la velocidad para llevarlos hasta donde la extenuación les hiciera soltar las armas a los primeros. Pero cuando los caídos eran más de diez, pensé que el agua no tardaría en llegar hasta la zona y estarían en aprietos si el chorro era mayor de lo que calculé "a ojo".

Regresamos hasta la primera que cayó y estaba recuperando el conocimiento. Como estaba desarmada, detuve el aparato y abrí la carcasa. Se incorporó, le hablé en español y no entendió, pero Viky le habló en francés y se entendían perfectamente. Así que mi muy querida compañera se encargó del asunto. Le informó solamente respecto a la imposibilidad de salir, y que no habría explosión nuclear en Damocles. La mujer no sabía nada sobre el otro acuífero ni sobre explosión nuclear alguna. Yo casi no hablaba francés, pero entendía todo lo hablado. La soldado estaba entre confundida por la situación y rebelde por no saber que habían otros riesgos añadidos a los que ellos mismos manejaban. Viky le explicó que si querían salir sanos y salvos de la región, deberían abortar cualquier explosión que tuviesen programada.

La mujer le decía que no había tiempo, porque faltaban siete horas y diez minutos -cosa que comprobé como exacta- pero al mismo tiempo ella medía la distancia con la vista, calculando un salto para apoderarse del arma de Viky, mientras preguntaba quiénes éramos nosotros.

- Dile que no sea idiota. -le dije a mi compañera- Si intenta arrebatarte el arma morirá antes de llegar.

Viky tradujo y la mujer retrocedió unos pasos. Viky le dijo que vuelva hasta los vehículos para tomar un camión y recoger a sus compañeros, volviendo al Mar urgentemente, porque túnel se inundaría en breve.

- Que diga a sus jefes que si no abortan la destrucción, serán las primeras víctimas...

Viky dijo a la mujer la última frase y nos fuimos. Retrocedí unos pocos kilómetros y el agua ya venía invadiendo el túnel. No tardarían los soldados en comprender que realmente estaban encerrados, sin luz y sin comunicación con el exterior. Nos dirigimos de regreso al Mar Pogatuí y apenas entramos en su vacuoide pude establecer comunicación radial con Rodolfo.

- Por aquí, todo muy bien. -dijo- Hemos hallado rápidamente las cargas principales y ya están todas desactivadas. Como no contaban con unas apariciones fantasmas y se creían en absoluta clandestinidad, no tomaron muchas precauciones. Ahora falta que quieran entender que les conviene desactivar un par de cargas nucleares que pensaban detonar en el SurOeste, o sea ahí en la punta misma de este mar.

- ¿Cómo se han comunicado? -pregunté.

- Johan se apoderó de una pequeña central telefónica en la base recién abandonada del otro lado del mar. Parece que no sabían nada sobre la explosión del Damocles, pero estos tenían orden de hacer la suya exactamente a la misma hora. ¿Cómo ha ido lo vuestro?.

- Perfectamente. -respondí- Hemos taponado la salida en dos puntos y provocado un desvío de aguas, así que no podrán salir. Eso está asegurado. El primer convoy está de regreso y en un par de horas lo estarán todos.

- ¡Hola Compañeros! -decía Johan por la radio- ¿Vamos al mismo sitio a conferenciar?.

Estuvimos todos de acuerdo y dejé a Viky el mando del vehículo. Condujo perfectamente hasta el sitio de reunión en la isla central y su aterrizaje fue como si jamás en su vida hubiera hecho otra cosa que aparcar Kugelvims. De la conferencia resultó que los jefes militares no aceptaban condiciones ni creían en la gravedad de su situación. Un total de mil quinientos soldados -incluyendo a los cabezas duras de los jefes- morirían si se producía la explosión de dos artefactos programados.

- Pero no quieren rendirse. -decía Johan- He sabido, mediante la conversación, que aunque no lo digan pueden revertir el proceso. No es tan terminante como el caso de las bombas en el Damocles. Estas están puestas en un sitio donde no pude pasar ni con el Kugelvim. Hay toda clase de intraspasables y parece que la galería no supera los dos metros de diámetro.

- ¡Entonces sabes dónde están las bombas! -dijo Viky.

- No. En realidad sólo sabemos cuál es el sector, o mejor dicho por dónde entraron con las bombas, pero no podemos saber si las colocaron cerca, a dos, cinco o cien kilómetros... La radiación remanente en la boca del túnel, según el registro del Kugelvim, tiene un potencial del doble que las bombas del Damocles, por eso calculo que pueden estar entre diez y veinte kilotones.

- Será terrible si explotan. -dije- Aunque sólo representará la culminación de lo que ya han empezado, porque las crecidas de los ríos...

- Ya han roto antes -decía Johan- con pequeñas cargas de explosivos químicos, los sistemas de filtración de aguas que determinaron las crecidas de los ríos del NorEste. Pero ahora, si explotan estas cargas de diez o veinte kilotones cada una, estaremos casi tan mal como si no hubiésemos impedido la destrucción del Damocles.

- ¿Tú sabes -le pregunté a Johan- cuál es la persona que conoce el modo de desactivar las cargas?.

- No. Sólo conozco telefónicamente a su jefe, al responsable principal de toda esta operación. Pero él no es el que sabe sobre los sistemas de los aparatos explosivos. Debe ser un oficial cercano y de menor graduación, o aún un civil entre ellos.

- Ruego tengan a bien -dije- permitirme hacer un viaje con Johan y dirigir la operación de ahora en más. Si me pongo a explicar el plan, se nos va el tiempo.

- De acuerdo, -dijo Tuutí- ya sabemos cómo funcionas, así que quedas al mando de la operación.

- Gracias. No estaría mal que Viky vaya con Tuutí y nos asistan desde cierta distancia, sin perdernos de vista. Rodolfo y Cirilo podrían hacer lo mismo respecto a ustedes. No se materialicen a menos que les haga la seña ésta... (y con la mano vertical, abriendo y cerrado los dedos). Así tres veces, es materializar, y tres veces así, -con otra seña- es pasar a Gespenst.

- Pero yo aún no tengo ni idea de conducir esto... -dijo Tuutí.

- No te preocupes. -respondió Viky con la seguridad de un astronauta o un bombero largamente experimentado- He conducido unos minutos este aparato pero durante más tiempo he visto cómo se conduce y usa. Estás en buenas manos...

- ¿Unos minutos...? -balbuceaba Tuutí- ¿En buenas... Manos? ¿Con unos minutos que has conducido?.

- No temas, Tuutí. -le dije riéndose de su desconfianza- Viky sabe conducir desde bicicletas hasta vimanas.

- Y nunca me he chocado... -agregó la aludida- Bueno, me rectifico... Un par de veces... (Tuutí la miraba aterrorizado) Pero con una peligrosa bicicleta, en las empinadas calles de un pueblo de España.

- ¡Ah, claro! -dijo Tuutí irónicamente- No has chocado con una vimana porque aún... Bueno, vamos, que no hay tiempo que perder... Y que Dios nos proteja.

- Adelántame algo de tu plan. -dijo Johan cuando estábamos dentro del Kugelvim.

- Pues es muy sencillo, querido Amigo: No hay tal plan. Si nos quedábamos allí, sin saber qué hacer, la hora se nos pasa y urge pararles los pies a estos cabezas de aserrín. Apenas tengo una idea, que empieza por dejar al enemigo sin jefes. Vamos a buscar al que conoces...

- Entonces, directo al parque de motores. Están por salir, confiados a que pueden huir...

- Pues ya podrán conectar por radio con los vehículos que están en marcha de regreso. Pero igual estos locos de la guerra son capaces de matarse matando. Ya ocurrió con uno allá arriba, en el túnel.

- No me extraña. Un poco más a la derecha está el parque. Por la voz, el jefe debe ser un hombre de unos setenta años. Además, esos vejetes militares sin gloria, no les importa mucho morir, aunque sea una estupidez. Son como los chicos jóvenes, pero lo que estos hacen por inconsciencia, los viejos lo hacen por frustración e impotencia. Mira... Creo que debe ser aquel, que está subiendo al carro acorazado...

- A pillarle.

Me mantuve materializado mientras las ráfagas de metralla llegaban a encandilar. Me acerqué al camión y ante el repentino recalentamiento del metal, los hombres y mujeres -siete en total, incluido el jefe- salieron como ratas del incendio. Se pusieron a cubierto tras un grupo de hombres que nos tiroteaban y el camión explotó. Me adelanté hacia el jefe, que estaría a unos treinta metros y los soldados se abrían a nuestro alrededor. El jefe comprendió que era el objetivo del raro vehículo que lo perseguía, así que corría entre su numerosa tropa, obligando a los otros a soportarle. Yo seguí avanzando como en un juego de "la mancha", hasta que sus hombres dejaron de defenderle. Sus disparos no nos detenían y sus armas les quemaban las manos a medida que nos acercábamos.

Finalmente hubo una estampida en todas direcciones. Cada hombre o mujer corría a buscar un refugio lejos de nuestra presencia. Perseguía al jefe entre las barracas, pero éste intentaba ganar el bosque, tras el que podían haber cavernas pequeñas. Si se nos metía en la roca por alguna cueva, no lo pillaríamos fácilmente, debido a los minerales intraspasables. Viky materializó su vehículo justo delante del hombre, pero éste, mirando hacia atrás dando por visto el trecho de camino que tenía delante, chocó contra la nave recién materializada. Algo ardió en su ropa y detuvimos el vehículo, saltando hacia él, que no sabía hacia dónde dirigir los manotazos. Ora intentaba zafarse de nosotros, ora trataba de apagar el fuego de su chaqueta. Le prendí del brazo y le arrojé al suelo, para arrancar del bolsillo algo que ardía. Pude comprobar que era un mechero lo que había ardido, en la cercanía del campo magnético del Kugelvim de Viky.

Johan custodiaba celosamente el aparato y tuvo que disparar algunas veces porque un grupo de soldado intentaba acercarse. Apresé al jefe militar, que aún siendo casi un anciano gozaba de bastante fuerza física. Pero tuve que desmayarlo de un golpe en la mandíbula. Cuando caía me metí debajo de su musculoso cuerpo, lo llevé al maletero del Kugelvim y partimos con él hacia la isla central. Lo dejamos allí, atado y amordazado entre unas rocas. No podría irse ni soltándose, pero le iría bien un rato de incomodidad.

Volvimos rápidamente al cuartel y el grupo de oficiales discutía algo. Luego de una breve aparición cuyo comité de recepción volvieron a ser las balas y hasta el lanzamiento de alguna granada, decidí que no soportaría más. Me posé y abrí la carcasa del Kugelvim, previniendo a Johan que se hiciera cargo de la conducción en caso que yo resultase herido. Al abrir apenas la carcasa, asomé el caño del arma y disparé continuadamente en posición de golpear. El arma taipecana, como en otras ocasiones, dio su excelente resultado. Una treintena de soldados caídos, completamente desmayados, y los demás huyendo.

Mientras Johan me cubría, arma en mano, salí y me acerqué al que podría ser el segundo jefe. Por las insignias reconocí que -en efecto- era el segundo hombre del operativo. Llamé con señas y gritos a Viky, que se hallaba cerca pero en estado Gespenst. Me oyó, materializó el vehículo y subimos al segundo jefe, para ser transportado a la isla central junto al primero.

- Lástima que los Kugelvim no tengan altavoces... -dije a Johan.

- Ya se los pondremos. Les faltan muchas cosas, pero hasta ahora han servido.

- ¡Ya lo creo!. Ahora servirá el nuestro para darles un susto fatal. ¡Ya verás!.

Desmaterialicé el aparato en cuanto Viky partía con el nuevo prisionero y me dirigí también hacia el mar. Ya dentro del agua pasé a mantener el campo en baja frecuencia, sin estado Gespenst ni preparado para impulsión. El agua empezó a hervir a nuestro alrededor y aunque no podía verlo todo, suponía que estaría formándose una nube de vapor sobre nuestra posición. La radio funcionaba en la vacuoide, así que pedí a Rodolfo que me dijera qué veía.

- Una nube extraña... -dijo- Parece que el agua está hirviendo en el mar. Es muy raro...

- No te preocupes. Pero no se lo digas a los Narigones, que es cosa nuestra.

- Ah, bien...

- Ahora prepárense...

Salí del mar pero envuelto en una nube anaranjada, producida por el campo magnético en alta intensidad y baja vibración. Amplié el campo, al igual que podíamos hacer para adherir cargas, pero a unos quince metros desde la carcasa, entonces la nube se mantenía sin modificación, a nuestro alrededor. Así hacíamos invisible el Kugelvim, pero al mismo tiempo radiando una luz impresionante que se veía aumentada por la espesa niebla de vapores que había levantado del mar. Me dediqué a destruir sistemáticamente las barracas, donde nadie podría esconderse. Luego fui atacando a todos los soldados, que corrían desesperados en todas las direcciones posibles, incluyendo un grupo que intentó echarse al mar en una "Zodiac", pero que reventó por la cercanía del Kugelvim dejando a todos en el agua.

Así seguí hasta que por el camino del túnel llegó el convoy de los regresados. Entonces suspendí las persecuciones y pasé a estado Gespenst. Un oficial llamaba a la gente, aunque muy pocos le obedecieron y se reunieron con él en las cercanías del campamento destruido. Los demás, asustados por los extraños efectos, se hallaban metidos entre las rocas o entre los arbustos de la zona. Esperamos diez minutos, en los cuales los ánimos se relajaron un poco. Hice señas a mis compañeros de permanecer Gespenst pero atentos. Como no era posible transmitir en ese estado pero sí nos veíamos con claridad, indiqué por señas a Rodolfo que volviera a la isla e intentara sacar información al jefe militar.

CAPÍTULO XVII
NOTICIAS EXPLOSIVAS

Mientras, observábamos a los soldados y espiábamos sus conversaciones. Abandonamos la nube y en estado inmaterial, Johan maniobró el Kugelvim para oír más de cerca las conversaciones de dos personas que venían a medio kilómetro, escondidos seguramente durante nuestra aparición espectacular. Eran un hombre y una mujer vestidos con monos anaranjados, que parecían técnicos y no militares. Hablaban en voz muy baja, pero nos acercamos tanto en estado

Gespenst, que hasta podíamos ver por momentos, el interior de sus cuerpos. Literalmente, nos metíamos dentro de ellos. En un momento algo me llamó la atención dentro del cuerpo de la mujer, a la altura del corazón, que brillaba con tonos plateados y tornasoles. Se lo dije a Johan y maniobró el Kugelvim hasta que su cabeza quedó dentro del cuerpo de la mujer, aprovechando un momento en que se detuvieron.

- ¡Dios mío...! -gritó mi compañero- ¡Es una minibomba!...

- ¿Una minibomba?.

- Si... Ya hemos visto una antes. Es un chip del tamaño de un grano de arroz, pero parece una luz mayor, por la fricción de las partículas del campo magnético del Kugelvim. Alguien tiene un pequeño control en el bolsillo, que puede hacerla estallar en caso que la mujer desobedezca. Hasta es posible que desconozca que tiene ese chip colocado allí...

- ¡Qué terrible!. -exclamé con tristeza- ¿Averiguamos si al hombre le ocurre igual?.

- Eso haremos... Si, mira, exactamente igual. Pero escucha...

-Ese maldito General... -decía el hombre en perfecto castellano- No nos ha dicho que debíamos enfrentarnos a algún peligro viviente. Eso es lo que me tiene fastidiado... ¡Nos han engañado con el cuento de los arreglos geológicos...!

- Con que "correcciones a las placas tectónicas" ¿No?. -decía la mujer- Vaya a saber contra quién estamos sosteniendo una guerra en la que evidentemente estamos en inferioridad de condiciones. ¡Y sin siquiera saber que estamos en guerra!.

- Deben ser extraterrestres. -respondía el hombre- Ya me parecía raro que nos hicieran instalar todo ese sistema de radares más abajo, para luego impedirnos monitorear nosotros mismos. Los jefes saben que esto es parte de un combate contra algo o alguien. Ahora no me cabe duda. Y tampoco me cabe duda que sean quienes sean, son mejores que nosotros. De lo contrario no nos habrían ocultado una guerra y sus motivaciones. ¡Ya has visto esos fenómenos! ¡Qué tecnologías!... Si fueran mala gente irían a la superficie y destruirían nuestras ciudades, sin más rollo ni pérdida de tiempo...

- Pero lo que no se -replicaba la mujer- es qué podemos hacer nosotros. Las cargas estallarán en seis horas y esta maravilla geológica, este mar precioso, se borrará del mapa con nosotros incluidos...

- No te pongas romántica... -decía él- Sabíamos que haríamos una destrucción considerable. No obstante, no pensamos en otra cosa que nuestros sueldos y que posiblemente fuese útil para afirmar las placas tectónicas, tal como nos dijeron. Yo soy más culpable aún, porque sospechaba que había "gato encerrado" en todo esto... Y no quise averiguar más...

- Pero ahora tendríamos que hacer algo. -insistía la mujer- Sobre todo porque vamos a morir estúpidamente, por las bombas que nosotros mismos hemos instalado...

- Pero no podremos acercarnos a las bombas sin que estallen nuestros chips a cien metros...

- Y eso si es que no nos las hacen explotar antes, ya sabes... Mejor que ni nos vea...

- ¡Ahá, lo saben! -dije a Johan- ¿Valdría la pena capturarles y ponerlos de nuestro lado?.

- Más valdría la pena anular esos malditos chips. Espera un momento.... -decía Johan- Voy a monitorear más a fondo el chip.... Veamos... Si... creo que... ¡Sí!, es de carga volátil. Podría destruir el sistema de recepción de onda y luego la carga del chip sin dañarlos a ellos, usando el campo del Kugelvim, a condición de que se quedasen muy quietos. Si lo lograra, ellos desactivarían las bombas.

- Entonces vamos a hacer algo... -dije mientras dirigí el vehículo hasta quedar tras unas rocas. Materialicé el Kugelvim luego de comprobar que no estaba a la vista de nadie y bajé con el arma en las manos. Me asomé y llamé al hombre y la mujer, que estaban a unos treinta metros. Como no me quité el casco, no podrían ver mi rostro tras el purcuarum, pero no tuvieron miedo. Dudaron un poco, se miraron entre ellos y finalmente avanzaron hacia mí. Alguien los llamó desde el grupo que se reunía a cuatrocientos metros, alrededor del oficial que los convocaba usando un silbato. Hicieron señas de que les esperasen y se reunieron conmigo.

- No teman, -les dije- sabemos que les han implantado unos chips minibombas. Podemos neutralizarlos completamente, pero necesitamos que se queden muy quietos. Nosotros desapareceremos en unos segundo, luego Ustedes se colocan aquí donde está nuestro vehículo, tras la roca... Es preciso que se queden muy quietos...

- Pero no acostados... -dijo Johan desde el vehículo- Apoyados contra la piedra... Sin moverse para nada hasta que les avisemos. Eviten respirar hondo, será una operación micrométrica.

- Esto es increíble... -murmuraba la mujer- ¿Quienes sois vosotros?.

- Eso no importa ahora, pero cinco millones de personas pueden morir a causa de sus bombas. Si no las desinstalan, la muerte de esa gente causará una reacción en otras civilizaciones, que representará la destrucción sistemática y masiva de toda la civilización de la superficie externa de la Tierra. Sólo sobrevivirán los aborígenes de las junglas y los pueblos aislados. ¡Espero que comprendan la importancia de lo que les digo!.

- ¡Sí que lo comprendo! -dijo el hombre- ¡Ahora sí que entiendo muchas cosas...! Sean quienes sean, estamos en sus manos... Yo al menos...

- También cuenten conmigo. -dijo la mujer- Sobre todo si me van a liberar de esta basura mortal que me han metido en el cuerpo nuestros jefes.

- Eso está hecho. -dije mientras entraba en vehículo- Cuenten hasta diez y se colocan aquí, contra la roca. Recuerden... No deben moverse, sientan lo que sientan.

Cerré la carlinga, pasé a estado Gespenst e inmediatamente la pareja se colocó en el sitio indicado. Debido al juego de transparencias que ocurre hasta con la roca en ese estado, mientras Johan hacía un escaneo cuidadoso de los chips, vimos que tres soldados avanzaban hacia nosotros, seguramente a buscar a la pareja que fue llamada por el oficial y no acudió al instante. No podíamos perder tiempo, así que me alejé un poco, materialicé el Kugelvim y bajé, dejándole todo el asunto a Johan.

- Yo me encargaré de tenerles a raya. -le dije- Ocúpate tú de la operación a la pareja.

- De acuerdo... -alcancé a escuchar mientras él cerraba la carlinga. Corrí para alejarme del aparato y lo hice en dirección al bosque de la playa, con lo que la atención de los soldados se dirigió a mí, al igual que sus increpaciones y luego sus disparos. Al llegar a los árboles me puse a cubierto pero algo me golpeó con fuerza en la cabeza. Caí por el impacto, pero sólo tenía dolor en el cuello. En el tronco del árbol tras el que quedé refugiado, había un pedazo de proyectil recién incrustado. Una bala me había dado en el casco.

Aunque no estaba herido, algo me dolía moralmente, así que puse el arma en posición de máxima potencia y estando cuerpo a tierra apunté cerca de los hombres, que venían a unos cincuenta metros. Disparé sobre una piedra con rayo continuo, hasta que se puso al rojo-blanco, y el estallido de la roca les dio una lluvia de pequeños piedrazos, que debe haberles llenado de moretones. Volvieron hacia su grupo a toda velocidad, sin llegar a ver tras la roca, a la pareja que ya estaría siendo "operada" por Johan. Me alejé de la costa siguiendo la línea de árboles, a fin de custodiar el sector y alejar a cualquiera que merodease. Quedé a cuarenta metros de la pareja, encima de una mole de piedra desde la que veía todo el panorama y controlaba el área. Era vital en todo sentido que nadie interfiriera en la operación de Johan. El Kugelvim se hizo visible a unos veinte metros de la pareja y Johan dijo al hombre que se alejara un poco de la mujer y se quitaran todo lo que tuvieran de metal.

Ambos arrojaron lejos sus relojes, unas herramientas de bolsillo, un colgante de la mujer y hasta las botas del hombre, cuyos clavos se recalentarían. En cuanto estuvieron listos, Johan cerró el vehículo y se acercó a ellos muy lentamente sin pasar a Gespenst. Evidentemente, el campo magnético del aparato molestaba a la pareja, que soportó durante un par de minutos la aproximación de la nave a unos diez, metros o menos. Johan se alejó y detuvo el motor, para abrir la carcasa y decirles:

- Lo han hecho muy bien... Ya está neutralizado el sistema de recepción de impulsos. Ahora voy a desaparecer a vuestra vista, pero trabajaré "dentro" de Ustedes, a fin de volatilizar la carga explosiva, con lo que quedarán completamente libres de peligro... Aunque no puedo extraer el chip sin cirugía, quedará completamente innocuo. Pero ahora sí que necesito la inmovilidad más absoluta. Hasta deben respirar suavemente... ¿Y mi compañero?.

- Aquí arriba, Johan. Dale tranquilo, que permaneceré alerta. No hay nadie a menos de cuatrocientos metros.

Johan cerró la carcasa y desapareció durante dos minutos. Reapareció para indicar a la mujer que se retirara hacia el sector donde me hallaba yo, porque su chip ya no tenía carga alguna. Faltaba el hombre, que se quedó inmóvil mientras la mujer vino a mi encuentro sobre la roca, dando un rodeo para subir desde el otro lado evitando ser vista por los soldados.

- No sé quiénes son ustedes, -dijo- pero quiero presentarme. Me llamo Sofía Lorenzini y soy ingeniera nuclear. Estamos aquí porque instalamos unas bombas atómicas, que supuestamente deben arreglar unos problemas tectónicos en la corteza terrestre, pero resulta que...

- Sabemos todo, Sofía... -dije- Me llamo Marcel y ya te contaré lo demás. No podemos ahora perder ni un minuto. Hay que evitar esas explosiones porque matarían, como les he dicho ya, a millones de personas que no podrán evacuarse, pero también significaría la destrucción sistemática de toda la civilización de la superficie exterior.

- ¿Es que hay una guerra de verdad, en la que combatimos sin saberlo?.

- Si. Eso es. Los Narigones lo saben, aunque no saben completamente contra quiénes están en guerra. Ellos controlan a diversos grupos económicos y políticos, y a su vez son controlados por una secta muy peligrosa que adora el mal, la guerra, promueve la esclavitud... En fin, unos locos de atar.

- ¿Narigones?... ¿Te refieres a Narigonés, Sociedad Anónima?.

- Si... -dije- Pero tras esa empresa de tecnología avanzada, que parece "una más" entre tantas, hay un grupo de locos terribles. No les importa que en el mundo existan otras civilizaciones, y todas ellas mucho más antiguas que lo que recuerda la historia. Sólo les interesa dominar, dominar y dominar... Y lo que no pueden dominar, quieren destruirlo. Así lo han hecho desde hacer 2.600 años que existe esta secta diabólica de delirantes de poder.

- Evidentemente, es como dices. Sospechaba algunas cosas, pero hasta que no ocurren situaciones objetivas, materiales... Como éstas, que se ven con los propios ojos, uno no cree, no se le ocurre pensar e investigar más a fondo... ¡Que tonta he sido!... Ricardo, mi compañero, también sospechaba cosas, pero es que ni podíamos hablarlas entre nosotros...

- Vale, ya está bien. No es momento de arrepentimientos, sino de trabajar. ¿Pueden ahora desactivar las bombas?.

- Si es cierto que nuestros chips quedan desactivados...

- No lo dudes. Mi Amigo Johan ha dicho que el tuyo ya está innocuo. No tiene ni receptor de impulsos electromagnéticos ni carga que pueda explotar. Esperemos que con Ricardo vaya la operación igual de bien...

- ¿Y cómo pueden anular los chips sin operarnos?.

- Ha operado, pero magnéticamente, usando los campos de nuestro vehículo. El receptor de impulsos, que no es más que una miniradio, se funde sin que produzca efecto, se derrite. La carga explosiva es como un grano de arroz pero según Johan es volátil. El aumento de temperatura no la activa como para explotar, sino que se desintegra atómicamente y se evapora. A lo sumo tendrás un poco de radiactividad en la sangre, que luego atenderemos.

- Pues entonces tenemos un tiempo muy ajustado para ir a desactivar las bombas. Y precisaré las herramientas que acabamos de quitarnos de encima...

- En cuanto se termine de operar a tu compañero...

En un momento más, Johan aparecía nuevamente, abriendo la carcasa y haciendo señas de que todo estaba bien.

- ¡Ya está!. -decía Johan mientras Sofía y yo corríamos a reunirnos con ellos más abajo- No hay más riesgo con los chips. Ahora, espero que no quieran morir cocinados a dos millones de grados... ¿Tienen algún plan para lo de las bombas?.

- Tendríamos que ir Ricardo y yo, pero son diez kilómetros desde la boca...

- Y yo les acompañaré -dije- mientras mis compañeros nos cubren.

Hice con las manos las señas convenidas y los otros dos Kugelvims aparecieron a cubierto de los soldados, en el mismo sector, cerca de los árboles. Rodolfo me comunicó que el jefe militar se dejaría matar antes que revertir la operación, así que no podíamos hacer otra cosa que dejarle atado allí un tiempo.

- Vale, Rodolfo. A hacer lo nuestro. Dime, Sofía: ¿Dónde está la entrada de la cueva?.

- Allá, del otro lado del campamento. A un kilómetro de la boca del túnel de acceso.

- Bueno, habrá que expulsar a los soldados hasta mucho más allá del túnel. Tú, Rodolfo, con tu Kugelvim, te encargarás de obligarles a retirarse. Mientras, Viky irá hasta la boca de la caverna y quedará allí de guardia, para que ningún soldado pueda entrar ni permanecer cerca. Nosotros intentaremos llegar, marchando detrás del Kugelvim de Rodolfo. Johan irá detrás nuestro cuidando la retaguardia por si aparecen los que han huido hacia el bosque. Entre ustedes se encargarán de hacer que ningún soldado se nos acerque ni puedan bombardear la entrada de la cueva. ¿Alguna duda?.

- Sólo una... -dijo Tuutí- ¿No sería mejor que Cirilo y yo les acompañemos a pie?.

- No, para nada. En todo caso, una vez que lleguemos a la caverna, nos siguen por si hace falta ayuda para algo. Traerán sus cuerdas y equipo básico...

Sofía regresaba con las pertenencias metálicas antes descartadas y Ricardo se puso las botas. Rodolfo inició su tarea y los soldados no tuvieron más remedio que huir hacia el sector que se les empujaba. No dejaban de disparar inútilmente, pero no podían permanecer cerca del Kugelvim sin que les quemaran las manos los metales. Alguno lanzó una granada, que en realidad sólo era riesgo para ellos mismos. Cuando estuvieron a la altura del túnel emprendimos la marcha, con Johan cincuenta metros más atrás. Entramos a la caverna con los soldados disparando desde medio kilómetro, mientras Rodolfo y Johan los mantenían a raya. Faltaban cinco horas y veinte minutos para la detonación nuclear.

- ¿Saben que es posible que muramos estando en el vórtice mismo de la detonación? -decía Ricardo.

- No importa eso, -respondió Sofía- porque igual si nos pilla en la playa no nos enteraríamos. Pero me gustaría que no acabara aquí nuestra relación... Que hasta ahora ha sido sólo laboral.

Ricardo se detuvo un instante y acarició las manos de Sofía. No quise intervenir a pesar de la prisa, porque donde hay Amor, las cosas siempre salen mejor. A unos cien metros de profundidad la cueva se hizo más alta y casi podíamos correr, aunque agachados. Una serie de marcas en el muro, hechas en el sistema anglosajón de yardas, pies y pulgadas, daba las cotas y distancias cada algunos pasos. Había transcurrido una hora completa y llevábamos andado casi la mitad del camino.

- ¿Cuánto tiempo necesitan para desactivar las bombas? -pregunté a la pareja.

- Si no encontramos inconvenientes, veinte minutos para cada una. -respondió Ricardo- En una hora más estaremos allí y aún dispondremos de tres horas y veinte minutos...

- Pero no estamos seguros de ello. Ustedes no han sido los últimos en salir de la caverna luego de activar las bombas... ¿Verdad?.

- Así es... -dijo Sofía- Después de terminada nuestra labor nos ordenaron salir y quedó personal militar. ¿Cómo lo sabes tú?.

- No lo sabía. Pero sé cómo funcionan los Narigones. Seguramente no será fácil llegar hasta las bombas. ¿Pueden haber cambiado algo en ellas para asegurarse que no se desactiven?.

- No lo creo. -dijo Ricardo- Son cosas muy delicadas. No se pueden improvisar dispositivos separados... Lo que sí pueden haber hecho es impedir el acceso a la sala de la detonación...

- Esperemos que tampoco sea así... Pero... ¡Ay, que terribles que son!. Cuando falten doscientos metros para llegar, habrá que extremar precauciones.

Seguíamos bajando a toda prisa pero alguien nos daba alcance. Era Norbert, que además llegaba con un pequeño maletín.

- ¡Norbert! ¿No te quedaste en Quichuán?. -dije sorprendido.

- Si, pero nos trajeron cinco Kugelvims más y no me podía quedar esperándoles. He llegado cuando estaban ustedes por entrar a la cueva, pero por más que me he dado prisa, no podía aterrizar hasta entender lo que ocurría. Hablé con Johan por la radio y al saber lo que pasa, decidí que mi equipo puede ser útil. Pero ustedes corren, más que caminar, lo que no es criticable en estas circunstancias...

- Si no nos damos prisa -dijo Ricardo- puede que algún obstáculo nos haga perder más tiempo que el que preciso para sobrevivir a esto. Estamos con el corazón en la boca... Y pensar que nosotros mismos activamos las bombas...

- Lo dices con el mismo tono que lo siento yo. -dijo Sofía- Con el mismo arrepentimiento y angustia, pero ahora no es momento para nada emocional, Ricardo. Tenemos que pensar objetiva y fríamente. Hay que llegar a las bombas y detener el programa. Luego desarmar las espoletas detonadoras y después sacar una de las cargas, para que queden absolutamente estériles. Si lo logramos... En fin, esperaré que te cases conmigo...

- ¡Sofía!... -dijo el aludido- Creo que nunca desarmaré una bomba con tanto entusiasmo... ¡Vaya premio!. Y te juro que jamás volveré a construir una...

- Si puedo ayudar en algo, cuenten conmigo... -decía Norbert como ajeno al romance que condimentaba nuestros tensos momentos- Tengo alguna experiencia en asuntos de campos magnéticos, física nuclear, cuántica interdimensional, arqueometría y cálculo vibratorio integral y relativo, sistemas de deducción subcuántica por lectura de neutrinos y deducción por efectos mínimamente contrastables, imperceptibilidad integral y/o parcial por diferencia vibratoria y sistemas de conducción magnética interactiva, desmaterialización objetiva y configuración de sistemas de transporte supravibracional sin pérdida de propiedades atómicas, cuánticas y subcuánticas...

- ¡Espera, Norbert!... -dijo Ricardo- ¡Nos estás mareando!. Si no hubiera visto lo que son capaces de hacer ustedes, con aparatos que desaparecen, reaparecen, hacen cirugía desde el hiperespacio o desde donde sea... Bueno, que habría pensado que te inventas el currículum.

- Pero no... -agregó Sofía- Sabemos que los conocimientos que han alcanzado les permiten hacer cosas algo mejores que estas... bombas nucleares. Así que seguramente sus conocimientos serán útiles en este caso. Si Usted lo prefiere, puede ser nuestro guía...

- No, porque ustedes saben mejor que nadie lo que han instalado. En todo caso, acepto ser vuestro ayudante. Pero sí preferiría que me hablen de "tú" ¿O me ven demasiado viejo?.

- No es eso. -dijo Ricardo- Es que hay una diferencia civilizatoria que les hace más respetable que nosotros.

- Nunca repitas eso... Olvídalo. -dijo amablemente Norbert- Cierto es que hay promedios de valor para las civilizaciones, nos guste o no, pero un individuo vale por sí mismo. En la más ruin civilización puede nacer el más alto Primordial para ayudar a redimir a los demás.

Conversábamos, si, pero no por ello caminábamos menos. Corríamos en cuanto las dimensiones del túnel lo permitían. Pero la primera espantosa sorpresa del trayecto estaba ante nosotros. Un muro metálico había sido colocado taponando el camino. La gruesa soldadura y el tipo de aleación no parecían apropiados para tratarse con nuestros rayos. Antes de arriesgar un disparo, pedí a todos que se volvieran unas decenas de metros, hasta un recodo donde no afectarían los rebotes de los rayos, si es que los había. Y los hubo. No era posible tratar esta aleación con mi arma. Volvimos unos cien metros, hasta donde recordaba haber visto un cambio en el gris de las paredes. Disparé de tal modo que si había rebote fuese hacia adentro, pero no hubo nada más que un agujero en la chapa fundida.

- Aquí sí podemos agujerear. -dije- Haremos un túnel si es necesario, hasta más allá del tapón. Pero por la forma de la caverna, intuyo que ha de haber una ampliación natural, que ha sido soslayada con este túnel metálico...

Efectivamente, tras hacer una hueco mayor pude entrar a un espacio correspondiente a la caverna natural. El túnel metálico no era un recubrimiento de las paredes, sino un puente. La cueva natural tenía espacio de sobra para pasar, aunque no faltaban accidentes como arroyos, zanjas, grietas de insondable profundidad, agudas puntas de estalagmitas, peligrosas estalactitas y otras cosillas normales de las cavernas. Extrañé mucho la ayuda de Chauli en ese momento, que nos hubiera facilitado las soluciones.

Cuando estaba regresando al túnel para decirle a mis compañeros que me siguieran, aparecieron Tuutí y Cirilo, que con sus cuerdas y otros elementos contribuirían a la peligrosa andanza por la cueva, siguiendo el puente metálico cerrado. En una hora conseguimos llegar a un punto donde el metal era nuevamente acero normal. Unos cuantos disparos, un rayo sostenido unos minutos y pudimos acceder al túnel metálico nuevamente.

Caminamos rápidamente hasta encontrar un segundo problema. El túnel había sido derrumbado en un sector de treinta metros. El abismo, formado por una grieta de esa anchura, tendría unos trescientos metros de profundidad. Abajo se escuchaba el murmullo de un arroyo.

- ¿Tenemos cómo comunicar con los Kugelvims? -pregunté.

- Si... -dijo Norbert- Tengo mi radio de pulsera, pero no sé si podrá llegar alguno hasta aquí. Además de los intraspasables, aunque puede materializarse en la grieta, no hay espacio en el túnel...

- No importa. -respondí- Llama a Johan, que intente llegar hasta aquí. Explícale la disposición de la grieta, que quizá pueda buscar otro camino sabiendo los niveles aproximados, en vez de seguir el túnel.

Apenas terminaron de hablar, Norbert explicó que Johan intentaría acceder desde otro sector, pero podía tardar y había que buscar alternativas. Mientras esperamos la aparición de Johan, no encontramos modo de sortear los treinta metros de ancho del abismo. No teníamos más que un garfio, pero ni uno ni muchos se hubieran podido afianzar a la pared de rocas del otro lado, metida algunos metros bajo el túnel metálico. Y en éste menos hubiéramos podido enganchar nada, puesto que no nos era posible ni siquiera practicar algún agujero con el rayo, dada su ubicación sin ángulo transversal.

En cuanto apareció Johan, le indiqué que intentara posarse sobre el fragmento de túnel del otro lado. Por la radio de Norbert podíamos hablar y le expliqué que mi idea era tender una cuerda sobre la grieta, pero para ello necesitaba que hiciese unos agujeros en el piso o el mismo techo del túnel. Así que una vez comprendido, se aposentó en el techo del túnel, abrió la carcasa y bajó con cuidado. Con el arma consiguió hacer un buen agujero, entre las ruedas del Kugelvim. Le tiré el garfio y lo enganchó allí. No era posible que se saliera y afiancé la soga en otros agujeros en el muro de nuestro lado. Unos guantes hubieran venido de maravillas a los demás, pero tuvieron que cruzar como pudieron, aferrados de manos y pies cruzados sobre la soga.

Esa operación nos demoró cuarenta minutos y también un buen rato nos llevó el paso por el sector de caverna natural, así que el tiempo urgía. Faltaban dos horas y media para la detonación. No podíamos ni pensar en conversar. Corríamos por el túnel mientras Johan intentaría seguirnos fuera de él, en Gespenst, a pesar de la gran cantidad de intraspasables de la zona. En diez minutos estábamos ingresando a la sala de las bombas, donde afortunadamente -o por falta de tiempo- no habían colocado más medidas de seguridad. Ambos artefactos estaban sobre unos pedestales redondos de un metro de alto por dos de diámetro, y sus carcasas tendrían un metro y medio de diámetro por un metro de altura. Colocadas a cinco metros de distancia entre si, debían producir una explosión de treinta y dos kilotones cada una. Un total de sesenta y cuatro kilotones que podía causar un cataclismo mucho peor que la masacre de la población de Quichuán, lo cual ya hubiese sido la peor hecatombe registrada en la historia Taipecana. En realidad, la primera, ya que no habían registros de cosas mayores a algunos accidentes con unas decenas de víctimas, por causas naturales, como erupciones volcánicas y desbordes de acuíferos desconocidos.

Sofía y Ricardo comenzaron inmediatamente con la revisión de la primera bomba pero se encontraron con una sorpresa muy lamentable. Antes de irse, los jefes hicieron una soldadura entre la carcasa y el pedestal. Eran cuatro puntos gruesos en cada lado, pero resultaba muy peligroso intentar el movimiento de las carcasas.

- Las bombas estallan si se vuelcan sólo cinco grados... -decía Ricardo- Y también hay un dispositivo de oscilación. Si las vibraciones o movimientos hacen superar las treinta dinas en el tubo del dispositivo de aceleración, estamos perdidos.

- No tenemos ni tiempo ni mejor herramienta para esto que nuestras armas de rayos. El metal parece acero normal... -dije mientras calculaba el modo de usar mi arma.

- Es un metal corriente. -dijo Sofía- No pudieron hacer una soldadura muy especial porque esos tipos no entienden de nada más que de estrategia.

Les indiqué a todos retirarse, puse el rayo en mínima potencia pero en haz fino. Sin la menor vibración, el metal se derretía y solté las cuatro soldaduras en unos minutos. Mientras los técnicos apresuraban su labor, me ocupé de romper las soldaduras en la otra bomba, que estaban mejor hechas y me costó más trabajo fundirlas sin riesgo. Me dolían un poco los ojos, de forzar la vista sobre el metal incandescente y el rayo, así que las lágrimas me corrían solas.

- ¡Marcel! -gritó Norbert- ¡Baja el cristal del casco...!.

Bajé el cristal y seguí trabajando. Era purcuarum polarizado y funcionaba como filtro, de modo que pude seguir trabajando sin la menor molestia. No me había dado cuenta, entre tantas emociones, cosas que aprender y sensaciones atípicas, que con el casco ninguna luz resultaba excesiva, así como muy poca luz era suficiente para definir el contorno de los objetos. Por si fuera poco, comprobé después que el casco tenía un dispositivo automático, un verdadero miniordenador, que completaba formas y colores con una precisión notable, cuando los contrastes no eran nítidos. Pero tardaría un tiempo más en aprender a usar en todas sus prestaciones, tantos adelantos técnicos.

Disponíamos de una hora y treinta minutos, pero algo no iba bien en el desarme de la primera bomba. La pareja de técnicos dudaba sobre una posible modificación en el indicador de tolerancias de vibraciones y pensaban que posiblemente hubieran puesto, luego de que ellos la armaran, un dispositivo muy pequeño tras un conjunto de cables.

- No recuerdo qué puede ser eso, pero no estaba allí. -decía Ricardo- No puede ser un terminal del sistema de contactos, porque están todos de ese otro lado. La batería principal pasa por aquí, pero no hay allí terminal alguno. Tampoco puede ser parte del secuenciador. Me juego que estos desgraciados pusieron algo para acelerar el proceso si tocamos algo...

- ¿Me permiten averiguar qué es? -dijo Norbert levantando su maletín- Creo que podemos ver de qué se trata, sin que eso resulte peligroso...

- Usted sabrá... -dijo Sofía- Bueno, Tú sabrás...

Norbert pidió ayuda para sostener el maletín sin que se mueva, a una distancia de dos metros de la bomba. Me puse en "cuatro patas" y apoyó el maletín en mi espalda. Lo abrió y empezó a trabajar. No podía ver yo lo que había en la pantalla, lógicamente, pero por sus expresiones era evidente que no les quedaba duda. Estaban viendo, por un sistema de captación de remanentes neutrínicos, lo que había detrás del apretado manojo de cables. Una pequeña bomba que no pasaba de ser un petardo como los que hacen explotar los niños en las fiestas, pero ubicado donde podía mover el vibrómetro y acelerar el proceso de explosión a medio minuto. Su forma y tamaño, parecido a la lamparilla de una linterna pequeña, presentaba un inconveniente microscópico y gigantesco a la vez. Una vez colocado -seguramente con una pinza de cirujano- bastaba que se volcara para estallar.

- Puedes levantarte. -me dijo Norbert quitando el maletín- Ya sabemos lo que es, pero hay que ver cómo sacarlo. Ha sido una suerte que lo vieras. Tengo una pinza que... Quizá...

Revolviendo en un compartimiento del maletín, abrió un doble fondo que presentaba una treintena de pequeñas herramientas para trabajos electrónicos. Extrajo unas pinzas largas, finas y muy planas y se dispuso a sacar el "petardo" del peligroso sitio.

- ¡Ay, Santo cielo...!, me tiembla mucho el pulso. No me confío...

- Déjame a mí. -le dije- Tengo alguna experiencia como tirador. Y la cuestión está en regular la respiración.

- ¿Estás seguro...? Mira que si se te escapa...

- Ni nos enteraremos... -dije- Pero no suden tanto. Estoy tranquilo y seguro. Yo lo quitaré. ¿Hay alguna sugerencia sobre su manejo?.

- ¡Si! -dijo Sofía- Tienes que pillarlo y sacarlo sin inclinar la pinza ni el artefacto... Una vez fuera explotará como un petardo común, pero igual conviene que sea lejos de las bombas...

- No te preocupes. Se lo que hago... -dije tratando de tranquilizarles- Aunque me tiemblan las piernas, no me temblarán las manos ni los dedos. ¡Vamos, vamos! ¡Alejaos, que me ponéis nervioso!. Quedaos tranquilos ¿De acuerdo?...

Me acerqué resueltamente, me senté en el borde del pedestal, aspiré profundamente tres veces, y aflojaba el cuerpo a medida que lanzaba el aire. Pensaba solamente en una música agradable, en aroma de jazmines y en que no había en el Universo un hombre en situación más relajada y tranquila. Luego de la última expiración, sin volver a aspirar, metí la pinza entre los cables, como si en la vida no hubiese tenido otra cosa que hacer que sacar petardos trampas, de entre los cables de las bombas nucleares.

Me alejé unos diez metros mientras avisaba a mis compañeros que no se asusten, pues dejaría caer el petardo. Un segundo después, "Paff". Una explosión como la esperada, que de haberse producido entre los cables no hubiese podido escribir este y otros muchos libros.

Con la otra bomba el procedimiento fue un calco. El mismo tipo de petardo, el mismo tipo de pinza, el mismo tipo de relajación y yo... -el mismo "tipo"- sacando el petardito de entre los cables. El desarme se demoró por otras cuestiones más, de las que no tuve ocasión de participar. No ocurrieron las cosas como en esas películas donde se corta el cable correcto una décima de segundo antes de la explosión, y hasta ese momento no se sabe si se trata del cable correcto, que justamente se cambió de intuición medio segundo antes...

No, pues teníamos un margen de ¡Cuarenta y tres minutos!, o sea que podría haberme puesto a contar hasta 2.580 antes de llegar al momento de la frustrada explosión. Teníamos dos bombas desactivadas y a medio desarmar, pero el regreso a la superficie del Mar Pogatuí era otro tema. En subida tardaríamos tres o cuatro horas, ya que parte del camino -aunque sólo fuesen treinta metros- debería hacerse por la soga, colgados sobre un abismo. Algunos tramos resultaron resbalosos para bajar; no podríamos esperar menos que eso para subir.

Cuando estábamos por emprender el regreso, llevándonos los tubos de una de las cargas de cada bomba, apareció Johan en el

Kugelvim, aunque no había una distancia adecuada. Pero detuvo rápidamente el motor y abrió la carcasa.

- ¡He observado todo! -dijo- Llegué un minuto antes que ustedes, pero no me atrevía a materializarme estando las bombas activadas. Ahora permítanme ofrecer mis servicios de trasportes para una persona, así como puedo llevar esos tubos de carga radioactiva. Es necesario que vuelva a Quichuán cuanto antes, porque estarán desesperados esperando el cataclismo en cualquier momento.

- Igual tenemos que arreglar la salida de aguas -respondí- o continuar la evacuación, pero cierto es que deberías volver a calmarles. Al menos se suspende definitivamente la explosión nuclear. Creo que esta mujer debería conocer Quichuán. Su futuro esposo -conste que soy testigo de una promesa...- irá después. No son gente que pueda volver a la superficie. Les matarían sus jefes...

- Aquí tiene su asiento, señora... -dijo Johan.

- Señorita, todavía... -respondió sonriendo Sofía.

- Pero no por mucho tiempo... -replicó Ricardo y la despidió con un beso impregnado en ternura.

Los demás no teníamos más alternativa que volver caminando, pero fue un placer inmenso caminar por un lugar que no sería destruido, donde no se alzaría la temperatura a un par de millones de grados ni la radioactividad pasaría de la normal y natural en los minerales.

Mientras andábamos, conversábamos y poníamos al día a Ricardo sobre la realidad del planeta, geomorfológicamente hablando, sobre la existencia de las otras civilizaciones y sobre el GEOS.

-Ahora que se tanto... -decía Ricardo medio en broma- ¿No vais a matarme?. No puedo salir a la superficie exterior a decir estas cosas sin que corra riesgo el secreto...

- No somos criminales, Ricardo. -le dije- No matamos a nadie por guardar algo que sólo es secreto mantenido por los Narigones. Si por nosotros fuese, los pueblos de la superficie externa de la Tierra estarían muy bien enterados de todo...

- Perdonen la interrupción... -dijo Norbert- Pero he de llamarles la atención sobre la hora. En diez segundos estarán estallando las dieciocho bombas llevadas al espacio... Y no estallarán dos bombas recién desactivadas... Cinco, cuatro, tres, dos uno... ¡PUUUMM!. Los jefes Narigones se estarán mordiendo los codos.

En una hora y media más -y con la lengua afuera, como zapatos viejos- llegamos a la superficie. El Mar Pogatuí seguía existiendo como tal y Viky mantenía a los soldados sin poder acercarse a la boca de la cueva. Rodolfo permanecía apareciendo y desapareciendo de tanto en tanto, para disuadir algunos intentos de traspasar la valla imaginaria que Viky establecía entre el sector de la cueva y los soldados. Ante la invulnerabilidad de los vehículos, las quemaduras en las manos de los que no accedían a desprenderse de las armas hasta último momento y la evidente superioridad tecnológica, la mayor parte de los militares se habían reunido a algo más de un kilómetro, en la playa, dispuestos a rendirse.

Cuando Rodolfo nos vio salir, se acercó rápidamente y descendió para comprobar que todo iba bien. Esperamos un buen rato y empezaba a hacerse de noche cuando aparecieron cuatro freizantenos, cada uno en un Kugelvim.

- Ellos -decía Norbert traduciendo las explicaciones de sus compañeros- se encargarán de rastrear toda la zona y generar un mapeo que permita llegar hasta aquí a las vimanas. Toda esta gente será evacuada y aumentará la población presidiaria de PI Primera.

- Que no se olviden de los dos que están en la isla grande... -dije.

- No los olvidaremos, -dijo Rodolfo- pero les dejaremos para el último. Son como animales furiosos, pero un par de días sin comer no les matará.

- ¿Es que tú participarás en la evacuación?.

- Si, Marcel. Me conviene aprender todo respecto a la mecánica de las vimanas, formas de operar y utilidades, así como el desarrollo de los protocolos de seguridad y navegación. Y a tí no te vendría nada mal acompañarnos... El GEOS tiene ahora una sección motorizada, y creo que a tí te gusta conducir...

- Si. Quizá me apunte a los cursillos que dictarás tú en otra ocasión, pero ahora tengo otra tarea. Hay que estudiar el sistema hídrico y regularizar los drenajes de agua. Hemos evitado la destrucción definitiva de la zona, pero igual hay que regular las filtraciones que originan a los ríos Tzen-Ruo y Kuinaoma, para evitar la inundación de la vacuoide.

- Cierto... Es que apenas hemos hecho la mitad del trabajo... -dijo Cirilo.

- No, -respondí- yo diría que hemos hecho algo muy importante. Las vidas de los Taipecanes están a salvo. Hace más de una hora que no existiría nada en esta región si no hubiésemos sacado las bombas del

Damocles y desactivado éstas. Pero ahora falta rescatar a la vacuoide en si, evitando que se convierta en un mar como éste.

- Pensándolo mejor... -decía Rodolfo- Suspenderé mi aprendizaje con las vimanas... Creo que seré necesario para el trabajo de ahora, con lo de las napas... ¿Cuándo empezamos?.

- ¡Bien dicho, Rodolfo! -exclamé abrazando a mi compañero- Empezamos ya mismo. Si Ricardo tiene alguna idea, lo agradeceremos...

- En realidad, -decía el técnico- no tengo idea de lo que están hablando.

- De que antes de la cuestión de las bombas, han hecho alguna otra cosa que produjo crecidas enormes en los ríos que van más abajo de este mar... -le aclaré.

- ¡Ah...! Yo no estaba entonces, pero se quien es el responsable de eso, porque le oí hablar de un programa de drenajes de agua, de lo que no quiso decir mucho más... Es el jefe de ingenieros Umberto Nobile... Un tipo bastante rastrero y desagradable, que fue quien nos metió el cuento de que estábamos haciendo regulaciones de la corteza terrestre. Ese debe saber tanto como ustedes, sólo que trabaja para los Narigones, pero no inconscientemente como lo hacíamos nosotros...

- Será un dato útil. -dije- En cuanto hayamos asegurado aquí la situación, le haré cantar lo que sabe. Necesitamos que nos diga qué han hecho y dónde están los puntos atacados que han producido las inundaciones.

- Igual puedo ayudar en eso, -dijo Ricardo- pues he trabajado mucho con los mapas de este mar, a fin de establecer un sitio adecuado para las bombas. Fue casualidad que unos soldados hallaran esa cueva tan cerca del campamento y a unos metros del túnel de acceso, pero nosotros estudiamos todo este mar y tenemos mapas del fondo, levantado por sondas...

- Entonces no perdamos tiempo... -dije- Vamos a verlos...

Fuimos a las oficinas del campamento y Ricardo comenzó a buscar en los ordenadores todos los mapas. Encontró finalmente los mapas del fondo marino del Mar Pogatuí, pero también halló referencias en ellos de ciertas tareas. Rastreando los números de esas referencias en otros archivos y las bases de datos de otros ordenadores, encontramos fechas y horas aproximadas del comienzo de las crecidas de los ríos. Finalmente encontramos el archivo donde se indicaban los pasos a seguir para provocar la inundación de la vacuoide que en los datos de los Narigones se llamaba Qinchuan.

- Ese nombre -decía Rodolfo- evidentemente es extraído de la pequeña aldea de superficie, por donde se abre el túnel de acceso hasta el Mar

Pogatuí, pero que nunca llegó como camino hasta Quichuán, puesto que si llegaron con los radares desde el Damocles hasta la columna central, fue porque extrajeron una colosal veta aurífera.

- Y esa debe haber sido la causa por la que descubrieron Quichuán. Una lamentable coincidencia. -dije.

- Si, pero ahora que voy comprendiendo más, -decía Ricardo- no entiendo por qué en vez de hacer de este mar un extraordinario lugar de vacaciones, se han empeñado en destruir a otras civilizaciones que son evidentemente pacíficas y nunca han deseado nuestra destrucción ni dominio...

- Pues los Narigones -le expliqué- son enfermos psicológicos, locos de atar que sólo quieren dominar a todo el mundo. No pueden soportar la idea de que hayan pueblos que no estén bajo su pie. No es una cuestión de desear riquezas. A ellos la riqueza no les interesa, porque son los dueños de todas las riquezas de la civilización, directa o indirectamente, sino que ellos dictan quien será pobre y quien será rico dentro de su diabólico reino. Son simplemente delirantes del poder...

- Pero habiendo estas maravillas en el mundo... -decía Ricardo- ¡Mira este Mar, iluminado como por el sol!. ¿Cómo pueden engañarnos así?. Nos dijeron que la iluminación la había puesto un equipo especial meses atrás, pero ahora comprendo que no ha podido ser. Los ingenieros más avanzados... Somos nosotros, lamentablemente. Y apenas si sabemos armar centrales eléctricas que producen residuos atómicos que no sabemos cómo reciclar; podemos iluminar al mundo durante un siglo produciendo un problema para cien milenios posteriores, contaminar la atmósfera de muchas maneras... Y por supuesto, sabemos armar bombas atómicas... -concluyó en voz baja y bajando la cabeza.

- Vale, Ricardo. -le dije- Veo que estás a punto de llorar y te puedo comprender. Pero ahora tenemos mucho trabajo que hacer y si lo deseas, puedes considerarte como parte de nuestro grupo GEOS. Tenemos ahora a un Freizanteno muy adelantado que puede ponerte al día en cuestiones tecnológicas, pero los demás somos "normalitos", cada uno con su oficio. Lo único que tenemos todos en común, es que no hemos dejado de ser niños...

- ¿Ser niños?... ¿Ese es el secreto, entonces...? -decía Ricardo sin poder contener el llanto.

- Ese es el Gran Secreto, Ricardo...

- ¡Lo sabía!, ¡Lo sabía!... -exclamaba llorando pero al mismo tiempo feliz- Es que te meten en la cabeza que hay que "madurar", que hay que "obrar cuerdamente"... Pero la mayoría de los que te enseñan a "ser mayor", sólo están enseñando a pensar en ganar más dinero, a competir con el mundo, en vez que a ser mejor... Bueno, no creo que pueda decir algo que no sepan al respecto, puesto que me has dicho "la clave" que siempre he tenido guardada ahí... Como sabiendo que el secreto de la vida lo perdí cuando me empecé a olvidar de cuando era un niño.

- Y sigues dando en la clave, Ricardo... -dijo Rodolfo- Cuando uno se da cuenta que se está olvidando de los primeros meses y años de la infancia, debería hacer un tremendo esfuerzo por volver atrás con la memoria y resistirse a olvidar esa etapa tan mágica, tan fundamental.

- Para el hombre que ha de vivir toda una vida, -comenté- olvidar los primeros años de la infancia, es lo mismo que sería para el matemático olvidar que uno más uno es dos, o que dos más dos es cuatro. ¿Cómo sacar profundas y complejas ecuaciones, o siquiera multiplicar y dividir, sin saber lo elemental de la suma y la resta?.

- ¡Hola compañeros! -dijo Johan entrando en la oficina junto con Gerdana- Ya está todo listo para evacuar a los prisioneros a PI Primera. Hay un camino sin intraspasables y en diez minutos vendrá la vimana a comenzar el traslado.

- ¿Es seguro -pregunté- llevar a tanta gente?.

- No podrán ni moverse. -respondió- En cuanto entren a la vimana se sellará la bodega. No creas que irán en una vimana cómoda, como la que se usa para los traslados del GEOS...

- Bueno, mejor no me cuentes... -le interrumpí- Pero sabiendo cómo es la cuestión de falta de inercia, bien se que tampoco irán más incómodos que en sus carros militares. Ahora estamos estudiando la cuestión de los acuíferos y hemos descubierto estos archivos... Creo que no precisaremos sacarle información a nadie. Los hemos pillado por sorpresa y no han tenido tiempo a destruir ninguna información. Aquí está todo. Es sólo cuestión de ponerse a trabajar.

- Entonces, manos a la obra. A ver si podemos evitar la pérdida de Quichuán...

El ingeniero militar Umberto Nobile resistió durante horas a un interrogatorio efectuado por mí, Tuutí, Johan, Norbert y algunos generales Taipecanes, en que se le exponían los desmanes ya provocados, los que produciría y las vidas que habría cegado con la destrucción de los filtros naturales del Mar Pogatuí, si no estuviesen en plena evacuación, o si las grandes explosiones nucleares hubieran podido efectuarse. Su falsa sonrisa y su gesto de desprecio apenas si se vieron acompañados de algunas palabras.

- Cometí un gran error. -dijo fríamente- No medí bien las resistencias de los filtros y pensé que la vacuoide se inundaría sólo con las primeras detonaciones. Así que hubo que poner en marcha planes más drásticos. Lamento realmente mucho que esos bichos con cara de chino se hayan salvado. El General Lu-Tuian-Do, viejo Taipecán de medio milenio de edad, le miró con infinita piedad, pero a mí me dieron ganas de darle un pisotón, que a duras contuve.

Luego se puso el prisionero a hablar sobre los yacimientos minerales que había encontrado, respondía con aparente seriedad a nuestras preguntas técnicas, pero terminaba hablando cosas incoherentes, burlándose de nosotros cínicamente y estallando a veces en carcajadas de loco, pero me di cuenta que eran reacciones perfectamente calculadas.

- Este criminal -dije a mis compañeros- reacciona como una rata astuta que tratará, hasta la muerte, de confundir al enemigo, en vez de intentar comprender su verdadera situación. No sólo no sacaremos ninguna información útil de él, sino que intenta hacernos perder tiempo. Recomiendo terminar el interrogatorio y buscar las soluciones por nuestros propios medios.

Finalmente, el militar fue encerrado en un pequeño compartimiento de una vimana, a modo de calabozo, para ser llevado a PI Primera, a compartir el destino de sus compañeros de tropelías. Inmediatamente nos pusimos a trabajar investigando mediante los Kugelvims, la situación bajo el Mar Pogatuí. Una brigada de cuatro Kugelvims se dedicó a expulsar a los soldados Narigones de los tramos más altos del túnel, y una vez que estuvieron todos afuera, se selló en varios puntos el corredor, pero dejando unos sensores, por si en el futuro alguien intentara abrirse paso nuevamente.

UN PEDIDO ESPECIAL

Días después estábamos conferenciando en la Pirámide PI Segunda, y en dicha conferencia pudimos comunicar que la regularización absoluta de las afluencias hídricas, observada con precisión por los hidrólogos Taipecanes, quienes confirmaron que no era una cuestión temporal. Tres millones y medio de personas habían abandonado la vacuoide, puesto que la evacuación no se había suspendido hasta que tuvimos la seguridad del éxito en las reparaciones geológicas.

Ahora deberían regresar a sus hogares, pero eso más que un trabajo sería un paseo y muchos habitantes demorarían en volver, sólo por aprovechar de estar con sus corraciales de Tiike-Chou que les habían preparado magníficas recepciones. Las naves Primordiales y las Venusinas retornaron a sus orígenes, y sólo las naves Freizantenas harían el trabajo de retorno de los Taipecanes.

Las crecidas habían sido producidas por explosiones de baja intensidad en puntos claves del fondo marino del Mar Pogatuí, pero con ayuda de los ingenieros Freizantenos, de algunos expertos Taipecanes y un auxilio extraordinario de los Primordiales, habíamos conseguido taponar los sitios dañados y regular los caudales al nivel antiguamente conocido.

A las obras se habían agregado algunos sistemas de seguridad, y teniendo ahora un gran conocimiento de la región, que día a día se incrementaba completando los mapas merced a los recorridos de entrenamiento de los Kugelvims. Se instalaron diversos sistemas de control de aguas, tanto en cuestión de caudales como en asuntos sanitarios. El Mar Pogatuí se conoció completamente en unos días, haciéndose un mapeo sumamente detallado. El Gobernador habló de un proyecto muy interesante:

-Merced a la temperatura óptima de la vacuoide del Mar Pogatuí, a su luz perfectamente balanceada para ser menos agresiva que el sol de afuera, sus más de mil kilómetros de playas aprovechables, aparte de seis islas grandes y diecisiete islotes, se convertirá la región en una colonia de vacaciones especialmente acondicionada para recibir a todas las otras civilizaciones, y atendida exclusivamente por Taipecanes, como forma de manifestar nuestro agradecimiento que nadie tiene derecho a impedir expresarse.

- No dudo que habrán arquitectos Taipecanes -dije- ávidos por recibir instrucciones para comenzar con el proyecto, ya que el Mar Pogatuí corresponde jurídicamente a Quichuán...

- Y esos arquitectos -dijo Tian-Di-Xo- ya están trabajando. El diseño básico de la primera estación de vacaciones, ya tiene propietario. Permítanme presentarles a nuestro aficionado genial, que ha inspirado a nuestros más expertos arquitectos: el joven diseñador Xian-Pine...

- ¡Bravo!, ¡Bravooo! -grité sorprendido y aplaudiendo al ver al jovencito que ya conocía.

Xian-Pine también se sorprendió por mis expresiones, que sobrepasaban al aplauso general y cuando me reconoció corrió a abrazarme, al margen del protocolo de la reunión.

- ¿Has recordado ya tu infancia?... -me preguntó con la misma ansiedad que alguien puede preguntar a un ser querido si se ha curado de alguna enfermedad.

- Aún... No del todo... He estado un poco ocupado últimamente.

- Bueno, si, pero ahora Quichuán está a salvo... Así que supongo que tendrás más tiempo...

- ¡Xian-Pine! -gritaba desde el escenario el Gobernador, impaciente porque el muchacho no se presentaba debidamente.

- Ya voy, señor Gobernador... Es que... -decía Xian-Pine y me susurró antes de despedirse para ir al escenario- Te hago un pedido muy especial... ¡No te olvides de lo más importante!.

EPÍLOGO

Johan Kornare tenía serias dudas sobre si volver a Freizantenia como ciudadano o pedir al Genbrial que le dejase en suspenso la ciudadanía, para estar legalmente en condiciones de seguir perteneciendo al GEOS. Finalmente optó por suspender su ciudadanía porque se le comunicó, junto con un pedido de disculpas por la demora burocrática, que dicha ciudadanía estaría disponible para cuando él la solicitase, pero no antes.

Luego de unos cuántos días en que la tranquilidad volvía a Quichuán junto con los evacuados que recuperaban su vacuoide, comenzaron los trabajo de reconstrucción de las poblaciones y jardines que habían sido destruidos por las inundaciones. Nosotros habíamos secuestrado todos los documentos de los militares Narigones y entre Johan, Gerdana, Ajllu, Tuutí y yo, nos dedicamos a estudiar todo ese material, donde habían los más diversos informes sobre estudios geológicos, órdenes secretas de aplicación de protocolos más secretos aún, datos logísticos y muchas otras cosas.

Al vaciar un grueso maletín blindado, cuya apertura costó lo suyo, perteneciente al jefe militar de la operación frustrada, lo dejé en el borde de la gran mesa de trabajo y me fui a revisar los papeles sobre otra mesa. El pesado maletín, colocado muy a la orilla, se cayó al ser rozado por Rucunio, que entraba en ese momento. Había aprendido a cocinar muy bien los platos taipecanes y se ocupaba de servirnos la comida. El Dracofeno dejó la bandeja y me dijo que descuidara, que él recogería el maletín, que había quedado abierto.

Lo levantó y al dejarlo otra vez sobre la mesa, dudó antes de volver a coger la bandeja y servir los platos. Volvió a levantar el maletín y lo zarandeó varias veces.

- Se supone que está vacío... -dijo algo extrañado.

- Sí... -respondí- Lo acabo de vaciar y aquí tengo todo su contenido. Muy interesantes los papeles secretos de este nuevo habitante de Pl Primera...

- No creo que esté totalmente vacío. He oído sonar algo adentro...

Corrí hacia mi Amigo Dracofeno y apenas le hice un gesto me entregó la maleta. Repetí los movimientos de él, pero apenas pude distinguir -más por el tacto que por el oído- que algo se agitaba adentro. Lo abrí y pasé los dedos por todo el borde, hasta dar con una pequeña cinta, apenas visible, del mismo color gris que el forro interior. Al tironear, se abrió una placa de plástico forrado. Aquella accidental -y providencial- caída, más el agudísimo oído del Dracofeno, resultaron una revelación tremenda.

Lo que había adentro del doble fondo eran algo así como dos placas radiográficas. Al principio no podíamos comprender de qué se trataba. Pero di vueltas la maleta siguiendo una intuición, para encontrar que la parte de la tapa también contenía otro doble fondo, aunque éste fue más complicado de abrir. Con un destornillador pude levantar su tapa y dentro había otra de esas placas.

Tras algunos exámenes poniéndolas a la luz de una opalina, nos dimos cuenta que podían ser mapas, impresos en plástico. Pero no podíamos entenderlos, pues eran como imágenes en negativo, a la vez que distorsionadas.

- Quizá sean los planos del corte transversal de la región que iban a destruir, o un mapa del Mar Pogatuí... -dije arriesgando una hipótesis.

Johan nos pidió que lo acompañásemos y el grupo -sin probar bocado de lo que Rucunio había traído- salimos tras él. Nuestro amigo Dracofeno también se olvidó de la comida y nos siguió. Caminamos con rapidez, intrigadísimos tras Johan Kornare, que nos llevó hacia el aparcadero de las vimanas. Entramos en la mayor de las naves, mientras que Gerdana y él intercambiaron algunas frases muy técnicas en su propio idioma. Fuimos hacia una cabina secundaria, donde apenas si cabíamos apretados los seis miembros de la intrigada comitiva.

En una mesa de vidrio que resultó ser una pantalla similar a un escaner o una gran fotocopiadora, Johan colocó una de las placas. Oprimió algunos botones y luego repitió la operación con las otras. Era una computadora auxiliar, para el manejo, grabado e impresión de planos. En unos minutos, cambiando los colores, modulación de contrastes y otros efectos, las imágenes empezaron a ser claras. Pero nosotros no sabíamos de qué lugar eran los mapas.

Johan y Gerdana se miraban sin poder articular palabra.

- ¿No nos dirán qué sucede? -pregunté con la voz en un hilo, como temiendo despertar a las dos estatuas que parecían hablar con telepatía.

- Conocen la ubicación... Dijo Gerdana en una voz más débil aún...

- ¡Claro!, -exclamé- Pero eso no es ninguna novedad. Y no creo que puedan intentar volver a hacer nada contra Quichuán...

Johan me miró como si me viera por primera vez en su vida y tras unos segundos, cuando se le pasó un poco el estado de "shock", manipuló la pantalla para que el zoom de la misma hiciera más clara una parte del mapa y más grandes las letras allí escritas.

La gran revelación del contenido, que nos llevaría hacia otra inesperada y muy peligrosa aventura, empezó por enfriarnos hasta los huesos de la lengua. En el mapa se leía, entre otras cosas, "Freizantenia".

FIN DE "EL TESOLO MÁGICO DE YIN TZI TÁA"

No te pierdas "El Tesoro Mágico de Freizantenia" (¿Vemos un adelanto?)

En El Tesoro Mágico de Freizantenia veremos el grave peligro que se cierne sobre una humanidad que desconoce lo que realmente hacen sus líderes. También veremos que el mundo es más completo que lo que se ve en un manual de la escuela o en los mapas de las bibliotecas.

Como podrán comprender los Lectores, hay más civilizaciones en este mismo planeta, aparte de esta "civilización de superficie", donde la mayor parte de la gente vive "superficialmente".

El único colectivo humano que se salva en gran medida de los grandes engaños, es el de los niños, porque viven en otro mundo, con otras ideas. El deber de los adultos es hacer que esas ideas se mantengan con sus ideales, con su inocencia, pero al mismo tiempo ajustándolas a realidades más amplias que las marcas comerciales, la vanidad de las posesiones materiales y las posiciones sociales.

Por eso en El Tesoro Mágico de Freizantenia revelamos un secreto muy celosamente guardado por algunos grupos posderosos: La existencia de una civilización que hace menos de un siglo ya se había separado de los gobiernos del mundo, haciendo no sólo un Estado aparte, sino una civilización diferente, donde no existen "secretos de Estado" ni siquiera para los niños. Y –lógicamente- no hay ni un solo niño desamparado, hanbriento o teniendo que trabajar como esclavo para sobrevivir, como sí ocurre en esta civilización nuestra, en la que hay más de 500 millones de niños esclavos, enfermos o moribundos por hambre (Sí, has leído bien, quinientos millones de niños). También son ellos víctimas de una civilización que peligra de ser extiguida, porque no conformes sus amos con esa forma de dominio atroz, están intentando invadir otros territorios, como si no existiera nadie más en el mundo.

En este próximo libro, también conocerás algunos escenarios tan maravillosos como las criaturas que los pueblan. Los escenarios reales del planeta son mucho más en cantidad y rarezas que lo que muestran los documentales. ¿Sabías que la exploración más profunda hecha jamás está en Rusia, en un pozo petrolero de sólo 17 Kms.?

Y han inventado un "documental" donde afirman que se han encontrado con gritos y voces terribles, como provenientes del mismísimo infierno, Sólo para desalentar cualquier intento de exploración profunda, porque en las profundidades hay tanto petróleo y tanto oro, y diamantes, y lo que quieras en tales cantidades, que los precios caerían y perderían el poder los que los que lo tienen...

Los niños de hoy serán los ingenieros, médicos, geólogos, políticos y toda clase de profesionales del mañana, así que si queremos seguir existiendo como especio o como civilización, es hora que empecemos a formarlos en la verdad, no en la mentira; en la libertad de conocer, no en el secreto; en el Amor, no en las disputas. Cierto es que tendrán que afrontar guerras si no quieren ser esclavos, pero deberán saber muy bien lo que la guerra es y lo que conlleva, la ética que han de tener aún en ese extremo de las circunstancias.

Muchos niños sufren por el desarraigo que les produce la falta de armonía entre papá y mamá. Si tú eres de ellos, como si no, un día serás un hombre o una mujer y querrás tener hijos. Así que te dejo este poema de Victor Hugo, para tengas un indicio en esa exploración tan importante de la vida.

Hasta nuestro próximo libro.

Gabriel de Alas

gabrieldealas@gmail.com

EL HOMBRE Y LA MUJER

EL HOMBRE ES LA MÁS ELEVADA DE LAS CRIATURAS, LA MUJER ES EL MÁS SUBLIME DE LOS IDEALES Dios hizo para el hombre un trono; para la mujer un altar. El trono exalta; el altar santifica.

EL HOMBRE ES EL CEREBRO, LA MUJER EL CORAZÓN El cerebro fabrica la luz; el corazón produce el Amor. La luz fecunda; el Amor resucita

EL HOMBRE ES FUERTE POR LA RAZÓN, LA MUJER ES INVENCIBLE POR LAS LÁGRIMAS, La razón convence; las lágrimas conmueven

EL HOMBRE ES CAPAZ DE TODOS LOS HEROÍSMOS; LA MUJER, DE TODOS LOS MARTIRIOS. El heroísmo ennoblece; el martirio sublimiza.

EL HOMBRE TIENE LA SUPREMACÍA, LA MUJER, LA PREFERENCIA

La supremacía significa la Fuerza. La preferencia representa el Derecho

EL HOMBRE ES EL GENIO, LA MUJER ES EL ÁNGEL

El genio es inmensurable. El ángel es indefinible

LA ASPIRACIÓN DEL HOMBRE ES LA SUPREMA GLORIA. LA ASPIRACIÓN DE LA MUJER ES LA EXTREMA VIRTUD.

La gloria hace todo lo grande. La virtud hace todo lo divino

EL HOMBRE ES UN CÓDIGO, LA MUJER, UN EVANGELIO

El código corrige. El evangelio perfecciona

EL HOMBRE PIENSA. LA MUJER SUEÑA

Pensar es tener en el cráneo una larva. Soñar es tener en la frente una aureola

EL HOMBRE ES UN OCÉANO. LA MUJER ES UN LAGO

El océano da perlas que adornan. El lago, la poesía que deslumbra

EL HOMBRE ES EL ÁGUILA QUE VUELA. LA MUJER ES EL RUISEÑOR QUE CANTA

Volar es dominar el espacio. Cantar es conquistar el alma

EL HOMBRE ES EL TEMPLO. LA MUJER EL SAGRARIO

Ante el templo nos descubrimos. Ante el sagrario nos arrodillamos

Y...FINALMENTE: EL HOMBRE ESTA COLOCADO DONDE TERMINA LA TIERRA LA MUJER... DONDE COMIENZA EL CIELO

Bendito sea el Amor. Benditos los seres que se adoran

Víctor Hugo